Brassaï, *Colonne Morris*, 1933

SIMENON

COMISSÁRIO

MAIGRET

VOLUME 1

PIETR, O LETÃO

O FINADO SR. GALLET

UM CRIME NA HOLANDA

A CABEÇA DE UM HOMEM

editora unesp

Fundação Editora da Unesp (FEU)
Praça da Sé, 108
01001-900 – São Paulo – SP
Tel.: (0xx11) 3242-7171
www.editoraunesp.com.br
www.livrariaunesp.com.br
atendimento.editora@unesp.br

DADOS INTERNACIONAIS DE CATALOGAÇÃO NA PUBLICAÇÃO (CIP) DE ACORDO COM ISBD

S589c

Simenon, Georges
Comissário Maigret, vol. 1 / Georges Simenon; traduzido por Paulo Neves, André Telles, Julia da Rosa Simões e Eduardo Brandão. – São Paulo: Editora Unesp, 2025.

ISBN: 978-65-5711-324-0

1. Literatura. 2. Literatura em língua francesa. 3. Literatura belga. 4. Literatura policial. I. Neves, Paulo. II. Telles, André. III. Simões, Julia da Rosa. IV. Brandão, Eduardo. V. Título.

2025-4463

CDD 840
CDU 821.133.1

ELABORADO POR VAGNER RODOLFO DA SILVA – CRB-8/9410

Editora afiliada:

Asociación de Editoriales Universitarias de América Latina y el Caribe

Associação Brasileira de Editoras Universitárias

"Decerto eles preferem que eu não veja certas coisas.
Mas o que não querem, sobretudo, é que eu lhes conte outras."

"– Você dirá tudo?
– E você?
– Tentarei. Se não conseguir, eu me culparei por toda a minha vida."

"Peuples qui ont faim", 1934

GEORGES SIMENON
E SUA COLEÇÃO DE
CACHIMBOS, NA RESIDÊNCIA
EM ÉCHANDENS, SUÍÇA,
EM DEZEMBRO DE 1963
(FOTO DE ROGER VIOLLET,
VIA GETTY IMAGES)

Sumário

PIETR, O LETÃO

TRADUÇÃO DE ANDRÉ TELLES

FOTO
Eugène Atget, Colonne Morris, na Place Denfert-Rouchereau, Paris, 1898

1

Idade presumida 32, altura 1,69...

INTERPOL À SÛRETÉ de Paris:

Xvzust Cracovia vimontra m ghks triv psot uv Pietr le Letton Brême vs tyz btolem.

O comissário Maigret, da primeira Brigada Móvel, ergueu a cabeça com a impressão de que o ronco da estufa de ferro, instalada no centro de seu gabinete e conectada ao teto por meio de um cano grosso e preto, arrefecia. Empurrou o telegrama, levantou-se pesadamente, calibrou a chave e jogou três pás de carvão no fogo.

A seguir, em pé e de costas para o calor, encheu um cachimbo e arrancou o colarinho postiço, que, apesar de muito baixo, o incomodava.

Consultou o relógio, quatro horas. Seu paletó estava pendurado num cabide pregado atrás da porta.

Avançou lentamente em direção à mesa, releu o telegrama e, à meia-voz, traduziu:

Interpol à Sûreté Générale de Paris:

Polícia Cracóvia assinala passagem e partida para Bremen de Pietr, o letão.

A Interpol é sediada em Viena, coordenando, de um modo geral, a luta contra o banditismo europeu e, mais especificamente, fazendo a ponte entre as diversas polícias nacionais.

Maigret puxou para si um segundo telegrama, igualmente redigido em *polcod*, linguagem internacional secreta utilizada nos despachos entre todos os centros de inteligência do mundo.

Traduziu intuitivamente:

Polizei-proesidium de Bremen à Sûreté de Paris:
Pietr o letão assinalado destino Amsterdã e Bruxelas.

Um terceiro telegrama, procedente da Nederlandsche Centrale in Zake Internationale Misdadigers, QG da polícia holandesa, anunciava:

Pietr letão a bordo cabine G.263 vagão 5, às 11 horas da manhã, no Estrela do Norte, destino Paris.

O último despacho em *polcod* vinha de Bruxelas e dizia:

Verificada passagem Pietr letão 2 horas Estrela do Norte Bruxelas cabine designada para Amsterdã.

Na parede, atrás da mesa, estendia-se um imenso mapa, diante do qual Maigret, largo e pesado, se posicionou com as mãos nos bolsos e o cachimbo no canto da boca.

Seu olhar foi do ponto que representava Cracóvia ao que designava o porto de Bremen e, deste, até Amsterdã e Bruxelas.

Voltou a consultar o relógio. Quatro e vinte. O Estrela do Norte avançava a cento e dez por hora entre Saint-Quentin e Compiègne.

Não parou na fronteira. Velocidade constante.

No vagão 5, cabine G.263, Pietr, o letão, decerto se entretinha lendo ou observando a paisagem que desfilava.

Maigret dirigiu-se a uma porta de armário que abria para um cubículo, lavou as mãos numa pia de louça, passou o pente no cabelo volumoso, de um castanho-escuro no qual mal se distinguiam alguns fios brancos ao redor das têmporas, e, sempre atrapalhado na hora de dar o nó, ajeitou como pôde a gravata. Era novembro. Anoitecia. Pela janela, avistou um braço do Sena, a Place Saint-Michel, um barco-lavanderia, tudo contido em uma sombra azul intermitentemente constelada pelos bicos de gás.

Abriu uma gaveta, passou os olhos num despacho do Escritório Internacional de Identificação de Copenhague.

Sûreté Paris.
Pietr o letão 32 169 01512 0224 0255 02732 03116 03233 03243 03325 03415 03522 04115 04144 04147 05221... etc.

Dessa vez, deu-se ao trabalho de traduzir em voz alta e, até mesmo, como um aluno recitando a lição, repetir:

– Características de Pietr, o letão: idade presumida 32 anos, altura 1,69, seio paranasal retilíneo, base horizontal, saliência extremo limite, particularidade septo não visível, orelha contorno original, grande lóbulo, enviesado limite e dimensão limite mínimo, antítrago saliente, limite dobra inferior convexa, limite forma retilínea, limite particularidade sulcos separados, ortognata superior, face longa bicôncava, sobrancelha fina e de pelos louros claros, lábio inferior proeminente, espessura grande inferior pendente, pescoço esguio, auréola amarela média, periferia intermediária esverdeada média, cabelos louros claros.

Era esta a descrição de Pietr, o letão, tão eloquente, para o comissário, como uma fotografia. Seu aspecto geral saltava aos olhos: um homem baixo, magro, jovem, cabelos ralos, sobrancelhas louras e finas, olhos esverdeados, pescoço comprido.

Além do mais, Maigret conhecia em detalhe a orelha, o que, no meio da multidão, e mesmo com Pietr, o letão, maquiado, lhe permitia detectá-lo com segurança.

Tirou do cabide o paletó, vestiu-o, acrescentou uma pesada capa preta e enfiou um chapéu-coco na cabeça.

Um último olhar para a estufa, que parecia prestes a explodir.

Ao fim de um longo corredor, no *hall* que servia de antessala, uma recomendação a Jean:

– Não se esqueça do meu fogo, hein!

Na escada, surpreendido pela corrente de ar, foi obrigado a procurar um refúgio para acender o cachimbo.

Apesar da claraboia monumental, as plataformas da Gare du Nord eram varridas por fortes ventanias. Mais de uma vidraça desabara do teto e se estilhaçara na via férrea. A eletricidade deixava a desejar. As pessoas pareciam espremidas dentro das roupas.

Diante de um guichê, passageiros liam um aviso preocupante: TEMPESTADE NA MANCHA.

Com o semblante transtornado e os olhos vermelhos, uma mulher, cujo filho embarcava para Folkestone, fez-lhe recomendações até o último minuto. Constrangido, ele prometeu não botar os pés no convés do barco.

Maigret se mantinha de pé, próximo à plataforma 11, onde a multidão aguardava o Estrela do Norte. Todos os grandes hotéis, além da Agência Cook, estavam representados.

Ele não se mexia. Havia quem mostrasse irritação. Uma moça embrulhada num visom, as pernas, em contrapartida, em invisíveis meias de seda, andava de um lado para outro, maltratando o chão com seus saltos.

Ele não saía do lugar, enorme, com seus ombros impressionantes desenhando uma sombra larga. Esbarravam nele e ele não tremia mais que uma parede.

A luz amarela do trem apontou ao longe. Vieram então o estrépito, os gritos dos carregadores, o tropel dos passageiros rumo à saída.

Passaram cerca de duzentos, até o olhar de Maigret pinçar no formigueiro um homem baixo trajando sobretudo xadrez verde, cujo corte, assim como a cor, denotava um estilo claramente nórdico.

O homem não tinha pressa. Era seguido por três carregadores. O agente de um hotel de luxo dos Champs-Élysées abria-lhe passagem obsequiosamente.

Idade presumida 32, altura 1,69... seio paranasal...

Maigret não se afobou. Concentrou-se na orelha. Foi suficiente.

O homem de verde passou bem perto dele. Um dos carregadores o atingiu com uma de suas malas.

No mesmo instante, um funcionário do trem se pôs a correr, dirigindo algumas palavras apressadas ao colega posicionado no fim da plataforma, próximo à corrente que permitia fechar a passagem.

Essa corrente foi esticada. Ergueram-se protestos.

O homem de sobretudo já estava na saída.

O comissário fumava, dando curtas e precipitadas baforadas. Aproximou-se do funcionário que esticara a corrente.

– Polícia! Do que se trata?

– De um crime... Acabam de descobrir...

– Vagão 5?

– Acho que sim...

A estação seguia sua rotina, à exceção da plataforma 11, onde algo de anormal parecia em curso. Cinquenta passageiros continuavam sem desembarcar. E sua passagem estava bloqueada. Eles se impacientavam.

– Deixe-me passar – disse Maigret.

– Mas...

– Deixe-me passar!

Observou a última leva se escoar. O alto-falante anunciava a partida de um trem de subúrbio. Alguém correu para um lugar qualquer. Diante de um dos vagões do Estrela do Norte, um pequeno grupo aguardava alguma coisa. Três homens, em uniforme da companhia.

Bancando o importante, mas preocupado, o chefe da estação foi o primeiro a chegar. Logo em seguida, uma padiola deslizou pelo saguão e atravessou os grupos de passageiros, acompanhada por olhares contrariados, em especial dos que aguardavam para embarcar.

Maigret ia percorrendo o trem, com seu passo pesado, sem parar de fumar. Vagão 1. Vagão 2... Chegou ao vagão 5.

Um grupo havia se formado diante da portinhola. A padiola chegou. O chefe da estação escutava os três homens, que falavam ao mesmo tempo.

– Polícia! Onde está o homem?

Olhavam para ele com visível alívio. Bastou-lhe mover sua massa plácida no centro do grupo agitado para, num piscar de olhos, os outros se transformarem em simples satélites.

– No lavabo...

Maigret ficou na ponta dos pés e, à sua direita, viu a porta dos lavabos aberta. No chão, um corpo encolhido, dobrado ao meio, numa estranha contorção.

– Levem o vagão para o trilho lateral... Esperem! O 62... E avisem o comissário especial...

A princípio, viu somente a nuca do homem. Contudo, ao empurrar seu boné atravessado, descobriu a orelha esquerda.

– Grande lóbulo enviesado no limite e dimensão do antítrago no limite...

Havia gotas de sangue no piso impermeável. Olhou à sua volta. Os funcionários se mantinham na plataforma e no estribo. O chefe da estação continuava a falar.

Maigret então virou a cabeça do homem e triturou o cachimbo nos dentes.

Se não tivesse visto o passageiro de sobretudo verde sair, se não o tivesse visto caminhar em direção ao automóvel na companhia de um relações-públicas do Majestic, poderia até duvidar.

Mesmas características. Mesmo bigode louro, aparado à escovinha, sob um nariz afilado. Mesmas sobrancelhas claras e finas. Mesmas retinas cinza-esverdeadas.

Em outras palavras, Pietr, o letão!

Maigret não conseguia se mexer naquele lavabo exíguo, onde a torneira, que haviam esquecido de fechar, continuava a correr e um jato de vapor escapava de uma conexão mal vedada.

Suas pernas comprimiam o cadáver. Ergueu o tronco deste último e, no peito, sobre a camisa e o paletó, percebeu vestígios de queimadura provocados por um tiro disparado à queima-roupa.

Formavam uma grande mancha enegrecida, em que se mesclava o púrpura violáceo do sangue.

Um detalhe chamou a atenção do comissário. Ao voltar-se para um dos pés, observou que estava atravessado, retorcido, assim como todo o corpo, que parecia ter sido compactado para que a porta fechasse.

Ora, o sapato era um sapato preto dos mais comuns e baratos. A sola parecia recauchutada. O salto estava comido de um lado e, no meio da palmilha, via-se um furo redondo, lentamente escavado pelo desgaste.

O comissário especial da estação, coberto de medalhas e seguro de si, chegou e, da plataforma, indagou:

– O que é dessa vez? Um crime? Um suicídio? Não toquem em nada enquanto o Ministério Público não chegar, hein! Atenção! Sou o responsável!

Maigret teve toda a dificuldade do mundo para sair daquele lavabo, onde se via emparedado entre as pernas do morto. Com uma manobra rápida e profissional, apalpou os bolsos e certificou-se de que estavam vazios, absolutamente vazios.

Desceu do vagão, com o cachimbo apagado, o chapéu descaído e uma mancha de sangue no punho da camisa.

– Ora vejam! É o Maigret... O que acha disso?

– Nada! Vá até lá...

– Suicídio, certo?

– Se preferir... Telefonou para o Ministério Público?

– Assim que fui avisado...

Uma voz tonitruava no alto-falante. Alguns, notando algo de anormal, observavam de longe o trem vazio e o grupo estacionado junto ao estribo do vagão 5.

Deixando todo mundo ali plantado, Maigret saiu da estação e chamou um táxi.

– Para o Majestic!

A ventania redobrava de intensidade. As ruas eram varridas por turbilhões que metamorfoseavam os pedestres em silhuetas bêbadas. Uma telha caiu, em algum lugar, na calçada. Os ônibus partiam.

Os Champs-Élysées haviam se transformado num descampado deserto. Começou a pingar. O porteiro do Majestic precipitou-se para o táxi com um imenso guarda-chuva vermelho.

– Polícia! Um hóspede acaba de chegar pelo Estrela do Norte?

O porteiro fechou o guarda-chuva na mesma hora.

– De fato, chegou um desse trem!

– Sobretudo verde... Bigode louro...

– Exatamente, verifique na recepção...

Algumas pessoas corriam para fugir do aguaceiro. Maigret entrou no hotel bem a tempo de evitar pingos do tamanho de nozes e frios feito gelo. Atrás do balcão de mogno, funcionários e relações-públicas nem por isso se mostravam menos elegantes ou corretos.

– Polícia... um hóspede de sobretudo verde... Bigodinho louro...

– No 17... Estamos subindo suas malas...

2

O amigo dos bilionários

A PRESENÇA DE MAIGRET NO MAJESTIC tinha fatalmente algo de hostil, formando uma espécie de bloco que o ambiente se negava a absorver.

Não que se assemelhasse aos policiais que a caricatura popularizou. Não usava bigode nem sapatos com solas reforçadas. Suas roupas eram de lã fina, de corte apurado. E, sim, fazia a barba todas as manhãs e cuidava das mãos.

A compleição, porém, era banal. Era grandalhão e ossudo. Músculos rijos se desenhavam sob o paletó e deformavam rapidamente suas calças mais novas.

Tinha, acima de tudo, um estilo muito pessoal de agir, que não deixava de desagradar a vários colegas seus.

Era mais que segurança, mas não chegava a ser orgulho. Movimentava-se como um monobloco e logo parecia que tudo rebentaria contra ele, fosse quando avançava, fosse quando estacionava com as pernas entreabertas.

O cachimbo continuava cravado no maxilar. Não era porque estava no Majestic que iria se privar.

E se no fundo isso não passasse de uma afetação de autoconfiança vulgar?

Envolto em sua ampla capa preta com gola de veludo, impossível não notá-lo imediatamente no saguão iluminado, onde os elegantes se agitavam em meio a rastros de perfume, risadas agudas, sussurros, cumprimentos pedantes de uma gente toda engalanada.

Tudo lhe era indiferente. Permanecia fora do movimento. Os sons do jazz, que chegavam do *dancing* no subsolo, batiam nele como se em uma chapa refratária.

Quando subia os primeiros degraus de uma escada, o ascensorista o chamou, convidando-o a entrar no elevador. Mas ele nem sequer se virou.

No primeiro andar, foi interpelado:

– Está procurando...?

Os sons pareciam não alcançá-lo. Observava os corredores, revestidos ao infinito, a ponto de dar náusea, por tapetes vermelhos. Continuou a subir.

No segundo andar, com as mãos no bolso, decifrou os números das plaquinhas de bronze. A porta do 17 estava aberta. Carregadores de colete listrado traziam as malas.

O hóspede, que tirara o casaco e parecia muito elegante e magro num terno mesclado, fumava um cigarro com ponteira cartonada, enquanto passava instruções.

O 17 não era um quarto, e sim um apartamento completo: sala, escritório, quarto e banheiro. As portas se abriam na junção de dois corredores, onde, como um banco numa passagem, haviam instalado um sofá amplo e semicircular.

Maigret sentou-se ali, bem em frente à porta aberta, esticou as pernas e desabotoou a capa.

Pietr, o letão, notou-o e continuou a distribuir ordens, sem manifestar surpresa nem contrariedade. Quando os criados terminaram de instalar suas valises e baús em suportes, ele próprio foi fechar a porta, não sem mantê-la por um instante entreaberta a fim de espiar o comissário.

Maigret teve tempo de fumar três cachimbos e dispensar o serviço de dois mensageiros e uma camareira que vieram lhe perguntar se desejava alguma coisa.

Às oito em ponto, Pietr, o letão, saiu do quarto, ainda mais magro e impecável do que antes, num *smoking* de corte austero que insinuava o grande alfaiate inglês.

Não usava chapéu. Seu cabelo, muito louro e curto, começava a escassear. Partindo do centro da cabeça, revelava uma testa um tanto fugidia, abrindo-se numa clareira de pele rosada no cocuruto.

As mãos eram esguias e pálidas. No anular esquerdo, usava um anel pesado de platina, adornado com um diamante amarelo.

Ainda fumava, um cigarro russo com ponteira cartonada. Passou rente a Maigret, fez uma pausa, observou-o, como se a ideia de lhe dirigir a palavra o seduzisse, e, preocupado, avançou em direção ao elevador.

Dez minutos mais tarde, ocupava um lugar no refeitório, à mesa do sr. e sra. Mortimer-Levingston, que era o centro das atenções.

A sra. Levingston carregava um milhão em pérolas no pescoço.

Na véspera, seu marido tirara do buraco uma das maiores indústrias automobilísticas francesas, da qual, naturalmente, reservara para si a parte majoritária das ações.

A conversa dos três era animada. Pietr, o letão, falava muito, com voz discreta, um pouco curvado. Mostrava-se completamente à vontade, espontâneo e desenvolto, a despeito do vulto escuro de Maigret, que ele podia avistar no saguão, através das vidraças.

Na recepção, o comissário requisitou a lista dos hóspedes. Sem pressa, leu no lugar onde o letão assinara: Oswald Oppenheim, procedente de Bremen, armador.

Não restava dúvida de que possuía passaportes válidos, certidões civis completas nesse nome, assim como possuía com outros.

Tampouco de que já estivera com os Mortimer-Levingston em outros lugares, Berlim, Varsóvia, Londres ou Nova York.

Afinal, não estava em Paris apenas para encontrá-los e fazer uma das colossais chantagens em que se especializara?

Sua ficha, que Maigret tinha no bolso, apontava:

"Indivíduo de grande astúcia e perigoso, nacionalidade indeterminada, origem nórdica. Presumidamente letão ou estoniano: fala russo, francês, inglês e alemão com fluência.

"Muito culto, passa por ser chefe de uma poderosa quadrilha internacional que privilegia a prática da chantagem.

"Essa quadrilha foi assinalada sucessivamente em Paris, Amsterdã (caso Van Heuvel), Berna (caso dos Armadores Reunidos), Varsóvia (caso Lipmann) e diversas outras cidades europeias, onde suas atividades foram rastreadas com menos nitidez.

"Os principais cúmplices de Pietr, o letão, parecem pertencer ao tipo anglo-saxão. Um dos elementos vistos em sua companhia, reconhecido por ter apresentado o cheque falsificado no Banco Federal de Berna, foi abatido por ocasião de sua detenção. Fazia-se passar pelo major Howard, da Legião Americana, mas foi possível identificá-lo como um ex-contrabandista de bebidas de Nova York, conhecido nos Estados Unidos pela alcunha Fred Gordo.

"Pietr, o letão, foi detido em duas ocasiões. A primeira, em Wiesbaden, por extorquir meio milhão de marcos de um negociante de Munique; a segunda, em Madri, por um caso similar, cuja vítima era uma ilustre personalidade da corte da Espanha.

"Nas duas ocasiões, sua tática foi idêntica. Teve um encontro com a vítima, a quem provavelmente afirmou que o capital desviado estava em local seguro e não seria sua prisão que o faria aparecer.

"Nas duas vezes, a queixa foi retirada e os demandantes, ao que parece, indenizados.

"Depois disso, nunca mais foi pego em flagrante delito.

"Prováveis ligações com a quadrilha Maronnetti (dinheiro falso e documentos oficiais fraudados) e a quadrilha de Colônia (ou dos 'furadores de paredes')."

Restava o boato que corria as polícias europeias: Pietr, o letão, chefe e contador de uma ou várias quadrilhas, estaria à frente de alguns milhões, disseminados sob diferentes nomes em contas bancárias ou mesmo investidos em empreendimentos industriais.

Ele sorria maliciosamente, ouvindo a história que a sra. Mortimer-Levingston lhe contava, e sua mão branca debulhava uvas magníficas.

* * *

– Com licença, cavalheiro. Faria a gentileza de me conceder um instante, por favor?

Era a Mortimer-Levingston que Maigret se dirigia, no saguão do Majestic, assim que Pietr, o letão, e a americana retornaram a seus respectivos aposentos.

Mortimer nada tinha da aparência atlética dos ianques, fazendo mais o tipo latino.

Era comprido e magro. Cabelos pretos repartidos ao meio na cabeça minúscula.

Parecia estar sempre cansado. As pálpebras, mortiças, azuladas. Não era para menos, levava uma vida estafante, desdobrando-se para dar o ar da graça em Deauville, Miami, Lido, Paris, Cannes e Berlim, embarcar em seu iate nos locais mais díspares, fechar um negócio numa capital europeia e arbitrar grandes lutas de boxe em Nova York ou na Califórnia.

Considerou Maigret com ares de grão-senhor. Sem mover os lábios, ele concedeu:

– O senhor é...?

– Comissário Maigret, primeira Brigada Móvel...

Impávido, Mortimer permaneceu inclinado por um momento, dando a entender que concederia um segundo.

– Sabe que acaba de jantar com Pietr, o letão?

– É tudo o que tem a me dizer?

Maigret não piscou. Eram exatamente as palavras que esperava.

Reinstalou o cachimbo entre os dentes – pois dignara-se a retirá-lo para dirigir a palavra ao bilionário – e grunhiu:

– É tudo!

Parecia satisfeito consigo mesmo. Levingston avançou, glacial, e entrou no elevador.

Passava um pouco das nove e meia. A orquestra sinfônica, que acompanhara o jantar, cedia lugar ao jazz. Pessoas chegavam do lado de fora.

Maigret não jantara. Continuou em pé no meio do saguão, sem demonstrar impaciência. À distância, o gerente não parava de lançar olhares inquietos e antipáticos em sua direção. Os funcionários mais subalternos, ao passar por ele, fechavam a cara, alguns esbarrando de propósito.

O Majestic não o engolia. Ele teimava em formar uma grande nódoa escura e imóvel em meio aos dourados, às luzes, aos vaivéns de vestidos longos, casacos de pele e silhuetas perfumadas e fogosas.

A sra. Mortimer foi a primeira a sair do elevador. Trocara a indumentária. Uma estola de lamê com forro de arminho lhe caía dos ombros nus.

Pareceu admirada de não encontrar determinada pessoa e começou a andar de um lado para outro, percutindo o chão ritmicamente com seu salto alto dourado.

Subitamente, estacou diante do balcão de mogno, atrás do qual se perfilavam recepcionistas e atendentes, e dirigiu-lhes algumas palavras. Um recepcionista apertou um botão vermelho e tirou o fone do gancho.

Intrigado, chamou um mensageiro, que correu para o elevador.

A sra. Levingston estava visivelmente preocupada. Através da porta de vidro, no meio-fio da rua, era possível distinguir as linhas sinuosas de uma limusine de marca americana.

O mensageiro retornou e confabulou com o recepcionista. Este, por sua vez, dirigiu a palavra à sra. Mortimer, que protestou. Parecia dizer:

– Isso é impossível!

Maigret então subiu a escada, parou diante do 17 e bateu à porta. Como se esperasse por isso, depois do circo a que acabava de assistir, não obteve resposta.

Abriu e viu a sala vazia. No quarto, jogado displicentemente sobre a cama, o *smoking* de Pietr, o letão. Um baú estava aberto. Os sapatos de verniz, largados no tapete, distantes um do outro.

O gerente chegou, balbuciando:

– O senhor já aqui?

– Então...? Desaparecido, hein! Levingston também... É isso?

– Vamos, não faça drama. Nenhum dos dois está no quarto, mas sem dúvida iremos encontrá-los em alguma dependência do hotel.

– Quantas saídas?

– Três... A dos Champs-Élysées... a das Arcades e, enfim, a de serviço, na Rue de Ponthieu...

– Há um segurança lá? Chame-o...

O gerente, furioso, pegou o telefone. Descarregou num recepcionista, que não o compreendia. Os olhos cravados em Maigret não eram amistosos.

– O que significa isso? – vociferou, enquanto aguardava a chegada do segurança da porta de serviço, que dava expediente numa cabine envidraçada.

– Nada, ou quase nada, como o senhor diz...

– Espero que não se trate de um... de um...

A palavra "crime", pesadelo de todos os hoteleiros do mundo, desde os humildes donos de pensão aos de hotéis de luxo, era demasiado sonora para suas cordas vocais.

– Saberemos.

A sra. Mortimer-Levingston apareceu, indagando:

– E então?

O gerente inclinou-se e gaguejou alguma coisa. No fim do corredor, surgiu a figura de um velhinho com a barba suja, roupas mal-ajambradas, destoando completamente do ambiente do hotel.

Estava na cara que fora feito para permanecer nos bastidores, caso contrário também estaria trajando um belo uniforme e seria obrigado a barbear-se todas as manhãs.

– Viu alguém sair?

– Quando?

– Poucos minutos atrás...

– Alguém da cozinha, acho... Não prestei atenção... Um homem de boné...

– Baixo, louro? – interveio Maigret.

– Sim... Acho que sim... Não vi direito... Ele estava com pressa...

– Mais ninguém?

– Não sei... Fui até a esquina comprar o *Intran*...

A sra. Mortimer-Levingston dava sinais de perder o sangue-frio.

– E então? É assim que os senhores procuram? – pronunciou-se, dirigindo-se a Maigret. – Acabam de me informar que o senhor é da polícia... Meu marido talvez tenha sido morto... O que está esperando?

O olhar que se abateu sobre ela era puro Maigret! Que calma! Que indiferença! Como se não escutasse nada além do zumbido de uma mosca! Como se tivesse à sua frente um simples e banal objeto.

Ela não estava habituada a ser olhada daquele jeito. Mordeu o lábio e, com o rubor lhe invadindo a alvura da pele, bateu os pés com impaciência.

Ele continuava a fitá-la.

Exasperada, ou talvez sem saber mais o que fazer, ela então forçou uma crise nervosa.

3

A mecha de cabelo

ERA PERTO DA MEIA-NOITE QUANDO Maigret chegou ao Quai des Orfèvres. Desabava um temporal. As árvores do cais eram violentamente sacudidas e pequenas marolas fustigavam o casco do barco-lavanderia.

As dependências da Polícia Judiciária estavam praticamente desertas. Nem por isso Jean deixava de estar a postos, no *hall*, pilotando os corredores ladeados por carreiras de salas vazias.

Da guarita chegavam estilhaços de vozes. De quando em quando, sob uma porta, uma réstia de luz: um comissário ou inspetor trabalhando em algum inquérito. No pátio, um carro da Chefatura gargarejava.

– Torrence voltou? – informou-se Maigret.

– Acabou de chegar.

– Meu fogo?

– Fazia tanto calor que fui obrigado a deixar a janela entreaberta. As paredes suavam.

– Peça cervejas e sanduíches. Caprichados, hein?

Empurrou uma porta, chamou:

– Torrence!

O major Torrence seguiu-o até seu gabinete. Antes de deixar a Gare du Nord, Maigret lhe telefonara a fim de que ele desse seguimento à investigação.

O comissário tinha quarenta e cinco anos. Torrence, não mais que trinta. Havia nele, contudo, uma espécie de solidez que o aproximava de uma réplica ligeiramente miniaturizada de Maigret.

Haviam participado juntos de inúmeras missões, sem pronunciar uma única palavra em vão.

O comissário tirou capa e paletó e afrouxou a gravata. De costas para o fogo, deixou que o calor o impregnasse, antes de indagar:

– E então?

– O Ministério Público fez uma reunião de emergência. A Perícia Técnica tirou algumas fotografias, mas não encontrou impressões digitais. Exceto as da vítima, naturalmente! Não correspondiam a nenhuma ficha datiloscópica.

– Se não me falha a memória, o serviço não possui a ficha do letão...

– Nada a não ser a descrição dos traços. Nem impressões digitais, nem medições.

– Logo, nada prova não ser Pietr que está morto.

– Mas nada prova ser ele!

Maigret pegara seu cachimbo e a bolsinha de fumo, na qual restava apenas um resíduo de pó marrom. Quase por reflexo, Torrence estendeu--lhe um pacote do "cinzento" já na metade.

Houve um silêncio. O fumo crepitou. Dali a pouco, ouviram barulho de passos e de vidros entrechocando-se atrás da porta, que Torrence abriu.

O garçom da Brasserie Dauphine entrou e acomodou sobre a mesa uma bandeja com seis canecas de cerveja e quatro sanduíches reforçados.

– Será o suficiente? – certificou-se, constatando que Maigret não estava sozinho.

– Dá para o gasto.

Sem parar de fumar, o comissário pôs-se a comer e beber, não sem antes haver empurrado uma caneca para o major.

– Então?

– Interroguei os funcionários do trem. Está provado que um homem viajou sem passagem. O morto ou o assassino! Nossa hipótese é que embarcou em Bruxelas, na contravia. É mais fácil se esconder num vagão Pullman do que em qualquer outro, em função do grande espaço reservado às bagagens. O letão tomou chá entre Bruxelas e a fronteira, folheando um maço de jornais ingleses e franceses, entre os quais diversas gazetas financeiras. Entre Maubeuge e Saint-Quentin, foi ao lavabo. O *maître* lembra-se disso porque, ao passar perto dele, ele disse: "O senhor vai me servir um uísque".

– E ele voltou ao assento logo em seguida?

– Quinze minutos depois, estava instalado diante de seu uísque. Mas o *maître* não viu quando ele voltou.

– Ninguém tentou ir ao lavabo depois?

– Quer dizer... Uma passageira sacudiu a porta. O trinco não abriu. Só em Paris é que um funcionário conseguiu arrombá-la, descobrindo então que o mecanismo fora travado com pó de ferro.

– Ninguém tinha visto o segundo Pietr até esse momento?

– Ninguém! Aliás, ele teria chamado a atenção, pois usava roupas puídas de um tipo que não se vê em trens de luxo.

– O tiro?

– Disparado à queima-roupa. Revólver automático seis milímetros. O disparo provocou uma queimadura tão grave que o médico declarou ter sido suficiente para matá-lo.

– Vestígios de luta?

– Nenhum! Bolsos vazios.

– Eu sei...

– Espere! Encontrei isto numa algibeira interna do colete, fechada por um botão.

E Torrence pegou em sua carteira um pequeno envelope de papel-manteiga, dentro do qual se discernia uma mecha de cabelos castanhos.

– Passe para cá...

Maigret seguia comendo e bebendo.

– Cabelo de mulher, de criança?

– De mulher, afirma o médico-legista. Deixei alguns fios com ele, que me prometeu uma análise mais aprofundada.

– A autópsia?

– Estava tudo terminado às dez horas. Idade provável: trinta e dois anos. Altura: um metro e sessenta e oito.

"Nenhuma degenerescência hereditária. Por outro lado, um rim estropiado sugere que o homem era alcoólatra. O estômago ainda continha chá e alimentos mais ou menos digeridos, que foi impossível analisar na hora. Trabalharemos nisso amanhã. Encerradas as buscas, o corpo, alojado no Instituto Médico-Legal, será conservado no gelo."

Maigret enxugou os lábios e foi ocupar seu lugar favorito, de frente para a estufa, não sem estender uma das mãos, em que Torrence depositou, no automático, o pacote de fumo.

– Já eu – disse então o comissário – vi Pietr, ou o sujeito que tomou seu lugar, instalar-se no Majestic e jantar em companhia dos Mortimer-Levingston, com quem parecia ter um encontro marcado.

– Os bilionários?

– Os próprios! Depois do jantar, Pietr retornou ao seu apartamento. Adverti o americano. Mortimer, por sua vez, subiu. Provavelmente haviam planejado sair os três juntos, já que a sra. Mortimer desceu logo em seguida, toda engalanada para a noite. Dez minutos mais tarde, constatava-se o desaparecimento dos dois homens.

"O letão trocou o *smoking* por um traje menos chamativo. Pôs um boné na cabeça e o porteiro deve tê-lo tomado por um criado da cozinha.

"Já Levingston, saiu como estava, vestido a rigor."

Torrence mantinha-se calado. E, durante o longo silêncio que se seguiu, os furores do dilúvio, que estremecia as vidraças, e o ronco da estufa ganharam nitidez.

– Bagagem? – perguntou finalmente Torrence.

– Pois é. Nada! Roupas. Roupa branca... Todos os apetrechos de um passageiro sofisticado. Mas papel, nenhum. A sra. Mortimer jura que o marido foi assassinado.

Um sino repicou ao longe. Maigret abriu a gaveta da escrivaninha, na qual, à tarde, havia guardado os telegramas referentes a Pietr, o letão.

Em seguida, pôs-se a examinar o mapa, traçando com o dedo uma linha Cracóvia-Bremen-Amsterdã-Bruxelas-Paris.

Nas imediações de Saint-Quentin, pausa: um morto.

Em Paris, interrupção brusca da linha. Dois homens desaparecem, em plena Avenue Champs-Élysées.

No hotel, restaram apenas as bagagens e a sra. Mortimer-Levingston, tão vazia de ideias quanto o baú do letão no meio do quarto.

O cachimbo de Maigret resfolegava de maneira tão irritante que o comissário pegou um chumaço de penas de galinha em outra gaveta, limpou o duto e, abrindo a estufa, jogou fora as penas sujas.

A espuma gordurosa embaçava as quatro canecas. Um homem saiu de uma das salas contíguas, fechou a porta à chave e se foi pelo corredor.

– Um que terminou! – observou Torrence. – É o Lucas. Hoje à noite prendeu dois traficantes de drogas, graças a um filhinho de papai que mordeu a isca.

Maigret remexeu a lenha e, com o rosto afogueado, ergueu-se. De maneira mecânica, pegou o envelope transparente, do qual retirou os fios de cabelo, manipulando-os na luminosidade. Instalou-se então mais uma vez diante do mapa, em que a linha invisível representando a viagem do letão fazia nitidamente uma curva, quase um semicírculo.

Por que, de Cracóvia, subir até Bremen para de lá voltar a descer rumo a Paris?

Continuava com o pequeno envelope na mão. Murmurou:

– Havia um retrato dentro.

Com efeito, era um desses pequenos envelopes usados pelos fotógrafos para acondicionar as fotografias a ser entregues ao cliente.

Tinha, no entanto, um formato típico do campo e das pequenas cidades da província, chamado antigamente de “formato álbum”.

A fotografia que fora guardada naquele envelope devia ter a metade do tamanho de um cartão-postal, com a imagem reproduzida em fina película de papel marfim e glacê.

– Ficou alguém no laboratório? – perguntou subitamente o comissário.

– Suponho que sim! Devem estar trabalhando no caso do trem, revelando as fotos.

Restava apenas uma caneca cheia na mesa. Maigret esvaziou-a de um trago e vestiu o paletó.

– Vem comigo? Esses retratos em geral trazem nome e endereço do fotógrafo gravados em alto ou baixo-relevo...

Torrence compreendeu. Enveredaram por uma rede complicada de corredores e escadas e, após atravessarem as altas instâncias do Tribunal de Justiça, chegaram ao laboratório da Perícia Técnica.

Um especialista pegou o retrato e o apalpou, parecendo mesmo cheirá-lo. Em seguida, estendeu-o sob um forte *spot* e deslizou até ele um aparelho apocalíptico montado num carrinho.

O princípio é simples: uma folha de papel branco posta momentaneamente em contato com uma folha impressa ou manuscrita termina por impregnar-se dos caracteres que figuram na segunda folha.

Embora o resultado seja invisível a olho nu, a fotografia revela a impregnação.

Dado que havia uma estufa no laboratório, era grande a chance de Maigret se acomodar. E foi o que fez, permanecendo entrincheirado ali durante quase uma hora, reabastecendo seu cachimbo, enquanto Torrence seguia o fotógrafo em suas idas e vindas.

Finalmente, a porta de uma câmara escura se entreabriu. Uma voz anunciou:

– Pronto!

– O que temos?

– O retrato está assinado Léon Moutet, fotógrafo de arte, Quai des Belges, Fécamp.

Só um faro de profissional conseguiria ler na placa tenuamente gravada, em que Torrence, por exemplo, não percebia senão sombras indistintas.

– Quer ver as fotos do cadáver? – gracejou o especialista. – Estão magníficas! E pensar no espaço mínimo daquele lavabo! Acredita que tivemos de pendurar a câmera no teto...

– É possível fazer uma ligação para a cidade? – perguntou Maigret, apontando para o telefone.

– É sim... O telefonista sai às nove... A linha cai direto aqui...

O comissário ligou para o Majestic e falou com um recepcionista.

– O sr. Mortimer-Levingston retornou?

– Vou me informar, cavalheiro. Com quem tenho a honra?

– Polícia!

– Ele não retornou.

– Tampouco o sr. Oswald Oppenheim?

– Tampouco...

– O que a sra. Mortimer está fazendo?

Silêncio.

– Perguntei o que a sra. Mortimer está fazendo.

– Ela... Creio que está no bar...

– Em outras palavras, está bêbada?

– Tomou alguns drinques, de fato. E falou que não subirá para os seus aposentos até o marido voltar... Será que...?

– O quê?

– Alô! Aqui é o gerente... – pronunciou outra voz. – O que há de novo? Acha que essa história sairá nos jornais?

Maigret, com desdém, desligou. Para agradar ao fotógrafo, deu uma espiada nas provas, ainda molhadas e luzidias, estendidas nos varais.

Ao mesmo tempo, dava instruções a Torrence:

– Você, meu velho, vai se instalar no Majestic. E, de preferência, ignore o gerente.

– E o senhor, chefe?

– Vou para o escritório. Há um trem para Fécamp às cinco e meia. Não vale a pena passar em casa e acordar minha mulher. A propósito... A cervejaria ainda não fechou. No caminho, peça uma caneca para mim...

– Uma...? – repetiu Torrence, fazendo cara de inocente.

– Como achar melhor, meu velho! O garçom é bastante esperto para compreender três ou quatro. Pode acrescentar uns sanduíches.

Um atrás do outro, desceram uma interminável escada em caracol.

Agora sozinho, em seu avental preto, o fotógrafo contemplou deleitosamente as provas que acabava de tirar e começou a numerá-las.

Num pátio glacial, os dois policiais se separaram.

– Se, por um motivo qualquer, você sair do Majestic, chame um dos nossos para substituí-lo! – recomendou o comissário. – É para lá que telefonarei, em caso de necessidade...

E foi para o escritório, onde esquentou a estufa de tal forma que quase arrebentou sua grade.

4

O imediato do *Seeteufel*

A ESTAÇÃO DE LA BRÉAUTÉ, onde, às sete e meia da manhã, o comissário Maigret desembarcou da linha Paris-Havre, era uma antevisão de Fécamp.

Uma espelunca mal iluminada com paredes sujas e um balcão sobre o qual um punhado de bolos secos mofava e três bananas e cinco laranjas pelejavam para formar uma pirâmide.

Ali, a tempestade se fazia sentir de maneira ainda mais violenta. Chovia a cântaros. Para atravessar de um trilho a outro, só com lama na altura dos joelhos.

Um trenzinho feio, composto de vagões recauchutados. Chácaras mal delineadas no amanhecer lívido, rabiscadas pelas linhas da chuva.

Fécamp! Um cheiro compacto de bacalhau e arenque. Montes de tonéis. Mastros por trás das locomotivas. Uma sirene apitando em algum ponto.

– Quai des Belges, por favor?

Era tudo em linha reta. Bastava driblar as poças viscosas, em que escamas de peixe cintilavam e suas vísceras apodreciam.

O fotógrafo de arte também era negociante e distribuidor de jornais. Vendia jaquetas vermelhas confeccionadas com lonas de vela, além de cordas de cânhamo e cartões natalinos.

Um homem mirrado e pálido, que pediu socorro à mulher assim que a palavra polícia foi pronunciada. E ela, uma bela normanda, fitava Maigret nos olhos, parecendo provocá-lo.

– Pode me dizer que foto havia neste envelope?

Aquilo demorou. Foi preciso arrancar as palavras do fotógrafo uma a uma, pensar no lugar dele.

Para começar, o retrato datava de pelo menos oito anos antes, pois fazia todo esse tempo que o fotógrafo não usava aquele modelo. Ele comprou um aparelho novo que fazia fotos em formato de cartão-postal.

Quem teria sido fotografado há oito anos? O sr. Moutet precisou de quinze minutos para lembrar que guardava num álbum um exemplar de todos os retratos executados em seu estabelecimento.

Sua mulher foi buscar o tal álbum. Marujos entravam e saíam. Crianças vinham comprar um punhado de balas. Do lado de fora, os guinchos dos barcos rangiam. Ouvia-se o mar fustigando os seixos ao longo do quebra-mar.

Maigret folheou o álbum, tentou ser mais preciso:

– Uma moça de cabelos castanhos, bem finos...

Foi o suficiente.

– A sra. Swaan! – exclamou o fotógrafo.

E achou prontamente o retrato. Fora a única vez que tivera um modelo apresentável.

A mulher era bonita. Aparentava vinte anos. A fotografia cabia exatamente dentro do envelope.

– Quem é?

– Continua a morar em Fécamp. Mas agora é dona de uma vila na encosta do penhasco, a cinco minutos do Cassino...

– Casada?

– Não naquela época. Trabalhava como caixa no Hôtel du Chemin de Fer.

– Em frente à estação, claro!

– Sim, deve ter visto ao vir para cá. Ela é órfã, de um lugarejo aqui perto... Les Loges... Já ouviu falar? Terminou conhecendo um passageiro que se hospedou no hotel, um estrangeiro... Casaram-se... No momento, ela mora na vila, com os dois filhos e uma empregada...

– O sr. Swaan não mora em Fécamp?

Houve um silêncio, uma troca de olhares entre o fotógrafo e a esposa. Foi a mulher quem falou.

– Já que se trata da polícia, melhor dizer tudo, não é mesmo? Aliás, o senhor acabaria sabendo mesmo... São simples boatos... O sr. Swaan quase nunca está em Fécamp. Quando vem, é para poucos dias... Às vezes, inclusive, dá só uma passada...

"Quando ele chegou, foi logo depois da guerra... Estávamos reestruturando a pesca na Terra Nova, que fomos obrigados a abandonar durante cinco anos...

"A princípio, ele queria estudar a questão e injetar dinheiro no negócio, que vinha se recuperando.

"Ele se dizia norueguês... O primeiro nome é Olaf... Os pescadores que fazem o arenque e frequentam os mares da Noruega dizem que tem muita gente com esse nome por lá...

"Seja como for, correu o boato de que era um espião alemão.

"Foi por isso que, quando ele se casou, a mulher foi discriminada...

"Mais tarde viemos a saber que era marinheiro, servindo como imediato a bordo de um navio mercante alemão, por isso aparecia tão pouco...

"Terminamos por esquecer o assunto, a gente é mesmo meio desconfiada..."

– Disse que eles têm filhos?

– Dois... Uma garotinha de três anos e um bebê de meses...

Maigret descolou o retrato do álbum e pediu as coordenadas da vila. Era um pouco cedo para se apresentar.

Esperou duas horas num bar do porto, ouvindo os marujos debaterem a pesca do arenque, que estava no auge. Cinco chalupas escuras enfileiravam-se na beira do cais. O peixe era descarregado em tonéis e, a despeito do temporal, o ar era irrespirável.

Para chegar à vila, atravessou o quebra-mar deserto e contornou o cassino fechado e com os muros ainda exibindo cartazes do verão anterior.

Por fim, subiu uma ladeira que começava no pé do penhasco. Aqui e ali, portões de uma vila.

A que ele procurava era de tijolos vermelhos, tamanho mediano, confortável. Percebia-se que, no verão, o jardim com as aleias de cascalho branco era tratado com desvelo. Das janelas, a vista devia estender-se ao longe.

Tocou. Um dogue dinamarquês, sem latir mas nem por isso com aspecto menos feroz, veio fuçar através da grade. Uma empregada apareceu ao segundo toque de campainha e, depois de trancar o cachorro no canil, indagou:

– Do que se trata?

Tinha o sotaque da região.

– Eu gostaria de falar com o sr. Swaan, por favor.

Ela pareceu hesitar.

– Não sei se o patrão está... Vou perguntar...

Ela não abrira o portão. Continuava a chover torrencialmente. Maigret estava ensopado.

Viu a criada subir os degraus e desaparecer dentro da casa. Logo depois, uma cortina se mexeu em uma das janelas. Dali a pouco, a moça voltou.

– O patrão só volta daqui a algumas semanas. Ele está em Bremen...

– Nesse caso, eu gostaria de falar com a sra. Swaan...

Ela hesitou novamente, mas terminou abrindo o portão.

– A patroa não está arrumada. Terá que esperar...

Gotejante, foi introduzido numa sala asseada, com as janelas guarnecidas de cortinas brancas, assoalho de sinteco.

Os móveis, novos, eram iguais aos que encontramos em todo interior pequeno-burguês. De boa qualidade, num estilo considerado, em 1900, moderno.

Carvalho claro. Flores num vaso de pedra-sabão "artístico" no centro da mesa. Paninhos de bordado inglês.

Sobre uma mesa alta, em contrapartida, um magnífico samovar de prata cinzelada, que sozinho valia mais que todo o resto da mobília.

Ouvia-se barulho no primeiro andar. Do outro lado de uma das paredes do rés do chão, um bebê chorava e outra voz murmurava alguma coisa num tom contido e monocórdio, como se para consolá-lo.

Finalmente, passos aveludados, quase um deslizar, no corredor. A porta se abriu. E o comissário Maigret se viu na presença de uma moça que se vestira às pressas para recebê-lo.

Era de estatura mediana, mais para gorda do que para magra, e tinha um rosto bonito e grave, no qual, nesse instante, se percebia uma vaga inquietude.

Mesmo assim, sorriu e perguntou:

– E o senhor, não está sentado?

Da capa de Maigret, da calça, dos sapatos, escorriam filetes de água e estes formavam pequenas poças no assoalho encerado.

Não podia sentar daquele jeito nas poltronas de veludo verde-claro da sala.

– Sra. Swaan, correto?

– Sim, senhor...

Ela o encarou, com ar inquisitivo.

– Desculpe o incômodo... Trata-se de mera formalidade... Trabalho na polícia de controle dos estrangeiros... Estamos em vias de realizar um censo...

Ela permaneceu calada. Não parecia nem mais inquieta, nem mais sossegada.

– Creio que o sr. Swaan é sueco, confirma?

– Não... Norueguês... Mas, para os franceses, é tudo a mesma coisa... Até eu, no início...

– Ele é oficial de marinha?

– Ocupa o posto de imediato a bordo do *Seeteufel*, de Bremen...

– É isso... Então ele trabalha para uma empresa alemã.

Certo rubor cobriu sua face.

– O armador é alemão, sim... Quer dizer, só no papel...

– Em outras palavras...?

– Não julgo necessário esconder do senhor... Deve saber que, depois da guerra, a marinha mercante vem passando por uma crise... Aqui mesmo ouvirá falar em capitães veteranos que, com a suspensão das contratações, foram obrigados a embarcar como imediatos e até em funções mais subalternas... Outros vão pescar na Terra Nova e no mar do Norte.

Embora falasse com certa precipitação, sua voz mantinha-se calma e inalterada.

– Meu marido não quis assinar um contrato para o Pacífico, onde há mais trabalho, pois só poderia vir à Europa de dois em dois anos... Logo depois que nos casamos, alguns americanos, sob o nome de um armador alemão, empreenderam a construção do *Seeteufel*... E, justamente, se Olaf veio a Fécamp, foi para certificar-se de que não havia aqui outras chalupas à venda...

"Agora o senhor compreende... A intenção era entrar no contrabando de bebida para os Estados Unidos...

"Grandes empresas foram criadas, com capitães americanos... Suas sedes localizam-se na França, Holanda ou Alemanha...

"Na realidade, é para uma dessas empresas que o meu marido trabalha. O *Seeteufel* faz o que eles chamam de Via do Rum.

"Portanto, ele não tem nada a ver com a Alemanha..."

– Ele se encontra ao mar, neste momento? – indagou Maigret, sem despregar os olhos do bonito rosto, que tinha alguma coisa de franco e, às vezes, por que não, de comovente.

– Não creio. O senhor precisa entender que essas viagens não têm a regularidade dos transatlânticos. Mas sempre tento calcular aproximadamente a posição do *Seeteufel*, que, a essa altura, deve estar em Bremen ou prestes a aportar...

– A senhora já foi à Noruega?

– Nunca! Digamos que nunca deixei a Normandia. Apenas duas ou três vezes, para curtas temporadas em Paris.

– Com seu marido?

– Sim... Em nossa viagem de lua de mel, por exemplo.

– Ele é louro, confirma?

– Sim... Por que isso?

– Com um bigodinho claro, rente aos lábios?

– Sim... Aliás, posso lhe mostrar seu retrato.

Ela abriu a porta e saiu. Maigret ouviu-a circular no quarto ao lado.

Sua ausência durou mais do que era lógico supor. Dentro de casa, portas se abriam e fechavam, vaivéns difíceis de explicar.

Ela afinal reapareceu, um tanto confusa e insegura.

– Desculpe... – disse. – Impossível encontrar esse retrato... Casa com criança, sabe como é, sempre uma bagunça...

– Última pergunta... A quantas pessoas deu esta fotografia?

Mostrou a cópia que o fotógrafo lhe dera. A sra. Swaan, escarlate, gaguejou:

– Não entendo...

– Acaso seu marido teria uma cópia?

– Sim... Estávamos noivos quando...

– Nenhum outro homem possui esta fotografia?

Ela estava à beira das lágrimas. O tremor nos lábios denunciava sua aflição.

– Nenhum...

– Eu lhe agradeço, senhora...

Quando ia saindo, uma garotinha irrompeu no recinto. Maigret não precisou esmiuçar seus traços. Era o retrato vivo de Pietr, o letão!

– Olga! – repreendeu a mãe, empurrando a criança por uma porta entreaberta.

O comissário viu-se mais uma vez do lado de fora, na chuva e na ventania.

– Até logo, senhora...

Ainda a observou fugazmente, no vão da porta, e teve a sensação de deixar aquela mulher, a quem surpreendera no aconchego do lar, desamparada.

Pois outros sinais, sutis, indefiníveis e com raízes na angústia, transpareciam nos olhos da jovem mãe que fechava a porta.

5

O russo alcoólatra

SÃO COISAS DE QUE NINGUÉM SE VANGLORIA, as quais, se reveladas, fariam sorrir e, não obstante, exigem certa dose de heroísmo.

Maigret não dormira. Das cinco e meia às oito, fora sacudido em compartimentos atravessados por correntes de ar.

Vinha encharcado desde La Bréauté. Agora, os sapatos cuspiam água suja a cada passo, o chapéu-coco perdera a forma e a capa e o paletó estavam ensopados.

O vento desfechava-lhe a chuva no corpo como bofetadas. Não havia ninguém no beco. Uma subida singela, entre muros de jardins. No meio, descia uma torrente.

Ele se deteve por um bom tempo. Até o seu cachimbo, dentro do bolso, estava molhado. Nenhum refúgio para se esconder nas proximidades da vila. O máximo que podia fazer era tentar encolher-se junto a um muro e esperar.

Se passasse alguém, ele seria visto, chamaria a atenção. Talvez fosse obrigado a mofar ali horas a fio. Não havia nenhuma prova categórica de que um homem estivesse na casa. E, se houvesse, que motivos ele teria para sair?

Apesar disso, Maigret, carrancudo, socando o fumo no cachimbo molhado, esgueirou-se como pôde numa obscura reentrância...

Aquele não era o lugar de um agente da Polícia Judiciária. Tarefa de iniciante, se tanto. Entre os vinte e dois e os trinta anos, montara guarda assim uma centena de vezes.

Teve toda a dificuldade do mundo para acender um fósforo. A lixa da caixa estava um trapo. E se, por uma fatalidade, o palito se negasse a acender, ele iria embora?

De onde estava, tudo que via era um muro baixo e o portão verde da vila. Pisava numa planta com espinhos. Uma aragem lhe roçava a nuca.

Fécamp estendia-se abaixo, mas ele não conseguia avistar a cidade. Ouvia apenas o estrondo do mar e, de tempos em tempos, o apito de uma sirene ou um carro passando.

Fazia meia hora que estava de prontidão quando uma mulher, com jeito de cozinheira, subiu a ladeira carregando uma cesta de compras. Só percebeu Maigret quando se aproximou. Ao deparar com aquele enorme vulto grudado no muro, na rua varrida pelo vento, ficou tão assustada que saiu correndo.

Trabalharia numa das vilas do alto da colina? Minutos depois, um homem apareceu na curva, observou Maigret de longe, foi alcançado por uma mulher e ambos entraram em sua casa.

A situação era ridícula. O comissário sabia que havia menos de dez probabilidades em cem de que aquela campana resultasse em algo de útil.

Mesmo assim, uma vaga sensação, que ele não poderia sequer chamar de pressentimento, fez com que não arredasse pé de onde estava.

Era outra teoria de sua lavra, a qual, aliás, ele jamais desenvolvera e que, batizada intimamente como teoria da brecha, permanecia imprecisa em sua mente.

Em todo malfeitor, em todo bandido, há não só um homem, como, acima de tudo, um jogador, um adversário, e é para este que a polícia volta preferencialmente os olhos, é ele que, em geral, ela ataca.

Um crime é cometido, um delito qualquer? A luta é travada em bases mais ou menos objetivas. Problema com uma ou várias incógnitas, que a razão busca elucidar.

Maigret fazia como os outros. Como os outros, recorria às extraordinárias ferramentas de que Bertillon, Reiss e Locard dotaram a polícia e as quais constituem verdadeira ciência.

No entanto, o que procurava, esperava, espreitava acima de tudo era *a brecha*. Em outras palavras, o momento em que, por trás do jogador, surge o homem.

No Majestic, era o jogador que ele tinha a sua frente.

Ali, pressentia outra coisa. A vila pacata e confortável não fazia parte dos acessórios da luta travada por Pietr, o letão. Aquela mulher e, principalmente, aquelas crianças que ele vira ou ouvira pertenciam a outra ordem material e moral.

Era por isso que aguardava, mal-humorado, vale dizer, pois apreciava demais sua grande estufa de ferro e seu gabinete com cervejas espumantes sobre a mesa para não sentir-se infeliz sob aquele aguaceiro hostil.

Eram pouco mais de dez horas quando se pusera de tocaia. Era meio-dia e meia quando passos fizeram ranger o cascalho de uma aleia, o portão foi aberto com movimentos rápidos e precisos e um vulto desenhou-se a dez metros do comissário.

O terreno não permitia a este recuar. Portanto, permaneceu ali, imóvel, ou melhor, inerte, fincado em pernas que a calça ensopada esculpia em pregas largas.

O homem que saía da casa usava um impermeável barato, com cinto, do qual levantara a gola rota. Na cabeça, um boné cinza.

Esses trajes o faziam parecer muito jovem. Com as mãos nos bolsos, os ombros encolhidos e trêmulos devido à brusca mudança de temperatura, desceu a colina.

Obrigado a passar a menos de um metro do comissário, escolheu aquele momento para desacelerar o passo, tirar do bolso um maço de cigarros e acender um.

Como se quisesse expor abertamente seu rosto na luminosidade, permitindo ao policial examiná-lo!

Maigret deixou que ele desse alguns passos e, circunspecto, saiu em sua perseguição. O cachimbo apagara. Toda a sua pessoa respirava um misto de contrariedade e vontade impaciente de compreender.

Pois o homem com a capa de chuva parecia e não parecia o letão! Mesma altura: aproximadamente um metro e sessenta e oito. A rigor, era possível atribuir-lhe a mesma idade, embora, naqueles trajes, aparentasse vinte e seis, e não trinta e dois anos.

Nada impedia que fosse o original da descrição que Maigret sabia de cor e carregava no bolso.

Ao mesmo tempo, era outro homem! Os olhos, por exemplo, tinham uma expressão mais vaga, nostálgica. O cinza era mais claro, como se as pupilas tivessem sido descamadas pela chuva.

Não usava bigode à escovinha. Mas sua transformação não se resumia a isso.

Outros detalhes impressionavam Maigret. A roupa não lembrava em nada a de um oficial da marinha mercante. Não combinava sequer com a vila, com a vida burguesa, abastada, que ela exalava.

Os sapatos eram puídos, os calcanhares bem deformados. Quando o homem, por causa da lama, arregaçou a barra da calça, o comissário viu meias de algodão cinzentas, descoloridas, grosseiramente remendadas.

A capa de chuva estava salpicada de manchas. O conjunto correspondia a um tipo que Maigret conhecia bem, o vagabundo europeu, quase sempre originário do Leste, que se entoca nas piores pensões de Paris, às vezes dorme nas estações, raramente se arrisca na província, viaja de terceira classe ou, clandestino, nos estribos e vagões de carga.

Teve a prova disso nos minutos seguintes. Fécamp não possui lupanares propriamente ditos. Atrás do porto, contudo, há duas ou três biroscas sórdidas, frequentadas mais por estivadores que por pescadores.

A dez metros desses estabelecimentos, um bar correto, limpo e claro.

Ora, o homem de capa passou por este último sem se deter, entrando com toda a naturalidade na birosca mais suspeita e fincando os cotovelos no balcão com um gesto que não enganava Maigret.

Era um gesto espontâneo, simples e cafajeste. Ainda que tentasse, o comissário seria incapaz de imitá-lo.

Entrou, por sua vez. O homem pedira um absinto barato e deixara-se ficar no balcão, calado, olhar perdido, indiferente a Maigret, ao seu lado.

Por baixo de seus trajes, o policial notou uma roupa de baixo duvidosa. E isso tampouco se imita! A camisa e o colarinho falso, reduzido ao estado de barbante, haviam sido usados dias a fio, talvez semanas! Tinha-se dormido com aquilo, Deus sabe onde! Tinha-se suado ali dentro! Chovera.

O terno não deixava de ter sua elegância, mas carregava os mesmos estigmas e proclamava a mesma e dissoluta vadiagem.

– Outro!

O copo estava vazio. O dono do lugar completou-o e serviu uma aguardente da casa a Maigret.

– Então, por aqui de novo?

O homem não respondeu, engoliu o aperitivo de um trago, como engolira o segundo, e, empurrando o copo no balcão, fez sinal para que o enchessem novamente.

– Quer comer alguma coisa? Tenho arenque ao vinagrete...

Maigret ziguezagueou até uma pequena estufa, para a qual estendeu as costas, reluzentes feito um guarda-chuva. O dono não desistia. Olhando de esguelha para o comissário, prosseguiu, dirigindo-se ao freguês de capa:

– A propósito, semana passada tive um compatriota seu... Um russo de Arkhángelsk... Estava a bordo de um veleiro sueco, obrigado a fundear no porto por causa da tempestade... Nem teve tempo de se embriagar, juro... Tiveram um trabalho dos diabos... Velas rasgadas, duas vergas quebradas e todo o impacto...

O sujeito, que estava no quarto absinto, bebia com aplicação. O dono do bar enchia o copo à medida que este esvaziava e, todas as vezes, dirigia uma olhadela cúmplice para Maigret.

– Quanto ao capitão Swaan, não aparece desde que vi o senhor da última vez...

O comissário estremeceu. O homem de capa, que acabava de engolir, sem água, o conteúdo de um quinto copo, aproximou-se da estufa num andar impreciso, esbarrou em Maigret e estendeu as mãos para o calor.

– Vá lá, me dê um arenque – disse.

Tinha um sotaque bastante acentuado, sotaque russo, pelo que o comissário pôde perceber.

Estavam ali, um ao lado do outro, um contra o outro, por assim dizer. O homem passava reiteradamente a mão no rosto e seus olhos esbugalhavam-se cada vez mais.

– Meu copo? – impacientou-se.

Foi preciso colocar em sua mão. Enquanto bebia, encarou Maigret e fez uma cara de asco.

Nenhum engano possível naquela expressão! Aliás, como se para confirmar sua sensação, ele atirou o copo ao chão, segurou-se no encosto de uma cadeira e rosnou alguma coisa numa língua estrangeira.

O dono, um pouco preocupado, deu um jeito de passar perto de Maigret e, julgando falar baixo, porém de tal forma que o russo não perdesse nada de suas palavras, sussurrar-lhe:

– Não ligue! É sempre a mesma coisa...

O homem rompeu numa gargalhada desconexa de ébrio. Deixou-se cair numa cadeira, pegou a cabeça com ambas as mãos e permaneceu imóvel até o momento em que empurraram por entre seus cotovelos, sobre a mesa, um prato com um arenque marinado.

O dono do lugar sacudiu-lhe o ombro.

– Coma! Vai lhe fazer bem...

O sujeito deu nova gargalhada, um estertor de amargura. Voltou-se para procurar Maigret com os olhos, examinando-o acintosamente e empurrando o prato de arenque para a ponta da mesa.

– Bebida!

O dono ergueu os braços para o teto e, à guisa de justificativa, grunhiu:

– Esses russos, ô raça...

E girou o indicador ao lado da cabeça.

Maigret empurrara o chapéu-coco para trás. Um vapor cinza saía de suas roupas. Mantinha-se na segunda aguardente.

– Dê-me um arenque! – disse.

Levava-o à boca junto com um pedaço de pão, quando o russo, vacilante, levantou-se, olhou em volta como se não soubesse o que fazer e, contemplando Maigret, riu pela terceira vez.

Em seguida, sumiu atrás do balcão, apanhou um copo no armário e apanhou uma garrafa na bacia de estanho, onde ela esfriava na água.

Serviu-se por conta própria, sem olhar o que era, e bebeu, estalando a língua.

Por fim, puxou do bolso uma cédula de cem francos.

– Isso paga, canalha? – perguntou ao dono do bar.

Jogou a cédula para o alto. O dono teve que resgatá-la na pia.

O russo arrancou a maçaneta da porta, que não abria. Quase estourou uma briga, porque o dono queria ajudar o cliente e este o rechaçava à base de cotoveladas.

Finalmente, a capa diluiu-se na cerração e na chuva, ao longo do cais, na direção da estação.

– Um traste! – suspirou o dono, dirigindo-se a Maigret, que pagava o que consumira.

– Costuma aparecer?

– De tempos em tempos... Uma vez, passou a noite aqui, no banco em que o senhor estava sentado... É um russo! Marujos russos, que um dia se encontravam em Fécamp ao mesmo tempo que ele, me contaram... Parece ter recebido boa instrução... Viu as mãos?

– Não acha que lembra o capitão Swaan...?

– Ah, o senhor o conhece... Claro! Não a ponto de confundirmos um com o outro... Mas enfim... Por muito tempo julguei que era irmão dele...

O vulto bege desaparecia numa curva. Maigret apertou o passo.

Alcançou o russo no momento em que este penetrava na sala de espera da terceira classe da estação e arriava num banco, agarrando novamente a cabeça com as mãos.

Uma hora depois, estavam instalados na mesma cabine, na companhia de um negociante de gado de Yvetot, que começou a contar a Maigret boas histórias em dialeto normando e, de quando em quando, cutucava-o para chamar-lhe a atenção para o sujeito.

O russo escorregou imperceptivelmente, terminando por desabar no banco, a cabeça lívida caída no peito, a boca entreaberta fedendo a álcool.

6

A pensão Roi de Sicile

A PARTIR DE LA BRÉAUTÉ, onde despertou, o russo não pregou mais o olho. Verdade que o expresso Havre-Paris estava superlotado. Maigret e seu companheiro permaneceram num corredor, plantados cada um diante de uma portinhola, observando o desfile de uma paisagem confusa que a noite erodia.

O homem da capa não se preocupou um instante sequer com o policial. Na Gare Saint-Lazare, abriu mão de se aproveitar do tumulto para despistá-lo.

Ao contrário, foi lentamente que desceu a grande escadaria e, constatando que o maço de cigarros estava encharcado, comprou outro no quiosque de tabaco da estação. Quase entrou no bar. Mudando de ideia, pôs-se a percorrer as calçadas, arrastando os pés, figura repugnante à vista, de tal forma exprimia completa apatia, um desânimo sem possibilidade de reação.

De Saint-Lazare à Prefeitura, é um bom estirão. É preciso atravessar todo o centro da cidade e, entre seis e sete da noite, pedestres rebentam como ondas pelas calçadas e o fluxo de carros é tão constante como o do sangue nas artérias.

Com seus ombros magros, o impermeável manchado de lama e gordura apertado na cintura, os sapatos com calcanhares deformados, ele patinhava nas luzes e no movimento, empurrado, vacilante, sem parar nem se voltar.

Fez o caminho mais curto, pela Rue du Quatre-Septembre e através dos Halles, o que provava estar habituado ao trajeto.

Chegou ao "gueto" de Paris, cujo núcleo se concentra na Rue des Rosiers, e aproximou-se das lojas com tabuletas em iídiche, açougues kosher, vitrines com pão ázimo.

Numa curva, próximo a uma galeria comprida e escura que lembrava um túnel, uma mulher fez menção de agarrar-lhe o braço, mas soltou-o sem que ele dissesse uma palavra, sem dúvida impressionada.

Terminou na Rue du Roi-de-Sicile, irregular, flanqueada por becos, vielas, pátios fervilhantes, meio bairro judeu e já meio colônia polonesa, e, duzentos metros adiante, entrou no corredor de uma pensão.

Letras de louça anunciavam "Au Roi de Sicile".

Abaixo, liam-se dizeres em hebraico, polonês e outras línguas incompreensíveis, possivelmente também em russo.

Ao lado, um canteiro de obras, onde se viam as ruínas de um prédio escorado por vigas.

A chuva persistia. O vento, contudo, não alcançava aquele antro.

Maigret ouviu o barulho de uma janela se fechando bruscamente no terceiro andar do hotel. Sem hesitar mais que o russo, entrou.

Não havia porta no corredor. Uma escada. No mezanino, uma espécie de cabine de vidro, onde uma família judia fazia uma refeição.

O comissário bateu e, em vez de lhe abrirem a porta, ergueram a janelinha de um guichê. Um cheiro de gordura escapou. O judeu usava um solidéu preto na cabeça. Sua mulher obesa não parou de comer.

– O que é?

– Polícia! Nome do locatário que acaba de se recolher?

O homem gaguejou alguma coisa em sua língua, foi pegar um registro sebento numa gaveta e, sem dizer uma palavra, empurrou-o pelo guichê.

Nesse mesmo instante, Maigret sentiu-se observado de uma escada não iluminada. Voltou-se no mesmo instante e, a uns dez metros de onde estava, viu um olho faiscar.

– Qual é o quarto?

– Trinta e dois...

Ele folheou o registro, leu:

Fiódor Iúrovitch, 28 anos, nascido em Vilna, operário, e Anna Górskina, 25 anos, nascida em Odessa, sem profissão.

O judeu voltara ao seu lugar, julgando-se com a consciência tranquila. Maigret tamborilou no vidro. O dono da pensão ergueu-se lentamente, a contragosto.

– Há quanto tempo ele mora na pensão?

– Cerca de três anos.

– E Anna Górskina?

– Estava aqui antes dele... Talvez quatro anos e meio...

– Do que eles vivem?

– O senhor leu... Ele é operário.

– Conta outra! – disparou Maigret, cujo tom de voz bastou para mudar a atitude do interlocutor.

– O resto não é da minha conta, certo? – replicou, de modo meloso, este último. – Ele paga pontualmente. Sai, entra, não é minha profissão segui-lo...

– Recebe visitas?

– Às vezes... Tenho mais de sessenta locatários e não posso vigiar todo mundo... Contanto que não façam nada de errado... Aliás, se é da polícia, deve conhecer a casa... Meus registros sempre estiveram em dia... O major Vermouillet pode confirmar... É ele que vem todas as semanas...

Maigret voltou-se inesperadamente e chamou:

– Desça, Anna Górskina!

Após um leve rumor na escada, ouviram-se passos. Finalmente, uma mulher invadiu o perímetro iluminado.

* * *

Aparentava mais que os vinte e cinco anos alegados no registro. Isso se devia sem dúvida às suas origens. Como muitas judias na sua idade, engordara, porém sem perder certa beleza. Os olhos, muito escuros, com a córnea extraordinariamente branca e brilhante, eram dignos de nota.

No resto de sua pessoa, contudo, imperava uma displicência que desfazia tal impressão. Seus cabelos pretos, engordurados e desalinhados, caíam em mechas compactas sobre o pescoço. Vestia um penhoar esfiapado que se entreabria e mostrava a roupa de baixo.

As meias estavam enroladas acima dos joelhos gordos.

– O que fazia na escada?

– Estou na minha casa...

Maigret percebeu de cara o tipo de mulher com quem lidava. Desaforada e atrevida, queria briga. Na menor oportunidade, provocaria um escândalo, amotinaria a pensão inteira, daria gritos dilacerantes, além de lançar as acusações mais inverossímeis.

Saberia que era inatacável? De toda forma, encarava o inimigo desafiadoramente.

– Faria melhor se fosse cuidar do seu amante...

– Isso é assunto meu...

O dono da pensão, atrás do guichê, balançava da esquerda para a direita e da direita para a esquerda um rosto entristecido e reprovador, mas os olhos riam.

– Quando viu Fiódor pela última vez?

– Ontem à noite... Às onze horas...

Mentia! Estava na cara! Inútil, porém, bater com ela de frente. Ou terminaria agarrando-a firme pelos ombros e conduzindo-a ao Dépôt.

– Onde ele trabalha?

– Onde bem entende...

O peito arfava sob o penhoar desconjuntado. A boca ia se tornando má, desdenhosa.

– O que a polícia quer com Fiódor?

Maigret preferiu murmurar:

– Caia fora daqui, suba!

– Quando me der na telha! O senhor não manda em mim...

Para que responder, criar um incidente grotesco, que só faria prejudicar o inquérito?

Maigret fechou o livro de registro e estendeu-o ao dono da pensão.

– Tudo certo, não é mesmo? – pronunciou este, que fizera sinal para a moça calar-se.

Mas ela ficou ali até o fim, com as mãos na cintura, metade do corpo iluminada pela luz que emanava da cabine, a outra na penumbra.

O comissário encarou-a novamente. Sustentando seu olhar, ela não resistiu a balbuciar:

– O senhor não me mete medo...

Ele deu de ombros e desceu a escada, raspando nas laterais encardidas.

No corredor, cruzou com dois poloneses malvestidos, que, ao vê-lo, desviaram a cabeça. A rua estava molhada, com reflexos nos paralelepípedos.

Adivinhavam-se, em todos os recantos, nas mais ínfimas manchas de sombra, nos becos e vielas, um rumorejo humano, uma vida escusa e vexaminosa. Sombras triscavam os muros. Os lojistas vendiam produtos dos quais até o nome era desconhecido dos franceses.

A menos de cem metros dali, a Rue de Rivoli e a Rue Saint-Antoine, largas, claras, com seus bondes, vitrines, guardas...

Maigret se deteve, agarrando pelo ombro um guri com orelhas de abano que passava correndo.

– Vá chamar um policial, na Place Saint-Paul...

Mas o moleque olhou-o com olhos assustados e respondeu alguma coisa incompreensível. Não sabia uma palavra de francês!

O comissário avistou um mendigo.

– Tome um trocado... Leve este bilhete ao tira da Place Saint-Paul...

O vagabundo compreendeu. Dez minutos depois, um agente uniformizado chegava.

– Telefone à Polícia Judiciária para enviarem imediatamente um inspetor... Dufour, se possível...

Ficou à toa ainda por uma boa meia hora. Pessoas entraram na pensão. Outras saíram. E a luz da segunda janela à esquerda continuava acesa no terceiro andar.

Anna Górskina apareceu na porta da entrada. Enfiara um casaco esverdeado sobre o penhoar. Não usava chapéu e, a despeito da chuva, calçava sandálias de cetim vermelho.

Atravessou a rua chapinhando. Maigret escondeu-se na sombra.

Ela entrou em uma loja, da qual, minutos depois, saiu com uma infinidade de embrulhinhos brancos e duas garrafas nos braços, desaparecendo dentro da casa.

O inspetor Dufour afinal chegou. Tinha trinta e cinco anos e falava três línguas fluentemente, o que, apesar de sua mania de complicar os casos mais simples, o fazia valioso.

Em suas mãos, um caso banal de assalto ou carteira batida se tornava um drama misterioso em cujos meandros ele terminava por se perder.

Porém, graças a uma tenacidade incomum, em missões objetivas, tocaiar ou seguir alguém, era o homem perfeito.

Maigret forneceu-lhe a descrição de Fiódor Iúrovitch e de sua amante.

– Enviarei um colega seu. Se um dos dois sair, siga-o, mas o outro permanece de sentinela. Entendido?

– Ainda o caso do Estrela do Norte...? Um golpe da Máfia, certo?

O comissário preferiu partir. Quinze minutos depois, chegava ao Quai des Orfèvres, despachava um colega para fazer companhia a Dufour e, xingando Jean, que não incandescera o ferro, debruçava-se sobre a estufa.

Sua capa encharcada, pendurada toda rígida no cabide, herdara a forma de seus ombros.

– Minha mulher não telefonou?

– Hoje de manhã... Avisaram que o senhor estava em missão...

Ela estava acostumada. Ele sabia que podia voltar para casa, que ela se limitaria a beijá-lo, remexer suas panelas no fogão e preparar um prato com alguma comida cheirosa. No máximo se arriscaria, mas apenas quando ele estivesse à mesa, e contemplando-o com o queixo entre as mãos, a um: "Tudo bem?".

Fosse meio-dia ou cinco horas, ele encontraria a refeição pronta da mesma forma.

– Torrence? – perguntou a Jean.

– Telefonou às sete da manhã...

– Do Majestic?

– Não sei. Perguntou se o senhor tinha saído.

– E aí?

– Telefonou de novo às cinco e dez. Mandou avisar que estava à sua espera.

Maigret não comera senão um arenque desde a manhã. Permaneceu por alguns instantes em pé diante do fogo, que, graças a seu singular talento de fazer os carvões mais refratários flamejarem, começava a crepitar.

Por fim, dirigiu-se pesadamente ao armário, dentro do qual havia uma pia de louça, uma toalha de papel, um espelho e uma mala. Puxou a mala para o meio da sala, despiu-se e vestiu roupas secas e limpas, passando a mão hesitante no queixo não escanhoado.

– Paciência...

Lançou um olhar de inveja para o fogo, que pegava tão bem, instalou duas cadeiras nas proximidades e estendeu com cuidado as peças de roupa molhadas sobre elas. Em pé, pronto para sair, devorou o sanduíche que restara em sua mesa. A cerveja, em compensação, acabara. Sentia a boca um pouco seca.

– Se chegar alguma coisa para mim, estou no Majestic – disse a Jean. – Telefone.

E, finalmente, jogou-se no banco de trás de um táxi.

7

Terceiro entreato

MAIGRET NÃO ENCONTROU SEU COLEGA TORRENCE no saguão, e sim num quarto do primeiro andar, onde um excelente jantar se achava servido. O major deu uma piscadela.

– Foi o gerente...! – explicou. – Ele gosta mais de me ver aqui do que lá embaixo... quase suplicou para eu aceitar esse quarto e as iguarias que manda servir....

Falava baixo. Apontou para uma porta.

– Os Mortimer estão aqui ao lado...

– Mortimer voltou?

– Às seis da manhã, molhado, imundo, furioso, com a roupa coberta de giz ou cal...

– O que ele disse?

– Nada... Tentou passar despercebido e ir para o quarto. Mas lhe avisaram que a mulher o esperava no bar. E era verdade! Ela acabou convidando um casal de brasileiros... O bar deve ter ficado aberto só para eles... Estava completamente bêbada...

– E...?

– Ele ficou lívido. Seus lábios se contraíram. Dirigiu um cumprimento seco aos dois brasileiros, agarrou a mulher pelos braços e, sem dizer uma palavra, arrastou-a... Acho que ela dormiu até as quatro da tarde... Nenhum barulho em seus aposentos até essa hora... Depois ouvi sussurros... Mortimer telefonou para que subissem os jornais.

– Pelo menos não se fala no caso?

– Nada! Respeitaram a combinação. Apenas um quadradinho informando que um cadáver foi descoberto no Estrela do Norte e que a polícia acredita em suicídio...

– Prossiga.

– O garçom subiu com limões espremidos para ele. Às seis horas, Mortimer circulou pelo saguão, passou por mim duas ou três vezes, ar de preocupação. Expediu cabogramas cifrados para o seu grupo de Nova York e para o secretário, que chegou a Londres dias atrás...

– É tudo?

– Neste exato momento, estão terminando de jantar. Ostras, frango assado e salada. Não perdi nada. O gerente está tão radiante por me ver engaiolado aqui que se desdobra para me agradar. Agora mesmo, por exemplo, veio me comunicar que os Mortimer têm entradas para o teatro Gymnase. *A epopeia*. Quatro atos sei lá do quê...

– E o apartamento de Pietr?

– Nada! Lá, ninguém entrou. Fechei a porta à chave e enfiei uma bolinha de cera na fechadura, de modo que ninguém pode entrar sem que eu fique sabendo...

Maigret também pegara uma coxa de frango, que devorava sem pudor, enquanto procurava em vão por uma estufa inexistente. Terminou por sentar sobre o radiador, indagando:

– Nada para beber?

Torrence serviu-lhe uma taça de excelente *mâcon* branco, que ele bebeu com avidez. Nesse instante, arranharam a porta: um mensageiro com ares de conspirador entrou.

– O gerente mandou avisar que o sr. e a sra. Mortimer pediram o carro.

O olhar que Maigret dispensara à mesa ainda farta era o mesmo que, desesperançado, dirigira à estufa de seu gabinete.

– Estou de saída – disse, acabrunhado. – Fique aqui.

Arrumou-se um pouco em frente ao espelho, limpou os lábios e o queixo. Dali a instantes, dentro de um táxi, aguardava que os Mortimer-Levingston embarcassem em sua limusine.

Eles não demoraram a aparecer, ele num sobretudo preto escondendo o terno, ela, como na véspera, envolta em peles.

Ela parecia cansada, pois o marido a amparava discretamente com uma das mãos. Sem um suspiro, o carro partiu.

Maigret, que ignorava a estreia no Gymnase, quase não conseguiu entrar. Guardas municipais faziam a ronda na calçada. A despeito da chuva, a turma dos basbaques observava os convidados saindo dos automóveis.

O comissário foi obrigado a chamar o diretor e a serpentear pelos corredores, os quais ele respingava, pois era o único a circular de capa.

O diretor estava uma pilha de nervos. Gesticulava.

– Só me faltava essa! Mas o senhor é a vigésima pessoa a me pedir um "lugarzinho"! Não há mais lugares! E o senhor não está a caráter...

Chamavam-no de todos os lados.

– Está vendo! Ponha-se na minha pele!

Maigret terminou por ficar de pé recostado a uma porta, entre as lanterninhas e vendedoras de programas.

Os Mortimer-Levingston dispunham de um camarote. Nele, havia seis pessoas, entre as quais uma princesa e um ministro. Espectadores entravam e saíam. Mãos eram beijadas. Sorrisos entrecruzavam-se.

A cortina se ergueu sobre um jardim ensolarado. Os "psiu". Os murmúrios. A batida dos sapatos no chão. Por fim a voz do ator, ainda insegura, que ia se firmando, criando a atmosfera.

Retardatários continuavam a chegar. E os "psiu" renasciam. Uma risadinha feminina desatou em algum lugar.

Mortimer estava mais grão-senhor do que nunca. O terno lhe caía com perfeição. O peitilho branco acentuava o marfim de sua pele.

Viu Maigret? Não viu? Uma lanterninha trouxe um tamborete para o comissário, que teve de dividi-lo com uma senhora gorda, em seda preta, mãe de uma atriz.

Primeiro, segundo entreato. Vaivéns nos camarotes. Efusão artificial. Cumprimentos trocados entre as poltronas da plateia.

Nos corredores, no *foyer*, e até no peristilo, um zumbido de colmeia em polvorosa. Sobrenomes sussurrados, nomes de marajás, homens de finanças, de Estado, artistas.

Mortimer deixou três vezes o camarote, apareceu no proscênio e depois na plateia, conversando com um ex-presidente do Conselho, do qual se ouvia, vinte fileiras adiante, a sonora risada.

Fim do terceiro ato. Flores no palco. Ovação para uma atriz magricela. Estrépito dos assentos dobráveis sendo fechados, tropel no assoalho.

Quando Maigret se voltou para o camarote dos americanos, Mortimer-Levingston havia desaparecido.

Quarto e último ato. Era o momento em que, alegando um pretexto qualquer, aqueles que podiam visitavam as coxias e camarins de atores e atrizes. Outros acorriam ao serviço de chapelaria. A preocupação era com os carros e táxis.

Maigret perdeu uns bons dez minutos procurando no interior do teatro. Sem chapéu nem capa, foi então obrigado a se informar do lado de fora e interrogar os vigilantes, o manobrista e os guardas municipais.

Terminou descobrindo que o automóvel verde-oliva de Mortimer acabava de partir. Mostraram-lhe o lugar onde estava estacionado, defronte a um bar frequentado por cambistas de ingressos.

O automóvel tomara a direção da Porte Saint-Martin. O americano não passara na chapelaria.

Grupos de espectadores espalhavam-se do lado de fora, tomando ar fresco nos locais protegidos da chuva.

Com as mãos no bolso, a expressão contrariada, o comissário fumou um cachimbo. Toque da campainha do teatro. As pessoas foram como que aspiradas para dentro. Até os guardas municipais evaporaram para assistir ao último ato.

Os bulevares tinham o aspecto desolador das onze horas da noite. As linhas da chuva, através das luzes, iam se esgarçando. Um cinema expeliu sua plateia, apagou as luzes e, após recolher os painéis com os cartazes, fechou as portas.

Alguns aguardavam o ônibus expresso embaixo de um poste. Quando o ônibus chegou, começou uma discussão porque haviam acabado as senhas. Um guarda interveio e se desentendeu, muito depois que o veículo partira, com um homem gordo e indignado.

Por fim, uma limusine deslizou no asfalto. A porta se abriu com o carro ainda em movimento e Mortimer-Levingston, de terno e sem chapéu, subiu celeremente os degraus da escadaria, penetrando na luz quente dos corredores.

Maigret observou o motorista, cem por cento americano, expressão severa, maxilares proeminentes, imóvel em seu assento, como se engomado pelo uniforme.

O comissário apenas entreabriu uma das portas acolchoadas. Mortimer permanecia de pé, no fundo do camarote. Um ator cômico lançava frases disparatadas. O pano caía. Flores. Tempestade de aplausos.

Precipitação rumo à saída. "Psiu!" O ator anunciava o nome do autor, recebia este no proscênio e o acompanhava até o meio do palco.

Mortimer beijava mãos, apertava outras, deixava cem francos de gorjeta para a funcionária que lhe trazia o agasalho.

Sua mulher estava pálida, com uma risca roxa sublinhando os olhos. Quando entraram no carro, um momento de indecisão.

O casal discutia. Nervosa, a sra. Levingston protestava. O marido acendeu um cigarro e, com um gesto raivoso, apagou o isqueiro.

No fim, falou alguma coisa na corneta acústica e o automóvel arrancou, seguido pelo táxi de Maigret.

* * *

Era meia-noite e meia. Rue La Fayette. As colunas esbranquiçadas da Trinité cercadas por andaimes. Rue de Clichy.

Na Rue Fontaine, a limusine parou defronte ao Pickwick's Bar. Porteiro de azul e dourado. Guarda-casacos. Reposteiro vermelho erguido e atmosfera de tango.

Maigret entrou e, junto à porta, ocupou uma mesa que parecia desprestigiada, pois para ela convergiam todas as correntes de ar.

Os Mortimer haviam se instalado perto da orquestra de jazz. O americano consultava o cardápio, elaborava o menu do jantar. Um dançarino profissional se inclinava diante da sra. Mortimer.

Ela foi dançar. Levinsgton acompanhava-a com os olhos com uma insistência impressionante. Sem voltar-se uma única vez para o recanto ocupado por Maigret, ela trocou algumas frases com seu par.

Em meio aos trajes de gala, notavam-se alguns clientes de terno.

O comissário despachou com um gesto uma profissional que tencionava sentar à sua mesa. Colocaram à sua frente, sem consultar, uma garrafa de champanhe.

Serpentinas desenrolavam-se por toda parte. Bolinhas de algodão voavam. Recebeu uma no nariz e encarou ferozmente a velha dama que mirara nele.

A sra. Mortimer retornou à sua mesa. O dançarino, após deambular pela pista, dirigiu-se à saída, acendendo um cigarro.

De repente, ergueu o reposteiro de veludo vermelho e desapareceu. Maigret levou cerca de três minutos até se resolver a dar uma espiada do lado de fora.

O dançarino não estava mais lá.

O resto foi moroso e monótono. Os Mortimer jantaram lautamente: caviar, trufas no champanhe, lagosta à americana e queijos.

A sra. Mortimer não dançava mais.

Maigret, que tinha horror a champanhe, bebia em pequenos goles, para matar a sede. Tivera o azar de mastigar algumas amêndoas grelhadas que estavam na mesa e o deixaram sedento.

Consultou o relógio: duas horas.

O cabaré esvaziava. Uma dançarina executava seu número em meio à mais completa indiferença. Um hóspede embriagado, com três mulheres à mesa, fazia mais barulho sozinho que todos os clientes juntos.

O dançarino, que permanecera apenas quinze minutos do lado de fora, ainda convidara algumas damas. Mas agora terminara. Cheirava a fastio.

A sra. Mortimer tinha a tez plúmbea e as pálpebras azuladas.

Seu marido fez sinal para o funcionário. Foram trazidos peles, casaco e cartola.

Maigret teve a impressão de que o dançarino, em pé, conversando com o saxofonista ao seu lado, o observava de maneira ansiosa.

Chamou o *maître*, que o fez esperar. Houve alguns instantes desperdiçados.

Quando o comissário finalmente conseguiu sair, o automóvel dos americanos virava na esquina da Rue Notre-Dame-de-Lorette. No meio-fio, um punhado de táxis livres.

Caminhou até um deles.

Ouviu-se um estampido. Maigret levou a mão ao peito, olhou em volta e, embora não visse nada, ouviu passos se afastando pela Rue Pigalle.

Como se arremessado pelo tranco, avançou ainda alguns metros. O porteiro acorreu e o impediu de cair. Clientes saíam do Pickwick's para inteirar-se do incidente. No meio deles, Maigret discerniu o semblante transtornado do dançarino.

8

•

Maigret não se dobra

OS MOTORISTAS DE TÁXI QUE "FAZEM A NOITE" em Montmartre leem nas entrelinhas, chegando muitas vezes a entender alguma coisa até quando ninguém fala nada.

No momento em que o tiro fora disparado, um dos que estacionavam em frente ao Pickwick's abriu a porta do carro para que Maigret entrasse. Não conhecia sua identidade. Pela aparência, sabia tratar-se de um policial.

Os fregueses de um barzinho defronte se aproximaram. Dali a pouco se formava uma aglomeração ao redor do ferido. O motorista então acorreu para ajudar o porteiro, que, sem saber o que fazer com o comissário, simplesmente o amparava. Menos de meio minuto depois, o carro arrancou, com Maigret afundado no banco.

O táxi rodou por dez minutos, até parar em uma rua deserta. O motorista saiu, abriu a porta e viu seu passageiro sentado quase normalmente, com uma das mãos enfiada sob a capa.

– Como eu pensava, não é nada. Para onde?

Apesar disso, e justamente porque o ferimento era superficial, a fisionomia de Maigret se alterara. Seu peito fora perfurado. A bala resvalara numa vértebra, saindo rente à escápula.

– Chefatura de Polícia...

O motorista balbuciou alguma coisa indistinta. No trajeto, o comissário mudou de ideia.

– Para o Majestic... Deixe-me na porta de serviço, Rue de Ponthieu...

Fizera uma bola com o lenço e a comprimira na ferida, constatando que o sangue estancara.

À medida que avançavam em direção ao centro de Paris, suas feições exprimiam menos dor e mais preocupação.

O motorista quis ajudá-lo a sair do táxi. Ele o dispensou com um gesto e atravessou a calçada num passo firme. Atrás do guichê, num corredor estreito, havia um porteiro sonolento.

– Não aconteceu nada?

– Como assim?

Fazia frio. Maigret voltou para pagar o motorista, o qual, julgando insatisfatório cem francos pela façanha realizada, chiou.

No estado em que se encontrava, a figura de Maigret tinha com que impressionar. Sua mão, apertando o lenço por baixo da roupa, permanecia calcada no peito. Tinha um dos ombros mais alto que o outro e, apesar de tudo, tomava a precaução de poupar forças. Sentia-se um pouco zonzo. Às vezes tinha a impressão de flutuar e precisar fazer um esforço para se recompor e recuperar a clareza de suas percepções e gestos.

Subiu uma escadaria de ferro, que dava acesso aos andares superiores, abriu uma porta, saiu num corredor, perdeu-se num labirinto e desembocou em outra escada, exatamente igual à primeira mas com outro número.

Vagou pelos bastidores do hotel. Por sorte, terminou avistando um cozinheiro de touca branca, que, apavorado, o viu avançar.

– Leve-me ao primeiro andar... Ao lado do apartamento do sr. Mortimer.

Ora, para início de conversa, o mestre-cuca não sabia o nome dos hóspedes. Além disso, tomara um susto ao ver as cinco riscas de sangue que Maigret deixara no rosto ao passar-lhe a mão.

Aquela espécie de gigante na malha dos estreitos corredores de serviço, com uma capa preta jogada nos ombros, mangas amarrotadas, a mão obstinadamente pousada no peito, deformando colete e paletó, fez com que ele se congelasse de pavor.

– Polícia! – impacientou-se Maigret.

Sentia latentes as ameaças de vertigem. O ferimento ardia, como que trespassado por agulhas compridas.

Sem se voltar, o cozinheiro terminou por avançar. Dali a pouco os pés de Maigret afundavam em tapetes. Percebeu que deixara as dependências de serviço e adentrara o hotel. Conferiu os números dos quartos. Estava no lado ímpar.

Afinal, encontrou um mensageiro, com a expressão atônita.

– O quarto do sr. Mortimer?

– Embaixo... Mas... o senhor...

Desceu uma escada, enquanto, entre os funcionários, já corria o boato de um homem estranho, ferido, irreal, vagando pelo hotel.

Apoiou-se por um instante na parede, deixando-lhe uma mancha de sangue, enquanto três pequenas gotas de um vermelho muito escuro caíam sobre o tapete.

A muito custo distinguiu o apartamento dos Mortimer e, ao lado, a porta do aposento onde Torrence se instalara. Alcançou essa porta, caminhando um pouco torto, e empurrou-a...

– Torrence!

O quarto estava aceso. Acepipes e garrafas ainda cobriam a mesa.

As grossas sobrancelhas de Maigret se juntaram. Não via seu colega. Em contrapartida, sentia uma espécie de cheiro de hospital na atmosfera.

Ainda zonzo, avançou alguns passos, estacando subitamente diante de um sofá.

Dele, saía um pé calçado em couro preto.

Fez três tentativas para se recobrar. Assim que retirava a mão do ferimento, o sangue voltava a irromper numa efusão alarmante.

Terminou por pegar o guardanapo que estava na mesa e pressioná-lo sob o colete, cuja fivela apertou bem forte. O cheiro reinante no aposento o nauseava.

Com gestos frouxos, ergueu um lado do sofá e deslocou o móvel sobre dois pés.

Não esperava outra coisa: era Torrence que ali jazia, todo encolhido, um dos braços torcido, como se lhe houvessem quebrado os membros para fazê-lo caber naquele espaço exíguo.

Cobrindo-lhe a parte inferior do rosto, uma mordaça, não amarrada. Maigret ajoelhou-se.

Todos os seus movimentos foram pausados, como se em câmera lenta, sem dúvida por conta de seu próprio estado. Hesitou em apalpar o peito de Torrence. E, quando a mão tocou o coração, o comissário imobilizou-se, quedando ali, imóvel no tapete, olhos cravados no companheiro.

Torrence estava morto! A boca de Maigret franziu imperceptivelmente. Seus punhos cerraram. E, sentindo as pupilas embaçarem, lançou, no silêncio do quarto fechado, uma praga terrível.

Aquilo poderia ser grotesco. Não! Era terrível! Era trágico! Era hediondo!

A fisionomia de Maigret endurecera. Não chorava. Devia ser impossível para ele. Suas feições, contudo, em que a dor e a fúria se juntavam à estupefação, pareciam anestesiadas.

Torrence tinha trinta anos. Nos últimos cinco, trabalhara praticamente com o comissário e mais ninguém.

Sua boca estava aberta, como se em pleno e desesperado esforço para abocanhar uma golfada de ar.

Um hóspede tirava os sapatos, no andar superior, bem acima do morto.

Maigret olhou em volta, à procura de um inimigo. Ele arfava.

Escoaram-se vários minutos dessa forma e, quando o policial se levantou, foi porque sentia o avanço de um trabalho insidioso em seu organismo.

Dirigiu-se à janela, abriu-a, viu a pista vazia dos Champs-Élysées. Deixou que a brisa lhe refrescasse a testa por um instante e só então foi recolher a mordaça que arrancara do rosto de Torrence.

Era um guardanapo adamascado, estampando o monograma do Majestic. Dele ainda emanava um vago cheiro de clorofórmio. Maigret permaneceu de pé, a mente vazia, exceto por alguns pensamentos informes que se entrechocavam, com reverberações dolorosas, nesse vácuo.

Mais uma vez, como fizera nos corredores, apoiou o ombro na parede e a pele de seu rosto distendeu-se bruscamente. Sentia-se envelhecido, desanimado. Estaria, nesse momento, à beira de rebentar em soluços? Ora, ele era grandalhão, volumoso, granítico.

O sofá estava atravessado, encostado na mesa não tirada, sobre a qual, num prato, entre ossos de frango, se espalhavam pontas de cigarro.

O comissário estendeu a mão para o telefone. Não chegou a tocá-lo, estalando os dedos raivosamente e voltando até o cadáver, o qual examinou.

Ao pensar nos regulamentos, no Ministério Público, nas formalidades, nas precauções a ser tomadas, franziu o rosto numa expressão irônica e amarga.

Será que isso contava? Tratava-se de Torrence! Como se fosse ele mesmo, caramba!

Torrence, que era da casa, que...

Desabotoou o colete, tão nervoso sob a calma aparente que arrancou dois botões. Viu então alguma coisa e sua pele ficou terrosa.

Na camisa, *bem no centro do coração*, havia um pontinho marrom.

Menor que um grão-de-bico! Uma única gota de sangue coagulara, congelando-se numa pedra do tamanho de uma cabeça de alfinete.

E Maigret, atordoado, só conseguiu exprimir sua indignação impotente com uma careta.

Era repugnante e, ao mesmo tempo, o suprassumo da habilidade em matéria criminosa! Não havia necessidade de procurar mais! Conhecia o procedimento, estudara-o meses antes em uma revista de criminologia alemã.

Primeiro, o guardanapo cloroformizado, que, em vinte ou trinta segundos, deixa a vítima fora de combate. Depois, uma agulha comprida, que o assassino, sem pressa, introduz entre duas vértebras, procurando o coração, drenando a vida, sem barulho ou sujeira.

Exatamente o mesmo tipo de crime fora cometido em Hamburgo, seis meses antes.

Uma bala pode errar o alvo ou ferir, Maigret era a prova disso. Faz barulho, suja.

A agulha, introduzida no coração de um homem inerte, mata cientificamente, sem possibilidade de erro.

Um pequeno detalhe voltou à mente do comissário. Naquela mesma noite, quando o gerente anunciara a partida dos Mortimer e ele, sentado no radiador da calefação e tomado por uma sensação de bem-estar, roía uma coxa de frango, quase escolhera assumir a campana no hotel e despachara Torrence para o teatro.

Ao pensar nisso, estremeceu. Atormentado, às voltas com um mal-estar generalizado que não sabia precisar se era decorrente do ferimento, da emoção ou das emanações do clorofórmio, observou o colega.

Nem sequer lhe ocorreu a ideia de encetar uma investigação oficial, metódica.

Era Torrence quem estava ali! Torrence, seu companheiro em todas as missões dos últimos anos! Torrence, a quem bastava dizer uma palavra, esboçar um sinal, para se fazer entender!

Torrence, cuja boca aberta parecia ainda tentar aspirar um pouco de oxigênio, viver enfim. E Maigret, que não chorava, sentia-se doente, inquieto, com um peso nos ombros e um nó no peito.

Foi novamente até o telefone, falando tão baixo que lhe fizeram repetir duas vezes sua solicitação.

– Chefatura... Sim... Alô! Chefatura... Quem está no aparelho? Hein? Tarraud? Ouça, rapaz.... Corra até a casa do chefe... Sim, à casa dele... Diga-lhe... Diga-lhe para vir me encontrar no Majestic... Imediatamente.... Quarto... não sei o número, mas ele será conduzido... Hein? Não, só isso...

"Alô... O quê? Não, não tenho nada..."

Desligou, pois o colega o interrogava, julgando sua voz estranha e a ordem, mais ainda.

Permaneceu um momento com os braços arriados. Evitava olhar para o canto em que Torrence jazia. Ao voltar-se para um espelho e deparar com a própria imagem, constatou que o sangue atravessara o guardanapo. Então, com muito esforço, tirou a capa.

Uma hora mais tarde, guiado por um funcionário do hotel, o diretor da Divisão de Buscas bateu à porta e viu a silhueta de Maigret desenhar-se no vão estreito.

– Pode ir! – disse o comissário.

E não abriu enquanto o homem não desapareceu. Só então o diretor percebeu que Maigret estava sem camisa. A porta do banheiro estava aberta. No chão, poças de água rubra.

– Feche rápido – quase ordenou o comissário, lixando-se para a hierarquia.

Tinha um ferimento ao comprido, inchado, no lado direito do peito. Seus suspensórios pendiam-lhe nas coxas.

Com a cabeça, indicou o recanto onde Torrence estava e pôs um dedo na boca.

– Psiu!

O diretor foi sacudido por um arrepio. Subitamente agitado, indagou:

– Morto?

A cabeça de Maigret tornou a cair.

– Quer me dar uma mãozinha, chefe? – murmurou, num tom abatido.

– Mas... o senhor... Isso é muito grave...

– Psiu! A bala saiu, é o principal! Ajude-me a juntar tudo isso na toalha...

Colocara a louça no chão e rasgara a toalha ao meio.

– A quadrilha do letão... – explicou. – Acharam que era eu... Mas pegaram foi o meu Torrence...

– Desinfetou o ferimento?

– Com sabão, depois tintura de iodo, sim...

– Acha que...

– É abominável! Uma agulha, chefe... Eles o mataram com uma agulha, após tê-lo feito dormir...

Não era mais o mesmo homem. Tinha-se a impressão de vê-lo e ouvi-lo através de uma cortina de renda que amortecesse imagens e sons.

– Me passe a camisa...

Voz neutra. Movimentos calculados, imprecisos. Rosto inexpressivo.

– Sua vinda era imprescindível... Considerando que se trata de um dos nossos... Além do mais, eu não queria um escândalo... Que viessem recolhê-lo imediatamente... Nenhuma palavra aos jornais... Confia em mim, não é mesmo, chefe?

Havia, contudo, um tremor imperceptível em sua voz. Isso tocou seu interlocutor, que pegou sua mão.

– Seja franco, Maigret! O que está havendo?

– Nada... Estou calmo, juro... Acho inclusive que nunca estive tão calmo... Mas o assunto agora é entre eles e mim... O senhor compreende...

O diretor ajudou-o a enfiar o colete e o paletó. Maigret, deformado pelo curativo que avolumava seu aspecto físico, anulando a precisão de suas linhas, parecia usar enchimentos de gordura.

Olhou-se num espelho com certa ironia. Era flagrante seu aspecto desmazelado. Deixara de ser o monobloco granítico, formidável, que gostava de afrontar os adversários com sua presença.

O rosto, pálido, riscado de vermelho, parecia intumescido, com olheiras incipientes.

– Obrigado, chefe... No que se refere a Torrence, acha possível?

– Evitar a publicidade, sim... Avisarei ao Ministério Público... Falarei pessoalmente com o procurador.

– Ótimo! Agora, cada segundo é importante...

Disse isso enquanto ajeitava um pouco os cabelos desalinhados. Caminhou então até o corpo de Torrence e, hesitante, perguntou ao colega:

– Permite que eu feche os olhos dele? Acho que ele gostaria que fosse eu...

Os dedos tremiam. Deixou-os por um bom tempo sobre as pálpebras do morto, numa espécie de carícia. O diretor, num nervosismo crescente, suplicou:

– Maigret!

O comissário ergueu-se e deu uma última espiada à sua volta.

– Até breve, chefe... Não contem à minha mulher que estou ferido...

Seu vulto ocupou por um instante todo o enquadramento da porta. O diretor da Divisão de Buscas, preocupado, quase o chamou de volta.

Fora assim que, durante a guerra, companheiros de armas lhe haviam dito "até breve", com aquela mesma calma e mansidão irreal, antes de desfechar o ataque.

E esses nunca mais voltaram!

9

O matador de aluguel

AS QUADRILHAS INTERNACIONAIS ESPECIALIZADAS na alta chantagem raramente matam.

Em princípio, podemos até estabelecer que não matam, pelo menos aqueles de quem decidiram confiscar alguns milhões. Para roubar, empregam métodos mais científicos, a maioria de seus integrantes sendo cavalheiros cujos bolsos não portam arma.

Mas chegam a matar, em acertos de contas. Todo ano, um ou dois crimes impossíveis de ser elucidados são perpetrados em algum lugar. Quase sempre a vítima não é identificada, sendo enterrada sob um nome sabidamente falso.

Nesse caso, trata-se: ou de um traidor; ou de um homem que devido à língua desatada pela bebida cometeu imprudências; ou de um comparsa cuja ambição ameaça posições conquistadas.

Nos Estados Unidos, país que dita a norma, essas execuções nunca ficam nas mãos de elemento da quadrilha. Eles recorrem a especialistas, a "matadores de aluguel", que, a exemplo dos carrascos oficiais, recebem por empreitada.

Isso não significa que o mesmo não se dava na Europa, onde, por exemplo, a famosa quadrilha dos poloneses, cujos chefes terminaram no cadafalso, foi mais de uma vez subcontratada por malfeitores de outra ramificação avessos a sujar as mãos de sangue.

Maigret sabia disso quando desceu a escada e se encaminhou ao escritório do Majestic.

– Quando um hóspede pede uma refeição, quem atende a chamada? – indagou.

– Um *maître* especial, lotado no serviço dos apartamentos.

– À noite também?

– Claro que não! Depois das nove, temos um funcionário noturno.

– Que fica...?

– No subsolo.

– Leve-me até lá.

Penetrou novamente nos subterrâneos daquela colmeia de luxo, concebida para abrigar mil hóspedes. Encontrou um atendente sentado a uma mesa telefônica, numa dependência contígua à cozinha. Um livro de registro estava à sua frente. Era a hora morta.

– Por acaso o major Torrence fez uma chamada entre nove da noite e duas da manhã?

– Torrence?

– O agente instalado no gabinete azul, ao lado do 3... – explicou em termos profissionais o funcionário do escritório.

– Não houve nenhuma ligação de sua parte.

– E ninguém subiu até lá?

O raciocínio era elementar. Se Torrence havia sido atacado no próprio quarto, alguém entrara lá. Para sufocá-lo, o assassino deve ter se esgueirado por trás da vítima. E Torrence não desconfiou.

Apenas um garçom do hotel cumpria essas condições, ou tendo sido chamado pelo inspetor ou se apresentado para tirar a mesa por iniciativa própria.

– Que funcionário deixou o serviço antes do horário?

O telefonista se admirou.

– Como sabe disso? Foi um imprevisto... Pepito recebeu um telefonema avisando que o irmão estava doente...

– A que horas?

– Mais ou menos dez...

– Onde ele estava nesse momento?

– Lá em cima.

– Em que aparelho ele recebeu a chamada?

A ligação caíra na mesa central. O atendente afirmou que não transmitira nenhum recado a Pepito.

A coisa andava depressa! Maigret, no entanto, permanecia plácido e lúgubre.

– A ficha dele...? Pois o senhor deve ter uma ficha...

– Não é uma ficha propriamente dita... Pelo menos não para o que chamamos de "pessoal de sala", que muda com frequência.

Pepito Moretto, pensão Beauséjour, Rue des Batignolles, 3. Contratado em...

– Providencie uma ligação para a pensão Beauséjour.

Nesse ínterim, interrogou outro funcionário e soube que, indicado por um *maître* italiano, Pepito Moretto começara no Majestic três dias antes da chegada dos Mortimer-Levingston. Nada a lhe censurar quanto à eficiência. No início, fora designado para a "sala", depois, a seu pedido, "fizera os apartamentos".

A pensão Beauséjour estava na outra ponta da linha.

– Alô! Quer me chamar o Pepito Moretto? Alô! Como é? Com a bagagem...? Três horas da manhã? Obrigado! Alô! Mais uma coisinha... Ele recebia a correspondência aí no seu estabelecimento? Cartas, nunca? Obrigado! É só.

Com a mesma calma incomum, Maigret desligou.

– Que horas são? – perguntou.

– Cinco e dez...

– Chame um táxi.

Deu ao motorista o endereço do Pickwick's Bar.

– Sabia que fecha às quatro?

– Não interessa!

***

O carro parou em frente ao cabaré, cujas persianas estavam arriadas. Via-se luz por baixo da porta. Maigret não ignorava que os funcionários da maioria dos estabelecimentos noturnos, às vezes quarenta homens ou mais, costumam jantar no local antes de irem embora.

Comem na sala que os clientes acabam de deixar, quando já se varrem as serpentinas e as mulheres da faxina pegam no pesado.

Contudo, não tocou a campainha no Pickwick's. Dando as costas para o cabaré, percebeu, na esquina da Rue Fontaine, um quiosque de tabaco, ponto de encontro do pessoal de serviço nas boates, seja ao longo da noite, entre dois temas de jazz, seja depois.

O bar continuava aberto. Quando Maigret entrou, três homens tomavam um café aguado debruçados no balcão e entretinham-se com seus assuntos.

– Pepito não está?

– Faz tempo que já foi! – replicou o dono.

O comissário notou que um dos fregueses, parecendo reconhecê-lo, fazia sinal para o dono do bar se calar.

– Eu tinha um encontro com ele, às duas... – prosseguiu.

– Ele estava aqui...

– Eu sei... Mandei recado por um dançarino dali defronte.

– José?

– Esse mesmo. Ele deve ter avisado Pepito que eu estava ocupado.

O freguês que dirigira sinais ao dono tamborilava com as pontas dos dedos no balcão. Estava pálido de raiva, pois as poucas frases que deixaram escapar no bar eram suficientes para explicar os fatos.

Às dez horas, ou pouco antes disso, Pepito assassinava Torrence no Majestic.

Devia ter instruções minuciosas, pois, alegando um telefonema do irmão, largara o serviço quase imediatamente para se dirigir ao bar da esquina da Rue Fontaine e, lá, esperar.

Em dado momento, o dançarino que acabavam de chamar de José atravessou a rua e lhe passou um recado elementar de adivinhar: atire em Maigret assim que ele sair do Pickwick's.

Em outros termos, dois crimes no intervalo de poucas horas. E os dois únicos personagens capazes de ameaçar a quadrilha do letão estavam suprimidos!

Pepito atira, foge. Seu papel terminou. Ninguém o viu. Pode então ir pegar sua mala na pensão Beauséjour...

Maigret pagou a conta, saiu e, ao se voltar, viu os três fregueses bombardeando o dono do bar com censuras.

Bateu à porta do Pickwick's Bar, que uma faxineira abriu.

Como pensara, os funcionários jantavam, instalados ao longo de mesas emendadas uma na outra. Viam-se restos de frango, perdiz, sobremesas, tudo que a clientela não consumira. Trinta cabeças se voltaram para o comissário.

– Faz muito tempo que José foi embora?

– Claro, logo depois que...

Mas o chefe do pessoal, reconhecendo o comissário, que ele próprio servira, cutucou o homem que falava.

Maigret não fez rodeios.

– O endereço dele! E o certo, hein! Caso contrário, vai lhe custar caro...

– Não sei... Só o patrão...

– Onde ele está?

– Em La Varenne, na casa de campo.

– Passe-me o livro de registro.

– Mas...

– Silêncio!

Fingiram procurar nas gavetas de uma mesinha instalada atrás do palco da orquestra. Maigret atropelou os que se agitavam dessa forma e achou prontamente o registro, no qual leu:

José Latourie, Rue Lepic, 71.

Saiu como entrara, pesadamente, enquanto os garçons, intranquilos, voltavam aos seus pratos.

Estava a dois passos da Rue Lepic. Mas o 71 ficava quase no topo da ladeira. Sentindo falta de ar, foi obrigado a parar duas vezes.

Viu-se finalmente à porta de uma pensão no gênero da Beauséjour, apenas mais sórdida, e tocou. A porta abriu-se automaticamente. Ele bateu numa janelinha de vidro e um garçom da noite terminou por emergir da cama.

– José Latourie?

O funcionário verificou no quadro afixado na cabeceira de seu leito de campanha.

– Ainda não voltou! A chave continua aqui...

– Passe para cá! Polícia...

– Mas...

– Depressa!

O fato é que, naquela noite, ninguém lhe resistiu. E, não obstante, ele não tinha nem a severidade nem a rispidez de costume. Mas será que, de um modo confuso, não percebiam que assim era pior?

– Qual é o andar?

– Quarto!

Comprido e estreito, o cômodo cheirava a mofo. A cama estava desfeita. José, como a maioria de seus pares, ficava na cama até as quatro da tarde, horário a partir do qual os donos de pensão se recusam a fazer os quartos.

Um velho pijama, puído na gola e nos cotovelos, estava jogado sobre os lençóis. No chão, um par de sapatos sociais com o calcanhar rasgado e a sola furada tinha virado chinelo.

Numa bolsa de viagem em imitação de couro, havia apenas jornais velhos e uma calça preta remendada.

Acima do vaso sanitário, um sabonete, uma pomada, comprimidos de aspirina e um tubo de barbitúrico.

No chão, um pedaço de papel embolado, que Maigret recolheu e desdobrou com cuidado. Não precisou aproximá-lo das narinas para saber que contivera heroína.

Quinze minutos depois, o comissário, que esquadrinhara todos os desvãos, detectou um buraco no forro da única poltrona, introduziu o dedo e, um depois do outro, retirou onze saquinhos da mesma droga, cada um com um grama.

Guardou-os na carteira e desceu a escada. Na Place Blanche, abordou um policial, deu-lhe instruções e ele foi postar-se nas proximidades do 71.

Maigret lembrava-se do rapaz de cabelos pretos: um gigolô enfermiço, com olhos amedrontados, que, desastrado, esbarrara em sua mesa ao passar perto dele quando voltara de seu encontro com Moretto.

Desfechado o golpe, ele não se atrevera a voltar para casa, preferindo abandonar seus três andrajos e os onze saquinhos, que, no varejo, em todo caso, representavam uns bons mil francos.

Aquele seria agarrado mais dia menos dia, pois, além de lhe faltar massa cinzenta, devia estar com o medo nos calcanhares.

O sangue-frio de Pepito era de outra natureza. Poderia ter ido para uma estação esperar a partida do primeiro trem; ou se diluído no subúrbio; ou, simplesmente, mudado de bairro e de hotel.

Maigret chamou um táxi e quase deu o endereço do Majestic. Calculou, no entanto, que a função não terminara por lá. Em outras palavras, Torrence continuava no quarto.

– Quai des Orfèvres...

Ao passar por Jean, compreendeu que ele já sabia e desviou a cabeça como um culpado.

Ignorou a estufa. Não tirou capa nem colarinho.

Ficou imóvel por duas horas, com os cotovelos na mesa. Quando cogitou ler um memorando, provavelmente deixado ali durante a noite, já amanhecia.

Ao comissário Maigret. Urgente.

Um homem de terno penetrou por volta das onze e meia na pensão Roi de Sicile, onde permaneceu por dez minutos. Foi embora de limusine. O russo não saiu.

Maigret não se mexeu. E as notícias chegaram todas ao mesmo tempo. Primeiro, foi um telefonema do comissariado do bairro de Courcelles.

– Um cara chamado José Latourie, dançarino popular, foi encontrado morto próximo à entrada do Parc Monceau. Marcas de três facadas.

A carteira não foi roubada. Ignoramos quando e em que circunstâncias o crime foi cometido.

Maigret, de sua parte, não ignorava! Visualizou instantaneamente Pepito Moretto saindo do Pickwick's atrás do rapaz e, encontrando-o fora de si, prestes a dar com a língua nos dentes, assassinando-o sem nem sequer dar-se ao trabalho de levar sua carteira e documentos de identidade; seria um desafio?

"Pensou que chegaria a nós por intermédio dele? Pois veja como ele ficou!", parecia dizer.

Oito e meia. Ao telefone, a voz do gerente do Majestic.

– Alô! Comissário Maigret? É inacreditável, inconcebível! Há poucos minutos, o 17 chamou... O 17! Lembra-se? Aquele que...

– Oswald Oppenheim, sim... E daí?

– Mandei um garçom... Oppenheim, deitado como se nada tivesse acontecido, pediu o café da manhã...

10

O retorno de Oswald Oppenheim

MAIGRET PERMANECEU IMÓVEL DURANTE DUAS HORAS. Quando quis levantar-se, mal pôde mexer o braço e foi obrigado a tocar e chamar Jean para ajudá-lo a vestir o casaco.

– Mande vir um táxi...

Minutos depois, adentrava a casa do dr. Lecourbe, à Rue Monsieur--le-Prince. Embora houvesse seis clientes aguardando na sala de espera, fizeram-no desviar pelo apartamento e, tão logo o consultório ficou livre, ele foi atendido.

Só deixou o local uma hora depois. Seu peito latejava. As olheiras eram tão profundas que alteravam seu olhar, como se Maigret estivesse maquiado.

– Rue du Roi-de-Sicile! Mando parar quando chegarmos...

A certa distância, avistou seus dois inspetores circulando defronte à pensão. Desembarcou do táxi e foi ao seu encontro.

– Ele não saiu?

– Não... Fizemos um revezamento rigoroso...

– Quem saiu da pensão?

– Um velhinho recurvado, depois dois rapazes, depois uma mulher de uns trinta anos...

Maigret encolheu os ombros e suspirou:

– O velhinho tinha barba?

– Tinha...

Sem uma palavra, deixou-os, subiu a escada estreita e passou em frente à cabine. Dali a pouco, sacudia a porta do quarto 32. Uma voz de mulher respondeu numa língua desconhecida. A porta cedeu e ele viu Anna Górskina, seminua, saindo da cama.

– Onde está seu amante? – perguntou.

Falava com displicência, meio às pressas, sem dar-se ao trabalho de revistar o cômodo.

Anna Górskina gritou:

– Fora daqui! O senhor não tem o direito...

Porém, fleumático, ele recolheu no assoalho a capa que conhecia. Fez menção de procurar outra coisa. Percebeu ao pé da cama a calça cinzenta de Fiódor Iúrovitch.

Por outro lado, não havia sapatos masculinos no quarto.

A judia, no mesmo penhoar, cravava-lhe o olhar furioso.

– Acha que, por sermos estrangeiros...

Ele não lhe deu tempo de extravasar sua raiva. Tranquilamente, saiu e fechou a porta, que ela reabriu quando ele ainda não descera um andar. No *hall*, limitou-se a ofegar, sem pronunciar uma palavra. Debruçada na balaustrada, ela o acompanhou com os olhos e, subitamente, não aguentando mais, sentindo a necessidade lancinante de fazer uma coisa qualquer, cuspiu.

A saliva caiu a poucos centímetros do comissário, num estalo seco.

O inspetor Dufour pediu instruções.

– E agora?

– Vigie a mulher... Esta não irá se disfarçar de velhinho...

– Está querendo dizer que...

Claro que não! Não queria dizer nada! Não estava com cabeça para polemizar. Entrou novamente no táxi.

– Para o Majestic...

O inspetor, deprimido, humilhado, observou-o partir.

– Faça o que puder! – gritou-lhe Maigret.

Não era sua intenção magoar o colega. Se este se deixara lograr, não era culpa sua. Afinal, Maigret não permitira que matassem Torrence?

O gerente esperava à porta, o que era uma atitude inédita.

– Finalmente! Compreenda... Não sei mais o que fazer... Vieram procurar o seu... seu amigo... Garantiram que os jornais não abrirão o bico... Mas *o outro* está aqui... Ele está aqui!

– Ninguém viu quando ele voltou?

– Ninguém! É justamente isso que... Escute! Como falei ao telefone, ele chamou... Quando o garçom se apresentou, ele pediu o café... Estava na cama...

– Mortimer?

– Acha que existe um elo...? Não é possível! É um homem conhecido... Ministros e banqueiros vieram visitá-lo aqui mesmo...

– O que Oppenheim faz no momento?

– Acaba de tomar um banho... Acho que está se vestindo...

– E Mortimer?

– Os Mortimer ainda não chamaram... Dormem um sono profundo...

– Me faça a descrição de Pepito Moretto...

– Sim... Me contaram... Nunca o vi pessoalmente... Quer dizer, reparei nele... Temos tantos funcionários... Mas me informei... Um homem baixo, pele morena, cabelo preto, atarracado, que passava dias sem dizer uma palavra...

Maigret transcreveu numa folha avulsa, meteu-a num envelope e escreveu o endereço do seu chefe. Junto com as impressões digitais, que sem sombra de dúvida haviam sido extraídas no quarto onde Torrence estava morto, devia bastar.

– Mande levar isso à Chefatura...

– Sim, senhor comissário...

O gerente abaixara um pouco a crista, percebendo que os acontecimentos ameaçavam assumir proporções desastrosas.

– Que providências o senhor irá tomar?

O comissário, porém, espaçoso e desajeitado, já se afastava, posicionando-se no meio do saguão, como os turistas nas igrejas históricas, onde, sem ajuda do sacristão, tentam perscrutar o que há de interessante.

Um raio de sol dourava todo o saguão do Majestic.

Às nove da manhã, não havia quase ninguém ali. Raros hóspedes tomavam o café da manhã, em mesas isoladas, lendo os jornais.

Maigret terminou por desabar na cadeira de lona, próximo ao chafariz, que, por um motivo qualquer, não funcionava esse dia. Os peixes vermelhos, no tanque de cerâmica, permaneciam obstinadamente imóveis, apenas suas bocas se abriam e fechavam no vazio.

A boca aberta de Torrence voltou à mente do comissário. Parecia muito impressionado, pois se agitou muito tempo até encontrar uma posição razoável.

Dois escassos funcionários circulavam. Maigret acompanhava-os com os olhos, sabendo que, a qualquer instante, uma bala poderia ser disparada.

O embate atingia o seu clímax.

O fato de Maigret haver descoberto a identidade de Oppenheim, vulgo Pietr, o letão, não mudava muita coisa, e o policial não arriscava alto.

O letão não fazia questão de se esconder, desafiava a Sûreté, certo de não haver nenhuma acusação contra ele.

Prova disso era a série de telegramas seguindo seu rastro passo a passo, de Cracóvia a Bremen, de Bremen a Amsterdã, de Amsterdã a Bruxelas e Paris.

Agora, entretanto, havia a morte no Estrela do Norte! Havia, acima de tudo, uma descoberta de Maigret: as insólitas relações entre o letão e Mortimer-Levingston.

E essa descoberta era capital!

Pietr era um bandido que admitia sê-lo, limitando-se a dizer à polícia internacional: “Tente me pegar com a mão na massa!”.

Mortimer, para o mundo inteiro, era um homem honesto!

Duas criaturas estavam em condições de revelar os vínculos Pietr--Mortimer.

E, na mesma noite, Torrence era executado! Maigret, baleado na Rue Fontaine!

Um terceiro personagem, pobre-diabo que decerto entrara de gaiato na história mas poderia deflagrar um novo inquérito, era suprimido: José Latourie, dançarino popular.

Ora, Mortimer e o letão, sem dúvida confiantes nessa tripla execução, haviam reocupado seus lugares. Estavam lá em cima, em seus apartamentos suntuosos, dispunham da equipe de um hotel de luxo, tomavam banho, almoçavam e se vestiam.

Maigret, sozinho, os esperava, desconjuntado numa cadeira de lona, um lado do peito rígido e lancinante, o braço direito praticamente imobilizado por uma dor contínua.

Estava autorizado a prendê-los. Sabia, contudo, que isso não daria em nada. A rigor, não seria difícil desencavar testemunhas contra Pietr, o letão, vulgo Fiódor Iúrovitch, vulgo Oswald Oppenheim, o qual certamente adotava ainda diversos outros nomes, talvez inclusive o de Olaf Swaan.

Mas e contra Mortimer-Levingston, bilionário americano? Uma hora após sua prisão, a embaixada dos Estados Unidos protestaria! Os bancos franceses e companhias financeiras e industriais que ele geria acionariam os políticos.

Qual seria a prova? O indício? O fato de ele haver sumido, depois do letão, por algumas horas?

De haver jantado no Pickwick's e sua mulher dançado com José Latourie?

De um inspetor de polícia tê-lo visto penetrar numa pensão sórdida chamada Roi de Sicile?

Tudo isso seria reduzido a pó! Cumpriria não só apresentar desculpas como, para ficar bem com os Estados Unidos, tomar determinadas medidas, afastar Maigret do caso, ao menos pró-forma.

Torrence estava morto!

Devia ter atravessado aquele mesmo saguão, numa padiola, às primeiras luzes da manhã. A menos que, evitando impor esse espetáculo degradante a algum hóspede madrugador, o gerente houvesse conseguido trasladá-lo pelas dependências de serviço!

Não era impossível! Os corredores estreitos, as escadas em caracol, onde a padiola batera nas barras...

Toque do telefone, atrás do balcão de mogno. Vaivéns. Ordens apressadas.

O gerente se aproximou.

– A sra. Mortimer-Levingston está de partida... Acabam de ligar de seu aposento, para apanharem sua mala... O carro chegou.

Maigret sorriu palidamente.

– Qual é o trem? – perguntou.

– Ela pegará o avião para Berlim, no Bourget...

Ele não terminara e ela apareceu, vestindo um casaco de viagem em tons de cinza, na mão uma bolsa de crocodilo. Tinha pressa. Ao chegar à porta giratória, no entanto, não pôde se abster de voltar a cabeça.

Para que ela o visse bem, Maigret fez um esforço e levantou-se. Constatou que ela mordeu o lábio e saiu com maior precipitação ainda, gesticulando e dando suas ordens ao motorista.

Alguém chamou o gerente. O comissário se viu sozinho, em pé diante do chafariz, que de repente deu para funcionar. Deviam ligar o repuxo nas horas redondas.

Eram dez horas.

Abriu outro sorriso, este secreto, e voltou a sentar pesadamente, porém com cautela, pois ao menor gesto o ferimento, cada vez mais sensível, ardia.

– Estão descartando os fracos...

Pois era efetivamente isto! Depois de José Latourie, considerado muito vulnerável e tirado da reta com três facadas no peito, afastavam a sra. Mortimer, igualmente impressionável. Despachavam-na para Berlim! Um tratamento privilegiado!

* * *

Restavam os fortes: Pietr, o letão, em seus infindáveis disfarces, Mortimer-Levingston, que decerto nada perdera de seus ares aristocráticos, e Pepito Moretto, o matador da quadrilha.

Todos os três, ligados por cordões invisíveis, faziam seus preparativos.

O inimigo estava ali, no focinho deles, no meio do saguão que começava a ganhar vida, imóvel numa poltrona de vime, as pernas esticadas, recebendo no rosto o vapor d'água do chafariz, que emitia um ligeiro assobio.

O elevador parou.

Pietr, o letão, foi o primeiro a surgir, num elegante terno cor de canela, Henry Clay nos lábios.

Estava em casa. Pagava por isso. Desenvolto, seguro de si, deambulou no saguão, parou aqui e ali diante das vitrines que as grandes marcas instalam nos hotéis de luxo, pediu fogo ao mensageiro, examinou o quadro com a última cotação das moedas estrangeiras e acomodou-se, a menos de três metros de Maigret, de frente para o chafariz, o olho pregado nos peixes vermelhos, aparentemente artificiais; deu então um peteleco na cinza do cigarro, jogando-a no tanque, e dirigiu-se à sala de leitura.

11

Dia de reviravoltas

PIETR, O LETÃO, PASSOU OS OLHOS NOS JORNAIS, concedendo mais atenção ao *Revaler Bote*, gazeta estoniana de que o Majestic só dispunha de um número antigo, possivelmente esquecido por um hóspede.

Pouco antes das onze horas, acendeu outro charuto, atravessou o saguão e pediu o chapéu ao mensageiro.

Graças ao sol, que irrigava toda uma metade dos Champs-Élysées, o tempo estava bem ameno.

O letão, sem agasalho e com um gorro cinza na cabeça, saiu e, em passos lentos, parecendo apenas em busca de ar puro, tomou a direção da Étoile.

Maigret o seguia a curta distância, sem procurar se esconder. O curativo, que dificultava seus movimentos, fazia-o execrar aquele passeio.

Na esquina da Rue de Berry, ouviu um leve assobio a poucos metros. Ignorou-o. O assobio recomeçou. Então, voltando-se, ele viu o inspetor Dufour, em vias de executar uma mímica toda misteriosa para sinalizar que tinha algo a comunicar ao chefe.

Posicionado na Rue de Berry, o inspetor fingia-se absorto na contemplação da vitrine de uma farmácia, de modo que seu gestual parecia dirigir-se a uma cabeça de cera feminina cuja face fora meticulosamente revestida por eczemas.

– Apareça! Vamos! Avie-se...

Atitude que deixou Dufour chateado e indignado ao mesmo tempo. Fazia uma hora que rondava os arredores do Majestic, recorrendo às astúcias mais sagazes, e o comissário se limitava a ordenar que ele aparecesse!

– O que há?

– É a judia...

– Saiu?

– Está aqui... E, já que me obrigou a aparecer, está olhando para cá neste exato momento...

Maigret olhou em volta.

– Onde?

– No Select... Lá dentro... Mas espere! A cortina vermelha...

– Continue a vigiar...

– Sem me esconder?

– Tome um aperitivo na mesa ao lado dela, se julgar divertido.

Pois, àquela altura do jogo, teria sido inútil dissimular. Maigret seguiu adiante e, não mais de duzentos metros à frente, alcançou o letão, que abrira mão de se aproveitar daquele encontro para escapar à sua vigilância.

E como escapar-lhe? O campo do jogo mudara. Os adversários se viam. Praticamente todas as cartas haviam sido baixadas.

Pietr percorreu duas vezes o caminho da Étoile à Rotatória e, no fim, Maigret conhecia seu tipo nos mais ínfimos detalhes, tendo captado profundamente seu caráter.

Era um tipo esguio, nervoso, no fundo mais sofisticado que Mortimer, sofisticado, porém à maneira dos homens do Norte.

O comissário estudara alguns da mesma têmpera, todos eles intelectuais. E aqueles com quem convivera, no Quartier Latin, por ocasião de estudos de medicina inacabados, haviam desconcertado o latino que ele era.

Lembrava-se de um deles, em especial, um polonês magro e louro, com os cabelos já ralos aos vinte e dois anos, cuja mãe, em seu país, era faxineira, e o qual cursara a Sorbonne, sem meias nos pés, comendo apenas um pedaço de pão e um ovo diariamente.

Sua condição financeira não lhe permitia comprar os manuais e ele era obrigado a estudar nas bibliotecas públicas.

Não conhecia nada de Paris, nem das mulheres, nem do caráter francês. Apesar disso, mal terminara os estudos, ofereceram-lhe uma cátedra importante em Varsóvia. Cinco anos mais tarde, Maigret o via de volta a Paris, ressequido e frio como antes, integrando uma delegação de cientistas estrangeiros e jantando no Élysée.

O comissário conhecera outros no gênero. Nem todos tinham o mesmo mérito. Mas quase todos surpreendiam pelo número e diversidade de coisas que queriam aprender e aprendiam.

Estudar por estudar! Como aquele professor de uma universidade belga que sabia todos os dialetos do Extremo Oriente (cerca de quarenta), sem nunca ter posto os pés na Ásia, não demonstrando, aliás, interesse algum pelos povos cuja linguagem dissecava como diletante.

Era uma vontade desse quilate que se via nos olhos esverdeados do letão. Contudo, quando se julgava possível englobá-lo nessa linhagem de intelectuais, afloravam outros elementos que voltavam a suscitar dúvidas.

De certa forma, entrevia-se a sombra do russo Fiódor Iúrovitch, o vagabundo da capa de chuva, se superpondo à silhueta esmerada do hóspede do Majestic.

O fato de constituírem um único e mesmo homem era uma certeza moral, e já quase material.

Na noite de sua chegada, Pietr desaparecia. Na manhã seguinte, Maigret o reencontrava em Fécamp sob os traços de Fiódor Iúrovitch.

Retornava à Rue du Roi-de-Sicile. Poucas horas depois, Mortimer entrava na pensão. Várias pessoas então saíam do estabelecimento, entre elas um velho de barba.

E, pela manhã, Pietr, o letão, voltava a ocupar seu lugar no Majestic.

O mais espantoso é que, afora uma semelhança física deveras impressionante, não havia nenhuma característica comum entre essas duas encarnações.

Fiódor Iúrovitch era efetivamente um vagabundo eslavo, um degenerado nostálgico e desajustado. Nenhuma nota dissonante. Nenhum deslize, por exemplo, quando se aboletava na espelunca de Fécamp.

Nenhuma imperfeição, em contrapartida, no personagem do letão, que, por sua vez, era um apurado intelectual da cabeça aos pés, tanto na maneira de pedir fogo a um mensageiro de hotel como na de portar seu chapéu de veludo cinza de grife inglesa, tanto na desenvoltura com que aspirava o ar ensolarado dos Champs-Élysées como ao olhar uma vitrine.

Uma perfeição que não vigorava somente na superfície! Maigret também já representara papéis. Se a polícia se disfarça e se traveste menos do que supomos, por outro lado isso às vezes é uma necessidade.

Ora, Maigret, maquiado, continuava Maigret em determinados traços de sua pessoa, num olhar, num trejeito.

Maigret como grande comerciante de gado, por exemplo (acontecera e dera certo), *representava* o comerciante de gado. Mas não o era. O personagem não passava de fachada.

Pietr-Fiódor era ou Pietr ou Fiódor *por dentro*.

E a impressão do comissário poderia ser resumida nestes termos: ele era ao mesmo tempo um e outro não só pela indumentária, como por essência.

Vivia alternadamente aquelas duas vidas, em tudo díspares, sem dúvida havia muito tempo, talvez desde sempre.

Eram estas as ideias descosidas que assaltavam Maigret, enquanto ele caminhava lentamente, numa atmosfera amena e saborosa.

Subitamente, porém, o personagem do letão descamou-se.

As circunstâncias que geraram o fato foram significativas. Ele havia parado na altura do Fouquet's, dando mesmo a entender que atravessaria a avenida, com a intenção manifesta de tomar um aperitivo no balcão daquele estabelecimento de luxo.

Ora, ele mudou de ideia e seguiu pela calçada, apertando bruscamente o passo e entrando na Rue Washington.

Ali, tal como nas quebradas dos bairros mais ricos, há uma birosca frequentada por motoristas de táxi e empregados domésticos.

Pietr entrou. O comissário entrou atrás, justo no momento em que ele pedia um absinto falsificado.

Ele estava em pé, diante do balcão em forma de ferradura que, de tempos em tempos, um garçom de avental secava com um pano sujo. À sua esquerda, um grupo de pedreiros cobertos de cal. À direita, um cobrador da Companhia de Gás.

A correção e o luxo requintado dos mais ínfimos detalhes de sua roupa faziam o letão destoar.

Via-se brilhar seu bigodinho à escovinha, louríssimo, as sobrancelhas ralas. Ele observou Maigret não de frente, e sim por intermédio de um espelho.

E o comissário percebeu um frêmito dos lábios, um franzir imperceptível das narinas.

Pietr foi obrigado a se controlar. Começou a beber devagar, mas logo estava engolindo de um trago o que restava no copo e desenhando com o dedo um gesto que significava: "Encha de novo!".

Maigret pedira um vermute. Naquele bar minúsculo, ele parecia maior e mais corpulento do que em outros lugares. Não desgrudava os olhos do letão.

De certa forma, vivia duas cenas ao mesmo tempo. Tal como antes, as imagens se superpunham. A sórdida birosca de Fécamp esgueirava-se por trás do cenário atual. Pietr se duplicava. Maigret o via ao mesmo tempo no terno pêssego e na gabardine surrada.

– Já falei que me viro sozinho! – dizia um dos pedreiros, batendo o fundo do copo no balcão.

Pietr tomava o terceiro aperitivo opalino, cujo aroma de anis o policial inalava.

Em virtude de um deslocamento do funcionário do gás, os dois homens terminaram por tocar-se os cotovelos.

Maigret era duas cabeças mais alto que o homem. Ambos confrontavam um espelho, e era em sua água embaciada que se estudavam.

Foi pelos olhos que a fisionomia do letão começou a se alterar. Estalando dedos secos e brancos, ele apontou para o copo e esfregou a testa com a mão.

E então, gradualmente, deflagrou-se uma espécie de batalha em suas feições. No espelho, Maigret via ora a fisionomia do hóspede do Majestic, ora o semblante atormentado do amante de Anna Górskina.

Tal semblante, contudo, reprimido mediante um trabalho desesperado dos músculos, nunca aflorava por completo. Apenas os olhos continuavam a ser os olhos do russo.

A mão esquerda agarrava-se à beirada do balcão. O corpo vacilava.

Maigret resolveu fazer um teste. Tinha no bolso o retrato da sra. Swaan, que ele descolara do álbum do fotógrafo de Fécamp.

– Devo-lhe... – indagou ao garçom.

– Quarenta e dois *sous*...

Fingiu procurar na carteira e deixou cair a fotografia, que se expôs na superfície molhada, entre as bordas do balcão.

Ele fez que não viu e estendeu uma cédula de cinco francos. Mas seu olhar mergulhava no espelho.

O garçom, atônito, recolhera o retrato e enxugava-o no avental.

Pietr, o letão, estrangulava o copo, olhar impávido, traços imóveis.

Então, de repente, ouviu-se um ruído sutil e inesperado, tão nítido que o dono do bar, ocupado no caixa, voltou-se por inteiro.

A mão do letão se abriu, despejando os cacos do copo no balcão.

Ele o pulverizara, lentamente. Um corte fino, em seu indicador, sangrava.

Jogando para o alto uma nota de cem francos, saiu, sem olhar para Maigret.

Tomou a direção do Majestic. Nenhum vestígio de embriaguez. O aspecto era o mesmo de quando ele saíra, assim como seu andar, preciso.

Maigret, obstinado, seguia-o nos calcanhares. Ao chegar diante do hotel, viu um carro arrancando e o reconheceu. Era a viatura da Perícia Técnica, com as câmeras fotográficas e o detector de impressões digitais.

Esse encontro esfriou sua investida. Por um instante perdeu a confiança, sentindo-se desgarrado, sem ponto de apoio.

Passava em frente ao Select. O inspetor Dufour fez-lhe um sinal através do vidro que, embora se pretendesse confidencial, designava expressamente, à vista de todos, a mesa da judia.

– Mortimer? – indagou o comissário, detendo-se na recepção do hotel.

– Acaba de entrar num carro com destino à embaixada dos Estados Unidos, onde irá almoçar...

Pietr, o letão, instalou-se à sua mesa no refeitório, que estava vazio.

– Também almoça? – perguntou o gerente a Maigret.

– Sim, ponha meu talher na mesa dele.

O outro quase engasgou.

– Na mesa? Impossível! A sala está vazia e...

– Eu disse na mesa dele.

Sem se dar por vencido, o gerente correu atrás do policial.

– Escute! Com certeza ele fará um escândalo... Posso acomodá-lo em outra mesa da qual o verá da mesma forma.

– Eu disse na mesa dele.

Foi nesse momento, enquanto circulava pelo saguão, que se deu conta de seu cansaço. Um cansaço sutil, que afetava não só todo o seu corpo, como todo o seu ser, carne e alma.

Deixou-se cair na cadeira de vime onde sentara pela manhã. Um casal, formado por uma senhora já madura e um homem mais jovem com ares de dândi, se levantou na mesma hora e, enquanto manipulava nervosamente o lornhão, a mulher comentou, de maneira a ser ouvida:

– Esses hotéis estão ficando impossíveis... Olhe só para *isso*...

Isso era Maigret, que nem ao menos sorriu!

12

A judia do revólver

– ALÔ! HUM... É O SENHOR, NÃO É?

– Sim, Maigret! – suspirou o comissário, que reconhecera a voz do inspetor Dufour.

– Psiu! Curto e grosso, chefe... Foi lavabo... Bolsa na mesa... Acerquei-me... Contém revólver.

– Ela continua aí?

– Faz refeição...

Na cabine telefônica, Dufour parecia um conspirador, executando gestos cabalísticos e assustados. Maigret desligou sem dizer nada. Não tinha coragem de responder. As pequenas contrariedades, que normalmente o faziam sorrir, davam-lhe uma espécie de náusea.

O gerente resignara-se a colocar um talher diante do letão, que, já instalado, perguntou ao *maître*:

– Para quem está reservado este lugar?

– Não sei, cavalheiro. São ordens...

E ele não insistira. Uma família inglesa, composta de cinco pessoas, irrompeu no refeitório e amenizou um pouco a frieza do ambiente.

Maigret, após deixar o chapéu e a pesada capa no guarda-casacos, atravessou o recinto e, chegando a esboçar uma sombra de cumprimento, fez uma pausa antes de sentar.

Mas Pietr pareceu não vê-lo. Os quatro ou cinco aperitivos que bebera haviam ficado para trás. Estava frio, correto, preciso nos gestos.

Em instante algum traiu qualquer nervosismo, o olhar distante passava a impressão de um engenheiro ruminando algum problema técnico.

Bebia pouco, mas escolhera um dos melhores borgonhas dos últimos vinte anos.

Comia frugalmente: omelete *aux herbes* e escalopes ao creme de leite.

Com as duas mãos entre as travessas colocadas à sua frente, esperava sem impaciência, alheio ao que se passava em volta.

O refeitório foi sendo tomado.

– Seu bigode está descolando... – Maigret deixou escapar de repente.

Ele não piscou; instantes depois, limitou-se a passar displicentemente dois dedos nos lábios. Era verdade, ainda que mal se percebesse.

O comissário, cuja calma era proverbial na Chefatura, tinha dificuldade para manter o sangue-frio.

E passaria por uma rude provação pelo resto da tarde.

Tudo bem, não esperava que o letão arriscasse, à vista de todos, uma manobra comprometedora.

Mas não haveria nele, desde a manhã, um começo de erosão? E não seria plausível, com a presença daquele vulto sempre interposto como uma tela inerte entre ele e a luz, levá-lo ao limite?

O letão tomou o café no saguão, pediu que lhe trouxessem um paletó leve, desceu os Champs-Élysées e, pouco depois das duas horas, entrou num cinema do bairro.

Do qual só veio a sair às seis, sem haver dirigido a palavra a quem quer que fosse, sem haver escrito ou arriscado o mais ínfimo gesto equívoco.

Confortável em sua poltrona, acompanhara atentamente as peripécias de um filme banal.

Se houvesse se voltado, enquanto se dirigia à Place de l'Opéra, onde tomou o aperitivo, teria constatado que o vulto de Maigret não transpirava mais a mesma energia.

Quem sabe não teria pressentido que o comissário começava a desconfiar dele?

Isso era tão verdadeiro que, durante as horas passadas na penumbra, diante de uma tela em que se agitavam imagens que ele não procurava discernir, o policial não deixara de considerar a eventualidade de uma prisão-relâmpago.

Nesse caso, contudo, sabia perfeitamente o que teria pela frente! Nenhuma prova material categórica! Sem falar que um forte jogo de influências pressionava o juiz de instrução, o Ministério Público e até mesmo os ministérios das Relações Exteriores e da Justiça!

Caminhava um pouco curvado. O ferimento doía, o braço direito praticamente não se mexia mais. Ora, o médico recomendara-lhe com insistência:

– Se a dor piorar, me procure sem perda de tempo! É porque o ferimento infeccionou...

E daí? Ele tinha tempo de pensar nisso?

– Olhe só para isso! – dissera pela manhã uma hóspede do Majestic.

Com mil demônios! *Isso* era um policial que tentava impedir barões do crime de prosseguir com seus golpes e se obstinava em vingar um colega assassinado naquele mesmo hotel de luxo!

Isso era um homem que não fazia suas roupas num alfaiate inglês, que não tinha tempo de passar as manhãs na manicure e cuja mulher, nos últimos três dias, resignada e alheia a tudo, preparava o jantar em vão.

Isso era um comissário de primeira classe com salários de dois mil e duzentos francos por mês que, encerrado um caso, engaiolados os assassinos, era obrigado a sentar-se diante de uma folha de papel, fazer a lista de suas despesas, anexar-lhe recibos e formulários justificativos e ainda argumentar com o tesoureiro!

Maigret não tinha automóvel, nem milhões, nem muitos colaboradores. E, embora aceitasse dispor de um ou dois agentes, depois precisava provar sua utilidade.

Pietr, o letão, a três passos dele, pagou o aperitivo com uma cédula de cinquenta francos e não esperou pelo troco. Mania ou blefe! Em seguida, entrou numa camisaria, onde, sem dúvida de pirraça, passou meia hora escolhendo doze gravatas e três robes de chambre, deixou seu cartão de visitas no balcão e dirigiu-se à saída, enquanto um vendedor impecável o seguia lambendo-lhe as botas.

O ferimento agravara-se de vez. Maigret sentia pontadas no ombro direito e uma pressão no peito, como se o estômago se imiscuísse naquilo.

Rue de la Paix, Place Vendôme, Faubourg Saint-Honoré! Pietr, o letão, passeava...

Finalmente, o Majestic, cujos porteiros se precipitaram para abrir a porta giratória.

– Chefe...

– Você de novo?

Era o inspetor Dufour, hesitante, olhar ansioso, que saía da sombra.

– Escute... Ela sumiu...

– Como é que é?

– Fiz o que pude, juro! Ela saiu do Select. No instante seguinte, entrou no 52, uma casa de modas. Esperei uma hora, antes de interrogar o porteiro. Não foi vista nos salões do primeiro andar. Ela simplesmente atravessou o prédio, que tem uma saída na Rue de Berry...

– Que beleza!

– O que devo fazer?

– Descansar!

Dufour olhou o comissário nos olhos, desviando nervosamente a cabeça.

– Juro que...

Para seu grande estupor, Maigret lhe deu um tapinha no ombro.

– Você é um bom sujeito, Dufour! Não se preocupe, meu velho...

Entrou no Majestic e, flagrando a cara de poucos amigos do gerente, dirigiu-lhe um sorriso.

– O letão?

– Acaba de subir.

Maigret percebeu o elevador.

– Segundo andar...

Encheu o cachimbo e, de repente, abrindo um novo sorriso, ligeiramente mais triste que o anterior, constatou que, fazia horas, se esquecera de fumar.

***

Diante da porta do 17, não vacilou. Bateu. Uma voz gritou que entrasse. Fez isso e fechou a porta atrás de si.

Na sala, a despeito dos radiadores, havia um fogo de lenha, aceso à guisa de decoração. O letão, com os cotovelos no aparador da lareira, empurrava com o pé um papel incandescente, a fim de ativar sua combustão.

Ao primeiro relance, Maigret percebeu que ele estava menos calmo do que antes, mas teve suficiente autocontrole para não deixar transparecer sua alegria por conta disso.

Com a mãozorra agarrou pelo encosto uma minúscula cadeira dourada e deslocou-a até a distância de um metro da lareira. Ali, recolocou-a sobre os pés frágeis e nela se escanchou.

Seria pelo cachimbo novamente na boca? Ou era todo o seu ser que reagia, após as horas de abatimento ou antes vacilação, que acabava de vivenciar?

Fato é que naquele momento estava mais sólido do que nunca. Era duas vezes Maigret, se isso fosse possível. Um bloco esculpido em madeira de lei, ou melhor, concreto armado.

Descansou os cotovelos no espaldar da cadeira. Via-se que, provocado ao limite, era capaz de agarrar o pescoço de seu homem com uma única mão e estraçalhar sua cabeça na parede.

– Mortimer voltou? – articulou.

O letão, que observava o papel queimando, levantou subitamente a cabeça.

– Não tenho ideia...

Seus dedos estavam contraídos, o que não escapou a Maigret. Tampouco lhe escapou que uma valise, antes ausente no quarto, se encontrava junto à porta.

Era uma bolsa de viagem comum, que custava no máximo uma centena de francos e destoava naquele cenário.

– O que tem aí dentro?

Nenhuma resposta, tão só um esgar nervoso, espasmódico, nas feições. No fim, uma pergunta:

– Está me prendendo?

E parecia que, contra um fundo de ansiedade, certo alívio aflorava na voz do homem.

– Ainda não...

Maigret se levantou e foi pegar a bolsa, que empurrou com o pé até a lareira e abriu.

Continha um terno cinzento comprado pronto, novo em folha, cuja etiqueta, marcada com algarismos convencionais, haviam esquecido de arrancar.

O comissário pegou o telefone.

– Alô! Mortimer voltou?... Não? E ninguém deixou nada para o 17? Alô! Sim... Um embrulho de uma camisaria dos Grands Boulevards? Não é necessário trazer aqui para cima...

Desligou e perguntou com rispidez:

– Onde está Anna Górskina?

Tinha finalmente a sensação de avançar!

– Procure...

– Em outras palavras, não está no apartamento... Mas esteve... Trouxe essa bolsa de viagem, além de uma carta...

Com um piparote, o letão derrubou as cinzas do papel queimado, reduzindo-o a pó.

O comissário sentia ser o momento para palavras ociosas, pois, embora na pista certa, qualquer passo em falso o faria perder a vantagem.

Movido pelo hábito, levantou-se e aproximou-se do fogo, tão bruscamente que Pietr estremeceu, esboçando um gesto de defesa que não concretizou e o fez corar.

Pois Maigret apenas se instalara de costas para o fogo. Dava densas baforadas no cachimbo.

A partir de então o silêncio pesou, tão demorado, tão cheio de coisas que fazia mal aos nervos.

O letão, pisando em ovos, se esforçava para manter a linha. Em resposta ao cachimbo de Maigret, acendeu um cigarro.

***

O policial pôs-se a andar de um lado para outro, quase quebrando, ao nele se apoiar, o móvel destinado ao telefone.

O outro não percebeu que ele apertava o botão sem tirar o fone do gancho. O resultado foi imediato. A campainha disparou. Era da portaria:

– Alô! Chamou?

– Alô! Sim... Pode repetir?

– Alô! É da portaria...

E Maigret, imperturbável:

– Alô... Sim... Mortimer? Obrigado! Estarei com ele em um instante...

– Alô! Alô...

Mal recolocara o fone no gancho, o aparelho tocou novamente. A voz do gerente insistia:

– O que está havendo? Não compreendo...

– Droga! – rosnou Maigret.

Cravava seu olhar no letão, que empalidecera mais ainda e, por um segundo, fez menção de correr para a porta.

– Não é nada! – disse-lhe o comissário. – Mortimer-Levingston está de volta. Pedi que me avisassem.

Viu gotas de suor na testa de seu interlocutor.

– Falávamos da bolsa e da carta que a acompanhava... Anna Górskina...

– Anna nunca participou do esquema...

– Perdão... Eu julgava... A carta não é dela?

– Escute!

– Estou escutando! – exclamou Maigret, de costas para o fogo.

Sua mão esgueirou-se na cartucheira do revólver. Precisava de um segundo para apontar. Sorria, mas nesse sorriso transparecia uma concentração levada ao paroxismo.

– E então? Já falei que estou escutando...

E o letão, pegando uma garrafa de uísque, articulou, cerrando os dentes:

– Que se dane...

Encheu um copo, engoliu-o de um trago e, com uma gota de álcool rebrilhando no queixo, olhou para Maigret com os olhos esbugalhados de Fiódor Iúrovitch.

13

Os dois Pietr

MAIGRET NUNCA VIRA EMBRIAGUEZ TÃO FULMINANTE. Tampouco vira, é verdade, um homem engolir de um trago um copo alto cheio de uísque, enchê-lo novamente, esvaziá-lo mais uma vez, enchê-lo pela terceira vez, sacudir a garrafa e enxugar até a última gota o álcool de sessenta graus.

O efeito foi impressionante. Pietr, o letão, ficou escarlate, depois, no instante seguinte, exangue. Apesar disso, subsistiam manchas vermelhas e irregulares nas faces. Seus lábios perderam a cor. Ele se apoiou no móvel do telefone, deu alguns passos cambaleantes e, com a desfaçatez do ébrio, o interpelou:

– Foi o senhor que pediu isso, certo?

E desatou numa gargalhada confusa, em que havia de tudo: medo, ironia, amargura, talvez desespero. Ao querer se apoiar numa cadeira, derrubou-a. Enxugou a testa úmida.

– Observe que, sozinho, o senhor não sairia dessa... Foi o acaso...

Maigret não se mexia. Sentia-se tão incomodado que chegou a pensar em dar um basta àquilo obrigando seu interlocutor a ingerir ou inalar algum remédio.

Assistia à mesma transformação da manhã, porém dez, cem vezes mais forte.

Pouco antes lidava com um homem senhor de si, uma inteligência aguda servida por uma vontade incomum...

Um cosmopolita e um erudito, de uma correção a toda prova.

E, num abrir e fechar de olhos, o que restava era apenas um feixe de nervos, uma marionete com os cordões descontrolados, a expressão percorrida por esgares, lívida, exibindo, no centro, olhos cor de carvão.

Ria! Porém, enquanto ria e se agitava sem propósito, espichava os ouvidos, curvando-se, como se espreitasse um barulho no andar de baixo.

Ora, embaixo, era o apartamento dos Mortimer.

– Foi um plano muito bem arquitetado! – exclamou, numa voz rouquíssima. – E o senhor não seria capaz de desmontá-lo! Só mesmo o acaso, ouça o que lhe digo, na realidade, uma série de acasos!

Esbarrou na parede e nela permaneceu recostado, fazendo uma careta, decerto devido à dor de cabeça provocada por aquela embriaguez artificial, que flertava com o envenenamento.

– Vamos... Tente me dizer, enquanto ainda é tempo, qual Pietr eu sou! Letão rima com bufão, não é mesmo?

Era ao mesmo tempo repulsivo e triste, cômico e odioso. E, à medida que os segundos passavam, aquela embriaguez galopante só fazia aumentar.

– Engraçado eles não terem vindo... Mas virão! E então... Vamos... Adivinhe! Qual Pietr?

Mudando subitamente de posição, agarrou a cabeça com as mãos e seu rosto traiu um sofrimento físico.

– O senhor nunca compreenderá... A história de dois Pietr... Não deixa de lembrar a história de Caim e Abel... O senhor deve ser católico... em nosso país, somos protestantes e vivemos com a Bíblia... Mas não adianta... Quanto a mim, tenho certeza de que Caim era um rapaz bonzinho, sem segundas intenções... Já aquele Abel...

Passos ressoaram no corredor. A porta se abriu.

O próprio Maigret ficou tão abalado que quase triturou o cachimbo nos dentes.

Pois era Mortimer quem entrava, num sobretudo com gola de pele, com o rosto afogueado do indivíduo que acaba de jantar nababescamente e em boa companhia.

Um leve eflúvio de licores e charutos pairava à sua volta.

Tão logo se viu na sala, sua expressão mudou e suas cores apagaram. Maigret observou uma dissimetria que, embora difícil de detectar, lhe conferia certa imprecisão à fisionomia.

Dava para notar que chegava de fora. Ainda subsistia um pouco de ar fresco nas pregas de suas roupas.

O espetáculo desenrolava-se de dois lados ao mesmo tempo. O comissário não podia ver tudo.

Olhava prioritariamente para o letão, que, vencida a primeira emoção, tentava recuperar a lucidez. Mas não havia mais tempo. A dose fora forte demais. Ele próprio sentia isso, agarrando-se ao fiapo de vontade que lhe restava.

Seu rosto se contorcia. Não devia estar enxergando as pessoas e objetos senão através de uma névoa deformante. Largando a mesa, deu um passo em falso e, por milagre, após curvar-se no limite extremo, recuperou o equilíbrio.

– Meu caro Mor... – começou.

Encontrou o olhar do comissário e, mudando a voz, articulou:

– Que se dane... Que se dane...

A porta bateu. Passos apressados se afastaram. Era Mortimer, que debandara. No mesmo instante, o letão caía numa poltrona.

Maigret precisou de um pulo para alcançar a porta. Ali, antes de se lançar, espreitou.

Mas, com a barulheira do hotel ao fundo, não era mais possível distinguir os passos do americano.

– Foi o senhor que pediu, eu falei... – gaguejou Pietr, que, com a língua pastosa, prosseguiu seu discurso num idioma desconhecido.

O comissário passou a chave na porta, atravessou o corredor e, precipitadamente, subiu a escada.

Alcançou o primeiro andar justo a tempo de deter uma mulher que fugia pelo corredor. Sentiu cheiro de pólvora.

Com a mão esquerda, apalpou as roupas da mulher. A direita abateu-se sobre seu pulso e, enquanto o disparo partia e a bala ia estilhaçar o vidro de um elevador, um revólver caiu no chão.

A mulher se debatia, demonstrando uma força fora do comum. O comissário não viu outro jeito de imobilizá-la senão torcendo-lhe o pulso. E ela caiu de joelhos, sibilando:

– Covarde!

O hotel entrou em ebulição. Um vozerio incomum crescia em todos os corredores, reverberando em todos os desvãos.

A primeira pessoa que apareceu foi uma camareira em branco e preto que ergueu os braços e, apavorada, fugiu.

– Quieta! – ordenou Maigret, dirigindo-se não à criada, e sim à sua prisioneira.

Ambas se imobilizaram. A camareira gritou:

– Misericórdia! Não fiz nada...

Daí em diante o caos só fez aumentar. Pessoas chegavam de todos os lados ao mesmo tempo. O gerente gesticulava no centro de um grupo. Em outra direção, viam-se mulheres trajando longos, e, de tudo isso, emanava uma cacofonia.

Maigret tomou o partido de se abaixar e passar as algemas em sua prisioneira, que não era outra senão Anna Górskina. Ela se debateu. Na luta, rasgou o vestido e terminou de seios nus, magnífica, por sinal, com seus olhos chispantes e a boca repuxada.

– O quarto de Mortimer... – o comissário alertou o gerente.

Mas este último parecia uma barata tonta. E Maigret viu-se sozinho em meio a pessoas que, tomadas de pânico, se esbarravam, enquanto as mulheres, só faltava essa, gritavam, choravam ou batiam os pés no chão.

O apartamento da americana ficava a poucos passos. O policial não precisou abrir a porta, escancarada. Viu um corpo ensanguentado ainda se agitando no assoalho.

Então, correndo, alcançou o andar superior, bateu à porta que ele mesmo fechara à chave e, não ouvindo nada, arrebentou a fechadura.

O apartamento de Pietr, o letão, estava vazio!

A bolsa de viagem continuava no chão, junto à lareira, com o terno cinza jogado em cima, atravessado.

O ar gélido entrava pela janela aberta, que dava para um pátio com as dimensões de uma lareira, onde se viam os retângulos escuros de três portas.

Maigret desceu pesadamente, viu a turba mais calma. Haviam localizado um médico entre os hóspedes. As mulheres, contudo, não se mostravam nem um pouco preocupadas – aliás, tampouco os homens! – com Mortimer, sobre quem o médico se debruçava.

Todos os olhares convergiam para a judia prostrada no corredor, as mãos unidas pelas algemas, a boca rancorosa, dirigindo palavrões e ameaças aos curiosos.

Seu chapéu escorregara da cabeça. As mechas luzidias de seus cabelos escorriam sobre o rosto.

Um funcionário da recepção saiu do elevador com vidro estilhaçado na companhia de um agente municipal.

– Mande evacuar – ordenou Maigret.

Ouviu um protesto confuso às suas costas. Sozinho, ele parecia ocupar o corredor inteiro.

Pesado, cabeçudo, aproximou-se do corpo de Mortimer.

– E então?

O médico era um alemão que mal sabia francês e se lançou numa longa explicação, misturando as duas línguas.

A parte inferior do rosto do bilionário simplesmente desaparecera. Não passava de uma grande ferida vermelha e chamuscada.

Ainda assim, a boca se abriu, boca que não era mais em absoluto uma boca e da qual, junto com sangue, saiu um fio de voz.

Ninguém compreendeu, nem Maigret nem o médico, professor na Universidade de Bonn, como se soube na sequência, e tampouco as duas ou três pessoas mais próximas.

Cinzas de charuto se espalhavam pelo sobretudo. Uma das mãos permanecia espalmada, com os dedos abertos.

– Morto...? – perguntou o comissário.

O médico fez um sinal negativo e ambos se calaram.

O vozerio se afastava no corredor. Passo a passo, o policial rechaçava os curiosos renitentes.

Os lábios de Mortimer aproximaram-se e voltaram a se abrir. O médico permaneceu imóvel por alguns segundos.

Em seguida, levantou-se e, como que se livrando de um fardo, concluiu:

– Agora morreu... Era difícil...

Alguém caminhara sobre uma aba do sobretudo, que exibia a marca nítida de uma sola.

No vão da porta aberta, o guarda, com suas insígnias prateadas, perfilou-se e observou um momento de silêncio.

– O que devo...?

– Ponha todo mundo para fora, sem exceção... – ordenou Maigret.

– A mulher está aos berros...

– Deixe-a berrar...

E foi postar-se em frente à lareira, onde não havia fogo.

14

A irmandade Ugala

CADA POVO TEM SEU CHEIRO, EXECRADO PELOS OUTROS POVOS. O comissário abrira a janela e fumava desbragadamente, mas obscuros odores continuavam a incomodá-lo.

Estaria a pensão Roi de Sicile empesteada? Ou a rua? Os odores se faziam sentir tão logo o gerente de solidéu preto entreabria a janelinha do guichê. À medida que o elevador subia, tornava-se mais denso.

Parecia concentrar-se no quarto de Anna Górskina. Verdade que o cheiro de comida impregnava o ambiente. Salames flácidos, num cor-de-rosa feio, espetados com alho. Numa travessa, peixes fritos boiando num molho azedo.

Pontas de cigarros russos. Chá no fundo de meia dúzia de xícaras.

E lençóis de cama e roupa branca parecendo ainda quentes, bolores de quarto nunca arejado.

Foi no colchão, que ele descosturara, que Maigret localizou a sacola de pano cinza.

Dela haviam escapado algumas fotografias e um diploma.

Uma das fotografias mostrava uma rua em ladeira, com pedras pontiagudas, ladeada por velhas casas com frontões triangulares, como se veem na Holanda, mas caiadas num branco chapado, no qual se desenhavam, precisas, as linhas pretas das janelas, portas e cornijas.

A casa em primeiro plano estampava, numa letra que lembrava ao mesmo tempo o gótico e o cirílico, os seguintes dizeres:

6
Rütsep
Max Johannson
Tailor

Era uma construção ampla. Uma viga saindo do frontão era dotada de uma polia, antigamente destinada a estocar o trigo no sótão. Na entrada, uma escada com seis degraus e corrimão de ferro.

No topo dessa escada, uma família rodeava um homem de uns quarenta anos, baixo, sorumbático e insípido – o alfaiate, com certeza –, o qual fazia expressão grave e indiferente.

Sua mulher, num engomadíssimo vestido de cetim, estava sentada numa cadeira esculpida. Sorria francamente para o fotógrafo, não obstante um ligeiro franzir dos lábios para "parecer elegante".

À sua frente, por fim, duas crianças dando-se as mãos. Eram dois meninos entre seis e oito anos, com as calças descendo até as canelas, meias pretas, golas de marinheiro brancas bordadas e penduricalhos nos pulsos.

Mesma idade! Mesma estatura! Uma semelhança impressionante entre eles e o alfaiate.

Impossível, porém, deixar de notar a diferença existente entre os dois temperamentos.

Um tinha a expressão decidida, fitando a câmera agressivamente, numa espécie de desafio.

O outro olhava para o irmão furtivamente. Olhava-o com confiança, admiração.

Em baixo-relevo, lia-se o nome do fotógrafo: *K. Akel, em Pskov.*

A segunda fotografia era maior e mais expressiva. Fora tirada durante um banquete. Três mesas compridas, em perspectiva, atulhadas de pratos e garrafas, e, ao fundo, afixada numa parede cinza, uma panóplia composta de seis bandeiras, um escudo, cujos detalhes não se distinguiam direito, duas espadas cruzadas e uma trompa de caça.

Os comensais eram estudantes entre dezessete e vinte anos, todos portando, na cabeça, um barrete com viseira estreita, pespontado em prateado, cuja calota de veludo exibia aquele verde aguado apreciado pelos alemães e seus vizinhos do Norte.

Cabelos cortados rente à cabeça. A maioria das fisionomias tinha as feições bem delineadas.

Alguns sorriam francamente para a lente. Outros erguiam a caneca de cerveja, um modelo curioso, em madeira trabalhada. E havia aqueles que, por conta do magnésio, mantinham os olhos fechados.

No centro da mesa, bem à vista, erguia-se um quadro-negro, em que se lia:

Irmandade Ugala
Tartu

Tratava-se de um desses grêmios estudantis existentes em todas as universidades do mundo.

Em pé, de frente para a panóplia, um dos jovens distinguia-se dos demais.

Primeiramente, tinha a cabeça descoberta, e seu crânio, inteiramente raspado, imprimia um relevo peculiar à fisionomia.

Enquanto a maioria de seus companheiros vestia terno, ele trajava um uniforme preto que, folgado nos ombros, tinha um caimento estranho. Sobre o colete branco, uma faixa larga no estilo do grão-cordão da Legião de Honra.

Eram as insígnias presidenciais.

Coisa curiosa, enquanto a maioria dos indivíduos se voltava para o fotógrafo, os mais tímidos olhavam instintivamente para o chefe.

E o que o contemplava com mais insistência era o seu sósia, sentado ao seu lado, espichando o pescoço para não perdê-lo de vista.

O estudante com a faixa e o estudante que o devorava com os olhos eram incontestavelmente os dois rebentos da casa de Pskov, filhos do alfaiate Johannson.

O diploma era em latim, sobre pergaminho, imitando documento antigo. Plagiando fórmulas arcaicas, sagrava um certo Hans Johannson, estudante de filosofia, Companheiro da Irmandade Ugala.

E, à guisa de assinatura, lia-se: *O Grão-mestre da corporação, Pietr Johannson.*

Na mesma sacola de pano, havia um segundo maço atado com barbante, contendo, além de outras fotografias, diversas cartas escritas em russo.

As fotografias eram assinadas por um comerciante de Vilna. Uma delas mostrava uma judia na casa dos cinquenta anos, gorda, antipática, cheia de pérolas feito relíquia de igreja.

Ao primeiro relance, notavam-se feições que lembravam Anna Górskina. Outro retrato, aliás, mostrava a própria moça, com aproximadamente dezesseis anos, usando uma touca de arminho.

Quanto às cartas, traziam a razão social em três línguas:

Efraim Górskina
Peles no atacado
Especialidade em peles reais da Sibéria
Vilna-Varsóvia

Maigret não era capaz de traduzir o texto manuscrito. Observou apenas que uma frase, presente em diversas cartas, se achava vigorosamente sublinhada.

Meteu aqueles documentos no bolso e, por desencargo de consciência, fez uma última vistoria no local.

Como fazia tempo que o cômodo era habitado pela mesma pessoa, já perdera seu anonimato de quarto de hotel.

Era possível ler, nos mais ínfimos objetos, nas manchas do papel de parede e até mesmo da roupa branca, toda a história de Anna Górskina.

Fios de cabelo espalhavam-se por todos os cantos, grossos e viscosos, de tipo asiático.

Centenas de pontas de cigarro. No chão, caixas e pedaços de biscoito. Um pote de gengibre. Uma grande lata de conservas, contendo os restos de um ganso marinado, marca polonesa. Caviar.

Vodca, uísque e um pequeno recipiente, que Maigret cheirou e no qual restava um refugo de ópio não preparado, em folhas prensadas.

Meia hora mais tarde, na Chefatura, traduziram-lhe as cartas e ele retivera frases do tipo:

... As pernas da sua mãe estão cada vez mais inchadas...

... Sua mãe gostaria de saber se os seus tornozelos continuam inchando quando você anda muito, pois ela acha que você tem a mesma doença que ela...

... Estamos razoavelmente tranquilos, embora a questão de Vilna não esteja acertada. Estamos encurralados entre lituanos e poloneses... Que por sua vez detestam os israelitas...

... Poderia se informar sobre o sr. Levassor, Rue d'Hauteville, 65, que me encomendou algumas peles, mas não me fornece referências bancárias?

... Quando terminar seus estudos, case-se e entre no comércio. Sua mãe não tem mais nenhuma serventia para mim...

... Sua mãe não sai mais da poltrona... Seu temperamento está ficando impossível... É hora de você voltar...

... O filho de Goldstein, que chegou tem quinze dias, falou que você não se matriculou na Universidade de Paris. Respondi que isso era mentira e...

... Tivemos que fazer punções em sua mãe, que...

... Você foi vista em Paris na companhia de maus elementos. Quero saber o que está acontecendo...

... Recebo, de novo, más notícias a seu respeito. Assim que a loja permitir, irei verificar pessoalmente...

... Se não fosse a sua mãe, que não quer ficar sozinha e o médico condenou, eu iria buscá-la imediatamente. Ordeno que volte...

... Estou mandando quinhentos zlotys *pelo seu trem...*

... Se não voltar dentro de um mês, considere-se amaldiçoada...

Voltava então o assunto das pernas da mãe. Depois, o relato, feito por um estudante judeu, que retornara a Vilna, sobre a vida da moça em Paris.

... Se você não voltar imediatamente, tudo está terminado entre nós...

Por fim, uma última carta.

... Como conseguiu sobreviver este ano, sem o meu dinheiro*? Sua mãe está desconsolada. E é a mim que ela culpa por tudo que acontece...*

O comissário Maigret não sorriu uma única vez. Guardou os documentos em sua gaveta, que fechou à chave, e, após redigir alguns telegramas, dirigiu-se ao pátio do Dépôt.

Anna Górskina passara a noite na cela comum.

No fim, porém, o comissário determinara sua transferência para uma cela individual, da qual primeiro abriu a portinhola. Anna Górskina, sentada num banquinho alto, sem um tremor, voltou lentamente a cabeça para a porta e, com uma cara de desprezo, encarou Maigret.

Ele entrou e, por um bom tempo, observou-a em silêncio. Sabia que era inútil bancar o esperto, fazer perguntas capciosas, que eventualmente arrancam uma confissão involuntária.

Ela possuía suficiente sangue-frio para não cair nesse tipo de armadilha e o interrogador ainda corria o risco de se desmoralizar.

Limitou-se a balbuciar:

– Confessa?

– Nada!

– Continua a negar que matou Mortimer?

– Nego!

– Nega ter comprado um terno cinza para o seu cúmplice?

– Nego!

– Nega tê-lo despachado para o quarto dele no Majestic, junto com uma carta na qual lhe comunicava que ia matar Mortimer e marcava encontro com ele do lado de fora?

– Nego!

– O que fazia no Majestic?

– Procurava o quarto da sra. Goldstein.

– Não há hóspede com esse nome no hotel.

– Eu não sabia disso...

– E por que encontrei você fugindo com um revólver na mão?

– No corredor do primeiro andar, vi um homem atirando em alguém, depois deixando a arma cair no chão. Eu a recolhi com medo de que ele a usasse contra mim. Corri para avisar aos criados...

– Nunca tinha visto Mortimer?

– Não...

– Pois ele esteve na pensão Roi de Sicile.

– Há sessenta locatários na pensão.

– Não conhece Pietr, o letão, nem Oppenheim?

– Não...

– Isso não se sustenta!

– Para mim, tanto faz!

– Descobriremos a loja onde comprou o terno cinza.

– Vá em frente!

– Avisei seu pai, em Vilna...

Ela titubeou, para logo em seguida escarnecer:

– Se faz questão de incomodá-lo, mande junto o dinheiro da passagem, senão...

Maigret não perdia a linha, observando-a com uma curiosidade não isenta de certa simpatia. Que petulância!

À primeira vista, seu depoimento não tinha consistência. Os fatos pareciam falar por si mesmos.

Ora, é justamente nesses casos que, o mais das vezes, a polícia não consegue opor uma prova material às negativas do réu.

No caso em questão, elas simplesmente não existiam! O revólver era desconhecido dos negociantes de armas de Paris. Logo, nada provava que pertencia a Anna Górskina.

O fato de ela estar no Majestic no momento do crime? Entra-se e circula-se nos grandes hotéis como na via pública. Ela declarou estar à procura de alguém? *A priori*, não era impossível.

Ninguém a tinha visto atirar. Nada restava da carta queimada por Pietr, o letão.

Suposições? Nada mais fácil que reuni-las. O júri, contudo, não se baseia em suposições para condenar, já que, temendo o fantasma do erro judiciário sempre alegado pela defesa, desconfia das provas mais irrefutáveis.

Maigret arriscou sua última cartada.

– O letão foi visto em Fécamp...

Dessa vez, obteve o impacto. Anna Górskina estremeceu. Porém, ruminando que ele mentia, recobrou a calma e recuou:

– E daí?

– Uma carta anônima, que estamos verificando, afirma que ele está escondido numa vila, na casa de um tal Swaan...

Ela ergueu para ele seus olhos escuros, que estavam graves, quase trágicos.

Maigret, que dirigira um olhar mecânico para os tornozelos de Anna Górskina, diagnosticou prontamente, confirmando os temores da mãe, uma hidropisia.

Seus cabelos, rarefeitos, deixando entrever o couro cabeludo, estavam desalinhados e o vestido, sujo.

Por fim, um buço escuro lhe escurecia o lábio superior.

Ainda assim, era bonita, de uma beleza vulgar, animal. Com as pupilas apontadas para o comissário, a boca desdenhosa, o corpo um pouco encoscorado, até mesmo compactado pelo instinto do perigo, ela grunhiu:

– Se sabe tudo isso, para que me interrogar?

Uma centelha acendeu em seus olhos e, com uma risada insultante, acrescentou:

– A menos que receie comprometê-la... É isso, não é? Ha! Ha! Pois estou me lixando... Uma estrangeira... Uma garota que vive ao deus-dará, no gueto... Ora, ela... Pois bem...

Movida pela paixão, ia falar. Maigret, percebendo que até seu interesse poderia assustá-la, bancava o indiferente, desviando o olhar.

– Pois bem! Nada... Ouviu? – ela então berrou. – Suma daqui! Me deixe em paz. Nada, eu lhe disse... Na-da!

E ela se atirou no chão num surto que, mesmo conhecendo por experiência esse tipo de mulher, era impossível prever.

Crise histérica! Ela estava desfigurada. Os membros se contorciam e arrepios profundos sacudiam seu corpo.

Bela um segundo antes, tornava-se hedionda, arrancando tufos de cabelo, alheia à dor.

Maigret não piscou. Era a centésima crise do gênero que via. Pegou no chão uma moringa d'água. Estava vazia.

Chamou um guarda.

– Encha, depressa...

Dali a pouco, ele despejava água fria diretamente no corpo da judia, que, arfante, entreabriu os lábios com sofreguidão, fitou-o sem reconhecê-lo e, no fim, perdeu a consciência.

De tempos em tempos, um arrepio ainda lhe percorria a epiderme.

Maigret arriou a cama, presa na parede segundo as normas, ajeitou o colchonete, fino feito uma fatia de pão, e, com esforço, soergueu Anna Górskina.

Fez tudo isso sem sombra de ressentimento, com uma delicadeza de que o julgariam incapaz; em seguida, desceu o vestido por sobre os joelhos da infeliz, tomou-lhe o pulso e, em pé à sua cabeceira, examinou-a demoradamente.

Vista assim, tinha o rosto cansado de uma mulher de trinta e cinco anos. Na testa, por exemplo, viam-se finas marcas de expressão, antes imperceptíveis.

As mãos, em contrapartida, lisas e com as unhas borradas com esmalte barato, tinham uma forma delicada.

Encheu um cachimbo, com gestos lentos do indicador, parecendo não saber direito o que fazer. Por alguns instantes, andou pela cela, cuja porta permanecera aberta.

De repente, aturdido, duvidando dos próprios sentidos, voltou-se.

A coberta acabava de ser puxada e cobria o rosto de Anna Górskina. Esta, da cabeça aos pés, não passava de uma massa informe sob um pano cinza e feio.

E essa massa se agitava, num ritmo espasmódico. Prestando atenção, percebiam-se soluços contidos.

Maigret saiu sem fazer barulho, fechou a porta, passou em frente ao carcereiro e, após percorrer dez metros, fez meia-volta.

– Peça as refeições dela na Brasserie Dauphine! – determinou, num tom ríspido.

15

Dois telegramas

MAIGRET LEU-OS EM VOZ ALTA PARA O JUIZ de instrução Coméliau, que parecia descontente.

O primeiro era uma resposta da sra. Mortimer-Levingston ao telegrama que lhe comunicava o assassinato do marido.

– *Berlim. Hotel Modern. Doente, febre alta, impossível viajar. Stones fará necessário.*

Maigret sorriu com amargura.

– Percebe? Em contrapartida, eis o despacho da Wilhelm-strasse. Está em *polcod*. Traduzo:

> *"Sra. Mortimer chegou de avião, hospedou-se no Hotel Modern, Berlim, onde encontrou telegrama Paris ao retornar teatro. Foi para cama e mandou chamar médico americano Pelgrad. Doutor entrincheira-se atrás do sigilo profissional. Convém impor visita especialista? Funcionário hotel não observou nenhum sintoma.*

"Como vê, sr. Coméliau, essa senhora abre mão de ser interrogada pela polícia francesa. Veja bem, não estou afirmando que ela seja cúmplice do marido. Ao contrário. Estou convencido de que ele lhe escondia noventa e nove por cento de suas falcatruas. Mortimer não era homem que se abrisse com uma mulher, ainda mais a sua. A única coisa que depõe contra ela é um bilhete que ela mandou, certa noite, para o Pickwick's Bar, para um dançarino profissional que o Instituto Médico-Legal conserva no gelo... Talvez tenha sido a única ocasião em que, compelida pela necessidade, Mortimer a tenha usado..."

– E Stones? – indagou o magistrado.

– Principal secretário de Mortimer. Fazia a ponte entre o chefe e os diferentes negócios que este empreendia. No momento do crime, estava em Londres fazia uma semana. Hospedado no hotel Victoria. Tomei a decisão de não avisá-lo. Por desencargo, telefonei para a Scotland Yard a fim de que garantissem a sua segurança. Cumpre ressaltar que, quando a polícia inglesa se apresentou no Victoria, a morte de Mortimer não era conhecida na Inglaterra, a não ser nas redações de jornais. Seja como for, o pássaro tinha batido as asas... Stones, pouco antes da chegada dos inspetores, fugira...

O juiz deixava um olhar lúgubre vagar pelo monte de cartas e telegramas que atulhavam sua mesa.

A morte de um bilionário é um episódio que mexe com milhares de pessoas. E o fato de Mortimer ter morrido de morte violenta alarmava todos que tinham negócios com ele.

– Acha necessário lançar o boato de crime passional? – indagou o sr. Coméliau, sem convicção.

– Julgo prudente. Caso contrário, o pânico na Bolsa levará à falência diversas empresas honradas, a começar por casas francesas em que Mortimer vem injetando dinheiro.

– Evidentemente, mas...

– Espere! A embaixada dos Estados Unidos exigirá provas... E o senhor não as tem! Eu tampouco...

O juiz limpou as lentes dos óculos.

– De modo que...

– Nada! Aguardo informações de Dufour, que se encontra em Fécamp desde ontem... Deixe que façam um belo enterro para Mortimer... Que importância isso pode ter? Haverá discursos, delegações oficiais...

O magistrado vinha observando Maigret com certa curiosidade.

– O senhor está com uma cara estranha... – deixou escapar.

O comissário sorriu e, afetando um tom confidencial, confessou:

– Morfina!

– Hein?

– Não se assuste! Ainda não me viciei! Uma espetadela no peito... Os médicos querem retirar duas vértebras, afirmam ser absolutamente necessário... Mas que mão de obra! Terei que dar entrada em uma clínica, ficar de molho não sei quantas semanas... Pedi sessenta horas de trégua... Tudo o que arrisco, parece, é uma terceira costela... Duas a mais que Adão! Pronto! Por favor, não dramatize o senhor também... Vê-se que não discutiu o problema com o professor Cochet, homem que vasculhou as entranhas de quase todos os reis e poderosos deste mundo... Ele lhe diria, como a mim, que milhares de pessoas vivem com montes de coisas a menos no corpo...

“O primeiro-ministro da Tchecoslováquia, por exemplo... Cochet arrancou-lhe um rim... Eu vi... Ele me mostrou tudo, pulmões, estômagos... E os proprietários, espalhados pelo mundo, vão tocando suas vidinhas...”

Consultou a hora no relógio de pulso e gaguejou consigo mesmo:

– Maldito Dufour...

E o seu semblante recuperou a gravidade. A fumaça do cachimbo azulara o gabinete do juiz. Ali, Maigret sentia-se em casa, acomodado num canto do escritório.

– Acho melhor eu mesmo dar um pulo em Fécamp! – suspirou. – Há um trem saindo daqui a uma hora...

– Caso sinistro! – concluiu o sr. Coméliau, largando o dossiê.

O comissário estava mergulhado na contemplação da fumaça que o aureolava. O silêncio só era perturbado, ou melhor, escandido, pelo fagulhar de seu cachimbo.

– Olhe esta fotografia! – disse, subitamente.

Era a de Pskov que ele estendia, com o frontão branco da casa do alfaiate, a polia sob o telhado, a escada de seis degraus da entrada, a mãe sentada, o pai fazendo pose, os dois guris com a gola de marinheiro bordada.

– Isso é na Rússia! Precisei consultar um atlas. Pertinho do Báltico! Nessa zona, há uma penca de países minúsculos: a Estônia, a Letônia, a Lituânia... E, garroteando-os, a Polônia e a Rússia. As fronteiras não chegam a coincidir com as populações. De aldeia para aldeia, às vezes a língua muda. E, como se não bastasse, temos os judeus, que, embora espalhados por toda parte, formam um povo autônomo. Acrescente a isso os comunistas! Há luta nas fronteiras! Há os exércitos de nacionalistas radicais... As pessoas se alimentam dos pinheiros das florestas. Os pobres são mais pobres do que em outras plagas. Morre-se de fome e frio.

"Intelectuais defendem a cultura alemã, outros, a cultura eslava, outros, por fim, a terra natal e os antigos dialetos...

"Há camponeses com cara de lapões ou calmucos, além de grandes diabos louros, isso sem falar em toda uma mestiçagem de judeus que comem alho e matam os animais de uma maneira esquisita..."

Maigret pegou a fotografia de volta das mãos do juiz, que a observara sem grande interesse.

– Meninos estranhos! – foi sua única observação.

Devolvendo-a ao magistrado, o comissário indagou:

– Seria capaz de dizer qual dos dois eu procuro?

Ainda faltavam quarenta e cinco minutos para a partida do trem. O sr. Coméliau examinou alternadamente o menino que parecia desafiar a lente e o irmão que dela se desviava como se lhe pedisse conselho.

– Fotografias desse tipo são terrivelmente eloquentes! – continuou Maigret. – Fico me perguntando como os pais e professores que as viram não pressentiram na mesma hora o destino dos personagens.

"Observe bem o pai... Foi morto durante uma noite de motins, quando nacionalistas e comunistas se engalfinhavam nas ruas... Ele não era nem uma coisa nem outra... Saíra de casa para comprar pão... Obtive essa informação, pelo maior dos acasos, do dono da pensão Roi de Sicile, que é originário de Pskov...

"A mãe ainda vive, continua a morar na casa. Aos domingos, veste o traje típico, com a touca alta caindo nas laterais do rosto...

"Os meninos..."

Interrompeu-se.

– Mortimer – prosseguiu num outro tom – nasceu numa fazenda de Ohio e começou vendendo cadarços em San Francisco. Anna Górskina, originária de Odessa, passou a juventude em Vilna. A sra. Mortimer, por fim, é uma escocesa que, ainda criança, emigrou para a Flórida.

"Tudo isso está instalado à sombra de Notre-Dame-de-Paris, e meu pai era guarda-caça de um dos domínios mais antigos do Loire."

Voltou a consultar a hora e apontou para a imagem do menino que fitava o irmão com admiração.

– Agora preciso pôr as mãos neste guri aqui!

Bateu o cachimbo na gaveta do carvão, reabastecendo quase mecanicamente a estufa.

Instantes depois, limpando seus óculos de aros de ouro, o juiz Coméliau comentava com o escrivão:

– Não achou nada estranho no Maigret? Ele me pareceu... como dizer... um pouco nervoso... um pouco...

Procurou em vão a palavra e explodiu:

– Que diabos esses estrangeiros vêm fazer na nossa casa?

Depois disso, pegando novamente com um gesto brusco o dossiê Mortimer, ditou:

– Tome nota: *Ano, mil novecentos...*

Se o inspetor Dufour escolheu a mesma reentrância em que Maigret aguardara a saída do homem de capa de chuva numa manhã de temporal, é porque só havia esse refúgio na ladeira, a qual, após dar acesso a algumas vilas assentadas no flanco do penhasco, se transformava numa trilha e terminava por se extinguir no capim rasteiro.

Dufour usava polainas pretas, um impermeável curto com martingale e um quepe de marinheiro, adotado por todos em Fécamp e que ele devia ter comprado assim que chegara.

– Então... – indagou Maigret, aproximando-se na penumbra.

– Tudo certo, chefe.

O comissário estranhou.

– Como assim, tudo certo?

– O homem não entrou nem saiu... Se chegou antes de mim a Fécamp e está na vila, continua lá...

– Conte-me o que aconteceu.

– Ontem de manhã, nada! A empregada foi ao mercado. À noite, o agente Bornier me rendeu. Ninguém entrou ou saiu durante a noite. Às dez horas, as luzes se apagaram...

– Depois?

– Hoje de manhã, voltei ao meu posto. Bornier foi descansar... Ele virá me substituir... Às nove, como na véspera, a empregada foi ao mercado... Há meia hora, a jovem dama saiu... Não demora a voltar... Suponho que tenha ido visitar alguém...

Maigret não disse nada. Alguma coisa não lhe cheirava bem naquela vigia. Mas quantos homens seriam necessários para uma vigilância rigorosa?

Só para montar guarda na vila, três espias não seria um exagero. Acrescentemos um policial nos calcanhares da empregada e outro atrás da "jovem dama", como dizia Dufour.

– Ela saiu faz meia hora?

– Exatamente... Pronto! Lá vem o Bornier... É minha vez de comer... Só tive tempo para um sanduíche, meus pés estão dormentes...

– Vá...

O agente Bornier, que era bem jovem, dava seus primeiros passos na Brigada Móvel.

– Encontrei a sra. Swaan... – disse.

– Onde? Quando?

– No cais... Agorinha mesmo... Ia em direção ao píer...

– Sozinha?

– Sozinha... Quase fui atrás dela... Depois lembrei que Dufour estava à minha espera... O píer não leva a lugar nenhum, ela não pode ir muito longe...

– O que ela vestia?

– Um casaco escuro... Não prestei atenção...

– Devo segui-la? – perguntou Dufour.

– Já falei...

– Se houver alguma coisa, vocês me avisam, o.k.? É só tocar três vezes seguidas na campainha da porta do hotel...

Era idiota! Maigret mal escutava. Ordenou a Bornier:

– Não saia daqui...

E pôs-se a caminho da vila Swaan, onde quase arrancou a campainha do portão. Percebeu luz no andar térreo, no cômodo que devia ser a sala de jantar.

Cinco minutos depois, como ninguém aparecera, ele transpôs o muro, que era baixo, alcançou a porta e bateu com o punho.

Uma voz assustada gemeu no interior:

– Quem é?

Ao mesmo tempo, gritos de crianças.

– Polícia! Abra...

Uma hesitação. Tropel.

– Abra imediatamente!

Era um corredor escuro. Ao entrar, Maigret distinguiu, na penumbra, a mancha formada pelo avental da empregada.

– A sra. Swaan, por favor?

Nesse momento, uma porta se abriu e ele se viu diante da mesma garotinha que observara por ocasião da primeira visita.

A criada não se mexia. Com as costas grudadas na parede, era uma estátua de medo.

– Quem foi encontrar hoje de manhã?

– Juro, senhor agente...

Desfazia-se em lágrimas.

– Juro... eu...

– O sr. Swaan?

– Não! Eu... Era... o... cunhado da patroa... Ele me pediu que lhe entregasse uma carta...

– Onde ele estava?

– Defronte do açougue... Estava à minha espera...

– Ele já a havia encarregado de missões desse tipo?

– Não... Nunca... Eu não me encontrava com ele fora daqui.

– E sabe onde ele marcou encontro com a sra. Swaan?

– Não sei de nada... A patroa passou o dia muito nervosa... Também me fez perguntas... Queria saber como ele estava... Falei a verdade, que parecia um homem prestes a cometer uma loucura... Senti inclusive medo quando ele se aproximou.

Maigret saiu bruscamente, deixando a porta aberta.

16

O homem sobre o rochedo

RECÉM-EFETIVADO, O AGENTE BORNIE ficou atônito ao ver o chefe passar feito um corisco à sua frente, quase o derrubando e deixando aberta a porta da vila.

Chamou duas vezes:

– Comissário! Comissário!

Maigret não se voltou. Só diminuiu o ritmo um pouco adiante; ao chegar à Rue d'Étretat, por onde alguns pedestres circulavam, virou à direita, patinhou na lama do cais e, apertando novamente o passo, investiu rumo ao píer.

Não percorrera cem metros nessa direção quando avistou um vulto de mulher. Corrigiu a rota para aproximar-se. Uma chalupa descarregava, com uma lamparina a óleo pendurada nos ovéns.

Fez uma pausa, permitindo assim que a mulher alcançasse o círculo luminoso, e viu o rosto convulsionado da sra. Swaan. Com olhos vítreos, ela caminhava célere, tortuosamente, como se desviando de charcos e só por milagre os evitando.

O comissário cogitou abordá-la, dando inclusive alguns passos com esse intuito. À sua frente, contudo, estendia-se o píer deserto, longa linha negra na penumbra, e, de ambos os lados, a espuma das ondas.

Foi nessa direção que avançou. Depois da chalupa, não havia vivalma. As luzes verde e vermelha da eclusa esburacavam a noite. De quinze em quinze segundos, o farol, assentado nos rochedos, iluminava uma grande porção de mar, lançando seu facho, no lapso de um relâmpago, no penhasco íngreme, que nascia e morria, espectral.

Maigret tropeçou nos pinos de amarração e, borrifado pela rebentação, atravessou a passarela sustentada por pilastras.

Seus olhos tentavam penetrar a escuridão. Ouviu a sirene de uma embarcação pedindo autorização para deixar a eclusa.

À sua frente, o mar, indistinto e atordoante. Atrás, a cidade, suas lojas, seu calçamento encardido.

Ele caminhava rápido, detendo-se aqui e ali, observando à sua volta, numa angústia crescente.

Não conhecia o terreno e, querendo cortar caminho, fez um desvio. A passarela sobre as pilastras o levou ao pé de um semáforo, no qual havia três círculos pretos, que ele contou sem se dar conta.

Mais adiante, debruçou-se num parapeito que dava para grandes tanques de espuma branca, os quais se estendiam por entre as cabeças de rochas.

Seu chapéu voou. Foi atrás dele, mas não conseguiu impedi-lo de cair no mar.

Gaivotas emitiam pios lancinantes e uma asa branca às vezes se abria no céu.

A sra. Swaan não encontrara ninguém no local estipulado? Seu companheiro tivera tempo de debandar? Estaria morto?

Maigret estava indócil, convencido de que era tudo uma questão de segundos.

Alcançou o sinal verde e contornou os apoios de ferro que o sustentavam.

Ninguém! E as ondas, sem descanso, atacavam o quebra-mar a prumo, rebentando e refluindo num amplo ralo esbranquiçado, para ganhar novo impulso e voltar à carga.

Um rangido intermitente de cascalho se chocando e erodindo. O prédio indistinto do cassino, vazio.

Maigret procurava um homem!

Fez meia-volta, vagou pela praia, por entre pedras, no escuro, iguais a monstruosas batatas.

Estava na mesma altura das ondas. A rebentação fustigava seu rosto.

Notou então que a maré baixava e que o píer era cercado por um cinturão de rochas escuras, entre as quais a água vinha borbulhar.

Foi um milagre ter percebido o homem. À primeira vista, pareceu-lhe uma coisa inanimada, sombra indistinta entre sombras.

Observou atentamente. Estava sobre a última rocha, no ponto em que as ondas erguiam sua crista mais orgulhosa antes de estourar em poeira líquida.

Havia alguma coisa viva...

Para chegar lá, Maigret foi obrigado a esgueirar-se por entre as pilastras que sustentavam a passarela atravessada minutos antes.

Algas cobriam a pedra. As solas do sapato escorregavam. Pressentia-se um rumorejo profuso, como a fuga de centenas de caranguejos, o estouro de bolhas de ar ou bagas marinhas, e o frêmito imperceptível de mariscos incrustados até meia altura da armação de madeira.

Maigret pisou em falso e sua perna afundou até o joelho numa poça d'água.

Ele não via mais o homem, mas estava na direção certa.

O outro devia ter tomado essa direção agora que a maré estava mais baixa, pois o comissário foi subitamente detido por uma grande poça de dois metros. Ele tateou o fundo com o pé direito, hesitando em avançar.

Afinal, ele subiu os arcobotantes das pilastras.

É em momentos assim que é melhor não ser visto. Esboçamos gestos para os quais não estamos preparados. Erramos inapelavelmente, como um acrobata ruim. Mas avançamos, por assim dizer, movidos pela força adquirida. Caímos e levantamos. Nós nos debatemos, sem charme e sem beleza.

Maigret cortou a bochecha e depois ele nunca conseguiu saber se foi caindo de cara nas pedras ou roçando num prego enfiado nas tábuas.

Olhou de novo para o homem e duvidou dos próprios sentidos, de tal forma ele se encontrava imóvel, lembrando uma pedra que, de longe, ganhasse forma humana.

Ao chegar a certa distância, a água encharcou suas pernas. Ele não era marujo.

Avançou com uma pressa involuntária.

Finalmente, alcançou o aglomerado de rochas em que o homem estava instalado. Achava-se um metro acima dele. A uma distância de dez ou quinze passos.

Sem cogitar sacar o revólver, caminhou na ponta dos pés, na medida em que o terreno permitia, e fez rolar uma das pedras, cujo barulho se confundiu com o da vazante.

Em seguida, subitamente e sem pestanejar, saltou sobre o vulto congelado, aplicou-lhe uma chave de pescoço e o derrubou para trás.

Os dois homens quase escorregaram e foram engolidos por uma onda que, mais forte que as demais, rebentava naquele ponto. Se não aconteceu, foi puro acaso.

Se repetisse dez vezes aquela tentativa, fracassaria nas dez.

O homem, que não vira seu agressor, debatia-se feito uma enguia. Com a cabeça imobilizada, agitava o corpo inteiro com uma elasticidade que, naquele ambiente, ganhava proporções sobre-humanas.

Maigret não queria esganá-lo. Tentava imobilizá-lo, só isso, e a ponta de um dos seus pés se apoiava na última pilastra. Esse pé sustentava a ambos.

A resistência do adversário teve curta duração. Fora apenas uma reação espontânea, animal.

Tão logo se viu em condições de refletir, ou, em todo caso, tão logo reconheceu Maigret, cuja cabeça roçava seu rosto, imobilizou-se.

Batendo as pálpebras, sinalizou que se rendia e, quando teve a garganta liberada, apontou vagamente para a massa tumultuosa do oceano, gaguejando, numa voz ainda falha:

– Cuidado...

* * *

– Deseja conversar, Hans Johannson? – perguntou Maigret, com as unhas enfiadas nas algas viscosas.

Mais tarde admitiria que, nesse instante preciso, o sujeito, com um simples pontapé, poderia atirá-lo no âmago das ondas furiosas.

Não foi senão um segundo, mas do qual Johannson, encarapitado próximo à primeira pilastra, não se aproveitou.

Em seguida, ambos, sem uma palavra, fizeram o caminho no sentido inverso. A maré subira. A dois passos da praia, viram-se bloqueados pela mesma poça que detivera o comissário e se tornara mais profunda.

O letão foi o primeiro a entrar. Após avançar três metros, sumiu na água, chafurdou, cuspiu e terminou por emergir até a cintura.

Maigret adiantou-se. Houve um momento em que fechou os olhos, julgando-se sem forças para manter na superfície o corpo tão pesado.

Encharcados, gotejantes, os dois homens alcançaram os seixos da praia.

– Ela falou? – perguntou o letão, num fio de voz em que não havia mais nada, em todo caso nada capaz de prender um homem à vida.

Maigret tinha o direito de mentir.

Preferiu declarar:

– Não falou nada... Mas eu sei...

Impossível permanecerem ali. O vento transformava suas roupas molhadas numa espécie de compressa de gelo. O letão foi o primeiro a bater os dentes. Ao luar difuso, Maigret constatou que seus lábios estavam azuis.

Raspara o bigode. Era a cabeça inquieta de Fiódor Iúrovitch, do garotinho de Pskov que devorava o irmão com os olhos. As pupilas, contudo, embora no mesmo cinza sujo, estampavam uma fixidez cruel.

Ao se voltarem três quartos para a direita, os dois homens avistaram o penhasco, salpicado por dois ou três pontos luminosos: as vilas, entre elas a da sra. Swaan.

E, a cada passagem do pincel do farol, entrevia-se o telhado que a abrigava, junto com as duas crianças e a empregada assustada.

– Venha... – disse Maigret.

– Para o comissariado?

A voz era resignada, ou melhor, indiferente.

– Não...

Ele conhecia um hotel no porto, o Chez Léon, onde notara uma entrada reservada aos raros banhistas que passam o verão em Fécamp. Essa porta se abria para um aposento que, na alta temporada, era transformado em sala de jantar pretensamente luxuosa.

No inverno, os pescadores se limitavam a beber e comer ostras e arenques na saleta do café.

Foi essa porta que Maigret empurrou. Atravessou o cômodo escuro com seu companheiro e desembocou na cozinha, onde uma servente assustada deu um gritinho.

– Chame o seu patrão...

Ela gritou, sem se mexer:

– Sr. Léon! Sr. Léon!

– Um quarto... – disse o policial, quando o sr. Léon apareceu.

– Sr. Maigret! Mas o senhor está ensopado... Será que...

– Um quarto, depressa!

– Não há lareira nos quartos... E uma chaleira nunca será suficiente para...

– Tem dois roupões?

– Naturalmente... Os meus... mas...

Ele era três cabeças mais baixo que o comissário!

– Traga!

Subiram uma escada íngreme, com relevos extravagantes. O quarto estava limpo. O próprio sr. Léon fechou as janelas, oferecendo:

– Um grogue, hein? E forte!

– Isso mesmo... Antes de tudo, os roupões...

Pois o frio voltara a piorar a situação de Maigret. Sentia o lado perfurado do peito como se fosse um bloco de gelo.

Entre seu companheiro e ele reinou momentaneamente uma intimidade de dormitório. Despiram-se à vista um do outro. O sr. Léon passou o braço com dois roupões pela porta entreaberta.

– Dê-me o maior! – disse o policial.

E o letão os comparou.

No momento em que estendia a peça de roupa para Maigret, percebeu o curativo ensopado e um tique nervoso agitou seu rosto.

– É grave?

– Duas ou três vértebras que vou tirar um dia desses...

Essas palavras foram seguidas de um silêncio. O sr. León, atrás da porta, irrompeu, gritando:

– Deu certo?

– Entre!

O roupão de Maigret parava nos joelhos, deixando ver fortes e peludas panturrilhas.

O letão, por sua vez, magro e pálido, com seus cabelos louros e tornozelos de mulher, exibia, nessa indumentária, uma elegância de palhaço.

– Os grogues estão a caminho! Querem que eu seque suas roupas, pois não?

E o sr. Léon, recolhendo as duas trouxas moles e gotejantes, gritou, do alto da escada:

– E então, Henriette? Esses grogues...?

Virou-se então para recomendar:

– Não falem muito alto... Há um comerciante do Havre hospedado no quarto ao lado... Vai pegar o trem às cinco da manhã...

17

A garrafa de rum

TALVEZ SEJA EXAGERO AFIRMAR QUE, no curso de muitos inquéritos, brotam relações cordiais entre a polícia e aquele cujas confissões ela está encarregada de arrancar.

Quase sempre, no entanto, a menos que se trate de um facínora sinistro, uma espécie de intimidade se estabelece. Sem dúvida isso se deve ao fato de, durante semanas, às vezes meses, policial e malfeitor terem se preocupado exclusivamente um com o outro.

O investigador obstina-se em penetrar mais fundo na vida pregressa do réu, tentando reconstituir seus pensamentos e antever seus mais ínfimos reflexos.

Ambos apostam suas peles nesse jogo. E, quando se encontram, é em circunstâncias dramáticas o bastante para diluir a indiferença polida que preside as relações entre homens na vida cotidiana.

Houve casos de inspetores que, depois de pelejarem para prender determinado malfeitor, se tomaram de amores por ele, visitando-o na prisão e apoiando-o moralmente até o cadafalso.

Isso explica em parte a atitude dos dois homens quando se viram a sós no quarto. O hoteleiro trouxera um braseiro de carvão de lenha e a água apitava na chaleira. Ao lado, entre dois copos e um açucareiro, erigia-se uma grande garrafa de rum.

Ambos tiritavam. Encolhidos em seus roupões emprestados, debruçavam-se sobre o braseiro, pequeno demais para aquecê-los.

Em sua postura, havia um marasmo de delegacia, de caserna, uma displicência que não vigora senão entre homens para quem as contingências sociais estão momentaneamente suspensas.

Seria simples consequência do frio? Ou o cansaço abatendo-se ao mesmo tempo sobre os dois?

Estava terminado! Não precisavam falar para constatar.

Desabaram então cada um em uma cadeira, esticaram as mãos para a chaleira e olharam vagamente para aquele braseiro esmaltado em azul que lhes servia de traço de união.

Foi o letão que pegou a garrafa de rum e, com gestos precisos, preparou os grogues.

Após beber uns goles, Maigret indagou:

– Queria matá-la?

A resposta veio instantânea, pronunciada com a mesma simplicidade.

– Não consegui.

Mas o rosto do homem pareceu esgarçar-se, convulsionado por tiques que não lhe davam trégua.

Ora eram as pálpebras inquietas que batiam seguidamente, ora os lábios que repuxavam numa ou noutra direção, ora as narinas que franziam.

A fisionomia espontânea e inteligente de Pietr diluía-se.

Era o russo que prevalecia, o vagabundo com nervos à flor da pele, cujos gestos Maigret desdenhou observar.

Não notou, portanto, que a mão do homem arrebatava a garrafa de rum. Encheu o copo e, com os olhos faiscantes, esvaziou-o de um trago.

– Pietr era casado com ela? Ele e Olaf Swaan eram uma única pessoa, certo?

Não se aguentando no lugar, o letão levantou-se, procurou cigarros à sua volta e, não encontrando, pareceu sofrer com isso. Ao passar próximo à mesa em que repousava o braseiro, reabasteceu o copo.

– Não é por aí que devemos começar! – exclamou.

E encarou seu interlocutor:

– Afinal, o senhor sabe tudo ou quase tudo?

– Os dois irmãos de Pskov... Gêmeos, suponho? Você é Hans, o que contemplava o outro com admiração e subserviência...

– Quando éramos crianças, ele já se divertia me tratando como se eu fosse um criado... E não somente quando estávamos sozinhos, na frente dos colegas também... Ele não falava criado: falava escravo... Notara que aquilo me dava prazer... Pois aquilo me dava prazer, ainda hoje me dá, não sei por quê... Eu não enxergava senão através dele... Teria morrido por ele... Mais tarde, quando...

– Quando...?

Trejeitos. Batimentos de cílios. Talagada de rum.

Ombros sacudindo, como que dizendo: "Afinal de contas...".

E, com uma voz contida:

– Mais tarde, quando amei uma mulher, acho que essa devoção diminuiu... Sem dúvida! Eu amava Pietr como... não sei... Partia para cima dos colegas que se negavam a aceitar sua superioridade e, sendo mais fraco, era espancado com uma espécie de satisfação.

– Essa dominação é comum nos gêmeos – observou Maigret, preparando um segundo grogue. – Com licença, por favor...

Foi até a porta e gritou para León subir o cachimbo, que ficara em suas roupas, e fumo também. O letão interveio:

– Para mim, cigarros, por favor...

– E cigarros, patrão... Gauloises, os da caixinha azul!

Sentou novamente. Ambos esperaram em silêncio que a empregada trouxesse os itens e se retirasse.

– Vocês estudavam juntos na Universidade de Tartu... – continuou Maigret.

O outro não conseguia nem sentar nem permanecer no lugar. Fumava o cigarro mordendo-o, cuspia fiapos de fumo, caminhava aos trancos, apanhava um vaso na lareira, mudava-o de lugar, falava num frenesi crescente.

– Foi por essa época que a coisa começou, precisamente! Meu irmão era um aluno mais brilhante do que eu. Era o queridinho dos professores. Os colegas sentiam-se humilhados pelo seu prestígio. A ponto de ele, mesmo estando entre os mais jovens, ter sido eleito presidente da Ugala.

"Bebia-se muita cerveja nas tabernas. Eu, principalmente! Não sei por quê, comecei a beber muito cedo. Não tinha motivo! Enfim, sempre bebi.

"Na verdade, acho que, depois de alguns copos, eu imaginava um mundo do meu jeito, no qual me cabia um papel soberbo...

"Pietr era duríssimo comigo. Me chamava de 'russo sujo'. O senhor não pode entender. Nossa avó materna era russa. E, onde morávamos, os russos, sobretudo após a guerra, passavam por preguiçosos, beberrões, sonhadores.

"Foi por essa época que estouraram os motins, fomentados pelos comunistas. Meu irmão assumiu o comando da irmandade Ugala. Foram buscar armas num quartel e travaram combates no meio da cidade.

"Quanto a mim, entrei em pânico... Não era culpa minha... Era medo o que eu sentia... Nem andar eu conseguia... Instalei-me numa taberna, cujas persianas foram arriadas, e bebi o tempo todo que a coisa durou...

"Achava que o meu destino era ser um grande dramaturgo, como Tchékhov, cujas obras sabia de cor. Pietr ria...

"'Você... Nunca passará de um perdedor!', eram suas palavras.

"Foi um ano de distúrbios, motins, vida desregrada. O exército não era suficiente para manter a ordem, os moradores formavam milícias para defender a cidade.

"Meu irmão, líder dos Ugala, passou a ser um personagem que as pessoas mais graves levavam a sério. Ainda não tinha bigode e já se falava dele como de um futuro homem de Estado da Estônia livre.

"Contudo, restabelecida a ordem, veio à tona um escândalo que convinha abafar. Efetuadas as contas, constatou-se que Pietr usava a Ugala primordialmente para fazer fortuna.

"Membro de diversos comitês, ele fraudara toda a contabilidade.

"Foi obrigado a deixar o país e ir para Berlim, de onde me escreveu para que eu fosse ao seu encontro.

"Foi nesse momento que nós dois começamos."

***

Maigret observava o rosto superexcitado do letão.

– Quem fazia as falsificações?

– Pietr me ensinou a imitar qualquer tipo de letra e me matriculou num curso de química... Eu morava num cubículo e ele me pagava duzentos marcos por mês... Semanas depois, comprava um automóvel para levar suas amantes a passeio...

"Falsificávamos cheques, principalmente... De um cheque de dez marcos, eu fazia um de dez mil, que Pietr escoava na Suíça, Holanda e, até mesmo, uma vez, na Espanha...

"Eu bebia muito. Ele me desprezava, maltratava. Um dia, quase foi parar na prisão por conta de uma falsificação menos bem-sucedida que as outras.

"Ele me moeu de bengaladas...

"E eu me calei! Continuava a admirá-lo... Não sei por quê... Aliás, ele se impunha a todos... Houve uma época em que, se quisesse, poderia ter se casado com a filha de um ministro do Reich...

"Em consequência do cheque fracassado, fomos obrigados a mudar para a França, onde primeiramente morei na Rue de l'École-de-Médicine...

"Pietr não trabalhava mais sozinho. Associara-se a diversas quadrilhas internacionais... viajava muito para o estrangeiro e me usava cada vez menos... Só eventualmente, para uma ou outra falsificação, pois eu me tornara exímio nessa arte...

"Ele me dava uns trocados.

"'Você só serve para beber, russo sujo!', repetia.

"Um dia, ele veio me dizer que estava de partida para os Estados Unidos, para um golpe colossal, que o deixaria bilionário. Ordenou que eu me instalasse no interior, uma vez que, em Paris, a polícia dos estrangeiros já me interpelara mais de uma vez.

"'A única coisa que eu peço é para você não abrir o bico...' Não é muito, hein?

"Ao mesmo tempo, me encomendou uma série de passaportes falsos, que forneci.

"Fui para o Havre..."

– Lá, conheceu aquela que veio a ser a sra. Swaan...

– Ela se chamava Berthe...

Um silêncio. O pomo de adão do letão virou uma bola.

Terminou por explodir:

– Que vontade de ser *alguma coisa*, então... Ela era caixa da pensão onde eu morava... Me via chegar bêbado diariamente... E me repreendia...

"Era muito jovem, porém séria. Para mim, evocava lar, filhos...

"Uma noite, enquanto ela me passava uma lição de moral e eu não estava demasiado bêbado, chorei em seus braços e jurei, acho, ser outro homem.

"Penso que teria cumprido a palavra. Tudo me enojava! Estava cheio daquela vida de vadiagem...

"Isso durou cerca de um mês... Veja! É estúpido! Aos domingos, assistíamos a concertos ao ar livre, os dois... Estávamos no outono... voltávamos pelo porto, onde admirávamos os barcos...

"Não falávamos de amor... Ela dizia ser minha amiga... Mas eu sabia perfeitamente que um dia...

"Ah, sim... Um dia, meu irmão voltou... Precisava de mim imediatamente... Trazia uma maleta cheia de cheques para falsificar... Vá saber onde foram recolhidos... Havia de todos os grandes bancos do mundo...

"Por circunstância, tornara-se oficial de marinha, dizendo chamar-se Olaf Swaan...

"Hospeda-se no meu hotel... Enquanto, semanas a fio – pois é um trabalho delicado! –, ele corre os portos da costa com a intenção de comprar embarcações...

"Pois o seu novo negócio ia de vento em popa. Ele me explicou que se associara a um magnata americano, o qual, evidentemente, devia apenas ter um papel oculto na combinação.

"Tratava-se de juntar todas as grandes quadrilhas internacionais numa só mão.

"O acordo com os contrabandistas de bebidas estava firmado... Faltavam embarcações de pequena tonelagem para o contrabando...

"Vale a pena contar o resto? Pietr me cortara o álcool, para me obrigar a trabalhar... Eu vivia fechado no quarto, com lupas de relojoeiro, ácidos, penas, tintas de todo tipo e até mesmo uma prensa portátil...

"Um dia, entro bruscamente no quarto do meu irmão.

"Berthe estava em seus braços..."

Ele agarrou nervosamente a garrafa, que continha apenas a borra do líquido, e sorveu num só gole.

– Fui embora! – concluiu, num tom bizarro. – Nunca mais fiz nada na vida. Fui embora... Peguei um trem. Vaguei dias e dias por todos os bistrôs de Paris... Fui parar na Rue du Roi-de-Sicile, completamente alcoolizado e à beira da morte!

18

•

O lar de Hans

– TUDO EM MIM INSPIRA COMPAIXÃO ÀS MULHERES, e só. Quando acordei, uma judia cuidava de mim...

“Foi outra que meteu na cabeça me fazer parar de beber! Me tratou feito criança, igual à primeira...”

Riu. Seus olhos se turvaram. Era cansativo acompanhar todos os seus deslocamentos, todos os seus trejeitos.

– Com a diferença de que essa aguentou o tranco. Quanto a Pietr... Sem dúvida não é à toa que somos gêmeos e, bem ou mal, temos coisas em comum...

“Eu disse ao senhor que ele poderia ter se casado com uma alemã da alta roda... Pois bem, não! Casou-se com Berthe, pouco mais tarde, quando ela foi transferida e passou a trabalhar em Fécamp... Não lhe contou a verdade...

“É compreensível... A necessidade, veja o senhor, de um cantinho seu, sossegado...

“Teve filhos...”

Aquilo pareceu ser demais para ele! A voz extinguiu-se. Lágrimas de verdade surgiram em seus olhos, as quais, entretanto, logo secaram, como se as pálpebras estivessem em brasa.

– Ainda hoje de manhã ela se julgava casada com um capitão de longo curso...

"De tempos em tempos ele vinha passar dois dias ou um mês com ela, com as crianças...

"Nesse ínterim, eu fazia de tudo para me livrar da outra... Anna...

"Dou um doce a quem disser por que ela me amava... Mas me amava, é fora de questão...

"E eu a tratava como fora tratado a vida inteira pelo meu irmão... Xingava-a... Humilhava-a o tempo todo...

"Quando me embriagava, ela chorava... E eu bebia *de propósito*!

"Tomei inclusive ópio e um monte de porcarias... *De propósito!*

"Então eu caía doente e ela cuidava de mim durante semanas... Pois isso termina por destruir..."

Apontou o corpo com repulsa. Suplicou:

– Não quer pedir alguma coisa para beber?

Maigret hesitou um segundo, se tanto, e, da porta, gritou:

– Rum!

O letão não agradeceu.

– De vez em quando eu fugia, ia para Fécamp, rondava a vila onde Berthe se instalara... Eu a via empurrando o carrinho do seu primeiro bebê...

"Devido à nossa semelhança, Pietr acabou sendo obrigado a lhe contar que eu era seu irmão...

"Um dia, tive uma ideia... Quando éramos crianças, era tão grande a minha admiração por Pietr que eu já fazia de tudo para imitar suas atitudes...

"Em suma, eu estava tão transtornado que um dia me vesti como ele, fui até lá...

"A empregada não notou nada... Porém, quando eu estava prestes a entrar, o guri chegou e gritou:

"'Papai...'

"Eu não passo de um imbecil! Fugi! Mas aquilo me ficou na cabeça...

"De tempos em tempos, Pietr marcava um encontro... Precisava de falsificações...

"Eu as fazia! Por quê?

"Odiava-o, mas cedia mesmo assim...

"Ele manipulava milhões, frequentava hotéis de luxo, salões...

"Foi pego duas vezes, nas duas se safou...

"Nunca me envolvi com a organização dele, mas penso que deve imaginá-la como eu. Enquanto ele agiu sozinho, ou com um punhado de cúmplices, só tentou golpes de médio porte...

"Mortimer, no entanto, a quem conheci apenas recentemente, observou-o... Meu irmão possuía habilidade, audácia, o gênio, eu diria... O outro entrava com a fachada e uma sólida reputação no mundo inteiro...

"O trabalho de Pietr consistia em reunir os grandes estelionatários sob sua liderança e planejar os golpes.

"Mortimer era o banqueiro do negócio...

"Eu me lixava para tudo isso... Como dizia o meu irmão, quando eu ainda não passava de um estudante em Tartu, eu era um perdedor... E, como todos os perdedores, bebia, indo de um período de abatimento a outro de exaltação...

"Uma única boia flutuava, ainda me pergunto por quê, em meio a todos esses ciclones, sem dúvida porque foi a única vez na vida que vislumbrei uma felicidade possível: Berthe...

"Fiz a besteira de ir lá no mês passado... Berthe me veio com conselhos... E acrescentou:

"'Por que não segue o exemplo do seu irmão?'

"Tive então um lampejo. Não entendo como não pensei nisso antes...

"Eu podia ser o próprio Pietr quando bem me aprouvesse!

"Dias depois, ele me informava de sua chegada à França, dizendo que precisaria dos meus serviços.

"Fui esperá-lo em Bruxelas. Embarquei no trem na direção oposta e me escondi atrás das malas até o momento em que o vi levantar-se para ir ao lavabo. Eu estava lá antes dele.

"Matei-o! Acabava de entornar um litro de genebra belga. O mais difícil foi despi-lo, enfiar-lhe minhas roupas..."

* * *

Bebeu gulosamente, com uma sofreguidão que Maigret jamais imaginara.

– Por ocasião de nossa primeira entrevista, no Majestic, Mortimer desconfiou de alguma coisa?

– Acho que sim. Mas era uma suspeita vaga. Naquele momento, eu só tinha uma coisa na cabeça: rever Berthe...

"Pretendia confessar-lhe a verdade... Não sentia remorso propriamente dito, mas era incapaz de usufruir do meu crime... No baú de Pietr, havia roupas de tudo que é tipo... Assumi o disfarce de vagabundo, estou acostumado... Saí do hotel pelos fundos... Percebi que Mortimer me seguia e, por duas horas, manobrei para despistá-lo...

"Em seguida, embarquei num ônibus com destino a Fécamp...

"Berthe não entendeu nada quando cheguei... E eu, uma vez diante dela, que me interrogava, perdera a coragem de me acusar!

"O senhor chegou... eu o vi pela janela... Falei a Berthe que estava sendo perseguido por furto e pedi que me salvasse.

"Quando o senhor foi embora, ela me disse:

"'Agora vá! Você desonra a casa do seu irmão...'

"Sem tirar nem pôr! Foram suas palavras! E me afastei! E regressamos a Paris, o senhor e eu...

"Reencontrei Anna... Uma cena, naturalmente...! Lágrimas...! À meia-noite, Mortimer chegou e, dessa vez tendo compreendido tudo, me ameaçou de morte se eu não assumisse definitivamente o lugar de Pietr...

"Para ele, isso era uma questão capital... Pietr era o seu único elo com as quadrilhas... Nas suas próprias palavras, ele não tinha autoridade sobre elas...

"Majestic, de novo... E o senhor atrás de mim! Eu ouvia falar de um inspetor morto... Via o senhor todo empertigado em sua capa...

"Nunca terá noção do asco que a vida me dava...

"Só de pensar que estava condenado a representar o papel do meu irmão para sempre...

"Lembra-se daquele barzinho? E da fotografia que o senhor deixou cair?

"Quando Mortimer esteve na pensão Roi de Sicile, Anna havia protestado... Sentia-se lesada na combinação... Pressentia que o meu novo papel me afastaria dela...

"No meu quarto no Majestic, à noite, encontrei um embrulho e uma carta...

"Um terno cinza comprado pronto e um bilhete de Anna me comunicando que ia matar Mortimer e marcando encontro com o senhor em algum lugar..."

A fumaça adensara a atmosfera, agora aquecida. Os contornos dos objetos perdiam definição.

– Você veio para cá a fim de matar Berthe... – articulou Maigret.

Seu interlocutor bebia. Esvaziou o copo e respondeu, agarrando-se na lareira:

– Para acabar com todo mundo! E eu junto... Estava cheio, de tudo! E uma ideia, uma daquelas que meu irmão chamava de ideias de russo, germinou dentro de mim... Morrer com Berthe, nos braços um do outro...

Interrompeu-se, alterando a voz:

– Que idiota! Só um litro de aguardente para fazer alguém ter ideia tão estapafúrdia... Havia um policial à porta... Eu estava sóbrio... Fiquei à espreita... Hoje de manhã, entreguei à empregada um bilhete marcando um encontro com a minha cunhada no píer e enfatizando que, se ela não me trouxesse pessoalmente um pouco de dinheiro, eu seria preso...

"Uma baixeza, não é mesmo?

"Ela veio..."

Então, inesperadamente, com os dois cotovelos sobre o mármore da lareira, ele rebentou em soluços não de homem, mas de criança. Atropelando as palavras, contou:

– Não tive coragem... Estávamos no escuro... O mar parecia rugir... Seu semblante inquieto... Contei tudo! Tudo! O assassinato também! Sim, com a troca das roupas no lavabo minúsculo... Então, ao ver a sua expressão de louca, jurei que não era verdade... Calma lá... O crime, não! Mas que Pietr fosse um canalha... Gritei que inventara aquilo para me vingar... Ela pareceu acreditar... *Acredita-se sempre nessas coisas*... Ela deixou a bolsa com o dinheiro cair no chão. Disse... Não! Não conseguiu dizer nada..."

Ergueu a cabeça, voltou para Maigret o rosto transtornado, tentou andar, mas cambaleou e foi obrigado a se agarrar na lareira.

– Passe-me a garrafa, senhor!

E nesse "senhor" havia uma afeição áspera.

– Ei... Me passe aquela fotografia... O senhor sabe...

Maigret tirou do bolso o retrato de Berthe. Foi o único erro que cometeu nesse caso: o de acreditar que, naquele instante, a moça dominava os pensamentos de Hans...

– Não... A outra...

A que trazia os dois meninos com a gola de marinheiro bordada...!

O letão examinou-a feito um alucinado. Embora a visse invertida, o comissário percebia a admiração do menino mais louro pelo irmão.

– Eles levaram o meu revólver junto com o terno! – disse subitamente Hans, numa voz neutra, sem sotaque, olhando à sua volta.

Maigret ficou escarlate. Meio sem jeito, apontou a cama, onde o seu se encontrava.

O letão afastou-se então da lareira. Não cambaleava mais. Parecia recorrer às suas últimas energias.

Passou a menos de um metro do comissário. Estavam ambos de roupão. Haviam dividido as garrafas de rum.

Viam-se ainda as duas cadeiras face a face, separadas pelo braseiro de carvão de lenha.

Seus olhares se cruzaram. Maigret não teve coragem de desviar a cabeça. Esperava um momento de trégua.

Hans, entretanto, passou impávido por ele e foi sentar-se na beirada da cama, cujas molas rangeram.

Restava pouca bebida na segunda garrafa. O comissário adiantou-se. O gargalo tilintou no copo.

Bebeu lentamente. Ou será que apenas fingia beber? Não respirava.

No fim, uma detonação. Engoliu de um trago o conteúdo do copo.

Em linguagem administrativa, isso foi traduzido nos seguintes termos:

Em... de novembro de 19... às dez horas da noite, Hans Johannson, indivíduo nascido em Pskov, Rússia, súdito estoniano, sem profissão, domiciliado em Paris, à Rue du Roi-de-Sicile, após se haver reconhecido culpado do assassinato de seu irmão Pietr Johannson, cometido no trem dito Estrela do Norte, em... de novembro do mesmo ano, suicidou-se com um tiro na boca pouco após sua prisão, em Fécamp, pelo comissário Maigret, da primeira Brigada Móvel.

O projetil, calibre 6 mm, atravessando a abóboda palatal, alojou-se no cérebro. A morte foi instantânea.

O corpo foi encaminhado, para todos os fins úteis, ao Instituto Médico-Legal, que procedeu à sua liberação.

19

O ferido

OS ENFERMEIROS PARTIRAM, não sem antes a sra. Maigret os regalar com um copo de licor de ameixa, que ela mesma preparava, quando, no verão, passava as férias em sua aldeia natal da Alsácia.

Fechada a porta, enquanto os passos morriam na escada, ela esgueirou-se no quarto, forrado com papel de buquês de rosas.

Com sinais de cansaço, uma risca acentuando as olheiras, Maigret estava deitado na ampla cama, dominada por um edredom de seda vermelha.

– Machucaram você? – interrogou a mulher, enquanto arrumava o aposento.

– Não muito...

– Consegue comer?

– Um pouco...

– E pensar que você foi operado pelo mesmo cirurgião dos reis, de gente como Clemenceau, Courteline...

Ela abriu a janela para bater um tapetinho no qual um enfermeiro deixara marcas de sapatos. Em seguida, foi até a cozinha, mudou uma panela de lugar e retirou a tampa para colocá-la atravessada.

– Agora, fale, Maigret... – disse, ao voltar.

– O quê? – ele perguntou.

– Acredita nessa história de crime passional, logo você?

– Do que está falando?

– Da judia, Anna Górskina, que será julgada hoje. Uma mulher da Rue du Roi-de-Sicile, que afirma que amava Mortimer e que o matou por ciúmes...

– Ah! É hoje?

– Isso não faz o menor sentido...

– Convenhamos, a vida é tão complicada... Precisa subir o meu travesseiro...

– Ela não será absolvida?

– Absolvem tantas!

– É como eu digo... Ela não estaria metida no seu caso?

– Vagamente... – ele suspirou.

A sra. Maigret deu de ombros.

– Vale muito a pena ser mulher de um membro da Polícia Judiciária!

Mas ela falava com um sorriso nos lábios.

– Quando acontece alguma coisa – ela acrescentou –, é pela zeladora que fico sabendo... Ela tem um sobrinho jornalista...

Maigret também sorriu.

Antes da cirurgia, fora por duas vezes visitar Anna no presídio de Saint-Lazare.

Na primeira vez, ela lhe arranhara o rosto.

Na segunda, dera-lhe pistas que levaram à prisão, no dia seguinte, de Pepito Moretto, assassino de Torrence e José Latourie, numa pensão de Bagnolet.

Dias e dias sem novidades! De tempos em tempos, um telefonema ligeiramente inquietante, sabe-se lá vindo de onde, então, uma bela manhã, Maigret arrastando-se como se no fim das forças, deixando-se cair na poltrona e balbuciando:

– Chame o médico...

Contente, ela trotava pelo apartamento, fingindo resmungar por mera formalidade, mexia a comida crepitante na panela, agitava baldes d'água, abria e fechava as janelas e, de vez em quando, informava-se:

– Um cachimbo?

Da última vez, não houve resposta.

Maigret dormia, metade do corpo esmagada pelo edredom vermelho, a cabeça enfiada no gordo travesseiro de plumas, enquanto, em torno de seu rosto em repouso, flutuavam todos aqueles ruídos familiares.

No Palais de Justice, Anna Górskina defendia sua cabeça.

Na Santé, num cubículo de segurança máxima, sob os olhares taciturnos do carcereiro, cujo rosto era quadriculado pela grade da janelinha, Pepito Moretto sabia a sorte reservada à sua vida e girava em círculos.

Em Pskov, uma anciã, com a touca nacional caída sobre o rosto, devia estar a caminho da igreja, deslizando sobre a neve em seu trenó, cujo cocheiro bêbado chicoteava o pônei articulado feito um brinquedo.

O FINADO SR. GALLET

TRADUÇÃO DE PAULO NEVES

FOTO
Eugène Atget, Passage de Choiseul, Paris, 1907

1

Um trabalho aborrecido

O PRIMEIRO CONTATO ENTRE O comissário Maigret e o morto, com quem ele iria viver durante semanas na mais desalentadora das intimidades, deu-se em 27 de junho de 1930, em circunstâncias ao mesmo tempo banais, penosas e inesquecíveis.

Inesquecíveis porque havia uma semana que a Polícia Judiciária recebia notificações, uma atrás da outra, anunciando a passagem por Paris do rei da Espanha no dia 27 e lembrando as medidas a tomar em semelhante caso.

Só que o diretor da PJ estava em Praga, onde assistia a um congresso de polícia científica. E o subdiretor fora chamado à sua casa de praia na costa normanda por causa da doença de um de seus garotos.

Maigret era o mais antigo dos comissários e devia ocupar-se de tudo, num período de calor sufocante, com efetivos que as férias reduziam ao estritamente necessário.

Foi ainda em 27 de junho, logo ao amanhecer, que descobriram, na Rue Picpus, a dona de uma loja de aviamentos assassinada.

E, às nove da manhã desse dia, todos os inspetores disponíveis haviam partido para a Gare du Bois-de-Boulogne, onde era esperado o soberano espanhol.

Maigret mandara abrir portas e janelas, e, sob a ação das correntes de ar, as portas batiam, os papéis voavam das mesas.

Alguns minutos depois das nove, chegava um telegrama de Nevers:

Émile Gallet, caixeiro-viajante, domiciliado em Saint-Fargeau, Seine-et-Marne, assassinado noite de 25 a 26, Hôtel de la Loire, Sancerre. Muitos detalhes estranhos. Favor avisar família para reconhecimento cadáver. Se possível enviar inspetor de Paris.

Maigret não teve outro recurso senão ir ele mesmo a Saint-Fargeau, cuja existência, a 35 quilômetros da capital, ele nem sequer conhecia uma hora antes.

Ignorava o horário dos trens. Quando chegou à Gare de Lyon, disseram-lhe que um comboio partia naquele instante e ele pôs-se a correr, mal teve tempo de lançar-se no último vagão.

Foi o suficiente para deixá-lo banhado de suor. Passou o resto da viagem recuperando o fôlego e enxugando-se, pois era corpulento.

Em Saint-Fargeau, foi o único passageiro a descer e ficou vagando por vários minutos na plataforma descoberta até localizar um funcionário.

– O sr. Gallet?... No final da aleia central do loteamento. Há uma placa na casa, e está escrito *Les Marguerites.* Aliás, é a única construção mais ou menos terminada...

Maigret retirou o casaco e pôs um lenço sob o chapéu a fim de proteger a nuca, pois a aleia em questão era extensa e não havia a menor mancha de sombra.

O sol era de uma triste cor de cobre, e as moscas atacavam com fúria, anunciando uma tempestade.

Nem uma única alma para animar o cenário e dar informações ao viajante.

O loteamento não era mais que um vasto bosque que devia ter pertencido a um domínio senhorial. Limitaram-se a traçar uma rede de aleias geométricas, como a golpes de máquina de cortar cabelo, e de cabos de eletricidade que levariam luz às futuras casas.

Em frente à estação ferroviária, porém, uma pracinha fora montada com fonte de mosaico e chafariz. Num barraco de madeira, lia-se: *Escritório de venda de terrenos.* Ao lado figurava um mapa onde essas aleias desertas já tinham nomes de políticos e de generais.

A cada cinquenta metros, Maigret retirava o lenço para enxugar o suor e o recolocava sobre a nuca, que começava a arder.

Ele via aqui e ali embriões de construção, trechos de parede que os pedreiros decerto tinham abandonado por causa do calor.

A dois quilômetros da estação, mais ou menos, encontrou Les Marguerites, uma casa de estilo vagamente inglês, com telhas vermelhas, arquitetura complicada, um muro rústico separando o jardim do que continuava sendo o bosque.

Pelas aberturas do primeiro andar, avistou um leito com um colchão dobrado em dois. As cobertas eram arejadas sobre o apoio da janela.

Tocou a campainha. Uma empregada de uns trinta anos, meio estrábica, olhou-o primeiro através de um postigo e, enquanto ela se decidia a abrir a porta, Maigret vestiu o casaco.

– A sra. Gallet, por favor.

– Da parte de quem?

Mas já uma voz, no interior, interrogava:

– Quem é, Eugénie?

E a sra. Gallet foi até a entrada, esperando, de queixo erguido, as explicações do intruso.

– Deixou cair alguma coisa! – ela observou sem amabilidade, enquanto ele retirava o chapéu e esquecia-se do lenço, que caiu no chão.

Juntou-o e, resmungando sílabas ininteligíveis, apresentou-se.

– Comissário Maigret, da primeira Brigada Móvel. Gostaria de conversar um instante com a senhora...

– Comigo?

E, virando-se para a empregada:

– E você, o que está esperando?

Maigret observava agora a sra. Gallet. Era uma mulher de uns cinquenta anos, francamente desagradável. Apesar da hora, do calor, da solidão da casa de campo, já estava armada de um vestido de seda malva, e nenhum de seus cabelos grisalhos saía de um rígido alinhamento.

No pescoço, sobre o vestido e nos punhos, tilintavam correntes de ouro, broches e braceletes.

A contragosto, ela precedeu o visitante até a sala. Ao passar diante de uma porta entreaberta, Maigret mergulhou o olhar numa cozinha branca onde cintilavam objetos de cobre e de alumínio.

– Posso começar a encerar, madame?

– Naturalmente. Por que não?

A doméstica desapareceu na copa vizinha e logo se ouviu que esfregava a cera no soalho, ajoelhada, enquanto um forte cheiro de terebentina se espalhava pela casa.

Todos os móveis da sala eram ornados de enfeites. Na parede havia o retrato ampliado de um garoto esguio, magro, com joelhos salientes, rosto antipático, em traje de primeira comunhão.

Sobre o piano, uma fotografia menor mostrava um homem de cabelos abundantes, barbicha grisalha, vestindo uma casaca malcortada nos ombros.

A forma do rosto era tão alongada quanto a do garoto. Um outro detalhe chocava, e Maigret levou alguns instantes para compreender que eram os lábios, de uma estreiteza anormal e quase dividindo o rosto em duas partes.

– Seu marido?

– Sim, meu marido! Estou esperando para saber o que a polícia vem fazer aqui...

Durante a conversa que se seguiu, Maigret voltaria várias vezes a olhar essa fotografia, e foi esse, propriamente falando, seu primeiro contato com o morto.

– Tenho uma má notícia a lhe anunciar, senhora... Seu marido está em viagem, não está?

– Vamos, fale!... Será que...?

– Sim, aconteceu um acidente... Não exatamente um acidente. Peço-lhe para ser forte...

Ela se mantinha rígida diante dele, com a mão pousada numa mesinha de centro ornada com um falso bronze. O rosto era duro, desconfiado, e somente os dedos rechonchudos se agitavam. Por que ocorreu a Maigret que ela certamente fora magra, talvez até bastante magra, durante a primeira metade da vida, e que engordara com a idade?

– Seu marido foi assassinado em Sancerre, na noite de 25 para 26. Coube a mim a penosa tarefa de...

O comissário virou-se para o retrato e interrogou, apontando o garoto da primeira comunhão:

– Vocês têm um filho?

Por um instante a sra. Gallet pareceu a ponto de perder a rigidez que julgava indispensável à sua dignidade. Disse com a ponta dos lábios:

– Um filho, sim...

E em seguida, com a voz triunfante:

– O senhor disse Sancerre, não foi?... E estamos no dia 27... Nesse caso, cometeu um erro... Espere...

Foi até a copa onde Maigret avistou a empregada encerando o chão. Quando voltou, estendeu um cartão-postal ao visitante.

– Esse cartão é do meu marido. Traz a data de 26, ou seja, ontem, e o carimbo da agência de Rouen...

Ela mal conseguia conter um sorriso de alegria por poder humilhar o policial que se permitira entrar em sua casa.

– Certamente trata-se de um outro Gallet, embora eu não o conheça.

Mais um pouco e teria aberto a porta, que ela não pôde deixar de olhar.

– O nome do seu marido é Émile? E seus documentos de identidade dão sua profissão como caixeiro-viajante?

– Ele é o representante da casa Niel et Cie. para toda a Normandia!

– Receio, senhora, que se alegre sem razão. Sou obrigado a lhe pedir que me acompanhe a Sancerre. Tanto para a senhora quanto para mim...

– Mas se...

Ela sacudiu o cartão, com uma foto do velho mercado de Rouen. A porta da copa não fora fechada e ora se viam o traseiro e os pés da empregada, ora a cabeça e os cabelos que ocultavam o rosto. Ouvia-se o esfregar do pano com cera nas tábuas do soalho.

– Acredite que eu gostaria sinceramente que tivesse havido um erro. Mas os documentos encontrados nos bolsos do morto são os do seu marido...

– Podem ter sido roubados...

A inquietação, porém, começava a transparecer na voz, contra a vontade dela. Seguindo o olhar que Maigret lançou ao retrato, ela observou:

– Esta foto foi tirada quando ele já estava de regime...

– Se quiser almoçar – disse o comissário –, voltarei para buscá-la dentro de uma hora, quem sabe.

– De modo algum. Se acha que... que é necessário... Eugénie!... Meu casaco preto de seda, minha bolsa e minhas luvas...

Maigret não sentia o menor interesse pelo caso, que tinha todas as características de um caso desagradável. E era sem querer que conservava na memória a imagem do homem de barbicha – que estava de regime! – e do garoto em traje de primeira comunhão.

Tudo o que ele fez a seguir tinha o aspecto de um trabalho aborrecido. Tornar a descer, numa atmosfera cada vez mais sufocante, a aleia central do loteamento, sem poder tirar, desta vez, o casaco. Esperar 35 minutos num banco da estação de Melun, onde comprou um cesto contendo sanduíches, frutas e uma garrafa de Bordeaux.

Às três da tarde, estava instalado, em frente à sra. Gallet, num compartimento de trem de primeira classe que faz a linha de Moulins e passa em Sancerre.

As cortinas estavam fechadas, os vidros abaixados, e só de tempo em tempo recebia-se um pequeno sopro de ar fresco.

Maigret havia tirado o cachimbo do bolso, mas, tendo olhado sua companheira, abandonara a ideia de fumar na sua presença.

O trem rodava havia cerca de uma hora quando ela perguntou, com uma voz finalmente mais humana:

– Como o senhor explicaria isso?

– Até o momento nada posso explicar, senhora. Não sei nada. Como eu lhe disse, o crime foi cometido na noite de 25 para 26, no Hôtel de la Loire. Estamos em período de férias... Além do mais, as delegacias de província nem sempre são ágeis. A Polícia Judiciária só foi avisada hoje de manhã. Seu marido costumava lhe enviar cartões-postais?

– Sempre que estava ausente.

– Ele viajava muito?

– Mais ou menos três vezes por mês. Ia a Rouen, onde ficava no Hôtel de la Poste... Isso tem mais de vinte anos!... A partir dali percorria toda a Normandia, mas dava um jeito de voltar a Rouen à noite.

– Vocês só têm um filho?

– Um filho, sim. Ele trabalha num banco, em Paris.

– Não mora com vocês em Saint-Fargeau?

– É muito longe para ir e voltar todo dia. Ele passa os domingos conosco...

– Posso lhe oferecer alguma coisa para comer?

– Obrigada! – ela falou, no mesmo tom com que teria escusado uma impertinência.

E, de fato, ele não conseguia imaginá-la comendo um sanduíche ou bebendo vinho morno num copo de papel da companhia ferroviária.

Via-se que para ela a dignidade não era uma palavra vã. Nunca devia ter sido bonita, mas tinha as feições regulares e, menos rígida, teria um certo encanto, graças a algo de melancólico na fisionomia que sua maneira de inclinar a cabeça para o lado sublinhava.

– Por que teriam matado meu marido?

– Sabe se ele tinha algum inimigo?

– Nem inimigo, nem amigo! Vivemos isolados, como todos os que conheceram uma outra época, diferente da época brutal e vulgar do pós-guerra...

– Ah!...

A viagem não terminava. Várias vezes Maigret foi até o corredor para dar algumas tragadas no cachimbo. Seu falso colarinho amolecera sob a ação do calor e da transpiração abundante. Ele invejava a sra. Gallet que nem sequer percebia os 33 ou 34 graus à sombra e que mantinha exatamente a mesma pose que adotara na partida, como para um deslocamento em ônibus urbano, com a bolsa sobre os joelhos, as mãos sobre a bolsa, a cabeça um pouco inclinada para a porta do compartimento.

– De que maneira esse... esse homem foi morto?

– O telegrama não diz. Julgo que o encontraram morto pela manhã.

A sra. Gallet teve um estremecimento, por um instante ficou com a boca entreaberta, a buscar a respiração.

– É impossível que seja o meu marido... Esse cartão é uma prova, não é? Eu nem devia ter me perturbado...

Sem saber exatamente por que, Maigret lamentou não ter trazido a fotografia sobre o piano, pois já sentia dificuldade de reconstituir a parte de cima do rosto. Contudo, recordava com clareza a boca muito larga, a barbicha abundante, os ombros mal ajustados na casaca.

Eram sete da noite quando o trem parou na estação Tracy-Sancerre, e foi preciso ainda percorrer um quilômetro pela estrada e atravessar a ponte suspensa que liga as duas margens do Loire.

Este não oferecia o espetáculo majestoso de um rio, mas sim de uma infinidade de cursos d'água escoando entre bancos de areia cor de trigo maduro.

Numa dessas ilhotas, uma figura vestindo uma roupa amarela pescava com linha e anzol. Podia-se avistar também o Hôtel de la Loire, cuja fachada erguia-se ao longo do cais.

Os raios do sol estavam mais oblíquos, mas o ar, carregado de umidade, continuava irrespirável.

Agora era a sra. Gallet que conduzia a marcha, e, ao ver nas proximidades do hotel um homem que andava de lá para cá e que devia ser um colega, Maigret contraiu o rosto à ideia de que o casal que ele formava com sua companheira era de um ridículo total.

Pessoas de férias, sobretudo famílias, vestindo roupas claras, punham-se à mesa numa sala de parede envidraçada onde circulavam atendentes de avental e gorro brancos.

A sra. Gallet viu o letreiro do nome do hotel, cercado de brasões de vários clubes. Ela marchou diretamente até a porta.

– Polícia Judiciária? – interrogou o homem que andava de lá para cá, detendo Maigret.

– Pois não?

– O corpo foi transportado para a prefeitura. Apressem-se, pois a autópsia será às oito. Estão em cima da hora.

Hora de conhecer o morto! Nessa hora, Maigret sempre se arrastava, como um homem que cumpre uma tarefa penosa e sem atrativo.

Ele teve a ocasião, mais tarde, de rememorar em detalhes essa segunda, e necessariamente última, entrada em contato com o morto.

O vilarejo era de um branco áspero na luz tempestuosa daquele fim de tarde. Galinhas e gansos atravessavam a estrada principal, e, numa oficina já coberta de sombra, dois homens de avental azul ferravam um cavalo.

Em frente à prefeitura, havia pessoas à mesa no terraço de um café sob a sombra de toldos listados de vermelho e amarelo, num ambiente de cerveja fresca, de aperitivos com pedaços de gelo flutuando, de jornais chegados de Paris.

Três carros estavam estacionados junto à praça. Uma enfermeira se dirigia à farmácia. Na prefeitura, uma mulher lavava com água de balde o corredor de lajotas cinza.

– Por favor... O corpo?

– Nos fundos! No alpendre da escola... Já há uns senhores lá. Pode passar por aqui.

Ela apontou uma porta acima da qual estava escrita a palavra *Meninas*, enquanto a palavra *Rapazes* figurava na outra ala do prédio.

A sra. Gallet ia na frente com uma segurança inesperada. Mas Maigret julgou adivinhar que era antes uma espécie de vertigem que a impelia.

No pátio da escola, um médico de avental branco fumava um cigarro e ia de um lado a outro como um homem que espera alguma coisa. Às vezes esfregava, uma na outra, mãos muito delicadas.

Duas outras figuras conversavam à meia-voz, perto de uma mesa onde um corpo estava estendido sob um lençol.

O comissário tentou frear a marcha impetuosa da sua companheira, mas não teve tempo de intervir. Ela já chegava ao alpendre e detinha-se diante da mesa. Retendo a respiração, ergueu de repente o lençol à altura do rosto.

Não emitiu nenhum grito. Os dois homens que conversavam viraram-se para ela, com espanto. O doutor, que havia posto luvas de borracha, chamou diante de uma porta:

– A srta. Angèle ainda não voltou?

Enquanto ele retirava uma das luvas para acender mais um cigarro, a sra. Gallet permanecia imóvel, rígida, e Maigret mantinha-se pronto para ajudá-la.

Ela virou-se bruscamente para ele, com o rosto cheio de ódio, e falou:

– Como é possível?... Quem fez isso?...

– Venha, senhora... É realmente ele, não é?

Com os olhos agora inquietos, ela olhava os dois homens, o médico de branco, a enfermeira que chegava da farmácia.

– O que vão fazer? – articulou com uma voz mais rouca.

E como Maigret, constrangido, hesitasse em responder, ela se lançou enfim sobre o corpo do marido e, dirigindo aos que estavam ali um olhar de cólera, de desafio, gritou:

– Não quero!... Não quero!...

Precisou ser levada à força e confiada à zeladora da prefeitura, que abandonou seus baldes de água. Quando Maigret voltou ao alpendre, o médico tinha um bisturi na mão, uma máscara no rosto e a enfermeira lhe estendia um frasco de vidro fosco.

O comissário, sem querer, esbarrou com o pé num chapéu de seda preto, ornado de um nó malva e um prendedor em falso brilhante.

Ele não assistiu à autópsia. O crepúsculo estava próximo, e o médico havia declarado:

– Espero sete pessoas para jantar em Nevers...

Os dois homens eram o juiz de instrução e seu escrivão. O juiz, após apertar a mão do comissário, limitou-se a pronunciar:

– O senhor verá a polícia local que começou o inquérito! É um caso muito complicado.

O cadáver estava nu sob o lençol retirado.

E o triste confronto durou apenas alguns segundos. O corpo era exatamente o que se podia imaginar pela fotografia: esguio, ossudo, com um peito afundado de burocrata, uma pele pálida que fazia os pelos parecerem muito escuros, embora os do peito fossem ruivos.

Apenas uma metade do rosto estava intacta: a bochecha esquerda fora arrancada pelo tiro.

Os olhos estavam abertos. As pupilas, cinzentas, pareciam apenas um pouco mais sem brilho do que no retrato.

Ele estava de regime... dissera a sra. Gallet.

Sob o mamilo esquerdo, enfim, um ferimento nítido, regular, causado por uma lâmina.

Atrás de Maigret, o doutor estava impaciente:

– É ao senhor que devo entregar meu relatório? Em qual endereço?

– No Hôtel de la Loire.

O juiz e o escrivão olhavam para outro lado e não diziam nada. Ao sair, Maigret enganou-se de porta e viu-se entre os bancos de uma das classes da escola.

Como ali parecia mais fresco, o comissário ficou por um momento diante das gravuras que representavam "a colheita", "uma fazenda no inverno" e "um dia de mercado na cidade".

Numa prateleira estavam dispostas, em madeira, estanho e ferro, todas as medidas de peso e de capacidade, por ordem de tamanho.

O comissário enxugou o suor. Ao cruzar a porta, encontrou o inspetor de polícia de Nevers, que o procurava.

– Ah! aí está o senhor! Vou poder enfim me reunir à minha mulher em Grenoble... Imagine que ontem de manhã, quando nos telefonaram, eu partia de férias.

– Descobriu alguma coisa?

– Absolutamente nada! O senhor verá que é um caso inverossímil... Se quiser, podemos jantar juntos e lhe darei detalhes, se é que posso chamar isso de detalhes... Não roubaram nada! Ninguém viu nem ouviu nada! Só alguém muito astuto seria capaz de dizer por que esse sujeito foi morto... Uma única particularidade, mas que certamente não levará muito longe: quando ele se hospedava no Hôtel de la Loire, o que fazia de tempo em tempo, era sob o nome de sr. Clément, investidor em Orléans.

– Vamos tomar um aperitivo – propôs Maigret.

Ele lembrou-se da atmosfera tentadora do terraço, que havia pouco lhe aparecera como um refúgio sonhado.

Contudo, quando se viu diante de uma cerveja muito gelada, não sentiu a satisfação esperada.

– É o inquérito mais decepcionante que se possa imaginar – suspirou seu companheiro. – O senhor verá! Nada a que se prender! E nada tampouco que saia do comum, a não ser que esse homem foi assassinado...

Por alguns minutos ele continuou nesse tom, sem perceber que o comissário mal o escutava.

Há pessoas que se vê somente uma vez na rua e cuja fisionomia, no entanto, não se pode esquecer. De Émile Gallet, Maigret vira apenas uma fotografia, a metade do rosto e o corpo esbranquiçado.

Mas era essa fotografia que mais ocupava seu espírito.

E ele tentava, justamente, animá-la, imaginar o sr. Gallet frente a frente com sua mulher, na copa de Saint-Fargeau, ou então saindo da casa para tomar o trem na estação.

Por relâmpagos, o alto do rosto ficava mais nítido. Maigret acreditou lembrar que havia manchas escuras sob os olhos.

– Aposto que é uma doença do fígado! – disse, à meia-voz.

– Em todo caso, não foi de uma doença do fígado que ele morreu – respondeu, irônico, o inspetor de Nevers. – Uma doença do fígado não arranca a metade do rosto e não perfura o coração.

As lâmpadas de um tiro ao alvo de feira acenderam-se no meio da praça, onde um carrossel de cavalos de madeira estava desmontado.

2

Um moço de óculos

APENAS DOIS OU TRÊS GRUPOS demoravam-se à mesa. Dos quartos do primeiro andar ouviam-se os protestos de crianças forçadas a ir para a cama.

Uma voz de mulher falou, atrás de uma janela aberta:

– Viu aquele senhor forte? É um agente de polícia! Se não se comportar, ele leva você para a prisão...

Enquanto comia e deixava seu olhar vagar ao redor, Maigret ouvia um zumbido constante. Era o inspetor Grenier, de Nevers, que falava pelo prazer de falar.

– Ah! Se lhe tivessem roubado alguma coisa! Tudo seria de uma simplicidade infantil. Hoje é segunda-feira... O crime foi cometido na noite de sábado para domingo... Havia festa... Nesses dias, além dos vendedores ambulantes, dos quais desconfio por princípio, vemos gente de todo tipo andando à toa... O senhor não conhece o campo, comissário! Talvez aqui se encontrem indivíduos piores do que no *bas-fond* da sua Paris...

– Ou seja – interrompeu Maigret –, se não fosse a festa, o crime teria sido descoberto em seguida.

– O que está querendo dizer?

– Que foi graças ao tiro ao alvo e aos rojões que ninguém ouviu o disparo... Não me disse que Gallet não morreu em consequência do ferimento na cabeça?

– É o que o médico afirma. A autópsia confirmará essa hipótese. Primeiro o homem levou um tiro na cabeça. Mas parece que poderia ainda viver duas ou três horas. Logo em seguida, recebeu uma facada em cheio no coração, e a morte foi instantânea... A faca foi encontrada.

– E o revólver?

– Não o encontramos.

– A faca estava no quarto?

– A poucos centímetros do cadáver... E há equimoses no punho esquerdo de Gallet. Certamente foi ele que, ferido, brandiu a arma contra o agressor... Mas estava enfraquecido. O assassino pegou-lhe o punho, virou-o e fez a lâmina penetrar no peito... Essa é não apenas minha opinião, mas a do doutor.

– Então, sem a festa, Gallet certamente não seria morto!

Maigret não queria lançar-se em deduções engenhosas nem espantar seu colega da província. Essa ideia o impressionava, e ele apenas a seguia, curioso para ver onde ia dar.

Sem o barulho dos cavalinhos de madeira, do tiro ao alvo e dos rojões, a detonação teria sido ouvida. Pessoas do hotel teriam se precipitado, talvez intervindo antes da facada.

Anoitecera. Viam-se apenas alguns reflexos da lua sobre o rio e os dois lampiões em cada extremidade da ponte. No interior do café, clientes jogavam bilhar.

– Uma história estranha! – concluiu o inspetor Grenier. – Diga, por favor, já são onze horas? Meu trem sai às 23h32 e tenho quinze minutos para chegar à estação. Eu dizia que se alguma coisa tivesse desaparecido...

– A que horas fecham as barracas da feira?

– À meia-noite. É o regulamento!

– Assim, o crime foi cometido antes da meia-noite, e, portanto, nem todos no hotel deviam estar deitados.

Cada um dos dois homens seguia o curso dos seus pensamentos, e a conversa prosseguia por intervalos.

– E há ainda esse nome de sr. Clément que ele se dava... O dono do hotel pode lhe informar. Ele vinha de vez em quando, mais ou menos a cada seis meses. E faz uns dez anos que veio até aqui pela primeira vez. Sempre com o nome de sr. Clément, investidor em Orléans...

– Ele tinha uma maleta como as que costumam transportar os viajantes de comércio?

– Não observei nada de semelhante no quarto. Mas o dono do hotel lhe dirá... Sr. Tardivon!... Ei!... Pode vir até aqui um instante?... Este é o comissário Maigret, de Paris, que gostaria de lhe fazer uma pergunta... Por acaso o sr. Clément costumava vir com uma maleta de viajante de comércio?

– Contendo objetos de prata! – precisou o comissário.

– Não. Trazia sempre uma sacola de viagem com objetos de uso pessoal. Era muito cuidadoso com a aparência. Olhe, não o vi duas vezes com um simples terno. Na maior parte do tempo, vestia uma casaca preta ou cinza-escura...

– Eu lhe agradeço.

E Maigret pensou na casa Niel et Cie., da qual o sr. Gallet era o representante na Normandia. Essa casa era especializada em objetos para presentes: taças, talheres de prata, cestas de frutas, trinchantes, pás de bolo...

Engoliu o minúsculo doce de amêndoa que uma atendente havia colocado na mesa, encheu o cachimbo.

– Um conhaque? – perguntou o sr. Tardivon.

– Se tiver...

O dono do hotel foi buscar a garrafa e sentou-se à mesa dos dois policiais.

– Então é o senhor, comissário, que prosseguirá o inquérito? Que história, hein? E isso no momento em que começa a temporada de férias! Acreditará se eu lhe disser que sete clientes deixaram esta manhã meu hotel para se instalar no Commerce?... Um brinde, senhores... Quanto a esse sr. Clément... estou acostumado a chamá-lo assim... Aliás, quem teria duvidado de que não era o seu verdadeiro nome?

O terraço estava cada vez mais deserto. Um garçom colocava junto à parede os vasos de louro que ficavam entre as mesas. Um trem de carga passou na outra margem, e os três homens seguiram maquinalmente com os olhos a fumaça avermelhada que se movia ao pé da colina.

O sr. Tardivon havia começado sua carreira como cozinheiro de família nobre e conservara uma certa solenidade, uma maneira um tanto condescendente de falar ao inclinar-se para o interlocutor.

– O mais extraordinário – ele disse, aquecendo seu copo de conhaque na palma da mão – é que por muito pouco o crime não teria acontecido...

– A feira na praça! – apressou-se a dizer Grenier, lançando um rápido olhar ao comissário.

– Não sei o que está querendo dizer... Não!... Quando o sr. Clément chegou, no sábado de manhã, eu lhe ofereci o quarto azul, que dá para o caminho das urtigas, como dizemos... É o caminho que podem ver ali à esquerda... Chamamos assim porque, não sendo mais utilizado, foi invadido pelas urtigas.

– Por que não é mais utilizado? – perguntou Maigret.

– Está vendo aquela parede, logo no final do caminho? É a casa do sr. de Saint-Hilaire. Aqui ela é mais costumeiramente chamada de pequeno castelo, para distinguir do grande, o antigo castelo de Sancerre, localizado mais no alto da encosta... Daqui se podem avistar as torrezinhas... Há um belo jardim interno... Antigamente, quando o Hôtel de la Loire não existia, esse jardim vinha até aqui, e a entrada principal, com portão em ferro forjado, ficava no fundo do caminho das urtigas... O portão ainda existe, mas não é mais usado; uma outra entrada foi aberta mais adiante junto ao rio, a uns quinhentos metros...

“Enfim, dei ao sr. Clément o quarto azul, cuja janela abre-se para esse lado. Ali é calmo, nunca passa ninguém, pois o caminho não leva a parte alguma.

“Não sei por que, à tarde, quando voltou, ele me perguntou se eu não tinha um outro quarto, com vista para o pátio.

“Eu não tinha nada livre. No inverno se pode escolher, há poucos hóspedes, apenas viajantes de comércio que fazem visitas em data fixa... Mas no verão... Acredita que a maioria dos meus hóspedes são parisienses? Nada melhor do que a vista do Loire...

“Assim, eu disse ao sr. Clément que era impossível e observei que o quarto dele era o mais agradável...

"No pátio há galinhas e gansos... A todo momento vão tirar água do poço, e a corrente, mesmo lubrificada, range, faz barulho.

"Ele não insistiu. Mas suponha que eu tivesse um quarto voltado para o pátio... Ele não teria morrido!"

– Por quê? – murmurou Maigret.

– Não lhe disseram que o tiro foi dado a mais de seis metros de distância?... O quarto só tem cinco. Portanto, o assassino estava do lado de fora. Ele se aproveitou de que o caminho das urtigas é deserto. E não poderia ter penetrado no pátio para dar o tiro. Ali o teriam ouvido... Mais um conhaque, senhores? Claro que é por minha conta.

– Dois! – pediu o comissário.

– Dois o quê? – perguntou Grenier.

– Dois acasos! Primeiro o de haver festa na praça para abafar a detonação; depois, todos os quartos que dão para o pátio estarem ocupados...

Ele se virou para o sr. Tardivon, que terminava de encher os copos.

– Quantos hóspedes tem no momento?

– São 34, incluindo as crianças.

– Ninguém foi embora, depois do crime?

– Sete pessoas, como eu lhe disse. Uma família do subúrbio de Paris, de Saint-Denis, eu acho... Uma espécie de mecânico, com a mulher, a sogra, a cunhada e os filhos pequenos... Pessoas mal-educadas, diga-se de passagem, que não me importei de ver mudarem-se para o Commerce... Cada hotel com sua clientela. Aqui, todos lhe dirão, só há gente fina.

– Como o sr. Clément ocupava seus dias?

– Seria difícil lhe dizer... Saía andando a pé. Cheguei a pensar que tivesse nos arredores um filho natural. Simples suposição, porque, sem querer, buscamos fazer uma ideia das coisas. Era um homem muito cortês, sempre com uma aparência triste. Nunca o vi comer na mesa redonda do restaurante, que usamos no inverno. Preferia instalar-se num canto, sozinho.

Maigret tirou do bolso uma caderneta de apontamentos comum, coberta de uma lona preta. Anotou a lápis:

1. Telegrafar Rouen;
2. Telegrafar casa Niel;
3. Visitar o pátio;
4. Tomar informações sobre propriedade Saint-Hilaire;
5. Impressões digitais faca;
6. Lista de locatários;
7. Família mecânico Hôtel du Commerce;
8. Pessoas que deixaram Sancerre domingo, 26;
9. Anunciar pelo pregoeiro da cidade recompensa aos que tiverem visto o sr. Gallet no sábado, 25.

Seu colega de Nevers, com um sorriso forçado nos lábios, seguia com os olhos seus menores movimentos.

– Então? Já tem uma ideia?

– De modo algum! Dois telegramas a enviar e vou dormir.

No café não havia mais ninguém senão homens do vilarejo que terminavam uma partida de bilhar. Maigret foi dar uma espiada no caminho das urtigas, que havia sido a entrada de uma propriedade da nobreza e conservara duas fileiras de belos carvalhos.

Uma espessa vegetação cobria agora tudo e, àquela hora, nada se enxergava.

Grenier estava de saída rumo à estação, e Maigret retornou para despedir-se.

– Boa sorte!... Mas, cá entre nós, é uma história sem interesse, não? Nada de sensacional, nada a que se prender!... Na verdade, desejo boa sorte tanto para o senhor quanto para mim.

O comissário foi conduzido até um quarto do primeiro andar onde os mosquitos logo começaram a zumbir em volta de sua cabeça. Ele estava de mau humor. A tarefa que tinha em vista era aborrecida, vulgar, pouco apaixonante.

No entanto, ao deitar-se, em vez de dormir, pôs-se a evocar os traços de Gallet, do qual via apenas uma face ou então a parte inferior do rosto.

Virou-se umas dez vezes de um lado a outro nos lençóis úmidos. Podia ouvir o murmúrio do rio, arrastando-se ao longo dos bancos de areia.

Cada caso criminal tem sua característica, que se percebe mais ou menos depressa e em geral fornece a chave do mistério.

Não seria a característica desse caso a mediocridade?

Mediocridade em Saint-Fargeau! Casa de loteamento medíocre! Ambiente tacanho, com o retrato do garoto na primeira comunhão e do pai com uma casaca muito apertada, sobre o piano!

Mediocridade ainda em Sancerre, local de veraneio barato! Hôtel de segunda classe!

Todos os detalhes vinham intensificar esse quadro monótono.

Representante da casa Niel: falsa prataria, falso luxo, falso estilo!

Uma festa na praça, tiro ao alvo e rojões ainda por cima...

Até mesmo a distinção afetada da sra. Gallet, o chapéu ornado por um falso brilhante, caíra na poeira do pátio da escola!

Foi um alívio para Maigret ficar sabendo, de manhã, que a viúva havia tomado o primeiro trem para Saint-Fargeau e que o caixão contendo os restos mortais de Émile Gallet se dirigia numa caminhonete alugada para Les Marguerites.

Ele tinha pressa de terminar. Todos haviam partido: o juiz, o médico dos sete convidados e o inspetor Grenier.

Assim, estava sozinho e com tarefas precisas.

Primeiro, esperar a resposta dos telegramas expedidos na véspera à noite.

Depois, examinar o quarto onde o crime fora cometido. Por fim, ocupar-se de todos os que *poderiam ter cometido* o crime e que, portanto, eram suspeitos.

A resposta de Rouen não tardou. Vinha da polícia dessa cidade:

Interrogado pessoal Hôtel de la Poste. Empregada recepção, Irma Strauss, declarou um certo Émile Gallet lhe enviava envelope com cartões-postais a expedir. Recebia cem francos por mês. Fazia essa operação havia cinco anos e acredita empregada anterior também o fizesse.

Meia hora mais tarde, isto é, às dez da manhã, chegava um telegrama da casa Niel:

Émile Gallet não pertence mais à casa desde 1912.

Era o momento em que o pregoeiro começava a percorrer a cidade. Maigret, que terminara o desjejum, examinava o pátio do hotel onde nada havia de especial quando vieram lhe anunciar que um operário da conservação de estradas queria falar com ele.

– Eu estava na estrada que conduz a Saint-Thibaut – explicou – quando vi esse sr. Clément, que eu conhecia por tê-lo encontrado algumas vezes e principalmente por causa da casaca. Um moço acabava de descer o caminho da encosta, e eles se viram frente a frente. Eu estava a uns cem metros deles, mas percebi que discutiam...

– Eles se separaram em seguida?

– Não. Subiram juntos um trecho da encosta. Depois o velho reapareceu, sozinho. Meia hora mais tarde, na praça, voltei a ver o moço no Hôtel du Commerce.

– Como ele era?

– Alto e magro... Com um rosto comprido e óculos...

– Que roupas usava?

– Não sei dizer. Mas pareciam da cor cinza, ou pretas... Então, tenho direito aos cinquenta francos?

Maigret pagou a recompensa e dirigiu-se ao Hôtel du Commerce onde, na véspera, ao anoitecer, havia tomado o aperitivo.

O moço havia almoçado ali no sábado, 25 de junho, mas o garçom que o servira estava de folga em Pouilly, a uns vinte quilômetros.

– Tem certeza de que ele não dormiu aqui?

– Seu nome estaria em nosso registro...

– Ninguém mais se lembra dele?

A moça do caixa lembrava que alguém pedira massa sem manteiga e que fora preciso prepará-la especialmente.

– Um moço que estava sentado ali, à esquerda do pilar, e que tinha um aspecto doentio.

Começava a fazer calor e Maigret já não sentia mais a indolência aborrecida da manhã.

– Uma cabeça comprida?... Lábios finos?

– Sim, um certo desdém na boca... Não quis tomar café nem licor... Há clientes assim, o senhor sabe...

Por que Maigret acabava de evocar o retrato do jovem na primeira comunhão?

O comissário tinha 45 anos. Havia passado a metade da vida nos serviços mais diversos da polícia: costumes, via pública, estações, casas de jogos...

Era o suficiente para matar qualquer veleidade de misticismo e para perder a fé na intuição.

Mesmo assim, os dois retratos, o do pai e o do filho, o perseguiam havia mais de 24 horas, juntamente com uma frase banal da sra. Gallet: "Ele estava de regime...".

Foi sem uma ideia bem-definida que ele dirigiu-se à agência dos Correios e pediu uma ligação telefônica para a prefeitura de Saint-Fargeau.

– Alô! Aqui é da Polícia Judiciária. Poderia me dizer quando será o enterro do sr. Gallet?

– Amanhã às oito horas.

– Em Saint-Fargeau?

– Sim, aqui.

– Mais uma pergunta. Quem está no aparelho?

– O professor municipal...

– Por acaso conhece o sr. Gallet, filho?

– Já o vi algumas vezes. Ele compareceu esta manhã para tratar dos papéis.

– Como é a aparência dele?

– O que está querendo saber?

– Ele é alto, magro?

– Sim, um pouco.

– Usa óculos?

– Deixe ver se me lembro... Óculos de aro de tartaruga!

– Sabe se ele está doente?

– Como eu poderia saber? É um sujeito pálido, é verdade...

– Eu lhe agradeço.

Dez minutos mais tarde, o comissário entrava de novo no Hôtel du Commerce.

– Diga-me, senhora, o seu cliente do sábado usava óculos?

A empregada do caixa fez um esforço para lembrar, acabou por sacudir a cabeça.

– Sim... Não... Não sei mais... No verão vem tanta gente!... Foi sobretudo a boca que me impressionou. Cheguei a dizer ao garçom que ele tinha uma boca de sapo...

Demorou um pouco mais para reencontrar o operário da conservação de estradas, que gastava em bebida seus cinquenta francos com colegas num pequeno boteco atrás da igreja.

– Você me disse que seu homem usava óculos.

– O moço. O velho, não.

– Que tipo de óculos?

– Aqueles redondos, o senhor sabe, grossos e pretos.

Ao levantar-se de manhã, Maigret ficara contente de saber que o morto havia partido, assim como a sra. Gallet, o juiz, o médico e os policiais.

Esperava enfim lidar com um problema objetivo, não tendo mais que evocar a estranha cabeça do velho de barbicha.

Às três da tarde, tomava o trem para Saint-Fargeau.

Logo de início, vira apenas uma fotografia de Émile Gallet. Depois se defrontara com a metade do rosto. Agora não encontraria mais do que um caixão definitivamente fechado.

No entanto, quando o trem se pôs em marcha, ele teve um pouco a impressão incômoda de correr atrás do morto.

Em Sancerre, o sr. Tardivon, decepcionado, confiava a seus melhores clientes, enquanto lhes oferecia um copo de conhaque:

– Um homem que parecia tão sério, um homem da nossa idade!... E foi embora sem ter sequer entrado no quarto!... Não quis ver o lugar onde o homem morreu... Foram só os policiais de Nevers que fizeram isso. Ao levarem o corpo, eles desenharam com giz seu contorno no chão. Disseram para não tocarmos em nada!... A gente nunca sabe aonde esses casos podem levar.

3

•

As respostas de Henry Gallet

MAIGRET, QUE PASSARA A NOITE em sua casa, no Boulevard Richard-Lenoir, chegou a Saint-Fargeau na quarta-feira pouco antes das oito da manhã. Já estava fora da estação quando se lembrou de voltar atrás para perguntar ao funcionário:

– O sr. Gallet tomava seguidamente o trem?

– O pai ou o filho?

– O pai.

– Viajava todo mês, ficando fora umas três semanas. Pegava um de segunda classe para Rouen.

– E o filho?

– Ele vem quase todo sábado à noite, de Paris, num vagão de terceira classe, e parte de volta no último trem de domingo... Quem podia prever!... Ainda posso vê-lo, no primeiro domingo de junho, participando da abertura da temporada de pesca...

– O pai ou o filho?

– O pai, é claro!... Olhe! É dele o barquinho azul que se vê ali entre as árvores... Um barco que todo mundo vai querer comprar, pois foi ele mesmo que fez, em madeira de carvalho, e inventou não sei quantos aperfeiçoamentos... Vivia inventando coisas...

Maigret acrescentou conscienciosamente essa pequena pincelada à imagem ainda tão incompleta que possuía do morto. Olhou o barquinho, o rio, fez um esforço para imaginar o homem de barbicha imóvel, durante horas, com um caniço na mão.

Depois dirigiu-se até Les Marguerites, não sem observar que um carro fúnebre de segunda classe, vazio, seguia o mesmo caminho que ele.

Não havia ninguém nos arredores da casa, exceto um homem que empurrava um carrinho de mão e que parou ao ver o carro fúnebre e ficou esperando, por certo curioso de ver o cortejo.

O sino no portão fora coberto por um pano. Na porta de entrada estava pendurado um tecido preto com as iniciais do defunto, bordadas em prateado.

Maigret não esperava tanto aparato. À esquerda, no corredor, sobre uma bandeja, um único cartão com a ponta dobrada, o do prefeito de Saint-Fargeau.

A sala onde o comissário estivera havia se transformado em capela-ardente, e os móveis tiveram de ser transportados para a copa. Tapeçarias escuras cobriam as paredes; o caixão estava colocado no centro, cercado de velas.

Havia algo de misterioso, de equivocado, não se podia dizer bem por quê. Seria porque faltava um visitante e se sabia que ele não viria, embora o carro fúnebre já estivesse à porta?

Aquele único cartão de visita, em falsa litografia! Todos aqueles ornamentos de prata! E, de cada lado do caixão, uma figura: a sra. Gallet à direita, vestida de luto, com um véu sobre o rosto e um terço de contas foscas entre os dedos; Henry Gallet à esquerda, também trajado de preto.

Maigret avançou sem ruído, inclinou-se, molhou um ramo de buxo na água benta e o aspergiu sobre o caixão. Sentiu que a mãe e o filho o seguiam com os olhos, mas nenhuma palavra foi pronunciada.

Depois ele foi até um canto, prestando atenção ao mesmo tempo nos ruídos de fora e nas expressões fisionômicas do jovem. De vez em quando os cavalos batiam os cascos no chão da aleia. Os agentes funerários conversavam em voz baixa, ao sol, perto da janela. E, na câmara mortuária, que somente as velas iluminavam, o rosto irregular do filho parecia ainda mais irregular, por causa da roupa preta que destacava a brancura doentia da pele.

Os cabelos, separados por uma risca, estavam colados à cabeça. Tinha a testa alta, protuberante. Atrás das lentes grossas dos óculos com aro de tartaruga, era difícil perceber o olhar inquieto de míope.

Às vezes a sra. Gallet cobria os olhos com o lenço, debaixo do véu. E as pupilas de Henry não se fixavam em parte alguma. Passavam pelas coisas e evitavam sempre o comissário, que ouviu com alívio os passos dos agentes funerários.

Um pouco mais tarde, o caixão esbarrava nas paredes do corredor. Um pequeno soluço saiu da garganta da sra. Gallet, a quem o filho limitou-se a dar um tapinha no ombro, olhando para outro lado.

Era violento o contraste entre o luxo do carro fúnebre e as duas figuras que se punham em marcha, precedidas de um mestre de cerimônias desconcertado.

Continuava fazendo calor. O homem do carrinho de mão persignou-se e foi embora tomando um caminho lateral, enquanto o cortejo, mínimo, seguia por uma aleia bastante larga para ver desfilarem regimentos.

Enquanto a cerimônia religiosa se desenrolava na igreja e um pequeno grupo de camponeses se reunia na praça, Maigret penetrou na prefeitura, onde não encontrou ninguém. Precisou ir buscar em sua classe o professor, que era também o assessor do prefeito, e as crianças foram abandonadas por um momento.

– Tudo o que posso lhe dizer é o que está nos nossos registros. Veja:

Gallet, Émile Yves Pierre, nascido em Nantes em 1879, casado em Paris, em outubro de 1902, com Aurore Préjean... Um filho, Henry, nascido em Paris em 1906 e registrado no cartório do 9º arrondissement...

– As pessoas daqui não gostam deles?

– Os Gallet construíram sua casa em 1910, quando foi criado o loteamento no bosque, e nunca quiseram ver ninguém. São muito orgulhosos... Aconteceu-me de pescar todo um domingo no meu barquinho, a menos de dez metros do de Gallet. Se eu precisasse de alguma coisa, ele me dava, mas não conseguiria arrancar-lhe mais de cinco frases seguidas...

– Como avalia a situação financeira dele?

– Não sei exatamente, pois ignoro o que gastava em viagem. Mas, considerando apenas aqui, suponho uns dois mil francos por mês. Se viu a casa, o senhor pôde constatar que não falta nada. Eles fazem vir quase todas as suas compras de Corbeil ou de Melun.... Uma outra coisa que...

Mas nesse instante, pela janela, Maigret avistou o cortejo que saía da igreja e entrava no cemitério. Ele agradeceu a seu interlocutor e ouviu, da rua, a primeira pá de terra caindo sobre o caixão.

Evitou mostrar-se, fez um desvio para retornar à casa do loteamento, onde teve o cuidado de chegar um pouco depois dos Gallet. A empregada que abriu a porta olhou para ele, hesitante.

– Madame não pode... – começou.

– Diga ao sr. Henry que preciso falar com ele.

A empregada de olhos estrábicos o deixou do lado de fora. Alguns instantes depois, a silhueta do jovem apareceu no corredor. Ele avançou até a entrada e perguntou, sem olhar diretamente para Maigret:

– O senhor não pode deixar essa visita para um outro dia? Minha mãe está muito abatida...

– Preciso falar com você hoje. Perdoe minha insistência.

Henry deu meia-volta, dando a entender assim que o policial só precisava acompanhá-lo. Hesitou diante das portas e empurrou por fim a da copa, onde os móveis da sala haviam sido amontoados, de modo que ali era difícil circular.

Maigret viu o retrato da primeira comunhão deitado sobre a mesa, procurou em vão o de Émile Gallet.

Henry não se sentou, não disse nada, mas retirou os óculos para limpar as lentes com um ar aborrecido, enquanto os olhos piscavam, surpreendidos pela luz direta.

– Certamente sabe que fui encarregado de descobrir o assassino do seu pai.

– Por isso me surpreendo de vê-lo aqui num momento em que seria mais decente deixar-nos a sós, minha mãe e eu!

E Henry recolocou os óculos, ajeitou o punho engomado da camisa que pendia sobre a mão coberta dos mesmos pelos ruivos que havia no peito do cadáver de Sancerre.

No seu rosto ossudo, de traços bem desenhados, com uma expressão tristonha e um pouco cavalar, não havia o menor movimento. Ele apoiava o cotovelo no piano trazido da sala, do qual se via a parte de trás coberta por um pano verde.

– Eu gostaria de lhe pedir algumas informações tanto sobre seu pai quanto sobre a família em geral.

Henry não abriu a boca, não se mexeu, permaneceu de pé no mesmo lugar, rígido, fúnebre.

– Poderia me dizer, primeiro, onde estava no sábado, 25 de junho, por volta das quatro da tarde?

– Antes eu gostaria de lhe fazer uma pergunta. Sou obrigado, eu, num momento como este, a recebê-lo e a lhe responder?

Sempre uma voz neutra, entediada, como se cada sílaba lhe desse um cansaço.

– É livre para não responder. No entanto devo lhe observar...

– Em que lugar sua investigação lhe revelou que eu estava?

Maigret não respondeu e, na verdade, ficou atordoado por essa intervenção inesperada, tanto mais inesperada quanto era impossível perceber a menor sutileza nas feições do jovem.

Henry deixou passar alguns segundos. Ouviu-se a voz da empregada que, de baixo, respondia a um chamado do andar de cima: "Já estou indo, madame!".

– E então?

– Como o senhor sabe, eu estava...

– Em Sancerre?

Henry continuou impassível.

– E teve uma discussão com seu pai, na estrada do velho castelo...

Maigret era quem estava mais nervoso, pois parecia que seus golpes caíam no vazio. Sua voz não tinha ressonância, suas suspeitas não tinham eco.

O mais desconcertante era o silêncio de Henry Gallet, que não tentava se explicar, que esperava.

– Pode me dizer o que fazia em Sancerre?

– Fui ver minha amante, Éléonore Boursang, que passa férias na Pensão Germain, na estrada de Sancerre a Saint-Thibaut.

Ele ergueu imperceptivelmente as sobrancelhas, espessas como as de Émile Gallet.

– Não sabia da presença de seu pai em Sancerre?

– Se soubesse, teria evitado encontrá-lo.

Sempre um mínimo de explicações, forçando o comissário a perguntas repetidas.

– Seus pais estavam sabendo desse caso amoroso?

– Meu pai suspeitava. Ele era contra.

– Qual foi o assunto da conversa de vocês?

– Sua investigação é sobre o assassino ou sobre a vítima? – articulou lentamente o jovem.

– Conhecerei o assassino quando conhecer bem a vítima. Seu pai lhe fez censuras?

– Eu é que o censurei por me espionar.

– E depois?

– Nada. Ele me chamou de filho ingrato. Eu lhe agradeço por me lembrar disso hoje.

Maigret ouviu com alívio passos na escada. A sra. Gallet apareceu, tão digna como da outra vez, com um pesado colar de três fileiras de pedrarias no pescoço.

– O que está acontecendo? – ela perguntou, olhando alternadamente para Maigret e para o seu filho. – Por que não me chamou, Henry?

A empregada entrou, após bater à porta.

– São os tapeceiros, vieram retirar o material.

– Vigie-os...

– Vim buscar algumas informações que julgo indispensáveis para a descoberta do culpado – disse Maigret, com uma voz um pouco seca demais. – Certamente o momento é mal escolhido, como seu filho me observou. Mas cada hora que passa torna a prisão do assassino mais problemática.

Ele buscou com o olhar Henry, que continuava obstinadamente apático.

– Quando se casou com Émile Gallet, senhora, tinha uma fortuna pessoal?

Ela se empertigou um pouco e pronunciou, com um tremor de orgulho na voz:

– Sou filha de Auguste Préjean.

– Perdoe-me, mas...

– O ex-secretário do último príncipe de Bourbon. O diretor do jornal legitimista *Le Soleil*... Meu pai gastou até o último centavo para fazer publicar esse jornal, que pregava o bom combate.

– Ainda se relaciona com sua família?

– Não os vejo mais desde o meu casamento.

– Esse casamento lhe foi desaconselhado?

– O que acabo de lhe dizer deveria ajudá-lo a compreender. Toda a minha família é partidária da monarquia. Meus tios ocuparam e alguns ainda ocupam cargos importantes. Não gostaram de me ver casada com um representante de comércio.

– Quando seu pai morreu, a senhora estava sem fortuna?

– Meu pai morreu um ano depois do meu casamento... Meu marido possuía, no momento de nossa união, cerca de trinta mil francos.

– E a família dele?

– Não os conheci. Ele evitava falar disso. Tudo o que sei é que teve uma infância difícil e que passou vários anos na Indochina.

Havia uma sombra de sorriso de desprezo nos lábios do filho.

– Se faço essas perguntas, senhora, é porque fiquei sabendo que há dezoito anos seu marido não pertence mais à casa Niel...

Ela fixou o comissário, depois Henry, e protestou vivamente:

– Senhor...

– Obtive a informação do próprio sr. Niel.

– Talvez seria melhor, senhor... – começou o jovem, dando um passo em direção a Maigret.

– Não, Henry! Quero provar que isso é falso, que é uma odiosa mentira... Venha, comissário... Por favor, acompanhe-me...

E, febril pela primeira vez, ela dirigiu-se até o corredor, onde esbarrou nos panos e tapetes que os tapeceiros enrolavam. Conduziu Maigret até o primeiro andar, o fez atravessar um quarto de dormir com móveis de nogueira encerada, onde se via ainda, no cabide, um chapéu de palha de Émile Gallet e também uma roupa de brim que ele devia usar para a pesca.

Passando esse quarto, havia uma pequena peça transformada em gabinete de trabalho.

– Veja!... Aqui estão suas amostras... E esses talheres, por exemplo, do terrível estilo moderno, não datam de dezoito anos atrás, não é mesmo?... Aqui está o registro de encomendas que meu marido atualizava a cada fim de mês... Aqui estão cartas com o timbre da casa Niel, que ele recebia com regularidade...

Maigret mal olhava. Estava convencido de que precisaria voltar a essa peça e preferia impregnar-se da atmosfera.

Também ali ele tentou imaginar Émile Gallet, numa cadeira giratória colocada junto à mesa. Sobre esta última havia um tinteiro em metal branco, uma bola de cristal que servia de pesa-papéis.

Pela janela via-se a aleia central do loteamento e o telhado vermelho de uma casa desabitada.

As cartas com timbre da casa Niel eram escritas à máquina, segundo um modelo mais ou menos uniforme:

Caro senhor,

Recebemos sua carta de 15 do corrente, bem como a lista dos pedidos para janeiro. Esperamos sua visita no final do mês para a liquidação de contas, como de hábito, e lhe daremos então algumas indicações acerca da extensão do seu campo de atividade.

Cordialmente,

Assinado: *Jean Niel.*

Maigret passou os olhos por mais algumas dessas cartas.

– O que me diz agora? – perguntou a sra. Gallet, com um ar de desafio.

– O que é isto?

– Nada... Meu marido gostava de trabalhos manuais. É um velho relógio que ele desmontou... Na garagem há um monte de objetos que ele mesmo fabricou, principalmente artigos de pesca... Todo mês dedicava oito dias inteiros a esses trabalhos; suas anotações de comércio lhe tomavam apenas uma hora ou duas de manhã.

Maigret abriu as gavetas, ao acaso. Numa delas viu uma volumosa pasta cor-de-rosa, com esta menção:

Soleil.

– Papéis do meu pai – explicou a sra. Gallet. – Não sei por que os conservamos. Naquele armário há toda a coleção, até o último número, do jornal que obrigou meu pai a vender seus títulos de crédito.

– Permite que eu leve a pasta?

Ela se virou para a porta, como para consultar o filho, mas Henry não os havia acompanhado.

– O que pode obter disso? É uma espécie de relíquia... Se quiser... Mas diga, comissário, é impossível o que o sr. Niel afirmou, não é mesmo?... É como esses cartões-postais! Chegou mais um ainda ontem!... E é a escrita dele, tenho certeza!... Está datada de Rouen, como o anterior... Leia!...

Está tudo bem. Voltarei quinta-feira...

Mais uma vez a emoção aflorava, mas com dificuldade.

– Estou quase a esperá-lo!... Quinta-feira é amanhã...

E bruscamente lhe veio um choro, mas de uma brevidade incrível. Dois ou três soluços. Ela levou um lenço preto à boca e disse com uma voz abafada:

– Vamos sair daqui.

Foi preciso atravessar de novo o quarto de dormir, simples mas de boa qualidade, com armário de porta espelhada, duas mesas de cabeceira, um falso tapete persa.

No corredor do térreo, Henry olhava sem ver os tapeceiros que colocavam seu material numa caminhonete. Ele nem mesmo virou a cabeça para Maigret e a mãe, que desciam a escada encerada cujos degraus estalavam.

Reinava na casa um clima de desordem. Com uma garrafa de vinho tinto e copos na mão, a empregada entrou na sala, para onde dois homens em roupas de trabalho arrastavam o piano.

– Isso não fará mal! – ele ouviu a sra. Gallet pronunciar com uma voz indiferente.

E Maigret teve uma impressão que ainda não tivera e que o desconcertava. Pareceu-lhe que toda a verdade estava ali, espalhada ao redor. Nada do que ele via era indiferente.

Mas ele sentia necessidade de ver de outra forma que não através dessa bruma deformadora, bruma que persistia, criada ao mesmo tempo por essa mulher que controlava sua emoção, por Henry, cujo rosto comprido era mais fechado que um cofre, pelas tapeçarias que partiam, por tudo, enfim, e principalmente pelo constrangimento do próprio Maigret, que sentia sua presença deslocada.

Ele sentia vergonha dessa pasta cor-de-rosa que levava como um ladrão e cuja utilidade teria dificuldade de explicar. Gostaria de ter ficado mais tempo lá em cima, sozinho, no gabinete de trabalho do morto, vagar pela garagem onde Émile Gallet trabalhava nos seus engenhos de pesca *aperfeiçoados*.

Houve um momento de hesitação. Todos estavam ao mesmo tempo no corredor. Era a hora do almoço e não havia dúvida de que os Gallet esperavam a partida do policial.

Um cheiro de cebola refogada vinha da cozinha. A empregada não era a menos desamparada.

O único recurso de cada um era olhar os tapeceiros que recolocavam a sala em ordem. Um deles encontrou o retrato de Gallet debaixo de uma bandeja.

– Permite que eu o leve? – interveio Maigret, virando-se para a viúva. – Posso precisar...

Ele sentiu que Henry o seguia com um olhar de desprezo acentuado.

– É necessário? Tenho muito poucas fotografias dele...

– Prometo devolvê-la.

Ele não se decidia a partir. No momento em que os operários transportavam sem cuidado um enorme vaso, em falsa porcelana, a sra. Gallet se precipitou:

– Cuidado!... Vai bater na moldura da porta!

E era sempre a mesma mistura de dor e de grotesco, de drama e de mesquinharia que pesava nos ombros de Maigret, nessa casa desolada onde acreditava ver vagar, silencioso, com olheiras causadas pela doença do fígado, com o peito afundado e a casaca mal ajustada, Émile Gallet, que ele não conhecera em vida.

Pôs o retrato dentro da pasta rosa. Hesitou.

– Queira desculpar-me outra vez, senhora... Estou indo embora... Mas gostaria que seu filho me acompanhasse por um trecho do caminho.

A sra. Gallet olhou para Henry com uma angústia mal reprimida. Ela também devia perceber, apesar de suas maneiras dignas, de seus gestos comedidos, do seu triplo colar de pedras no pescoço, que *havia alguma coisa...*

Mas o jovem, indiferente, foi pegar no cabide seu chapéu com uma fita de crepe.

Essa partida assemelhava-se a uma fuga.

A pasta era pesada e apenas uma capa de papelão continha os papéis, que corriam o risco de escapar.

– Não quer um jornal para envolvê-la? – perguntou a sra. Gallet.

Maigret já estava na rua. A empregada dirigia-se à copa com uma toalha e talheres. Henry caminhava em direção à estação, alto, silencioso, de olhar inacessível.

Quando os dois estavam a uns trezentos metros da casa e os tapeceiros colocavam o motor da caminhonete em marcha, o comissário falou:

– Tenho apenas duas informações a lhe pedir: o endereço de Éléonore Boursang em Paris... O seu e o do banco onde trabalha.

Ele pegou um lápis e anotou na capa rosa que tinha na mão:

Éléonore Boursang, 27, Rue de Turenne. Banco Sovrinos, 117, Boulevard Beaumarchais. Henry Gallet, Hôtel Bellevue, 19, Rue de la Roquette.

– É tudo? – perguntou o jovem.

– Sim. Eu lhe agradeço.

– Nesse caso, espero que agora o senhor vá se ocupar do assassino...

Ele não tentou julgar o efeito produzido. Tocou com a mão a beirada do chapéu e subiu de volta a avenida central do loteamento.

A caminhonete ultrapassou Maigret um pouco antes de sua chegada à estação.

O último elemento recolhido nesse dia aconteceu por acaso. Maigret chegou à estação uma hora antes da passagem do trem. Ficou sozinho na sala de espera deserta, cercado de uma nuvem de moscas.

Viu um carteiro chegar de bicicleta, com o pescoço violeta de apoplético, e colocar sua sacola em cima de uma mesa que servia para as bagagens.

– É você que leva a correspondência para Les Marguerites? – perguntou o comissário, que o carteiro não tinha visto.

O homem virou-se prontamente.

– O que disse?

– Polícia! É uma informação que lhe peço. O sr. Gallet recebia muita correspondência?

– Muita, não. Cartas da casa na qual esse pobre senhor trabalhava e que chegavam em data fixa. E jornais...

– Que jornais?

– Jornais de província... Sobretudo do Berry e do Cher... Também revistas: *A vida no campo*, *Caça e pesca*, *A vida no castelo...*

O comissário notou que o interlocutor evitava seu olhar.

– Há uma posta-restante em Saint-Fargeau?

– O que está querendo dizer?

– O sr. Gallet não recebia outras cartas?

O carteiro ficou de repente perturbado.

– Já que o senhor sabe e já que ele morreu... – balbuciou. – Sem contar que nem mesmo estou infringindo o regulamento... Ele apenas me pedia para não lançar na caixa algumas cartas e para conservá-las até seu retorno, quando estava em viagem...

– Que cartas?

– Ah! não eram muitas... Uma a cada dois meses... Envelopes azuis, baratos. O endereço era escrito à máquina.

– Não tinham o endereço do remetente?

– O endereço, não. Mas lembro que no verso estava escrito, também à máquina: *Rem.: Sr. Jacob.* Será que agi mal?

– De onde vinham essas cartas?

– De Paris.

– Não sabe de qual *arrondissement*?

– Observei. Mas a cada vez era diferente.

– Quando chegou a última?

– Deixe ver... Hoje é 29, não? Quarta-feira... Então foi quinta no fim da tarde... Mas eu só vi o sr. Gallet na sexta de manhã, quando ele saía para pescar.

– E ele foi pescar?

– Não. Voltou para dentro de casa, depois de me dar cinco francos, como de costume... Fiquei aflito quando soube que o haviam matado. O senhor acha que a carta...?

– Ele partiu naquele dia mesmo?

– Sim... Ouça! É o trem de Melun que está esperando? Acabou de apitar na passagem de nível... O senhor será obrigado a falar desse assunto?

Maigret teve apenas o tempo de correr na plataforma e de entrar no único vagão de primeira classe.

4

O vigarista

AO CHEGAR PELA SEGUNDA VEZ ao Hôtel de la Loire, Maigret respondeu sem entusiasmo ao sr. Tardivon, que o acolheu com ares confidenciais, conduziu-o a seu quarto e lhe mostrou grandes envelopes amarelos chegados a seu endereço.

Havia ali o relatório do médico-legista, os autos de processo da delegacia e da polícia de Nevers.

A polícia de Rouen, por sua vez, enviara informações complementares sobre Irma Strauss, a empregada do hotel.

– E não é tudo! – exultou o dono do hotel. – Um gendarme da delegacia veio procurá-lo. Pediu que telefonasse para ele assim que chegasse... E há ainda uma mulher que já apareceu três vezes, certamente por causa do anúncio do pregoeiro da cidade.

– Que mulher?

– A sra. Canut, mulher do jardineiro que trabalha ao lado. Eu lhe falei do pequeno castelo, lembra?

– Ela disse alguma coisa?

– Não é boba! Sabendo que há uma recompensa, não deixaria vazar a informação, ainda que soubesse alguma coisa...

Maigret havia colocado em cima da mesa a pasta rosa e a fotografia de Gallet.

– Mande procurar essa mulher e peça uma ligação para a delegacia.

Um pouco depois, Maigret falava por telefone com o gendarme que, segundo as instruções recebidas, recolhera todos os vagabundos num perímetro de dez léguas e os mantinha à sua disposição.

– Há alguns que interessam?

– São vagabundos – limitou-se a responder o gendarme.

Durante três ou quatro minutos, Maigret ficou sozinho no quarto, diante do monte de papéis. E ele esperava outros! Havia telegrafado a Paris para pedir informações sobre Henry Gallet e sobre sua amante. Para todos os efeitos, também escrevera a Orléans, a fim de saber se havia na cidade um sr. Clément.

Enfim, ainda não tivera tempo de examinar o quarto do crime, nem as roupas do morto que haviam sido deixadas nesse quarto após a autópsia.

No início, parecia tratar-se de um caso sem a menor importância. Um homem, com todas as aparências de um mero pequeno-burguês, fora morto por um desconhecido num quarto de hotel.

Mas cada informação que chegava complicava o problema, em vez de simplificá-lo.

– Devo fazê-la subir até seu quarto, comissário? – gritou uma voz no pátio. – É a sra. Canut.

Uma comadre forte e digna, que parecia ter posto roupas melhores do que de costume para a circunstância, entrou pouco depois, procurando Maigret com um olhar desconfiado de camponesa.

– A senhora tem algo a me dizer? A propósito do sr. Clément?

– A propósito do senhor que morreu e cujo retrato saiu no jornal. É verdade que me dará cinquenta francos?

– Se o tiver visto no sábado, 25 de junho, sim.

– E se o vi duas vezes?

– Bem, talvez então receba cem. Fale.

– Primeiro preciso que o senhor prometa nada dizer ao meu marido. Não é tanto por causa do patrão dele, e sim pelos cem francos que ele gastaria em bebida... Mas claro que eu gostaria muito que o sr. Tiburce não soubesse que eu falei. Pois foi com ele que vi o senhor que mataram...

A primeira vez de manhã, por volta de onze horas. Os dois passeavam juntos no jardim do pequeno castelo...

– Está certa de tê-lo reconhecido?

– Tão certa como eu reconheceria o senhor. Não há muitos como ele... Ficaram conversando durante uma hora. Depois, à tarde, pela janela da sala, vi que os dois pareciam discutir...

– Que horas eram?

– Havia acabado de dar cinco horas... Foram duas vezes, não foram?

E ela não tirou os olhos da mão de Maigret, que pegou uma nota de cem francos na carteira. Depois suspirou, como se lamentasse não ter, naquele sábado, seguido os passos do sr. Clément.

– Acho que o vi uma terceira vez – ela disse com hesitação. – Mas certamente isso não conta. Alguns minutos depois, o sr. Tiburce o conduziu até o portão.

– De fato, não conta – concluiu Maigret, levando-a até a porta.

Ele acendeu um cachimbo, pôs o chapéu na cabeça e, ao passar no café, perguntou ao sr. Tardivon:

– O sr. de Saint-Hilaire mora há muito tempo no pequeno castelo?

– Uns vinte anos.

– Que tipo de homem ele é?

– Um homem muito simpático. Gordinho, bem-educado e simples. Quando tenho hóspedes, no verão, não o vejo muito, porque, afinal, ele pertence a um outro meio. Mas, na temporada de caça, ele vem aqui seguidamente.

– Tem família?

– É viúvo. Nós o chamamos quase sempre de sr. Tiburce, por ser um nome pouco comum. É o proprietário de todos os vinhedos que se podem ver na encosta, dos quais ele mesmo se ocupa. De vez em quando vai a alguma festa em Paris e retorna para calçar as botas... Que foi que a sra. Canut lhe contou?

– Acha que ele está em casa?

– É possível. Não o vi passar no seu carro hoje.

Maigret foi até o portão de entrada do pequeno castelo e tocou, não sem observar que, como o rio Loire fazia uma curva a partir do hotel e a propriedade era a última do vilarejo, ali era possível entrar e sair sem ser visto.

Para além do portão de entrada, o muro do castelo se prolongava por uma extensão de trezentos ou quatrocentos metros, depois dos quais havia apenas mata de corte.

Um homem de bigodes caídos, com avental de jardineiro, veio abrir e, como cheirava a álcool, o comissário concluiu que era provavelmente o marido da sra. Canut.

– Seu patrão está?

No mesmo momento, Maigret avistou um homem em mangas de camisa que examinava uma regadeira mecânica. O olhar do jardineiro lhe mostrou que aquele era o sr. Tiburce de Saint-Hilaire, o qual, aliás, abandonando o instrumento, virou-se para o visitante e esperou.

Como Canut parecia um tanto acanhado, ele mesmo se aproximou, depois de juntar o casaco deixado na relva.

– É comigo que deseja falar?

– Comissário Maigret, da Polícia Judiciária. Poderia fazer a gentileza de me conceder uns instantes de conversa?

– Ainda o crime? – resmungou o castelão, com um movimento do queixo em direção ao Hôtel de la Loire. – O que posso fazer pelo senhor?... Acompanhe-me. Não o convido a entrar na sala porque o sol bateu nas paredes o dia todo. Estaremos melhor debaixo desse caramanchão... Baptiste!... Copos e uma garrafa de vinho espumante!... Da fileira do fundo!

Era realmente como o hoteleiro havia descrito: baixo, gordinho, tez avermelhada, mãos curtas e pouco cuidadas, uma roupa cáqui como as que se vendem em série para a caça e a pesca, fabricadas em Saint-Étienne.

– Conhece o sr. Clément? – perguntou Maigret, sentando-se numa das cadeiras de ferro.

– Segundo o jornal, não seria esse o seu verdadeiro nome. Ele se chamaria... como é mesmo?... Grelet?... Gellet?

– Gallet, sim! Mas pouco importa. O senhor o conhecia?

Maigret teria jurado nesse instante que seu interlocutor não estava à vontade. Aliás, Saint-Hilaire sentiu necessidade de inclinar-se para fora do caramanchão e murmurar:

– Esse imbecil do Baptiste é capaz de pegar um meio-seco! E o senhor deve preferir beber um seco, como eu... É vinho da propriedade, tratado segundo o método camponês... A propósito desse sr. Clément, se devo continuar a chamá-lo assim, o que lhe direi? Afirmar que o conhecia seria um exagero. Dizer que nunca o vi tampouco seria exato...

Enquanto ele falava, Maigret pensava num outro interrogatório, o de Henry Gallet. Os dois tinham uma atitude completamente oposta. O filho da vítima nada fazia para parecer simpático e pouco se preocupava com sua atitude estranha. Esperava as perguntas com um ar de suspeita, dava um tempo, pesava as palavras.

Já Tiburce falava pelos cotovelos, sorria, agitava as mãos, ia e voltava, fazia-se tão bonachão quanto possível.

Mas tanto num quanto noutro havia uma mesma angústia latente, o medo, talvez, de não poder esconder alguma coisa.

– O senhor sabe... Nós, castelães, recebemos gente de todo tipo. E não falo apenas dos vagabundos, dos viajantes de comércio, dos vendedores ambulantes... Para voltar a esse sr. Clément... Ah, aqui está o vinho!... Tudo bem, Baptiste... Pode cair fora... Daqui a pouco irei ver a regadeira. Cuide para não tocar nela!

Enquanto falava, retirou lentamente a rolha, encheu os copos sem desperdiçar uma gota de espuma.

– Enfim, ele veio aqui uma vez, já faz muito tempo... Certamente o senhor sabe que os Saint-Hilaire são uma família muito antiga, da qual sou atualmente o último rebento... E é um milagre que não tenha me tornado um escrevente em algum escritório de Paris ou de outra parte. Se não tivesse herdado de um primo que fez fortuna na Ásia... Enfim, gostaria de lhe dizer que o meu nome figura em todos os anuários da nobreza.

"Meu pai, há uns quarenta anos, se fez destacar por suas opiniões legitimistas.

"Eu, como sabe..."

Ele sorriu, bebeu seu vinho espumante, fazendo estalar a língua de uma forma muito democrática, e esperou que Maigret esvaziasse seu copo para enchê-lo de novo.

– O nosso sr. Clément, que eu nunca tinha visto nem mais gordo nem mais magro, veio procurar-me, fez-me ler cartas de recomendação de nobres franceses e estrangeiros, depois deu-me a entender que ele era algo como o representante oficioso do movimento legitimista na França... Deixei que falasse. E ele acabou chegando aonde queria chegar. Pediu-me dois mil francos para a propaganda do movimento. Como recusei, ele falou de não sei que antiga família na miséria e de uma subscrição aberta em favor dela. De dois mil francos chegamos a cem. Acabei por lhe dar cinquenta!

– Há quanto tempo foi isso?

– Há alguns meses, não sei precisar. Era a temporada de caça. Quase todo dia havia uma caçada nos castelos dos arredores. Ouvi falar desse sujeito um pouco em toda parte e me convenci de que era um especialista nesse tipo de vigarice. Mas eu não ia apresentar queixa por cinquenta francos, ia?... À sua saúde!... Outro dia ele teve o topete de voltar.

– Que dia?

– No último fim de semana.

– Sim, sábado. Inclusive veio duas vezes, se não me engano...

– O senhor é um fenômeno, comissário! Duas vezes, é verdade! De manhã recusei-me a recebê-lo. De tarde ele me surpreendeu no jardim...

– Queria dinheiro?

– Evidentemente. E nem sei mais para quê. Mas sempre histórias de restauração da monarquia... Vamos, esvazie seu copo! Não vale a pena deixar na garrafa!... Mas, diga, não acha que ele pode ter se suicidado? Devia estar com os recursos esgotados.

– O tiro foi dado a sete metros, e o revólver não foi encontrado.

– Nesse caso... evidentemente!... O que o senhor acha? Um vagabundo teria passado por aqui e...?

– Difícil de imaginar. O caminho para o qual dão as janelas do quarto conduz apenas à sua propriedade.

– A uma entrada abandonada! – protestou o sr. de Saint-Hilaire. – Há anos o portão do caminho das urtigas não é aberto, e eu teria muita dificuldade de dizer onde se encontra a chave... Que tal se eu mandasse vir uma segunda garrafa?

– Obrigado... Suponho que não ouviu nada.

– Ouvi o quê?

– A detonação, no sábado à noite.

– Absolutamente nada! Deito-me cedo. Só soube do crime no dia seguinte, por meu mordomo...

– E não pensou em falar à polícia da visita do sr. Clément?

– Claro que não...

Para esconder sua perturbação, ele tentou rir.

– Disse a mim mesmo que o pobre coitado já fora suficientemente punido. E, quando se tem um nome como o meu, ninguém gosta muito de vê-lo nos jornais, a não ser na coluna social.

Maigret continuava com a mesma sensação vaga e desagradável, obstinada como um ritornelo: a sensação de que, em torno da morte de Émile Gallet, tudo soava falso, tudo desafinava, desde o próprio morto até a voz do seu filho, até a risada de Tiburce de Saint-Hilaire!

– Está hospedado no hotel do Tardivon? Sabe que ele é um ex-cozinheiro do castelo? Desde então enriqueceu!... Não quer mesmo mais um copo?... Esse jardineiro idiota fez pifar a regadeira mecânica e, quando o senhor chegou, eu tentava consertá-la. No campo é preciso fazer de tudo... Se ficar por aqui mais alguns dias, comissário, apareça à noite, para bater um papo. Com essa quantidade de turistas, a vida deve ser impossível no hotel...

No portão ele pegou uma mão que não lhe fora estendida, apertou-a com uma cordialidade exagerada.

Enquanto costeava o Loire, Maigret anotou dois pontos no seu espírito. Em primeiro lugar, Tiburce de Saint-Hilaire, que não podia ignorar o anúncio feito pelo pregoeiro da cidade e, portanto, a importância que a polícia dava aos atos do sr. Clément durante o dia do sábado, havia esperado ser interrogado e só falou, em suma, quando viu que seu interlocutor já sabia da visita.

Em segundo lugar, ele mentiu pelo menos uma vez. Pois afirmou que no sábado de manhã havia recusado receber o visitante e que à tarde fora *surpreendido por ele* no jardim.

Ora, havia sido de manhã que os dois homens passearam no jardim. E à tarde voltaram a conversar *na sala* do pequeno castelo.

– Assim, o resto também deve ser falso – concluiu o comissário.

Ele se aproximava do caminho das urtigas. De um lado elevava-se o muro rebocado a cal que cercava o jardim de Saint-Hilaire; do outro erguia-se uma ala, de um único piso, do Hôtel de la Loire.

O chão estava juncado de ervas altas, espinheiros, urtigas brancas, e as vespas faziam a festa. O caminho também recebia a sombra dos carvalhos e terminava, a cem metros de distância, num velho portão de estilo muito simples.

Maigret teve a curiosidade de caminhar até esse portão que, segundo o proprietário, não era aberto havia anos e cuja chave estava perdida. Assim que pôs os olhos na fechadura, coberta por uma espessa camada de ferrugem, notou que essa ferrugem fora recentemente descascada em alguns pontos. Mais: com a lupa, verificou sem erro possível as arranhaduras que uma chave deixara ao penetrar na abertura complicada.

– Mandar fotografar amanhã! – decidiu, mentalmente.

Refez o caminho, de cabeça baixa, tentando focalizar de novo no espírito a figura do sr. Gallet, trazendo-a à luz, de certo modo.

O personagem, em vez de completar-se e tornar-se mais compreensível, não se furtava? A fisionomia do homem da casaca apertada não se embaralhava a ponto de nada mais ter de humano?

O retrato, única imagem tangível e teoricamente completa que Maigret possuía, era substituído por imagens fugazes que deveriam formar um único e mesmo homem, mas que não conseguiam se sobrepor.

O comissário reviu a metade do rosto, o peito magro e peludo, no alpendre da escola, enquanto o doutor se impacientava às suas costas. Mas evocou em seguida o barquinho azul construído por Émile Gallet, em Saint-Fargeau, os instrumentos de pesca aperfeiçoados, a sra. Gallet num vestido de seda malva, depois com um véu de luto, quintessência de pequena burguesia quieta e empolada.

O armário de porta espelhada, diante da qual Gallet devia vestir sua casaca... E todas aquelas cartas com timbre da casa a que ele não pertencia mais... Os balanços mensais que traçava com cuidado dezoito anos após haver abandonado seu emprego de representante comercial...

Aquelas taças, aquelas pás de bolo *que ele mesmo devia comprar*!

– E sua maleta de amostras não foi encontrada! – observou também Maigret. – Deve tê-la deixado em algum lugar.

Ele havia parado maquinalmente alguns metros antes da janela pela qual o assassino alvejara sua vítima. Mas nem sequer olhou essa janela. Estava um pouco febril porque, por instantes, teve a impressão de que um esforço seria suficiente para reunir numa só imagem todos os aspectos de Émile Gallet.

E então reviu Henry, tal como o conhecera, rígido e desdenhoso, com um traje de primeira comunhão e o rosto assimétrico.

O caso, que o inspetor Grenier, de Nevers, chamara "um pequeno caso aborrecido" e que Maigret abordara apenas com mau humor, aumentava de proporção à medida que o morto se transformava até parecer funambulesco.

Umas dez vezes Maigret afastou com a mão uma vespa que esvoaçava perto da sua cabeça com um ruído de avião em miniatura.

– Dezoito anos!... – pronunciou à meia-voz.

Dezoito anos de cartas falsas assinadas por Niel, de cartões-postais expedidos de Rouen, e também de uma vidinha banal, sem luxo, sem emoções, em Saint-Fargeau!

O comissário conhecia a mentalidade dos malfeitores, criminosos ou vigaristas. Sabia que na base dessa mentalidade sempre se acaba encontrando uma paixão qualquer.

E era precisamente o que ele buscava no rosto do homem de barbicha, com olheiras e boca muito larga.

– Ele construía instrumentos de pesca aperfeiçoados e desmontava velhos relógios!

Mas Maigret não entendia.

– Não é uma razão para mentir durante dezoito anos! E ninguém se obriga a uma vida dupla tão difícil de organizar!...

O mais perturbador não era isso. Há situações falsas que se consegue fazer durar alguns meses ou mesmo alguns anos.

Mas dezoito anos! Gallet envelhecera! A sra. Gallet estava mais gorda, mais digna! Henry havia crescido... Fizera sua primeira comunhão, passara no vestibular, atingira a maioridade. Estava instalado em Paris, tinha finalmente uma amante...

E Émile Gallet continuava a enviar cartas da casa Niel, a preparar com antecedência cartões-postais endereçados à esposa, a copiar pacientemente falsas listas de encomendas!

– *Ele estava de regime...*

Maigret ouvia ainda a voz da sra. Gallet. Estava tão absorto em seus pensamentos, que faziam acelerar sua pulsação, que deixou apagar o cachimbo.

– Dezoito anos sem se deixar pegar!

Era inverossímil! O comissário, que conhecia bem seu ofício, podia imaginar melhor que ninguém. Sem o crime, Gallet teria morrido tranquilamente, em seu leito, após ter deixado todos os seus papéis em ordem. E o sr. Niel teria recebido com surpresa um convite para o enterro!...

Era algo tão fora dos padrões que o policial era lançado numa angústia indefinível, como a que provocam certos fenômenos que chocam nosso senso do real.

Assim, foi por acaso que, ao levantar a cabeça, percebeu uma mancha mais escura no muro branco da propriedade, bem defronte ao quarto do crime.

Aproximou-se, reconheceu que era um espaço entre duas pedras que fora recentemente aumentado e lascado pela ponta de um sapato. Havia um traço semelhante, mas menos visível, um pouco mais acima.

Alguém havia escalado o muro ali, com o auxílio de um galho que pendia... No instante em que ia reconstituir esse gesto, o comissário virou-se vivamente, pois teve a impressão de uma presença insólita na extremidade do caminho, perto do rio.

Teve apenas o tempo de perceber uma silhueta feminina, alta, bastante forte, cabelos louros, perfil regular e duro de estátua grega.

A jovem pôs-se a caminhar no momento em que Maigret se virou, o que parecia provar que antes ela o observava.

Um nome apresentou-se espontaneamente ao espírito do investigador: Éléonore Boursang! Até então ele não havia tentado imaginar a amante de Henry Gallet. No entanto, de repente, teve quase a certeza de que era ela.

Apressou o passo, chegou à margem do rio quando ela desaparecia na esquina da estrada principal.

– Já volto! – disse ao dono do hotel, que tentou detê-lo quando ele passou.

Deu mais alguns passos, correndo, enquanto a fugitiva não podia vê-lo, a fim de reduzir a distância que os separava. Era não apenas a silhueta que combinava com o nome de Éléonore Boursang, mas também a mulher que um homem como Henry escolheria.

Ao chegar à esquina, Maigret ficou decepcionado. Ela havia desaparecido. Em vão mergulhou o olhar no claro-escuro de uma pequena mercearia, depois numa oficina de ferreiro próxima.

Pequeno azar, aliás, já que ele sabia onde encontrá-la.

5

Os amantes parcimoniosos

O GENDARME DA DELEGACIA deve ter feito, naquela manhã, uma imagem interessante da tarefa que cabe a um policial.

Ele havia levantado às quatro da madrugada e já percorrera uns trinta quilômetros de bicicleta, primeiro no friozinho do amanhecer, depois sob um sol cada vez mais abrasador, quando chegou ao Hôtel de la Loire para a verificação periódica do registro dos hóspedes.

Eram dez horas. A maioria dos hóspedes passeava à beira d'água ou tomava banho no rio. Dois ou três negociantes de cavalos conversavam no terraço, e o dono do hotel, com um guardanapo na mão, reordenava a posição das mesas e dos vasos de louro.

– Não vai dar um bom-dia ao comissário? – perguntou-lhe o sr. Tardivon.

E, mais baixo, num tom confidencial:

– Ele está justamente no quarto do crime! Recebeu um monte de documentos e também fotografias vindas de Paris.

E assim, pouco depois, o gendarme batia à porta, desculpando-se:

– Foi o patrão que me sugeriu, comissário... Quando ele me disse que o senhor fazia o exame do local, fiquei interessado. Sei que emprega métodos especiais em Paris, e, se isso não lhe perturbar, eu ficaria muito contente de tomar uma lição vendo como procede...

Era um bom rapaz cujo rosto redondo e rosado refletia o desejo ingênuo de agradar. Fazia-se tão humilde quanto possível, o que não era fácil com seus sapatos ferrados, suas polainas e o quepe que não sabia onde pôr.

A janela estava amplamente aberta; o sol da manhã caía em cheio no caminho das urtigas, de modo que à contraluz o quarto estava quase obscuro. E Maigret, em mangas de camisa, cachimbo nos dentes, colarinho desabotoado e nó da gravata afrouxado, transmitia uma impressão de bem-estar que deve ter impressionado o gendarme.

– Sente-se aí, por favor!... Mas saiba que não há nada de interessante a ver...

– O senhor é muito modesto, comissário...

Era tão ingênuo que Maigret desviou a cabeça para ocultar um sorriso. Ele havia trazido para o quarto tudo o que tinha a ver com o caso. Depois de certificar-se de que a mesa, coberta por uma toalha de algodão da Índia com ramagens avermelhadas, nada podia lhe revelar, havia colocado ali suas pastas, desde o relatório do médico-legista até as fotos do local e da vítima que a Identidade Judiciária lhe enviara naquela mesma manhã.

Enfim, cedendo a um sentimento mais supersticioso do que científico, pusera a fotografia de Émile Gallet sobre a lareira de mármore preto ornada por um castiçal de cobre.

No chão não havia tapete. O piso, em madeira de carvalho, era envernizado, e os primeiros investigadores haviam desenhado a giz o contorno do corpo tal como fora encontrado.

No lado de fora, na vegetação, elevava-se um murmúrio confuso, intensamente animado, feito de cantos de pássaros, farfalhar de folhagem, zumbido de insetos e cacarejar distante de galinhas na estrada, tudo escandido pelos golpes espaçados do martelo na bigorna do ferreiro.

Vozes misturadas chegavam às vezes do terraço, ou então ouvia-se a passagem de um veículo na ponte suspensa.

– Documentos é o que não lhe falta! Eu nunca teria imaginado...

Mas o comissário não escutava. Sossegado, tirando pequenas baforadas do cachimbo, ele estendia no chão, no lugar onde foram encontradas as pernas do cadáver, uma calça de tecido escuro, tecido tão compacto que, tendo sido usado na certa por uns dez anos, a julgar por seu lustro, ainda poderia servir por outros dez.

Maigret dispôs do mesmo modo uma camisa em percal e, no seu lugar costumeiro, um peitilho engomado. Mas o conjunto só adquiriu forma e tornou-se ao mesmo tempo bizarro e emocionante quando, na extremidade das pernas da calça, colocou um par de sapatos com sola de borracha.

Aquilo não se parecia com um corpo, não! Era antes sua representação caricatural, tão inesperada que o gendarme lançou um olhar ao comissário e deixou escapar um pequeno riso contido.

Maigret não ria. Pesado e obstinado, ia e vinha lentamente, conscienciosamente. Examinou a casaca, colocou-a de volta no cabide após constatar que não estava furada no lugar onde a punhalada fora desferida. O colete, este rasgado na altura do bolso esquerdo, tomou seu lugar sobre o peitilho.

– Era assim que ele devia estar vestido – disse à meia-voz.

Consultou uma foto da Identidade Judiciária, corrigiu sua obra acrescentando a seu manequim inconsistente um falso colarinho muito alto, em celuloide, e uma gravata-borboleta de cetim preto.

– Está vendo, gendarme? No sábado ele jantou às oito da noite. Comeu massa, pois estava de regime. A seguir, conforme seu hábito, leu o jornal enquanto bebia água mineral. Um pouco depois das dez, entrou neste quarto e retirou a casaca, conservando os calçados e o falso colarinho.

Na realidade, Maigret falava menos para o gendarme, que escutava com aplicação e acreditava dever aprovar cada frase, do que para si mesmo.

– Onde podia estar a faca naquele momento? É uma faca automática, mas de um modelo de bolso, como muita gente tem o hábito de portar. Veja...

Ele dobrou a lâmina da faca que se achava em cima da mesa junto com outras peças do crime, enfiou o objeto no bolso esquerdo da calça escura.

– Não, isso produz dobras onde não devia haver...

Tentou no bolso direito e ficou satisfeito.

– Aí está! Ele tem uma faca no bolso. Está vivo e, entre onze horas e meia-noite, segundo o médico, morreu. Há poeira de cal e de calcário na ponta dos seus sapatos. Ora, defronte à janela, no muro da propriedade de Tiburce de Saint-Hilaire, encontrei traços deixados por sapatos do mesmo tipo.

"Foi para escalar o muro que ele retirou a casaca? Pois não é um homem de pôr-se à vontade, mesmo estando em casa, convém não esquecer!"

Maigret dava voltas e nem sempre terminava as frases, sem olhar para o seu ouvinte, imóvel numa cadeira.

– Na lareira, de onde no verão foi retirado o aquecedor, encontro papéis queimados... Vamos retomar os gestos que ele deve ter feito: tirar a casaca, queimar os papéis, dispersar as cinzas com a base desse castiçal (pois há fuligem no cobre), escalar o muro em frente após transpor a janela e voltar para cá pelo mesmo caminho. Enfim, pegar a faca no bolso e abri-la... Não é grande coisa, mas se soubermos em que ordem esses atos e gestos se desenrolaram...

"Portanto, entre onze horas e meia-noite e meia, ele está novamente aqui. A janela está aberta e ele recebe um tiro na cabeça... Não há dúvida quanto a isso! O tiro precedeu a facada. E foi dado do lado de fora...

"Ora, Gallet pegou a faca. Não tentou sair, o que parece indicar que o assassino é que entrou, pois ninguém enfrenta à faca um adversário que está a sete metros de distância...

"Mais: Gallet tem a metade do rosto atingida. O ferimento sangra. E não se descobriu nenhuma gota de sangue perto da janela.

"Os vestígios provam que, ferido, ele não se moveu num raio de mais de dois metros...

"*Forte equimose no pulso esquerdo!*, escreve o médico que fez a autópsia. Assim, nosso homem segura a faca com a mão esquerda, e alguém pega essa mão para voltar a arma contra ele.

"A lâmina penetra no coração, e ele cai morto. Solta a faca, e o assassino não se preocupa, *sabendo que nela só haverá as impressões digitais da vítima.*

"A carteira continua no bolso de Gallet; nenhum objeto é roubado. No entanto a Identidade Judiciária afirma que há, em particular sobre a valise, parcelas ínfimas de borracha, como se alguém a tivesse manipulado com luvas..."

– Fantástico! – exclamou extasiado o gendarme, que seria incapaz de repetir a quarta parte do que acabara de ouvir.

– E o mais curioso é que, além desses vestígios de borracha, foi descoberto um pouco de poeira de ferrugem...

– Talvez o revólver estivesse enferrujado!

Maigret calou-se, foi postar-se diante da janela. Daquele jeito, com as mangas da camisa branca infladas pelo vento, com sua silhueta destacando-se no retângulo luminoso, ele parecia enorme. Acima da sua cabeça subia um estreito fio de fumaça azulada.

O gendarme, dócil, continuava no seu canto, hesitando em mudar a posição das pernas.

– O senhor não vai ver os meus vagabundos? – ele perguntou timidamente.

– Estão na delegacia? Solte-os!

E Maigret voltou para a mesa, coçando a cabeça em sentido contrário aos pelos, pegou a pasta rosa, mudou as fotos de lugar, fixou seu interlocutor.

– Está de bicicleta? Poderia dar um pulo até a estação e perguntar a que horas, no sábado, Henry Gallet, um jovem de 25 anos, alto, magro, pálido, vestindo uma roupa escura, com óculos de aro de tartaruga, pegou o trem para Paris?... Aliás, já ouviu falar de um sr. Jacob?

– Só do Jacó da Bíblia... – arriscou o gendarme.

As roupas de Émile Gallet continuavam no chão, como uma caricatura de cadáver. No momento em que o gendarme se dirigia à porta, bateram e o sr. Tardivon anunciou:

– Uma visita para o senhor, comissário. Uma sra. Boursang, que gostaria de lhe dizer duas palavras...

O gendarme teria preferido ficar, mas seu companheiro não o convidou a isso. Após lançar um olhar satisfeito ao quarto, Maigret falou:

– Faça-a entrar.

E inclinou-se para o manequim murcho, hesitou, sorriu, plantou a faca no lugar do coração e amassou com o dedo o tabaco no cachimbo.

***

Éléonore Boursang vestia um *tailleur* claro, bem-cortado, que, em vez de rejuvenescê-la, dava-lhe um aspecto de mulher de mais de trinta anos.

Tinha as meias e os sapatos bem cuidados, cabelos louros arranjados com esmero sob um chapéu de palha branco. Usava luvas.

Maigret colocara-se num canto mais à sombra, curioso de ver como ela se apresentaria. Quando o sr. Tardivon a deixou junto à porta, ela ficou um instante indecisa, pareceu desorientada pelo contraste entre a forte claridade da janela e o claro-escuro do quarto.

– Comissário Maigret? – ela falou enfim, avançando alguns passos e virando-se para a silhueta que ainda não distinguia bem. – Desculpe-me por incomodá-lo, senhor...

Ele dirigiu-se a ela e penetrou na luz. Assim que fechou a porta, disse:

– Queira sentar-se!

E esperou, sem ajudá-la com sua atitude, ostentando, ao contrário, um humor meio áspero.

– Henry deve ter-lhe falado de mim e por isso, estando em Sancerre, tomei a liberdade de vir importuná-lo.

Ele continuou em silêncio, sem conseguir perturbá-la. Ela falava pausadamente, com uma certa dignidade que lembrava um pouco a sra. Gallet.

Uma sra. Gallet mais moça, certamente um pouco mais bonita do que fora a mãe de Henry, mas representativa de uma mesma classe social.

– Deve compreender minha situação. Depois desse... desse terrível drama, eu quis deixar Sancerre, mas Henry me aconselhou, numa carta, a ficar... Vi o senhor umas duas ou três vezes. Fiquei sabendo pelas pessoas do lugar que era o encarregado de descobrir o assassino. Assim resolvi vir perguntar-lhe se descobriu alguma coisa... Minha situação é delicada, já que oficialmente nada sou para Henry nem para sua família...

Não dava a impressão de um discurso preparado. As frases lhe vinham aos lábios sem esforço e eram ditas sem precipitação.

Várias vezes seu olhar pousou na faca plantada sobre a forma barroca que as roupas desenhavam no chão, mas ela não estremeceu.

– Seu amante a encarregou de me interrogar? – lançou Maigret, com uma brutalidade proposital.

– Ele não me encarregou de nada! Está arrasado com o golpe que o atingiu... E lamento muito não ter podido estar junto dele no enterro...

– Vocês se conhecem há muito tempo?

Ela não pareceu notar que a conversa se transformava em interrogatório; sua voz permaneceu igual.

– Há três anos... Tenho trinta, Henry só tem 25... E sou viúva...

– É originária de Paris?

– De Lille. Meu pai era o contador-chefe numa fábrica de fiação. Aos vinte anos me casei com um engenheiro têxtil que foi morto por uma máquina, menos de um ano após meu casamento. Eu deveria ter recebido uma pensão da empresa que o empregava, mas ela afirmou que o acidente fora devido à imprudência da vítima.

"Assim, como eu precisava ganhar a vida e não queria trabalhar numa cidade onde todos me conhecem, instalei-me em Paris. Passei a trabalhar como caixa numa casa de comércio da Rue Réaumur.

"Movi um processo contra a fábrica de fiação. O caso se arrastou durante anos na Justiça.

"Somente há dois anos obtive ganho de causa e com o dinheiro da pensão pude deixar meu emprego."

– Trabalhava como caixa quando conheceu Henry Gallet?

– Sim. Ele vinha seguidamente ver meus patrões, como corretor financeiro do banco Sovrinos.

– Nunca pensaram em se casar?

– No início pensamos, mas, se eu me casasse antes do julgamento, o tribunal teria se mostrado menos favorável a conceder-me a pensão.

– E então tornou-se a amante de Gallet.

– A palavra não me assusta. Somos tão unidos, ele e eu, como se tivéssemos passado pelo cartório. Há três anos nos vemos diariamente, e ele faz todas as suas refeições comigo.

– No entanto, ele não mora na sua casa na Rue de Turenne...

– Por causa da família dele. São pessoas de princípios rígidos, como meus pais. Henry preferiu evitar conflitos com os pais dele ocultando-lhes nossa ligação. Mas sempre concordamos que, quando não houver mais obstáculos e tivermos do que viver no sul da França, nos casaremos.

Mesmo diante das perguntas mais indiscretas, não havia embaraço algum na atitude dela. Em certo momento, quando o olhar do comissário passou por suas pernas, ela baixou o vestido, com um gesto simples.

– Sou obrigado a entrar em detalhes... Era na sua casa que Henry fazia as refeições. Ele rachava as despesas?

– É muito simples. Eu fazia as contas, como toda dona de casa organizada, e no fim do mês ele me pagava a metade do que fora gasto em comida.

– Você falou em viver no sul da França. Henry reservava algum dinheiro para isso?

– Assim como eu. Deve ter observado que ele não tem uma constituição muito forte. Os médicos lhe recomendam o ar livre. Mas ninguém vai viver ao ar livre quando precisa ganhar a vida e não tem um ofício manual. Eu também gosto da vida no campo... Assim, vivemos modestamente. Eu lhe disse que Henry é corretor financeiro. O Sovrinos é um pequeno banco que se ocupa principalmente de especulação. Portanto, está bem informado, e tudo o que podemos economizar é aplicado na Bolsa.

– Contas separadas?

– Naturalmente! Não podemos saber, não é mesmo?, o que o futuro nos reserva...

– Qual o capital que você formou desse modo?

– É difícil de precisar, pois o dinheiro é em títulos que mudam de valor de um dia para o outro. De quarenta a cinquenta mil francos...

– E Gallet?

– Mais. Ele nem sempre ousava me envolver em especulações muito arriscadas, como as minas de prata na Bolívia, em agosto último... Ele deve ter, atualmente, uns cem mil francos.

– E em qual quantia decidiram parar?

– Quinhentos mil. Esperamos trabalhar ainda mais três anos...

Maigret a olhava agora com um sentimento que beirava a admiração. Mas uma admiração particular, fortemente marcada de repulsa.

Ela tinha 30 anos, e Henry, 25. Eles se amavam ou, pelo menos, haviam decidido viver juntos. E suas relações eram reguladas como as de dois sócios num empreendimento comercial!

Ela falava disso com simplicidade, até mesmo com um certo orgulho.

– Faz tempo que está em Sancerre?

– Cheguei em 20 de junho para ficar um mês.

– Por que não se hospedou no Hôtel de la Loire ou no Commerce?

– É muito caro para mim. Na Pensão Germain, na saída do vilarejo, pago apenas 22 francos por dia.

– Henry veio no dia 25? A que horas?

– Ele só tem folga aos sábados e domingos. E reserva o domingo para passar o dia em Saint-Fargeau. Ele chegou aqui no sábado de manhã. Partiu de volta no último trem da noite.

– Ou seja?

– Às 23h32. Eu o acompanhei até a estação.

– Sabia que o pai dele estava aqui?

– Henry me disse que o havia encontrado. Estava furioso, pois achava que o pai viera só para nos espionar. E Henry não queria ver sua família envolvida no nosso caso.

– Os Gallet ignoravam a existência dos cem mil francos?

– É claro! Henry é maior de idade, tem o direito de fazer o que quiser da sua vida...

– Em que termos seu amante costumava falar do pai dele?

– Criticava-o um pouco por sua falta de ambição. Dizia que era sinistro, na idade dele, vender ainda o que Henry chamava suas "quinquilharias". Mas sempre se mostrou muito respeitoso, sobretudo com a mãe.

– Então ele ignorava que Émille Gallet era, na verdade, um vigarista?

– Um vigarista?... Ele?

– ... e que havia dezoito anos não se ocupava mais de suas "quinquilharias"?

– Não é possível!

Desempenhava ela um papel ao olhar o lúgubre manequim com uma espécie de admiração?

– Estou desconcertada, comissário!... Ele!... Com suas manias, suas roupas ridículas, seu jeito de aposentado pobre!...

– O que fez na tarde de sábado?

– Passeamos pelas colinas, Henry e eu. Foi quando me deixou para ir ao Hôtel du Commerce que ele encontrou o pai... Voltamos a nos ver às oito da noite e saímos a passear, desta vez do outro lado do rio, até a partida do trem.

– Não passaram nas proximidades deste hotel?

– Era melhor evitar um encontro.

– Você voltou sozinha da estação. Atravessou a ponte...

– E virei imediatamente à esquerda para chegar à Pensão Germain. Não gosto de andar sozinha à noite...

– Conhece Tiburce de Saint-Hilaire?

– Quem é? Nunca ouvi falar desse nome... Espero, comissário, que não esteja suspeitando de Henry...

Seu rosto se animara, mas ela conservava o sangue-frio.

– Se estou aqui, é em grande parte porque conheço Henry. Ele sempre teve a saúde frágil, e seu caráter tornou-se sombrio, desconfiado. Juntos, às vezes ficamos horas sem falar...

"É uma coincidência que ele tenha encontrado o pai justamente aqui. Mas uma coincidência, eu sei, que pode parecer suspeita.

"Henry é muito orgulhoso para se defender. Não sei o que ele lhe disse, se é que respondeu a suas perguntas... Mas o que posso jurar é que ele não me deixou das oito da noite até o momento de pegar o trem. Estava nervoso. Tinha medo de que a mãe ficasse sabendo do nosso caso, pois sempre teve muito afeto por ela e previa que ela tentaria afastá-lo de mim.

"Não sou mais uma moça! Há uma diferença de cinco anos entre nós. Enfim, sou a amante dele.

"Quero que o assassino seja logo preso, sobretudo por Henry, que é bastante esperto para compreender que seu encontro com o pai fatalmente faz nascer suspeitas odiosas..."

Maigret continuava a olhar para ela com o mesmo espanto. E perguntava-se por que esse discurso, bastante meritório, em suma, não conseguia comovê-lo.

Mesmo pronunciando as últimas frases com um pouco de veemência, Éléonore Boursang permanecia senhora de si. Maigret deu um jeito de fazê-la ver uma grande foto da Identidade Judiciária que mostrava o cadáver tal como fora encontrado, e o olhar da mulher passou sem deter-se nessa imagem impressionante.

– Não descobriu nada?

– Conhece o sr. Jacob?

Ela lhe ofereceu um olhar no qual o convidava a ler sua sinceridade.

– Não conheço esse nome. Quem é? O assassino?

– Talvez! – ele falou, enquanto caminhava até a porta.

Ao sair, Éléonore Boursang perguntou:

– Permite, comissário, que eu volte para lhe pedir notícias?

– Quando quiser.

O gendarme esperava pacientemente no corredor. Quando a visitante desapareceu, ele lançou um olhar interrogador ao comissário.

– O que lhe disseram na estação? – este perguntou.

– O jovem pegou o trem de Paris às 23h32, com um bilhete de volta, de terceira classe.

– E o crime foi cometido entre onze horas e meia-noite e meia! – murmurou pensativamente o comissário. – Andando depressa, é possível ir daqui à estação em dez minutos. O assassino pode ter cometido o crime entre 23h e 23h20... Se em dez minutos se chega à estação, é preciso o mesmo tanto para voltar. Assim, Gallet pode ter sido morto entre quinze para a meia-noite e meia-noite e meia *por alguém que voltava da estação...*

"Só que há também a história do portão!

"E além do mais, que diabos Émile Gallet foi fazer no muro?"

O gendarme sentara-se no mesmo lugar que antes e aprovava com a cabeça, esperando a continuação. Mas não houve continuação.

– Vamos tomar um aperitivo! – disse Maigret.

6

O encontro junto ao muro

– AINDA NADA?

– *Óbolo*!

– Que palavra você disse há pouco?

– *Preparativos*! Pelo menos é o que suponho. Falta o final, *tivos*, pode ser também *ção*...

Maigret suspirou, ergueu os ombros, abandonou o quarto fresco onde, desde a manhã, um rapaz alto, magro e ruivo, de rosto gracioso e fleuma nórdica, estava debruçado sobre a mesa, entregue a um trabalho que teria desencorajado um monge.

Chamava-se Joseph Moers, e seu sotaque indicava origens flamengas.

Empregado no laboratório da Identidade Judiciária, viera a Sancerre a pedido de Maigret e instalara-se no quarto do morto, onde dispusera seus instrumentos, entre os quais um estranho fogareiro a álcool.

Desde as sete da manhã, só levantava a cabeça quando o comissário entrava bruscamente ou passava o torso pela janela que dava para o caminho das urtigas.

– Nada?

– *Eu lhe...*

– Como?

– Acabo de encontrar *Eu lhe*..., mas sem o *e* final...

Ele dispusera sobre a mesa lâminas de vidro, muito finas, que revestia aos poucos com uma cola fluida aquecida no fogareiro.

De tempo em tempo, ia até a lareira, colhia delicadamente um dos pedaços de papel queimado e o colocava sobre uma placa.

As cinzas eram frágeis, quebradiças, a ponto de se esfarelarem. Era preciso às vezes cinco minutos para amolecê-las, envolvendo-as com vapor d'água. E então eram coladas no vidro.

À sua frente, Joseph Moers tinha um estojo que era um verdadeiro laboratório portátil. Os pedaços maiores de papel carbonizado chegavam a ter de sete a oito centímetros. Os menores eram quase poeira.

Óbolo... Prepara... Eu lhe...

Era esse o resultado de duas horas de trabalho, mas, contrariamente a Maigret, Moers mostrava-se paciente e não resmungava à ideia de que só havia examinado a centésima parte do conteúdo da lareira.

Durante algum tempo, uma grande mosca azulada, de reflexos metálicos, zumbiu ao redor de sua cabeça. Por três vezes pousou na sua testa enrugada, e ele não fez um gesto para enxotá-la, talvez nem a tenha percebido.

– O problema é que, quando entra pela porta, o senhor provoca uma corrente de ar – ele observou a Maigret – e com isso já me fez perder um bocado das cinzas!

– Está bem! Entrarei pela janela.

Não era um gracejo. Ele passou a fazer assim.

As pastas continuavam nesse mesmo quarto, que Maigret escolhera como gabinete de trabalho e onde ninguém havia tocado sequer nas roupas estendidas no chão, com o punhal cravado.

O comissário estava impaciente para conhecer o resultado do exame que mandara fazer e, enquanto esperava, não conseguia ficar quieto.

Durante um quarto de hora, ia de um lado a outro do caminho das urtigas, de cabeça baixa e mãos às costas. Depois introduzia o torso pela janela, com a pele aquecida pelo sol, enxugava o suor e resmungava:

– Está demorando muito!...

Moers ouvia? Seus gestos eram tão preciosos como os de uma manicure, e ele só se inquietava com as placas de vidro que se cobriam de manchas escuras, de contornos irregulares.

Maigret estava inquieto sobretudo porque não tinha nada a fazer, ou melhor, preferia nada tentar antes de examinar os papéis queimados na noite do crime.

E, enquanto percorria o caminho onde a folhagem dos carvalhos fazia dançar manchas de sombra e de luz sobre seu corpo, voltava sem cessar às mesmas ideias.

– Henry e Éléonore Boursang podem ter matado Gallet antes de irem até a estação... Éléonore pode ter vindo matá-lo sozinha, após a partida do amante... Enfim, há esse muro e uma chave! E ainda por cima um certo sr. Jacob, cujas cartas Gallet ocultava medrosamente...

Umas dez vezes ele foi examinar a fechadura do portão sem nada descobrir de novo. Depois, quando passava pelo lugar onde o muro fora escalado por Émile Gallet, tomou uma súbita decisão, tirou o casaco e pôs a ponta do pé direito numa junção entre as pedras.

Ele pesava uns cem quilos. Mas não teve nenhuma dificuldade em agarrar um galho que pendia e, desse modo, completar sua subida.

O muro era feito de pedras irregulares recobertas por uma camada de cal. No alto havia uma fileira de tijolos dispostos horizontalmente. O musgo se espalhara e brotavam inclusive gramíneas ali.

Desse lugar, Maigret distinguiu perfeitamente Moers ocupado em decifrar alguma coisa com a lupa.

– Alguma novidade? – gritou.

– Um *s* e uma vírgula...

Acima da sua cabeça, o comissário tinha não mais a folhagem de um carvalho, mas a de uma enorme faia cujo tronco erguia-se na propriedade ao lado.

Ele se ajoelhou, pois o muro não era largo e havia o risco de perder o equilíbrio. Examinou o musgo à esquerda e à direita, resmungou:

– Aí está!

A descoberta não era sensacional. Ele constatou apenas que o musgo fora pisado e mesmo arrancado em parte num local preciso, bem acima das arranhaduras na pedra, mas em nenhuma outra parte.

Esse musgo era frágil, como ele percebia, o que lhe deu a certeza absoluta de que Émile Gallet não havia andado sobre o muro, não havia sequer percorrido um metro num sentido ou noutro.

– Resta saber se ele desceu para o lado da propriedade...

Ali não havia mais, propriamente falando, um jardim. Certamente por causa das muitas árvores, o terreno servia naquele ponto como local de despejo.

A uns dez metros de onde estava Maigret, amontoavam-se barris vazios, desmontados ou desprovidos dos seus aros. Viam-se também garrafas velhas, várias de material farmacêutico, uma máquina de cortar grama em mau estado, ferramentas enferrujadas, pacotes de antigos jornais amarrados com cordão que, molhados de chuva, secos e desbotados pelo sol, sujos de terra, tinham um aspecto lastimável.

Antes de descer do outro lado do muro, Maigret certificou-se de que, abaixo dele, isto é, do lugar onde Gallet estivera, não havia nenhum vestígio no chão. Para não correr o risco de arranhar o muro, ele saltou, mesmo arriscando-se a cair de quatro.

Da casa de Tiburce de Saint-Hilaire viam-se apenas algumas manchas claras através da filigrana da folhagem. Ouvia-se o ruído de um motor que servia, como Maigret soube de manhã, para levar a água do poço até os reservatórios da casa.

Por causa dos detritos, havia uma quantidade de moscas naquele canto. A todo instante o comissário precisava enxotá-las, o que fazia com um mau humor crescente.

– Primeiro o muro...

Esse exame foi fácil. De ambos os lados, o muro da propriedade fora pintado de cal na primavera. Ora, sob o local onde Émile Gallet escalara, não se via nenhuma mancha, nenhum arranhão. Também não havia sinais de passos a menos de dez metros.

No entanto, nas proximidades dos barris e das garrafas, o policial notou que um barril fora arrastado por uma distância de dois ou três metros para ser encostado ao pé do muro. Ele ainda se achava ali. Maigret subiu nesse barril, e sua cabeça ultrapassou o alto do muro, mais ou menos a dez metros do lugar onde Gallet estivera.

De onde estava, ainda conseguia ver Moers trabalhando, sem dar um tempo para enxugar o suor.

– Nada?

– *Clignancourt*... Mas acho que achei um fragmento melhor...

O musgo do muro, acima do barril, não fora arrancado, mas estava esmagado como o teria sido por braços que nele se apoiaram. Maigret fez um teste: apoiou o cotovelo e obteve um resultado idêntico um pouco mais adiante.

Ou seja, Émile Gallet sobe no muro *mas não desce até o lado do jardim.* Em contrapartida, alguém vindo do interior da propriedade sobe nesse barril, *mas não vai mais acima e não sai do terreno, pelo menos não por esse caminho...*

Se o encontro noturno fosse entre um rapaz e uma moça, a coisa teria sido mais ou menos compreensível. Aquele dos dois que estivesse no interior da propriedade poderia levar o barril para mais perto do companheiro.

Mas não podia ser o caso de um encontro de amor. Um dos dois personagens, sem a menor dúvida, era o sr. Gallet, que tirara a casaca expressamente para se entregar a esse exercício tão incompatível com sua personalidade.

O outro era Tiburce de Saint-Hilaire?

Os dois homens viram-se primeiro de manhã, depois à tarde, sem se ocultarem. Era pouco provável que tivessem escolhido semelhante meio para se verem mais uma vez, na obscuridade!

E a dez metros de distância! Não teriam sequer podido se ouvir, falando à meia-voz!

– A menos que tenham vindo separadamente, primeiro um, depois o outro...

Mas qual dos dois subiu primeiro no muro? E os dois homens se encontraram?

Do barril até o quarto de Gallet, a distância era de cerca de sete metros, ou seja, a distância da qual o tiro foi dado.

Ao virar-se, Maigret viu o jardineiro, que o olhava com um ar admirado.

– Ah! É você... – disse o comissário. – Seu patrão está?

– Foi pescar...

– Sabe que sou da polícia, não é? Pois bem, eu gostaria de sair daqui sem precisar saltar o muro... Poderia abrir-me o portão no final do caminho das urtigas?

– Não há problema! – limitou-se a dizer o homem, dirigindo-se para aquele lado.

– Tem a chave?

– Não. O senhor vai ver...

Quando chegou ao portão, enfiou a mão sem hesitar entre duas pedras separadas, espantou-se.

– Ué!

– Que foi?

– Ela não está mais!... No entanto eu mesmo a pus neste lugar, no ano passado, quando fizemos sair por aqui três carvalhos que foram derrubados...

– Seu patrão sabia disso?

– Com certeza!

– Não se lembra de tê-lo visto passar por aqui?

– Não desde o ano passado...

Uma nova versão dos fatos se esboçava automaticamente no espírito do comissário: Tiburce de Saint-Hilaire, erguido sobre um barril, disparando na direção de Gallet, dando a volta pelo portão, entrando no quarto da vítima...

Mas era muito pouco provável! Mesmo supondo que a fechadura enferrujada não opusesse resistência, seriam necessários três minutos para percorrer o caminho que separa os dois pontos.

E, durante esses três minutos, Émile Gallet, com a metade do rosto ferida, não teria gritado nem caído, teria se limitado a tirar a faca do bolso para enfrentar um eventual agressor?

Soava inverossímil! Tão inverossímil como abrir sem rangido um portão enferrujado! No entanto era a única hipótese logicamente formulável a partir dos indícios materiais.

– De qualquer modo, havia um homem atrás do muro!

Esse era um fato comprovado. Mas nada provava que esse homem fosse Saint-Hilaire, a não ser a história da chave perdida e o fato de o desconhecido se encontrar na propriedade.

Por outro lado, duas outras pessoas muito próximas de Émile Gallet e que podiam ter interesse na sua morte estavam em Sancerre naquele momento, e nenhum álibi sério estabelecia que não haviam posto os pés no caminho das urtigas: Henry Gallet e Éléonore.

Maigret esmagou um moscão na bochecha, viu Moers que se debruçava à janela.

– Comissário!

– Novidades?

Mas o flamengo já desaparecera no quarto.

Antes de decidir-se a dar a volta pelo caminho do rio, Maigret deu uma sacudida no portão e, contra sua expectativa, este cedeu.

– Ué! Não está fechado! – surpreendeu-se o jardineiro, inclinando-se sobre a fechadura. – Curioso, não?

Maigret ia recomendar-lhe não falar a Saint-Hilaire de sua visita, mas, avaliando o homem dos pés à cabeça, viu que era muito sonso e evitou complicar as coisas.

– Por que me chamou? – perguntou a Moers uns instantes depois.

Este havia acendido uma vela e olhava através de uma placa de vidro inteiramente coberta de cinzas.

– Conhece um sr. Jacob? – ele indagou, virando a cabeça com satisfação para contemplar o conjunto da sua obra.

– Sim... E então?

– Então nada. Uma das cartas queimadas estava assinada sr. Jacob.

– É tudo?

– Mais ou menos. Estava escrita no papel quadriculado de um caderno ou de um livro-caixa... Só encontrei algumas palavras nesse tipo de papel...

absolutamente... é o que suponho, pois faltam as duas primeiras letras... *segunda-feira*...

Maigret esperava a continuação, de cenho franzido, dentes cerrados sobre o tubo do cachimbo.

– E que mais?

– Há a palavra *prisão*, na verdade *pris*, sublinhada duas vezes... A menos que falte mais alguma coisa e seja *prisioneiro* ou *prisioneira*. Enfim, encontrei *numer*... Só sei de uma palavra que começa assim: *numerário*. Pois é pouco provável que a carta fale de *numerador*... Além disso, há também o número *vinte mil*...

– Nenhum endereço?

– Como eu lhe disse há pouco: *Clignancourt*... Infelizmente sou incapaz de reconstituir a ordem das palavras.

– A escrita?

– Não é escrito à mão, mas à máquina.

O sr. Tardivon habituara-se a servir ele próprio a Maigret e o fazia com uma discrição afetada, juntamente com uma ponta de familiaridade cúmplice.

– Um telegrama, comissário! – gritou antes de bater.

Ele certamente tinha vontade de entrar no quarto, onde o misterioso trabalho de Moers o intrigava. Ao ver que o policial se apressava em fechar a porta, perguntou, cordial:

– Quer que eu lhe sirva alguma coisa?

– Por enquanto, nada! – falou Maigret, categórico, enquanto abria o telegrama.

Este vinha da Polícia Judiciária de Paris, à qual o comissário pedira um certo número de informações. Dizia:

Émile Gallet não deixa testamento. Herança compõe-se casa Saint-Fargeau, avaliada cem mil com mobília e 3,5 mil francos depositados banco.

Aurore Gallet recebe seguro de vida trezentos mil feito pelo marido em 1925, Companhia Abeille.

Henry Gallet retomou trabalho quinta-feira banco Sovrinos. Éléonore Boursang ausente Paris. De férias no Loire.

– Mais essa! – resmungou Maigret, que fixou por um momento seu olhar no vazio e depois se virou para Moers: – Entende alguma coisa de questões de seguro?

– Depende... – respondeu modestamente o jovem, que usava um pincenê tão apertado que todo o seu rosto parecia contraído.

– Em 1925, Gallet tinha mais de 45 anos... E uma doença do fígado!... Quanto acha que ele devia pagar todo ano para obter um seguro de vida de trezentos mil francos?

Os lábios de Moers se moveram sem ruído. Ficou assim por mais de um minuto.

– Cerca de vinte mil francos por ano – declarou enfim. – E mais: não deve ter sido fácil a seguradora aceitar o risco!

Foi um olhar irritado que o comissário lançou ao retrato, que continuava sobre a lareira, no mesmo ângulo que antes sobre o piano de Saint-Fargeau.

– Vinte mil!... E as despesas dele mal chegavam a dois mil por mês!... Ou seja, mais ou menos a metade do que conseguia arrecadar com dificuldade junto aos partidários dos Bourbon!

Depois do retrato, ele fixou a calça escura, disforme, gasta nos joelhos, que estava estendida no chão.

E evocou a sra. Gallet, com seu vestido de seda malva, suas bijuterias, sua voz ácida.

Foi como se esperassem ouvi-lo dizer ao retrato: "Você gostava tanto dela assim?".

Enfim, sacudindo os ombros, virou-se para o muro iluminado de sol onde, exatamente oito dias antes, Émile Gallet subira, sem casaca, com o peitilho engomado saltando do colete.

– Ainda há cinzas – ele disse a Moers, com um certo cansaço na voz. – Tente descobrir mais alguma coisa sobre esse sr. Jacob... Quem foi o cretino que me disse que só conhecia o Jacó da Bíblia?

Um garoto de rosto sardento se debruçara do lado de fora da janela e sorria de uma orelha à outra, enquanto uma voz de homem ordenava frouxamente, do terraço:

– Deixe os senhores trabalharem, Émile!...

– Mais um Émile! – suspirou Maigret. – Esse pelo menos está vivo. Enquanto o outro...

Mas teve bastante controle sobre si mesmo para sair sem olhar a fotografia.

7

A orelha de Joseph Moers

O CALOR DO VERÃO ERA INTENSO. Toda manhã os jornais relatavam os danos de tempestades ocorridas em diversos pontos da França, mas já fazia três semanas que em Sancerre e nos arredores não caía uma gota d'água.

À tarde, o quarto que fora de Émile Gallet recebia em cheio os raios do sol e ficava inabitável.

Naquele sábado, porém, Moers apenas baixou, diante da janela, a cortina de pano cru e, menos de meia hora depois do almoço, já estava inclinado sobre suas placas de vidro e suas pontas de papel queimado, trabalhando com uma regularidade de metrônomo.

Durante alguns minutos, Maigret ficou rondando ao redor dele, tocando em tudo, arrastando os pés, como um homem hesitante. Por fim, suspirou:

– Escute, meu velho! Não aguento mais! Admiro seu trabalho, mas você não pesa cem quilos... Preciso ir para um lugar mais fresco...

Onde se refugiar daquele calor? No terraço havia um pouco de brisa, mas também os hóspedes do hotel e sua garotada.

No café era raro passar meia hora sem ouvir o choque enervante das bolas de bilhar.

Maigret foi até o pátio, que recebia sombra até a metade, chamou uma jovem serviçal que passava.

– Poderia me trazer uma espreguiçadeira?

– O senhor quer se instalar aqui? Ouvirá todo o ruído da cozinha...

Ele preferia isso, mais o cacarejar das galinhas do que as conversas das pessoas. Arrastou sua cadeira até perto do poço, abriu o jornal sobre o rosto para proteger-se das moscas e, quem diria?, não tardou a ser invadido por uma voluptuosa sonolência.

Aos poucos, o retinir dos talheres lavados e guardados na copa se tornava irreal, e Maigret, entorpecido, escapava ao domínio obsedante do seu morto.

Em que momento exato ele percebeu como que o ruído de duas detonações? Elas não chegaram a arrancá-lo de todo do seu torpor, porque em seguida um sonho se esboçou no seu espírito, explicando esses sons intempestivos.

... Ele estava sentado no terraço do hotel. Tiburce de Saint-Hilaire passou vestindo um traje verde-garrafa, seguido de uma dúzia de cães de orelhas compridas...

– O senhor me perguntou outro dia se há caça por aqui, não foi? – ele disse.

... Com o fuzil que trazia ao ombro, atirou ao acaso e caíram um monte de perdizes como se fossem folhas mortas...

– Comissário!... Depressa!

Ele teve um sobressalto, viu uma empregada do hotel à sua frente.

– Foi no quarto!... Tiros...

O comissário se envergonhou de sentir-se tão pesado. Pessoas já corriam no hotel, e ele não foi dos primeiros a chegar ao quarto de Gallet, onde viu Moers de pé junto à mesa, com as duas mãos sobre o rosto.

– Que todo mundo saia! – ordenou.

– Chamo um médico? – perguntou o sr. Tardivon. – Há sangue... Olhe!

– Sim, vá chamar!

Fechada a porta, ele se dirigiu até o jovem da Identidade Judiciária. Sentia remorsos.

– O que houve, meu rapaz?

E viu que havia, de fato, sangue, sangue por todo lado! Nas mãos, nos ombros de Moers, nas placas de vidro e no chão.

– Não foi grave, comissário... A orelha... veja...

Soltou por um instante o lobo da orelha e logo o sangue esguichou. Moers estava lívido. No entanto, tentava sorrir e sobretudo conter o movimento convulsivo do seu maxilar.

A cortina continuava abaixada, atenuando a luz do sol, dando um tom alaranjado à atmosfera do quarto.

– Não é perigoso, é?... Não há nada pior para sangrar do que uma orelha...

– Calma!... Respire com calma.

Pois o flamengo mal conseguia falar, de tanto que seus dentes se chocavam.

– Eu não deveria ficar nesse estado... Mas não estou habituado!... Tinha acabado de me levantar para pegar novas placas...

Ele tamponou a orelha ferida com o lenço ensanguentado, apoiou a outra mão na mesa.

– Veja, eu estava exatamente neste lugar... Ouvi uma detonação. Juro que senti o deslocamento de ar de uma bala, que passou tão perto dos meus olhos que achei que meu pincenê fora arrancado... Joguei-me para trás... E logo em seguida, após o primeiro tiro, houve um segundo. Pensei que eu estava morto... Havia um zumbido na minha cabeça, como se o meu cérebro começasse a ferver...

Ele sorriu com menos constrangimento.

– Está vendo? Não foi nada. Um pedacinho da orelha arrancado... Eu devia ter corrido até a janela. Mas não consegui me mexer. Achei que outras balas iam ser disparadas. Eu não sabia, até agora, que era uma bala.

Precisou sentar-se. Por uma espécie de choque retardado, de medo retrospectivo, suas pernas amoleceram.

– Não se preocupe comigo... Procure-o...

Gotas de suor começaram a escorrer da sua testa, e Maigret compreendeu que ele desmaiava. Correu até a porta.

– Pode ocupar-se dele, sr. Tardivon?... E o médico?

– Não está em casa. Mas este senhor aqui, um dos meus hóspedes, é enfermeiro na Santa Casa.

Maigret afastou a cortina e transpôs a janela, ao mesmo tempo que punha maquinalmente o cachimbo vazio na boca. O caminho das urtigas estava deserto, uma metade à sombra, a outra vibrando de luz e calor. Ao fundo, o portão estava fechado.

No muro branco, em frente ao quarto, o comissário nada observou de anormal. Quanto a pegadas no chão, era inútil procurá-las nas ervas secas; elas não conservavam vestígios, assim como nos lugares onde o solo nu era muito pedregoso.

Ele caminhou em direção ao rio. Umas vinte pessoas estavam reunidas, hesitando em avançar.

– Algum de vocês estava no terraço quando atiraram?

Várias vozes disseram: “Eu!”. Alguns, satisfeitos, se aproximaram.

– Viu alguém entrar nesse caminho?

– Ninguém! Há uma hora, pelo menos. Não saí daqui – disse um homenzinho magro, de camisa multicolorida... – Vá para junto da sua mãe, Charlot!... Eu estava aqui, comissário... Se o assassino tivesse entrado no caminho das urtigas, fatalmente eu o teria visto.

– Ouviu os tiros?

– Como todo mundo. Achei que estavam caçando na propriedade vizinha... Cheguei a dar alguns passos...

– E não viu ninguém no caminho?

– Ninguém.

– Evidentemente não olhou atrás de cada tronco de árvore...

Maigret fez isso rapidamente, por desencargo de consciência, depois dirigiu-se até a entrada principal do pequeno castelo. O jardineiro empurrava numa aleia um carrinho de mão com cascalho.

– Ele não está?

– Deve estar na casa do tabelião... É a hora em que eles jogam sua partida de cartas.

– Você o viu sair?

– Como estou vendo o senhor! Há uma hora e meia, mais ou menos.

– E não encontrou ninguém no jardim?

– Ninguém... Por quê?

– Onde você estava há dez minutos?

– À beira do laguinho, carregando o carrinho de mão.

Maigret olhou-o bem nos olhos. O homem parecia sincero. Além do mais, era muito sonso para saber mentir.

Sem se preocupar com ele, o comissário foi até o barril encostado contra o muro, mas não descobriu nenhum indício da passagem do assassino.

Examinou o portão enferrujado sem mais sorte. Não parecia ter sido aberto depois que ele mesmo o abrira de manhã.

– No entanto, foram dados dois tiros!

No hotel as pessoas haviam voltado a se sentar, mas a conversa era geral.

– Nada de grave! – disse o sr. Tardivon, que veio ao encontro do comissário. – Fiquei sabendo que o doutor está na casa do tabelião Petit. Devo mandar chamá-lo?

– Onde é a casa do tabelião?

– Na praça, ao lado do Hôtel du Commerce.

– De quem é esta bicicleta?

– Não sei. Mas pode usá-la. O senhor mesmo vai até lá?

Maigret montou na bicicleta, muito pequena para ele, as molas do assento rangeram. Cinco minutos mais tarde, acionava um sino numa casa ampla, limpa e fresca, onde uma velha doméstica de avental de quadradinhos azuis o olhou através de um postigo.

– O doutor está?

– Quem deseja vê-lo?

Mas uma janela entreaberta se abriu de vez e um homem jovial, com cartas na mão, se inclinou:

– É a mulher do guarda?... Já estou indo.

– Um ferido, doutor. Poderia ir imediatamente ao Hôtel de la Loire?

– Espero que não se trate de mais um crime...

Três outros personagens, reunidos em volta de uma mesa onde brilhavam copos de cristal, levantaram-se. Maigret reconheceu Saint-Hilaire.

– Um crime, sim... Venha depressa!...

– Morto?

– Não. Mas leve material para um curativo...

Maigret não tirava os olhos de Saint-Hilaire. Percebeu que o proprietário do pequeno castelo estava muito perturbado.

– Uma pergunta, senhores...

– Um instante! – interveio o tabelião. – Por que não o faz entrar?

A empregada, que havia esperado, abriu enfim a porta. O comissário atravessou o corredor e entrou na sala onde reinava um cheiro bom de charuto e de conhaque.

– O que aconteceu? – perguntou o dono da casa, que era um senhor de aparência bem cuidada, cabelos sedosos e pele branca como a de um bebê.

Maigret fingiu não ter escutado.

– Eu gostaria de saber, senhores, há quanto tempo estão jogando.

O tabelião lançou um olhar ao relógio de pêndulo.

– Cerca de uma hora.

– Nenhum dos senhores deixou esta peça desde então?

Eles se olharam com espanto.

– Não. Somos apenas quatro... O número necessário para o bridge.

– Tem *certeza absoluta*?

Saint-Hilaire estava vermelho como carmim.

– Quem é a vítima? – ele perguntou, com a garganta seca.

– Um empregado da Identidade Judiciária que trabalhava no quarto de Émile Gallet... Ele ocupava-se precisamente de um certo sr. Jacob...

– Sr. Jacob... – repetiu o tabelião.

– Conhece alguém com esse nome?

– Não... Deve ser um judeu...

– Tenho um favor a lhe pedir, sr. de Saint-Hilaire. Gostaria que fizesse o impossível para encontrar a chave do portão... Se precisar, posso lhe ceder inspetores para vasculhar a casa...

O gesto do castelão, que tomou num trago a bebida no seu copo, não escapou a Maigret.

– Desculpem-me por tê-los incomodado, senhores.

– Não quer tomar um trago conosco, comissário?

– Noutra ocasião... Obrigado.

Tornou a partir de bicicleta, virou à esquerda e logo chegou diante de uma casa em mau estado, em cujo letreiro mal se conseguia ler: *Pensão Germain.*

– A srta. Boursang está?

Uma mulher, com um bebê nos braços, chegou do fundo de uma peça.

– Ela saiu, como faz toda tarde. Mas o senhor certamente a encontrará na colina, perto do velho castelo, pois ela levou um livro e é o seu lugar favorito.

– Esse caminho vai até lá?

– Vire à direita depois da última casa.

Na metade da encosta, ele precisou desmontar e empurrar a bicicleta. Estava mais febril do que gostaria de estar, talvez porque, mais uma vez, tinha a impressão de seguir uma pista falsa.

– Não foi Saint-Hilaire que atirou, isso é certo. No entanto...

O caminho que ele seguia atravessava uma espécie de jardim público. À esquerda, num terreno em declive, uma menina estava sentada perto de três cabras presas por uma corda em estacas.

O caminho fazia uma curva brusca e, logo acima, a cem metros, Maigret viu Éléonore instalada num banco, com um livro na mão.

Ele chamou a menina, que devia ter uns doze anos.

– Conhece a senhora que está sentada lá em cima?

– Sim, senhor.

– Ela vem seguidamente ler naquele banco?

– Sim, senhor.

– Todos os dias?

– Acho que sim, senhor. Mas, quando vou à escola, não a vejo...

– A que horas você chegou hoje?

– Já faz tempo, senhor. Vim logo depois do almoço.

– E onde você mora?

– Naquela casa lá embaixo...

Ficava a meio quilômetro. Era uma casa baixa, numa granja.

– A senhora já estava lá?

– Não, senhor.

– Quando ela chegou?

– Não sei, senhor. Acho que há duas horas...

– E ela não saiu dali?

– Não, senhor.

– Não passeou pela estrada?

– Não, senhor.

– Ela tem uma bicicleta?

– Não, senhor.

Maigret tirou uma moeda de dois francos do bolso e pôs na mão da menina, que apertou os dedos sem olhar para ela e permaneceu imóvel no meio do caminho, de olhos voltados para ele, que voltou a montar na bicicleta e se dirigiu para o vilarejo.

Ele parou na agência dos Correios, redigiu um telegrama para Paris:

Desejo saber com urgência onde estava Henry Gallet sábado quinze horas. Maigret. Sancerre.

– Deixe isso, meu rapaz!

– O senhor mesmo me disse que era urgente, comissário. E já não sinto mais nada!

Bravo Moers! O médico lhe fizera um curativo tão complicado e tão espesso como se tivesse recebido seis balas na cabeça. E o pincenê de vidros cintilantes tinha um aspecto cômico no meio de todas aquelas bandagens brancas.

Até as sete da noite, Maigret não se inquietou com ele, sabendo que o ferimento era sem gravidade, e agora o via no mesmo lugar que de manhã, diante de suas placas de vidro, sua vela e seu fogareiro a álcool.

– Não descobri mais nada sobre o sr. Jacob. Mas acabo de reconstituir uma carta, assinada *Clément*, endereçada a não sei quem e que fala de um presente a oferecer a um príncipe exilado... Há duas vezes a palavra *óbolo* e uma vez a palavra *lealdade*...

– De interesse secundário.

Pois isso se relacionava evidentemente às vigarices de Gallet. O exame da pasta rosa havia informado Maigret a esse respeito, bem como alguns telefonemas dados a donos de castelo do Berry e do Cher.

Numa época imprecisa, três ou quatro anos após seu casamento, talvez, um ano ou dois após a morte do seu sogro, Émile Gallet decidira servir-se da velha papelada do *Soleil*, da qual era o herdeiro.

Com uma tiragem de poucos exemplares, reservados quase exclusivamente a raros assinantes, o jornal, dirigido por Préjean, mantinha em alguns fidalgos do campo a esperança de ver um Bourbon retomar o trono da França.

Maigret havia folheado a coleção do *Soleil* e observado que uma meia página era sempre reservada a listas de subscrição, ora em favor de uma velha família fiel, ora para os fundos de propaganda, ora ainda para permitir festejar dignamente um aniversário.

É o que deve ter dado a Gallet a ideia de tirar proveito dos legitimistas. Ele tinha seus endereços, sabia mesmo, por essas listas, em que proporção podia lhes pedir dinheiro e a que sentimento devia recorrer para cada um em particular.

– É a mesma escrita que encontrou nos outros papéis?

– A mesma... Meu mestre, o professor Locard, lhe diria ainda mais. Escrita calma, aplicada, no entanto com sinais de febre e de desânimo no final das palavras... Um grafólogo afirmaria sem hesitar que o homem que escreveu essas cartas estava doente e sabia disso.

– Claro!... É o suficiente, Moers... Pode descansar.

Maigret fixou dois buracos na cortina, os dois buracos feitos pelas balas.

– Volte por um momento ao lugar onde estava há pouco...

Ele reconstituiu a trajetória, sem dificuldade.

– O mesmo ângulo – concluiu. – Atiraram do mesmo lugar, no alto do muro... Mas que barulho é esse?

Levantou a cortina e viu no caminho das urtigas o jardineiro, que passava um ancinho entre as ervas altas.

– Que está fazendo? – perguntou-lhe Maigret.

– Meu patrão me disse para...

– ... para procurar a chave?

– Isso mesmo!

– E foi ele que o enviou a esse lugar?

– Ele também está procurando, no jardim... A cozinheira e o mordomo vasculham a casa...

Maigret baixou a cortina com um gesto brusco e, de novo isolado em companhia de Moers, observou:

– Quer saber, meu velho?... Aposto que ele vai encontrar a chave!

– Que chave?

– Pouco importa!... Seria demorado demais para explicar... A que horas você baixou o estore?

– Assim que cheguei, por volta de uma e meia da tarde...

– E não ouviu ruídos aí fora?

– Não prestei atenção. Estava muito concentrado, pois o trabalho que eu fazia, embora pareça idiota, é na realidade muito delicado.

– Entendo, entendo!... Na verdade, a quem foi que falei do sr. Jacob? Ao jardineiro, eu acho... E Saint-Hilaire, que saíra para pescar, voltou para o almoço, vestiu-se e foi jogar sua partida de cartas... Tem certeza de que todos os outros papéis carbonizados foram escritos à mão pelo sr. Clément?

– Certeza absoluta!

– Então não interessa. A única coisa que conta é a carta assinada pelo sr. Jacob que fala de numerário, de segunda-feira, e que parece reclamar vinte mil francos para essa data, ameaçando de prisão o destinatário. O crime aconteceu no sábado...

Às vezes o ancinho, do lado de fora, batia numa pedra.

– Não foi nem Éléonore nem Saint-Hilaire que atiraram, mas...

– Achei! – ouviu-se de repente a voz do jardineiro.

Maigret sorriu com orgulho, foi levantar a cortina.

– Me dê! – falou, estendendo a mão.

– Não esperava encontrá-la aqui...

– Vamos, me dê!

Era uma chave enorme, de um modelo que não se encontraria noutro lugar a não ser em antiquários. Como a fechadura, estava enferrujada e tinha alguns arranhões.

– Diga apenas a seu patrão que você a entregou a mim... Vá!

– Mas é que...

– Vá!

E Maigret baixou a cortina, lançou a chave em cima da mesa.

– A gente poderia dizer que, descontada sua orelha, a jornada foi magnífica, não é verdade, Moers?... Sr. Jacob!... A chave!... Os dois tiros e todo o resto!... Pois bem...

– Um telegrama! – anunciou o sr. Tardivon.

– Que foi que eu lhe disse, meu velho? – completou o comissário, após dar uma espiada no telegrama. – Em vez de avançar, a gente recua. Escute isto: *Às quinze horas, Henry Gallet estava na casa de sua mãe, em Saint-Fargeau. Continuava lá às dezoito horas.*

– E então?

– Então nada! Resta apenas o sr. Jacob para ter atirado em você, e até agora esse sr. Jacob é uma figura tão inconsistente quanto uma bolha de sabão.

8

Sr. Jacob

– ESPERE UM MOMENTO, AURORE! Não convém você se mostrar nesse estado...

E uma voz confusa respondeu:

– Estou exausta, Françoise... Essa visita me faz pensar na outra, há oito dias... E na viagem que fiz... Você não compreende...

– O que não compreendo é que tenha a coragem de chorar um homem como esse, que a desonrou, que lhe mentiu a vida inteira e cuja única boa ação foi fazer um seguro de vida...

– Cale-se!...

– E mais! Um homem que reduziu você a uma vida quase miserável, jurando que ganhava só dois mil francos por mês. O seguro prova que ele ganhava pelo menos o dobro e que lhe escondia isso. É bem possível que ganhasse ainda mais! Quer saber? Na minha opinião esse homem tinha duas famílias, uma amante e talvez filhos com ela...

– Por favor, Françoise!

Maigret estava sozinho na sala da casa de Saint-Fargeau onde a empregada o introduzira, esquecendo de fechar a porta. E as vozes das duas mulheres lhe chegavam da copa, cuja porta, que dava para o corredor, estava igualmente entreaberta.

Os móveis e os menores objetos haviam voltado a seu lugar e o comissário não pôde olhar a grande mesa de carvalho sem pensar que alguns dias antes, coberta de um pano preto, ela suportava um ataúde e velas.

A atmosfera estava cinzenta, o tempo carregado. Uma tempestade caíra durante a noite, mas se sentia a ameaça de mais chuva.

– Por que devo me calar? Acha que isso não me diz respeito? Sou sua irmã. Jacques está para obter um importante cargo político. Suponha que as pessoas fiquem sabendo que o cunhado dele era um vigarista!...

– Então por que veio até aqui? Ficou vinte anos sem...

– Sem ver você. É que eu não queria ver seu marido! Quando você quis se casar, não escondi minha opinião, Jacques tampouco!... Quando alguém se chama Aurore Préjean e tem um cunhado que dirige uma das mais importantes fábricas de curtume dos Vosges e um outro que um dia será chefe de gabinete de um ministro, não deve se casar com um Émile Gallet!... A começar pelo nome!... E caixeiro-viajante!...

"Não entendo como nosso pai pôde dar seu consentimento... Ou melhor, cá entre nós, adivinho o que se passou. No final da sua vida, papai só pensava numa coisa: publicar seu jornal, custasse o que custasse... Gallet tinha um pouco de dinheiro. E assim ele decidiu envolvê-lo no negócio do *Soleil*...

"Ouse dizer que não é verdade! Mas que você, minha irmã, que recebeu a mesma educação que eu e se assemelha à mamãe, tenha escolhido essa criatura nula...

"Não me olhe desse jeito! Quero apenas fazê-la compreender que não tem por que chorar... Acaso foi feliz com ele?... Francamente!..."

– Não sei, não sei mais...

– Confesse que tinha mais ambição do que isso!

– Sempre esperei que ele tentasse alguma coisa... Eu o instigava...

– Era como instigar uma pedra! E você se resignou!... Não sabia sequer que não ficaria na miséria quando ele morresse. Pois, sem o seguro...

– Ele pensou em mim! – disse lentamente a sra. Gallet.

– Só faltava essa! Quem a ouve acabaria por acreditar que você o amava...

– Cale-se... O comissário pode estar nos ouvindo... Preciso recebê-lo...

– Como ele é? Eu a acompanho. No estado em que se encontra, isso é melhor... Mas por favor, Aurore, não fique com esse ar abatido! O comissário vai imaginar que você era cúmplice dele, que está triste, que está com medo...

Maigret teve apenas o tempo de dar um passo atrás. As duas mulheres entraram pela porta, mas não exatamente como, através da conversa que acabava de surpreender, as imaginara.

A sra. Gallet estava quase tão distante como por ocasião do primeiro encontro deles. Quanto à irmã, dois ou três anos mais moça, de cabelos oxigenados e rosto maquiado, dava a impressão de ter mais vigor e pretensão.

– Tem novidades, comissário? – perguntou a viúva, com lassidão. – Sente-se, tenha a bondade... Apresento-lhe minha irmã, que chegou ontem de Épinal.

– Onde seu marido é curtidor de peles, eu acho.

– Proprietário de curtumes! – retificou Françoise, com voz seca.

– A senhora não estava no enterro, não é mesmo? E há três dias os jornais anunciaram que Gallet deixou um seguro de vida no valor de trezentos mil francos...

Ele falava devagar, olhando à direita e à esquerda de um jeito aparentemente sonso. Viera a Saint-Fargeau sem um motivo preciso, para farejar de novo a atmosfera e definir melhor a imagem do morto.

Mas não teria se incomodado de reencontrar Henry Gallet.

– Gostaria de lhe fazer uma pergunta – falou, sem se virar para as duas mulheres. – Seu marido devia saber que, ao casar-se com ele, seria banida por sua família...

Foi Françoise que respondeu.

– Isso é falso, comissário! Nos primeiros tempos nós o acolhemos. Várias vezes, inclusive, meu marido o aconselhou a buscar uma outra situação, propôs ajudá-lo... Foi só quando vimos que ele seria a vida inteira um ser subalterno, incapaz de esforço, que passamos a evitá-lo. Ele teria nos prejudicado...

– E a senhora? – perguntou docemente Maigret, voltando-se para a sra. Gallet. – A senhora o instigava a mudar de profissão? Fazia-lhe recriminações?

– Penso que isso pertence ao domínio da vida privada. Era o meu direito, não?

Quando a ouvia pouco antes através da porta, Maigret chegou a imaginar uma mulher que a dor tornava mais humana e que abandonava aquele ar de dignidade e de desdém, um ar que percebeu no primeiro dia e que agora reencontrava.

– Seu filho se dava bem com o pai?

A irmã voltou a intervir.

– Henry, sim, chegará a alguma coisa! É um Préjean, embora fisicamente se pareça com o pai. E fez bem em abandonar essa atmosfera quando teve idade para isso... Ele já voltou a seu trabalho, apesar da crise de fígado da noite passada...

Maigret olhava a mesa, tentava situar Émile Gallet num lugar qualquer da sala, mas não conseguia, talvez porque os moradores da casa só pusessem os pés ali quando recebiam alguém.

– Tinha alguma comunicação a me fazer, comissário?

– Não... Já estou indo, senhoras, desculpem-me por tê-las perturbado... No entanto... sim, uma pergunta: teria uma foto que mostra seu marido na Indochina? Ele viveu lá antes do casamento, não é?

– Não tenho fotografia... Meu marido quase nunca falava desse período da sua vida.

– Sabe que estudos ele fez?

– Era muito instruído. Lembro que conversava seguidamente com meu pai sobre autores latinos.

– Mas não sabe em que colégio passou a juventude?

– Tudo que sei é que nasceu em Nantes.

– Eu lhe agradeço. E peço-lhe desculpas, mais uma vez.

Foi pegar o chapéu no corredor e se afastou andando de costas, sem poder definir a angústia imprecisa que sentia toda vez que colocava os pés na casa.

– Espero que o meu nome não seja dado à curiosidade dos jornais, comissário! – pronunciou Françoise, num tom de voz não desprovido de impertinência. – Talvez saiba que meu marido é conselheiro-geral. Ele tem muita influência nos meios governamentais e, como o senhor é funcionário...

Ele não teve coragem de replicar. Limitou-se a olhar para ela no meio da testa, para então despedir-se, suspirando.

Quando atravessava o minúsculo jardim, escoltado pela empregada de olhos estrábicos, balbuciou, pensativo:

– Meu pobre Gallet!...

Passou no Quai des Orfèvres apenas para pegar a correspondência, que não continha nada relativo ao caso. Ao sair, dirigiu-se, sem muita expectativa, até o setor de balística que havia examinado a bala retirada do crânio do morto, bem como as duas balas cujo alvo fora Moers.

– Terminou a perícia?

– Sim, há pouco. Eu ia redigir o relatório. As três balas foram disparadas pela mesma arma, não há dúvida alguma. Um revólver automático de precisão, de modelo corrente, provavelmente vindo da fábrica nacional de Herstal.

Maigret estava tristonho. Despediu-se do perito de armas, pegou um táxi.

– Rue Clignancourt...

– Que número?

– Deixe-me numa das pontas da rua, não importa qual!

No caminho fez um esforço para afastar a lembrança viscosa da casa de Saint-Fargeau, para não ser dominado pela conversa das duas irmãs, a fim de examinar apenas os dados positivos do problema.

Mas, assim que encadeava algumas ideias simples, tornava a ver aquela Françoise, cujo marido era conselheiro-geral – ela fizera questão de dizer! – e que fora até Les Marguerites ao ficar sabendo que a sra. Gallet receberia trezentos mil francos do seguro.

– *Ele prejudicava a família...*

E, no começo do casamento, Émile Gallet fora pressionado a pôr na cabeça que devia honrar os Préjean, como os outros genros.

Um representante comercial de artigos para presentes!...

– E ele teve a coragem de fazer um seguro de vida, de pagar o prêmio durante cinco anos! – extasiou-se Maigret, perturbado, atraído e repelido, ao mesmo tempo, pela fisionomia complexa do seu morto. – Então ele amava sua mulher, que deve ter-lhe reprovado mais de uma vez, ela também, a humildade da sua condição?

Casal estranho! Vidas estranhas! Por um instante Maigret não havia sentido, apesar de tudo, uma real afeição na sra. Gallet?

Através da porta, é verdade! Quando compareceu diante dele, isso já havia passado. Ela voltou a ser a pequeno-burguesa desagradável e pretensiosa que o acolhera da primeira vez e que era bem a irmã de Françoise.

E esse Henry, que já na primeira comunhão tinha um olhar oblíquo, refletido, desconfiado, e que aos 22 anos não se casou com Éléonore por receio de perder o benefício que ela podia obter do primeiro marido! Ele tivera uma crise hepática e mesmo assim retomara seu trabalho.

Começou a chover. O motorista estacionou o carro junto à calçada.

– As três balas saíram do mesmo revólver. Donde se conclui, parece, que foram disparadas pela mesma pessoa. Mas nem Henry, nem Éléonore, nem Saint-Hilaire podem ter sido os autores dos últimos dois tiros!

Um vagabundo também não! Um vagabundo não mata por matar. Ele rouba. E nada fora roubado.

O inquérito, girando em volta da figura opaca e melancólica do morto, marcava passo e tornava-se cansativo, e foi com mau humor que Maigret entrou na primeira portaria da Rue Clignancourt.

– Conhece um sr. Jacob?

– O que ele faz?

– Não sei. Em todo caso, recebe cartas com esse nome...

A chuva continuava caindo, regular, abundante, mas o comissário não se importava muito porque essa atmosfera – a rua populosa, com lojas pequenas e construções pobres – se harmonizava mais com seu estado de espírito.

Essas peregrinações de casa em casa poderiam ter sido confiadas a um subalterno qualquer, mas Maigret sentia uma repugnância, sem saber mesmo por que, em envolver um colega nesse caso.

– Sr. Jacob?...

– Não mora aqui. Veja ao lado, onde há judeus...

Já havia percorrido uns cem prédios, colocando a cabeça nos guichês envidraçados das portarias, quando uma mulher gorda, de cabelos desalinhados, o olhou com um ar suspeito.

– O que quer com ele, com o sr. Jacob?... O senhor é da polícia, não?

– Sim, Brigada Móvel. Ele está?

– Não queria que ele estivesse a esta hora, queria?

– Onde posso encontrá-lo?

– No seu trabalho, ora! Na esquina da Rue Clignancourt com o Boulevard Rochechouart... Mas não vai aborrecê-lo, vai?... Um pobre velho que certamente nada fez de mal... É porque ele não tem autorização?

– Ele recebe muitas cartas?

A zeladora franziu as sobrancelhas.

– Então é por isso! – ela disse. – Eu desconfiava de que era uma história estranha. O senhor já deve saber, como eu, que ele recebia apenas uma correspondência a cada dois ou três meses...

– Registrada?

– Não. Era mais um pacotinho do que uma carta.

– Com notas de dinheiro, não é mesmo?

– Não sei de nada! – ela replicou, secamente.

– Sabe, sim. Deve ter apalpado os envelopes e também imaginou que era dinheiro...

– E daí?... Não era o sr. Jacob que saía a gastar esse dinheiro!

– Onde é o apartamento dele?

– Está querendo dizer sua mansarda? Logo acima! E mesmo assim ele tem dificuldade de subir, todas as noites, com as muletas...

– Alguém veio alguma vez procurá-lo?

– Há uns três anos, talvez... Um senhor de barbicha que parecia um padre à paisana. Respondi do mesmo modo que estou lhe falando agora.

– O sr. Jacob já recebia cartas?

– Tinha acabado de receber uma.

– Esse homem usava uma casaca?

– Estava vestido de preto, como um padre!

– O sr. Jacob recebe outras visitas?

– Só a filha, que é empregada num apartamento da Rue Lepic e que vai ter um filho...

– Qual é a profissão dele?

– Como? O senhor é da polícia e não sabe? Está querendo gozar da minha cara? O sr. Jacob é o mais velho vendedor de jornais do bairro, tão conhecido como o tal do Matusalém!...

Maigret parou na esquina da Rue Clignancourt e do Boulevard Rochechouart, diante de um bar chamado Au Couchant. Na ponta do terraço havia um vendedor de amendoins e amêndoas grelhadas que, no inverno, devia vender castanhas.

Do lado da Clignancourt, um velhinho estava sentado num tamborete e repetia com uma voz rouca que se perdia no rumor da esquina:

– *Intran... Liberté... Presse... aris-Soir... Intran...*

Um par de muletas estava encostado contra o mostruário e, se um dos pés do homem estava calçado de couro, no outro havia apenas uma pantufa disforme.

Ao ver o vendedor de jornais, Maigret compreendeu que sr. Jacob não era um nome, mas um apelido, pois o velho tinha uma barba comprida, dividida em duas mechas pontudas, e um nariz bico de papagaio parecido com os cachimbos chamados habitualmente de *Jacob...*

O comissário lembrou algumas palavras da carta que Moers havia reconstituído: *vinte mil... numerário... segunda-feira...*

E perguntou bruscamente, inclinando-se sobre o velho:

– Recebeu a última remessa?

O sr. Jacob levantou a cabeça, abriu e fechou várias vezes suas pálpebras avermelhadas.

– Quem é você? – perguntou finalmente, enquanto estendia o *Intransigeant* a um comprador e procurava o troco num cestinho de moedas.

– Polícia Judiciária!... Vamos conversar direitinho, senão serei forçado a levá-lo. O caso é grave...

O sr. Jacob lançou um jato de saliva na calçada.

– E aí?...

– Tem uma máquina de escrever?

O velho riu, desta vez cuspiu uma ponta de cigarro mascado, do qual havia toda uma coleção à sua frente.

– Não há necessidade de bancar o esperto – ele falou. – O senhor sabe muito bem que não fui eu. O que não impede o fato de que teria sido melhor eu não ter me envolvido, pelo que isso me rende!

– Quanto?

– Ela me dava cinco francos por carta... Então, não é um caso sem importância?

– Um caso que pode levá-la ao tribunal.

– Não diga!... Então eram realmente notas de mil francos?... Eu não tinha certeza: apalpava os envelopes e fazia um ruído sedoso. Tentava ver por transparência, mas o papel era muito espesso...

– O que você fazia?

– Eu os trazia para cá. Não havia sequer necessidade de aviso. Por volta das cinco da tarde, via chegar uma senhora que me comprava o *Intran*, punha os cinco francos no cestinho de moedas e enfiava o envelope na bolsa.

– Uma morena?

– Não, loura! Puxando um pouco para o ruivo. E muito bem-vestida!... Ela saía do metrô...

– Quando ela lhe pediu pela primeira vez para fazer esse serviço?

– Há uns três anos... Deixe-me ver: minha filha tinha acabado de ter o primeiro filho e ia levá-lo a uma creche, em Villeneuve-Saint-Georges... Sim, faz pouco menos de três anos!... Era tarde. Eu estava recolhendo a mercadoria para colocá-la nas costas... Ela me perguntou se eu tinha um domicílio e se poderia ajudá-la... O senhor sabe, em Montmartre se vê todo tipo de gente...

"Tratava-se de receber cartas em meu nome, de não abri-las e de trazê-las aqui, à tarde..."

– Foi você que fixou o preço de cinco francos?

– Foi ela... Observei, brincando, que o negócio valia mais, considerando o preço do vinho tinto, e ela fez menção de dirigir-se ao vendedor de amendoins... Um argelino, gente que trabalha por nada!... Então eu disse sim...

– Sabe onde ela mora?

O sr. Jacob piscou um olho.

– Duvido que o senhor a pegue, embora seja da polícia. Já houve um que veio investigar, nos primeiros tempos. Minha zeladora lhe disse apenas que eu vendia jornais nesta esquina. Ela me descreveu como ele era e achei que fosse o pai da jovem senhora.

"Ele começou por andar ao redor, sem me falar, nos dias em que chegava um envelope. Olhe, ele se escondia ali, atrás daquela banca de frutas! Depois saía andando atrás dela...

"Mas não adiantou. Ele acabou por vir falar comigo e me ofereceu mil francos para que eu lhe desse o endereço da mulher. Não quis acreditar que eu não a conhecia mais do que ele. Parece que ela o fazia tomar não sei quantos ônibus e metrôs, para deixá-lo à porta de um prédio de duas saídas.

"Um sujeito estranho, aliás. Logo vi que não era o pai dela...

"Ele ainda tentou por mais duas vezes. Achei que devia avisar minha cliente e imagino que ela o fez andar alguns quilômetros à toa, pois ele não apareceu mais.

"Pois bem, sabe o que isso me rendeu, em vez dos mil francos do sujeito? Uma nota de vinte francos! E ainda tive de provar que não tinha troco, caso contrário só receberia dez, e ela partiu resmungando alguma coisa de descortês que não compreendi... Uma finória! Mas sovina!..."

– Quando chegou a última carta?

– Há uns três meses... O senhor deveria ficar um pouco mais ao lado, senão os fregueses não veem os jornais... É tudo o que queria saber? Admita que sou um cara legal e que não tentei enganá-lo.

Maigret lançou vinte francos no cestinho de moedas, esboçou uma vaga despedida e foi embora, com um ar pensativo.

Ao passar diante da entrada do metrô, fez uma careta de aversão ao pensar em Éléonore Boursang afastando-se com um envelope contendo algumas notas de mil francos, após ter dado cinco francos ao velho Jacob, tomando dez linhas de metrô e de ônibus, tranquilamente, e tendo ainda o cuidado de atravessar um prédio de duas saídas antes de voltar para casa.

Que relação isso podia ter com Émile Gallet retirando sua casaca e obstinando-se em escalar um muro de três metros de altura?

O sr. Jacob, em quem Maigret pusera sua última esperança, desvanecia-se.

Não havia nenhum sr. Jacob!

Em vez dele, devia-se acreditar que um casal, Henry Gallet e Éléonore Boursang, surpreendera o segredo do pai e o chantageava?

Éléonore e Henry que não o haviam matado!

Saint-Hilaire tampouco o havia matado, a despeito de suas contradições, do portão aberto e *da chave que ele mesmo lançou no caminho das urtigas e fez ser encontrada pelo jardineiro, depois que o comissário lhe declarou que era preciso a todo custo encontrá-la.*

O que não impede que duas balas tenham sido disparadas na direção de Moers e que Émile Gallet, cuja cunhada dizia que prejudicava a família, tenha sido assassinado!

Em Saint-Fargeau consolavam-se falando mal dele, ressaltando a mediocridade de sua personalidade e de sua vida, e considerando que sua morte, em suma, rendia trezentos mil francos!

Henry voltara naquela mesma manhã às suas aplicações financeiras no banco Sovrinos, fazendo valer seus cem mil francos de economias que haveriam de se tornar quinhentos mil, para lhe permitir viver no campo com Éléonore!

Esta, enfim, que com toda a calma trocava o envelope do vendedor de jornais por uma moeda de cinco francos, espiava, em Sancerre, as diligências de Maigret e vinha, com a fronte serena, o olhar puro, contar sua vida ao comissário!

E Saint-Hilaire jogava cartas na casa do tabelião!

Émile Gallet era o único a não estar mais presente! Estava solidamente encerrado num caixão, com sua face destruída pela bala e triturada pelo médico-legista dos sete convidados, com seu coração perfurado e seus olhos cinzentos cujas pálpebras ninguém pensou em fechar!

– Última ala à esquerda, perto do monumento em mármore rosa do ex-prefeito – disse o guarda do cemitério.

E o agente funerário de Corbeil deve ter coçado a cabeça diante de uma encomenda que especificava: "Uma pedra muito simples, sóbria de linhas, de bom gosto, não muito cara mas distinta".

Maigret já tinha visto coisas estranhas, mas fez um esforço para pensar que uma mulher alta, de cabelos puxando para o ruivo, não era necessariamente Éléonore Boursang e que, mesmo se fosse ela a cliente do sr. Jacob, nada provava que Henry seria seu cúmplice.

– O mais simples é mostrar o retrato dela ao velho!

Foi a razão pela qual decidiu ir até a Rue de Turenne, onde tinha quase a certeza de encontrar uma fotografia de Éléonore no seu apartamento.

– A sra. Boursang viajou. Mas o sr. Henry está lá em cima – disse a zeladora.

Anoitecia. Maigret subiu a escada estreita esbarrando nas paredes, abriu sem bater a porta que lhe haviam indicado.

Henry Gallet, inclinado sobre a mesa, amarrava um pacote bastante volumoso. Ele levou um susto, mas logo recuperou o sangue-frio ao reconhecer o comissário.

Mas não conseguiu dizer nada. Seus dentes deviam doer de tão cerrados que estavam. A mudança que ocorrera nele em uma semana era espantosa. Tinha as faces encovadas, as maçãs do rosto salientes e, sobretudo, uma tonalidade escura e doentia na pele.

– Parece que teve uma terrível crise de fígado na noite passada! – disse Maigret, com uma ferocidade não premeditada. – Afaste-se!...

O pacote tinha a forma de uma máquina de escrever. O policial arrancou a embalagem, pegou uma folha em branco no bolso, datilografou algumas palavras ao acaso, retirou-a da máquina e a pôs de volta no bolso.

Por um instante o ruído da máquina rompera o silêncio no apartamento onde panos cobriam os móveis e onde, em função das férias, folhas de jornal haviam sido coladas às vidraças.

Apoiado a uma cômoda, Henry olhava para o chão, com os nervos tão tensos que era penoso de ver.

Implacável, pesado, Maigret prosseguiu sua tarefa, abriu as gavetas, remexeu o conteúdo delas. Acabou por achar um retrato de Éléonore.

Então, prestes a partir, com o chapéu lançado para trás sobre a nuca e com a fotografia na mão, ele se deteve por um momento diante do jovem, examinando-o dos pés à cabeça.

– Nada tem a me dizer?

Henry primeiro engoliu a saliva, depois falou:

– Nada!

Maigret teve o cuidado de só chegar à Rue Clignancourt, onde o sr. Jacob estava como sempre instalado diante de seus jornais, uma hora mais tarde.

Ele queria mais uma prova? Antes mesmo de se aproximar do velho, distinguiu o rosto longo e descolorido de Henry Gallet atrás da vidraça de um boteco.

Um instante depois, o sr. Jacob confirmava:

– É exatamente ela, não há dúvida. Ela foi *pega*!...

Maigret foi embora sem dizer nada, lançou um olhar irritado ao boteco. Poderia entrar ali, lançar Henry numa nova crise hepática simplesmente pondo-lhe a mão no ombro.

– Mas o fato é que *eles* não o mataram!

Meia hora depois entrou no prédio onde trabalhava sem cumprimentar ninguém, encontrou em cima da sua mesa uma carta do fiscal das contribuições indiretas de Nevers.

9

Um casamento de mentira

SE QUISER SE DAR O TRABALHO de passar discretamente no meu domicílio particular, na Rue Creuse, 17, em Nevers, eu lhe darei sobre Émile Gallet informações do seu mais alto interesse.

Maigret estava na Rue Creuse. Tinha à sua frente, numa sala em vermelho e negro, o fiscal das contribuições indiretas, que havia ele próprio o introduzido ali com ares de conspirador.

– Dispensei a empregada. O senhor entende, é melhor! E, para os que podem tê-lo visto entrar, o senhor é o meu primo de Beaucaire...

Ele parecia lançar olhares a Maigret para enfatizar cada uma de suas palavras. Só que em vez de fechar um olho, fechava os dois, muito rápido, o que dava a impressão de ser um tique nervoso.

– O senhor é também um veterano das colônias?... Não... Achei que fosse... Uma pena, pois teria compreendido melhor...

As pálpebras piscavam sem parar, enquanto a voz tornava-se cada vez mais confidencial e a expressão fisionômica era ao mesmo tempo maliciosa e assustada.

– Passei dez anos na Indochina, no tempo em que Saigon ainda não tinha grandes avenidas como Paris. Foi lá que conheci Gallet...

"E o que me chamou a atenção foi a facada... O senhor logo verá por quê.

"Aposto que não descobriu nada!... E não vai descobrir, porque é uma história que só um veterano das colônias pode compreender. E mais: um veterano que assistiu *à coisa...*"

Maigret já havia catalogado o fiscal: sabia que com esse tipo de homem é preciso paciência, evitar interromper, aprovar com a cabeça, o que é também o único meio de ganhar tempo.

– Uma figura, o nosso Gallet!... Era uma espécie de secretário de um advogado que depois acabou senador... Adorava esportes, tinha a ideia de formar uma equipe de futebol. Ele nos arregimentou à força, mas, afinal, não havia outra equipe para servir de adversário...

"E gostava ainda mais de mulheres do que de futebol!... E lá, ocasiões não faltam... Um companheirão!... As cantadas que sabia dar...

"O senhor me dá licença?"

Dirigiu-se na ponta dos pés até a porta, abriu-a bruscamente para certificar-se de que não havia ninguém ouvindo.

– Pois bem... Certa vez ele foi longe demais e não me orgulho de ter desempenhado, sem entusiasmo, aliás, o papel de cúmplice... Um fazendeiro havia importado uns duzentos ou trezentos trabalhadores malaios, entre os quais mulheres e crianças. Uma delas, uma mocinha que parecia esculpida no âmbar... Não lembro mais seu nome...

"Mas lembro que eu terminava de ler um livro de Stevenson sobre os indígenas do Pacífico e que falei disso a Gallet. Trata-se de um branco que, para conquistar uma indígena resistente, organiza um falso casamento.

"E não é que Émile se entusiasma? Naquele tempo os malaios ainda não sabiam ler, sobretudo os pobres coitados que eram transportados como animais de carga...

"Gallet decide então fazer seu pedido ao pai da moça. Veste sua futura família com roupas ridículas, forma todo um cortejo que se dirige a uma casinha que já havíamos preparado.

"O cupincha que se fingiu de prefeito já morreu, mas poderia encontrar outros que participaram da farsa. Pois Gallet era um farsante danado!... Não negligenciou nada para que a comédia fosse completa.

"Os discursos eram de rolar de rir e a certidão de casamento, entregue solenemente à noiva, totalmente sem pé nem cabeça...

"Uma enorme piada, que escarnecia da família, das testemunhas e do resto..."

O fiscal calou-se por um momento, o tempo de dar mais seriedade a seu rosto.

– Pois bem, Gallet viveu com ela, como marido e mulher, durante três ou quatro meses. Depois voltou à França e, obviamente, deixou lá sua falsa esposa.

"Ainda éramos jovens. Caso contrário não teríamos nos divertido tanto, pois os malaios não perdoam...

"O senhor não os conhece, comissário. A moça ficou esperando a volta do marido. Não sei o que aconteceu a ela a seguir, mas, passados alguns anos, voltei a encontrá-la, envelhecida, num bairro miserável de Saigon.

"Quando li o nome de Gallet no jornal de Nevers... E observe que havia 25 anos que eu não o revia! Não tinha mais sequer ouvido falar dele.

"Bastou saber da facada... O senhor adivinha agora?... Uma vingança, é claro! Aqueles malaios dariam a volta ao mundo para se vingar. E costumam usar um punhal!

"Suponhamos um irmão ou mesmo um filho da mulher. Mais civilizado, ele começou por servir-se de um revólver, por ser prático. Depois o instinto prevaleceu..."

Maigret, com um olhar tristonho, esperava, escutando com um ouvido distraído esse palavreado que era inútil interromper. Geralmente, num caso criminal, há cem testemunhas do tipo desse fiscal. Se desta vez havia se apresentado somente uma, é porque os jornais de Paris relataram o drama em poucas linhas.

– Está percebendo, comissário? O senhor não teria adivinhado, hein?... Preferi lhe pedir que viesse aqui, pois, se o assassino souber que falei...

– Você disse que Gallet jogava futebol?

– Um jogador endiabrado! E um divertido pândego!... O companheiro mais engraçado que é possível encontrar... Era capaz de contar histórias cômicas durante uma noitada inteira sem nos dar um instante de folga.

– Por que ele deixou a Indochina?

– Dizia que tinha um projeto e que não havia nascido para viver com menos de cem mil francos de renda... Isso foi antes da guerra... Cem mil francos de renda, veja só!... Rimos dele, mas ele permaneceu sério como um papa.

" – Ainda hão de ver! – brincou.

"E ele conseguiu seus cem mil francos, não é verdade?... Quanto a mim, foram as febres que me expulsaram da Ásia. Ainda hoje tenho minhas crises... Quer beber alguma coisa, comissário? Eu mesmo lhe servirei, pois dispensei a empregada por toda a tarde..."

Não, Maigret não estava disposto a beber coisa alguma, nem a suportar ainda mais os olhares ingênuos do fiscal entusiasmado por sua história de vingador malaio!

Pôde apenas agradecer, sorrir, um sorriso pálido de cortesia.

Duas horas mais tarde, descia do trem na estação de Tracy-Sancerre, onde já tinha seus hábitos. E, enquanto seguia o caminho até o Hôtel de la Loire, falava consigo mesmo:

– Suponhamos que hoje é sábado, 25 de junho... Sou Émile Gallet... O calor é sufocante, meu fígado me faz sofrer... E tenho no bolso uma carta do sr. Jacob que ameaça revelar tudo à polícia se eu não lhe enviar na segunda-feira vinte mil francos...

"Os legitimistas nunca me dão vinte mil francos de uma só vez. A média das quantias que é possível arrecadar oscila entre duzentos e seiscentos francos. Raramente mil!

"No Hôtel de la Loire, peço um quarto *voltado para o pátio...*

"Por que para o pátio?... É porque tenho medo de ser assassinado?... Por quem?..."

Ele caminhava de cabeça baixa, a passos lentos, fazia um verdadeiro esforço para se colocar na pele do morto.

– Será que sei quem é, na realidade, o sr. Jacob? Há três anos ele me chantageia, há três anos venho pagando... Interroguei o vendedor de jornais na esquina da Rue Clignancourt. Segui uma mulher loura que me deixou perdido diante de um prédio com duas saídas...

"Impossível suspeitar de Henry, cujo caso amoroso ignoro. E também ignoro que ele já juntou cem mil francos, mas que precisa de quinhentos mil para ir viver no sul da França... O sr. Jacob, portanto, continua sendo uma terrível entidade escondida atrás da figura do velho jornaleiro..."

Esboçou um gesto parecido ao de um professor que passa o apagador sobre um problema escrito no quadro-negro.

Ele gostaria de esquecer todos os dados, de recomeçar o inquérito desde o início.

– *Émile Gallet era um divertido pândego! E forçava seus colegas a formar uma equipe de futebol...*

Passou na frente do hotel sem entrar, foi tocar a campainha no portão principal da propriedade Saint-Hilaire. O sr. Tardivon, que estava na entrada do hotel e a quem Maigret não cumprimentou, o seguiu com um olhar de reprovação.

O comissário precisou esperar bastante tempo na rua. Por fim um mordomo veio abrir o portão, e Maigret lhe perguntou bruscamente:

– Há quanto tempo está na casa?

– Um ano... Mas... é o sr. de Saint-Hilaire que deseja ver?

Este, de uma janela do andar de baixo, dirigiu um sinal amistoso a Maigret.

– E então?... A chave?... Afinal a descobrimos!... Quer entrar um momento?... E o inquérito?

– Desde quando o jardineiro está a seu serviço?

– Três ou quatro anos... Não quer entrar?

O dono do castelo notou a mudança que se produzira em Maigret, que tinha as feições duras, o cenho franzido e, no olhar, uma expressão inquietante de irritação e cansaço.

– Mando trazer uma garrafa e...

– O que foi feito do antigo jardineiro?

– Tem um boteco, a um quilômetro daqui, na estrada de Saint-Thibaud... Um velho canalha, que fez o pé-de-meia em minha casa antes de se instalar por conta própria...

– Obrigado.

– Já vai?

– Voltarei...

Disse isso quase sem pensar e, preocupado, caminhou de volta ao portão e se afastou na direção da estrada principal.

– Eram necessários vinte mil francos de imediato!... Ele não buscou obter essa quantia entre suas vítimas habituais, isto é, os donos de castelo dos arredores... Visitou apenas Saint-Hilaire... Duas vezes no mesmo dia!... Depois escalou o muro!...

Interrompeu-se, praguejando.

– Que droga! Mas por que então ele pediu um quarto *voltado para o pátio*?... Se o tivesse obtido, não teria podido subir no muro...

O boteco do ex-jardineiro ficava perto de uma eclusa do canal lateral do Loire e estava cheio de barqueiros.

– Uma informação, por favor... Polícia... É a propósito do crime de Sancerre... Lembra-se de ter visto Émile Gallet na casa do seu ex-patrão, no passado?

– Está se referindo ao sr. Clément?... É assim que o chamávamos... Acho que o vi, sim!...

– Com frequência?

– Não se pode dizer... Digamos a cada seis meses... Mas era o bastante para que o patrão ficasse de mau humor durante quinze dias.

– Suas primeiras visitas datam de muito tempo?

– Pelo menos dez anos. Talvez quinze... Posso lhe oferecer uma bebida?

– Obrigado... Algumas vezes eles discutiam?

– Algumas vezes, não: todas as vezes!... Cheguei mesmo a vê-los se atracarem como estivadores...

“No entanto não foi Saint-Hilaire quem matou!”, raciocinava Maigret um pouco mais tarde, ao caminhar de volta ao hotel. Não foi ele que disparou dois tiros contra Moers, pois estava na casa do tabelião. Além disso, na noite do crime, por que teria dado a volta pelo portão?

Ele avistou Éléonore, não longe da igreja, mas desviou a cabeça para evitá-la. Tinha menos vontade de falar com ela do que com qualquer outro.

Ouviu passos apressados às suas costas. Viu-a chegar a seu lado, com um vestido cinza, os cabelos bem-penteados.

– Desculpe-me, comissário.

Ele deu meia-volta, mirou-a nos olhos de uma forma tão áspera que por um instante ela ficou sem falar.

– E então?

– Gostaria apenas de saber...

– Absolutamente nada. Não sei absolutamente nada!

E afastou-se sem mais conversa, com as mãos às costas.

– Suponhamos que o quarto voltado para o pátio estivesse livre... Mesmo assim ele teria morrido?

Uma bola com a qual um garoto brincava veio bater nas suas pernas; ele a pegou do chão, devolveu ao garoto sem olhar para ele.

– De todo modo, ele não tinha os vinte mil francos... Não podia obtê-los até a segunda-feira...

"E, no pátio, não teria podido escalar o muro! Ali teria sido impossível atirarem contra ele.

"Logo, *não teria morrido*!"

Enxugou o suor da testa, embora a temperatura estivesse bem mais suportável do que na semana anterior. Tinha a sensação irritante de estar a um palmo do objetivo e, no entanto, de ser incapaz de atingi-lo.

Dados, ele os possuía em quantidade: a história do muro, os tiros disparados oito dias mais tarde em direção de Moers, o caso Jacob, as visitas feitas quinze anos antes a Saint-Hilaire, a chave perdida e reencontrada providencialmente pelo jardineiro, a questão dos quartos, a facada que completou o serviço da bala alguns momentos depois, por fim o futebol e a farsa do casamento...

Pois a paixão de Gallet pelo esporte, suas histórias engraçadas e suas façanhas amorosas eram tudo o que havia a reter do confuso relato do fiscal.

– *Um divertido pândego, um grande paquerador...*

– Vai jantar no terraço, comissário? – perguntou o sr. Tardivon.

Maigret não percebera que havia chegado.

– Tanto faz...

– E o inquérito, como vai?

– Digamos que está no fim.

– É mesmo? E o assassino?...

Mas o policial seguiu adiante alçando os ombros, percorreu os corredores repletos do cheiro da cozinha e penetrou no quarto onde suas pastas continuavam amontoadas em cima da mesa, sobre a lareira e no chão.

Ninguém havia tocado nas roupas que representavam o morto.

Maigret inclinou-se, arrancou a faca plantada no soalho e pôs-se a manuseá-la, enquanto andava de um lado a outro.

O céu estava coberto de uma camada de nuvens de um cinza uniforme, tempestuoso, e o muro branco, em frente, tornava-se mais brilhante, por contraste.

O comissário ia da janela até a porta, da porta até a janela, lançando às vezes um olhar para a foto sobre a lareira.

– Venha até aqui um momento!... – ele falou de repente, ao chegar talvez pela trigésima vez à janela.

A folhagem moveu-se no alto do muro, lá onde Maigret havia adivinhado o rosto mal escondido de Saint-Hilaire.

O dono do castelo, cujo primeiro movimento foi de recuo, perguntou com uma voz confusa, fazendo um esforço para gracejar:

– Devo saltar?

– Dê a volta pelo portão! É mais fácil...

A chave estava em cima da mesa, e Maigret a lançou negligentemente por cima do muro, antes de retomar seu passeio pelo quarto. Ouviu a chave caindo no jardim, entre os detritos amontoados naquele ponto. Depois houve um ruído de um barril sendo removido e de folhas e galhos agitados.

A mão de Saint-Hilaire devia estar tremendo, pois a chave produziu vários tinidos na fechadura antes de ouvir-se ranger a dobradiça.

Mas, quando chegou junto à janela, o proprietário do pequeno castelo já havia recuperado o autocontrole e foi com uma voz brincalhona que pronunciou:

– Impossível escapar ao seu olhar de lince!... Esse caso me apaixona tanto que, ao vê-lo chegar, tive a ideia de espiá-lo, a fim de saber como procede e de incitá-lo a uma nova conversa... Dou a volta?

– Não! Entre pela janela...

Saint-Hilaire a transpôs com facilidade e observou, olhando ao redor no quarto:

– Curiosa essa atmosfera na qual reconstitui os fatos... Essas roupas... Foi o senhor que organizou essa *mise-en-scène*?

Maigret enchia o cachimbo com uma lentidão exagerada, comprimindo cada pitada de tabaco com uma série de movimentos do indicador.

– Tem um fósforo?

– Um isqueiro... Nunca uso fósforos...

O olhar do comissário pareceu perceber três palitos de fósforo, em parte consumidos, que se achavam na lareira, perto das cinzas de papel.

– Evidentemente! – ele disse, sem que se pudesse adivinhar a que se referia essa aprovação.

– Queria me perguntar alguma coisa?

– Ainda não sei... Eu o avistei e, como estou literalmente nadando, pensei que um homem inteligente poderia me ajudar...

Sentou-se a um canto da mesa, estendeu o fornilho do cachimbo em direção ao isqueiro que Saint-Hilaire segurava.

– Ora! não sabia que é canhoto...

– Eu?... Não!... É um acaso... Eu não saberia lhe dizer por que lhe apresentei esse isqueiro com a mão esquerda...

– Poderia fazer a gentileza de fechar a janela?

Maigret o acompanhou com os olhos, observou uma demora nos movimentos de Saint-Hilaire que, com uma aplicação flagrante, serviu-se da mão direita para girar o fecho da janela.

10

O colaborador

– ABRA A JANELA...

– Mas o senhor acaba de me pedir...

E Tiburce de Saint-Hilaire sorriu, como para dizer: "Tudo bem, estou às suas ordens. Mas eu gostaria de saber...".

Maigret não sorria. E, se tivessem observado seu rosto, certamente teriam notado o aborrecimento como expressão dominante.

Mostrava-se ríspido nos gestos, no tom de voz. Andava a passos curtos, interrompidos, levantava e baixava a cabeça, pegava um objeto num lugar para colocá-lo noutro, sem razão.

– Já que o inquérito o apaixona, vou tomá-lo como colaborador. Portanto, não usarei de rodeios e o tratarei como a um de meus inspetores. Chame o dono do hotel!

Saint-Hilaire abriu docilmente a porta e gritou:

– Tardivon!... Ei! Tardivon!...

Quando o proprietário do hotel chegou, Maigret, sentado na beirada da janela, fixava o soalho.

– Uma simples pergunta, sr. Tardivon. Sabe se o sr. Gallet era canhoto?... Tente lembrar.

– Nunca prestei atenção. É verdade que... Será que um canhoto aperta a mão de alguém com a mão esquerda?

– Certamente!...

– Então ele não era, pois esse detalhe chama a atenção. E os hóspedes têm o costume de me apertar a mão...

– Vá perguntar às serviçais. Elas talvez tenham notado esse detalhe.

Quando Tardivon saiu, Saint-Hilaire perguntou:

– Dá muita importância a essa questão de...?

Mas o comissário, sem responder, foi até o corredor e gritou ao hoteleiro:

– Aproveite para pedir uma ligação para o sr. Padailhan, fiscal das contribuições indiretas em Nevers... Acho que ele tem telefone...

Retornou ao quarto, sem um olhar ao seu companheiro; por um momento andou em volta das roupas estendidas no chão.

– Agora, ao trabalho! Vejamos... Émile Gallet não era canhoto... Veremos daqui a pouco se esse detalhe pode nos ajudar...

"Ou melhor... Pegue essa faca... Foi a utilizada no crime... Não! dê-me aqui, pois vejo que mais uma vez está se servindo da mão esquerda...

"Bem, suponhamos agora que, atacado, devo defender-me! E lembremos que não sou canhoto!... Obviamente seguro o cabo do punhal com a mão direita...

"Venha aqui... É em sua direção que eu salto... Mas é mais forte que eu e se apodera do punhal... Vamos, pegue!... É evidente que é a mão que segura a arma que irá imobilizar!...

"Isso basta... Observe esta foto: é a do cadáver, tirada pela Identidade Judiciária... Ora, o que vemos? É no punho *da mão esquerda* que Émile Gallet tinha equimoses..."

– O que há, Tardivon? Já conseguiu a ligação para Nevers?... Não?... Diz que as serviçais estão de acordo em afirmar que Gallet não era canhoto?... Obrigado!... Pode ir.

"Voltemos a nós dois, sr. de Saint-Hilaire... Como vai explicar isso?

"Gallet não era canhoto e, no entanto, era com a mão esquerda que segurava a arma!... E o exame da perícia prova que ele não tinha nada na mão direita.

"Vejo apenas uma solução ao problema... Observe: quero enterrar esta lâmina no coração... O que faço? Acompanhe os meus menores gestos.

"Pego o cabo com a mão esquerda! Essa mão só me servirá para manter a faca na direção certa... Minha mão direita é a mais forte. É a que utilizo para fazer pressão sobre a esquerda... Veja este movimento: seguro meu pulso esquerdo com os dedos da mão direita. Aperto com muita força, porque estou agitado e é preciso resistir à dor. De tal maneira que causo em mim mesmo equimoses..."

Ele atirou a faca em cima da mesa, com um gesto de desembaraço.

– Claro, para admitir essa reconstituição dos fatos, seria preciso admitir também que Gallet se matou. E ele não tinha o braço bastante comprido para disparar um revólver a sete metros do rosto, não é verdade?

"*Cometemos um erro*, como se diz no exército. Tentemos outro caminho."

Saint-Hilaire conservava o mesmo sorriso um pouco forçado nos lábios. Mas suas pupilas, maiores que o normal, moviam-se agora depressa para não abandonar por um instante sequer Maigret, que não parava de ir e vir, de esboçar vários gestos aparentemente inúteis, pegando a pasta rosa, abrindo-a, tornando a fechá-la, pondo-a debaixo de uma pasta verde, para depois mudar de repente a posição de um dos sapatos do morto.

– Venha comigo... Sim, passe pela janela... Estamos aqui no caminho das urtigas. Imaginemos que é sábado à noite, que está escuro e se ouvem os ruídos da festa e do tiro ao alvo. Talvez se veja no céu reflexos das luzes móveis do carrossel de cavalinhos...

"Émile Gallet, que tirou a casaca, sobe até o alto desse muro, o que não é um exercício fácil para um homem da sua idade, tomado pela doença...

"Siga-me!..."

Levou-o até o portão, que abriu e tornou a fechar.

– Dê-me a chave... Bem, este portão estava fechado, e a chave se encontrava, como de costume, no vão que vemos entre duas pedras. Foi seu jardineiro mesmo que me disse.

"E entramos na sua propriedade... Não esqueçamos que está escuro. Observe que apenas procuramos o sentido de certos indícios, ou melhor, tentamos conciliar indícios contraditórios...

"Por aqui, por favor... Imaginemos, no jardim, um personagem preocupado com os atos de Émile Gallet. Deve haver alguns assim. Gallet é um vigarista. E sabe lá o que ainda pretende fazer...

"Deste lado do muro, portanto, há um homem, como você e eu, que notou que Gallet estava nervoso e que talvez saiba que sua situação é desesperadora.

"Nosso homem, que chamaremos *X* como em álgebra, vai e vem ao longo do muro e de repente vê a silhueta de Émile Gallet, conhecido por sr. Clément, erguer-se no alto, sem casaca.

"Do alto da casa é possível avistar essa parte do muro?"

– Não!... Não compreendo onde quer...

– ... chegar? Em parte alguma!... Seguimos investigando, podendo mudar cem vezes de hipótese, se necessário. Veja, já mudei!... *X* não está andando. Ele vê barris vazios e, em vez de subir no muro para saber o que se passa do outro lado, arrasta um desses barris, que lhe serve de pedestal.

"É nesse momento que a silhueta de Émile Gallet se destaca contra o céu.

"Os dois homens não falam. Pois, se tivessem algo a dizer, teriam se aproximado. Para se ouvirem a uma distância de dez metros, teriam que falar alto. E pessoas que se encontram em circunstâncias tão estranhas, uma em cima de um barril, a outra em equilíbrio sobre um muro, não têm vontade de chamar a atenção.

"Aliás, *X* está na sombra. Émile Gallet não o vê, torna a descer o muro, volta a seu quarto e...

"Aqui a coisa se torna mais difícil. A menos que suponhamos que foi *X* que atirou..."

– O que está querendo dizer?

Maigret, que havia subido no barril, tornou a descer, pesadamente.

– Dê-me fogo!... Certo! Mais uma vez a mão esquerda!... Vamos agora, sem nos preocupar em saber quem atirou, seguir o caminho que o nosso *X* percorreu... Venha... Ele pega a chave no seu lugar. Abre o portão. Antes, porém, vai a algum lugar procurar luvas de borracha... Pergunte à sua cozinheira se ela costuma usá-las para descascar legumes e se elas não desapareceram... Ela é bonita?

– Não vejo qual a relação...

Ouviu-se ao longe uma trovoada, mas não caíram gotas de chuva.

– Prossigamos! O portão está agora aberto. *X* aproxima-se da janela e vê o cadáver. Pois Émile Gallet está morto!... Os médicos afirmam que a facada seguiu-se *imediatamente* ao tiro e as manchas de sangue o comprovam... Ora, vimos há pouco que essa facada parece ter sido dada pela própria vítima...

"Na lareira há cinzas de papel ainda quentes. E ali encontramos palitos de fósforo de Gallet...

"O nosso *X* vasculha a valise, certamente também a carteira que torna a colocar com cuidado no bolso, vai embora, esquece de fechar o portão e de recolocar a chave no lugar..."

– No entanto a chave foi encontrada nas ervas do caminho...

Maigret, que havia ficado algum tempo sem olhar seu interlocutor, notou seu rosto pálido.

– Venha! Ainda não terminou... Acho que nunca vi história tão complicada e tão simples ao mesmo tempo... Sabemos, não é verdade?, que aquele que se fazia chamar aqui de sr. Clément era um vigarista... Ora, vemos agora que ele mesmo destruiu todos os vestígios de suas vigarices, como se esperasse por um acontecimento importante ou mesmo capital.

"Por aqui!... Eis o pátio do hotel e ali, à esquerda, o quarto que Émile Gallet pediu para ocupar, no começo da tarde, e que não lhe pôde ser dado porque não estava vago.

"Ora, à tarde a situação era a mesma que à noite. Ele precisava a todo custo de vinte mil francos até segunda-feira, caso contrário os que o chantageavam o entregariam à polícia.

"Suponhamos que tivesse obtido esse quarto... Não haveria mais como atravessar o caminho das urtigas e escalar o muro!

"Portanto, para ele não era uma necessidade chegar a esse muro. Ou, se preferir, *isso podia ser substituído por outra coisa, outra coisa que o pátio lhe oferecia...*

"O que vemos nesse pátio? Um poço!... O senhor me dirá, talvez, que ele tinha vontade de jogar-se nesse poço. Mas a isso responderei que ele podia, ao sair do quarto que ocupou, atravessar o corredor e vir afogar-se do mesmo jeito...

"Não! Era preciso *a combinação de um poço e de um quarto...*"

– O que é, sr. Tardivon?

– Nevers ao telefone.

– O fiscal?

– Ele mesmo.

– Venha, sr. de Saint-Hilaire. Já que quer me ajudar, é justo que assista a todas as fases do inquérito... Pegue o aparelho de escuta... Alô, aqui é o comissário Maigret... Não se preocupe! Liguei apenas para lhe fazer uma pergunta que me ocorreu há pouco. O seu amigo Gallet era canhoto?... O que diz?... Canhoto de mãos e pés?... No futebol jogava na ponta esquerda?... Tem certeza disso, não é?... Não, é tudo. Obrigado... Ah, um detalhe: ele sabia latim?... Por que está rindo?... Um mau aluno?... A esse ponto?... Sim, é curioso!... Diga-me, chegou a ver a fotografia do morto?... Não?... Evidentemente ele mudou desde Saigon... O único retrato que possuo foi tirado quando estava de regime... Mas um dia desses eu talvez lhe apresente alguém que se parece com ele... Obrigado!... Sim!...

Maigret desligou, deu uma risada meio boba, suspirou.

– Está vendo como a gente pode se entusiasmar em vão! Tudo o que dissemos até agora dependia de uma condição: que o nosso Émile Gallet não fosse canhoto... Pois, se fosse canhoto, poderia ter usado o punhal contra o seu agressor... Eis o que dá confiar nas afirmações de um dono de hotel e suas serviçais...

O sr. Tardivon, que ouviu essa observação, falou com um ar ofendido:

– O jantar está na mesa...

– Daqui a pouco. Melhor terminarmos com isso. Ainda mais que receio abusar da paciência do sr. de Saint-Hilaire... Não se importa de voltarmos à cena do crime, como dizem?

Ao chegar ao quarto, ele falou:

– Você viu Émile Gallet ainda vivo... O que vou dizer talvez lhe faça rir... Sim, pode acender a lâmpada. Com esse céu nublado, anoitece uma hora mais cedo...

"Pois bem, eu que não o vi, passo o meu tempo, desde o crime, tentando imaginá-lo vivo.

"Para isso fui respirar a atmosfera que ele respirava, meti o nariz entre as pessoas com quem ele convivia...

"Observe este retrato... Aposto que dirá como eu:

" – Um pobre coitado!...

"Sobretudo quando souber que o médico não lhe dava mais que três anos de vida!... Um fígado aos pedaços... E um coração fatigado que esperava apenas um pretexto para parar de bater...

"Procurei imaginar esse homem não apenas no espaço, mas no tempo... Infelizmente só pude vê-lo a partir do casamento, pois, sobre o que precedeu essa época, ele sempre se mostrou avaro de confidências, mesmo em relação à esposa.

"Tudo que ela sabe é que ele nasceu em Nantes e que viveu vários anos na Indochina. Mas não trouxe de lá nenhuma fotografia, nenhuma lembrança! Nunca falava disso!

"É um pequeno caixeiro-viajante, que tem cerca de trinta mil francos. Aos trinta anos já é um homem debilitado, de humor melancólico.

"Ele conhece Aurore Préjean e resolve desposá-la. Os Préjean têm pretensões. O pai, em situação difícil, não encontra mais o dinheiro necessário para publicar seu jornal. Mas ele foi o secretário particular de um pretendente ao trono! E corresponde-se com príncipes e duques!

"Sua filha mais moça casou-se com um dono de curtume...

"Nosso Gallet, nesse meio, destoa. Se o toleram, é porque aceitou aplicar seu pequeno capital no jornal *Soleil*.

"Mas é malvisto. Para os Préjean, é uma decadência que um genro venda artigos que imitam prata para presentes pobres!

"Tentam incitá-lo a mais altas ambições. Ele resiste, não se sente preparado para uma carreira de prestígio. E seu fígado já não funciona bem nesse momento. Sonha com uma vida tranquila, no campo, com a esposa, por quem sente grande ternura.

"No entanto, ela também o instiga, para que as irmãs não continuem a tratá-la como parente pobre, a reprovar-lhe o casamento.

"Préjean morre, e o *Soleil* afunda. Émile Gallet continua vendendo suas bijuterias sem valor aos camponeses da Normandia.

"E ele se consola dedicando-se à pesca, inventando instrumentos aperfeiçoados, desmontando relógios e despertadores.

"O filho herdou dele o físico e a doença do fígado, mas tem a ambição dos Préjean.

"E assim, um belo dia, Émile Gallet decide tentar alguma coisa. Ele possui as pastas do *Soleil*. Constata que muita gente está disposta a dar quantias de dinheiro mais ou menos elevadas quando se fala da causa legitimista.

"Ele tenta, mas não diz nada a ninguém. Provavelmente, no início, conduz ao mesmo tempo suas ocupações de representante comercial e suas vigarices ainda tímidas.

"É a vigarice que rende mais. Depois de algum tempo, ele tem condições inclusive de comprar um terreno no loteamento de Saint-Fargeau, de construir ali uma casa.

"Traz para sua nova condição as qualidades de ordem e de pontualidade. Mas, como tem um medo terrível da sua família, finge que continua a representar a casa Niel na Normandia.

"Não enriquece. Pois os legitimistas não se contam aos milhões e alguns têm a mão fechada. Mas, enfim, Gallet se contentaria com isso se não lhe reprovassem, mesmo em sua casa, a estreiteza de suas ambições...

"Ele ama a esposa, apesar de todos os defeitos dela. Talvez ame também o filho...

"Os anos passam. A doença do fígado se agrava. Gallet tem crises que o fazem prever uma morte prematura.

"Então faz um seguro de vida bastante alto, para permitir que os familiares continuem a desfrutar, após sua morte, a mesma existência. Seus gastos aumentam. O sr. Clément redobra as visitas aos castelos de província onde tenta arrancar dinheiro de viúvas e fidalgos do Antigo Regime.

"Está me acompanhando, não?

"Eis que, há três anos, um certo sr. Jacob lhe escreve. Esse sr. Jacob conhece a natureza de suas ocupações, exige dinheiro a cada dois meses em troca do seu silêncio.

"O que Gallet pode fazer? Ele é a vergonha da família Préjean, o parente pobre a quem se limitam a enviar um cartão no Ano-Novo, mas que os cunhados, que prosperaram, não querem ver.

"No sábado, 25 de junho, ele está aqui, tendo no bolso a última carta do sr. Jacob que exige vinte mil francos para a segunda-feira seguinte...

"Percorri há pouco o caminho da estação ao hotel, tentando me colocar no lugar dele.

"É evidente que ninguém obtém vinte mil francos num dia batendo à porta dos legitimistas, mesmo sob os pretextos mais engenhosos.

"Aliás, ele nem tenta. Vai visitá-lo. Duas vezes! Após a segunda conversa com você, pede no hotel um quarto voltado para o pátio...

"Tinha ele a esperança de lhe arrancar os vinte mil? O fato é que, à noite, essa esperança está perdida.

"Então, diga-me o que Gallet queria fazer nesse quarto que não obteve e saberemos por que ele subiu no muro!..."

Maigret não levantou os olhos para o seu interlocutor, cujos lábios tremiam.

– É engenhoso, mas... sobretudo no que diz respeito a mim, não vejo...

– Que idade tinha quando seu pai morreu?

– Doze anos.

– Sua mãe ainda vivia?

– Ela morreu pouco depois do meu nascimento. Mas eu teria a curiosidade de saber o que...

– Foi criado por parentes?

– Eu não tinha parente algum... Sou o último Saint-Hilaire... Quando morreu, meu pai tinha apenas o dinheiro suficiente para pagar num colégio de Bourges meu pensionato e meus estudos até os dezenove anos. Sem uma herança inesperada, de um primo cuja existência todo mundo havia esquecido...

– ... e que vivia na Indochina, não é mesmo?

– Sim, de fato. Era um primo em segundo grau que não tinha sequer o nosso nome. Um Duranty de la Roche.

– Com que idade recebeu a herança?

– Aos 28 anos.

– De modo que dos 19 aos 28...

– ... comi o pão que o diabo amassou! Não me envergonho, pelo contrário!... Mas é tarde, comissário. Acho que faríamos melhor...

– Um momento. Ainda não lhe mostrei o que se pode fazer com um poço e um quarto... Acaso tem um revólver consigo?... Pouco importa, tenho o meu... Deve haver um cordão em alguma parte... Ah! aqui está!... Siga os meus movimentos. Prendo esse cordão à coronha da arma... Digamos que ele mede de seis a sete metros, ou mais, isso não importa...

"Procure um cascalho grande no caminho..."

Mais uma vez, Saint-Hilaire obedeceu com zelo e trouxe a pedra.

– Com a mão esquerda! – notou Maigret. – Mas prossigamos. Portanto, na outra extremidade do cordão, prendo essa pedra com firmeza... Podemos fazer a demonstração aqui, supondo que o apoio da janela seja o parapeito do poço.

"Faço descer minha pedra para o outro lado, dentro do poço, portanto... Tenho o revólver na mão... Atiro contra alguém, contra mim, por exemplo...

"E então solto a arma...

"O que acontece?... A pedra, que pende acima da água, desce ao fundo do poço, arrastando o cordão e o revólver preso na outra ponta...

"A polícia chega, encontra um cadáver, mas nenhum vestígio de arma... O que ela conclui?"

– Que houve um crime!

– Exatamente.

E Maigret, sem ter mais necessidade do isqueiro de Saint-Hilaire, acendeu o cachimbo com a caixa de fósforos que tirou do bolso.

Enquanto recolhia do chão as roupas de Gallet, como homem aliviado de ter terminado um longo trabalho, ele pronunciou com sua voz mais natural:

– Agora vá buscar o revólver.

– Mas... o senhor não o soltou, está com ele na mão...

– Eu quis dizer: vá buscar o revólver que matou Émile Gallet... Vamos, ande!

E pendurou a calça e o colete no cabide, ao lado da casaca lustrosa nos cotovelos que já se achava ali.

11

Um negócio

QUANDO MAIGRET VIROU-LHE AS COSTAS, Saint-Hilaire não forçou mais a expressão do rosto, no qual se podia ver uma curiosa mistura de angústia, ódio e, não obstante, uma certa segurança.

– O que está esperando?

Ele decidiu-se a sair, pela janela, foi até o portão do caminho das urtigas, desapareceu no jardim, tão lentamente que o comissário, um pouco inquieto, fez um esforço para ouvir.

Era o momento em que, do lado do rio, via-se o halo luminoso do terraço e ouvia-se o tinido de garfos e facas, junto com o murmúrio das vozes dos hóspedes do hotel.

De repente, houve o ruído de galhos remexidos no jardim. Estava tão escuro que Maigret mal pôde ver a silhueta de Saint-Hilaire no alto do muro.

Mais um estalo de galhos e um chamado, à meia-voz:

– Quer pegá-lo?

O comissário ergueu os ombros e não se mexeu, de modo que Saint-Hilaire precisou refazer o caminho em sentido inverso.

Quando entrou no quarto, ele começou por colocar uma arma em cima da mesa. Estava calmo. Tinha o torso aprumado e tocou o braço de Maigret num gesto quase de desenvoltura, no qual havia, porém, um imperceptível acanhamento.

– O que diria de duzentos mil francos?...

Precisou tossir. Gostaria de parecer um grande senhor, muito tranquilo, mas não pôde evitar corar e ter a garganta obstruída.

– Hum!... Quem sabe trezentos...

Mas quando Maigret o olhou, sem emoção, sem cólera, apenas com um pequeno traço de ironia entre suas espessas pálpebras, ele se desconcentrou, recuou, lançou ao redor um olhar circular, como para se agarrar em alguma coisa.

A transformação foi rápida. Ele conseguiu apenas esboçar um sorriso vulgar que não impediu o rosto de ficar vermelho, enquanto as pupilas brilhavam de ansiedade.

O papel de grande senhor fracassara, e ele tentava um outro, mais cínico, mais prosaico.

– Tanto pior para o senhor!... Aliás, fui muito ingênuo. O que poderá fazer?... Há prescrição!...

Aquilo soava igualmente falso e, por contraste, Maigret nunca havia dado tamanha impressão de força tranquila, confiante.

Ele parecia enorme. Quando passava debaixo da lâmpada suspensa ao teto, roçava-a com a cabeça e seus ombros eram suficientes para ocupar o retângulo da janela, como os senhores da Idade Média, com mangas bufantes, que tocam a moldura dos quadros antigos.

Continuava a pôr o quarto em ordem, lentamente.

– Pois o senhor sabe que não matei, não sabe? – inflamou-se Saint-Hilaire.

E tirou o lenço do bolso, assoando-se ruidosamente.

– Sente-se – disse Maigret.

– Prefiro ficar de pé.

– Sente-se!

Como um garoto medroso, obedeceu, no momento em que o comissário se voltava para ele.

Tinha o olhar esquivo, o rosto desfeito de um homem que se sente inferior e que procura se recompor.

– Suponho – começou Maigret – não ser necessário fazer vir o fiscal de Nevers para reconhecer seu velho companheiro Émile Gallet, não é mesmo?

"Eu teria chegado à verdade sem ele. Teria demorado um pouco mais, só isso...

"Havia muito eu sentia que alguma coisa não colava nessa história... Não tente entender!... Quando todos os indícios materiais contribuem para complicar as coisas em vez de simplificá-las, é que eles são falsos...

"E tudo, sem exceção, soava falso nesse caso... O tiro e a facada... O quarto junto ao pátio e o muro... A equimose no punho esquerdo e a chave perdida...

"E mesmo os três culpados possíveis!

"Mas sobretudo Gallet, que soava falso tanto morto quanto em vida!

"Se o fiscal não tivesse falado, eu estava disposto a remontar mais longe no passado do meu morto. Teria chegado ao colégio, onde ficaria conhecendo a verdade. Aliás, você não deve ter ficado muito tempo no colégio de Nantes..."

– Dois anos! Fui expulso de lá!

– Claro! E já jogava futebol... E certamente corria atrás das mulheres!... Não sente pena? Olhe essa fotografia, olhe bem!... Na idade em que saltava o muro do colégio para ir encontrar suas amiguinhas, esse pobre coitado já sofria do fígado!

"Eu teria levado tempo a recolher provas. O que não impede que eu soubesse o principal: o homem que tinha necessidade imediata de vinte mil francos só estava em Sancerre para lhe pedir esse dinheiro.

"E você o recebeu *duas vezes!* E à noite o observou por cima do muro... Suspeitava que ele ia se matar, não é verdade? É possível até que ele lhe tenha anunciado isso..."

– Não, mas me pareceu febril. À tarde, falava com uma voz agitada que me impressionou.

– Você lhe recusou os vinte mil francos?

– Eu não podia fazer de outro modo, pois era sempre a mesma coisa... No final, acho que tirei do meu bolso...

– Foi em Saigon, quando trabalhava como secretário, que soube que ele receberia uma herança?

– Sim. Um cliente estranho veio ver meu patrão. Um velho maníaco, que vivia no meio do mato havia mais de vinte anos e só via um branco a cada três anos. Estava tomado pela malária e pelo abuso do ópio. Assisti à conversa.

" – Vou morrer em breve – lembro que ele falou. – E não sei sequer se ainda tenho família em algum lugar. Talvez ainda reste um Saint-Hilaire, mas duvido; quando deixei a França, o último estava tão mal de saúde que já deve ter falecido. Se ele tiver um descendente e se o senhor puder encontrá-lo, será meu herdeiro universal."

– Quer dizer que já então teve a ideia de ficar rico numa única tacada! – disse Maigret, pensativo.

E através do homem de cinquenta anos, suado e pouco à vontade, que tinha à sua frente, ele acreditou ver o pândego sem escrúpulos que organizou uma cerimônia grotesca para se apropriar de uma jovem indígena.

– Continue!

– Acabei tendo de voltar à França, por causa das mulheres. Abusei um pouco, lá. Havia maridos, irmãos e pais que queriam me pegar...

"Tive a ideia de procurar um Saint-Hilaire. Não foi fácil, mas descobri a passagem de Tiburce pelo colégio de Bourges. Disseram-me ignorar o que fora feito dele, mas eu soube que era um jovem sombrio, fechado, que nunca tivera amigos na escola..."

– Claro – observou Maigret –, ele não tinha um centavo no bolso, apenas a pensão paga até o final dos estudos.

– Minha ideia, naquele momento, era partilhar a herança por um meio qualquer, eu ainda não sabia qual. Mas logo vi que seria mais difícil partilhar do que pegar tudo. Levei três meses até encontrá-lo, no Havre, onde tentava um emprego como garçom ou como intérprete a bordo de um navio.

"Não tinha mais que dez ou doze francos no bolso. Ofereci-lhe algo para beber e tentei puxá-lo pela língua. Ele respondia apenas por monossílabos.

"Havia sido preceptor num castelo, revisor numa tipografia de Rouen, empregado de livraria...

"Já vestia uma casaca ridícula e usava uma barbicha um tanto rala, meio ruiva.

"Arrisquei tudo ou nada. Contei-lhe que queria fazer fortuna na América e que, lá, nada ajuda tanto um homem, principalmente junto às mulheres, quanto um título de nobreza.

"Paguei trinta mil francos pelo direito de me chamar Tiburce de Saint-Hilaire..."

Maigret dirigiu um rápido olhar ao retrato, depois olhou seu interlocutor dos pés à cabeça, para enfim fixá-lo nos olhos, de tal modo que este recomeçou a falar com um zelo exagerado.

– Não é o que um homem de finanças faz ao comprar por duzentos francos títulos que sabe poder revender cinco vezes mais caro um mês depois?... Esperei a herança durante quatro anos! O velho louco, na sua floresta, não se decidia a morrer. E era eu que, sem dinheiro, passava fome.

"Tínhamos mais ou menos a mesma idade. Foi suficiente trocar nossos documentos. O outro prometeu nunca mais pôr os pés em Nantes, onde poderia encontrar alguém que me conhecesse.

"Quanto a mim, não precisei tomar muitas precauções. O verdadeiro Tiburce nunca tivera amigos. E na maioria das vezes, nos seus empregos, nem dava o verdadeiro nome, que o prejudicava.

"Há algum empregado de livraria que se chame Tiburce de Saint-Hilaire?...

"Finalmente li nos jornais uma pequena nota anunciando a herança e pedindo aos interessados, se houvesse, para se apresentarem.

"E assim tive direito a receber 1,2 milhão de francos deixados pelo velho que vivia no mato..."

Ele retomava a ousadia, encorajado pelo silêncio de Maigret, e por pouco não lhe dirigiu um olhar.

– Claro que Gallet, que nesse meio-tempo havia se casado e não nadava em ouro, apareceu, me fez reprovações com um ar sombrio, por um momento achei até que ia me matar...

"Eu lhe dei dez mil francos e ele se conformou.

"Mas seis meses mais tarde voltou. E o que é pior: ameaçava dizer a verdade. Tentei demonstrar-lhe que ele seria condenado tanto quanto eu.

"Além do mais, ele tinha família, uma família da qual parecia ter medo...

"Aos poucos foi baixando o tom. Envelhecia muito depressa. Com sua casaca, sua barbicha, sua pele amarela e suas olheiras, me causava dó.

"Sua atitude passou a ser a de um mendigo. Começava sempre por me pedir cinquenta mil francos – é a última vez, ele jurava! –, depois ia embora com uma ou duas notas de mil.

"Faça a conta dessas quantias pagas durante dezoito anos!... Repito-lhe que, se eu não tivesse me mostrado firme, teria acabado sem dinheiro.

"E eu trabalhava, eu! Fazia aplicações. Transformei em vinhedos todas as terras que vê junto à propriedade.

"Ele dizia viajar para uma casa de comércio, mas na realidade limitava-se a pedir dinheiro.

"Tomou gosto por isso. Sob o nome de sr. Clément, como sabe, ia procurar as pessoas...

"O que eu poderia ter feito, diga?"

A voz se elevava. Maquinalmente, ele se levantou.

– No sábado em questão, ele queria vinte mil francos na hora. Mesmo se eu estivesse disposto a dar, não poderia, pois o banco estava fechado. E, afinal, eu já havia pago o bastante, não é verdade?

"Disse isso a ele, chamei-o de degenerado... Ele voltou à carga pela tarde, com um ar tão humilde que fiquei enojado.

"Pois um homem não deve se rebaixar a esse ponto. A vida é um jogo, a gente ganha ou perde! Mas mesmo assim conserva a dignidade..."

– Disse isso também a ele? – interrompeu Maigret, com uma voz surpreendentemente branda.

– Por que não diria? Esperava dar-lhe um pouco de fibra... Propus-lhe quinhentos francos...

Apoiado à lareira, o comissário havia puxado para si o retrato do morto.

– Quinhentos francos... – ele repetiu.

– Eu lhe mostrarei o caderno onde anoto todos os meus gastos e que lhe provará que, no final das contas, ele me tirou mais de duzentos mil francos... À noite, eu estava no jardim...

– Não muito à vontade...

– Eu estava nervoso, nem sei por quê... Ouvi um ruído do lado do muro. Depois o vi arranjando alguma coisa na árvore. De início achei que estava querendo fazer algo de mau contra mim.

"Mas, assim como veio, desapareceu... Subi num barril. Ele havia voltado ao quarto, onde estava de pé junto à mesa, voltado para o muro. Mas não podia me ver...

"Não compreendi. Juro que nesse momento tive medo... O tiro ressoou a dez metros do lugar onde eu estava e Gallet não se mexeu.

"Mas vi que sua face direita estava avermelhada... Escorria sangue... Ele continuou de pé, sempre a fixar o mesmo ponto, como se esperasse alguma coisa..."

Maigret pegou o revólver, em cima da lareira. Uma corda de violão, revestida de metal, como as usadas às vezes para pescar, ainda estava presa nele.

Sob o cano estava fixada solidamente uma pequena caixa de alumínio, ligada ao gatilho por um fio rígido.

Maigret abriu a caixa com a ponta da unha, descobriu um mecanismo idêntico ao que é comum se encontrar no comércio e que permite fotografar a si mesmo.

Basta comprimir uma mola, que se solta sozinha depois de alguns segundos.

Mas, no caso, o movimento era triplo e devia provocar três detonações.

– A mola deve ter emperrado depois da primeira bala – ele disse com uma voz lenta, um pouco abafada.

E as últimas palavras do seu interlocutor ainda ressoavam nos seus ouvidos: *Mas a face direita estava avermelhada... Escorria sangue... Ele continuou de pé, sempre a fixar o mesmo ponto, como se esperasse alguma coisa...*

As duas outras balas, claro! Ele não havia confiado na precisão do tiro. Com três balas, teria a certeza de receber pelo menos uma na cabeça!

E as outras duas não partiram! Então tirou a faca do bolso...

– Ele vacilou ao apoiar a lâmina contra o peito... Caiu muito rígido... Estava morto, naturalmente... E a primeira coisa que pensei foi em vingança, que ele havia deixado papéis que revelavam a verdade, talvez até acusando-me de tê-lo matado...

– Você é um homem prudente e de sangue-frio! Foi buscar luvas de borracha na cozinha...

– Acha que eu iria deixar minhas impressões digitais no quarto?... Passei pelo portão, pus a chave no bolso... Minha visita foi inútil: ele mesmo havia queimado todos os papéis... Fiquei com medo... Seus olhos abertos me impressionavam... Voltei para casa tão precipitadamente que esqueci de fechar o portão à chave... O que teria feito em meu lugar? A partir do momento em que ele estava morto...

"Tive mais medo ainda no dia em que jogava cartas na casa do tabelião e soube que o revólver havia disparado de novo...

"Fui examiná-lo de perto. Não ousei tocar nele, pois, se viessem a suspeitar de mim, seria a prova da minha inocência.

"É um revólver automático de seis balas. Compreendi que o mecanismo, trancado com a detonação, voltara a funcionar por conta de influências atmosféricas, oito dias mais tarde...

"Mas ainda podia haver três balas, não é mesmo?... Então passei a rondar no parque, a escutar... Ainda há pouco, quando estávamos os dois aqui, eu evitava colocar-me perto da mesa..."

– Mas deixou que eu ficasse ali!... E foi você que lançou a chave no caminho quando o ameacei com uma visita domiciliar.

Tendo terminado de jantar, hóspedes passeavam de um lado a outro em frente do hotel e ouviam-se os seus passos regulares. Da cozinha chegava um ruído intermitente de pratos sendo lavados.

– Cometi um erro em lhe oferecer dinheiro...

Por pouco Maigret não deu uma risada, e, se não tivesse se contido, certamente teria sido um riso assustador.

De pé diante do seu interlocutor, que media uma cabeça menos e tinha os ombros duas vezes mais estreitos, ele o olhava de um jeito ao mesmo tempo benévolo e feroz, balançando a mão como para pegá-lo de repente pelo pescoço ou para esborrachar-lhe a cabeça contra a parede.

No entanto, havia algo de lastimável nesse falso Tiburce de Saint-Hilaire, na sua vontade de justificar-se, de reconquistar a segurança.

Um pequeno canalha, que não tivera a coragem de assumir sua canalhice, que talvez nem tenha tido consciência total dela!

E que fanfarroneava, ao mesmo tempo recuando vivamente toda vez que Maigret fazia menção de se mover. Se o comissário tivesse levantado a mão, na certa ele teria caído de joelhos!

– Veja, se a mulher dele precisar de alguma coisa, estou pronto, na medida dos meus recursos, discretamente, a ajudá-la...

Ele sabia que havia prescrição. Mas mesmo assim não estava tranquilo. Teria dado um bom dinheiro em troca de uma palavra tranquilizadora do policial, que parecia brincar de gato e rato com ele!

– Ele mesmo providenciou isso...

– Sim, li nos jornais, um seguro de trezentos mil francos!... É extraordinário...

Maigret não pôde se conter.

– Extraordinário, não é?... Esse homem que passou a infância sem dispor de um centavo para os menores prazeres!... Você conhece os colégios. No de Bourges estudam os filhos da maior parte dos grandes senhores do centro da França... Um belo nome! Um nome tão antigo e tão brilhante como o dele, mas com o prenome ridículo de Tiburce...

"E, se ele come e tem direito às lições, não pode, no entanto, comprar uma barra de chocolate, ou bolas de gude...

"No recreio está sozinho num canto. Talvez até os auxiliares do internato, quase tão lastimáveis quanto ele, sintam dó.

"Ele sai de lá. Vende livros numa livraria. Arrasta sem esperança seu nome interminável, sua casaca, sua doença do fígado.

"Nada tem a colocar numa casa de penhores, mas possui esse nome que alguém, um belo dia, se oferece para lhe comprar.

"É ainda a miséria, agora sem o nome. Mas com o nome de Gallet ele alcança um grau mais elevado: a mediocridade... Come e bebe com mais fartura.

"Só que sua nova família o trata como a um cão sarnento.

"Tem uma mulher, um filho. E a mulher e o filho lhe censuram a incapacidade de elevar-se, de ganhar dinheiro, de ser um conselheiro-geral como o cunhado.

"O nome que ele vendeu por trinta mil francos, de repente vale mais de um milhão... A única coisa que teve... Justamente aquela que lhe valeu misérias e humilhações, e da qual se desembaraçou.

"E o ex-Gallet, um cara divertido, um pândego, lhe dá, de tempo em tempo, uma esmola...

"Extraordinário, você disse!... Para ele nada deu certo. Passou a vida se consumindo. Ninguém, em momento algum, lhe estendeu a mão.

"O filho revoltou-se; partiu assim que pôde, para voar com as próprias asas, deixando o velho com sua mediocridade.

"Somente a mulher se resignou! Não digo que o tenha ajudado, que o tenha consolado.

"*Ela se resignou* porque sentiu que nada havia a tirar dele. Um pobre homem de regime!

"E ele deixa para ela trezentos mil francos! Mais do que ela jamais possuiu com ele! Trezentos mil francos que fazem suas irmãs acorrerem, que lhe valem os sorrisos do conselheiro-geral.

"Há cinco anos ele vem se arrastando. As crises hepáticas se sucedem. Os legitimistas não lhe dão muito mais do que esmolas. Aqui ele consegue, de tempo em tempo, uma nota de mil.

"Mas um certo sr. Jacob lhe arrebata o melhor do que ele colhe dessa forma...

"Extraordinário, sim, Gallet-Saint-Hilaire! Pois, se deve conter seus pequenos gastos, ele paga um seguro de vida, mais de vinte mil francos por ano.

"Pressente que chegará um momento em que o desânimo o submergirá, a menos que o coração consinta em parar por si mesmo...

"Um pobre homem, sozinho, que vai e vem e não está em casa em parte alguma, a não ser, talvez, quando pesca e quando não vê ninguém.

"Nasceu inoportunamente, de uma família decadente que, ainda por cima, fez a loucura de destinar alguns milhares de francos para pagar seus estudos...

"Vendeu seu nome inoportunamente.

"E inoportunamente trabalhou para o legitimismo no momento em que este declinava.

"Casou-se inoportunamente... Seu próprio filho tem a mentalidade das cunhadas e dos cunhados...

"Pessoas morrem todos os dias, sem o desejarem, quando estão felizes e saudáveis, enquanto ele, inoportunamente, não morre! E o seguro não paga se houver suicídio.

"Sabe como funcionam relógios, mecanismos de molas. E sabe que se aproxima a hora em que não poderá ir mais longe.

"Enfim o sr. Jacob exige vinte mil francos!

"Ele não os tem e ninguém lhe dará. Carrega o seu mecanismo no bolso. Por desencargo de consciência, bate à porta daquele que ganhou um milhão no seu lugar...

"Não tem esperança, no entanto vem até aqui. Pede um quarto voltado para o pátio, porque não confia no mecanismo e prefere o procedimento mais simples do poço...

"Viveu uma vida grotesca, sem sorte.

"O quarto voltado para o pátio não está vago. Com isso ele terá ainda que escalar um muro!

"E duas balas não partirão!... Você disse bem: *A face direita estava avermelhada... Escorria sangue... Ele continuou de pé, sempre a fixar o mesmo ponto, como se esperasse alguma coisa...* Ele não passou a existência a esperar alguma coisa?... Um pouco de sorte... Nem isso!... Uma dessas pequenas alegrias que passam pelas ruas e que as pessoas não percebem mais!...

"Precisou ainda esperar as duas últimas balas, que não vieram.

"Foi obrigado a terminar ele próprio a tarefa..."

O tubo do cachimbo que Maigret tinha entre os dentes partiu-se; é que, ao parar de falar, ele contraíra de repente os maxilares.

E seu interlocutor, com um olhar oblíquo e a voz difícil, murmurou:

– O que não impede que fosse um vigarista!

Maigret o olhou durante um minuto pelo menos, sem se mexer, de olhos brilhantes. Sua grossa mão se levantou. Ele percebeu os nervos do proprietário do pequeno castelo tensos de angústia. Deixou a mão suspensa, como para gozar desse pânico, e enfim deu um tapa no ombro do homem.

– Tem razão, era um vigarista!... Quanto a você, há prescrição, não é?

– O senhor deve conhecer a lei melhor do que eu, mas me parece que...

– Sim, sim, há prescrição! E a lei prevê que não há delito nem crime quando um filho se apodera por meios fraudulentos do bem do pai... De modo que Henry Gallet, assim como você, nada tem a temer... Até agora ele juntou cem mil francos. Com os cinquenta da amante, está com 150. E precisa de quinhentos para ir viver no campo, como os médicos lhe aconselham...

"Você disse bem, sr. de Saint-Hilaire. Extraordinário!... Não há crime, não há assassino nem culpado, ninguém a pôr na prisão.

"Ou melhor, haveria apenas o meu morto, se ele não tivesse tido a boa ideia de colocar-se ao abrigo da justiça sob uma *pedra não muito cara, mas de bom gosto, distinta*, no cemitério de Saint-Fargeau.

"Dê-me fogo!... Ah, não hesite em usar sua mão esquerda, *agora*...

"E também não há mais razão para que se recuse o prazer de fundar um clube de futebol em Sancerre. Será o presidente de honra..."

E bruscamente, com o rosto mudado, articulou:

– Saia...

– Mas eu...

– Saia!

Mais uma vez Saint-Hilaire ficou alguns instantes sem saber que atitude tomar.

– Acho que o senhor exagera, comissário. E se...

– Não pela porta: pela janela!... Você conhece o caminho, não é?... Tome! Está esquecendo sua chave...

– Quando estiver mais calmo, eu lhe...

– Isso mesmo! Você me enviará uma caixa daquele vinho espumante que me fez degustar.

O outro não sabia se devia sorrir ou ter medo. Viu a pesada silhueta de Maigret avançar em sua direção e recuou instintivamente para a janela.

– Não me deu seu endereço.

– Enviarei num cartão-postal... Vamos, saia! Ainda continua ágil para a sua idade!...

Fechou brutalmente a janela e viu-se sozinho no quarto que a lâmpada elétrica inundava de uma luz crua.

A cama continuava como no dia em que Émile Gallet penetrara nessa peça. A casaca escura, tão durável no tempo, pendia frouxa na parede.

Maigret pegou com nervosismo o retrato que estava sobre a lareira, enfiou-o num envelope amarelo com um timbre da Identidade Judiciária e escreveu o endereço da sra. Gallet.

Eram pouco mais de dez da noite. Parisienses que chegavam de automóvel faziam algazarra no terraço, onde haviam posto a funcionar um fonógrafo portátil.

Eles queriam dançar, enquanto o sr. Tardivon, dividido entre seu respeito pelo carro de luxo e as reclamações dos hóspedes já deitados, argumentava com eles, tentando fazê-los entrar numa das salas.

Maigret percorreu os corredores, atravessou o café onde um carroceiro jogava bilhar com o professor municipal, chegou à rua no momento em que um casal, que dançava um foxtrote, parou de repente.

– O que ele disse?

– Que os hóspedes já estão deitados. Ele quer que façamos menos barulho...

Viam-se os dois lampiões da ponte suspensa e às vezes um reflexo no rio.

– Não podemos dançar?

– Só lá dentro.

– Mas seria tão poético!

O sr. Tardivon, que acompanhava com calma essa conversa e olhava, suspirando, o carro desses hóspedes difíceis, avistou Maigret.

– Mandei preparar sua mesa no pequeno salão, comissário!... E então, novidades?

O fonógrafo continuava a tocar. No primeiro andar, uma mulher, vestindo uma camisola com babados, olhava os intrusos e gritava ao marido, que devia estar deitado:

– Vamos, desça! Faça-os se calarem! A gente não consegue dormir!

Já um outro casal – o vendedor de um grande magazine e uma datilógrafa, certamente – os defendia, com a esperança de fazer amizade com eles e de passar uma noite menos banal que de costume.

– Não vou jantar – anunciou Maigret. – Faria o favor de levar minhas bagagens à estação?

– Para o trem das 23h32?... Está de partida?

– Estou.

– Mas... Leve alguma lembrança. Já tem o cartão-postal do hotel?

E o sr. Tardivon tirou do bolso um cartão que já devia ter mais de dez anos, a julgar pela má qualidade da reprodução e pelas modas femininas.

A imagem representava o Hôtel de la Loire, com uma bandeira hasteada no primeiro andar e o terraço repleto de clientes.

Ele, de terno, sorria, de pé na entrada, enquanto as serviçais, com pratos na mão, haviam se imobilizado diante da objetiva.

– Eu lhe agradeço.

Maigret pôs o cartão no bolso e virou-se, por um instante, em direção ao caminho das urtigas.

No pequeno castelo, uma luz acabava de acender-se, e Maigret imaginou que Tiburce de Saint-Hilaire, enquanto se despia, devia estar murmurando frases como estas, para recuperar seu equilíbrio:

“... Afinal, temos que ser razoáveis... Em primeiro lugar, há prescrição... Ele sentiu que eu conhecia o direito civil tanto quanto ele... Além do mais, Gallet não passava de um vigarista... E o que foi que eu fiz?... Sim, do que podem me censurar?”

Mas será que ele não olhava com um certo pavor os cantos escuros da peça?

Em Saint-Fargeau, a luz devia estar se apagando no quarto onde a sra. Gallet, tendo soltado os cabelos, esquecia as preocupações com sua dignidade e apalpava o lugar vazio nos lençóis ao lado, talvez soluçando docemente, antes de adormecer.

Para consolá-la, não havia as irmãs, os cunhados, um dos quais era conselheiro-geral, e que a acolhiam de novo no reconfortante círculo familiar?

Maigret apertou frouxamente a mão de um sr. Tardivon distraído, que seguia com os olhos os parisienses dispostos a jantar e a dançar no interior do hotel.

A ponte suspensa, deserta, ressoou sob seus passos. Mal se ouvia, em volta dos bancos de areia, um murmúrio de água corrente.

Então ele se pôs a imaginar, num cenário parecido, um Henry alguns anos mais velho, com a tez mais amarelada, a boca mais larga e mais estreita, em companhia de uma Éléonore cujos traços se endureceriam com a idade e cuja imagem se tornaria imperceptivelmente ridícula.

E eles discutiriam! A respeito de tudo e de nada! Sobretudo a propósito dos quinhentos mil francos *deles*! Pois estes os teriam vencido!...

– Diga o que quiser, mas seu pai era um...

– Proíbo-a de falar do meu pai... O que era você, você, quando a conheci?

– O que não quer dizer que você soubesse muito bem...

Ele dormiu até Paris um sono pesado, repleto de figuras indistintas, de um bulício enjoativo.

Na hora de pagar um café que bebeu no bar da estação de Lyon, tirou do bolso o cartão-postal do Hôtel de la Loire.

Ao lado dele, uma costureirinha comia um *croissant* que molhava numa xícara de chocolate.

Ele deixou o cartão em cima do balcão. Ao sair do bar, virou-se e viu a moça olhando sonhadoramente para a extremidade da ponte suspensa e para algumas árvores que emolduravam o hotel do sr. Tardivon.

"Talvez ela vá se hospedar lá", ele imaginou.

E Saint-Hilaire, com seu traje de caça esverdeado, a convidaria a beber um vinho espumante de sua propriedade!...

– Parece estar voltando de um enterro! – observou a sra. Maigret quando ele chegou à sua casa no Boulevard Richard-Lenoir. – Jantou, pelo menos?

– Tem razão... – ele articulou para si mesmo, olhando com prazer o cenário familiar. – Agora que ele está enterrado...

E acrescentou sem que ela pudesse compreender:

– Mas eu preferia me ocupar de um verdadeiro morto, que um verdadeiro assassino tivesse matado... Acorde-me às onze da manhã. Preciso fazer meu relatório ao chefe.

Ele não confessou que não tinha a intenção de dormir, preocupado com o que dizer nesse relatório.

A verdade pura e simples, que arrebataria da sra. Gallet os trezentos mil francos do seguro? Que a faria insurgir-se contra o filho, contra Éléonore, contra Tiburce de Saint-Hilaire, e colocaria de novo as irmãs e os cunhados contra ela?

Toda uma desordem de interesses, de ódios, de processos sem fim... Talvez até um juiz escrupuloso mandaria exumar – para um novo exame! – Émile Gallet do seu túmulo!...

Maigret não tinha mais o retrato do seu morto, mas não havia mais necessidade daquela imagem fanada.

... A face direita estava avermelhada... Escorria sangue... Ele continuou de pé, sempre a fixar o mesmo ponto, como se esperasse alguma coisa...

– A paz, é claro! É isso que ele esperava! – resmungou Maigret, levantando-se bem antes da hora fixada.

E, com os ombros meio inclinados, disse ao chefe, um pouco mais tarde:

– Sem solução!... Só resta arquivar esse maldito caso insignificante.

No entanto, calculou:

– O médico afirma que ele não teria vivido mais que três anos. Digamos que a seguradora perde uns sessenta mil francos... E o capital dela é de noventa milhões...

UM CRIME NA HOLANDA

TRADUÇÃO DE JULIA DA ROSA SIMÕES

FOTO
Jacob Olie, Concertgebouw, Amsterdã, 1902

1

A jovem da vaca

QUANDO CHEGOU A DELFZIJL, numa tarde de maio, noções básicas era tudo o que Maigret tinha sobre o caso que o chamava para aquela bonita cidade do extremo norte da Holanda.

Um certo Jean Duclos, professor da Universidade de Nancy, fazia uma turnê de conferências pelos países do Norte. Em Delfzijl, era hóspede de um professor da Escola Naval, o sr. Popinga. Como o sr. Popinga fora assassinado, apesar de o professor francês não estar sendo formalmente acusado, fora solicitado a não sair da cidade e a manter-se à disposição das autoridades holandesas.

Era tudo o que se sabia, ou mais ou menos. Jean Duclos avisara à Universidade de Nancy, que conseguira fazer que um membro da Polícia Judiciária fosse enviado em missão para Delfzijl.

O encargo coubera a Maigret. Encargo mais oficioso do que oficial, que ele tornara menos oficial ainda ao omitir-se de avisar os colegas holandeses de sua chegada.

Por delicadeza de Jean Duclos, ele recebera um relatório bastante confuso, seguido de uma lista dos nomes das pessoas mais ou menos envolvidas na história.

Foi esta lista que Maigret consultou um pouco antes de chegar à estação de Delfzijl.

Conrad Popinga (a vítima), 42 anos, antigo capitão de navios de longo curso, professor da Escola Naval de Delfzijl. Casado. Sem filhos. Falava fluentemente inglês e alemão, e bastante bem o francês.

Liesbeth Popinga, sua mulher, filha de um diretor de liceu em Amsterdã. Muito culta. Conhecimento aprofundado do francês.

Any Van Elst, irmã mais nova de Liesbeth Popinga, há algumas semanas em Delfzijl. Tese de doutorado em direito recentemente aprovada. Vinte e cinco anos. Entende um pouco o francês, mas fala mal.

Família Wienands, mora na casa vizinha aos Popinga. Carl Wienands é professor de matemática na Escola Naval. Mulher e dois filhos. Nenhum conhecimento do francês.

Beetje Liewens, dezoito anos, filha de um fazendeiro especializado na exportação de vacas de raça pura. Duas temporadas em Paris. Francês perfeito.

Não havia eloquência. Nomes que nada evocavam, pelo menos para Maigret, que chegava de Paris depois de uma noite e metade de um dia no trem.

Delfzijl o desconcertou desde o primeiro contato. Ao raiar do dia, ele atravessara a tradicional Holanda das tulipas, e depois Amsterdã, que conhecia. A província de Drente, verdadeiro deserto de urzes com um horizonte de trinta quilômetros margeado por canais, o surpreendera.

Ele chegou num ambiente que nada tinha em comum com os cartões-postais holandeses e cujo aspecto era cem vezes mais nórdico do que ele imaginara.

A cidade era pequena: dez ou quinze ruas, no máximo, pavimentadas com bonitos tijolos vermelhos tão regularmente alinhados quanto os azulejos de uma cozinha. Casas baixas, também de tijolos, enfeitadas com uma profusão de painéis em cores claras e alegres.

Parecia de brinquedo. Principalmente porque um dique cercava toda a cidade. Se o mar estivesse agitado, as passagens desse dique podiam ser fechadas, graças a pesadas portas semelhantes a comportas.

Mais além, o delta do Ems. O mar do Norte. Um longo fio de água prateada. Cargueiros descarregando sob as gruas de um cais. Canais e uma infinidade de barcos a vela, grandes como barcaças, pesados como elas, mas construídos para vencer as ondas marinhas.

Havia sol. O fiscal da estação usava um bonito quepe laranja, e com naturalidade saudou o viajante desconhecido.

Em frente, havia um café. Maigret entrou e quase não ousou sentar. Além de limpa como uma sala de jantar de pequenos burgueses, reinava uma grande intimidade.

Uma única mesa, com os jornais do dia estendidos em suportes de cobre. O proprietário, que bebia cerveja com dois clientes, se levantou para receber Maigret.

– O senhor fala francês? – perguntou este.

Gesto negativo. Um quê de mal-estar.

– Me dê uma cerveja... *Bier*!

Uma vez sentado, ele tirou o pequeno papel do bolso. O último nome lhe caiu sob os olhos. Ele o mostrou, pronunciou duas ou três vezes:

– Liewens...

Os três homens começaram a falar entre si. Depois, um deles se levantou: um robusto rapaz que usava um quepe de marinheiro e que fez sinal para que Maigret o seguisse. Como o comissário ainda não tinha dinheiro holandês e queria trocar uma nota de cem francos, repetiram-lhe:

– *Morgen*!... *Morgen*!

Amanhã! Era só voltar!

Tudo muito familiar. Havia algo de muito simples, de cândido, até. Sem nada dizer, o cicerone conduzia Maigret pelas ruas da pequena cidade. À esquerda, um hangar estava cheio de velhas âncoras, cordames, correntes, boias, bússolas que invadiam a calçada. Mais adiante, um velejador trabalhava.

A vitrine da confeitaria mostrava uma variedade extraordinária de chocolates, doces sofisticados.

– Não falar inglês?

Maigret fez que não.

– Não *deutsch*?

Mesmo sinal, e o homem se resignou em silêncio. No fim de uma rua, chegava-se ao campo: pastos verdes, um canal onde as madeiras do Norte flutuavam em quase toda a largura, esperando rebocamento pelo interior da região.

Ao longe, um grande teto de telhas envernizadas.

– Liewens!... *Dag, mijnheer*!...

E Maigret continuou o caminho sozinho, não sem antes tentar agradecer ao homem que, mesmo sem conhecê-lo, caminhara quase quinze minutos para lhe fazer um favor.

O céu estava claro, o ar era de uma limpidez impressionante. O comissário ladeou um estaleiro para madeiras onde troncos de carvalho, mogno e teca atingiam a altura das casas.

Havia um barco atracado. Crianças brincavam. Depois um quilômetro de solidão. Sempre os troncos de árvores no canal. Cercas brancas cercando os campos pontilhados com vacas magníficas.

Novo choque da realidade com suas noções preconcebidas: a palavra fazenda evocava para Maigret tetos de palha, montes de estrume, ruídos de animais.

Ele se encontrava diante de uma bela e nova construção, cercada por um jardim fulgurante de flores. Sobre o canal, na frente da casa, um bote de mogno de linhas finas. Encostada à grade, uma bicicleta feminina completamente niquelada.

Procurou em vão pela campainha. Chamou sem obter resposta. Um cachorro veio se roçar nele.

À esquerda da casa começava uma longa construção com janelas regulares, mas sem cortinas, que lembrava um alpendre sem a qualidade dos materiais e sobretudo sem o charme das pinturas.

Um mugido veio de lá e Maigret caminhou, contornou canteiros de flores e se viu diante de uma grande porta aberta.

A construção era um estábulo, mas um estábulo tão limpo quanto uma casa. Tijolos vermelhos em tudo, o que dava uma luminosidade quente, até mesmo suntuosa, à atmosfera. Valetas para o escoamento da água.

Um sistema mecânico de distribuição de alimento nas manjedouras. E uma roldana, atrás de cada boxe, cuja razão de ser Maigret só descobriu mais tarde: eram usadas para manter o rabo das vacas levantado enquanto eram ordenhadas, para que o leite não recebesse sujeira alguma.

Lá dentro, reinava a penumbra. Os animais estavam no pasto, menos um, deitado de lado no primeiro boxe.

E uma jovem se aproximou do visitante, interrogando-o, em holandês.

– Srta. Liewens?

– Sim... O senhor é francês?

Enquanto falava, ela olhava para a vaca. Ela tinha um sorriso um tanto irônico, que Maigret não entendeu imediatamente.

Aqui também as ideias preconcebidas se revelaram falsas. Beetje Liewens usava botas de borracha preta que lhe davam ares de amazona.

Por cima, um vestido de seda verde, quase totalmente escondido sob um avental de enfermeira.

Um rosto rosado, talvez rosado demais. Um sorriso sadio, alegre, mas ao qual faltava sutileza. Grandes olhos de um azul de porcelana. Cabelos ruivos.

Ela precisou procurar suas primeiras palavras em francês, que pronunciou com bastante sotaque. Mas não demorou a familiarizar-se novamente com o idioma.

– É com meu pai que o senhor quer falar?

– Com a senhorita...

Ela quase desatou a rir.

– O senhor me desculpe... Meu pai foi para Groningen... Ele só voltará à noite... Os dois criados estão no canal, descarregando carvão... A criada foi às compras... E esse é o momento que a vaca escolheu para parir... Não estávamos esperando... Estou sozinha...

Ela estava apoiada num guincho que preparara para o caso de precisar ajudar o animal. Sorria com a boca toda.

Havia sol na rua. Suas botas reluziam como verniz. Ela tinha as mãos rechonchudas e rosadas, as unhas cuidadas.

– É sobre Conrad Popinga que...

Mas ela franziu o cenho. A vaca acabara de se levantar num salto doloroso e voltara a cair pesadamente.

– Cuidado... O senhor poderia me ajudar?

Ela pegou as luvas de borracha que já estavam prontas para o uso.

Foi assim que Maigret começou a investigação, ajudando um terneiro de pura raça holandesa a vir ao mundo, na companhia de uma jovem cujos gestos firmes revelavam um bom condicionamento esportivo.

Meia hora depois, enquanto o recém-nascido procurava as tetas da mãe, ele estava curvado com Beetje sob uma torneira de cobre vermelho e ensaboava as mãos até os cotovelos.

– É a primeira vez que o senhor faz isso? – zombava ela.

– A primeira...

Ela tinha dezoito anos. Quando tirou o avental branco, o vestido de seda esculpiu formas cheias que, talvez por causa da atmosfera ensolarada, tinham algo de extremamente sedutor.

– Conversaremos tomando chá... Vamos para casa...

A criada voltara. O salão era austero, um pouco escuro, de um conforto refinado. Os pequenos vidros das janelas eram de um rosa delicado, quase imperceptível, que Maigret jamais vira.

Uma biblioteca cheia de livros. Inúmeras obras sobre criação de animais e veterinária. Nas paredes, medalhas de ouro recebidas em exposições internacionais e diplomas.

Bem no meio de tudo isso, os últimos livros de Claudel, de André Gide, de Valéry...

Beetje esboçou um sorriso cheio de charme.

– O senhor gostaria de conhecer meu quarto?

E ela observava suas reações. Não havia cama, mas um divã de veludo azul. As paredes forradas com uma estampa tipo *Toile de Jouy*. Prateleiras escuras e mais livros, uma boneca comprada em Paris, toda cheia de fru-frus.

Era quase um budoar, porém com um ambiente um pouco pesado, sólido, ponderado.

– Não é como em Paris?

– Eu gostaria que me contasse o que aconteceu na semana passada...

O rosto de Beetje ensombreceu, mas não muito – não o suficiente para se pensar que ela encarava os acontecimentos de maneira trágica.

Senão, teria aquele sorriso vibrante de orgulho ao mostrar seu quarto?

– Vamos tomar o chá...

Eles se sentaram frente a frente, diante do bule tapado com uma espécie de crinolina que impedia a bebida de esfriar.

Beetje precisava procurar as palavras. Ela fez mais. Pegou um dicionário e às vezes se interrompia por um bom tempo para encontrar a palavra exata.

Um barco com uma grande vela cinza deslizava sobre o canal e, como não havia vento, movimentava-se com o auxílio de uma vara. Passava por entre os troncos de árvore que atravancavam o rio.

– O senhor ainda não foi à casa dos Popinga?

– Cheguei há uma hora e só tive tempo de ajudar sua vaca a parir.

– Sim... Conrad era charmoso, um homem realmente simpático... Ele viajou por todo o país, como segundo-tenente, depois como primeiro... Também se diz assim em francês?... Depois, quando tirou seu brevê de capitão, casou e, por causa da mulher, aceitou um cargo de professor na Escola Naval... Nada muito interessante... Ele teve um pequeno iate... Mas a sra. Popinga tem medo de água... Ele precisou vender... Ele só tinha um bote no canal... O senhor viu o meu?... Quase igual!... À noite, ele dava aulas particulares a alunos... Trabalhava bastante...

– Como ele era?

Ela não entendeu imediatamente a pergunta. Acabou indo buscar uma fotografia de um garotão bochechudo, de olhos claros, cabelos cortados curtos, com um ar flamejante de ingenuidade e saúde.

– Este é Conrad... Não parece ter quarenta anos, não é mesmo?... Sua mulher é mais velha... Talvez quarenta e cinco anos... O senhor não a viu?... E não tem as mesmas ideias... Por exemplo... Aqui, não é mesmo, todo mundo é protestante... Eu sou da Igreja moderna... Liesbeth Popinga é da Igreja Nacional, que é mais severa, mais... Como se diz? Conservatória?...

– Conservadora...

– Sim! Ela é presidente de todas as obras de...

– A senhorita não gosta dela?

– Bem... Mas não é a mesma coisa... Ela é filha de um diretor de liceu, o senhor entende?... Meu pai é apenas fazendeiro... Mas ela é muito doce, muito gentil...

– O que aconteceu?

– Há muitas conferências aqui... É uma cidade pequena... Cinco mil habitantes... Queremos nos manter atualizados... Quinta-feira passada foi a vez do professor Duclos, de Nancy... O senhor o conhece?

Ela ficou bastante surpresa por Maigret não conhecer o professor que ela pensava ser uma glória nacional francesa.

– Um grande advogado... Especialista em questões criminais e... Qual é a palavra?... Psicológicas... Ele falou da responsabilidade dos criminosos... É isso?... O senhor precisa me dizer se falo algo errado...

"A sra. Popinga é presidente da sociedade... Os conferencistas sempre se hospedam em sua casa...

"Às dez horas, houve uma pequena reunião íntima... O professor Jean Duclos, Conrad Popinga e sua mulher, depois Wienands, sua mulher e seus filhos... E eu...

"A casa dos Popinga... Fica a um quilômetro daqui, também no Amsterdiep... Amsterdiep é o canal que o senhor está vendo... Bebemos vinho e comemos bolo... Conrad ligou o rádio. Havia também Any, que eu ia esquecendo, a irmã da sra. Popinga, que é advogada... Conrad quis dançar... Enrolamos o tapete. Os Wienands foram embora antes, por causa das crianças... O menor chorava... Eles moram na casa ao lado dos Popinga... À meia-noite, Any estava com sono... Eu estava de bicicleta... Conrad veio me trazer... Ele pegou sua bicicleta também...

"Voltei para casa... Meu pai me esperava...

"Foi apenas no dia seguinte que ficamos sabendo da tragédia... Toda Delfzijl estava agitada...

"Não acho que seja culpa minha... Quando Conrad voltou, foi guardar sua bicicleta dentro do galpão, atrás da casa...

"Alguém atirou, com um revólver... Ele caiu... Morreu depois de meia hora...

"Pobre Conrad!... De boca aberta..."

Ela enxugou uma lágrima, que causava um estranho efeito em sua bochecha lisa e rosada como uma maçã bem madura.

– É tudo?

– Sim... A polícia veio de Groningen para ajudar o comando local... Disseram que atiraram da casa... Parece que viram o professor, logo depois, descendo a escada com um revólver nas mãos... E era o revólver que disparara...

– O professor Jean Duclos?

– Sim! Então não o deixaram partir.

– Em suma, continuavam na casa naquele momento a sra. Popinga, sua irmã Any e o professor Duclos...

– Ya!

– E, à noite, havia ainda os Wienands, a senhorita e Conrad...

– E também Cor!... Esqueci...

– Cor?

– Cornélius... Um aluno da Escola Naval, que fazia aulas particulares...

– Quando ele foi embora?

– Junto com Conrad e eu... Mas ele virou à esquerda, com sua bicicleta, para voltar ao barco-escola que fica no Ems-Canal... O senhor quer açúcar?

O chá fumegava nas xícaras. Um carro acabara de parar ao pé da escada de três degraus. Um pouco depois, um homem entrou, grande, de ombros largos, grisalho, com um rosto grave, um peso que acentuava sua calma.

Era o fazendeiro Liewens, que esperava que a filha lhe apresentasse o visitante.

Ele apertou vigorosamente a mão de Maigret, mas não disse nada.

– Meu pai não fala francês...

Ela lhe serviu uma xícara de chá, que ele bebeu em pé, com pequenos goles. Depois, em holandês, ela o colocou a par do nascimento do terneiro.

Ela deve ter falado do papel desempenhado pelo comissário naquela circunstância, pois ele olhou para este com um espanto não desprovido de ironia; depois, após uma saudação bastante seca, foi para o estábulo.

– Colocaram o professor Duclos na prisão? – perguntou Maigret.

– Não! Ele está no hotel Van Hasselt, com um guarda.

– E Conrad?

– Seu corpo foi levado para Groningen... A trinta quilômetros... Uma cidade grande com cem mil habitantes, uma universidade, onde Jean Duclos foi recebido na véspera... É terrível, não é mesmo?... Não dá para entender...

Terrível, talvez! Mas não parecia! Sem dúvida por causa da atmosfera límpida, do ambiente suave e confortável, do chá fumegando e daquela pequena cidade que parecia um brinquedo colocado, por prazer, à beira do mar.

Ao se debruçar na janela, via-se, dominando a cidade de tijolos vermelhos, a chaminé e o convés de um grande cargueiro descarregando. E os barcos, no Ems, se deixavam deslizar pela correnteza até o mar.

– Conrad sempre a acompanhava?

– Sempre que eu ia à sua casa... Era um amigo...

– A sra. Popinga não tinha ciúme?

Maigret disse isso por acaso, porque seu olhar acabava de cair nos seios apetitosos da jovem e talvez porque ele recebera uma baforada quente de seu hálito nas bochechas.

– Por quê?

– Não sei... À noite... Os dois...

Ela riu, mostrou os dentes bonitos.

– Na Holanda, é sempre... Cor também me acompanhava...

– E ele não estava apaixonado?

Ela não disse que sim nem que não. Ela cacarejou. Essa é a palavra. Um pequeno cacarejo de satisfação.

Pela janela, eles viam seu pai tirando o terneiro do estábulo, carregando-o como um bebê e colocando-o sobre a grama, em pleno sol.

O animal oscilou sobre as quatro patas frágeis demais, quase caiu de joelhos, esboçou de repente um galope de quatro ou cinco metros e parou.

– Conrad nunca a beijou?

Novo riso, mas acompanhado de pouquíssimo rubor.

– Sim...

– E Cor?

Ela foi mais firme, virou um pouco a cabeça.

– Também!... Por que o senhor pergunta isso?

Ela tinha um olhar estranho. Talvez esperasse que Maigret também a beijasse?

Seu pai, lá fora, a chamava. Ela abriu a janela. Ele falou-lhe em holandês. Quando ela se virou, disse:

– Desculpe... Preciso ir procurar o prefeito, na cidade, para o *pedigree* do terneiro... É muito importante... O senhor não vai a Delfzijl?

Ele saiu com ela. Ela pegou pelo guidom sua bicicleta niquelada e caminhou ao lado dele, balançando um pouco os quadris já fortes como os de uma mulher.

– Que belo lugar, não é mesmo?... Pobre Conrad, que não poderá mais vê-lo!... Os banhos começam amanhã!... Nos outros anos, ele ia todos os dias... Ficava uma hora dentro d'água...

Maigret, caminhando, olhava para o chão.

2

O quepe do Baes

CONTRA SEU COSTUME, Maigret prestou atenção em alguns detalhes materiais, sobretudo topográficos, e isso na verdade aconteceu por intuição, pois mais tarde a solução viria de uma questão de minutos e metros.

Entre a fazenda dos Liewens e a casa dos Popinga, eram cerca de mil e duzentos metros. As duas casas ficavam nas margens do canal e, para ir de uma a outra, seguia-se um caminho para o reboque de barcos.

O canal estava meio desativado, aliás, depois da criação de um canal muito mais largo e profundo, o Ems-Canal, que ligava Delfzijl e Groningen.

Este, o Amsterdiep, cheio de lodo, tortuoso, sombreado por belas árvores, só servia para a passagem de balsas e alguns barcos de baixa tonelagem.

Fazendas, de longe em longe. Um estaleiro para reparação de barcos.

Ao sair da casa dos Popinga para ir à fazenda, primeiro se passava, bem perto, a trinta metros, pela vila dos Wienands. Depois por uma casa em construção, um grande espaço vazio e o estaleiro atravancado de pilhas de madeira.

Para além desse estaleiro, novo espaço vazio; depois, um cotovelo do canal e da estrada. Desse lugar, viam-se nitidamente as janelas dos Popinga e, bem à esquerda, o farol branco situado do outro lado da cidade.

– É um farol giratório? – perguntou Maigret.

– Sim.

– Imagino que, à noite, ele deve iluminar este pedaço da estrada...

– Sim! – disse ela de novo, com um pequeno riso, como se isso a lembrasse de algo engraçado.

– Azar dos namorados! – concluiu ele.

Ela o deixou antes da casa dos Popinga, dizendo que tinha um caminho mais curto para pegar, provavelmente para não ser vista com ele.

Maigret não parou. A casa era moderna, de tijolos, com um pequeno jardim na frente, um pomar nos fundos, uma alameda à direita e um terreno baldio à esquerda.

Ele preferiu ir até a cidade, que ficava a apenas quinhentos metros. Chegou assim às comportas que separavam o canal do porto. As docas fervilhavam de barcos de cem a trezentas toneladas, atracados lado a lado, com os mastros erguidos, formando um mundo flutuante.

À esquerda, o hotel Van Hasselt, onde ele entrou.

Uma sala escura, com painéis de madeira envernizados, onde pairava um complexo aroma de cerveja, genebra e cera. Uma grande mesa de bilhar. Uma mesa com barras de cobre aparando jornais.

Num canto, um homem se levantou assim que Maigret chegou, caminhando até ele.

– O senhor é que me foi enviado pela polícia francesa?

Ele era alto, magro, ossudo, com um longo rosto de traços bem definidos, óculos de aro de tartaruga e cabelos espessos usados à escovinha.

– O senhor sem dúvida é o professor Duclos – respondeu Maigret.

Ele não o imaginara tão jovem. Duclos podia ter entre 35 e 38 anos. Mas algo mais chamou a atenção de Maigret.

– O senhor é de Nancy?

– Quer dizer, dou aula de sociologia na universidade...

– Mas o senhor não nasceu na França!

Aquilo começava como uma pequena guerra.

– Na Suíça francesa. Sou naturalizado francês. Fiz todos os meus estudos em Paris e em Montpellier...

– E o senhor é protestante?

– O que o faz pensar isso?

Nada! O conjunto! Duclos pertencia a uma categoria de homens que o comissário conhecia bem. Homens de ciência. O estudo pelo estudo! A ideia pela ideia! Certa austeridade na aparência e na conduta de vida, e ao mesmo tempo uma tendência para as relações internacionais. Paixão pelas conferências, congressos, trocas epistolares com correspondentes estrangeiros.

Ele era bastante nervoso, se é que o termo pode ser aplicado a um homem cujos traços pareciam nunca alterar. Sobre a mesa, uma garrafa de água mineral, dois grandes livros e papéis espalhados.

– Não estou vendo o policial encarregado de vigiá-lo...

– Dei minha palavra de honra que não sairia daqui... Observe que sou esperado por sociedades literárias e científicas em Emden, Hamburgo, Bremen... Eu deveria ter dado minha conferência nessas três cidades, antes do...

Uma mulher gorda e loira apareceu, a proprietária do hotel, e Jean Duclos lhe explicou em holandês quem era o visitante.

– Foi sem pensar que pedi para me enviarem um policial. Espero, de fato, esclarecer o mistério...

– O senhor pode me dizer o que sabe?

E Maigret, deixando-se cair numa cadeira, pediu:

– Um *Bols*!... Num copo grande...

– Em primeiro lugar, aqui estão as plantas, em escala exata. Posso entregar-lhe uma cópia. A primeira representa o térreo da casa dos Popinga: corredor à esquerda; à direita, o salão, depois a sala de jantar; no fundo, a cozinha; atrás dela, um galpão, onde Popinga costumava guardar o bote e as bicicletas.

– Vocês todos ficaram no salão?

– Sim... Duas vezes a sra. Popinga, depois Any, foram até a cozinha para preparar chá, pois a criada fora dormir. Aqui está a planta do primeiro andar: atrás, exatamente acima da cozinha, um banheiro; na frente, dois aposentos: à esquerda, o quarto dos Popinga, à direita, um gabinete de trabalho onde Any dormia num divã; atrás, por fim, o quarto que me cederam...

– Quais os aposentos de onde seria possível atirar?

– Meu quarto, o banheiro e a sala de jantar do térreo...

– Descreva-me a noite.

– Minha conferência foi um sucesso... Apresentei-a nesta sala que o senhor vê...

Uma longa sala decorada com guirlandas de papel, que servia para os bailes da sociedade, os banquetes e as apresentações teatrais. Um estrado com a decoração representando um parque de castelo.

– Depois nos dirigimos para o Amsterdiep...

– Seguindo o cais? Pode me dizer em que sentido caminhavam?

– Eu ia na frente, com a sra. Popinga, que é uma mulher muito culta. Conrad Popinga flertava com uma fazendeirinha imbecil que só sabe rir e que não entendeu nada da minha fala. Depois vinham os Wienands, Any e o jovem aluno de Popinga, um rapaz pálido qualquer...

– Vocês chegaram na casa...

– Devem ter-lhe dito que falei sobre a responsabilidade dos assassinos. A irmã da sra. Popinga, que acabou seu doutorado e começará a dar aulas, me perguntou alguns detalhes. Falamos do papel do advogado num caso criminal. Depois se falou de polícia científica e me lembro que lhe recomendei ler as obras do professor vienense Grosz. Sustentei a tese de que um crime impune é rigorosamente impossível. Dissertei sobre impressões digitais, análise de fragmentos de todo tipo, deduções... Enquanto isso, Conrad Popinga me fazia ouvir a Radio-Paris!

Maigret esboçou um sorriso.

– E conseguiu! Tocavam jazz. Popinga foi buscar uma garrafa de conhaque e se surpreendeu de ver um francês que não bebia. Ele bebeu, e também a fazendeira!... Eles estavam muito alegres... Dançaram...

"– *Como em Paris*! – exultava Popinga."

– O senhor não gostava dele! – observou Maigret.

– Um sujeito desinteressante! Wienands, por sua vez, apesar de preocupado com suas contas, nos ouvia... Um bebê chorou... Os Wienands foram embora... A fazendeira estava muito animada... Conrad se ofereceu para acompanhá-la até sua casa e os dois saíram de bicicleta... A sra. Popinga me conduziu até meu quarto... Coloquei alguns papéis em ordem na minha mala... Eu ia tomar notas para um volume que estou preparando quando ouvi um tiro, tão perto que parecia que tinham atirado de meu quarto... Corri para fora... A porta do banheiro estava entreaberta... Empurrei-a... A janela estava escancarada... Alguém ofegava no jardim, perto do galpão das bicicletas...

– Havia luz no banheiro?

– Não... Debrucei-me na janela... Minha mão tocou na coronha de um revólver que agarrei maquinalmente... Vi uma silhueta estendida, perto do galpão... Quis descer... Choquei-me com a sra. Popinga, que saía de seus aposentos, apavorada... Corremos para a escada... Ainda não tínhamos atravessado a cozinha quando Any se juntou a nós, tão transtornada que descera de combinação... O senhor entenderá melhor quando a conhecer...

– E Popinga?

– Semimorto... Ele nos olhou com os grandes olhos embaciados, segurando o peito com uma das mãos... Quando tentei levantá-lo, ele se contraiu... Estava morto, com um tiro no coração...

– É tudo que o senhor sabe?

– Telefonamos para o posto policial, para o médico... Chamamos Wienands, que veio nos ajudar... Senti um pouco de mal-estar... Esqueci que tinham me visto com o revólver nas mãos... Os guardas me lembraram disso, me pediram explicações... Solicitaram gentilmente que eu me mantivesse à disposição...

– Isso há seis dias?

– Sim... Estou tentando resolver o problema, pois certamente se trata de um problema!... Veja esses papéis.

Maigret esvaziou o cachimbo, sem olhar para os papéis em questão.

– O senhor não sai do hotel?

– Eu poderia, mas prefiro evitar qualquer incidente. Popinga era muito amado por seus alunos, que sempre encontramos na cidade...

– Não foi encontrado nenhum indício material?

– Desculpe! Any, que está investigando por conta própria e que espera ter sucesso, apesar de lhe faltar método, de vez em quando me traz informações... Saiba primeiro que a banheira do banheiro é tapada com uma cobertura de madeira que a transforma em tábua de passar... Na manhã seguinte, levantaram essa cobertura e encontraram um velho quepe de marinheiro que jamais fora visto dentro da casa... No térreo, as investigações tiveram o resultado de descobrir, sobre o tapete da sala de jantar, um toco de charuto de tabaco muito escuro, de Manila, acredito, não fumado nem por Popinga, nem por Wienands, nem pelo jovem aluno. Quanto a mim, eu não fumo... Ora, como a sala de jantar fora varrida logo depois do jantar...

– Daí o senhor conclui que...?

– Nada! – deixou escapar Jean Duclos. – Concluirei na hora certa. Desculpe por tê-lo feito vir de tão longe. Além disso, poderiam ter escolhido um policial que falasse a língua do país... O senhor me será útil apenas se tomarem contra mim medidas pelas quais o senhor poderá protestar oficialmente.

Maigret acariciava o nariz, com um sorriso realmente satisfeito.

– É casado, senhor Duclos?

– Não!

– E o senhor não conhecia antes nem os Popinga, nem a pequena Any, nem nenhum dos presentes?

– Ninguém! Eles me conheciam de nome...

– Claro! Claro!

Maigret pegou da mesa as duas plantas feitas com tira-linhas, enfiou-as no bolso, tocou a borda de seu chapéu e saiu.

O gabinete da polícia era moderno, confortável e iluminado. Maigret era esperado. O chefe da estação avisara sobre sua chegada, portanto estavam surpresos por ele ainda não ter aparecido.

Ele entrou como em sua própria casa, tirou o sobretudo de meia-estação, colocou o chapéu em cima de um móvel.

O inspetor enviado de Groningen falava um francês lento, um pouco preciosista. Era um sujeito loiro e magro, muito afável, que enfatizava todas as suas frases com pequenas saudações que pareciam dizer:

– O senhor entende?... Estamos de acordo?

É verdade que Maigret não o deixou falar muito.

– Já que o senhor está no caso há seis dias – disse ele –, deve ter mandado verificar os horários...

– Que horários?

– Seria interessante saber, por exemplo, quantos minutos exatamente a vítima levou para acompanhar a srta. Beetje à sua casa e voltar... Espere!... Eu também gostaria de saber a que horas a srta. Beetje chegou à fazenda, e seu pai, que a esperava, deve poder responder-lhe... Finalmente, a que horas o jovem Cor voltou ao barco-escola, onde sem dúvida deve haver um homem de guarda...

O policial pareceu contrariado, se levantou de repente, como que tomado por uma inspiração, caminhou para o fundo da sala e voltou com um quepe de marinheiro completamente disforme. Então disse com uma lentidão exagerada:

– Encontramos o proprietário deste objeto, que foi achado na banheira... Trata-se... Trata-se de um homem que chamamos de Baes... Em francês, o senhor diria patrão...

Maigret estaria ouvindo?

– Não o prendemos porque queremos vigiá-lo e porque ele é uma figura popular na região... O senhor conhece o delta do Ems?... Quando se chega ao mar do Norte, a umas dez milhas daqui, há umas ilhas de areia que durante as grandes marés de equinócio ficam quase submersas... Uma dessas ilhas se chama Workum... Um homem está morando lá, com sua família, criados, e colocou na cabeça que teria uma criação de animais... É o Baes... Ele conseguiu subvenção do Estado, pois há um farol de fogo fixo que precisa ser alimentado... Ele foi inclusive nomeado prefeito de Workum, da qual é o único morador... Ele tem um barco a motor, com o qual vai e vem de sua ilha a Delfzijl...

Maigret continuava sem reagir. O policial deu uma piscadela.

– Um personagem curioso! Um sujeito de sessenta anos, duro como uma rocha. Ele tem três filhos, que são piratas como ele... Pois... Escute!... Não são coisas que se ouve por aí. O senhor sabe que Delfzijl recebe principalmente madeiras da Finlândia e de Riga... Os vapores que as trazem levam uma parte do carregamento no convés... Esse carregamento fica preso por correntes... Ora, em caso de perigo, os capitães têm autorização para mandar cortar as correntes e deixar o carregamento do convés ser levado pelo mar, a fim de evitar a perda do barco inteiro... O senhor ainda não entendeu?

Decididamente, Maigret parecia não se interessar pela história.

– O Baes é um malandro... Ele conhece todos os capitães que vêm para cá... Ele sabe se entender com eles... Então, por causa das ilhas, sempre há um motivo para cortar pelo menos uma das correntes... Algumas toneladas de madeira vão para o mar e são carregadas pela maré para as areias de Workum... Direito sobre objeto perdido!... O senhor entende, agora?... O Baes divide tudo com os capitães... E foi seu quepe o encontrado na banheira!... Um único problema: ele só fuma cachimbo... Mas ele não necessariamente estava sozinho...

– É tudo?

– Perdão! O sr. Popinga, que tem conhecidos em toda parte, ou melhor, que tinha, fora nomeado há quinze dias vice-cônsul da Finlândia em Delfzijl...

O jovem magro e loiro exultava, arquejando de contentamento.

– E onde estava o barco dele na noite do crime?

Foi quase um grito:

– Em Delfzijl!... No cais!... Perto das comportas!... Ou seja, a quinhentos metros da casa...

Maigret enchia um cachimbo, ia e vinha no gabinete, olhava com olhos apagados os relatórios em que não entendia uma única palavra.

– O senhor não descobriu mais nada? – perguntou de repente, enfiando as duas mãos nos bolsos.

Ele ficou um pouco surpreso de ver o policial corar.

– O senhor já sabe?

Ele se recompôs:

– É claro, o senhor passou a tarde toda em Delfzijl... Método francês!

Ele falava com mal-estar.

– Não sei ainda o que vale esse depoimento... Era o quarto dia... A sra. Popinga apareceu... Ela me disse que consultara o pastor para saber se devia falar... O senhor conhece a casa?... Ainda não?... Posso lhe dar uma planta...

– Obrigado! Tenho uma! – disse o comissário tirando-a do bolso.

O outro, desconcertado, continuou:

– O senhor está vendo o quarto dos Popinga?... Da janela, só é possível ver uma pequena parte da estrada que conduz à fazenda... Justamente o pedaço que é iluminado pelo farol, de quinze em quinze segundos...

– E a sra. Popinga, ciumenta, espiava o marido?

– Ela olhava... Ela viu as duas bicicletas indo para a fazenda... Depois a bicicleta de seu marido voltando... Depois, logo em seguida, cem metros atrás, a bicicleta de Beetje Liewens...

– Ou seja, depois que Conrad Popinga a acompanhou até sua casa, Beetje voltou sozinha em direção à casa dos Popinga... O que ela diz?

– Quem?

– A jovem...

– Nada ainda... Não quis interrogá-la em seguida... É muito grave... E o senhor talvez tenha usado a palavra certa... Ciúme!... O senhor entende?... O sr. Liewens é membro do Conselho...

– A que horas Cor voltou à escola?

– Isso, nós sabemos... Cinco minutos depois da meia-noite...

– E a que horas o tiro foi disparado?

– Cinco minutos antes da meia-noite... Mas há o quepe, e o charuto...

– Ele tem uma bicicleta?

– Sim... Todo mundo aqui anda de bicicleta... É prático... Eu mesmo... Mas, naquela noite, ele não a usara...

– O revólver foi examinado?

– Ya! É o revólver de Conrad Popinga... Revólver licenciado... Ele ficava carregado com seis balas, no criado-mudo...

– O tiro foi disparado de quantos metros?

– Mais ou menos seis... (ele pronunciava *zeis*!) É a distância da janela do banheiro... É também a distância da janela do quarto do sr. Duclos... E talvez o tiro não tenha sido disparado do alto... Não há como saber, porque o professor, que guardava sua bicicleta, talvez estivesse debruçado... Mas temos o quepe... E o charuto, não esqueça!

– Azar do charuto! – resmungou Maigret entre os dentes.

E em voz alta:

– A srta. Any sabe do depoimento da irmã?

– Sim.

– O que ela disse?

– Nada! É uma jovem muito culta. Ela não fala muito. Não é como as outras moças...

– Ela é feia?

Decididamente, cada interrupção de Maigret tinha o dom de fazer o holandês ter um sobressalto.

– Não é bonita.

– Bom! Então é feia! E o senhor estava dizendo?

– Ela quer encontrar o assassino... Ela está trabalhando... Pediu para ler os relatórios...

Aconteceu uma coincidência. Uma jovem entrou, com uma pasta de couro embaixo do braço, vestida com uma austeridade que acentuava sua falta de gosto.

Ela caminhou em linha reta na direção do policial de Groningen. Começou a falar com volubilidade em sua língua, sem ver o estrangeiro, ou então o desdenhando.

O outro corou, se balançou de uma perna a outra, remexeu alguns papéis para adquirir segurança e indicou Maigret com o olhar. Mas ela não queria prestar atenção nele.

Em desespero de causa, o holandês disse em francês, a contragosto:

– Ela diz que a lei não permite que o senhor faça interrogatórios em nosso território...

– É a srta. Any?

Um rosto irregular. Uma boca grande demais, com dentes desparelhos, sem os quais ela seria tão sem graça quanto outra qualquer. Um peito chato. Pés grandes. Mas, acima de tudo, uma segurança irritante de feminista.

– Sim... Segundo a lei, ela tem razão... Mas respondi que nos costumes...

– A srta. Any entende francês, não é mesmo?

– Acho que sim...

A jovem nem estremeceu, esperou, com o queixo erguido, o fim daquela conversa a dois que parecia não lhe dizer respeito.

– Senhorita – disse Maigret com exagerada galanteria –, tenho a honra de lhe apresentar minhas saudações... Comissário Maigret, da Polícia Judiciária... A única coisa que eu gostaria de saber é o que a senhorita pensa da srta. Beetje e de sua relação com Cornélius...

Ela tentou sorrir. Um sorriso tímido, forçado. Ela olhou para Maigret, depois para seu compatriota, e balbuciou num francês sofrível:

– Eu não... Eu... Entender muito bem...

E esse esforço bastou para deixá-la vermelha até as orelhas, enquanto seu olhar pedia socorro.

3

•

O Clube dos Ratos do Cais

ERAM DEZ HOMENS, com pesadas jaquetas de lã azul, quepes de marinheiro e tamancos envernizados, alguns encostados no pórtico da cidade, outros apoiados em estacas de amarras, outros postados sobre suas pernas que largas calças tornavam monumentais.

Fumavam, mascavam fumo, principalmente cuspiam, e de tempos em tempos uma frase os fazia dar gargalhadas e tapas nas coxas.

A alguns metros deles, os barcos. Atrás, a pequena cidade cristalizada com seus diques. Um pouco mais adiante, uma grua descarregava um barco de carvão.

De início, os homens do grupo não perceberam Maigret vagando ao longo do *warf*. Então o comissário teve tempo para observá-los.

Ele sabia que em Delfzijl chamavam com ironia aquela reunião de *Clube dos Ratos do Cais*. Sem nem ter se informado, ele adivinhou que a maioria daqueles marinheiros passava quase o dia todo no mesmo lugar, fizesse chuva ou sol, conversando preguiçosamente e semeando o chão com jatos de saliva.

Um deles era proprietário de três *klipper*, belos barcos a vela e motor de quatrocentas toneladas, dos quais um estava subindo o Ems e não tardaria a chegar ao porto.

Havia homens menos importantes, um calafate que não devia calafetar muita coisa, e também o preposto de uma comporta desativada, usando o quepe do governo.

Mas, no meio deles, um sujeito eclipsava todos os demais, não apenas porque era mais gordo, mais largo, com o rosto mais vermelho, mas porque sentia-se nele uma personalidade mais forte.

Tamancos. Uma jaqueta. Na cabeça, um quepe novo que ainda não tivera tempo de pegar o formato da cabeça, e que por isso parecia ridículo.

O homem era Oosting, quase sempre chamado de Baes, fumando um cachimbo curto de barro e ouvindo o que seus vizinhos contavam.

Ele sorria um pouco. De tempos em tempos, tirava o cachimbo da boca para deixar a fumaça escapar mais suavemente dos lábios.

Um paquiderme. Um animal rude, com olhos muito doces, no entanto, e algo ao mesmo tempo duro e acolhedor em toda sua pessoa.

Seus olhos estavam cravados num barco de quinze metros atracado no cais. Um barco rápido, bem-talhado, possivelmente um antigo iate, mas sujo, em desordem.

Era o seu e, daquele lugar, também era possível ver o Ems, com seus vinte metros de largura, um reflexo longínquo que era o do mar do Norte e, em algum lugar, uma faixa de terra vermelha que era a ilha de Workum, a propriedade de Oosting.

A noite caía e as cores vermelhas do poente tornavam mais vermelha a cidade de tijolos, incendiando o zarcão de um cargueiro em reparação cujos reflexos se estendiam pela água da doca.

O olhar do Baes, vagando suavemente pelas coisas, de alguma forma foi encontrar Maigret na paisagem. As pupilas, de um azul-esverdeado, eram bem pequenas. Elas ficaram presas no comissário por um bom tempo, e depois o homem esvaziou seu cachimbo batendo-o contra o tamanco, cuspiu, procurou no bolso uma bexiga de porco que continha tabaco e se encostou mais confortavelmente no muro.

A partir de então, Maigret não parou de sentir sobre si aquele olhar em que não havia ostentação nem desafio: um olhar calmo e mesmo assim desconfiado, um olhar que media, que avaliava, que calculava.

O comissário fora o primeiro a sair do gabinete da polícia, depois de ter se encontrado com o inspetor holandês Pijpekamp.

Any ficara lá e não demorou a passar, apressada, com a pasta embaixo do braço, o corpo um pouco inclinado para a frente, como quem não se interessa pelo movimento da rua.

Não foi para ela que Maigret olhou, mas para o Baes, que a seguiu um bom tempo com os olhos e, com a testa mais franzida, se voltou depois para Maigret.

Então, sem saber direito por que, este avançou em direção ao grupo, que se calou. Dez rostos se voltaram para ele com certo espanto.

Ele se dirigiu a Oosting.

– Com licença! O senhor entende francês?

O Baes não se moveu, pareceu refletir. Um marinheiro magro, ao seu lado, explicou:

– *Frenchman!... French-politie!*

Talvez tenha sido um dos minutos mais estranhos da carreira de Maigret. Seu interlocutor, virando por um momento para seu barco, pareceu hesitar.

Era visível que ele tinha vontade de dizer ao comissário para subir com ele a bordo. Via-se uma pequena cabine com paredes de carvalho, com uma lâmpada suspensa e uma bússola.

Os outros esperavam. Ele abriu a boca.

Depois, de repente, deu de ombros, como quem concluiu: "Que idiotice!".

Não foi o que ele disse. Ele falou numa voz rouca que saía da laringe:

– Não entender... *Hollandsch... English...*

A silhueta escura de Any podia ser vista, com seu véu de luto, atravessando a ponte do canal antes de avançar ao longo do Amsterdiep.

O Baes surpreendeu o olhar que Maigret lançava a seu quepe novo, mas não estremeceu. Foi antes uma sombra de sorriso que passou por seus lábios.

Naquele momento, o comissário teria dado qualquer coisa para poder falar com aquele homem, em sua língua, mesmo que por cinco minutos. Sua boa vontade era tal que ele gaguejou algumas sílabas em inglês com tanto sotaque que ninguém entendeu.

– Não entender!... Ninguém entender! – repetiu aquele que já interviera.

Então eles retomaram sua conversa, enquanto Maigret se afastava com a sensação confusa de ter chegado muito perto do âmago do enigma e, por falta de compreensão mútua, ter se afastado.

Ele se virou alguns minutos depois. O grupo dos Ratos do Cais continuava conversando ao poente, e os últimos raios de sol deixavam mais vermelho o rosto do Baes, ainda voltado para o policial.

Até ali, Maigret de certa forma circundara o drama, guardando para o fim a visita, sempre difícil, a uma casa enlutada.

Ele apertou a campainha. Era um pouco depois das seis horas. Ele não pensara que era a hora da refeição noturna para os holandeses e, quando uma pequena criada lhe abriu a porta, ele percebeu, na sala de jantar, as duas mulheres à mesa.

Elas se levantaram num mesmo movimento com uma solicitude um pouco rígida de anfitriãs bem-educadas.

Estavam de preto. Sobre a mesa havia chá, fatias de pão cortadas bem finas e frios. Apesar do crepúsculo, a lâmpada não estava acesa, mas um aquecedor a gás, com o fogo visível através de uma placa de mica, lutava contra a penumbra.

Foi Any quem imediatamente pensou em ligar o interruptor elétrico, enquanto a criada ia fechar as cortinas.

– Queiram desculpar-me... – disse Maigret. – Estou desconcertado por incomodá-las na hora da refeição...

A sra. Popinga esboçou um gesto canhestro na direção da poltrona, olhou em volta com embaraço, enquanto sua irmã se retirava para o mais longe possível no aposento.

O lugar tinha mais ou menos a mesma atmosfera da fazenda. Móveis modernos, mas de uma modernidade bastante branda. Tons neutros, compondo uma harmonia distinta e triste.

– O senhor veio para...

O lábio inferior da sra. Popinga se ergueu e ela precisou levar o lenço à boca para interromper um soluço que surgia de repente. Any não se mexia.

– Desculpe-me... Voltarei depois...

Ela fez que não. Esforçava-se para retomar o sangue-frio. Devia ser alguns anos mais velha que a irmã. Era alta, muito mais feminina. Seus traços eram regulares, com uma lembrança de acne nas bochechas, dois ou três fios de cabelo branco.

E uma discreta distinção em todas as atitudes! Maigret se lembrou que ela era filha de um diretor de escola, que falava fluentemente várias línguas, que era muito instruída. Mas aquilo não impedia sua timidez, uma timidez de burguesia de cidade pequena que se assusta por qualquer coisa.

Ele se lembrou também que ela pertencia à mais austera das seitas protestantes, que presidia as obras de caridade em Delfzijl, os círculos intelectuais femininos...

Ela conseguia se controlar. Olhava para a irmã como a pedir-lhe ajuda.

– Desculpe!... Mas é incrível, não é mesmo?... Conrad!... Um homem amado por todos...

Seu olhar recaiu sobre a caixa de som do aparelho de rádio colocado num canto e ela quase rompeu em lágrimas.

– Era sua única distração... – balbuciou ela. – E seu bote, nas noites de verão, no Amsterdiep... Ele trabalhava bastante... Quem pode ter feito isso?

Como Maigret não dizia nada, ela acrescentou, mais vermelha, no tom que teria empregado se alguém a incriminasse:

– Não estou acusando ninguém... Não sei... Não quero acreditar, o senhor entende? Foi a polícia que pensou no professor Duclos, porque ele saiu com o revólver na mão... Eu não sei de nada... É horrível demais!... Alguém matou Conrad!... Por quê?... Por que ele?... Nem mesmo para roubar!... Então?

– A senhora contou para a polícia o que viu pela janela...

Ela corou de novo. Ela se mantinha em pé, com uma mão apoiada na mesa posta.

– Eu não sabia se devia... Acho que Beetje não fez nada... Apenas vi, por acaso... Disseram-me que os mínimos detalhes podiam servir para a investigação... Pedi conselho ao pastor... Ele me disse para falar... Beetje é uma boa garota... Realmente, não vejo quem... Com certeza alguém que deveria estar num hospício...

Ela não media as palavras. Seu francês era puro, com um levíssimo sotaque.

– Any me contou que o senhor veio de Paris... Por causa de Conrad!... Dá para acreditar nisso?

Ela estava mais calma. Sua irmã, ainda no mesmo canto da sala, não se mexia, e Maigret só conseguia vê-la pela metade por intermédio de um espelho.

– O senhor sem dúvida quer conhecer a casa...

Ela se resignava. No entanto, suspirou:

– O senhor pode ir com... Any...

Um vestido preto passou pela frente do comissário. Ele a seguiu por uma escada ornada com um tapete novo. A casa, que não tinha dez anos, fora construída como um bibelô, com materiais leves, tijolo vazado e pínus. Mas a pintura dos amadeiramentos conferia frescor ao todo.

A porta do banheiro foi a primeira a ser aberta. A tampa de madeira estava sobre a banheira, assim transformada em tábua de passar. Maigret se debruçou na janela, viu o galpão das bicicletas, o pomar bem cuidado e, para além dos campos, a cidade de Delfzijl, onde poucas casas tinham dois andares e nenhuma tinha três.

Any esperava na porta.

– Ouvi dizer que a senhorita está fazendo um inquérito por conta própria! – disse Maigret.

Ela estremeceu e não respondeu, se apressou a abrir o quarto do professor Duclos.

Cama de cobre. Guarda-roupa de pinheiro americano. Linóleo no chão.

– Era o quarto de quem?

Ela precisou fazer um esforço para articular:

– Meu... Quando eu vinha...

– A senhorita vinha bastante?

– Sim... Eu...

Era timidez. Os sons morriam em sua garganta. Seu olhar buscava socorro.

– Então, como o professor estava aqui, a senhorita dormiu no escritório de seu cunhado?

Ela fez que sim, abriu a porta. Uma mesa estava cheia de livros, dentre os quais obras sobre bússolas giroscópicas e sobre o comando de navios por ondas hertzianas. Dois sextantes. Na parede, fotos de Conrad Popinga na Ásia e na África, com traje de primeiro-tenente ou capitão.

Uma panóplia de armas malásias. Duas cerâmicas japonesas. Sobre cavaletes, algumas ferramentas de precisão e uma bússola desmontada que Popinga devia ter começado a consertar.

Um divã estofado com um tecido azul.

– O quarto de sua irmã?

– Ao lado...

O escritório possuía uma passagem para o quarto do professor e para o do casal, mobiliado com mais refinamento. Uma lâmpada de alabastro na cabeceira da cama. Um tapete persa muito bonito. Móveis em madeira das ilhas.

– A senhorita estava no escritório... – disse distraidamente Maigret.

Sinal afirmativo.

– Portanto, não poderia sair sem passar pelo quarto do professor ou pelo de sua irmã?

Novo sinal.

– Ora, o professor estava em seu quarto. Sua irmã também...

Ela arregalou os olhos e abriu a boca com grande estupefação.

– O senhor acha...?

Ele resmungou, percorrendo os três aposentos:

– Eu não acho nada! Estou procurando! Eliminando! E, até agora, a senhorita é a única que poderia ser logicamente eliminada, a menos que acreditássemos na cumplicidade de Duclos ou da sra. Popinga...

– O senhor... O senhor...

Mas ele continuou:

– Duclos pode ter atirado, seja do quarto, seja do banheiro, está claro!... A sra. Popinga poderia, por sua vez, entrar no banheiro... Mas o professor, que entrou logo depois do disparo, não a viu... Pelo contrário! Ele a viu saindo de seu quarto alguns segundos depois...

Ela não estaria perdendo um pouco de sua timidez? A aluna se sobrepunha à moça, por obra daquela exposição técnica.

– Podem ter atirado do andar de baixo... – disse ela, com o olhar mais aguçado, seu corpo magro todo tensionado. – O doutor disse...

– Mesmo assim, o revólver que matou seu cunhado é de fato o que Duclos tinha nas mãos... A menos que o assassino o tenha atirado ao primeiro andar, pela janela...

– Por que não?

– Claro! Por que não?

Ele desceu sem esperar por ela aquela escada que parecia estreita demais para ele e cujos degraus estalavam sob seu peso.

Ele encontrou a sra. Popinga em pé no salão, no mesmo lugar, parecia, onde ele a deixara. Any o seguia.

– Cornélius vinha muito aqui?

– Quase todos os dias... Ele só fazia aulas três vezes por semana, terças, quintas e sábados... Mas ele vinha nos outros dias... Seus pais moram na Índia... Há um mês, ele ficou sabendo que sua mãe estava morta, e já tinha sido enterrada quando ele recebeu a carta... Então...

– E Beetje Liewens?

Houve certo mal-estar. A sra. Popinga olhou para Any. Any baixou os olhos.

– Ela vinha...

– Com frequência?

– Sim...

– A senhora a convidava?

A conversa se tornava mais incisiva, mais precisa. Maigret sentia estar avançando, se não na descoberta da verdade, pelo menos na compreensão da vida da casa.

– Não... Sim...

– Acredito que ela não tenha o mesmo temperamento da senhora e da srta. Any?

– Ela é muito jovem, não é mesmo?... Seu pai era amigo de Conrad... Ela nos trazia maçãs, ou framboesas, ou nata...

– Ela estava apaixonada por Cor?

– Não!

Resposta categórica.

– A senhora não gostava muito dela?

– Por que não?... Ela vinha... Ela ria... Ela falava o tempo todo... Como um pássaro, o senhor entende?

– A senhora conhece Oosting?

– Sim...

– Ele mantinha relações com seu marido?

– No ano passado, ele mandou colocar um motor novinho em seu barco... Então, pediu conselhos a Conrad... Conrad desenhou-lhe as plantas... Eles foram caçar *zeehond*... Como se diz em francês?... Cação... Sim, cação, nos bancos de areia...

E de repente:

– O senhor acha que...? O quepe, talvez?... É impossível... Oosting!

E ela gemeu, de novo transtornada:

– Oosting não!... Não! Ninguém!... Ninguém pode ter matado Conrad... O senhor não o conheceu... Ele... Ele...

Ela virou a cabeça, porque estava chorando. Maigret preferiu se retirar. Não lhe estenderam a mão, e ele se contentou em inclinar a cabeça murmurando desculpas.

Lá fora, foi surpreendido pelo frescor úmido que emanava do canal. Na outra margem, perto do estaleiro para reparação de barcos, ele viu o Baes conversando com um jovem aluno da Escola Naval de uniforme.

Eles estavam ambos em pé no crepúsculo. Oosting parecia discutir com energia. O jovem baixava a cabeça e só se via a palidez ovalada de seu rosto.

Maigret entendeu que devia ser Cornélius. Ele teve certeza quando viu uma braçadeira preta sobre a manga de tecido azul.

4

As madeiras flutuantes do Amsterdiep

NÃO FOI UMA PERSEGUIÇÃO no sentido estrito da palavra, pelo menos, em momento algum Maigret teve a impressão de estar espionando alguém.

Ele saíra da casa dos Popinga. Dera alguns passos. Percebera dois homens do outro lado do canal e parara decidido a observá-los. Ele não se escondera. Estava em pé na beira da água, o cachimbo nos dentes, mãos nos bolsos.

Mas talvez por ele não se esconder, e os outros mesmo assim não o perceberem e continuarem sua conversa exaltada, havia naquele momento algo de patético.

A margem do canal onde se encontravam os dois homens estava deserta. Um hangar se erguia no meio de um estaleiro onde dois barcos estavam no seco, escorados em tábuas. Os botes apodreciam fora da água.

Enfim, sobre o canal, troncos de árvores, que só deixavam ver um metro ou dois da superfície líquida e davam à paisagem um perfume exótico.

Era noite. Uma semiescuridão reinava. Mesmo assim, o ar continuava límpido, as cores mantinham toda sua pureza.

A paz era tão intensa que surpreendia, e o coaxar de um sapo, numa poça distante, sobressaltava.

O Baes falava. Ele não elevava a voz. Mas sentia-se que martelava as sílabas, que queria ser entendido e obedecido. Cabeça baixa, o jovem de uniforme de aspirante ouvia. Ele usava luvas brancas que desenhavam duas manchas vivas, as únicas, na paisagem.

De repente, ouviu-se um grito lancinante. Um burro começara a zurrar, atrás de Maigret, no campo. Aquilo bastou para romper o encanto. Oosting olhou na direção do animal, para cima, percebeu Maigret, deixou seu olhar se deter sobre ele, sem reagir.

Ele disse mais algumas palavras a seu companheiro, enfiou o curto cano de seu cachimbo de barro na boca e se dirigiu para a cidade.

Aquilo não significava nada, não provava nada. Maigret também caminhava, e os dois seguiam na mesma direção, cada um numa margem do Amsterdiep.

Mas o caminho seguido por Oosting logo se afastou da margem. O Baes não tardou a desaparecer atrás de novos hangares. Durante quase um minuto foi possível continuar a ouvir o pesado martelar de seus tamancos.

Era noite, com um halo lunar quase imperceptível. Lâmpadas começavam a iluminar a cidade e a extensão do canal, onde a iluminação cessava para lá da casa dos Wienands. A outra margem, não habitada, continuava no escuro.

Maigret se virou, sem saber por quê. Resmungou, porque o burro lançava um novo zurro desesperado.

E ele viu ao longe, para lá das casas, duas pequenas manchas brancas que dançavam acima do canal. Eram as luvas de Cornélius.

Prestando atenção, e sobretudo esquecendo que a superfície da água estava cheia de árvores, era um espetáculo fantasmagórico. Aquelas mãos se agitavam no vazio. O corpo se confundia com a noite. E sobre a água pairava o reflexo da última lâmpada elétrica.

Os passos de Oosting não eram mais ouvidos. Maigret se dirigiu para as últimas casas, passou de novo pela dos Popinga, depois pela dos Wienands.

Ele continuava sem se esconder, mas sabia que também devia estar se confundindo com a noite. Seguia as luvas com os olhos. Entendia. Cornélius, para não fazer a volta por Delfzijl, onde havia uma ponte sobre o canal, atravessava a água ajudado pelos troncos de árvores, que formavam uma balsa. No meio, havia um salto de dois metros a ser dado. As mãos brancas se agitaram ainda mais, descreveram uma curva rápida e a água se agitou.

Alguns segundos depois, ele caminhava ao longo da margem, seguido, a apenas cem metros, por Maigret.

Foi involuntário de ambas as partes, e Cornélius devia ignorar a presença do comissário. O certo é que, desde o início, eles andavam compassadamente, tanto que os rangidos das pedras se confundiam.

Maigret se deu conta disso porque em dado momento tropeçou e, por um décimo de segundo, o sincronismo deixou de ser absoluto.

Ele não sabia aonde estava indo. No entanto, seus passos se tornavam mais rápidos à medida que o jovem caminhava mais rápido. Ou melhor: ele aos poucos se sentia arrebatado por uma espécie de vertigem.

No início, os passos eram longos, regulares. Depois se encurtaram e se precipitaram.

No exato instante em que Cornélius passava na frente do depósito de madeira, uma verdadeira sinfonia de sapos eclodiu e houve uma nítida parada.

Cornélius teria medo? A marcha recomeçou, mas mais irregular, às vezes com hesitação; outras, pelo contrário, com dois ou três passos tão rápidos que parecia que ele começaria a correr.

A partir de então, não houve mais silêncio, pois o coro de sapos não parou mais, preenchendo a noite.

E os passos se aceleravam. O fenômeno continuava: Maigret, por caminhar no mesmo ritmo de seu companheiro, sentia literalmente seu estado de espírito.

Cornélius estava com medo! Ele caminhava rápido porque estava com medo! Tinha pressa em chegar. Mas, quando passava perto de uma sombra de contornos estranhos, pilhas de madeiras, árvores mortas, arbustos, seu pé ficava no ar um décimo de segundo a mais.

O canal fez uma curva. Cem metros adiante, na direção da fazenda, havia o curto espaço iluminado pela luz do farol.

E o jovem pareceu hesitar sob a luz. Ele se virou. Atravessou-a correndo, virando-se de novo.

Ele a ultrapassara e continuava virado enquanto Maigret entrava tranquilamente na zona luminosa, em toda sua largura, com todo seu volume, todo seu peso.

O outro não podia não vê-lo. Ele parou. O tempo de retomar o fôlego. E seguiu caminho.

A luz estava atrás deles. À frente, havia uma janela iluminada: a da fazenda. O canto dos sapos não os seguia? Eles tinham se afastado, mas o som continuava próximo, e os envolvia como se houvesse centenas de animais a escoltá-los.

Parada brusca, definitiva, a cem metros da casa. Uma silhueta se afastou de um tronco de árvore. Uma voz cochichou.

Maigret não queria recuar. Seria ridículo. Ele não queria se esconder. Além disso, era tarde demais, pois passara pelo feixe de luz.

Sabiam que ele estava ali. Ele seguiu em frente, lentamente, desnorteado por não ter mais o outro passo para fazer eco ao seu.

A escuridão era muito densa, pois havia árvores de folhagens espessas dos dois lados da estrada. Mas havia uma luva branca em cima de alguma coisa...

Um abraço... A mão de Cornélius na cintura de uma jovem, de Beetje...

Mais cinquenta metros, no máximo... Maigret deu uma parada, tirou fósforos do bolso, acendeu um para o cachimbo, marcando com isso sua exata posição.

Depois avançou. O casal se mexia. Quando ele estava a apenas dez metros, a silhueta de Beetje se afastou, foi se postar no meio da estrada, com o rosto voltado para ele, a esperá-lo. Cornélius permanecia encostado num tronco de árvore.

Oito metros...

A janela da fazenda continuava iluminada atrás deles. Um simples retângulo avermelhado.

De repente, um gritinho rouco, indescritível, um grito de medo, de nervosismo, um desses gritos que precedem soluços e lágrimas, como um gatilho.

Era Cornélius que chorava, a cabeça nas mãos, colado à árvore para se proteger.

Beetje estava na frente de Maigret. Ela usava um casaco, mas o comissário constatou que por baixo ela estava de camisola, que estava de pernas de fora, pés nus dentro de pantufas.

– Não precisa se preocupar...

Ela estava calma! Lançou inclusive um olhar de censura a Cornélius, de impaciência.

Ele lhes virava as costas. Tentava acalmar-se. Não conseguia e tinha vergonha de sua agitação.

– Ele está nervoso... Ele acha...

– O que ele acha?

– Que será acusado...

O jovem continuava afastado. Enxugou os olhos. Ele não sairia correndo?

– Eu ainda não acusei ninguém! – disse Maigret, para dizer alguma coisa.

– Não é mesmo?

E, virada para seu companheiro, ela lhe falou em holandês. Maigret pensou entender, ou melhor, adivinhar:

– Viu só? O comissário não está acusando você! Acalme-se... Que infantil!

Mas ela se calou bruscamente. E permaneceu imóvel, com as orelhas em pé. Maigret não ouvira nada. Alguns segundos depois, ele acreditou ouvir um estalido, agora sim, na direção da fazenda.

Aquilo bastou para reanimar Cornélius, que olhava em volta, com o rosto tenso, os sentidos à espreita.

Ninguém falava.

– Vocês ouviram? – disse Beetje num murmúrio.

O jovem quis avançar na direção do barulho, com uma bravura de galo jovem. Sua respiração estava forte.

Era tarde demais. O inimigo estava muito mais perto do que o imaginado.

Foi a dez metros que uma silhueta se formou, reconhecível ao primeiro olhar: a do fazendeiro Liewens, que tinha pantufas nos pés.

– Beetje! – chamou ele.

Ela não ousou responder imediatamente. Mas, como ele repetia seu nome, ela suspirou temerosa:

– Ya!

Liewens continuava avançando. Ele passou primeiro na frente de Cornélius, fingindo não vê-lo. Talvez ainda não tivesse percebido Maigret?

O certo é que foi na frente deste que ele se postou, com o olhar duro, as narinas vibrando de raiva. Ele se continha. Permanecia rigorosamente imóvel. Quando falou, foi virando-se para a filha, e numa voz incisiva, velada.

Duas ou três frases. Ela se manteve de cabeça baixa. Então ele repetiu diversas vezes a mesma palavra, num tom de comando, e Beetje articulou em francês:

– Ele quer que eu lhe diga...

Seu pai a espiava, para ver se ela traduzia exatamente seu discurso:

– ... que na Holanda os policiais não marcam encontros com jovens à noite no campo...

Maigret corou como raras vezes lhe acontecera. Um fluxo de sangue quente fez seus ouvidos zumbirem.

A acusação era tão estúpida! Revelava tamanha má-fé!

Pois afinal Cornélius estava ali, escondido na escuridão, olhos inquietos, ombros encolhidos!

E o pai devia saber que fora por ele que Beetje saíra! Então?... O que responder?... E por intermédio de uma tradutora!

Além disso, sua resposta não era esperada! O fazendeiro estalava os dedos, como para chamar um cachorro, mostrava o caminho à filha, que hesitava, que se voltava para Maigret, não ousava olhar para o namorado e, por fim, caminhava na frente de seu pai.

Cornélius não se mexera. Ele levantou a mão, no entanto, talvez para parar o fazendeiro na passagem, mas deixou-a cair. O pai e a filha se afastaram. A porta da fazenda bateu um pouco depois.

Os sapos teriam calado durante aquela cena? Não é possível afirmar que sim, mas o concerto se tornara uma algazarra ensurdecedora.

– Você fala francês?

Cornélius não respondeu.

– Você fala francês?

– Um pouco...

Ele olhava com ódio para Maigret, abrindo a boca a contragosto, e mantinha-se de lado para dificultar um ataque.

– Por que você tem tanto medo?

Lágrimas rolaram, mas não houve soluços. Cornélius se assoou demoradamente. Suas mãos tremiam. Talvez fosse ter uma nova crise?

– Você realmente teme ser acusado de ter matado seu professor?

Maigret acrescentou, numa voz ríspida:

– Vamos caminhar!

Ele o empurrou na direção da cidade. Falou por um bom tempo, sentindo que metade das palavras não eram entendidas por seu interlocutor.

– É por você que você tem medo?

Um garoto! Um rosto magro, de traços ainda suaves, pele pálida. Ombros estreitos no uniforme justo. O quepe de aspirante da marinha acabava por oprimi-lo, fazendo dele um menino vestido de marinheiro.

E havia desconfiança em todas as suas atitudes, na expressão de sua fisionomia. Se Maigret tivesse falado alto, ele sem dúvida teria erguido os braços para aparar os golpes!

A braçadeira preta, no entanto, fazia um contraponto severo, de dar pena. Não fazia um mês que o rapaz ficara sabendo que sua mãe morrera na Índia, talvez numa noite em que ele, em Delfzijl, estava muito alegre, talvez na noite do baile anual da escola?

Ele voltaria para casa em dois anos, com o grau de terceiro oficial, e seu pai lhe mostraria um túmulo já velho, quem sabe outra mulher instalada na casa.

E a vida começaria num grande barco a vapor: os quartos de hora, as escalas, Java-Roterdã, Roterdã-Java, dois dias aqui, cinco ou seis horas ali...

– Onde você estava no momento em que o professor foi morto?

O soluço saiu, terrível, dilacerante. O garoto pegou as duas mangas de Maigret com suas luvas brancas, que tremiam convulsivamente.

– Não verdade!... Não verdade!... – ele repetiu umas dez vezes pelo menos. – *Nein*!... O senhor não entender!... Não... Não!... Não verdade!

Eles encontraram de novo o feixe leitoso do farol. A luz os cegava, os esculpia, deixando todos os detalhes em relevo.

– Onde você estava?

– Por aqui...

Por aqui, era a casa dos Popinga, o canal que ele devia estar acostumado a atravessar saltando de tronco em tronco.

Esse detalhe era importante. Popinga morrera às cinco para a meia-noite. Cornélius voltara a bordo à meia-noite e cinco.

Para percorrer o caminho pelo trajeto normal, isto é, pela cidade, ele levaria cerca de trinta minutos, mas apenas seis ou sete atravessando o canal daquela maneira e evitando fazer a volta.

Maigret caminhava, pesado e lento, ao lado do jovem, que tremia como uma folha, e, no momento em que ouviram mais uma vez o zurro do burro, Cornélius estremeceu, tiritou dos pés à cabeça como se estivesse a ponto de fugir a toda velocidade.

– Você ama Beetje?

Silêncio obstinado.

– Você a viu voltar, depois que seu professor a acompanhou?

– Não é verdade!... Não é verdade!... Não é verdade!

Maigret esteve a ponto de acalmá-lo com uma boa pancada.

No entanto, envolveu-o com um olhar indulgente, talvez afetuoso.

– Você vê Beetje todos os dias?

Silêncio de novo.

– A que horas você precisa voltar ao barco-escola?

– Dez horas... Com permissão... Quando eu ia à casa do professor, eu poder...

– Voltar mais tarde! Portanto, hoje não?

Eles estavam na beira do canal, no lugar onde Cornélius o atravessara. Maigret, com naturalidade, se dirigiu aos troncos, colocou um pé sobre um deles e quase caiu na água por não estar acostumado a eles girarem sob sua sola.

Cornélius hesitava.

– Vamos! São quase dez horas...

O garoto se surpreendeu. Ele devia estar esperando nunca mais rever o barco-escola, ser preso, jogado na prisão...

Eis que o terrível comissário o reconduzia, pegava impulso para pular como ele pelos dois metros de água no meio do canal. Eles molharam um ao outro. Na outra margem, Maigret parou para secar as calças.

– Onde é?

Ele ainda não fora para aquele lado. Estavam num grande terreno baldio situado entre o Amsterdiep e o novo canal, largo e profundo, acessível aos barcos de mar.

Ao se virar, o comissário percebeu uma janela iluminada, no primeiro andar da casa dos Popinga. Havia uma silhueta, a de Any, em movimento atrás da cortina. Era o gabinete de Popinga.

Mas não era possível adivinhar a que tarefa a jovem advogada se dedicava.

Cornélius se acalmara um pouco.

– Juro que... – começou ele.

– Não!

Aquilo o desarmou. Ele olhou para seu companheiro com tal estupefação que Maigret bateu-lhe no ombro dizendo:

– Nunca se deve jurar!... Sobretudo em sua situação... Você casaria com Beetje?

– Ya!... Ya!

– O pai dela aceitaria?

Silêncio. De cabeça baixa, Cornélius continuava caminhando por entre os velhos barcos que enchiam o terreno.

Avistava-se a ampla superfície do Ems-Canal. Num de seus meandros havia um grande barco preto e branco, com todas as vigias iluminadas. Uma proa alta. Um mastro e suas vergas.

Era um antigo barco da Marinha de Guerra holandesa; um barco de cem anos, já incapaz de navegar, que fora atracado ali para alojar os alunos da Escola Naval.

Nos arredores, silhuetas escuras, cigarros luzindo. Um som de piano vinha da sala de jogos.

De repente, um sino soou com força enquanto todas as silhuetas dispersas pelo cais se reuniam na frente da passarela e, ao longe, no caminho conduzindo à cidade, quatro retardatários chegavam correndo.

Uma verdadeira volta às aulas, apesar de todos aqueles jovens de dezesseis a vinte e dois anos usarem o uniforme de oficial da marinha, com luvas brancas e quepes rígidos de galões dourados.

Um velho quartel-mestre, debruçado no parapeito, olhava-os passar um por um, fumando seu cachimbo.

Havia vibração, juventude, alegria. Zombarias se entrecruzavam, e Maigret não podia entendê-las. Os cigarros eram jogados no momento de cruzar a passarela. E, a bordo, as perseguições continuavam, falsas brigas.

Os retardatários, sem fôlego, chegavam à passarela. Cornélius, com o rosto tenso, os olhos vermelhos, o olhar febril, se virou para Maigret.

– Vamos, ande! – resmungou este.

O outro entendeu melhor o gesto que as palavras, levou a mão ao quepe, esboçou canhestramente uma saudação militar, abriu a boca para falar.

– Tudo bem!... Corra...

Pois o quartel-mestre ia entrar, enquanto um aluno ficava de guarda na entrada.

Pelas vigias, podia-se entrever os jovens arrumando suas camas, atirando as roupas ao léu.

Maigret ficou no mesmo lugar até ver Cornélius entrar na sala, tímido, incomodado, os ombros curvados, receber um travesseiro na cara e se dirigir para uma das camas do fundo.

Outra cena começaria, mais colorida. O comissário não dera dez passos na direção da cidade quando viu Oosting, que, como ele, assistira à entrada dos alunos.

Os dois tinham certa idade e eram grandes, pesados e calmos.

Ambos não seriam um pouco ridículos por vir olhar os rapazes subindo em suas camas e fazendo lutas de travesseiro?

Eles não pareciam grandes mães corujas vigiando seus filhotes aventureiros?

Eles se olharam. O Baes continuou impassível, mas tocou a borda de seu quepe.

Sabiam que qualquer conversa era impossível entre eles, visto que não falavam a mesma língua.

– *Goed avond...* – resmungou, no entanto, o homem de Workum.

– Boa noite! – disse Maigret, como num eco.

Eles seguiam a mesma estrada, um caminho que, depois de cerca de duzentos metros, virava uma rua e entrava na cidade.

Caminhavam mais ou menos no mesmo passo. Para separá-los, seria preciso que um deles diminuísse ostensivamente o passo, e nenhum dos dois queria fazê-lo.

Oosting de tamancos. Maigret em traje de passeio. Os dois fumavam cachimbo, com a diferença que o de Maigret era de urze, e o do Baes de barro branco.

A terceira casa que eles viram era um café, onde Oosting entrou depois de bater os tamancos, que deixou no capacho, segundo o costume holandês.

Maigret pensou por um segundo e entrou por sua vez.

Havia uma dezena de marinheiros e navegadores ao redor da mesma mesa fumando cachimbos e charutos, bebendo cerveja e genebra.

Oosting apertou algumas mãos, avistou uma cadeira na qual sentou pesadamente, ouvindo a conversa geral.

Maigret se instalou a distância, sentindo que na verdade a atenção estava focada em sua pessoa. O proprietário, que estava no grupo, esperou um pouco antes de ir perguntar-lhe o que queria beber.

A genebra vinha de um recipiente de porcelana e cobre. Seu aroma reinava ali como em todos os cafés holandeses, tornando a atmosfera diferente da de um café francês.

Os pequenos olhos de Oosting riam cada vez que se fixavam no comissário.

Este esticou as pernas, colocou-as sob a cadeira, alongou-as de novo, encheu o cachimbo, para disfarçar, e o proprietário se levantou especialmente para oferecer-lhe fogo.

– *Moïe veer*!

Maigret não entendia, franzia as sobrancelhas, fazia-o repetir.

– *Moïe veer, ya!... Oost vind...*

Todos os demais ouviam, se tocavam os cotovelos. Alguém apontou para a janela, para o céu estrelado.

– *Moïe veer!...* Bom tempo!

E tentava explicar que o vento vinha do leste, o que era perfeito.

Oosting escolhia charutos de uma caixa. Remexia cinco ou seis que haviam sido colocados à sua frente. Ostensivamente, pegou um manilha negro como carvão, cuja ponta cuspiu no chão antes de acendê-lo.

Depois mostrou seu quepe novo aos companheiros.

– *Vier gulden...*

Quatro florins! Quarenta francos! Seus olhos continuavam rindo.

Mas alguém entrou, abriu um jornal, falou das últimas cotações da bolsa de Amsterdã.

E na conversa animada que se seguiu, semelhante a uma briga devido às vozes sonoras e à duração das sílabas, Maigret foi esquecido, tirou uma pequena moeda do bolso e foi para a cama, no hotel Van Hasselt.

5

As hipóteses de Jean Duclos

DO CAFÉ VAN HASSELT, onde na manhã seguinte tomava seu café, Maigret assistiu à busca que não lhe fora anunciada. É verdade que ele se contentara com um breve encontro com a polícia holandesa.

Deviam ser oito horas da manhã. A bruma não se dissipara totalmente, mas sentia-se que o sol de um belo dia estava por trás dela. Um cargueiro finlandês saía do porto, puxado por um rebocador.

Na frente de um pequeno café, numa esquina do cais, havia um grande ajuntamento de homens, todos de tamancos e quepes de marinheiro, discutindo em pequenos grupos.

Era o encontro dos *schippers*, marinheiros cujos barcos de todos os modelos enchiam uma doca do porto, fervilhante de mulheres e crianças.

Mais adiante, outro grupo, um punhado de homens: o Clube dos Ratos do Cais.

Dois guardas em uniforme acabavam de chegar. Eles subiam no convés do barco de Oosting, e este surgia na escotilha, pois, quando estava em Delfzijl, sempre dormia a bordo.

Um civil chegava por sua vez: o senhor Pijpekamp, o inspetor que estava à frente da investigação. Ele retirou seu chapéu, falou educadamente. Os dois guardas desapareceram no interior.

A busca começava. Todos os *schippers* perceberam. No entanto, não houve o menor ajuntamento de pessoas, nem mesmo um movimento de curiosidade aparente.

O Clube dos Ratos do Cais também não reagia. Alguns olhares, em tudo e para tudo.

A coisa durou uma boa meia hora. Os guardas, ao sair, fizeram a saudação militar. O senhor Pijpekamp pareceu desculpar-se.

Naquela manhã, o Baes não parecia querer descer à terra. Em vez de ir se unir a seu grupo de amigos, um pouco mais adiante, ele se sentou no banco de vigia, pernas cruzadas, olhou para o horizonte, onde o cargueiro finlandês avançava pesadamente, e ficou imóvel fumando seu cachimbo.

Quando Maigret se virou, Jean Duclos descia de seu quarto carregando uma pasta, livros e dossiês, que foi colocar sobre a mesa que reservara para si.

Ele perguntou, sem saudar Maigret:

– Então?

– Então, acho que lhe desejo um bom dia...

O outro olhou para ele com certa surpresa e deu de ombros, como para dizer que não valia a pena se ofender.

– O senhor descobriu alguma coisa?

– E o senhor?

– O senhor sabe que em princípio não tenho o direito de sair daqui. O seu colega holandês felizmente entendeu que meus conhecimentos poderiam lhe ser úteis e sou mantido a par dos resultados da investigação... Algo em que a polícia francesa poderia às vezes se inspirar...

– Claro!

O professor se precipitou na direção da senhora Van Hasselt, que entrava com os cabelos cheios de grampos, cumprimentou-a como se estivesse num salão e provavelmente perguntou sobre sua saúde.

Maigret, por sua vez, olhou para os papéis espalhados, reconheceu novas plantas e esquemas, não apenas da casa dos Popinga, mas da cidade quase inteira, com traços pontilhados que deviam representar o caminho seguido por algumas pessoas.

O sol, que atravessava os vidros multicores das janelas, enchia a sala de paredes envernizadas com uma luz verde, vermelha e azul. Um caminhão de cerveja parara diante da porta e, durante toda a conversa que se seguiu, dois gigantes não cessaram de rolar tonéis pelo chão, observados pela senhora Van Hasselt em roupas matinais. Jamais o cheiro de genebra e cerveja fora tão denso. Maigret nunca se sentira tanto na Holanda.

– O senhor descobriu o culpado? – indagou ele, meio a sério, meio a brincar, apontando para os dossiês.

Um olhar vivo e agudo de Duclos. E a réplica:

– Começo a crer que os estrangeiros têm razão! O francês é acima de tudo um homem que não consegue evitar a ironia... No momento, ela cai mal, senhor!

Maigret olhava para ele sorrindo, nem um pouco desconcertado. O outro continuava:

– Não descobri o assassino, não! Talvez eu tenha feito um pouco mais. Analisei o drama. Dissequei-o. Isolei todos os elementos e agora...

– Agora?

– Sem dúvida um homem como o senhor, aproveitando minhas deduções, encerrará o caso.

Ele se sentara. Estava decidido a falar, mesmo naquele ambiente que ele mesmo tornara hostil. Maigret se instalou à sua frente, pediu um copo de *Bols*.

– Estou ouvindo!

– O senhor observará primeiro que nem lhe pergunto o que o senhor fez, nem o que o senhor pensa. Chego ao primeiro assassino possível, isto é, eu... Eu tinha, se posso dizer, a melhor posição estratégica para matar Popinga e, além disso, fui visto com a arma do crime nas mãos alguns instantes depois do atentado.

"Não sou rico, e, se sou conhecido no mundo inteiro, ou quase, é por um pequeno número de intelectuais. Levo uma vida difícil, medíocre...

Só que não houve roubo e de maneira alguma eu poderia esperar algum ganho com a morte do professor...

"Espere! Isso não quer dizer que eu não possa ser incriminado. Não deixarão de lembrar que ao longo da noite, como discutíamos a polícia científica, defendi a tese de que um homem inteligente cometendo um crime, a sangue-frio, fazendo uso de todas as suas faculdades, poderia resistir a uma polícia pouco instruída...

"Daí que alguns deduzirão que eu quis ilustrar minha teoria com um exemplo. Entre nós, posso afirmar-lhe que, se assim fosse, a possibilidade de suspeitar de mim nem sequer existiria."

– À sua saúde! – disse Maigret, que seguia as idas e vindas dos cervejeiros de pescoço de touro.

– Prossigo. E digo que, se não cometi esse crime, e mesmo assim ele foi cometido, como tudo leva a crer, por alguém de dentro da casa, toda a família é culpada...

"Não se assuste! Olhe esta planta! E, acima de tudo, tente entender as considerações psicológicas que vou desenvolver..."

Dessa vez, Maigret não pôde deixar de sorrir diante da desdenhosa condescendência do professor.

– O senhor sem dúvida ouviu falar que a senhora Popinga, nascida Van Elst, pertence ao ramo mais puritano da Igreja protestante. Seu pai, em Amsterdã, é conhecido como feroz conservador. E sua irmã, Any, aos vinte e cinco anos, já se interessa por política, com as mesmas ideias...

"O senhor está aqui desde ontem apenas, e há costumes que ainda não conhece. Por exemplo, o senhor sabia que um professor da Escola Naval receberia uma severa reprimenda de seus superiores se fosse visto simplesmente entrando num café como este?

"Um deles foi demitido somente por se obstinar a receber um jornal considerado avançado...

"Só vi Popinga uma noite. Isso me bastou, sobretudo depois de ouvir falar dele...

"O senhor diria um bom sujeito! E mesmo um bom rapagão! Um rosto de boneca!... Olhos claros, alegres!

"No entanto, ele era viajado, como marinheiro. Ao voltar, vestiu como que um uniforme de austeridade. Mas o uniforme se rasgava em todas as costuras...

"O senhor está entendendo? O senhor vai sorrir! Um sorriso de francês. Há quinze dias, houve a reunião semanal do clube ao qual ele pertencia... Os holandeses, não podendo ir a cafés, se reúnem com o nome de clube numa sala reservada, jogam bilhar, boliche...

"Pois bem, há quinze dias, Popinga, às onze da noite, estava bêbado... Na mesma semana, a obra presidida por sua mulher fazia uma coleta para comprar roupas para os nativos das ilhas oceânicas. E ouvia-se Popinga afirmar, com as bochechas vermelhas, os olhos brilhantes:

"– Que tolice! Se eles estão tão bem nus!... Em vez de comprar-lhes roupas, faríamos melhor imitando-os...

"Claro, o senhor sorri! Porque não parece importante! Mesmo assim, o escândalo ainda é lembrado, e, se o funeral de Popinga for em Delfzijl, alguns evitarão comparecer!

"Destaquei apenas um detalhe, de cem, de mil! Era em todas as costuras, como lhe disse, que Popinga rompia sua fantasia de respeitabilidade!

"Apenas avalie a importância do fato de se embebedar aqui! Alguns alunos o encontraram naquele estado! Talvez seja por isso que o adorem!

"Agora, reconstitua a atmosfera da casa na beira do Amsterdiep. Lembre-se da senhora Popinga, de Any...

"Olhe pela janela. Dos dois lados, o senhor enxerga o fim da cidade. É tudo pequeno. Todo mundo se conhece. Um escândalo não leva uma hora para ser conhecido pela população inteira...

"Inclusive as relações de Popinga com aquele a quem chamam de Baes, que, é preciso dizer, é uma espécie de bandido! Eles pescavam cação juntos. O professor bebia genebra a bordo do barco de Oosting...

"Não peço para o senhor tirar uma conclusão agora. Apenas repito, lembre-se bem desta frase, que, *se o crime foi cometido por alguém de dentro da casa, toda a casa é culpada...*

"Resta a louquinha da Beetje, que Popinga nunca deixava de acompanhar até em casa... O senhor quer mais um traço de seu caráter? Essa

Beetje é a única que toma banho, todos os dias, não com um traje de banho com saiote, como todas as mulheres daqui, mas de maiô colante... E vermelho, ainda por cima!

"Deixo-o continuar sua investigação. Quis dar-lhe alguns elementos que a polícia costuma negligenciar...

"Quanto a Cornélius Barens, para mim ele faz parte da família, ao lado das mulheres...

"De um lado, se o senhor quiser, a senhora Popinga, sua irmã Any e Cornélius...

"Do outro, Beetje, Oosting e Popinga...

"Se o senhor entendeu o que eu lhe disse, talvez chegue a um resultado."

– Uma pergunta – disse Maigret com gravidade.

– Estou ouvindo.

– O senhor também é protestante?

– Pertenço à Igreja reformada, mas não pertenço à mesma Igreja...

– De que lado da barricada o senhor se coloca?

– Eu não gostava de Popinga!

– Mas...?

– Eu desaprovo o crime, seja qual for!

– Ele não colocou jazz e dançou, enquanto o senhor conversava com as mulheres?

– Mais um traço de personalidade que eu ainda não pensara em lhe descrever.

Maigret estava admiravelmente sério, solene, enquanto se levantava, declarando:

– Em suma, quem o senhor me aconselha a prender?

O professor Duclos teve um sobressalto.

– Não falei em prisão. Dei-lhe algumas diretrizes gerais, no âmbito da ideia pura, se posso dizer...

– Claro!... Mas, no meu lugar?

– Não sou da polícia! Busco a verdade pela verdade, e o fato de eu ser suspeito não influencia meu julgamento...

– Então não se deve prender ninguém?

– Eu não disse isso... Eu...

– Muito obrigado! – concluiu Maigret, estendendo a mão.

E ele bateu em seu copo com uma moeda para chamar a proprietária. Duclos o olhou de viés.

– Um gesto a evitar aqui! – murmurou ele. – Pelo menos se o senhor quiser passar por um *gentleman*...

O alçapão por onde os tonéis de cerveja desceram à adega estava sendo fechado. O comissário pagou, lançou um último olhar para os papéis de Duclos.

– Portanto, ou o senhor, ou toda a família...

– Eu não disse isso... Ouça...

Mas ele já estava na porta. De costas, deixava seu rosto relaxar e, se não ria às gargalhadas, abria um sorriso radiante.

Lá fora, um banho de sol, de calor, de quietude. O vendedor de ferragens estava na soleira da porta. O pequeno judeu que vendia material para barcos contava suas âncoras e marcava-as com um risco de tinta vermelha.

A grua continuava descarregando carvão. Alguns *schippers* içavam suas velas, não para partir, mas para secá-las. E o emaranhado de mastros era como um grande cortinado que balançava suavemente, branco ou marrom.

Oosting fumava seu curto cachimbo de barro, nos fundos de sua embarcação. Alguns Ratos do Cais discutiam sem exaltação.

Mas, olhando na direção da cidade, viam-se casas burguesas, bem pintadas, com seus vidros limpos, suas cortinas imaculadas e plantas em todas as janelas. No lado de dentro dessas janelas, uma escuridão impenetrável.

Aquilo não adquiria um novo sentido, depois da conversa com Jean Duclos?

De um lado, o porto, os homens de tamanco, os barcos, as velas, o cheiro de alcatrão e água salgada...

Do outro, as casas fechadas, de móveis lustrados, tapeçarias escuras, onde se comentava por quinze dias a fio sobre um professor da Escola Naval que bebera um copo ou dois a mais.

O mesmo céu, de uma limpidez onírica. Mas que fronteira entre aqueles dois mundos!

Então Maigret imaginava Popinga, que ele nunca vira, nem mesmo morto, com um rosto rosado, que revelava seu bom apetite.

Ele o imaginava naquela fronteira, olhando para o barco de Oosting, o cinco mastros cuja tripulação pilhara todos os portos da América do Sul, os paquetes holandeses à frente dos quais, na China, atracavam embarcações cheias de mulheres miúdas e belas como bibelôs...

Só lhe permitiam ter um bote inglês envernizado, com cobres polidos, sobre as águas rasas do Amsterdiep, onde era preciso se esgueirar por entre os troncos vindos do Norte e das florestas equatoriais.

Pareceu a Maigret que o Baes o olhava de maneira especial, como se quisesse se aproximar dele, falar com ele. Mas era impossível! Eles não podiam trocar nem duas palavras!

Oosting sabia disso, continuava imóvel, se contentava em fumar um pouco mais rápido, enquanto suas pálpebras se fechavam pela metade por causa do sol.

Cornélius Barens, àquela hora, estava sentado num banco escolar assistindo a alguma aula de trigonometria ou astronomia. Ainda devia estar pálido.

O comissário foi sentar-se numa estaca para amarras, de bronze, quando percebeu o inspetor Pijpekamp caminhando na sua direção, a mão estendida.

– O senhor descobriu alguma coisa esta manhã, a bordo do barco?

– Ainda não... Foi uma formalidade...

– O senhor suspeita de Oosting?

– Temos o quepe...

– E o charuto!

– Não! O Baes fuma apenas charutos *brasil*, e aquele era um *manilha*...

– E...?

Pijpekamp o puxou para um pouco mais longe, para não ficar sob o olhar do dono da ilha de Workum.

– A bússola de bordo pertenceu a um barco de Helsingfors... As boias de salvamento vêm de um carvoeiro inglês... Tudo é assim...

– Roubos?

– Não! É sempre assim! Quando um cargueiro chega ao porto, há sempre alguém, um mecânico, um terceiro oficial, um marinheiro, às vezes o capitão, para revender alguma coisa... O senhor entende?... Dizem à companhia que as boias foram perdidas numa onda forte... Que a bússola não funcionava mais... E os fogos sinalizadores!... E tudo!... Às vezes até um bote!

– Mas isso não prova nada!

– Nada! O judeu, cujo comércio o senhor está vendo, vive apenas desse tráfico...

– E sua investigação?

O inspetor virou a cabeça com ar preocupado.

– Eu disse ao senhor que Beetje Liewens não voltara para casa imediatamente... Ela voltou sobre seus passos... Correto?... É francês?

– Sim! Continue!

– Talvez ela não tenha atirado...

– Ah!

O inspetor decididamente não estava à vontade. Ele sentia a necessidade de baixar a voz, de levar Maigret para uma parte do cais absolutamente deserta antes de continuar:

– Há pilhas de madeiras... O senhor viu?... O *timmerman*... Em francês se diz carpinteiro... Sim!... O carpinteiro diz que já viu, à noite, Beetje e o senhor Popinga... Sim!... Os dois...

– À sombra da pilha de madeiras, claro!

– Sim!... E acho...

– O senhor acha...?

– Podia haver duas outras pessoas por perto... Isso! O jovem da escola, Cornélius Barens. Ele queria casar com Beetje... Encontramos a fotografia da jovem em sua mala...

– Mesmo?

– Depois, o senhor Liewens... O pai de Beetje... Ele é muito importante... Cria vacas para exportação... Ele as exporta inclusive para a Austrália... Ele é viúvo... Não tem mais filhos...

– Ele poderia ter matado Popinga?

O inspetor estava tão constrangido que Maigret tinha quase pena dele. Via-se que lhe era penoso acusar um homem importante, criador de vacas exportadas inclusive para a Austrália.

– Se ele viu, não é mesmo?

Maigret era impiedoso.

– Se ele viu o quê?

– Perto da pilha de madeiras... Beetje e o professor...

– Ah, sim!

– É totalmente confidencial...

– Claro!... Mas Barens?

– Talvez ele tenha visto também... Talvez tenha ficado com ciúme... No entanto, ele estava na escola cinco minutos depois do crime... Isso, não consigo entender...

– Em resumo – disse o comissário, com a mesma gravidade com que falara com Jean Duclos –, o senhor suspeita do pai de Beetje e de seu apaixonado Cornélius...

Silêncio constrangedor.

– Depois o senhor suspeita de Oosting, cujo quepe foi encontrado na banheira...

Pijpekamp esboçou um gesto de desencorajamento.

– Depois, claro, do homem que deixou na sala de jantar um charuto de tabaco de Manila... Quantos vendedores de charutos há em Delfzijl?

– Quinze...

– Isso não facilita as coisas. Por fim, o senhor suspeita do professor Duclos...

– Por causa do revólver em sua mão... Não posso deixá-lo partir... O senhor entende?

– Claro que entendo!

Eles andaram cinquenta metros em silêncio.

– O que o senhor acha? – murmurou por fim o policial de Groningen.

– Esta é a questão! E a diferença entre nós dois! O senhor acha alguma coisa! Acha inclusive muitas coisas! Enquanto eu, creio, ainda não acho nada...

De repente, uma pergunta:

– Beetje Liewens conhecia o Baes?

– Não sei. Acho que não...

– Cornélius o conhecia?

Pijpekamp passou a mão na testa.

– Talvez sim... Talvez não... Provavelmente não!... Posso descobrir...

– Isso! Tente descobrir se eles mantinham qualquer relação antes do crime...

– O senhor acha?

– Eu não acho absolutamente nada! Mais uma pergunta: há rádio na ilha Workum?

– Não sei.

– Resta saber.

Não é possível dizer como aquilo acontecera, mas agora havia uma espécie de hierarquia entre Maigret e seu companheiro, que o olhava mais ou menos como olharia para um superior.

– Estude, portanto, esses dois pontos! Quanto a mim, tenho uma visita a fazer...

Pijpekamp era educado demais para fazer uma pergunta sobre o objetivo da visita, mas seus olhos estavam cheios de interrogação.

– À senhorita Beetje! – concluiu Maigret. – O caminho mais curto?

– Ao longo do Amsterdiep...

Via-se o barco-piloto de Delfzijl, um belo vapor de quinhentas toneladas, descrevendo uma curva no Rems antes de entrar no porto. E o Baes, que percorria a passos lentos, mas pesados, com energia concentrada, o convés de seu barco, a cem metros dos Ratos do Cais, entorpecidos pelo sol.

6

As cartas

FOI POR ACASO QUE MAIGRET não margeou o Amsterdiep e tomou o caminho por dentro das propriedades.

A fazenda, ao sol das onze horas da manhã, lembrou-o de seus primeiros passos em solo holandês, a jovem de botas de borracha num estábulo moderno, o salão burguês e o bule numa capa de matelassê.

A mesma calma reinava. Bem longe, quase no horizonte infinito, uma grande vela avermelhada flutuava acima dos campos, lembrando um navio fantasma a navegar num oceano de relva.

Como da primeira vez, um cachorro latiu. Passaram bons cinco minutos antes que a porta se abrisse, mas apenas alguns centímetros, o suficiente para deixar ver o rosto vermelho e o avental quadriculado da criada.

De resto, ela esteve a ponto de fechar a porta antes mesmo de Maigret falar.

– A senhorita Liewens? – perguntou ele.

O jardim os separava. A velha permanecia na soleira e o comissário estava atrás da grade. Entre eles, o cachorro, que observava o intruso mostrando os dentes.

A criada meneou negativamente a cabeça.

– Ela não está?... *Niet hier*?

Maigret aprendera três ou quatro palavras de holandês.

Mesmo sinal negativo.

– E o senhor?... *Mijnheer*?

Um último sinal e a porta voltou a fechar. Mas, como o comissário não foi embora imediatamente, a porta se moveu, alguns milímetros dessa vez, e Maigret imaginou a velha espiando-o.

Se ele demorava, era por ter visto uma cortina balançar, na janela que sabia ser a da jovem. Atrás daquela janela, um rosto se delineava. Era difícil distingui-lo. Mas o que Maigret distinguiu muito bem, no entanto, foi um leve movimento de mão, um movimento que talvez fosse simplesmente um bom-dia, mas que provavelmente queria dizer:

– Estou aqui... Não insista... Cuidado!

A velha atrás da porta, de um lado. Aquela mão leitosa, do outro. E o cachorro que saltava na grade latindo. Ao redor, as vacas, nos campos, pareciam artificiais de tanta imobilidade.

Maigret arriscou uma pequena experiência. Ele deu dois passos para a frente, como se fosse cruzar a grade mesmo assim. Não pôde deixar de sorrir, pois não apenas a porta se fechou apressadamente, como o próprio cão, antes tão feroz, recuou, com o rabo entre as pernas.

Dessa vez o comissário foi embora, pegou o caminho do Amsterdiep. O que se concluía daquela visita era que Beetje fora trancada e que ordens haviam sido dadas pelo fazendeiro para mandar o francês embora.

Maigret fumava seu cachimbo em pequenas baforadas pensativas. Ele olhou por um momento para a pilha de madeiras onde a jovem e Popinga tinham parado, onde sem dúvida paravam com frequência, segurando as bicicletas com uma mão, se abraçando com o outro braço...

O que continuava dominando na atmosfera era a calma. Uma calma serena, quase absoluta demais. Uma calma capaz de fazer um francês acreditar que toda aquela vida era tão artificial quanto um cartão-postal.

Por exemplo, ele se virou de repente, viu a alguns metros de si um barco com um quebra-mar alto que não ouvira chegar. Reconheceu a vela, mais larga que o canal. Era a que ele avistara um pouco antes no horizonte e que já estava ali, sem que parecesse possível que tivesse percorrido distância tão longa.

Na popa, uma mulher amamentava um bebê e empurrava o leme com os quadris. Um homem, a cavalo no mastro, as pernas pendentes sobre a água, consertava o cabo que o segurava.

O barco passou na frente da casa dos Wienands, depois na frente da dos Popinga, e a vela era mais alta que os telhados. Ela cobriu por um momento toda a fachada com uma grande sombra móvel.

Mais uma vez Maigret parou, hesitou. A criada dos Popinga lavava a entrada, com a cabeça baixa, quadril erguido, e a porta aberta.

Ela se sobressaltou ao senti-lo de repente atrás de si. A mão que segurava o esfregão tremeu.

– A sra. Popinga? – disse ele apontando para o interior da casa.

Ela quis passar à sua frente. Mas estava atrapalhada com o esfregão, que pingava água suja. Ele entrou na frente, no corredor. Ouviu uma voz de homem no salão e bateu à porta.

Fez-se silêncio, de repente. Um silêncio total, implacável. Até mais do que um silêncio: uma espera, como a suspensão momentânea da vida.

Finalmente, dois passos. Uma mão tocou a maçaneta, por dentro. A porta se moveu. Maigret viu primeiro Any, que acabava de abri-la e o olhava secamente. Depois, ele distinguiu uma silhueta de homem em pé atrás da mesa, com polainas ocres, um terno de tecido grosso.

O fazendeiro Liewens!

Apoiada na chaminé, por fim, escondendo o rosto entre as mãos, a sra. Popinga.

Era evidente que a chegada do intruso interrompia uma conversa importante, uma cena dramática, provavelmente uma briga.

Em cima da mesa coberta com uma toalha bordada, cartas estavam espalhadas como se tivessem sido violentamente jogadas, em desordem.

O rosto do fazendeiro era o mais irritado, mas também foi o que se fechou mais rápido.

– Estou interrompendo... – começou Maigret.

Ninguém respondeu. Ninguém abriu a boca. No entanto, a sra. Popinga, depois de um olhar lacrimejante à sua volta, saiu da peça e se dirigiu quase correndo para a cozinha.

– Acreditem, lamento interromper a conversa...

Liewens falou por fim, em holandês. Ele dirigia à jovem algumas frases incisivas e o comissário não pôde deixar de perguntar:

– O que ele disse?

– Que voltará! Que a polícia francesa...

Ela procurava o que dizer, constrangida:

– ... está exageradamente atrevida, não é mesmo? – disse em seu lugar o policial. – Já tivemos a oportunidade de nos encontrar, o senhor e eu...

O outro tentava entender, prestando atenção à entonação, às expressões de Maigret.

E o comissário, por sua vez, deixava seu olhar cair sobre as cartas, sobre a assinatura de uma delas: *Conrad*.

O mal-estar chegou ao auge. O fazendeiro foi buscar seu boné sobre uma cadeira, mas não saiu.

– Ele acaba de trazer as cartas que o seu cunhado escrevia para a filha dele?

– Como o senhor sabe?

Óbvio! A cena era fácil de reconstituir, com aquela atmosfera arrepiante de tão densa! Liewens chegando, segurando o fôlego para dominar a raiva. Liewens sendo introduzido no salão, onde o recebiam duas mulheres assustadas, começando a falar de repente, atirando as cartas em cima da mesa!

A sra. Popinga, alvoroçada, escondendo o rosto nas mãos, talvez se recusando a acreditar nas evidências, ou então vencida a ponto de nada poder dizer...

E Any tentando resistir ao homem, discutindo...

Fora então que alguém batera, que todo mundo se paralisara, que Any abrira a porta.

Maigret, nessa reconstituição, se enganava pelo menos quanto ao caráter de um desses personagens. Pois a sra. Popinga, que ele imaginava na cozinha, arrasada depois daquela revelação, sem nervos, sem forças, voltou um pouco depois, calma como somente é possível no auge da emoção.

Lentamente, foi colocando cartas em cima da mesa. Ela não as jogava. Ela as depositava. Olhava para o fazendeiro, depois para o comissário. Abriu diversas vezes a boca, antes de conseguir falar, e então disse:

– Precisamos julgar... Alguém precisa ler...

O rosto de Liewens, no mesmo instante, foi invadido por um fluxo de sangue. Ele era holandês demais para se precipitar na direção das cartas, mas elas o atraíam como uma vertigem.

Uma letra de mulher... Papel azulado... Cartas de Beetje, evidentemente...

Uma coisa impressionava: a desproporção entre as duas pilhas. Talvez houvesse dez bilhetes de Popinga, de uma só folha, quase todos com quatro ou cinco linhas.

Havia umas trinta cartas de Beetje, longas, compactas!

Conrad estava morto. Restavam aquelas duas pilhas desiguais, e as madeiras empilhadas, cúmplices dos encontros ao longo do Amsterdiep.

– É melhor se acalmar! – disse Maigret. – E talvez seja preferível ler as cartas, sem raiva...

O fazendeiro olhava para ele com uma intensidade extraordinária e deve ter entendido, pois inconscientemente deu um passo na direção da mesa.

Maigret estava apoiado nela com as duas mãos. Ele pegou um bilhete de Popinga, ao acaso.

– Poderia ter a bondade de traduzi-lo, senhorita Any?

Mas a jovem não parecia estar ouvindo. Ela olhava para as letras sem nada dizer. Sua irmã tomou o bilhete de suas mãos, austera e digna.

– Este foi escrito na escola – disse ela. – Não há data. Acima, está escrito *seis horas*. Depois:

Minha pequena Beetje,

Será melhor não vir esta noite, porque o diretor virá tomar uma xícara de chá em minha casa.

Até amanhã. Beijos.

Ela olhou em volta com ar de calmo desafio. Pegou outro bilhete. Leu-o lentamente:

Pequena e bela Beetje,

Você precisa se acalmar. É preciso pensar que a vida ainda é longa. Tenho muito trabalho por causa das provas dos alunos do nono ano. Não poderei ir esta noite.

Por que você sempre diz que não amo você? Não posso deixar a escola. O que faríamos? Fique calma. Temos tempo à nossa frente. Um beijo afetuoso.

Como Maigret parecia dizer que aquilo bastava, a sra. Popinga pegou outra carta:

– Há esta aqui, talvez a última:

Minha Beetje,

É impossível! Suplico-lhe para ser razoável. Você sabe que não tenho dinheiro e que levaria muito tempo para encontrar uma posição no exterior.

Você precisa ser mais prudente e não se irritar. E, sobretudo, é preciso ser confiante!

Nada tema! Se acontecesse o que você teme, eu cumpriria o meu dever.

Estou nervoso porque tenho bastante trabalho neste momento e quando penso em você trabalho mal. O diretor me chamou a atenção ontem. Fiquei muito triste.

Tentarei sair amanhã à noite dizendo que irei ver um barco norueguês no porto.

Um abraço, pequena Beetje.

A sra. Popinga olhou para cada um, cansada, os olhos apagados. Sua mão se dirigiu para a outra pilha, a que ela trouxera, e o fazendeiro estremeceu. Ela pegou uma carta, ao acaso.

Querido Conrad, a quem amo,

Uma boa notícia: para o meu aniversário, papai colocou mais mil florins em minha conta no banco. É o suficiente para ir à América, pois olhei no jornal a passagem de navio. E podemos viajar de terceira classe!

Mas por que você não está mais com pressa? Eu não vivo mais. A Holanda me sufoca. Tenho a impressão de que as pessoas de Delfzijl me olham com reprovação...

E, no entanto, estou tão feliz e tão orgulhosa de pertencer a um homem como você!

É preciso partir antes das férias, pois papai quer que eu vá passar um mês na Suíça e eu não quero. Senão nosso grande projeto ficará apenas para o inverno.

Comprei livros de inglês. Já sei várias frases.

Logo! Logo! E teremos a nossa bela vida! Não é mesmo?... Não podemos mais ficar aqui!... Sobretudo agora!... Acho que a sra. Popinga me trata com frieza... E sempre tenho medo de Cornélius, que me corteja e que não consigo desencorajar... É um bom garoto, bem-educado, mas como é tolo!

Sem contar que não é um homem, Conrad, um homem como você, que viajou por tudo, que sabe tudo...

Você se lembra que, há um ano, eu me colocava em seu caminho e você nem me olhava?

E agora talvez eu vá ter um filho seu!... Em todo caso, eu poderia!

Mas por que você é tão frio?... Você não me ama mais?

A carta não acabara, mas a voz enfraquecera tanto na garganta da sra. Popinga que ela se calou. Seus dedos vasculharam a pilha de cartas. Ela procurava alguma coisa.

Ela ainda leu mais uma frase, do meio de um bilhete:

... vou acabar acreditando que você ama mais sua mulher do que a mim, vou acabar ficando com ciúme dela, detestando ela... Se não, por que você se recusaria a partir agora?

O fazendeiro não podia entender as palavras, mas sua atenção era tão intensa que era de se jurar que ele adivinhava o que era dito.

A sra. Popinga engoliu a saliva, pegou uma última folha, leu numa voz mais contida ainda:

... Ouvi falar que Cornélius estaria mais apaixonado pela sra. Popinga do que por mim e que os dois se entendem muito bem... Se isso fosse verdade!... Então, ficaríamos tranquilos e você não teria mais escrúpulos...

O papel caiu de suas mãos, foi parar no tapete, aos pés de Any, que o olhou fixamente.

E houve um novo silêncio. A sra. Popinga não chorava. No entanto, tudo nela era trágico, com uma dor contida, uma dignidade obtida às custas de um esforço incrível, trágico também pelo sentimento admirável que o animava.

Ela voltara para defender Conrad! Estava à espera de um ataque. Ela ainda iria lutar, se fosse preciso.

– Quando a senhora descobriu as cartas? – perguntou Maigret constrangido.

– No dia seguinte ao...

Ela se engasgou. Abriu a boca para deixar entrar um pouco de ar. Suas pálpebras se incharam.

– ... ao que Conrad...

– Sim!

Ele entendera. Olhava para ela com compaixão. Ela não era bonita. No entanto, tinha traços regulares. Não tinha as imperfeições que tornavam o rosto de Any desagradável.

Ela era grande e forte, sem ser gorda. Uma moldura de cabelos bonitos enquadrava seu rosto um pouco rosado de holandesa.

Mas ele não teria preferido que ela fosse feia? Ele se afastava daqueles traços regulares, daquela expressão sensata, ponderada, como de um imenso aborrecimento.

Seu sorriso também devia ser um sorriso sensato, comedido, e sua alegria uma alegria discreta!

Aos seis anos, ela devia ser uma criança séria! Aos dezesseis, devia ser a mesma de hoje!

Uma daquelas mulheres que parecem ter nascido para serem irmãs, ou tias, ou enfermeiras, ou viúvas patrocinando obras de caridade.

Conrad não estava ali e Maigret nunca o sentira tão vivo quanto naquele momento, com seu rosto de menino, sua gula, ou melhor, seu apetite pela vida, sua timidez, seu medo de se chocar de frente com alguém, e aquele rádio cujos botões ele ligava por horas a fio para sintonizar canções de jazz de Paris, os ciganos de Budapeste, a opereta de Viena, ou os chamados distantes de barco para barco...

Any se aproximou da irmã como nos aproximamos de alguém que sofre e que vai fraquejar. Mas a sra. Popinga caminhou na direção de Maigret, pelo menos dois passos.

– Eu nunca pensei... – murmurou ela. – Nunca!... Eu vivia... Eu... E, quando ele morreu, eu...

Ele adivinhou, por sua maneira de respirar, que ela tinha uma doença cardíaca, e no momento seguinte ela confirmava essa hipótese ao ficar um bom tempo imóvel, com uma mão sobre o peito.

Alguém se mexia na sala: o fazendeiro, com o olhar duro, febril, que avançara na direção da mesa e pegava as cartas da filha com um nervosismo de ladrão que teme ser surpreendido.

Ela o deixou agir. Maigret também.

Ele não ousou, no entanto, ir embora. E começou a falar, não se dirigindo a ninguém em particular. A palavra *Franzose* feriu os ouvidos de Maigret, e ele teve a impressão de compreender o holandês, sem dúvida da mesma maneira que Liewens, naquele dia, compreendera o francês.

Ele reconstituiu a frase, mais ou menos:

"– Vocês achavam necessário contar essas coisas ao francês?"

Ele deixou cair seu boné no chão, juntou-o, inclinando-se na frente de Any, que estava em seu caminho, mas para ela apenas murmurou sílabas ininteligíveis e saiu. A criada devia ter acabado de lavar a entrada, pois ouviu-se a porta da frente abrir e fechar, depois passos se afastando.

Apesar da presença da jovem, Maigret ainda perguntou, com uma candura de que não parecia capaz:

– A senhora tinha mostrado essas cartas à sua irmã?

– Não! Mas quando esse homem...

– Onde elas estavam?

– Na gaveta do criado-mudo... Eu nunca a abria... Era ali também que ficava o revólver...

Any falou em holandês e a sra. Popinga traduziu maquinalmente:

– Minha irmã está dizendo que eu deveria ir deitar... Porque há três noites que não durmo... Ele não teria partido... Ele foi imprudente uma vez, não é mesmo? Ele amava rir, brincar... Lembrei de detalhes... Beetje sempre vinha trazer frutas e bolos que ela mesma fazia... Eu achava que eram para mim... Depois, vinha nos convidar para jogar tênis... Sempre quando ela sabia que eu não tinha tempo!... Mas eu não queria ver o mal...

Eu ficava contente por Conrad descansar um pouco... Porque ele trabalhava bastante e, para ele, Delfzijl era triste... No ano passado, ela quase foi a Paris conosco... E por insistência minha!

Ela dizia aquilo calmamente, com um cansaço no qual se percebia um pouco de rancor.

– Ele não queria ir embora... O senhor ouviu... Mas ele tinha medo de magoá-la... Era seu caráter... Ele foi repreendido porque dava notas boas demais nas provas... Por causa disso, meu pai não gostava dele...

Ela recolocou um bibelô no lugar e esse gesto preciso de dona de casa contrastou com a atmosfera ambiente.

– Eu queria apenas que tudo terminasse... Porque não querem nem que ele seja enterrado... O senhor entende?... Não sei mais nada!... Quero que o devolvam!... Deus se encarregará de punir o culpado...

Ela se animou. Continuou numa voz mais firme:

– Sim... É no que acredito!... Essas coisas, não é mesmo? Trata-se de uma questão entre Deus e o assassino... Nós, o que podemos saber?

Ela estremeceu, como que tomada por uma ideia. Apontou para a porta e disse rapidamente:

– Talvez ele vá matá-la!... Ele é capaz!... Seria horrível...

Any olhava para ela com certa impaciência. Devia estar considerando inúteis todas aquelas palavras, e foi com voz firme que pronunciou:

– O que o senhor pensa, agora, senhor comissário?

– Nada!

Ela não insistiu, mas seu rosto expressou seu descontentamento:

– Não penso nada, porque, em primeiro lugar, temos o quepe de Oosting! – disse ele. – A senhorita ouviu as teorias de Jean Duclos. A senhorita leu as obras de Grosz que ele mencionou... Um princípio: não se deixar desviar da verdade por considerações psicológicas... Seguir até o fim o raciocínio resultante dos indícios materiais...

Impossível saber se ele estava zombando ou falando sério.

– Ora, temos um quepe e um pedaço de charuto! Alguém os trouxe, ou os colocou na casa...

A sra. Popinga suspirou para si mesma:

– Não posso crer que Oosting...

E, de repente, erguendo a cabeça:

– Isso me faz pensar em algo que eu tinha esquecido...

Mas ela se calou, temendo ter falado demais, como se estivesse assustada com as consequências de suas palavras!

– Diga!

– Não!... Não significa nada!

– Por favor...

– Quando Conrad ia pescar cação nos bancos de areia de Workum...

– Sim... O quê?

– Beetje ia com eles... Porque ela também pesca... Aqui, na Holanda, as jovens têm bastante liberdade...

– Eles ficavam por lá?

– Às vezes uma noite... Às vezes duas...

Ela segurou a cabeça com as duas mãos, esboçou um gesto de impaciência levado ao grau mais extremo e gemeu:

– Não! Não quero mais pensar nisso!... É horrível demais!... Horrível demais...

Dessa vez, soluços começavam a surgir. Eles se manifestariam. Explodiriam. Any colocou as mãos nos ombros da irmã e empurrou-a suavemente para o aposento vizinho.

7

Um almoço no Van Hasselt

QUANDO MAIGRET CHEGOU AO HOTEL, percebeu que alguma coisa anormal estava acontecendo. Na véspera, ele jantara numa mesa vizinha à de Jean Duclos.

Agora, três pratos estavam colocados numa mesa redonda no centro da sala. A toalha era deslumbrante, e ainda apresentava todas as suas dobras. Por fim, havia três copos por comensal, o que, na Holanda, só acontece em verdadeiras cerimônias.

Na entrada, o comissário foi recebido pelo inspetor Pijpekamp, que avançou na sua direção com a mão estendida e o sorriso de alguém que preparou uma agradável surpresa.

Ele estava em traje de gala! Com um falso colarinho de oito centímetros! De casaca! E com a barba feita. Devia ter acabado de sair das mãos do barbeiro, pois ainda exalava um cheiro de loção de violeta.

Mais apagado, Jean Duclos se mantinha atrás dele, com ar contrariado.

– O senhor me desculpe, caro colega... Eu deveria tê-lo avisado pela manhã... Eu gostaria de recebê-lo em minha casa, mas moro em Groningen e sou solteiro... Então, me permiti convidá-lo para o almoço aqui mesmo!... Oh! Um almocinho sem cerimônia.

Enquanto pronunciava essas últimas palavras, ele olhava para os pratos, os cristais e evidentemente esperava elogios de Maigret.

Eles não vieram.

– Está bem! Está bem! – disse o comissário. – O senhor permite que eu vá lavar as mãos?

Ele o fez sem pressa, com o ar ranzinza, no pequeno lavabo adjacente. A cozinha ficava perto e ele ouvia a movimentação, o ruído de pratos e panelas se chocando.

Quando entrou na sala, o próprio Pijpekamp servia vinho do Porto nos copos, murmurando com um sorriso satisfeito, modesto:

– Como na França, não é mesmo?... *Prosit*!... Saúde, meu caro colega...

Era comovente tamanha boa vontade. Ele se esforçava para encontrar expressões refinadas, para parecer um perfeito homem de sociedade.

– Eu deveria tê-lo convidado ainda ontem... Mas eu estava tão... Como vocês dizem?... Abalado por esse caso... O senhor descobriu alguma coisa?

– Nada!

Houve um brilho nos olhos do holandês, e Maigret pensou: "Já você, meu caro, tem uma vitória a anunciar, e vai fazê-lo durante a sobremesa... A menos que não tenha a paciência de esperar até lá...".

Ele não se enganava. Primeiro serviram uma sopa de tomates, acompanhada de um *saint-émilion* adocicado de dar náuseas, visivelmente falsificado para exportação.

– Saúde!

Grande Pijpekamp! Ele dava seu máximo, mais do que seu máximo! E Maigret parecia não perceber! Ele não estava gostando!

– Na Holanda, nunca bebemos durante a refeição... Somente depois... À noite, nas grandes reuniões, uma pequena taça de vinho com charuto... Também não colocamos pão à mesa...

E ele não tirava os olhos do pão que encomendara. Bebiam inclusive vinho do Porto, que ele escolhera para substituir a genebra nacional!

Seria possível fazer melhor? Ele estava todo rosado! Olhava para a garrafa de vinho dourada com emoção. Jean Duclos comia pensando em outra coisa.

Pijpekamp adoraria trazer entusiasmo, alegria, criar em torno daquele almoço uma atmosfera de prazer, de verdadeira festa à francesa!

Trouxeram o *huchpot*. O prato nacional. A carne nadava em litros de molho, e Pijpekamp assumiu um ar misterioso para dizer:

– Diga-me se gostou!

O problema é que Maigret não estava entusiasmado. Ele percebia à sua volta um pequeno mistério que ainda não se explicava muito bem.

Parecia haver uma espécie de aliança entre Jean Duclos e o policial. Por exemplo, cada vez que esse último enchia o copo de Maigret, dava uma breve olhada para o professor.

Um *bourgogne* esperava ao lado do aquecedor.

– Eu achava que o senhor bebia muito mais vinho...

– Depende...

Duclos com certeza não estava totalmente à vontade. Ele evitava participar da conversa. Bebia água mineral, sob o pretexto de estar de regime.

Pijpekamp não conseguiu esperar mais. Ele falara da beleza do porto, da importância do tráfego no Ems, da Universidade de Groningen, onde os maiores sábios do mundo davam conferências.

– O senhor sabe que há uma novidade?

– É mesmo?

– À sua saúde! À saúde da polícia francesa! Sim, agora, o mistério está quase esclarecido...

Maigret olhou-o com seus olhos mais inexpressivos, sem o menor vestígio de emoção, sequer de curiosidade.

– Esta manhã, me avisaram que alguém me esperava em meu gabinete... Adivinhe quem?

– Barens! Continue...

Pijpekamp ficou ainda mais consternado agora do que pelo pouco efeito que a mesa tão luxuosamente servida causara em seu convidado.

– Como o senhor sabe?... Alguém lhe contou, não é mesmo?

– Absolutamente! O que ele queria?

– O senhor o conhece... Ele é muito tímido... Muito... A palavra francesa... Sim, fechado... Ele não ousava me olhar... Confessou que, ao sair da casa dos Popinga, na noite do crime, não voltou imediatamente a bordo...

E o inspetor esboçou uma série de olhares.

– O senhor entende?... Ele ama Beetje!... E estava com ciúme porque Beetje dançara com Popinga!... E estava contrariado porque ela bebera conhaque!... Ele os viu sair juntos... Seguiu-os, de longe... Chegou atrás de seu professor...

Maigret era impiedoso. Ele via, no entanto, que o outro teria dado qualquer coisa por um sinal de surpresa, de admiração, de angústia.

– À sua saúde, senhor comissário!... Barens não falou imediatamente porque estava com medo... Mas eis a verdade!... Ele viu um homem, logo depois do tiro, correndo na direção da pilha de madeiras onde ele estava escondido...

– Ele o descreveu minuciosamente, não é mesmo?

– Sim...

O outro não entendia nada. Perdera todas as esperanças de surpreender o colega. Sua encenação fracassara.

– Um marinheiro... Com certeza um marinheiro estrangeiro... Muito alto, muito magro e sem barba...

– E ele ouviu um barco partindo no dia seguinte...

– Três partiram desde então... Tudo está claro!... Não é em Delfzijl que devemos procurar... Foi um estrangeiro quem matou... Sem dúvida um marinheiro que conheceu Popinga no passado, quando ele ainda navegava... Um marinheiro que ele teria punido quando oficial, ou capitão...

Jean Duclos se mantinha obstinadamente de perfil ao olhar de Maigret. Pijpekamp fez um sinal à sra. Van Hasselt, que, de roupa de gala, estava no caixa, para trazer uma nova garrafa.

O último prato era uma obra-prima, um bolo com três tipos de recheio, sobre o qual, ainda por cima, o nome de Delfzijl estava escrito em chocolate.

O inspetor baixou modestamente os olhos.

– Se o senhor quiser cortar...

– O senhor soltou Cornélius?

De repente, seu vizinho se sobressaltou, olhou para Maigret se perguntando se ele não ficara maluco.

– Mas...

– Se o senhor não se importar, nós o interrogaremos juntos logo mais...

– É muito fácil! Vou telefonar para a escola...

– Aproveite e telefone também para que tragam Oosting, que interrogaremos depois...

– Por causa do quepe?... Agora, isso se explica, não é mesmo?... Um marinheiro, ao passar, viu o quepe na ponte... Ele pegou-o e...

– Claro!

Pijpekamp quase poderia ter chorado. Aquela ironia pesada de Maigret, levemente perceptível, o desconcertou a ponto de ele bater no marco da porta ao entrar na cabine telefônica.

O comissário ficou um minuto sozinho com Jean Duclos, que mantinha a cabeça abaixada sobre seu prato.

– O senhor também não disse a ele para me dar discretamente alguns florins?

As palavras foram pronunciadas suavemente, sem agressividade, e Duclos ergueu a cabeça, abrindo a boca para protestar.

– Fique quieto!... Não temos tempo para discutir... O senhor aconselhou-o a me oferecer um bom almoço, regado a vinho... O senhor lhe disse que na França é assim que se convence um funcionário... Silêncio, já disse!... E que depois seria fácil...

– Juro que...

Maigret acendeu o cachimbo e se virou para Pijpekamp, que voltava do telefone e que, olhando para a mesa, gaguejou:

– O senhor aceita uma taça de conhaque... Um bem velho...

– Permita que desta vez eu ofereça algo ao senhor! Diga à senhora para nos trazer uma garrafa de aguardente e copos para degustação...

Mas a sra. Van Hasselt trouxe copos pequenos. O comissário se levantou, foi ele mesmo buscar outros numa prateleira, encheu-os até a borda.

– À saúde da polícia holandesa! – disse ele.

Pijpekamp não ousava protestar. A bebida trouxe-lhe lágrimas aos olhos, de tão forte. Mas o comissário, sorrindo, feroz, erguia sem parar o copo, repetindo:

– À saúde de sua polícia!... A que horas Barens estará em seu gabinete?

– Em meia hora!... Charuto?

– Obrigado! Prefiro meu cachimbo...

Maigret encheu de novo os copos, com tal autoridade que nem Pijpekamp nem Duclos ousaram se recusar a beber.

– Que belo dia! – disse ele duas ou três vezes. – Talvez eu me engane, mas tenho a impressão de que hoje à noite o assassino do pobre Popinga será preso...

– A menos que esteja navegando pelo Báltico! – retorquiu Pijpekamp.

– Hum!... O senhor o imagina tão longe?

Duclos ergueu um rosto pálido.

– É uma insinuação, comissário? – perguntou ele numa voz cortante.

– Insinuação?

– Se ele não está longe, o senhor parece dizer que talvez esteja muito perto...

– Quanta imaginação, professor!

Eles tinham estado a um passo de um incidente. Devia ser em parte por causa dos grandes copos de aguardente. Pijpekamp estava vermelho. Seus olhos brilhavam.

Em Duclos, pelo contrário, a embriaguez se traduzia numa palidez mórbida.

– Um último copo, senhores, e iremos interrogar aquele pobre rapaz!

A garrafa estava sobre a mesa. Cada vez que Maigret servia, a sra. Van Hasselt molhava com os lábios a ponta de um lápis e marcava as doses em seu caderno.

Abrindo a porta, mergulhava-se numa atmosfera pesada de sol e tranquilidade. O barco de Oosting continuava no mesmo lugar. Pijpekamp sentiu a necessidade de se manter muito mais ereto do que de costume.

Havia apenas trezentos metros a percorrer. As ruas estavam desertas. As lojas se alinhavam, vazias, mas limpas e bem sortidas, como para uma exposição universal cujas portas estivessem a ponto de abrir.

– Será quase impossível encontrar o marinheiro... – disse Pijpekamp. – Mas é bom que saibamos que foi um marinheiro, pois assim não suspeitaremos de mais ninguém... Farei um relatório para que o senhor Duclos, seu compatriota, fique totalmente livre...

Ele entrou num passo não muito seguro no gabinete da polícia local, bateu num móvel ao passar e se sentou de maneira um pouco brusca demais.

Não estava bêbado. Mas o álcool lhe tirava uma parte daquela doçura, daquela polidez característica da maioria dos holandeses.

Foi com um gesto desenvolto que ele apertou uma campainha, inclinando sua cadeira para trás. Falou em holandês com um agente de uniforme que desapareceu e voltou em seguida acompanhado por Cornélius.

Apesar de o policial tê-lo recebido com excessiva cordialidade, o jovem pareceu ficar desnorteado ao entrar no gabinete, e isso porque seu olhar imediatamente se fixara em Maigret.

– O comissário quer perguntar-lhe algumas coisinhas! – disse Pijpekamp em francês.

Maigret não tinha pressa. Ele percorria o gabinete de um lado para o outro, tirando pequenas baforadas de seu cachimbo.

– Diga, meu pequeno Barens! O que foi que o Baes lhe disse ontem à noite?

O outro mexeu a cabeça em todas as direções, como um pássaro apavorado.

– Eu... Eu acho...

– Bom! Vou ajudá-lo... O senhor ainda tem pai, não é mesmo? Lá, na Índia... Seria muito triste se acontecesse alguma coisa com o senhor... Problemas... Sei lá!... Muito bem, um falso testemunho, num caso como este, seria punido com alguns meses de prisão...

Cornélius sentia-se sufocado, não ousava se mexer, não ousava olhar para ninguém.

– Confesse que foi Oosting que ontem o esperou na margem do Amsterdiep e lhe disse para falar à polícia o que o senhor falou... Confesse que o senhor nunca viu nenhum homem alto e magro nas proximidades da casa dos Popinga...

– Eu...

Não! Ele não tinha mais forças para resistir. Explodiu em soluços. Estava desabando.

E Maigret olhou primeiro para Jean Duclos, depois para Pijpekamp, com um olhar pesado mas impenetrável que o fazia parecer imbecil a algumas pessoas. Pois aquele olhar era tão parado que parecia vazio!

– O senhor acredita...? – começou o inspetor.

– Veja o senhor mesmo!

O jovem, que por contraste parecia ainda mais magro em seu uniforme de oficial se assoava, apertava os dentes para sufocar os soluços, e por fim balbuciou:

– Eu não fiz nada...

Eles ficaram alguns segundos a olhá-lo enquanto ele tentava se acalmar.

– Era isso – cortou por fim Maigret. – Não disse que você fez alguma coisa. Oosting pediu que você dissesse que tinha visto um estranho nas proximidades da casa... Ele sem dúvida disse que era a única maneira de salvar algumas pessoas... Quem?

– Juro por minha mãe que ele não disse quem... Não sei... Eu queria morrer...

– Claro! Aos dezoito anos sempre queremos morrer... O senhor não tem mais nada a lhe perguntar, senhor Pijpekamp?

Este deu de ombros, num gesto que significava que ele não entendia mais nada.

– Então, meu pequeno, vá embora...

– O senhor sabe que não foi Beetje...

– É possível!... Está na hora de o senhor voltar para seus camaradas na escola...

E ele o empurrou para fora, resmungando:

– O próximo!... Oosting chegou?... Infelizmente, este não entende francês...

A campainha soou. O agente introduziu, um pouco depois, o Baes, que segurava o quepe novo e o cachimbo que deixara apagar.

Ele lançou um olhar, um só, a Maigret. E, coisa estranha, era um olhar de censura. Ele se manteve de pé na frente da mesa do inspetor, a quem saudou.

– O senhor não se incomoda de perguntar-lhe onde ele estava na hora em que Popinga foi morto?

O policial traduziu. Oosting começou um longo discurso que Maigret não entendeu, o que não o impediu de interrompê-lo:

– Não! Faça-o parar! Uma resposta em poucas palavras!

Pijpekamp traduziu de novo. Novo olhar de censura. Uma réplica, imediatamente traduzida.

– Ele estava a bordo de seu barco!

– Diga-lhe que não é verdade!

E Maigret continuava indo e vindo, com as mãos atrás das costas.

– O que ele respondeu?

– Que ele jura que estava!

– Bom! Que ele diga, nesse caso, quem roubou seu quepe...

Pijpekamp era de uma docilidade absoluta. É verdade que Maigret passava uma impressão de poder!

– Então?

– Ele estava em sua cabine... Fazendo contas... E viu, pelas vigias, pernas na passarela... Calças de marinheiro...

– E ele seguiu o homem?

Oosting hesitou, fechou um pouco as pálpebras, estalou os dedos e falou com volúpia.

– O que ele disse?

– Que prefere dizer a verdade! Que ele sabe que será preciso provar sua inocência... Quando ele subiu para o convés, o marinheiro se afastava... Ele o seguiu de longe... Assim, foi andando ao longo do Amsterdiep até as proximidades da casa dos Popinga... Lá, o marinheiro se escondeu... Intrigado, Oosting esperou, escondido também...

– Ele ouviu o tiro, duas horas depois?

– Sim... Mas não conseguiu pegar o homem que fugia...

– Ele viu esse homem entrar na casa?

– Só no jardim... Supõe que ele tenha subido ao primeiro andar por uma calha...

Maigret sorria. Um sorriso vago, satisfeito, de alguém que faz uma excelente digestão.

– Ele reconheceria o homem?

Tradução. Levantar de ombros do Baes.

– Ele não sabe...

– Ele viu Barens espiando Beetje e o professor?

– Sim...

– E, como ele temeu ser acusado, mas quis dar um pista boa à polícia, encarregou Cornélius de falar em seu lugar...

– É o que ele diz... Não devo acreditar nele, não é mesmo?... Ele é culpado, evidentemente...

Jean Duclos dava sinais de impaciência. Oosting estava calmo, como um homem à espera de qualquer coisa. Ele disse uma frase que o policial traduziu.

– Ele diz que podemos fazer com ele o que quisermos, mas que Popinga era não apenas seu amigo como seu benfeitor.

– E o que o senhor vai fazer?

– Vou mantê-lo à disposição da Justiça... Ele confessou ter estado lá...

Ainda por causa do conhaque, a voz de Pijpekamp estava mais alta que de costume, seus gestos mais violentos, e suas atitudes o demonstravam. Ele queria parecer categórico. Estava diante de um colega estrangeiro e queria salvar sua reputação, ao mesmo tempo que a da Holanda.

Ele assumiu um ar sério, apertou mais uma vez a campainha.

Ao agente que surgiu, ele ordenou, com pequenos golpes de cortador de papel na escrivaninha:

– Prenda este homem... Levem-no!... Vê-lo-ei mais tarde...

Falou em holandês, mas o tom era suficiente para que as palavras fossem entendidas.

Com isso, ele se levantou, explicando:

– Vou acabar de esclarecer esse caso... Não deixarei de salientar o papel do senhor... É claro, seu compatriota está livre...

Ele não imaginava que Maigret, ao vê-lo gesticular, os olhos brilhantes, pensava para si: "Você, meu velho, lamentará profundamente o que acaba de fazer quando, em algumas horas, estiver mais calmo!".

Pijpekamp abriu a porta. O comissário não se decidia a sair.

– Gostaria de pedir-lhe um último favor! – disse ele com uma polidez incomum.

– Estou ouvindo, meu caro colega...

– Ainda não são quatro horas... Esta noite, poderíamos reconstituir o crime, com todos os envolvidos, de perto ou de longe... O senhor quer anotar os nomes?... Sra. Popinga... Any... Sr. Duclos... Barens... Os Wienands... Beetje... Oosting... E por fim o sr. Liewens, o pai de Beetje...

– O senhor quer...?

– Recapitular os acontecimentos a partir do momento em que, na sala Van Hasselt, a conferência acabou...

Houve um silêncio, Pijpekamp pensava.

– Vou telefonar para Groningen – disse por fim –, para pedir conselhos a meus superiores...

Ele acrescentou, sem muita certeza de seu gracejo e observando a expressão de seus interlocutores:

– Por exemplo, faltará alguém... Conrad Popinga, que não poderá...

– Eu farei o papel dele... – concluiu Maigret.

E saiu, seguido por Jean Duclos, depois de dizer:

– E obrigado pelo excelente almoço!

8

Maigret e as meninas

O COMISSÁRIO, EM VEZ DE passar pelo meio da cidade para ir do gabinete da polícia ao hotel Van Hasselt, fez um desvio pelo cais, seguido por Jean Duclos, cujo andar, o movimento da cabeça e rosto exalavam mau humor.

– O senhor sabe que está se tornando odioso? – falou ele por entre os dentes, olhando para a grua, cujo gancho acabava de passar acima de suas cabeças.

– Por quê?

Duclos deu de ombros e andou alguns passos sem responder.

– O senhor ainda não entendeu! Ou então não quer entender! O senhor é como todos os franceses...

– Pensei que fôssemos da mesma nacionalidade...

– Só que eu viajei muito... Tenho uma cultura universal... Sei me colocar no lugar das pessoas do lugar em que vivo... O senhor, desde que chegou, passa por cima de tudo, sem se preocupar com as contingências...

– Sem me preocupar em saber, por exemplo, se querem descobrir o culpado!

Duclos se alterou.

– E por que não?... Não se trata de um crime por dinheiro... Portanto, o autor não é um profissional... Não se trata de um indivíduo que necessariamente precise ser colocado na prisão para a sociedade ser protegida...

– Nesse caso...?

Maigret fumava seu cachimbo com as mãos atrás das costas e um ar de satisfação.

– Veja... – murmurou Duclos, mostrando o lugar à sua volta, a cidade limpinha onde tudo estava no lugar como na mesa de uma boa dona de casa, o porto pequeno demais para que sua atmosfera fosse austera, homens serenos com seus tamancos amarelos.

Depois, retomou:

– Todos ganhando a vida... Todos mais ou menos felizes... E, acima de tudo, todos refreiam seus instintos, porque essa é a regra, uma necessidade, se quisermos viver em sociedade... Pijpekamp confirmará ao senhor que roubos são coisa raríssima... É verdade que quem furta um pão de duas libras não deixa de pegar algumas semanas de prisão... Onde o senhor vê desordem?... Não há vagabundos!... Não há mendigos!... É a limpeza organizada...

– E eu vim criar problemas!

– Espere! As casas, à esquerda, perto do Amsterdiep, são as casas das pessoas importantes, dos ricos, daqueles que têm um poder qualquer... Todos os conhecem... Há o prefeito, os pastores, os professores, os funcionários, todos aqueles que cuidam para que a cidade não seja perturbada, para que cada um se mantenha em seu lugar sem ferir o vizinho... Essas pessoas, acho que já lhe disse, não se permitem nem mesmo ir ao café, pois seria dar um mau exemplo... Ora, um crime é cometido... O senhor percebe que se trata de um drama familiar...

Maigret ouvia olhando para os barcos que tinham seus conveses bem mais altos que o cais e se erguiam como paredes multicores, pois a maré estava alta.

– Não sei a opinião de Pijpekamp, que é um inspetor muito estimado. O que sei é que é preferível para todo mundo anunciar esta noite que o assassino do professor é um marinheiro estrangeiro e que as buscas continuarão... Para todo mundo! Para a sra. Popinga! Para sua família! Para seu pai, entre outros, que é um intelectual conhecido! Para Beetje e para o sr. Liewens... Mas sobretudo para as pessoas de todas as casinhas da cidade que observam o que está acontecendo nas grandes casas do Amsterdiep e que estão prestes a fazer a mesma coisa... O senhor quer a verdade pela verdade, pela falsa glória de desvendar um caso difícil...

– Foi isso que Pijpekamp lhe disse esta manhã?... Ele lhe perguntou também como aplacar meu ardor desordenado... E o senhor lhe disse que na França as pessoas como eu são convencidas com um bom almoço, ou com uma gratificação...

– Não fomos tão específicos...

– O senhor sabe no que estou pensando, senhor Jean Duclos?

Maigret parou para aproveitar melhor o panorama do porto. Um pequeno barco, transformado em loja, ia de navio em navio, abordava barcas e veleiros, estralando e fumegando com seu motor a gasolina, vendendo pão, condimentos, tabaco, cachimbos e genebra.

– Estou ouvindo...

– Acho que o senhor tem sorte de ter saído do banheiro com o revólver na mão.

– Por quê?...

– Nada! Confirma apenas não ter visto ninguém naquele banheiro?

– Não vi ninguém.

– E o senhor não ouviu nada?

Ele virou a cabeça.

– Não ouvi nada de preciso... Talvez eu tenha tido a impressão de que alguma coisa se mexia sob a tampa da banheira...

– O senhor me dá licença?... Vejo alguém me esperando...

E ele se dirigiu a passos largos para a porta do hotel Van Hasselt, onde se via Beetje Liewens, que caminhava pela calçada aguardando sua chegada.

* * *

Ela tentou sorrir-lhe, como das outras vezes, mas faltava ânimo a seu sorriso. Percebia-se que estava nervosa. Ela continuava olhando para a rua como se temesse ver surgir alguém.

– Há cerca de meia hora que o espero.

– A senhorita quer entrar?

– Não no café, não é mesmo...?

No corredor, Maigret hesitou por um segundo. Ele também não podia recebê-la em seu quarto. Então empurrou a porta do salão de baile, amplo e vazio, onde as vozes ecoaram como num templo.

À luz do dia, a decoração do local era monótona, empoeirada. O piano estava aberto. Havia uma grande caixa num canto e cadeiras empilhadas até o teto.

Atrás, guirlandas de papel que deviam ter servido para um baile.

Beetje conservava seu ar saudável. Ela usava um *tailleur* azul e seus seios estavam mais provocantes que nunca sob uma camisa de seda branca.

– A senhorita pôde sair de casa?

Ela não respondeu de imediato. Visivelmente tinha muitas coisas a dizer, mas não sabia por onde começar.

– Fugi – declarou ela por fim. – Eu não podia mais ficar. Estava com medo! A criada foi me dizer que meu pai estava furioso, que ele seria capaz de me matar... Ele já me trancara em meu quarto, sem dizer nada... Pois ele nunca diz nada quando está furioso... Na outra noite, voltamos sem falar nada... Ele fechou a porta à chave. Hoje à tarde, a criada falou comigo pela fechadura... Parece que ao meio-dia ele voltou, muito pálido... Ele almoçou, depois caminhou a passos largos pela fazenda... E então foi até o túmulo de minha mãe...

“Ele vai até lá toda vez que precisa tomar uma grande decisão... Então, quebrei um vidro. A criada me passou uma chave de fenda e desparafusei a fechadura...

“Não quero mais voltar para lá... O senhor não conhece meu pai...”

– Uma pergunta! – interrompeu-a Maigret.

E ele olhava para a pequena bolsa de pelica que ela segurava.

– Quanto dinheiro a senhorita pegou?

– Não sei... Talvez quinhentos florins.

– Que estavam em seu quarto?

Ela corou, e balbuciou:

– Que estavam no gabinete... Eu queria primeiro ir à estação... Mas um policial fica na frente... Pensei no senhor...

Eles estavam ali como se estivessem numa sala de espera, onde é possível criar uma atmosfera íntima, e nem pensavam em pegar duas das cadeiras empilhadas para sentarem.

Apesar de Beetje estar nervosa, ela não estava alvoroçada. Talvez por isso Maigret a olhasse com certa hostilidade, que transpareceu sobretudo em sua voz quando perguntou:

– A quantos homens a senhorita já propôs raptá-la?

Ela perdeu pé. Virou a cabeça e gaguejou:

– O que o senhor disse?

– Primeiro Popinga... Ele foi o primeiro?

– Não estou entendendo.

– Estou perguntando se ele foi seu primeiro amante...

Um silêncio bastante longo. Depois:

– Não pensei que o senhor seria tão perverso comigo... Eu vim...

– Foi o primeiro?... Ao todo, durou um pouco mais de um ano... Mas antes disso?

– Eu... Eu flertei com o professor de ginástica do liceu, em Groningen...

– Flertou?

– Foi ele que... que...

– Bom! Portanto, a senhorita já tivera um amante antes de Popinga... Outros?

– Não! – exclamou ela com indignação.

– E a senhorita foi amante de Barens?

– Não... Juro!

– A senhorita marcava encontros com ele...

– Porque ele estava apaixonado... Ele mal ousava me abraçar...

– E no seu último encontro, aquele que foi interrompido por minha chegada e pela de seu pai, a senhorita sugeriu-lhe que partissem juntos...

– Como o senhor sabe?

Ele quase começou a rir! Era desconcertante de tanta ingenuidade! Ela recuperara uma parte de seu sangue-frio! Falava aquelas coisas com admirável candura!

– Ele não quis?

– Ele estava com medo... Dizia que não tinha dinheiro...

– E a senhorita propôs pegar em sua casa... Em poucas palavras, tem há bastante tempo a ideia fixa de fugir... O seu grande objetivo na vida é sair de Delfzijl com um homem qualquer...

– Não um qualquer! – corrigiu ela, ofendida. – O senhor é mau! O senhor não quer entender!

– Claro que sim! Claro que sim! É inclusive de uma simplicidade infantil! A senhorita ama a vida! Ama os homens! Ama todas as alegrias possíveis...

Ela baixou os olhos, remexeu na bolsa.

– A senhorita se entedia na fazenda-modelo de seu pai e quer outra coisa! Começou no liceu, aos dezessete anos, com o professor de ginástica... Impossível convencê-lo a partir... Em Delfzijl, passou os homens em revista e descobriu um que parecia mais audacioso do que os demais... Popinga era viajado... Ele também amava a vida... Os preconceitos não o deixam à vontade... A senhorita se atirou em seu pescoço...

– O senhor é que está dizendo...

– Talvez eu esteja exagerando! Admitamos que, como a senhorita é uma garota bonita, e terrivelmente atraente, ele a corteje um pouquinho! Mas com timidez, pois ele tem medo de complicações, medo da mulher, de Any, do diretor, dos alunos...

– Sobretudo de Any!

– Falaremos disso depois... Ele a beija nos cantos... Eu apostaria que ele não tinha a audácia de querer mais... Mas a senhorita acha que chegou o momento... Está todos os dias em seu caminho... Leva frutas à casa dele... Frequenta a casa... Se faz acompanhar de bicicleta e para atrás da pilha de madeiras... Escreve a ele cartas em que fala de sua vontade de fugir...

– O senhor as leu?

– Sim!

– E o senhor não acha que foi ele quem começou?

Ela se arrebatava.

– No início, ele me dizia que era muito infeliz, que a sra. Popinga não o entendia, que ela só pensava em *o que vão dizer*, que era uma vida estúpida, e tudo...

– Claro!

– O senhor está vendo que...

– A cada cem homens casados, sessenta dizem isso à primeira garota sedutora que conhecem... Só que o infeliz caiu numa jovem que o levou ao pé da letra...

– O senhor é mau, mau...

Ela estava a ponto de chorar. Mas se continha, batia o pé para enfatizar a palavra "mau".

– Enfim, ele sempre adiou a famosa partida, e a senhorita sentiu que ela nunca se realizaria...

– Não é verdade!

– É sim! E a prova é que se preveniu de certa forma contra essa eventualidade ao aceitar a corte de Barens... Prudentemente!... Porque ele é um jovem tímido, bem-educado, respeitoso, que não deve ser intimidado...

– Que horror!

– É uma historinha verdadeira...

– O senhor me detesta, não é mesmo?

– Eu?... Nem um pouco...

– O senhor me detesta! E no entanto sou infeliz... Conrad nunca...

– E Cornélius?... E o professor de ginástica?

Dessa vez, ela chorou. Bateu os pés.

– Eu o proíbo...

– De dizer que a senhorita não os amava! Por que não? A senhorita os amava na medida em que eles representavam outra vida, a grande fuga que sempre a obcecou...

Ela não ouvia mais. Gemia:

– Eu não deveria ter vindo... Eu pensei...

– Que eu a protegeria?... Mas é o que estou fazendo!... Só não a considero uma vítima, nem uma heroína... É uma menina cobiçosa, um pouco tola, um pouco egoísta, e só!... Uma menina como muitas...

Ela mostrou olhos úmidos onde já havia um pouco de esperança.

– Todo mundo me detesta! – resmungou ela.

– Todo mundo quem?

– A sra. Popinga, em primeiro lugar, porque não sou como ela! Ela gostaria que eu passasse o dia todo fazendo roupas para os indígenas da Oceania, ou que eu tricotasse para os pobres... Sei que ela disse às jovens do ateliê de caridade para não me imitarem... E ela inclusive disse que eu acabaria mal se não encontrasse logo um marido... Me contaram...

Era de novo como uma baforada do perfume um pouco rançoso da cidadezinha: o ateliê de caridade, os mexericos, as jovens de boa família reunidas em torno de uma senhora benfeitora, os conselhos e as confidências maldosas.

– Mas principalmente Any...

– Que a detesta?

– Sim!... Inclusive, quase sempre que eu chegava ela saía do salão e subia para seu quarto... Eu juraria que ela há muito tempo sabia a verdade... A sra. Popinga, apesar de tudo, é uma boa mulher... Ela tentava apenas me fazer mudar de comportamento, o corte de meus vestidos... E principalmente me fazer ler outra coisa que não romances!... Mas ela não suspeitava de nada... Era ela quem dizia para Conrad me acompanhar...

Um estranho sorriso passava pelo rosto de Maigret.

– Com Any não era a mesma coisa!... O senhor a viu!... Ela é feia!... Tem os dentes tortos!... Nunca um homem a cortejou!... Ela sabe disso!... Sabe que ficará solteirona... E é por isso que estudou, que quis ter uma profissão... Parece detestar os homens!... Ela está na ligas feministas...

Beetje se animava de novo. Sentia-se um velho rancor que por fim explodia.

– Então, ela estava sempre rondando pela casa, vigiando Conrad... Já que está condenada a permanecer virtuosa, ela quer que todo mundo seja também... O senhor entende?... Ela percebeu, tenho certeza... Deve ter tentado desviar seu cunhado de mim... E inclusive Cornélius!... Ela via que todos os homens me olhavam, inclusive Wienands, que no entanto nunca ousou dizer coisa alguma, mas que fica vermelho quando danço com ele... Sua mulher também me detesta, por causa disso!... Talvez Any não tenha contado nada à irmã... Talvez tenha... Talvez tenha sido ela que encontrou minhas cartas...

– E que matou? – perguntou bruscamente Maigret.

Ela hesitou.

– Juro que não sei... Eu não disse isso!... Mas Any é venenosa!... É culpa minha se ela é feia?

– Tem certeza de que ela nunca se apaixonou?

Ah! O sorriso, o risinho de Beetje, um riso instintivamente triunfante de mulher desejada, que esmaga uma mulher feia!

Como meninas, num pensionato, disputando uma bobagem qualquer.

– Pelo menos não em Delfzijl...

– Ela também detestava o cunhado?

– Não sei... É diferente!... Ele era da família... E a família toda não lhe pertencia um pouco?... Então, era preciso vigiá-lo, protegê-lo...

– Mas não matá-lo?

– O que o senhor acha?... Fica dizendo isso!

– Não acho nada! Responda! Oosting sabia de sua relação com Popinga?

– Também lhe contaram isso?

– Vocês iam juntos, a bordo de seu barco, até as areias de Workum... Ele deixava vocês sozinhos?

– Sim! Ele navegava, no convés...

– E deixava vocês na cabine...

– Naturalmente... Lá fora, era frio...

– A senhorita não o viu mais depois... Depois da morte de Conrad?

– Não!... Juro...

– Ele nunca a cortejou?

Ela riu, reticente.

– Ele?

No entanto, mais uma vez ela tinha vontade de chorar, de nervosismo. A sra. Van Hasselt, que acabara ouvindo um barulho, passou a cabeça pela abertura de uma porta, balbuciou desculpas e voltou ao caixa. Houve um silêncio.

– A senhorita acha que seu pai realmente seria capaz de matá-la?

– Sim!... Ele o fará...

– Portanto, ele teria sido capaz de matar seu amante...

Ela arregalou os olhos com assombro e protestou bruscamente:

– Não!... Não é verdade!... Não foi papai quem...

– Mas, quando a senhorita chegou em casa, na noite do crime, ele não estava...

– Como o senhor sabe?

– Ele voltou um pouco depois, não é mesmo?

– Logo depois... Mas...

– Em suas últimas cartas, a senhorita manifesta impaciência. Sentia que Conrad lhe escapava, que a aventura começava a assustá-lo, que ele nunca abandonaria sua casa para partir com a senhorita para o exterior...

– O que o senhor quer dizer com isso?

– Nada! Estou fazendo um pequeno ajuste. Seu pai com certeza não tardará a chegar...

Ela olhou em volta com angústia. Parecia procurar uma saída...

– Não tema... Preciso de vocês, esta noite...

– Esta noite?

– Sim! Vamos reconstituir os fatos e gestos de cada um na noite do crime...

– Ele vai me matar!

– Quem?

– Meu pai!

– Eu estarei lá. Não tema.

– Mas...

A porta se abriu. Jean Duclos entrou, fechou-a prontamente atrás de si, girou a chave na fechadura e avançou num ar preocupado.

– Cuidado!... O fazendeiro está aqui... Ele...

– Leve-a para o seu quarto...

– Para o meu...?

– Para o meu, se preferir!

Ouviam-se passos no corredor. Perto do palco havia uma porta que dava para a escada de serviço. O casal passou por ela. Maigret girou a chave e se viu diante do fazendeiro Liewens, que olhou por cima do ombro do comissário.

– Beetje?

De novo a questão das línguas. Eles não conseguiam se entender. Maigret se contentou, com seu corpo largo, em fazer a obstrução, em ganhar alguns segundos, mas evitando ao mesmo tempo deixar seu interlocutor com raiva.

Jean Duclos não tardou a descer, assumindo um ar falsamente tranquilo.

– Diga-lhe que sua filha lhe será devolvida hoje à noite, que também precisaremos dele para a reconstituição do crime...

– É preciso?

– Traduza, diabos, estou dizendo!

Duclos o fez, numa voz suave. O fazendeiro olhou para os dois.

– Diga-lhe também que, esta noite, o assassino irá para trás das grades...

Isso foi traduzido. Então Maigret teve o tempo exato de pular e derrubar Liewens, que pegara um revólver e tentava virar o cano para sua têmpora.

O combate foi breve. Maigret era tão pesado que seu adversário não demorou a ser imobilizado e desarmado, enquanto uma pilha de cadeiras desabava com barulho, ferindo ligeiramente o comissário na fronte.

– Feche a porta à chave! – gritou Maigret para Duclos. – Ninguém precisa entrar...

E ele se reergueu suspirando.

9

Reconstituição

OS WIENANDS FORAM OS PRIMEIROS a chegar, às sete e meia em ponto. Havia, no salão de festas do hotel Van Hasselt, apenas três homens que esperavam, separados, sem se dirigirem a palavra: Jean Duclos, um pouco nervoso, indo e vindo de um lado a outro da sala, o fazendeiro Liewens, emburrado, imóvel numa cadeira, e Maigret, encostado no piano, cachimbo nos dentes.

Ninguém pensara em acender todas as luzes. Uma única lâmpada, bem no alto, difundia uma luz acinzentada. As cadeiras continuavam empilhadas no fundo, com exceção de uma fileira, que Maigret mandara colocar.

No pequeno palco vazio, uma mesa coberta por uma toalha verde e uma cadeira.

Os Wienands estavam com suas melhores roupas... Tinham obedecido à risca as instruções que lhes haviam sido passadas, pois trouxeram os dois filhos. Via-se que tinham jantado às pressas, que tinham deixado a sala de jantar em desordem, à espera.

Wienands tirou o chapéu ao entrar, procurou alguém para cumprimentar e, depois de fazer menção de se dirigir ao professor, levou sua família para um canto, onde esperou, em silêncio. Seu colarinho falso era alto demais, o nó de sua gravata malfeito.

Cornélius Barens chegou quase imediatamente depois, tão pálido, tão nervoso, que parecia a ponto de fugir ao menor sinal. Ele procurou também alguém a quem se reunir, formar um grupo, mas não ousou fazer isso e se encostou na pilha de cadeiras.

O inspetor Pijpekamp trouxe Oosting, cujo olhar caiu com força sobre Maigret. E as últimas a chegar foram a sra. Popinga e Any, que entraram caminhando rápido, pararam um segundo e se dirigiram para a fileira de cadeiras.

– Mande Beetje descer! – disse Maigret ao inspetor. – Que um de seus agentes vigie Liewens e Oosting. Eles não estavam aqui na noite do crime. Só precisaremos deles depois. Eles podem ficar no fundo da sala...

Quando Beetje chegou, desnorteada, depois deliberadamente ficando ereta num sobressalto de orgulho ao ver Any e a sra. Popinga, houve como que uma pausa na respiração de todos.

E não porque a atmosfera fosse dramática! Não! Pelo contrário, era sórdida!

Um punhado de homens, naquela grande sala vazia iluminada por uma única lâmpada de teto.

Era preciso um esforço para imaginar que poucos dias antes algumas pessoas, as pessoas importantes de Delfzijl, tinham pagado pelo direito de sentar-se numa daquelas cadeiras empilhadas, tinham entrado posando pela galeria, tinham trocado sorrisos, apertos de mão, tinham sentado em frente ao palco, com suas melhores roupas, tinham aplaudido a chegada de Jean Duclos.

Era exatamente como se, de repente, o mesmo espetáculo fosse visto pelo outro lado da lente!

Devido à expectativa, à incerteza que cada um sentia em relação ao que aconteceria, os rostos não expressavam nem mesmo preocupação ou dor. Era outra coisa! Olhos apagados, vazios de pensamentos. Rostos tensos, alterados.

A luz tornava as peles cinzentas. A própria Beetje nada mais tinha de excitante.

Nada tinha atrativo, grandeza. Tudo era lamentável ou risível.

Lá fora, grupos tinham se formado, silenciosos, porque se espalhara o rumor, pelo fim da tarde, que algo iria acontecer. Mas ninguém imaginava, na verdade, um espetáculo tão pouco cativante.

Foi à sra. Popinga que Maigret se dirigiu primeiro.

– A senhora pode se colocar no mesmo lugar daquela noite? – pediu ele.

Em sua casa, algumas horas antes, ela estava patética. Aquilo acabara. Ela parecia mais velha. Via-se que seu *tailleur*, malcortado, lhe deixava um ombro mais largo que o outro, e que ela tinha pés grandes. E também uma cicatriz no pescoço, abaixo da orelha.

Era pior com Any, cujo rosto nunca fora tão assimétrico. Sua roupa era ridícula, apertada, seu chapéu era de mau gosto.

A sra. Popinga sentou-se no meio da primeira fileira, no lugar de honra. Naquele dia, sob as luzes, com toda Delfzijl atrás dela, ela devia estar corada de orgulho e prazer.

– Quem estava a seu lado?

– O diretor da Escola Naval...

– Do outro lado?

– O sr. Wienands...

Este foi convidado a tomar seu lugar. Ele não tirara o sobretudo. Sentou-se desajeitadamente, olhando para o lado.

– A sra. Wienands?

– No fim da fila, por causa das crianças.

– Beetje?

Esta foi tomar seu lugar sozinha, deixando uma cadeira vazia entre ela e Any: a cadeira de Conrad Popinga.

Pijpekamp se mantinha em pé a certa distância, aturdido, pouco à vontade e ainda por cima inquieto. Jean Duclos esperava sua vez.

– Suba ao palco! – disse-lhe Maigret.

Talvez tenha sido ele quem mais perdeu prestígio. Estava magro, malvestido. Tinha-se dificuldade em conceber que numa noite cem pessoas tinham se deslocado para ir ouvi-lo.

O silêncio era tão angustiante quanto aquela luz, ao mesmo tempo precisa demais e insuficiente, que caía do teto distante. No fundo da sala, o Baes tossiu quatro ou cinco vezes, externando o mal-estar geral.

O próprio Maigret não deixava de trair certa inquietação. Ele vigiava a encenação. Seu olhar pesado ia de personagem a personagem, detendo-se em pequenos detalhes, na posição de Beetje, na saia longa demais de Any, nas unhas malcuidadas de Duclos, que, sozinho à mesa de conferência, tentava manter a compostura.

– O senhor falou por quanto tempo?

– Quarenta e cinco minutos...

– O senhor leu a conferência?

– Ah! É a vigésima quinta vez que a faço. Não uso nem minhas anotações...

– Portanto, o senhor olhava para o salão...

Ele foi sentar-se um segundo entre Beetje e Any. As cadeiras eram bastante apertadas. Seu joelho tocou o de Beetje.

– A que horas acabou?

– Um pouco antes das nove... Pois, antes, uma jovem tocou piano...

O piano continuava aberto, com uma *Polonaise* de Chopin na estante. A sra. Popinga mordiscava seu lenço. Oosting se remexia, no fundo. Seus pés não paravam de mexer sobre o chão coberto de serragem.

Eram oito horas e alguns minutos. Maigret se levantou, começou a caminhar.

– Senhor Duclos, poderia resumir o tema de sua conferência?

Mas Duclos era incapaz de falar. Ou melhor, tentou começar sua fala textual. Murmurou, depois de umas tossidas:

– Não é à inteligência da população de Delfzijl que cometerei a injúria de...

– Desculpe! O senhor falava de criminalidade.

– Da responsabilidade dos criminosos...

– E o senhor afirmava?

– Que nossa sociedade é a responsável pelos erros cometidos em seu seio, que chamamos crimes... Organizamos a vida para o bem maior de todos... Criamos classes sociais e é necessário fazer que cada indivíduo faça parte de uma delas...

Ele olhava para a toalha verde ao falar. Faltava nitidez na sua voz.

– Basta! – resmungou Maigret. – Já sei: "Há indivíduos excepcionais, doentes ou inaptos... Eles esbarram em divisões intransponíveis... Eles são jogados de um lado a outro e acabam no crime"... Imagino que seja isso... Nada de novo... Conclusão: "Não precisamos de prisões, mas de centros de reeducação, hospitais, casas de repouso, clínicas...".

Duclos, carrancudo, não respondeu.

– Enfim, o senhor disse isso em 45 minutos, com alguns exemplos surpreendentes... O senhor citou Lombroso, Freud e companhia.

Ele olhou para o relógio e se dirigiu principalmente à primeira fileira de cadeiras.

– Peço-lhes para esperar mais alguns minutos...

Naquele exato momento um dos filhos de Wienands começou a chorar. E sua mãe, nervosa demais, o sacudiu para acalmá-lo. Wienands, vendo que ela nada conseguia, colocou o garoto nos joelhos, começou a acariciá-lo com doçura, depois beliscou seu braço para fazê-lo calar.

Era preciso olhar para a cadeira vazia, entre Any e Beetje, para lembrar que se tratava de um drama. Valeria Beetje, com sua cara saudável mas banal, a perturbação em um lar?

Havia uma única coisa nela que atraía, e a magia daquela encenação era sublinhar a verdade pura, trazer os acontecimentos à sua crueza original: dois belos seios, que a seda tornava mais provocantes, seios de dezenove anos que tremiam um pouco sob a blusa, o suficiente para torná-los mais vivos.

Um pouco mais adiante, a sra. Popinga, que, mesmo aos dezenove anos, não tivera seios iguais; a sra. Popinga vestida demais, com camadas de roupas sóbrias, de bom-tom, que lhe tiravam todo atrativo natural.

Depois Any, desagradável, feia, banal, mas enigmática.

Popinga conhecera Beetje, um Popinga *bon vivant*, um Popinga com uma imensa vontade de saborear as coisas boas!... Ele não vira o rosto de

Beetje, seus olhos de porcelana, sobretudo não adivinhara a vontade de fugir que se escondia por trás daquele rosto de boneca.

Ele vira aqueles seios vivos, aquele corpo sadio, atraente!

A sra. Wienands, por sua vez, nem era mais mulher. Ela era mãe, dona de casa. Estava assoando o nariz de seu garoto, que não tinha mais forças para chorar.

– Devo ficar aqui? – perguntou Jean Duclos, do estrado.

– Por favor...

E Maigret se aproximou de Pijpekamp, disse-lhe algumas palavras em voz baixa. O policial de Groningen saiu um pouco depois com Oosting.

Homens jogavam bilhar no café. Ouvia-se o som das bolas se chocando.

E, no salão, havia opressão no ar. Parecia uma reunião espírita, à espera de alguma coisa assustadora. Any foi a única a ousar levantar-se de repente, a dizer depois de hesitar por um bom tempo:

– Não vejo aonde o senhor quer chegar... É... é...

– Está na hora... Com licença! Onde está Barens?

Não pensara mais nele. Encontrou-o no fundo da sala, encostado na parede.

– Por que não tomou seu lugar?

– O senhor disse: como naquela noite...

Seu olhar estava parado, sua voz ofegante.

– Naquela noite, eu estava nos lugares mais baratos, com os outros alunos...

Maigret não se ocupou mais dele. Foi abrir a porta que levava à rua sem passar pelo café. Ele viu apenas três ou quatro silhuetas na penumbra.

– Imagino que, ao fim da conferência, um grupo se formou junto ao estrado... O diretor da escola... O pastor... Alguns notáveis parabenizando o orador...

Ninguém respondeu, mas aquelas palavras bastavam para evocar a cena: todos os espectadores se dirigindo para a saída, o barulho das cadeiras, as conversas aqui e ali, perto do palco, um grupo, apertos de mão, elogios...

A sala se esvaziando... O último grupo finalmente se dirigindo para a porta... Barens se reunindo aos Popinga...

– Senhor Duclos, pode vir...

Todos se levantaram. Mas pareciam hesitar em relação ao papel que deviam representar. Olhavam para Maigret. Any e Beetje fingiam não se ver. Wienands, sem jeito, embaraçado, carregava seu bebê.

– Sigam-me...

E, um pouco antes da porta:

– Vamos nos dirigir à casa na mesma ordem do dia da conferência... Sra. Popinga e sr. Duclos...

Eles se olharam, hesitaram, deram alguns passos na rua escura...

– Senhorita Beetje!... A senhorita caminhava com Popinga... Vá na frente... Alcançarei a senhorita depois...

Ela mal tinha coragem de ir sozinha para a cidade, e principalmente temia seu pai, vigiado num canto da sala por um policial.

– Senhor e senhora Wienands...

Eles foram os mais naturais, porque precisavam cuidar das crianças.

– Senhorita Any e Barens...

Este último quase caiu em prantos, precisou morder os lábios, mas mesmo assim passou na frente de Maigret.

Então o comissário se virou para o policial que vigiava Liewens.

– Na noite do crime, a esta hora, ele estava em casa. O senhor poderia conduzi-lo até lá, e fazê-lo repetir exatamente o que ele fez então?

Parecia um cortejo mal organizado. Os primeiros grupos paravam, se perguntando se deviam seguir caminho. Havia hesitações, paradas.

A sra. Van Hasselt, da porta, assistia à cena respondendo aos jogadores de bilhar, que falavam com ela.

Três quartos da cidade dormia, as lojas estavam fechadas. A sra. Popinga e Duclos tomaram diretamente o caminho do cais e podia-se imaginar que o professor tentava tranquilizar a companheira.

Havia uma sucessão de luz e sombra, pois os postes de gás eram espaçados.

Distinguia-se a água escura, os barcos que se balançavam, cada um com uma lanterna no mastro. Beetje, sentindo Any atrás de si, tentava caminhar num passo desenvolto, mas o fato de estar sozinha tornava essa atitude difícil.

Cada grupo estava alguns passos atrás do outro. Cem metros adiante, viu-se nitidamente o barco de Oosting, pois era o único pintado de branco. Não havia luz nas vigias. O cais estava deserto.

– Vocês poderiam parar todos nos lugares em que estão? – perguntou Maigret de maneira a ser ouvido por todos os grupos.

Eles ficaram parados. A noite estava escura. O feixe luminoso do farol passava muito acima das cabeças e não iluminava nada.

Então Maigret se dirigiu a Any:

– A senhorita estava mesmo nesse lugar no trajeto?

– Sim...

– E você, Barens?

– Sim... Acho que sim...

– Você não tem certeza?... Você caminhava na companhia de Any?

– Sim... Espere... Não foi aqui, mas dez metros adiante, que Any me mostrou que o casaco de uma das crianças estava no chão...

– E você deu alguns passos à frente para avisar Wienands?

– A sra. Wienands...

– Isso durou apenas alguns segundos?

– Sim... Os Wienands continuaram a caminhar... Esperei Any...

– Você não notou nada de anormal?

– Nada!

– Todos avancem dez metros! – ordenou Maigret.

E então aconteceu que a irmã da sra. Popinga parou bem na altura do barco de Oosting.

– Caminhe até os Wienands, Barens...

E, para Any:

– Pegue aquele quepe que está no convés!

Bastava dar três passos, debruçar-se. O quepe estava ali, preto sobre o branco, bem visível, com seu distintivo metálico.

– Por que o senhor quer...?

– Pegue-o!

Percebia-se que os outros, mais adiante, tentavam entender o que estava acontecendo.

– Mas eu não...

– Não importa!... Não estão todos aqui... Cada um precisa desempenhar vários papéis... É apenas uma experiência...

Ela pegou o quepe.

– Esconda-o embaixo do casaco... Reencontre Barens...

Ele mesmo subiu no convés do barco e chamou:

– Pijpekamp!

– Ya!

E o policial apareceu, na escotilha da frente. Era a escotilha onde Oosting dormia. Lá dentro, não havia altura suficiente para um homem ficar de pé, tanto que, para fumar um último cachimbo, por exemplo, era preciso deixar a cabeça para fora, com os braços no convés.

Oosting estava exatamente ali, naquela posição. Do cais, do lugar onde estava o quepe, não era possível vê-lo, mas ele via perfeitamente o ladrão do quepe.

– Bom!... Faça-o fazer a mesma coisa daquela noite...

E Maigret reorganizou os grupos.

– Continuem a caminhar! Assumirei o lugar de Popinga...

Ele foi para o lado de Beetje, tendo à sua frente a sra. Popinga e Duclos, atrás os Wienands, por fim Any e Barens. Percebia-se um ruído ao longe: Oosting, vigiado pelo inspetor, que começava a caminhar.

A partir daquele momento, não passariam mais por ruas iluminadas. Depois do porto, costeavam-se as comportas desertas que separavam o mar do canal. Depois havia o caminho para o reboque de barcos, com árvores à direita e, a meio quilômetro, a casa dos Popinga.

Beetje balbuciou:

– Não estou entendendo...

– Psiu!... A noite está calma... Podemos nos ouvir da mesma maneira que ouvimos a voz dos que nos precedem e dos que nos seguem... Popinga falou com a senhorita em voz alta de coisas sem importância, sem dúvida sobre a conferência...

– Sim...

– Mas, em voz baixa, a senhorita o censurou...

– Como o senhor sabe?

– Não importa... Espere!... Durante a conferência, a senhorita estava a seu lado... Tentou tocar a mão dele... Por acaso ele não a repeliu?

– Sim! – balbuciou ela, impressionada, encarando-o com os olhos esbugalhados.

– E a senhorita recomeçou...

– Sim... Antes, ele não era tão prudente... Ele me beijava até mesmo em sua casa, atrás da porta... E mais!... Uma vez na sala de jantar, enquanto a sra. Popinga estava no salão e falava conosco... Era nos últimos tempos que ele andava com medo.

– Portanto, a senhorita o censurou... A senhorita repetiu-lhe que desejava partir com ele, falando em voz alta...

Ouviam-se passos à frente, passos atrás, murmúrios. Duclos disse:

– Garanto-lhe que isso não corresponde a nenhum método de investigação policial...

E, atrás, a sra. Wienands repreendia o filho em holandês.

Viu-se a casa, na escuridão. Não havia nenhuma luz. A sra. Popinga parou na soleira da porta.

– A senhora parou, não é mesmo? Porque era seu marido quem tinha a chave?

– Sim...

Os grupos se encontraram.

– Abra! – disse Maigret. – A criada estava dormindo?

– Sim... Como hoje...

A porta aberta, ela ligou o interruptor. O corredor foi iluminado, bem como o cabideiro de bambu, à esquerda.

– Popinga estava muito alegre, nesse momento?

– Muito alegre! Mas não natural... Ele falava alto demais...

Todos tiraram os casacos e chapéus.

– Ah! Todos tiraram os casacos aqui?

– Menos Any e eu! – disse a sra. Popinga. – Subimos para os quartos, para fazer a toalete...

– Sem antes entrar em outro aposento? Quem acendeu a luz do salão?

– Conrad...

– Subam, por favor...

E ele subiu com elas.

– Any não parou no quarto da senhora, pelo qual ela precisava passar para chegar ao dela?

– Não... Creio que não...

– Repitam, por favor, os mesmos movimentos... Senhorita Any, queira colocar em seu quarto o quepe, seu casaco e seu chapéu... O que vocês duas fizeram naquela noite?

O lábio inferior da sra. Popinga se ergueu.

– Passei um pouco de pó... – disse ela com uma voz infantil. – Me penteei... Mas não posso... É horrível!... Parece... Eu ouvia a voz de Conrad, embaixo... Ele falava do rádio, de captar a Radio-Paris...

A sra. Popinga jogou seu casaco sobre a cama. Ela chorava sem lágrimas, de nervosismo. Any, ereta no meio do gabinete que lhe servia de quarto, esperava.

– Vocês desceram juntas?

– Sim... Não!... Não sei mais... Acho que Any desceu um pouco depois de mim... Eu estava pensando em preparar o chá...

– Nesse caso, a senhora pode descer?

Ele ficou sozinho com Any, não disse uma palavra, pegou o quepe de suas mãos, olhou em volta e escondeu-o no divã.

– Venha...

– O senhor acha...?

– Não! Venha... A senhorita não passou pó...

– Não!

Ela tinha os olhos fundos. Maigret a fez passar à sua frente. Os degraus da escada estalaram. Embaixo, havia um silêncio absoluto. A ponto de, quando eles entraram no salão, a atmosfera ser irreal. Parecia um museu de figuras de cera. Ninguém ousara sentar-se. Somente a sra. Wienands arrumava os cabelos desalinhados do filho mais velho.

– Sentem-se, como naquela noite... Onde está o aparelho de rádio?

Ele mesmo o encontrou, girou os botões, fez surgirem assobios, estourarem vozes, resíduos de músicas, por fim deixou numa estação na qual dois cômicos faziam um esquete francês.

– *O coronel disse ao capitão...*

A voz se amplificava com a sintonia fina. Mais dois ou três assobios.

– *... É um bom sujeito, o capitão... Mas o coronel, meu velho...*

Aquela voz suburbana, trocista, ecoava no salão bem arrumado onde todos mantinham uma imobilidade absoluta.

– Sentem-se! – exclamou Maigret. – Façam o chá! Conversem...

Ele quis olhar pelas janelas, mas as venezianas estavam fechadas. Ele foi abrir a porta, chamou:

– Pijpekamp!

– Sim... – disse uma voz na escuridão.

– Ele está aí?

– Atrás da segunda árvore, sim!

Maigret entrou. A porta bateu. O esquete terminara e a voz do locutor anunciava:

– *... Disco Odéon número 28.675...*

Um chiado. Uma música de jazz. A sra. Popinga estava colada à parede. Distinguia-se na música uma voz cantarolando numa língua estrangeira, e às vezes havia um estalido, logo seguido por mais música...

Maigret procurou Beetje com os olhos. Ela estava caída num sofá. Chorava copiosamente. Balbuciava entre seus soluços:

– Pobre Conrad!... Conrad!

Barens, exangue, mordia os lábios.

– O chá! – comandou Maigret a Any.

– Ainda não... Enrolamos o tapete... Conrad dançou...

Beetje deu um soluço mais agudo. Maigret olhou para o tapete, para a mesa de carvalho com sua toalha bordada, para a janela e então para a sra. Wienands, que não sabia o que fazer com os filhos.

10

Alguém esperando a hora

MAIGRET OS DOMINAVA COM todo seu tamanho, ou melhor, com toda sua massa. O salão ficava pequeno. Encostado à porta, o comissário parecia grande demais para o ambiente. Ele estava sério. Talvez nunca tenha sido mais humano do que quando pronunciou, lentamente, numa voz um pouco surda:

– A música continua... Barens ajuda Popinga a enrolar o tapete... Num canto, Jean Duclos fala e se ouve falar, diante da sra. Popinga e Any... Wienands e sua mulher pensam em ir embora, por causa das crianças, falam em voz baixa... Popinga bebe um copo de conhaque... O suficiente para excitá-lo... Ele ri... Cantarola... Ele se aproxima de Beetje e convida-a para dançar...

A sra. Popinga olhava fixamente para o chão. Any mantinha os olhos febris virados para o comissário, que concluiu:

– O assassino já sabe que matará... Alguém olha para Conrad dançando e sabe que em duas horas aquele homem que ri num riso um pouco sonoro demais, que gostaria de divertir-se apesar de tudo, que tem sede de vida e emoção, não passará de um cadáver...

Todos acusaram o golpe, literalmente. A boca da sra. Popinga se abriu para um grito que não foi articulado. Beetje continuava soluçando.

A atmosfera, de repente, mudara. Por pouco não se procurava Conrad com os olhos. Conrad dançando! Conrad, a quem os dois olhos do assassino observavam.

Jean Duclos foi o único a exclamar:

– Terrível!

E, como ninguém o ouvia, ele continuou para si mesmo, com a esperança de ser ouvido por Maigret:

– Agora entendi seu método, que não é novo! Aterrorizar o culpado, sugestioná-lo, devolvê-lo à atmosfera do crime para forçá-lo a confessar... Já houve quem, tratado dessa maneira, sem querer repetisse os próprios gestos...

Mas não passou de um murmúrio confuso. Aquelas palavras não eram do tipo que podiam ser ouvidas em semelhante momento.

A caixa de som continuava difundindo a música, e aquilo bastava para elevar a temperatura em um grau.

Wienands, depois que sua mulher lhe cochichou alguma coisa no ouvido, se levantou timidamente.

– Sim! Sim! Vocês podem ir! – disse-lhe Maigret antes que ele falasse.

Pobre sra. Wienands, burguesinha bem-educada, que gostaria de ter dito adeus a todo mundo, fazer seus filhos cumprimentarem a todos, e que não sabia como agir, que apertava a mão da sra. Popinga sem nada encontrar para dizer!

Havia um relógio de pêndulo sobre a chaminé. Ele marcava cinco para as dez.

– Ainda não está na hora do chá? – perguntou Maigret.

– Sim! – respondeu Any, levantando-se e dirigindo-se para a cozinha.

– Desculpe! A senhora não foi preparar o chá com sua irmã?

– Um pouco mais tarde...

– A senhora a encontrou na cozinha?

A sra. Popinga passou a mão na testa, fazendo um esforço para não cair no estupor. Ela fixou a caixa de som com desespero.

– Não sei mais... Espere!... Acho que Any saiu da sala de jantar, porque o açúcar fica na cristaleira...

– Havia luz?

– Não... Talvez... Não! Acho que não.

– Vocês não se disseram nada?

– Sim! Eu disse: "Conrad não deve beber mais, senão ficará inconveniente..."

Maigret se dirigiu para o corredor, no momento em que os Wienands fechavam a porta de entrada. A cozinha era bem iluminada, de uma limpeza meticulosa. A água estava esquentando num fogão a gás. Any tirava a tampa de um bule.

– Não é preciso fazer o chá.

Eles estavam sozinhos. Any olhou-o nos olhos.

– Por que o senhor me obrigou a pegar o quepe? – perguntou ela.

– Não importa... Venha...

No salão, ninguém falava, ninguém se mexia.

– O senhor pretende deixar essa música tocar até o fim? – decidiu protestar Jean Duclos.

– Talvez. Ainda há uma pessoa que eu gostaria de ver: a criada.

A sra. Popinga olhou para Any, que respondeu:

– Ela está deitada... Ela sempre deita às nove horas...

– Pois bem, vá dizer-lhe para descer um pouco... Ela não precisa vestir-se...

E, na mesma voz recitante que usara no início, repetiu, obstinado:

– A senhorita dançava com Conrad, Beetje... No canto, falava-se com seriedade... E alguém sabia que haveria um morto... Alguém sabia que aquela era a última noite de Popinga...

Ouviu-se um barulho, passos, uma porta batendo no segundo andar da casa, onde só havia águas-furtadas. Depois um murmúrio se aproximou. Any foi a primeira a entrar. Uma silhueta permanecia em pé no corredor.

– Venha! – resmungou Maigret. – Digam-lhe para não ter medo de entrar...

A criada tinha o rosto flácido, um grande rosto banal, desconcertado. Sobre uma camisola de flanela creme, que ia até os pés, ela se contentara em colocar um casaco. Seus olhos estavam confusos de sono, seus cabelos em desordem. Ela cheirava a cama quente.

O comissário se dirigiu a Duclos.

– Pergunte-lhe em holandês se ela era amante de Popinga...

A sra. Popinga virou a cabeça dolorosamente. A frase foi traduzida. A serviçal sacudiu violentamente a cabeça.

– Repita a pergunta! Pergunte-lhe se alguma vez seu patrão tentou alguma coisa com ela...

Novos protestos.

– Diga-lhe que ela pode ser presa se não disser a verdade! Divida a pergunta. Ele já a beijou? Ele já entrou em seu quarto enquanto ela estava lá?

Houve uma brutal crise de choro da moça de camisola, que exclamou:

– Eu não fiz nada!... Juro que não fiz nada...

Duclos traduzia. Com os lábios apertados, Any encarava a criada.

– Ela era de fato amante dele?

Mas a criada era incapaz de falar. Ela protestava. Chorava. Pedia perdão. Articulava palavras entrecortadas por soluços.

– Acho que não! – traduziu por fim o professor. – Pelo que estou entendendo, ele a bolinava. Quando estava sozinho com ela na casa, ficava à sua volta na cozinha... Ele a beijava... Uma vez entrou em seu quarto enquanto ela se vestia... Ele lhe dava chocolate escondido... Mas nada mais!

– Ela pode voltar a dormir...

Ouviu-se a jovem subir a escada. Alguns segundos depois, ouviram-se idas e vindas em seu quarto. Maigret se dirigiu a Any:

– A senhorita poderia fazer o favor de ver o que ela está fazendo?

Logo se soube.

– Ela quer ir embora imediatamente! Está com vergonha! Não quer ficar nem um minuto a mais na casa! Ela pede perdão à minha irmã... Diz que irá para Groningen ou outro lugar, mas que não viverá mais em Delfzijl...

E Any acrescentou, agressiva:

– Era isso o que o senhor queria?

O relógio marcava 22h40. Uma voz, no rádio, anunciava:

– *Nossa audição está encerrada. Boa noite, senhoras, boa noite, senhoritas, boa noite, senhores...*

Depois ouviu-se uma música distante, bastante fraca, de outra estação.

Maigret, nervosamente, desligou o aparelho e houve um silêncio brutal, absoluto. Beetje não chorava mais, mas continuava a esconder o rosto com as duas mãos.

– A conversa continuou? – perguntou o comissário, com visível cansaço.

Ninguém respondeu. Os rostos estavam mais graves ainda do que na sala do hotel Van Hasselt.

– Peço-lhes desculpa por esta noite difícil...

Maigret se dirigia principalmente à sra. Popinga.

– Mas não esqueça que seu marido ainda estava vivo... Ele estava aqui, um pouco excitado pelo conhaque... Ele deve ter bebido mais...

– Sim...

– Ele estava condenado, a senhora entende!... E por alguém que olhava para ele... E outros, que estão aqui agora, se recusam a dizer o que sabem, fazendo-se assim cúmplices do assassino...

Barens soluçou, começou a tremer.

– Não é mesmo, Cornélius? – questionou-lhe Maigret à queima-roupa, olhando-o nos olhos.

– Não!... Não!... Não é verdade...

– Então por que está tremendo?

– Eu... Eu...

Ele estava prestes a ceder a uma nova crise, como quando a caminho da fazenda.

– Ouça!... Está quase na hora de Beetje sair com Popinga... Você, logo depois, Barens... Você os seguiu um pouco... Você viu alguma coisa...

– Não!... Não é verdade...

– Espere!... Depois dessa tripla partida, sobraram aqui apenas a sra. Popinga, Any e o professor Duclos... Essas três pessoas foram para o primeiro andar...

Any concordou com a cabeça.

– Cada um entrou em seu quarto, não é mesmo?... Diga-me o que você viu, Barens!

Ele se agitava em vão. Maigret o tinha, palpitante, sob seu olhar.

– Não!... Nada!... Nada!

– Você não viu Oosting escondido atrás de uma árvore?

– Não!

– Mas mesmo assim você andou em volta da casa... Portanto, deve ter visto alguma coisa...

– Não sei... Não quero... Não!... É impossível!

Todo mundo olhava para ele. Ele não ousava olhar para ninguém. E Maigret, impiedoso:

– Primeiro foi no caminho que você viu alguma coisa. As duas bicicletas tinham partido... Eles deviam passar pelo local iluminado pelo farol... Você estava com ciúme... Esperava... E precisou esperar bastante tempo... Um tempo que não correspondia à extensão do caminho...

– Sim...

– Ou seja, o casal parara à sombra da pilha de madeiras... O que não era o suficiente para assustá-lo... Apenas o suficiente para encolerizá-lo, ou para desesperá-lo... Portanto, você deve ter visto outra coisa, assustadora... Assustadora o suficiente, em todo caso, para você ficar, apesar de ser a hora de voltar para a escola... Você estava perto da pilha de madeiras... Podia ver uma única janela...

De repente, Barens se ergueu, desesperado, perdendo totalmente o controle.

– É impossível que o senhor saiba... Eu... Eu...

– A janela da sra. Popinga... Havia alguém naquela janela... Alguém que vira, como você, o casal passar muito mais tarde pelo feixe luminoso do farol, alguém que sabia, portanto, que Conrad e Beetje tinham parado na escuridão, por bastante tempo...

– Eu! – disse com clareza a sra. Popinga.

E foi a vez de Beetje desesperar-se, de olhá-la com os olhos arregalados de terror.

***

Ao contrário do esperado, Maigret não fez mais nenhuma pergunta. O que criou, aliás, certo mal-estar. Tinha-se a impressão de que, ao chegar ao ponto culminante, parava-se de repente.

E o comissário abriu a porta de entrada, chamando:

– Pijpekamp!... Venha, por favor... Deixe Oosting aí onde está... Imagino que o senhor deva ter visto as janelas dos Wienands se iluminando e se apagando... Eles devem estar deitados...

– Sim...

– E Oosting?

– Ficou atrás da árvore...

O inspetor de Groningen olhava em volta com espanto. Tudo exalava uma calma incompreensível. E os rostos pareciam de pessoas que passaram noites e noites sem dormir!

– O senhor pode ficar aqui um minuto?... Vou sair com Beetje Liewens, como Popinga fez... A sra. Popinga subirá para seu quarto, bem como Any e o professor Duclos... Peço a eles que repitam os mesmos movimentos daquela noite...

E, virando-se para Beetje:

– Vamos...

Estava frio na rua. Maigret contornou a casa, encontrou no galpão a bicicleta de Popinga e duas bicicletas de mulher.

– Pegue uma...

Depois, enquanto pedalavam suavemente pelo caminho de reboque de barcos, na direção do depósito de madeira:

– Quem propôs parar?

– Foi Conrad...

– Ele continuava alegre?

– Não... Assim que saímos, vi que ele ficou triste...

Eles tinham chegado à pilha de madeiras.

– Vamos descer aqui... Ele estava apaixonado?

– Sim e não... Ele estava triste... Acho que por causa do conhaque... Primeiro, ficara alegre... Ele me pegou em seus braços, aqui... Disse que estava muito infeliz, que eu era uma boa menininha... Sim, usou essa palavra... Que eu era uma boa menininha, mas que eu chegara tarde demais e que, se não tomássemos precauções, tudo acabaria em tragédia...

– E as bicicletas?

– Nós as apoiamos aqui... Eu senti que ele estava com vontade de chorar... Eu já o tinha visto assim, nas noites em que ele bebia... Ele acrescentou que era um homem, que para ele não tinha importância, mas que uma jovem como eu não devia apostar sua vida numa aventura... Depois, jurou que gostava de mim, que não tinha o direito de estragar minha vida, que Barens era um bom garoto e que eu acabaria sendo feliz com ele...

– Então?

Ela inspirou com força. E explodiu.

– Eu gritei que ele era um covarde e quis pegar minha bicicleta...

– O que ele fez?

– Ele segurou o guidom... Tentava me impedir de partir... Ele disse: "Deixe-me explicar... Não é por mim... É...".

– O que ele explicou?

– Nada! Porque eu disse que se ele não me largasse eu gritaria... Ele largou... Pedalei... Ele me seguiu, continuava falando... Mas eu pedalava mais rápido... Só ouvia: "Beetje!... Beetje!... Escute...".

– Só isso?

– Quando ele viu que eu chegava à cerca da fazenda, deu meia-volta... Eu me virei... Vi-o, em sua bicicleta, bastante triste...

– E a senhorita correu até ele?

– Não!... Eu o detestei, porque ele queria que eu casasse com Barens... Ele queria ficar tranquilo, não é mesmo?... Só que, quando fui abrir a porta, percebi que não estava com minha echarpe... Podiam encontrá-la... Saí para procurá-la... Não encontrei ninguém... Mas, quando finalmente voltei para casa, meu pai não estava... Ele voltou mais tarde... Não me disse boa noite... Ele estava pálido, com um olhar duro... Pensei que tivesse nos espiado e que talvez estivesse escondido atrás da pilha de madeiras...

"No dia seguinte, ele deve ter vasculhado meu quarto... Encontrou as cartas de Conrad, pois não as achei mais... Depois, ele me trancou no quarto."

– Venha!

– Onde?

Ele não chegou a responder. Pedalou em direção à casa dos Popinga. Havia luz na janela da sra. Popinga, mas esta não podia ser vista.

– O senhor acha que foi ela?

O comissário resmungou para si:

– Ele voltou assim, inquieto... Desceu maquinalmente, sem dúvida aqui... Contornou a casa segurando a bicicleta pelo guidom... Ele sentia sua paz ameaçada, mas era incapaz de fugir com a amante...

E, de repente, imperativo:

– Fique aqui, Beetje.

Ele conduziu a bicicleta ao longo da alameda que contornava a casa. Entrou no pátio, dirigiu-se para o galpão onde o bote envernizado desenhava uma forma alongada.

A janela de Jean Duclos estava iluminada. Adivinhava-se o professor sentado na frente de uma mesa. A dois metros, a janela do banheiro, entreaberta, mas na escuridão.

– Ele não devia estar com pressa de voltar... – monologou ainda Maigret. – Ele se inclinou, assim, para colocar a bicicleta lá dentro...

Ele gastava o tempo. Parecia estar à espera de alguma coisa. E algo aconteceu, de fato, mas algo inesperado: um leve ruído lá de cima, da janela do banheiro, um ruído metálico, o clique de um revólver não carregado.

Depois, imediatamente, um barulho de luta, a queda de dois corpos no chão.

Maigret entrou na casa pela cozinha, subiu rapidamente ao primeiro andar, empurrou a porta do banheiro e ligou o interruptor.

Dois corpos esperneavam no chão: o do inspetor Pijpekamp e o de Barens, que era imobilizado enquanto sua mão direita, abrindo-se, largava o revólver.

11

A janela iluminada

– IMBECIL!

Foi a primeira palavra de Maigret, que juntou Barens, literalmente, colocou-o em pé e sustentou-o por um segundo, pois sem isso o jovem cairia de novo. Portas se abriam. Maigret vociferou:

– Desçam todos!

Ele estava com o revólver na mão. Manejava-o sem precaução, pois fora ele quem colocara no lugar das balas originais cartuchos sem pólvora.

Pijpekamp limpava seu casaco empoeirado com as costas da mão. Jean Duclos perguntava e apontava para Barens:

– Foi ele?

O jovem aluno da Escola Naval estava num estado lastimável, não como um grande culpado, mas como um aluno pego em falta. Ele não ousava olhar para ninguém. Não sabia o que fazer com as mãos, com o olhar.

Maigret acendeu as lâmpadas do salão. Any foi a última a entrar. A sra. Popinga se recusou a sentar e adivinhava-se que sob o vestido seus joelhos tremiam.

Então, pela primeira vez, todos viram o comissário embaraçado. Ele encheu um cachimbo, acendeu-o, deixou-o apagar, sentou-se numa poltrona, mas levantou-se imediatamente.

– Me envolvi num caso que não me dizia respeito! – disse ele rapidamente. – Um francês era suspeito e fui enviado para esclarecer o caso...

Ele acendeu o cachimbo de novo, para ganhar tempo para refletir. Voltou-se para Pijpekamp.

– Beetje está lá fora, bem como seu pai e Oosting... Diga-lhes que voltem para casa, ou que entrem... Depende... O senhor quer que a verdade seja conhecida?

O inspetor se dirigiu para a porta. Alguns segundos depois, Beetje entrava, submissa e tímida, depois Oosting, o rosto fechado, e finalmente, junto com Pijpekamp, Liewens, lívido e arisco.

Então todos viram Maigret abrir a porta da sala de jantar. Ouviram-no remexer num armário. Quando voltou, segurava uma garrafa de conhaque e um copo.

Ele bebeu sozinho. Estava mal-humorado. Todos estavam em pé à sua volta, e ele parecia intimidado.

– Você quer saber, Pijpekamp?

E, com brutalidade:

– Azar, não é mesmo?... Sim! Azar se o seu método é o certo!... Somos de países diferentes, raças diferentes... E os climas são diferentes... Quando o senhor pressentiu um drama familiar, saltou sobre o primeiro testemunho que permitia arquivar o caso... Crime de um marinheiro estrangeiro!... Talvez seja preferível para a saúde pública... Sem escândalo!... Sem mau exemplo dado pela burguesia ao povo!... Só que eu sempre revejo Popinga, aqui mesmo, ligando o rádio e dançando sob os olhos do assassino...

Ele resmungou, sem olhar para ninguém:

– O revólver foi encontrado no banheiro... Portanto, o tiro foi dado de dentro. Pois é estupidez pensar que o culpado, uma vez realizado o crime, tenha tido a presença de espírito de mirar numa janela entreaberta para atirar a arma... E sobretudo que tenha ido colocar um quepe numa banheira e um toco de charuto na sala de jantar!

Ele começou a caminhar de um lado para outro, ainda evitando olhar para seus interlocutores. Oosting e Liewens, que não o entendiam, olhavam-no intensamente, para adivinhar o sentido de suas palavras.

– Esse quepe, esse toco de charuto, e por fim a arma tirada da mesinha de cabeceira do próprio Popinga. Era demais... Entendem?... Queriam provar demais... Queriam embaralhar demais as cartas... Oosting ou qualquer pessoa vinda de fora poderia ter deixado alguns desses indícios, mas não todos!

"Portanto, premeditações... Portanto, vontade de escapar à punição...

"Só resta proceder por eliminação... O Baes é o primeiro eliminado... Por que entrar primeiro na sala de jantar, deixar um charuto, subir ao quarto e procurar um revólver e por fim deixar o quepe dentro da banheira?

"Depois Beetje pode ser afastada. Pois ao longo da noite não foi ao primeiro andar, não poderia ter colocado o quepe e, em primeiro lugar, nem poderia roubá-lo, pois caminhava ao lado de Popinga...

"O pai dela poderia matar, depois de surpreendê-la com o amante... Mas, naquela hora, era tarde demais para subir ao banheiro...

"Resta Barens... Ele também não subiu... Não roubou o quepe... Ele tinha ciúme de seu professor, mas, uma hora antes, ainda não tinha certeza de nada..."

Maigret se calou, esvaziou o cachimbo, batendo-o contra o calcanhar, sem se preocupar com o tapete.

– É mais ou menos isso. Resta-nos escolher entre a sra. Popinga, Any e Jean Duclos. Nenhuma prova contra algum dos três. Mas tampouco alguma impossibilidade material. Jean Duclos saiu do banheiro com a arma na mão. Pode-se considerar isso uma garantia de sua inocência... No entanto, como ele caminhava, ao voltar da cidade, com a sra. Popinga, ele não poderia roubar o quepe... E a sra. Popinga, que estava com ele, também não poderia fazê-lo...

"O quepe só poderia ser roubado pelo último grupo: Barens ou Any... E um pouco antes foi demonstrado que Any ficou sozinha por um momento na frente do barco de Oosting...

"Não vou falar do charuto... Basta abaixar-se, em qualquer lugar, para pegar uma ponta qualquer...

"De todos os que estavam aqui na noite do crime, Any é a única a ter ficado no andar de cima sem testemunhas, a ter entrado, além disso, na sala de jantar...

"Mas ela tinha, em relação ao crime, o melhor dos álibis..."

E Maigret, com o olhar sempre esquivo, evitando fixar seus interlocutores, colocou na mesa a planta do local feita por Duclos.

– Any só poderia chegar ao banheiro passando pelo quarto da irmã ou pelo do francês. Quinze minutos antes do assassinato, ela estava em seu quarto... Como ela chegaria ao banheiro?... *Como ela teria a certeza de poder passar, na hora certa, por um dos dois quartos*?... Não esqueçamos que ela estudou, não apenas direito, mas as obras da polícia científica... Ela discutiu-as com Duclos. Eles falaram sobre a possibilidade do crime matematicamente impune...

Any, toda ereta, estava exangue, mas mantinha o sangue-frio.

– Preciso fazer um parêntese. Sou o único aqui que não conheceu Popinga. Precisei construir uma ideia dele segundo os testemunhos... Ele tinha sede de prazer, ao mesmo tempo que era tímido diante das responsabilidades e sobretudo diante de princípios estabelecidos... Ele acariciou Beetje, num dia de alegria... E ela se tornou sua amante... Principalmente porque ela o quis!... Interroguei a criada, antes... Ele a acariciou também, assim, de passagem... Mas ele não foi mais longe porque não foi encorajado...

"Ou seja, ele deseja todas as mulheres... Comete pequenas imprudências... Rouba um beijo, uma carícia... Mas preza acima de tudo sua segurança...

"Ele foi capitão de navios de longo percurso... Conheceu o charme das escalas sem amanhã... Mas é funcionário de Sua Majestade e preza sua posição assim como preza sua casa, seu lar, sua esposa...

"É uma mistura de cobiça e recalques, de loucura e sensatez!

"Aos dezoito anos, Beetje não entendeu isso e pensou que ele fugiria com ela...

"Any vive em sua intimidade... Que importa que ela não seja bonita?... É uma mulher... Esse é o mistério... Um dia..."

O silêncio, à sua volta, era insuportável.

– Não digo que ele tenha sido seu amante... Mas, também com ela, ele foi imprudente... Ela acreditou nele... Ela se apaixonou por ele... Uma paixão menos cega que a da sra. Popinga...

"Eles viveram assim, os três... Sra. Popinga confiante... Any mais fechada, mais apaixonada, mais ciumenta, mais perspicaz...

"Ela percebeu a relação dele com Beetje... Ela sentiu a inimiga... Talvez tenha vasculhado, aberto as cartas...

"Ela aceitava dividi-lo com a irmã... Mas não podia aceitar aquela garota bonita, saudável e jovem, com quem ele fugiria...

"Ela decidiu matar..."

E Maigret concluiu:

– É isso! Um amor que se transforma em ódio! Um amor-ódio! Um sentimento complexo, feroz, capaz de inspirar qualquer coisa... Ela decidiu matar... Decidiu friamente. Matar sem dar motivos para a mínima acusação!

"E o professor, naquela noite, falou de crimes impunes, de assassinos científicos...

"Ela é tão orgulhosa de sua inteligência quanto apaixonada... Cometeu um belo crime... Um crime que fatalmente seria imputado a um vagabundo...

"O quepe... O charuto... E o álibi irrefutável: ela não podia sair de seu quarto para matar sem passar pelo quarto da irmã ou pelo do francês...

"Durante a conferência, ela viu mãos se procurando... No caminho, Popinga acompanhou Beejte... Eles beberam e dançaram... Foram embora juntos, de bicicleta...

"Bastava imobilizar a sra. Popinga em sua janela, despertar nela a suspeita...

"E, enquanto a acreditavam em seu quarto, ela pôde passar, já de combinação, por trás da irmã... Tudo foi calculado... Ela chegou ao banheiro... Atirou... A tampa da banheira estava aberta... O quepe estava lá... Ela só precisava entrar...

"Depois do tiro, Duclos entrou, encontrou a arma no parapeito, saiu precipitadamente e, encontrando a sra. Popinga na escada, desceu com ela...

"Any, já pronta, já semivestida, seguiu-os... Quem poderia suspeitar que ela não saía de seu quarto, que ela não estava alvoroçada, ela cujo pudor era lendário e que se mostrava naqueles trajes?

"Sem piedade! Sem remorso! Esses ódios por amor apagam todos os demais sentimentos. A vontade de vencer, apenas!

"Oosting, que viu seu quepe ser roubado, se calou... Ao mesmo tempo, seu respeito pelo morto e seu amor pela ordem!... Não podia haver escândalo em torno da morte de Popinga... Ele inclusive ditou a Barens um depoimento, fazendo crer num crime hediondo cometido por um marinheiro desconhecido...

"Liewens, que viu a filha voltando para casa acompanhada de Popinga e que, no dia seguinte, leu as cartas, acreditou na culpa de Beetje, trancou-a no quarto e se obstinou a descobrir a verdade...

"Supondo que eu ia prendê-la, tentou se matar...

"E finalmente Barens... Barens, que suspeitava de todo mundo, se debatendo com o mistério e se sentindo, por sua vez, alvo de suspeitas...

"Barens, que vira a sra. Popinga na janela... Não fora ela quem atirara depois de descobrir que estava sendo enganada?

"Ele foi recebido aqui como um filho... Órfão, encontrou nela uma nova mãe...

"Ele quis retribuir... Ele quis salvá-la... Tinha sido esquecido na distribuição dos papéis... Ele foi buscar o revólver... Foi até o banheiro. Quis atirar... *Matar o único homem que sabia, e sem dúvida matar-se em seguida!*

"Um pobre rapaz heroico... Generosidade como se vê somente aos dezoito anos!

"Só isso!... A que horas sai o trem para a França?"

Nem uma palavra. Pessoas paralisadas de estupor, angústia, medo ou horror. Jean Duclos por fim disse:

– Satisfeito...?

Enquanto isso, a sra. Popinga saía, num passo de autômato, e alguns segundos depois foi encontrada estendida na cama, sofrendo uma crise cardíaca.

Any não se mexera. Pijpekamp tentou fazê-la falar:

– A senhora tem algo a dizer?

– Falarei na presença do juiz.

Ela estava totalmente pálida. O círculo abaixo de seus olhos chegava à metade das bochechas.

Somente Oosting estava calmo, mas olhando Maigret com olhos cheios de censura.

E o fato é que às cinco horas da manhã o comissário, sozinho, pegava o trem na pequena estação de Delfzijl. Ninguém o acompanhou. Ninguém agradeceu. Nem mesmo Duclos, que dissera que só poderia pegar o próximo trem!

O dia nasceu quando o trem atravessava uma ponte sobre o canal. Barcos esperavam, com as velas abaixadas. Um funcionário estava pronto para operar a ponte depois da passagem do comboio.

Somente dois anos depois, em Paris, o comissário encontrou Beetje, que se casara com um comerciante de lâmpadas elétricas holandesas, e que engordara. Ela corou ao reconhecê-lo.

Ela lhe contou que tinha dois filhos, mas deu a entender que seu marido lhe proporcionara uma vida medíocre.

– E Any? – perguntou ele.

– O senhor não sabe?... Todos os jornais da Holanda comentaram... Ela se matou, com um garfo, no dia do processo, alguns minutos antes de comparecer ao tribunal...

E ela acrescentou:

– Venha nos visitar... Avenue Victor Hugo, número 28... Não demore, pois na semana que vem vamos para a Suíça praticar esportes de inverno...

Naquele dia, na Polícia Judiciária, ele conseguiu ralhar com todos os seus inspetores.

A CABEÇA DE UM HOMEM

TRADUÇÃO DE EDUARDO BRANDÃO

FOTO
Eugène Atget, *Magasin, avenue des Gobelins*, Paris, 1925

1

Cela 11, segurança máxima

QUANDO UM SINO DEU DUAS BADALADAS, em algum lugar, o prisioneiro estava sentado na cama e duas mãos, grandes e nodosas, apertavam seus joelhos dobrados.

Durante um minuto talvez, permaneceu imóvel, como que em suspenso, depois de repente, com um suspiro, estendeu os membros, ergueu-se na cela, enorme, desengonçado, a cabeça grande demais, os braços compridos, o peito cavo.

Seu rosto nada exprimia a não ser aparvalhamento ou uma indiferença inumana. E no entanto, antes de se dirigir para a porta com o postigo fechado, estendeu o punho em direção a uma das paredes.

Do outro lado dessa parede, havia uma cela igualzinha, uma cela da ala de segurança máxima da prisão da Santé.

Nela, como em outras quatro celas, um condenado à morte aguardava ou a clemência ou o grupo solene que viria uma noite acordá-lo sem dizer palavra.

E nos últimos cinco dias, a cada hora, a cada minuto, esse prisioneiro gemia, ora de um modo abafado, monótono, ora com gritos, lágrimas, urros de revolta.

O 11 nunca o havia visto, nada sabia dele. No máximo, pela voz, podia adivinhar que seu vizinho era um rapazola.

Nesse momento, a queixa era cansada, mecânica, enquanto pelos olhos daquele que acabava de se levantar passava uma centelha de ódio, e ele cerrava os punhos de articulações proeminentes.

Do corredor, dos pátios cobertos, das áreas ao ar livre, de toda essa fortaleza que é a Santé, das ruas que a rodeiam, de Paris, não chegava nenhum ruído.

Só o gemido do 10!

E o 11, com um movimento espasmódico, puxava os dedos, estremecia duas vezes antes de tatear a porta.

A cela estava iluminada, é de regra na ala de segurança máxima. Normalmente, um guarda devia ficar no corredor, abrir de hora em hora os postigos dos cinco condenados à morte.

As mãos do 11 acariciam a fechadura com um gesto que um paroxismo de angústia tornava solene.

A porta se abriu. A cadeira do carcereiro estava lá, sem ninguém.

Então o homem se pôs a andar depressa, encurvado, tomado pela vertigem. Seu rosto era de um branco sem brilho e somente as pálpebras de seus olhos esverdeados estavam tingidas de vermelho.

Deu três vezes meia-volta, porque tinha errado o caminho e se chocava com as portas fechadas.

No fundo de um corredor, ouviu vozes: dois vigias fumavam e falavam alto na sala da guarda.

Enfim, chegou a um pátio onde a escuridão era rompida a intervalos pelo círculo luminoso de uma lâmpada. A cem metros dele, em frente ao portão, uma sentinela batia os pés no chão para aquecê-los.

Mais adiante, uma janela estava iluminada e se distinguia um homem, cachimbo na boca, debruçado sobre uma mesa coberta de papéis.

O 11 gostaria de ter relido o bilhete que havia encontrado três dias antes colado no fundo da sua marmita, mas ele o havia mastigado e engolido, como o remetente lhe recomendara fazer. E, se uma hora antes ainda sabia de cor seus termos, agora havia passagens que era incapaz de lembrar com precisão.

No dia 15 de outubro às duas da manhã, a porta da sua cela vai se abrir e o carcereiro estará ocupado em outro lugar. Se você seguir o caminho traçado aqui embaixo...

O homem passou pela testa a mão ardente, olhou com terror para os círculos de luz, quase gritou ao ouvir passos. Mas era do outro lado do muro, na rua. Pessoas livres falavam, o calçamento ressoava sob os saltos de seus sapatos.

– Quando penso que eles se atrevem a cobrar cinquenta francos por uma poltrona...

Era uma mulher.

– Bah! Eles têm custos – replicou uma voz de homem.

E o prisioneiro tateava o muro, parava ao topar com uma pedra, aguçava os ouvidos, tão pálido, tão esquisito com seus braços intermináveis batendo no vazio, que em qualquer outro lugar o teriam tomado por um bêbado.

O grupo estava a menos de cinquenta metros do prisioneiro invisível, numa reentrância perto de uma porta em que estava escrito ADMINISTRAÇÃO.

O comissário Maigret não se dignava a encostar na parede de tijolos escuros. As mãos nos bolsos do sobretudo, estava bem plantado em suas pernas fortes, tão rigorosamente imóvel que dava a impressão de uma massa inanimada. Mas ouvia-se a intervalos regulares o crepitar do seu cachimbo. Adivinhava-se seu olhar, do qual não conseguia apagar a ansiedade.

Deve ter tocado dez vezes no ombro do juiz de instrução Coméliau, que não parava quieto.

O magistrado havia chegado à uma da manhã de uma noitada mundana, em traje de gala, seu bigode fino aparado com capricho, mais corado que de costume.

Perto deles, cara preocupada, a gola do casaco levantada, postava-se o sr. Gassier, diretor da Santé, que se fingia desinteressado pelo que acontecia.

Fazia muito frio. O guarda, junto ao portão, batia os pés no chão e as respirações lançavam no ar finas colunas de vapor.

Não se podia distinguir o prisioneiro, que evitava os lugares iluminados. No entanto, por mais que ele tomasse o cuidado de não fazer barulho, ouviam-no ir e vir, acompanhavam de certo modo seus menores movimentos.

Passados dez minutos, o juiz se aproximou de Maigret, abriu a boca para falar. Mas o comissário apertou o ombro dele com tanta força que o magistrado se calou, suspirou, tirou maquinalmente do bolso um cigarro que lhe foi arrancado das mãos.

Todos tinham compreendido. O 11 não encontrava seu caminho, corria o risco de topar com uma ronda a qualquer momento.

E não havia o que fazer! Não se podia levá-lo para o lugar onde, ao pé do muro, o esperava um pacote de roupas e estava pendurada uma corda com nós.

Às vezes um carro passava pela rua. Às vezes, também, pessoas falavam e as vozes ecoavam de uma maneira toda especial no pátio da prisão.

Tudo o que os três homens podiam fazer era trocar olhares. Os do diretor eram raivosos, irônicos, ferozes. O juiz Coméliau, por sua vez, sentia crescer sua inquietação, ao mesmo tempo que seu nervosismo.

Maigret era o único, à custa de muita força de vontade, a aguentar firme, a ter confiança. Mas, se a luz incidisse direto sobre ele, teriam constatado que sua testa estava reluzente de suor.

Quando soou o toque de meia hora, o homem continuava flutuando, à deriva. Mas, um segundo depois, os três homens à espreita sentiram o mesmo choque.

Não tinham ouvido nenhum suspiro. Tinham-no adivinhado. E adivinhavam, sentiam a pressa febril do homem que acabava enfim de topar com o pacote de roupas e de perceber a corda.

Os passos da sentinela continuavam cadenciando o escoar do tempo. O juiz arriscou em voz baixa:

– Tem certeza de que...

Maigret o encarou de tal modo que ele se calou. E a corda se mexeu. Distinguiram uma mancha mais clara ao longo do muro: o rosto do 11, que se içava com a força de seus punhos.

Foi demorado! Dez vezes, vinte vezes mais demorado do que se previra. E quando chegou ao alto, era possível imaginar que ele entregava os pontos, porque não se mexia mais.

Viam-no agora, como no teatro de sombras, colado no topo do muro.

Será que sentia vertigem? Será que hesitava em chegar à rua? Será que passantes ou namorados encolhidos num canto o impediam de descer?

O juiz Coméliau estalou os dedos de impaciência. O diretor sussurrou:

– Acho que não precisam mais de mim...

A corda foi enfim içada e desenrolada do lado de fora. O homem sumiu.

– Se eu não tivesse tanta confiança no senhor, comissário, garanto que nunca teria embarcado numa aventura dessas. E olhe que continuo achando Heurtin culpado. Suponha agora que ele escape do senhor.

– Posso ver o senhor amanhã? – Maigret se limitou a perguntar.

– Estarei em meu gabinete a partir das dez.

Apertaram as mãos em silêncio. O diretor estendeu a sua de má vontade e se afastou resmungando palavras indistinguíveis.

Maigret ficou mais uns instantes junto da parede, só se dirigiu para o portão quando ouviu alguém se afastar em disparada. Cumprimentou o funcionário com um gesto de mão, lançou um olhar para a rua deserta, virou a esquina da Rue Jean-Dolent.

– Já foi? – indagou, dirigindo-se a uma silhueta colada no muro.

– Em direção ao Boulevard Arago. Dufour e Janvier o seguem...

– Vá dormir.

Maigret apertou distraidamente a mão do inspetor, afastou-se a passos pesados, cabeça baixa, acendendo seu cachimbo.

Eram quatro da manhã quando abriu a porta da sua sala no Quai des Orfèvres. Tirou suspirando o sobretudo, engoliu metade de um copo de cerveja morna largado entre os papéis e desabou na sua poltrona.

À sua frente, havia uma pasta de plástico repleta de documentos, na qual um escrivão da Polícia Judiciária havia traçado com uma letra bonita:

Caso Heurtin

A espera durou três horas. A lâmpada, sem quebra-luz, estava envolta numa nuvem de fumaça que se estendia ao menor movimento do ar. De vez em quando Maigret se levantava a fim de atiçar o fogo da estufa e voltava ao seu lugar, não sem tirar sucessivamente o casaco, o colarinho postiço e, por fim, o colete.

O telefone estava ao alcance da sua mão e por volta das seis tirou o fone do gancho para certificar-se de que não tinham esquecido de ligar o aparelho na véspera.

A pasta amarela estava aberta. Relatórios, recortes de jornal, autos, fotos haviam deslizado para cima da sua mesa, e Maigret olhava distraído para tudo aquilo, puxando vez ou outra um documento, menos para lê-lo do que para fixar seu pensamento.

O papelório era dominado por um título eloquente, em duas colunas de jornal:

> JOSEPH HEURTIN, ASSASSINO DA SRA. HENDERSON E DE SUA CRIADA, FOI CONDENADO À MORTE ESTA MANHÃ.

E Maigret fumava sem parar, olhava com ansiedade para o telefone obstinadamente mudo. Às seis e dez tocou, mas era engano.

De sua poltrona, o comissário podia ler passagens de diferentes documentos, que aliás sabia de cor.

> JOSEPH JEAN-MARIE, NASCIDO EM MELUN, VINTE E SETE ANOS, ENTREGADOR A SERVIÇO DO SR. GÉRARDIER, FLORISTA, RUE DE SÈVRES...

Via-se a foto dele, tirada um ano antes num lambe-lambe em Neuilly. Um homem alto, de braços desproporcionalmente grandes, cara triangular, pálido, cujas roupas traíam uma vaidade de mau gosto.

> DRAMA SELVAGEM EM SAINT-CLOUD.
> UMA RICA AMERICANA E SUA CRIADA SÃO ESFAQUEADAS.

Isso havia acontecido no mês de julho.

Maigret afastou as sinistras fotografias do Serviço de Identificação da polícia: os dois cadáveres, vistos de todos os ângulos, sangue por toda parte, faces convulsionadas, roupas de dormir em desordem, manchadas, rasgadas.

O COMISSÁRIO MAIGRET, DA POLÍCIA JUDICIÁRIA, ACABA DE ELUCIDAR O DRAMA DE SAINT-CLOUD. O ASSASSINO ESTÁ NA CADEIA.

Havia embaralhado as folhas que estavam diante dele, voltou a encontrar o recorte que datava de seis dias antes:

JOSEPH HEURTIN, ASSASSINO DA SRA. HENDERSON E DE SUA CRIADA, FOI CONDENADO À MORTE ESTA MANHÃ.

No pátio da Chefatura de Polícia, um camburão entregava a colheita da noite, composta principalmente de mulheres. Começava-se a ouvir ruídos de passos nos corredores e a bruma se dissipava sobre o Sena.

O telefone tocou.

– Alô! Dufour?

– Eu, chefe.

– E então...?

– Nada. Quer dizer... Se o senhor quiser vou até aí. Por enquanto, basta Janvier.

– Onde ele está?

– No La Citanguette.

– Hein? No quê?

– Um boteco, perto de Issy-les-Moulineaux. Vou pegar um táxi e ir contar as novidades ao senhor.

Maigret andava de um lado para outro da sala, mandou o contínuo pedir café e *croissants* na Brasserie Dauphine.

Começava a comer quando o inspetor Dufour, miudinho, todo certinho em seu terno cinzento, com um colarinho postiço alto e duro demais, entrou com seu costumeiro ar de mistério.

– Antes de mais nada, o que é La Citanguette? – resmungou Maigret. – Sente-se!

– Um boteco de marinheiros, à beira do Sena, entre Grenelle e Issy-les-Moulineaux...!

– Ele foi direto pra lá?

– Que nada! É um milagre não termos sido despistados. Janvier e eu...

– Tomou seu café da manhã?

– Tomei, no La Citanguette!

– Conte tudo.

– O senhor o viu fugir, não é? Ele começou correndo, como se morresse de medo de ser capturado. Só ficou tranquilo na Place Denfert-Rochereau, onde olhou com uma cara espantada para a estátua do Leão de Belfort.

– Sabia que estava sendo seguido?

– Claro que não! Não se virou nenhuma vez.

– E depois?

– Acho que um cego ou alguém que nunca tivesse andado por Paris teria se comportado mais ou menos da mesma maneira. Ele pegou de repente a rua que atravessa o cemitério de Montparnasse, esqueci o nome... Não havia vivalma. Era lúgubre. Na certa ele não sabia onde estava, porque quando avistou os túmulos através das grades, saiu correndo de novo.

– Continue.

Maigret, de boca cheia, parecia mais sereno.

– Chegamos a Montparnasse. Os grandes cafés estavam fechados. Mas ainda havia boates abertas. Eu lembro que ele parou na frente de uma. De fora, dava para ouvir o jazz. Uma floristazinha se aproximou dele com seu cesto de flores e ele saiu andando...

– Em que direção?

– Nenhuma, para dizer a verdade. Pegou o Boulevard Raspail, virou numa transversal, deu meia-volta e acabou retornando à estação de Montparnasse.

– Que cara ele tinha?

– Não tinha! A mesma que na audiência, que no tribunal do júri... Pálido à beça. E um olhar vago, amedrontado. Não sei dizer. Meia hora depois estávamos no Mercado.

– E ninguém lhe dirigiu a palavra?

– Ninguém!

– Ele não pôs nenhum bilhete numa caixa de correio?

– Garanto que não, chefe! Janvier ia numa calçada, eu na outra. Não perdemos um só dos seus movimentos. Olhe, uma vez ele parou um segundo numa barraca que vende salsicha e batata frita. Hesitou. Seguiu em frente, porque havia avistado um policial uniformizado.

– Não te pareceu que ele procurava algum endereço?

– De jeito nenhum! Parecia muito mais um bêbado que vai aonde Deus o leva. Chegamos ao Sena na altura da Place de la Concorde. Então ele cismou de seguir o rio. Sentou duas ou três vezes.

– Onde?

– Uma vez num parapeito de pedra. Outra, num banco. Não posso jurar, mas acho que dessa vez chorou. Em todo caso, estava com as mãos na cara.

– Ninguém no banco?

– Ninguém. Andamos mais um bocado. Imagine só, até Issy-les-Moulineaux! De quando em quando parava para olhar o rio. Os rebocadores começaram a circular. Depois os operários das fábricas invadiram as ruas. Ele continuava, como alguém que não tem a menor ideia do que vai fazer.

– Mais nada?

– Praticamente... Espere. Na Pont Mirabeau enfiou as mãos nos bolsos num movimento maquinal e tirou um objeto.

– Notas de dez francos.

– Foi o que Janvier e eu achamos... Então procurou alguma coisa ao redor. Na certa um botequim. Mas na margem direita não havia nada aberto. Atravessou o rio. Num barzinho cheio de motoristas, tomou um café e uma dose de rum.

– La Citanguette?

– Ainda não. Janvier e eu estávamos com as pernas bambas. E não podíamos tomar nada para nos esquentar. Ele saiu e continuou. Janvier, que anotou o nome de todas as ruas, fará um relatório detalhado para o senhor. Acabamos voltando para a beira do rio, perto de uma grande fábrica. Por ali é deserto.

"Só mato, como no campo, entre dois montes de cacarecos. Perto de um guindaste há várias barcaças atracadas. Umas vinte, eu acho.

"Quanto ao La Citanguette, é um albergue que a gente não espera encontrar naquele lugar. Um boteco onde se pode comer. À direita tem um galpão com uma pianola, e um cartaz anuncia: BAILE SÁBADO E DOMINGO.

"O homem tomou café e rum de novo. Serviram-lhe salsichas, depois de ter feito ele esperar um tempão. Falou com o albergueiro e passados quinze minutos os dois subiram para o primeiro andar.

"Quando o albergueiro voltou, eu entrei. Perguntei à queima-roupa se alugava quartos.

"Ele me perguntou:

"– Por quê? *Ele* é fichado?

"O sujeito deve estar acostumado a lidar com a polícia. Não valia a pena tentar tapeá-lo. Preferi meter medo nele. Falei que, se ele dissesse uma palavra que fosse ao seu cliente, fecharíamos o estabelecimento.

"Ele não o conhece, tenho certeza! A especialidade da casa são os marinheiros e, por volta do meio-dia, os operários da fábrica vizinha, que vêm tomar o aperitivo.

"Parece que, quando entrou no quarto, Heurtin se jogou na cama sem sequer tirar os sapatos. O albergueiro lhe fez essa observação, ele atirou os sapatos no chão e adormeceu imediatamente."

– Janvier ficou por lá? – indagou Maigret.

– Ficou. Podemos telefonar para ele, o La Citanguette tem telefone por causa dos marinheiros, que muitas vezes precisam entrar em contato com os armadores.

O comissário pegou o fone. Alguns instantes depois, Janvier atendia.

– Alô! E o nosso homem?

– Dormindo.

– Alguém suspeito?

– Nada! Calma total. Da escada a gente ouve ele roncar.

Maigret desligou, examinou a pessoa miúda de Dufour da cabeça aos pés.

– Não vá deixá-lo escapar, hein?

O inspetor ia protestar. Mas o comissário pôs a mão no ombro do policial e prosseguiu numa voz mais grave:

– Escute, meu velho. Sei que você fará o possível. Mas é meu cargo que está em jogo. E muitas outras coisas mais. Fora isso não posso eu mesmo ir, porque o animal me conhece.

– Garanto, comissário, que...

– Não garanta nada! Vá!

E Maigret, com um gesto seco, enfiou diversos documentos na pasta de plástico e guardou-a na gaveta.

– Se precisar de mais homens, não hesite em pedir.

A foto de Joseph Heurtin havia ficado em cima da mesa, e Maigret observou um instante a cara ossuda do homem, as orelhas de abano, os lábios compridos sem cor. Três médicos-legistas o tinham examinado. Dois haviam declarado:

Inteligência medíocre. Responsabilidade plena.

O terceiro, convocado pela defesa, havia ousado timidamente:

Atavismo confuso. Responsabilidade atenuada.

E Maigret, que havia detido Joseph Heurtin, afirmara ao chefe de polícia, ao promotor e ao juiz de instrução:

– Ou ele é louco, ou é inocente!

E considerou uma questão de honra prová-lo.

No corredor, ouviam-se os passos do inspetor Dufour, que se afastava saltitante.

2

O homem que está dormindo

ERAM ONZE HORAS DA MANHÃ quando Maigret, após uma breve entrevista com o juiz Coméliau, que não conseguia se tranquilizar, chegou a Auteuil.

O tempo estava fechado, a calçada suja, o céu rente aos telhados. Ao longo da margem do Sena que o comissário seguia, se alinhavam imóveis abastados, enquanto do outro lado já era um cenário de subúrbio: fábricas, terrenos baldios, cais de descarga repletos de materiais empilhados.

Entre esses dois espetáculos, o Sena, de um cinza plúmbeo, agitado pelo vaivém dos rebocadores.

Não era difícil identificar o La Citanguette, mesmo à distância, porque a casa se erguia, sozinha, no meio de um terreno em que havia de tudo: montes de tijolos, chassis velhos de carro, rolos de papelão betumado e até trilhos de trem.

Uma construção pintada de um vermelho feioso, com um terraço formado por três tábuas e o tradicional toldo com as palavras: VINHOS – REFEIÇÕES RÁPIDAS.

Distinguiam-se uns estivadores que deviam estar descarregando cimento, pois estavam brancos da cabeça aos pés. À porta, ao sair, apertaram a mão de um homem de avental azul, o dono do boteco, depois se dirigiram sem se apressar para uma barcaça amarrada ao cais.

Maigret estava com a fisionomia cansada, o olhar baço, mas o fato de ter passado uma noite em claro não tinha nada a ver com isso.

Era típico dele ficar assim, relaxar sempre que, depois de ter perseguido ferozmente um objetivo, enfim o tinha ao alcance da mão.

Uma espécie de enjoo, contra o qual não reagia.

Avistou um hotel, bem em frente ao La Citanguette, entrou na recepção.

– Quero um quarto dando para o cais.

– Por mês?

Encolheu os ombros. Não era hora de aporrinhá-lo.

– Pelo tempo que eu quiser! Polícia Judiciária.

– Não temos nada livre.

– Sei! Me passe o livro de registro.

– Quer dizer... Espere... Vou telefonar ao encarregado do andar para me certificar de que o 18...

– Imbecil! – rosnou Maigret entre os dentes.

Claro que lhe deram o quarto. O hotel era luxuoso. O mensageiro perguntou:

– Tem bagagem?

– Nada! Me traga um binóculo.

– Mas... Não sei se...

– Ande! Vá me buscar um binóculo onde bem entender.

Tirou o sobretudo suspirando, abriu a janela, encheu o cachimbo. Menos de cinco minutos depois lhe traziam um binóculo de madrepérola.

– É da gerente. Ela pediu que o senhor...

– Eu sei! Caia fora!

Já conhecia a fachada do La Citanguette em seus mínimos detalhes.

Uma janela do andar de cima estava aberta. Dava para ver uma cama desarrumada, com um enorme edredom vermelho atravessado e os chinelos de pano em cima de um couro de carneiro.

– O quarto do dono do albergue.

Ao lado, outra janela. Esta, fechada. Depois uma terceira, que estava aberta e em cuja moldura uma mulher gorda, de camisola, se penteava.

– A dona. Ou a empregada...

Embaixo, o dono do estabelecimento passava pano nas mesas. Numa delas, estava instalado o inspetor Dufour diante de uma taça de vinho tinto.

Os dois homens conversavam, era evidente.

Mais ao longe, à beira do cais de pedra, um jovem louro, vestindo uma capa, boné cinza na cabeça, parecia supervisionar o descarregamento da barcaça de cimento.

Era o inspetor Janvier, um dos agentes mais moços da PJ.

No quarto de Maigret, à cabeceira, havia um aparelho telefônico. O comissário tirou o fone do gancho.

– Alô! Recepção?

– Deseja alguma coisa?

– Ligue para o boteco que fica na margem de lá e que se chama La Citanguette.

– Pois não, senhor – disse uma voz afetada.

Demorou. De sua janela, Maigret viu enfim o albergueiro largar o pano e se dirigir para uma porta. Depois a campainha do telefone soou no quarto.

– O número solicitado, senhor...

– Alô! La Citanguette? Chame por favor o freguês que está no seu estabelecimento... É!... Não há como errar, só tem um.

Pela janela viu o albergueiro espantado se dirigir a Dufour, que entrou na cabine.

– É você?

– É o senhor, chefe?

– Estou em frente daí, no hotel que você pode enxergar de onde está. E o nosso homem?

– Dormindo.

– Você o viu?

– Agorinha mesmo grudei o ouvido na porta dele. Pude ouvi-lo roncar. Então entreabri e o vi. Está deitado encolhido, todo vestido.

– Tem certeza de que o albergueiro não o avisou?

– Ele morre de medo da polícia! Já teve uns aborrecimentos tempos atrás. Ameaçaram tirar a licença dele. Então, anda na linha...

– Quantas saídas tem aí?

– Duas. A entrada principal e uma porta que dá para um pátio. De onde está, Janvier vigia essa saída.

– Alguém subiu ao primeiro andar?

– Ninguém. E não dá para subir sem passar por mim, porque a escada fica no bar, atrás do balcão.

– Está bem. Almoce aí. Mais tarde, volto a telefonar. Trate de parecer o funcionário de algum armador.

Maigret desligou, arrastou uma poltrona até a janela aberta, sentiu frio e foi pegar o sobretudo no cabide. Vestiu-o.

– Terminou? – indagou a telefonista do hotel.

– Terminei, sim. Mande me trazerem uma cerveja. E tabaco cinzento.

– Não temos fumo.

– Mande buscar, ora essa!

Às três da tarde, ele continuava no mesmo lugar, o binóculo no colo, um copo vazio ao alcance da mão, e um forte cheiro de cachimbo reinava no quarto, apesar da janela aberta.

Tinha deixado cair no chão os matutinos, que anunciavam, conforme o comunicado da polícia:

CONDENADO À MORTE FOGE DA SANTÉ

E Maigret continuava de vez em quando a encolher os ombros, a cruzar e descruzar as pernas.

Às três e meia ligaram do La Citanguette.

– Novidades?

– Não. O homem continua dormindo.

– E então?

– O Quai des Orfèvres me telefonou para saber onde o senhor está. Parece que o juiz de instrução precisa falar urgentemente com o senhor.

Dessa vez Maigret não deu de ombros, mas soltou uma palavra categórica, desligou, chamou a telefonista.

– O Ministério Público, senhorita. É urgente.

Sabia muito bem o que Coméliau ia lhe dizer!

– Alô! É o senhor, comissário? Até que enfim! Ninguém sabia dizer onde o senhor estava... Mas no Quai des Orfèvres me disseram que o senhor havia instalado uns agentes no La Citanguette. Mandei ligar para lá.

– O que foi que houve?

– Primeiro, o que o senhor tem de novidade?

– Absolutamente nada! *O homem está dormindo*...

– Tem certeza? Não escapou?

– Exagerando um pouquinho, eu lhe diria que neste exato instante eu o estou vendo dormir.

– Sabe, começo a lamentar ter...

– Ter me ouvido? Mas se o próprio ministro da Justiça está de acordo...

– Espere! Os matutinos publicaram o seu comunicado.

– Eu vi.

– Leu também os jornais do meio-dia?... Não? Trate de arranjar o *Le Sifflet*. Sei que é uma folha de chantagem. Mesmo assim... Aguarde um pouco na linha... Alô! Está me ouvindo?... Vou ler. É uma nota do *Le Sifflet* intitulada RAZÃO DE ESTADO. Está me ouvindo, Maigret?... Escute.

Os jornais desta manhã publicam um comunicado semioficial anunciando que Joseph Heurtin, condenado à morte pelo tribunal do júri do Sena e detido na Santé, na ala de segurança máxima, fugiu em circunstâncias inexplicáveis.

Podemos acrescentar que as circunstâncias não são inexplicáveis para todo mundo.

Na verdade, Joseph Heurtin não fugiu, mas foi obrigado a fugir. E isso na véspera da execução prevista.

Ainda não é possível darmos detalhes da odiosa comédia encenada esta noite na Santé, mas afirmamos que foi a própria polícia, em concordância com as autoridades judiciárias, que presidiu ao simulacro de evasão.

Joseph Heurtin saberá disso?

Se não, não encontramos palavras para qualificar essa operação quase única nos anais do crime.

Maigret ouviu tudo até o fim sem se perturbar. Do outro lado da linha, a voz do juiz se tornou menos firme.

– O que me diz?

– Que é a prova de que tenho razão. *Le Sifflet* não descobriu isso sozinho. Também não foi nenhum dos seis agentes que sabiam da operação que falou. Foi...

– Foi?

– Esta noite eu lhe digo. *Está correndo tudo bem, sr. Coméliau!*

– Acha mesmo? E se toda a imprensa repetir essa informação?

– Vai ser um escândalo.

– Como o senhor diz...

– A cabeça de um homem importa menos que um escândalo?

Cinco minutos depois ele telefonava para a Chefatura.

– Inspetor Lucas?... Escute, meu velho, vá já à redação do *Le Sifflet*, na Rue Montmartre. Pegue o diretor cara a cara. Pode até intimidá-lo! Precisamos saber onde ele conseguiu a informação sobre a fuga da Santé. Aposto que recebeu uma carta esta manhã. Procure o documento e traga-o para cá. Entendeu?

A telefonista perguntou:

– Terminou?

– Não, senhorita! Me passe o La Citanguette.

E o inspetor Dufour lhe repetia um pouco mais tarde:

– Está dormindo. Agorinha mesmo fiquei quinze minutos com o ouvido grudado na porta do quarto dele. E ouvi que gemia em seu pesadelo: “Mamãe!”.

Enquanto fixava o binóculo na janela fechada do primeiro andar do La Citanguette, Maigret podia imaginar o dorminhoco com tanta nitidez e veracidade quanto se estivesse à sua cabeceira.

E no entanto só o conhecera em julho, no dia em que, apenas quarenta e oito horas depois do drama de Saint-Cloud, tinha posto a mão no ombro dele, murmurando:

– Nada de escândalo. Me acompanhe, rapaz.

Era na Rue Monsieur-le-Prince, num hotelzinho modesto onde Joseph Heurtin ocupava um quarto no sexto andar.

A hoteleira dizia dele:

– Um bom rapaz, sossegado, trabalhador. Se às vezes não tivesse um ar meio esquisito...

– Não recebia ninguém?

– Ninguém! E nunca, salvo nos últimos tempos, voltava depois da meia-noite.

– E nos últimos tempos?

– Voltou mais tarde duas ou três vezes. Uma vez, era quarta-feira, tocou a sineta pouco antes das quatro da manhã.

A quarta em questão era o dia do crime de Saint-Cloud. E os médicos-legistas afirmavam que a morte das duas mulheres se dera por volta das duas horas da madrugada.

Além do mais, não possuíam provas cabais da culpa de Heurtin? Essas provas o próprio Maigret é que descobriu.

A casa ficava na estrada de Saint-Germain, a apenas um quilômetro do Pavillon Bleu. Ora, à meia-noite, Heurtin adentrava esse estabelecimento, sozinho, e bebia, um atrás do outro, quatro grogues. Ao pagar, deixou cair do bolso uma passagem de ida, na terceira classe, de Paris para Saint-Cloud.

A sra. Henderson, viúva de um diplomata americano ligado a grandes famílias do ramo financeiro, morava sozinha na casa, cujo térreo, depois da morte do marido, estava abandonado.

Tinha apenas uma empregada, que era muito mais uma dama de companhia, Élise Chatrier, francesa que passara a infância na Inglaterra e recebera excelente educação.

Duas vezes por semana, um jardineiro de Saint-Cloud vinha cuidar da pequena área verde que rodeava a casa.

Poucas visitas. De quando em quando a de William Crosby, sobrinho da velha senhora, e da mulher dele.

Ora, naquela noite de julho – dia 7 –, os carros passavam sem parar na estrada que leva a Deauville.

À uma da manhã, o Pavillon Bleu e os outros restaurantes e danceterias fechavam suas portas.

Um motorista declarou mais tarde que, por volta das duas e meia, vira a luz do primeiro andar da casa e sombras que se agitavam de forma estranha.

Às seis horas, o jardineiro chegou, pois era seu dia. Costumava abrir o portão sem fazer barulho, e às oito Élise Chatrier o chamava para tomar o café da manhã.

Ora, às oito ele não ouviu nenhum barulho. Às nove, as portas da casa ainda não estavam abertas. Preocupado, bateu e, não obtendo resposta, foi avisar o policial de guarda no cruzamento mais próximo.

Pouco depois, descobria-se o drama. No quarto da sra. Henderson, o cadáver da velha senhora estava estendido atravessado no tapete, a camisola ensanguentada, o peito perfurado por uma dezena de facadas.

Élise Chatrier tivera o mesmo fim, no quarto ao lado, que ela ocupava a pedido da patroa, temerosa de passar mal durante a noite.

Um duplo e selvagem assassinato, o que a polícia chama de crime hediondo, em todo o seu horror.

E vestígios por toda parte: vestígios de pegadas, vestígios ensanguentados de dedos nas cortinas...

Cumpriram-se as formalidades costumeiras: vinda do promotor, chegada dos peritos do Serviço de Identificação, várias análises e autópsias.

Coube a Maigret a responsabilidade pela investigação policial. Ele não levou dois dias para descobrir a pista Heurtin.

Estava tão claramente traçada! Nos corredores da casa não havia passadeiras e o assoalho era encerado.

Algumas fotografias bastaram para obter vestígios de passos de uma nitidez excepcional.

Eram de sapatos de sola de borracha novinhos. Para evitar que a borracha fosse escorregadia em dias chuvosos, era estriada de uma forma particular e, no meio, ainda se lia o nome do fabricante e um número de série.

Algumas horas depois Maigret entrava numa sapataria do Boulevard Raspail e obtinha a informação de que somente um par de sapatos daquele tipo e daquele tamanho – 44 – fora vendido nas duas últimas semanas.

– Quem comprou foi um entregador que veio de triciclo. É visto com frequência aqui no bairro.

Mais algumas horas, e o comissário interrogava o sr. Gérardier, florista da Rue de Sèvres, encontrando os tais sapatos nos pés do entregador, Joseph Heurtin.

Só faltava comparar as impressões digitais. O procedimento foi realizado nas dependências do Serviço de Identificação do Palácio da Justiça.

Os peritos examinaram, instrumentos na mão, e a conclusão foi imediata:

– É ele!

– Por que você fez isso?

– Eu não matei ninguém!

– Quem te deu o endereço da sra. Henderson?

– Eu não matei ninguém!

– O que você foi fazer na casa dela às duas da manhã?

– Não sei!

– Como voltou de Saint-Cloud?

– Eu não voltei de Saint-Cloud!

Ele tinha uma cabeçorra macilenta, terrivelmente deformada. E suas pálpebras eram avermelhadas como as de um homem há dias sem dormir.

No seu quarto da Rue Monsieur-le-Prince descobriram um lenço ensanguentado, e os químicos afirmaram que era sangue humano, encontraram inclusive bacilos identificados no sangue da sra. Henderson.

– Eu não matei ninguém...

– Quem você escolheu como advogado?

– Não quero advogado...

Um foi designado de ofício, o dr. Joly, que tinha apenas trinta anos e ficou desesperado.

Os psiquiatras deixaram Heurtin em observação por sete dias, e declararam:

– Nenhuma degenerescência. Esse homem é responsável por seus atos, apesar do abatimento atual, resultante de um violento abalo nervoso.

Era época de férias. Uma investigação chamava Maigret a Deauville. O juiz de instrução Coméliau achou o caso mais do que claro, e a Corte de Acusação deu parecer positivo.

No entanto Heurtin não havia roubado nada, não tinha nenhum interesse aparente na morte da sra. Henderson e de sua criada.

Maigret havia analisado cada passo da vida de Heurtin. Conhecia-o física e moralmente em todas as suas idades.

Nascera em Melun, quando o pai era garçom do café do Hôtel de la Seine e a mãe, lavadeira.

Três anos depois, seus pais compraram um botequim não longe do presídio, fizeram maus negócios e foram se instalar num albergue em Nandy, no departamento de Seine-et-Marne.

Joseph Heurtin tinha seis anos quando nasceu sua irmã, Odette.

Maigret conseguiu um retrato dele vestido de marinheiro, acocorado diante da pele de urso em que a bebê estava deitada, braços e pernas para o ar, gorducha.

Aos treze anos, Heurtin cuidava dos cavalos e ajudava o pai a servir os fregueses.

Aos dezessete era garçom do café de uma hospedaria elegante de Fontainebleau.

Aos vinte e um, terminado o serviço militar, chegava a Paris, instalava-se na Rue Monsieur-le-Prince e se tornava entregador do sr. Gérardier.

– Ele lia muito – disse o sr. Gérardier.

– Sua única distração era ir ao cinema – afirmava sua senhoria.

Mas nenhuma relação visível entre ele e a casa de Saint-Cloud!

– Você já tinha ido a Saint-Cloud antes?

– Nunca!

– O que você fez naquele domingo?

– Li!

A sra. Henderson não era cliente do florista. Nada fazia sua casa preferível a outra para a visita de um ladrão. E, aliás, não haviam roubado nada!

– Por que você não fala?

– Não tenho nada a dizer!

Por um mês Maigret atuou em Deauville, onde seguira a pista de uma quadrilha de trambiqueiros internacionais.

Em setembro visitou Heurtin em sua cela na Santé. Encontrou um farrapo humano.

– Não sei de nada! Não matei ninguém!

– Mas você estava em Saint-Cloud...

– Quero que me deixem em paz.

– Caso banal – julgara o Ministério Público. – Vamos deixá-lo para depois do recesso.

E no dia 1º de outubro o caso Heurtin abria o tribunal do júri.

O dr. Joly só havia encontrado um sistema de defesa: exigir uma nova perícia sobre o estado mental de seu cliente. E o médico escolhido por ele havia deposto:

– *Responsabilidade atenuada...*

Ao que o Ministério Público havia replicado:

– Crime hediondo! Se Heurtin não roubou, é porque foi impedido por alguma circunstância. Ele desferiu ao todo *dezoito facadas*...

Passaram de mão em mão as fotos das vítimas, que os jurados repeliam com asco.

– SIM a todas as perguntas!

A morte! No dia seguinte, Joseph Heurtin era transferido para a ala de segurança máxima, com outros quatro condenados à morte.

– Não tem nada a me dizer? – vinha lhe perguntar Maigret, que não estava satisfeito consigo mesmo.

– Nada!

– Sabe que vai ser executado?

E Heurtin chorava, a cabeça sempre pálida, os olhos vermelhos.

– Quem é o seu cúmplice?

– Não tenho cúmplice...

Maigret voltou todos os dias, apesar de oficialmente não ter mais o direito de cuidar do caso.

Cada dia encontrava um Heurtin acabado mas calmo, que não tremia, que às vezes chegava a ter ironia nas pupilas.

... Até a manhã em que o prisioneiro ouviu passos na cela vizinha, depois gritos lancinantes...

Vinham buscar o 9, um parricida, para conduzi-lo ao cadafalso.

No dia seguinte, Heurtin, que virara o número 11, soluçava. Mas não falou. Contentou-se em ranger os dentes, estirado em seu catre, o rosto virado para a parede.

Quando uma ideia entrava na cabeça de Maigret, ficava cravada nela por um bom tempo.

– Esse homem é louco, ou inocente – foi afirmar ao juiz Coméliau.

– Não é possível. Além do mais, há a coisa julgada...

Maigret, com seu um metro e oitenta, forte e corpulento como um carregador do mercado, insistiu.

– Lembre-se de que não conseguimos mostrar como ele voltou de Saint-Cloud a Paris. Não pegou o trem, está provado. Não pegou o bonde. Não voltou a pé...

Suportou as piadas.

– Quer tentar uma experiência?

– Só pedindo ao ministério!

E Maigret, pesado, obstinado, foi ao ministério. Ele mesmo redigiu o bilhete indicando ao condenado o plano de fuga.

– Olhe! Ou ele tem cúmplices, e acreditará que o bilhete vem deles, ou não tem e desconfiará, supondo uma armadilha. Eu me responsabilizo por ele. Garanto que não vai escapar de jeito nenhum.

No entanto, pesou bastante também a cara rude, plácida e dura do comissário.

Aquilo durou três dias. Ele agitou o fantasma do erro judiciário e do escândalo que estouraria mais cedo ou mais tarde.

– Mas foi o senhor mesmo que o prendeu!

– Porque, como funcionário da polícia, sou obrigado a tirar as conclusões lógicas das provas materiais.

– E como homem?

– Fico à espera das provas morais...

– E então?

– Ele é louco, ou inocente...

– Por que ele não fala?

– A experiência que proponho nos dirá.

Houve telefonemas, reuniões.

– O senhor está pondo em risco sua carreira, comissário! Pense bem!

– Está pensado.

O bilhete foi enviado ao prisioneiro, que não o mostrou a ninguém e que, nos três últimos dias, comeu com mais apetite.

– Logo, isso não o surpreende! – afirmou Maigret. – Logo, ele esperava por algo do gênero. Logo, ele tem cúmplices, que talvez tenham lhe prometido a liberdade.

– A não ser que esteja se fazendo de bobo. E que, uma vez fora da prisão, escape das suas mãos. Sua carreira, comissário...

– A cabeça dele também está em jogo.

E Maigret estava agora refestelado numa poltrona de couro, em frente à janela de um quarto de hotel. De quando em quando apontava o binóculo para o La Citanguette, onde carregadores e marinheiros iam beber.

O inspetor Janvier gelava no cais, tentando assumir um ar descontraído.

Dufour – Maigret vira esses detalhes – havia comido uma *andouillette** com purê de batata e agora bebia um calvados.

A janela do quarto ainda não abrira.

– Ligue para o La Citanguette, senhorita!

– Está ocupado.

* Tripa de porco recheada. (N. T.)

– Dane-se! Corte a ligação!

E logo em seguida:

– É você, Dufour?

O inspetor foi lacônico:

– Continua dormindo!

Bateram na porta. Era o inspetor Lucas, que tossiu, tão densa estava a fumaça do cachimbo.

3

O jornal rasgado

– NOVIDADES?

Lucas começou sentando na beira da cama, depois de ter trocado um aperto de mão com o comissário.

– Novidades! Mas nada de mais... O diretor do *Le Sifflet* acabou me entregando a carta que recebeu esta manhã por volta das dez sobre a história da Santé.

– Passe pra cá!

O inspetor lhe entregou um papel sujo, cheio de emendas feitas com um lápis azul, porque no *Le Sifflet* tinham se contentado em suprimir alguns trechos e ligar as frases entre si para enviá-las à composição.

Havia também indicações tipográficas, bem como as iniciais do linotipista que havia composto o artigo.

– Uma folha cuja parte de cima cortaram, sem dúvida para sumir com uma informação – constatou Maigret.

– Claro! Foi o que pensei na mesma hora! E ele me disse que a carta provavelmente havia sido escrita num café. Fui falar com o Moers, que se diz capaz de reconhecer o papel de carta da maioria dos cafés de Paris.

– Ele descobriu?

– Não levou nem dez minutos. O papel vem do La Coupole, no Boulevard Montparnasse. Estou chegando de lá. Infelizmente passam por ele uns mil clientes por dia e mais de cinquenta pessoas pedem papel para escrever.

– O que Moers diz da caligrafia?

– Ainda não disse nada. Preciso lhe devolver a carta, e ele fará uma perícia completa. Enquanto isso, se o senhor quiser, volto ao La Coupole.

Maigret não perdia o La Citanguette de vista. A fábrica mais próxima acabava de abrir as portas para uma multidão de operários, a maioria de bicicleta, que ele via sair à luz acinzentada do crepúsculo.

No térreo do café, uma só lâmpada estava acesa e o comissário podia acompanhar as idas e vindas dos fregueses.

Havia uma meia dúzia deles no balcão de estanho e alguns encaravam Dufour com certa desconfiança.

– O que ele está fazendo ali? – indagou Lucas ao avistar o colega de longe.

Mas... tratava-se de Janvier, que espiava o rio correr, um pouco adiante.

Maigret não ouvia mais. De onde estava, avistava o início da escada em caracol que começava atrás do bar. Umas pernas tinham acabado de aparecer. Paravam um instante, depois uma silhueta se aproximava das outras e a cara macilenta de Joseph Heurtin se mostrava em plena luz.

De relance, o comissário viu um vespertino ser posto em cima de uma mesa.

– Lucas, me diga uma coisa. Algum jornal reproduziu a informação do *Le Sifflet*?

– Não li... Mas com certeza vão reproduzir, nem que só pra nos chatear.

O fone foi tirado do gancho.

– La Citanguette, senhorita. E rápido!

Pela primeira vez desde aquela manhã Maigret estava febril. O albergueiro, do outro lado do Sena, falava com Heurtin, na certa lhe perguntava o que ele queria beber.

Será que a primeira preocupação do fugitivo da Santé não ia ser passar os olhos pelo jornal que estava ao alcance da sua mão?

– Alô!... Alô! Sim...

Dufour, no café, tinha se levantado, entrado na cabine.

– Olho vivo, meu velho. Tem um jornal em cima da mesa. Ele não deve lê-lo. *Em hipótese nenhuma!*

– O que devo...?

– Depressa! Ele acaba de sentar. Está com o jornal ao alcance dos olhos.

Maigret estava de pé, tenso. Se Heurtin lesse o artigo, a experiência tão penosamente consentida iria por água abaixo.

Ora, ele via o condenado se deixar cair no banco junto da parede e, com os cotovelos em cima da mesa, baixar a cabeça entre as mãos.

O albergueiro veio pôr um copo de bebida à sua frente.

Dufour ia entrar na sala, pegar o jornal...

Lucas, embora não estivesse a par dos detalhes do caso, havia adivinhado e também se debruçava na janela. Por um instante o espetáculo foi furtado à vista dos dois pela passagem de um rebocador que havia acendido suas luzes brancas, verdes e vermelhas e que se pôs a apitar loucamente.

– Pronto! – rosnou Maigret, no momento em que o inspetor Dufour entrava no salão.

Heurtin, com um gesto negligente, havia aberto o diário. Será que a informação que lhe dizia respeito estava na primeira página? Será que ia vê-la de cara?

E Dufour teria suficiente presença de espírito para evitar o perigo?

Detalhe característico, o inspetor antes de agir sentiu necessidade de se virar para o Sena e lançar um olhar em direção à janela onde estava postado o chefe.

Não parecia em nada o homem certo para aquela situação, miúdo e arrumadinho que era, naquele boteco tomado de carregadores durões e operários de fábrica.

No entanto, aproximou-se de Heurtin, estendeu a mão para o jornal. Devia lhe dizer:

– Desculpe, senhor, é meu.

Alguns clientes que estavam no balcão se viraram. O condenado ergueu para seu interlocutor uns olhos espantados.

Dufour insistia, tentava pegar o jornal, se inclinava. Lucas, ao lado de Maigret, fez:

– Hum! Hum!

E aquilo bastava! De fato, a cena não tardou a mudar. Heurtin tinha se levantado lentamente, como um homem que ainda não sabe o que vai fazer.

Sua mão esquerda permanecia crispada na beirada do jornal que o policial, por sua vez, não havia largado.

Bruscamente, sua outra mão agarrou um sifão que estava na mesa ao lado e a garrafa de vidro se abateu sobre o crânio do inspetor.

Janvier não estava nem a cinquenta metros dali, à beira do rio. Mas não ouviu nada. Dufour cambaleou. Bateu no balcão, onde dois copos se quebraram.

Três homens correram para Heurtin. Dois outros seguravam o inspetor pelos braços.

Devia haver algum alvoroço, porque Janvier parava enfim de contemplar os reflexos na água, virava a cabeça para o La Citanguette, saía andando e, após alguns passos, começava a correr.

– Depressa! Pegue um carro... Corra pra lá – ordenou Maigret a Lucas.

Ele obedeceu sem entusiasmo. Sabia que ia chegar tarde demais.

O próprio Janvier, que no entanto estava ali no lugar...

O condenado se debatia, gritava alguma coisa. Será que acusava Dufour de ser da polícia?

Em todo caso, devolveram-lhe por um instante a liberdade de movimentos e ele aproveitou para acertar a lâmpada elétrica com o sifão, que não havia largado.

Com as mãos crispadas no parapeito da janela, o comissário não se mexeu. No cais, embaixo dele, um táxi arrancava. Riscou-se um fósforo no La Citanguette, mas logo se apagou. Apesar da distância, Maigret teve quase certeza de que um tiro havia sido disparado.

Minutos intermináveis. O táxi, que havia atravessado a ponte, avançava aos trancos e barrancos pelo caminho esburacado ao longo da outra margem do Sena.

Ia tão devagar que a duzentos metros do La Citanguette o inspetor Lucas pulou fora e saiu correndo. Será que acabava de ouvir o estampido?

Um apito estridente. Lucas ou Janvier que chamava...

E lá, detrás das vidraças sujas em que umas letras esmaltadas anunciavam – faltavam um *m* e um *a* – PERMITIDO TRAZER MARMITA, uma vela se acendia, iluminando formas debruçadas sobre um corpo.

Mas o espetáculo era nebuloso. As silhuetas, de longe e tão mal iluminadas, eram irreconhecíveis.

Sem sair da janela, Maigret telefonava com uma voz soturna.

– Alô!... Comissariado de Grenelle?... Mande imediatamente alguns homens para cá, de carro, nos arredores do La Citanguette. Devem prender um indivíduo alto, de cabeça grande, pálido, se tentar fugir. Chamem um médico.

Lucas estava no local. Seu táxi tinha parado em frente a uma das vidraças da fachada e ocultava ao comissário uma parte da sala.

De pé numa cadeira, o dono do botequim rosqueava uma nova lâmpada e a luz forte inundava de novo o salão.

O telefone tocava.

– Alô!... É o senhor, comissário?... Aqui é o juiz Coméliau... Estou em casa, sim... Tenho convidados para jantar... Mas precisava me tranquilizar...

Maigret se calou.

– Alô! Não desligue... Está me ouvindo?

– Alô, estou...

– Ah... Quase não o ouço... Leu os vespertinos? Todos eles falam das revelações do *Le Sifflet*... Acho que seria bom...

Janvier saía correndo do La Citanguette, precipitava-se para a direita, no escuro do terreno baldio.

– Fora isso, tudo bem?

– Tudo bem! – berrou Maigret, desligando.

Estava ensopado de suor. O cachimbo tinha caído no chão e o fumo incandescente começava a queimar o tapete.

– Alô! La Citanguette, senhorita.

– Acabo de lhe fazer a ligação.

– Estou pedindo o La Citanguette... Entendeu?

E constatou, a um movimento que se produziu no boteco, que o telefone tocava. O albergueiro quis se dirigir ao aparelho. Lucas se antecipou.

– Alô, comissário?

– Eu! – fez Maigret com uma voz cansada. – Escapuliu, hein?

– Claro!

– Dufour?

– Acho que não é nada grave. Um corte no couro cabeludo. Nem sequer desmaiou.

– A polícia de Grenelle está chegando.

– Não vai adiantar nada. O senhor conhece o lugar. Com todos esses estaleiros, esses materiais empilhados, esses pátios de fábrica, e depois as ruelas de Issy-les-Moulineaux...

– Houve tiros?

– Deram um tiro. Mas não consigo saber quem atirou. Estão todos aparvalhados, bem-comportados... Parecem nem entender o que aconteceu.

Um carro virava na esquina do cais, deixava dois agentes, em seguida outros dois cem metros adiante.

Mais quatro agentes desciam em frente ao botequim, e um deles contornava o estabelecimento a fim de vigiar a segunda saída, conforme os procedimentos costumeiros.

– O que é que eu faço? – indagou Lucas após ficar em silêncio.

– Organize a perseguição, por via das dúvidas... Estou indo.

– Já chamaram um médico?

– Já.

A encarregada do telefone, que ao mesmo tempo tomava conta da recepção, estremeceu ao ver uma enorme sombra à sua frente.

Maigret estava tão calmo, tão frio, exibia uma fisionomia tão hermética que não parecia de carne e osso.

– Quanto é?

– Vai embora?

– Quanto é?

– Tenho de perguntar ao gerente... Quantos telefonemas o senhor deu?... Espere...

Mas, quando ela ia se levantando, o comissário segurou-a pelo braço, a fez sentar, depositou uma nota de cem francos na mesa da moça.

– Isto é suficiente?

– Acho que sim... É... Mas...

Ele saiu suspirando, caminhou lentamente pela calçada, atravessou a ponte sem apertar o passo um só instante.

A certa altura, apalpou os bolsos para pegar o cachimbo, não o encontrou e, sem dúvida, viu nisso um mau presságio, porque se esboçou em seus lábios um sorriso amargo.

Em volta do La Citanguette estavam parados alguns marinheiros que, no entanto, só mostravam uma curiosidade relativa. Uma semana antes, dois árabes tinham se matado no mesmo lugar. Um mês antes, fora retirado da água, com um gancho, um saco contendo duas pernas e um tronco de mulher.

Avistavam-se as ricas casas de Auteuil margeando o horizonte do outro lado do Sena. Os trens do metrô estremeciam uma ponte próxima.

Chuviscava. Agentes uniformizados iam e viam apontando ao redor o halo pálido de sua lanterna.

Só Lucas estava de pé, no bar. Os clientes que tinham assistido ou participado da confusão estavam sentados ao longo da parede.

E o inspetor ia de um para o outro, examinava os documentos, enquanto olhavam para ele de cara amarrada.

Dufour já tinha sido transportado para a viatura da polícia, que arrancava o mais devagar possível.

Maigret não disse nada. Mãos nos bolsos do sobretudo, olhou em torno, sem pressa, com um olhar que parecia infinitamente pesado.

O albergueiro quis lhe explicar alguma coisa.

– Garanto, comissário, que quando...

Maigret fez sinal para que se calasse, aproximou-se de um árabe, que examinou da cabeça aos pés e cujo rosto empalideceu.

– Você trabalha?

– Trabalho, na Citroën... Eu...

– Há quanto tempo seu visto de permanência está vencido?

E fez um sinal ao agente. Que significava: "Levem-no!".

– Comissário! – gritava o *sidi*, que empurravam para a porta. – Eu explico ao senhor... Eu não fiz nada...

Maigret não o ouvia mais. Um polonês não tinha a documentação totalmente em ordem:

– Levem-no!

Era só! No chão, encontraram o revólver de Dufour com uma cápsula vazia. Cacos de garrafa e de lâmpada elétrica. O jornal estava rasgado e dois respingos de sangue o haviam atingido.

– O que é que a gente faz com eles? – indagou Lucas, que havia terminado de examinar os documentos.

– Libere-os.

Janvier só voltou quinze minutos depois. Encontrou Maigret arriado num canto do bar, em companhia do inspetor Lucas. Todo enlameado. Havia manchas escuras no seu impermeável.

Não precisou dizer nada. Sentou-se junto dos dois.

E Maigret, que parecia pensar em outra coisa, articulou, olhando vagamente para o balcão detrás do qual o albergueiro se mantinha com ar humilde e constrito:

– Um copo de rum...

Mais uma vez sua mão procurou o cachimbo no bolso.

– Me dê um cigarro – suspirou, dirigindo-se a Janvier.

Este quis encontrar algo para dizer. Mas estava tão comovido vendo os ombros do chefe desabar que só pôde fungar, desviando o rosto.

O juiz Coméliau conduzia, em seu apartamento do Champ-de-Mars, um jantar para vinte pessoas, a que se seguiria um baile íntimo.

Quanto ao inspetor Dufour, tinham-no deitado na mesa de aço de um médico de Grenelle que supervisionava, enquanto enfiava o jaleco branco, a esterilização de seus instrumentos.

– Acha que vai ficar aparecendo? – indagava o policial, que, da maneira que estava deitado, só podia enxergar o teto. – Não atingiu o crânio, não é?

– Não, não! São só alguns pontos de sutura.

– E o cabelo voltará a crescer?... Tem certeza?

O doutor, pinças brilhantes na mão, fez sinal ao seu auxiliar para que segurasse firme o paciente, que conteve um grito de dor.

4

Q.G.

MAIGRET NÃO REAGIU UMA SÓ VEZ, não esboçou o menor gesto de protesto nem de impaciência.

O rosto grave, a fisionomia cansada, ouviu até o fim, com deferência e humildade. Talvez seu pomo de adão tenha estremecido repentinamente, nos instantes em que o sr. Coméliau se mostrava mais duro, mais veemente.

Pequeno, nervoso, tenso, o juiz de instrução ia e vinha em seu gabinete, falava tão alto que os acusados que esperavam no corredor deviam ouvir trechos da conversa.

Às vezes ele pegava um objeto, que manipulava por alguns instantes e punha de volta em cima da mesa com um gesto violento.

O escrivão, incomodado, olhava para outro lado. E Maigret, de pé, esperava, sobrepujando o juiz em uma cabeça.

Este último, depois de uma derradeira recriminação, espiou o rosto de seu interlocutor, desviou a cabeça porque, afinal, Maigret era um homem de quarenta e cinco anos que, por vinte, tinha se encarregado dos mais diversos e mais delicados casos policiais.

Era sobretudo um homem!

– E o senhor não diz nada?

– Acabei de anunciar aos meus chefes que eles receberão meu pedido de demissão em dez dias, se eu não conseguir lhes entregar o culpado.

– Em outras palavras, capturar Joseph Heurtin.

– Entregar o culpado – repetiu simplesmente Maigret.

E o juiz encabritou-se como o diabo.

– Quer dizer que o senhor ainda acredita...?

Maigret não disse nada. E o sr. Coméliau, estalando os dedos, pronunciou com precipitação:

– Vamos parar por aqui, está bem? O senhor acabará me fazendo perder o controle. Quando tiver alguma novidade, me telefone.

O comissário o cumprimentou, percorreu os corredores que lhe eram familiares. Mas, em vez de descer para a rua, dirigiu-se para as águas-furtadas do Palácio da Justiça, onde empurrou a porta do laboratório da polícia científica.

Um dos peritos, que de súbito se defrontou com o comissário, ficou impressionado com seu aspecto, e perguntou, estendendo-lhe a mão:

– Algum problema?

– Tudo bem, obrigado.

Seus olhos não se fixavam em lugar nenhum. Continuava envergando o pesado sobretudo preto, mãos nos bolsos. Parecia alguém que, depois de uma longa viagem, revê com novos olhos lugares que lhe eram familiares.

Foi assim que manejou as fotos tiradas na véspera num apartamento assaltado, leu as fichas que um dos colegas tinha mandado pedir.

Num canto, um jovem imberbe, comprido e magro, olhos de míope protegidos por um grosso pincenê, o espiava com um espanto emocionado.

Em cima da mesa, ele tinha lupas de todos os tamanhos, raspadores, pinças, frascos de tinta, reativos, assim como uma tela de vidro iluminada por uma forte lâmpada elétrica.

Era Moers, que havia se especializado no estudo de papéis, tintas e caligrafias.

Sabia que era ele que Maigret vinha ver. E no entanto o comissário nem olhava para ele, ia e vinha como sem direção.

Enfim tirou um cachimbo do bolso, acendeu, soltou com uma voz falsa:

– Bom, ao trabalho!

Moers, que sabia de onde o comissário saía, compreendeu, mas fingiu não ter percebido nada.

Maigret tirava o sobretudo, bocejava, mexia os músculos do rosto, como para voltar a si mesmo. Pegou uma cadeira pelo encosto, levou-a para perto do jovem, instalou-se a cavalo e disse num tom afetuoso:

– E aí, meu rapaz?

Pronto. Ele havia enfim descarregado o peso que tinha nas costas.

– Fale...

– Passei a noite estudando o bilhete. Pena que tenha sido manipulado por um montão de gente. Porque agora não adianta mais procurar impressões digitais.

– Não contava com elas.

– Passei hoje cedo pelo La Coupole. Examinei todos os tinteiros. O senhor conhece a casa? Tem várias salas: primeiro, a grande *brasserie*, parte da qual vira restaurante na hora das refeições. Depois, a sala do primeiro andar. Depois, o terraço. Enfim, um pequeno bar americano, à esquerda, onde se reúnem os *habitués*...

– Conheço...

– Foi a tinta do bar que serviu para escrever o bilhete. Os caracteres foram traçados com a mão esquerda, não por um canhoto, mas por alguém que sabe que quase todas as caligrafias da mão esquerda se parecem...

A carta dirigida ao *Le Sifflet* ainda estava na tela de vidro posta à frente de Moers.

– Uma coisa é certa: o remetente é um intelectual, e apostaria que fala e escreve correntemente várias línguas. Agora, se eu tentar fazer grafologia... Mas aí saímos do domínio das ciências exatas...

– Saia.

– Bom, ou muito me engano ou estamos diante de um indivíduo excepcional. Primeiro, uma inteligência bem acima da média. O mais desconcertante, porém, é o misto de vontade e fraqueza, de frieza e emotividade. A caligrafia é de um homem... E no entanto encontro nela características nitidamente femininas.

Moers estava em seu terreno favorito. Ficava corado de prazer. Contra a própria vontade, Maigret deu um sorrisinho e o rapaz ficou encabulado:

– Sei que isso tudo não é muito claro e que um juiz de instrução não me ouviria até o fim. Mas... Olhe, eu seria capaz de apostar, comissário, que o homem que escreveu esta carta tem uma doença grave e sabe disso. Se ele tivesse usado a mão direita, eu poderia lhe dizer mais. Ah! Ia esquecendo um detalhe. Havia manchas no papel. Mas podem ter sido feitas na gráfica. Em todo caso, uma delas é uma mancha de café. Por fim, para cortar a parte de cima da folha não foi usada uma faca, mas um objeto arredondado, como uma colher.

– Em outras palavras, o bilhete foi escrito ontem de manhã no bar do La Coupole, por um cliente que tomava um café e que fala correntemente várias línguas.

Maigret se levantou, estendeu a mão, e murmurando:

– Obrigado, meu rapaz. Pode me devolver a carta?

Saiu dando um rosnado de cumprimento a todo mundo. Fechada a porta, alguém disse com ar de admiração:

– Puxa! Para quem levou uma dura...

Mas Moers, cujo culto a Maigret era conhecido, olhou para o colega de tal modo que ele se calou e continuou a análise que estava fazendo.

Paris tinha seu aspecto insosso dos dias feios de outubro: a luz do céu caía como de um teto sujo. Nas calçadas, subsistiam as marcas das chuvas da noite.

Os próprios passantes tinham o aspecto carrancudo dos que ainda não se adaptaram ao inverno.

Durante toda a noite, ordens de serviço haviam sido datilografadas na Chefatura, levadas por mensageiros aos diversos comissariados, enviadas telegraficamente a todas as gendarmarias, postos da alfândega e à polícia das estações ferroviárias.

De modo que todos os agentes em contato com as multidões, tanto os guardas uniformizados como os inspetores da Brigada das Ruas, da

Mundana, de Hotéis ou de Costumes tinham na memória uma mesma descrição, espreitavam as pessoas na esperança de encontrar esse homem.

Era assim de uma ponta a outra de Paris. O mesmo acontecia nos subúrbios. Nas estradas principais, os gendarmes controlavam os documentos de todos os caminhantes. Nos trens, nas fronteiras, as pessoas se espantavam por serem interrogadas mais minuciosamente que de costume.

Procurava-se Joseph Heurtin, condenado à morte pelo tribunal do júri do Sena, fugitivo da Santé, desaparecido após uma briga com o inspetor Dufour na sala do La Citanguette.

"Quando da sua fuga, restavam-lhe cerca de vinte e dois francos no bolso", diziam as notas de serviço redigidas por Maigret.

E este, sozinho, saía do Palácio da Justiça sem sequer passar por sua sala no Quai des Orfèvres, pegava um ônibus para a Bastilha, tocava no terceiro andar de um prédio da Rue du Chemin-Vert.

Reinava um cheiro de iodo e de caldo de galinha. Uma mulher que ainda não tivera tempo de se arrumar dizia:

– Ah! Ele vai gostar de ver o senhor.

Em seu quarto, o inspetor Dufour estava deitado, com uma cara triste e preocupada.

– Como vai, meu velho?

– Indo... Parece que os cabelos não vão crescer na cicatriz e que vou ter de usar peruca...

Como fizera no laboratório, Maigret vagou pelo quarto, como alguém que não sabe onde ficar. Por fim resmungou:

– Está bravo comigo?

A mulher de Dufour, que ainda era moça e bonita, se mantinha na moldura da porta.

– Bravo com o senhor, ele? Desde hoje de manhã não para de repetir que se pergunta como o senhor vai sair dessa enrascada. Queria que eu fosse ao correio lhe telefonar.

– Bom, já vou! Até um dia desses – disse o comissário. – Vamos ter de dar um jeito...

Não foi para casa, apesar de morar a quinhentos metros dali, no Boulevard Richard-Lenoir. Caminhou, porque tinha necessidade de caminhar, de se sentir no meio da multidão que o roçava, indiferente.

E, à medida que avançava assim por Paris, perdia aquele ar ambíguo de colegial pego com a boca na botija, que tinha de manhã. Seus traços endureciam. Fumava um cachimbo depois do outro.

O sr. Coméliau teria ficado espantadíssimo e, sem dúvida, indignado se houvesse desconfiado de que encontrar Joseph Heurtin era a menor das preocupações do comissário.

Para Maigret, era uma questão secundária. O condenado à morte estava em algum lugar, misturado a vários milhões de indivíduos. Mas tinha a convicção de que, no dia que precisasse, o pegaria quase imediatamente.

Não! Ele pensava na carta escrita no La Coupole. E também, talvez ainda mais, numa questão que ficava com raiva de si mesmo por ter negligenciado desde a primeira investigação.

Mas em julho todo mundo tinha tanta certeza da culpa de Heurtin! O juiz de instrução havia logo assumido a direção do caso, eliminando assim a polícia.

– O crime foi cometido em Saint-Cloud por volta das duas e meia da manhã... Heurtin voltara para a Rue Monsieur-le-Prince antes das quatro. Não pegou trem, nem bonde, nem outro meio de transporte coletivo. Também não pegou um táxi. Seu triciclo ficara na loja do patrão, na Rue de Sèvres...

E ele não podia ter voltado a pé! Ou haveria de ter corrido sem parar!

No Carrefour Montparnasse, a vida palpitava. Era meio-dia e meia. Apesar do outono, os terraços dos quatro grandes cafés que se alinham na proximidade do Boulevard Raspail transbordavam de clientes, dos quais oitenta por cento eram estrangeiros.

Maigret caminhou até o La Coupole, distinguiu a entrada do bar americano e entrou. Havia apenas cinco mesas, todas ocupadas. A maioria dos clientes estava empoleirada nos bancos altos do bar, ou de pé em torno dele.

O comissário ouviu alguém pedir:

– Um Manhattan.

E ele soltou:

– A mesma coisa.

Ele era da geração das cervejarias e dos chopes. O *barman* pôs à sua frente um pratinho de azeitonas, em que não tocou.

– Posso? – fez uma mocinha sueca de cabelos mais amarelos do que louros.

Estava movimentado. Um passa-pratos no fundo da sala se abria e se fechava sem parar, enquanto da copa enviavam azeitonas, batatas fritas, sanduíches e bebidas quentes.

Quatro garçons gritavam ao mesmo tempo, num tilintar de pratos e copos, ao passo que os clientes se interpelavam em diferentes línguas.

E a impressão dominante era de que clientes, *barmen*, garçons, decoração formavam um todo bem homogêneo.

As pessoas se acotovelavam familiarmente e, quer se tratasse de uma mocinha, de um industrial que descia da sua limusine acompanhado por amigos alegres ou de um borra-tintas estoniano, todo mundo chamava o chefe dos *barmen* de Bob...

Um se dirigia ao outro sem apresentação, como colegas. Um alemão falava inglês com um ianque, e um norueguês misturava pelo menos três línguas para se fazer compreender por um espanhol.

Havia duas mulheres que todos conheciam, que todos cumprimentavam, e numa delas Maigret reconheceu, gorda, envelhecida, mas vestindo agora um casaco de peles, uma garota que levara outrora para o presídio feminino de Saint-Lazare, em consequência de uma batida na Rue de la Roquette.

Tinha a voz rouca, os olhos cansados, e apertavam sua mão quando passava. Reinava em sua mesa como se encarnasse sozinha toda aquela turbulenta miscelânea humana.

– Tem papel para escrever? – indagou Maigret, dirigindo-se a um *barman*.

– Na hora do aperitivo não. Só na *brasserie*.

Entre os grupos barulhentos havia alguns solitários. Talvez fosse a característica mais pitoresca do local.

De um lado, gente que falava alto, se agitava, pedia uma rodada depois da outra e ostentava trajes tão luxuosos quanto excêntricos.

De outro, aqui e ali, seres que pareciam ter vindo dos quatro cantos do mundo unicamente para se incrustar naquela multidão brilhante.

Havia, por exemplo, uma jovem, que certamente não tinha nem vinte e dois anos e que vestia um tailleurzinho preto, bem cortado, confortável, mas que deve ter sido passado a ferro cem vezes.

Uma figura estranha, enfastiada e nervosa. Ao lado dela, um caderno de esboços. E, em meio às pessoas que tomavam aperitivos de dez francos cada, ela tomava um copo de leite e comia um *croissant*.

À uma da tarde! Era sem dúvida seu almoço. Aproveitava para ler um jornal russo posto à disposição dos clientes pela casa.

Ela não ouvia nada, não via nada. Mordiscava lentamente seu *croissant*, bebia às vezes um gole de leite, indiferente a um grupo que, numa mesa próxima, já estava no quarto coquetel.

Não menos curioso era um homem cuja cabeleira por si só não podia deixar de atrair os olhares. Era ruiva, encaracolada e de um comprimento excepcional.

Usava um terno escuro, gasto, lustroso de tanto uso, e uma camisa azul sem gravata, gola desabotoada mostrando o peito.

Estava instalado no fundo do bar, na pose de um velho *habitué* que ninguém ousaria incomodar, e comia, de colherada em colherada, um potinho de iogurte.

Será que tinha cinco francos no bolso? De onde vinha? Para onde ia? E como conseguia os parcos trocados para esse iogurte, que devia ser sua única refeição cotidiana?

Como a russa, tinha um olhar cansado, pálpebras abatidas, mas algo de infinitamente desdenhoso, altivo, na fisionomia.

Ninguém vinha lhe apertar a mão, lhe dirigir a palavra.

A porta giratória de repente deu passagem a um casal, e Maigret, pelo espelho, reconheceu os Crosby, que desciam de um carro americano que custava, por baixo, duzentos e cinquenta mil francos.

Dava para vê-lo junto à calçada, tanto mais notável por ser a carroceria toda cromada.

William Crosby estendia a mão por cima do balcão de acaju, entre dois clientes que se acomodavam, e pronunciava apertando os dedos do *barman*:

– Como vai, Bob?

Já a sra. Crosby se precipitava em direção à suequinha loura, beijando-a e pondo-se a falar com ela em inglês, com desenvoltura.

Eles nem precisavam pedir. Bob punha na frente de Crosby um *whisky and soda*, preparava um *rose* para a jovem, indagava:

– Já voltaram de Biarritz?

– Só ficamos três dias. Estava chovendo mais do que aqui.

Crosby avistou Maigret, a quem fez um sinal com a cabeça.

Era um homem alto, de uns trinta anos, cabelos castanhos, pisada macia.

De todos os que estavam reunidos no bar naquele instante, era certamente aquele cuja elegância se mostrava mais isenta de mau gosto.

Trocava apertos de mão com indolência. Perguntava aos amigos:

– O que vai tomar?

Era rico. Tinha na porta um carro esporte que usava para ir a Nice, Biarritz, Deauville ou Berlim, como lhe desse na telha.

Morava num grande hotel da Avenue George V havia anos, e tinha herdado da tia, além da mansão de Saint-Cloud, quinze ou vinte milhões de francos.

A sra. Crosby era miudinha mas trepidante, falava sem parar, misturando inglês e francês com um sotaque inimitável e uma voz de falsete que bastava para identificá-la sem vê-la.

Alguns clientes os separavam de Maigret. Um deputado, que ele conhecia, entrou e apertou afetuosamente a mão do jovem americano.

– Almoçamos juntos?

– Hoje não. Temos compromisso.

– Amanhã?

– Combinado. Nos encontramos aqui.

– O sr. Valachine está sendo chamado ao telefone! – veio gritar um mensageiro.

E alguém se levantou, dirigiu-se às cabines.

– Dois *roses*, dois!

Ruído de pratos. Um rumor crescente.

– Pode me trocar uns dólares?

– A cotação está no jornal...

– Suzy não está?

– Acaba de sair. Deve almoçar no Maxim's.

Maigret, no entanto, pensava no rapaz com cabeça de hidrocéfalo, braços compridos, que estava imerso na multidão de Paris, com pouco mais de vinte francos no bolso, e que toda a polícia da França, naquele mesmo instante, estava procurando.

Ele se lembrava do rosto pálido que vira subir imperceptivelmente no muro escuro da Santé.

Telefonemas de Dufour.

– *Está dormindo...*

Tinha dormido o dia inteiro!

Onde estava agora? E por que, sim, por que teria matado essa sra. Henderson, que ele não conhecia e de quem não roubara nada?

– Costuma vir tomar o aperitivo aqui?

Era William Crosby que falava. Havia se aproximado de Maigret, a quem oferecia sua cigarreira.

– Obrigado. Só fumo cachimbo.

– Toma alguma coisa? Um uísque?

– Estou tomando uma bebida, como vê.

Crosby fez uma cara contrariada.

– O senhor sabe francês, russo e alemão?

– Francês, e olhe lá.

– Então o La Coupole deve ser para o senhor uma torre de Babel. Nunca vi o senhor aqui. Aliás, é verdade o que contam?

– Do que está falando?

– O assassino... sabe...

– Ah, não há motivo para preocupação.

Por um instante o olhar de Crosby se demorou sobre Maigret.

– Vamos! Dê-nos o prazer de tomar um drinque conosco. Minha mulher ficará encantada... Apresento-lhe Miss Edna Reichberg, filha do fabricante de papel de Estocolmo. Campeã de patinação, no ano passado em Chamonix... Comissário Maigret, Edna.

A russa, de preto, continuava imersa na leitura do seu jornal, e o homem de cabelos ruivos sonhava, olhos semicerrados, diante do potinho de cerâmica, que ele havia raspado até extrair todo o iogurte.

Edna dizia da boca para fora:

– Encantada.

Apertou vigorosamente a mão de Maigret, depois prosseguiu em inglês sua conversa com a sra. Crosby, enquanto William se desculpava:

– Com licença. Estão me chamando ao telefone. Dois uísques, Bob... Queira me desculpar.

Lá fora o carro cromado cintilava na luz acinzentada, e uma silhueta deplorável a contornava, se aproximava do La Coupole arrastando a perna, parava um instante diante da porta giratória do bar.

Dois olhos avermelhados perscrutavam o interior, enquanto um garçom já se aproximava para despachar o miserável.

A polícia, em Paris e em toda parte, continuava procurando o fugitivo da Santé.

E ele estava ali, ao alcance da voz do comissário!

5
•
O apreciador de caviar

MAIGRET NÃO SE MOVEU, nem mesmo estremeceu. Bem ao lado dele, a sra. Crosby e a jovem sueca papeavam em inglês, tomando um coquetel. E o comissário estava tão perto desta última, devido à exiguidade do bar, que a cada movimento que ela fazia o roçava com sua pele suave.

Maigret entendia mais ou menos que falavam de um certo José que, no Ritz, havia cortejado uma moça e lhe havia oferecido cocaína.

As duas riam. William Crosby, que voltava do telefone, repetia ao comissário:

– Queira me desculpar. É por causa daquele carro, que quero vender para comprar outro.

Serviu soda nos dois copos.

– Saúde!

Do lado de fora, a silhueta do condenado à morte parecia literalmente flutuar nos arredores do terraço.

Ao fugir do La Citanguette, Joseph Heurtin havia por certo perdido seu boné, pois estava de cabeça descoberta. Seus cabelos haviam sido cortados quase a zero na prisão, e isso ressaltava ainda mais a enormidade das suas orelhas. Seus sapatos não tinham mais cor nem forma.

E onde teria dormido, para ter a roupa tão amarrotada, tão coberta de poeira e lama?

Se estendesse a mão para os passantes, daria para explicar sua presença, porque tinha a aparência do mais lamentável destroço humano. Mas ele não mendigava. Não vendia nem cadarços nem lápis.

Ia e vinha, conforme o movimento da multidão, às vezes se afastava alguns metros, voltava como se remasse contra uma corrente forte.

Uma barba cerrada castanha cobria suas bochechas. Parecia mais magro.

Mas, acima de tudo, seus olhos o tornavam perturbador, seus olhos que não deixavam o bar e que tentavam o tempo todo ver através dos vidros embaçados.

Veio uma segunda vez até a porta, e Maigret achou que ia empurrá-la.

O comissário fumava nervosamente, as têmporas úmidas, os nervos tão tensos que sua sensibilidade lhe parecia dez vezes maior.

Um minuto excepcional. Pouco antes, parecia derrotado. Tinha perdido o controle da situação. O drama havia se afastado dele e nada lhe permitia crer que voltaria a retomar o controle.

Bebeu seu uísque lentamente, enquanto Crosby, por polidez, se virava um pouco para ele ao mesmo tempo que intervinha na conversa da mulher e de Edna. Estranho! Sem querer, sem ao menos se dar conta, Maigret não perdia nada de um espetáculo tão complexo.

Uma porção de gente se amontoava ao seu redor. Os barulhos eram tão variados que se tornavam um rumor confuso como o do mar. Havia vozes, gestos, atitudes...

Ora, ele enxergava tudo: o homem à mesa diante do seu pote de iogurte, o vagabundo que voltava irresistivelmente para a porta, o sorriso de Crosby, a careta de sua mulher, que passava batom nos lábios, a agitação do *barman* preparando uma gemada com grandes sacudidas do *shaker*...

E os clientes que se iam um depois do outro. As palavras que trocavam...

– Esta noite, aqui?

– Tente trazer a Léa.

O bar se esvaziava pouco a pouco. Era uma e meia. Na sala vizinha, aumentava o barulho dos garfos.

Crosby pôs uma nota de cem francos no balcão.

– Vai ficar? – perguntou ao comissário.

Ele não tinha visto o homem. Mas ia se encontrar cara a cara com ele ao sair. Maigret esperava esse segundo com uma impaciência quase dolorosa.

A sra. Crosby e Edna o cumprimentaram com um movimento de cabeça e um sorriso.

Joseph Heurtin não estava nem a dois metros da porta. Um de seus sapatos não tinha mais cadarço. De uma hora para outra, sem dúvida, um agente da polícia viria lhe pedir seus documentos, ou fazê-lo se afastar.

A porta girou em seu eixo. Crosby, cabeça descoberta, dirigiu-se para o carro. As duas mulheres o seguiam, rindo de uma piada que uma delas fizera.

E não aconteceu nada! Heurtin não olhou para os americanos com mais interesse do que olhava para os outros passantes! Nem William nem sua mulher prestaram atenção nele.

Os três personagens instalaram-se no carro, cuja porta bateu.

Ainda saíam algumas pessoas, empurravam o condenado à morte, que voltara a se aproximar.

Então, de repente, Maigret percebeu no espelho um rosto, dois olhos vivos atrás de sobrancelhas espessas, um sorriso apenas desenhado mas vibrante de ironia.

As pálpebras logo caíram sobre as pupilas eloquentes. Mas não rápido o bastante para que o policial não tivesse a impressão de que era para ele que essa ironia se dirigia.

O homem que olhara para ele e que agora não olhava para mais nada nem ninguém era o cliente do iogurte e dos cabelos ruivos.

Quando o inglês que lia o *Times* saiu do bar, não ficou mais ninguém nos bancos, e Bob anunciou:

– Vou almoçar.

Seus dois ajudantes passavam o pano no balcão de acaju, arrumavam os copos, os pratinhos com o que sobrara de azeitonas e batatas fritas.

Mas nas mesas restavam dois clientes: o ruivo e a russa de preto, que não pareciam perceber a própria solidão.

Do lado de fora, Joseph Heurtin continuava rondando e seus olhos estavam tão cansados, sua fisionomia, tão pálida, que um dos garçons, depois de observá-lo através da vidraça, disse a Maigret:

– Mais um que vai ter um ataque de epilepsia. Eles têm a mania de escolher o terraço dos cafés. Vou avisar o mensageiro.

– Não...

O homem do iogurte podia ouvir. No entanto Maigret mal baixou a voz para articular:

– Telefone para a Polícia Judiciária. Diga para mandarem dois homens aqui. De preferência Lucas e Janvier. Vai se lembrar?

– Para este vagabundo?

– Não interessa...

Reinava uma calma absoluta, depois da hora tumultuosa do aperitivo.

O homem ruivo não se mexeu, não estremeceu. A mulher de preto virou a página do jornal.

Um segundo garçom agora olhava para Maigret com curiosidade. Minutos se passaram, escoaram, por assim dizer, gota a gota, segundo a segundo.

Outro fechava as suas contas, num farfalhar de notas e num tilintar de moedas. O que tinha ido telefonar voltou.

– Disseram que farão o que o senhor pediu.

– Obrigado.

O comissário esmagava o frágil banco do bar com sua massa, dava uma cachimbada depois da outra, esvaziando maquinalmente seu copo de uísque, e esquecia que não tinha almoçado.

– Um café.

A voz vinha do canto em que estava instalado o homem do iogurte. O garçom encolheu os ombros olhando para Maigret, gritou para o passa-pratos do fundo:

– Um café! Um!

E baixinho para o comissário:

– Com isso está servido até as sete da noite. É como a outra ali...

Seu queixo designava a russa.

Passaram-se vinte minutos. Heurtin, cansado de perambular, tinha parado na beira da calçada, e um homem que entrava num carro o tomou por mendigo e ofereceu-lhe uma moeda, que ele não ousou recusar.

Ainda sobraria alguma coisa de seus vinte e poucos francos? Teria comido desde a véspera? Teria dormido?

O bar o atraía. Aproximou-se de novo, prestando atenção nos garçons e nos mensageiros que já o haviam expulsado do terraço.

Agora era uma hora tranquila, e ele pôde chegar às vidraças em que viram seu rosto se colar, seu nariz se achatar comicamente enquanto seus olhinhos vasculhavam o interior. O homem ruivo levava sua xícara de café aos lábios. Não se virou para fora.

Mas por que o mesmo sorriso que havia pouco fazia seus olhos brilharem?

Um mensageiro que não tinha dezesseis anos interpelava o maltrapilho, que se afastou mais uma vez arrastando o pé. O inspetor Lucas descia de um táxi, entrava, cara espantada, olhava à sua volta para a sala quase vazia mais espantado ainda.

– Foi o senhor que...

– Vai tomar o quê?

E mais baixo:

– Olhe lá fora...

Lucas levou alguns instantes para identificar a silhueta. Seu rosto se iluminou.

– Essa é boa! O senhor conseguiu...

– Que nada! *Barman*, um conhaque.

A russa pediu com um sotaque acentuado:

– Garçom! Me traga a *L'Illustration*. E também a lista telefônica de serviços.

– Tome seu drinque, meu velho Lucas... Saia e fique de olho, entendeu?

– Não acha que seria preferível...

A mão do inspetor, metida no bolso, manejava as algemas de forma visível.

– Ainda não. Vá...

A tensão nervosa de Maigret, apesar da aparente calma, era tamanha que quase quebrou o copo em sua manzorra enquanto bebia.

O ruivo não parecia disposto a ir embora. Não lia, não escrevia, não olhava para nada em particular. E lá fora Joseph Heurtin continuava esperando!

Às quatro da tarde a situação era exatamente a mesma, com a diferença de que o fugitivo da Santé tinha ido sentar-se num banco de onde não desgrudava os olhos da porta do bar.

Maigret havia comido um sanduíche, sem apetite. A russa de preto saiu, depois de um demorado retoque na maquiagem.

Assim, só restava o homem do iogurte no bar. Heurtin havia observado a jovem mulher ir embora sem esboçar nenhuma reação. Acendiam-se as luzes, apesar de os postes das ruas ainda não o terem sido.

Um servente renovava o estoque de garrafas. Outro varria apressadamente.

O barulho de uma colher num pires, ainda mais por partir do canto em que estava instalado o ruivo, surpreendeu tanto o *barman* quanto Maigret.

Sem se incomodar, sem se dar ao trabalho de ocultar seu desprezo por um cliente tão ruim, o garçom soltou:

– Um iogurte e um café... Três mais um e cinquenta, quatro e cinquenta.

– Desculpe. Me dê uns sanduíches de caviar.

E a voz era calma. No espelho, o comissário via os olhos semicerrados do cliente.

O *barman* foi levantar a portinhola do passa-pratos.

– Um sanduíche de caviar, um!

– Três! – retificou o estrangeiro.

– Três caviares! Três!

O *barman* olhava para o cliente com ar desconfiado. Indagou, irônico:

– Com vodca?

– Com vodca, sim...

Maigret se esforçava para compreender. O homem havia mudado. Tinha perdido sua extraordinária imobilidade.

– E cigarros! – proferiu.

– Maryland?

– Abdullah...

Fumou um enquanto preparavam seus sanduíches, e se divertiu rabiscando no maço. Depois comeu tão depressa que o garçom mal voltara a seu lugar quando ele se levantou.

– Trinta francos de sanduíches. Seis de vodca. Vinte e dois francos de Abdullah e a conta de antes.

– Venho pagar amanhã.

Maigret franziu as sobrancelhas. Podia continuar vendo Heurtin no banco.

– Um instante. O senhor dirá isso ao gerente.

O homem ruivo se inclinou e esperou, depois de se sentar. O gerente chegou, de *smoking*.

– O que foi?

– Este senhor quer vir pagar amanhã. Três sanduíches de caviar, uma caixa de Abdullah e o resto...

O cliente não manifestava nenhum incômodo. Inclinava-se de novo, mais irônico do que nunca, para confirmar o que o garçom dizia.

– O senhor está sem dinheiro?

– Nenhum centavo.

– Mora no bairro? Posso mandar um mensageiro acompanhá-lo.

– Não tenho dinheiro em casa...

– E come caviar?

O gerente bateu palmas. Um garoto de uniforme apareceu.

– Vá chamar o guarda.

Tudo aconteceu sem barulho, sem escândalo.

– Tem certeza de que não tem dinheiro?

– Estou lhe dizendo...

O mensageiro, que havia esperado a resposta, saiu correndo. Maigret não se mexeu. Quanto ao gerente, continuava ali, observando calmamente o vaivém do Boulevard Montparnasse.

O *barman*, que enxugava suas garrafas, lançava de vez em quando um olhar cúmplice a Maigret.

Nem três minutos haviam se passado quando o mensageiro trouxe dois policiais de bicicleta, as quais deixaram do lado de fora.

Um deles reconheceu o comissário, quis ir em sua direção, mas Maigret o fitou de forma expressiva. Além do mais, o gerente explicava simplesmente, sem demonstrar nenhum abalo:

– Este senhor pediu caviar, cigarros de luxo etc. Ele se recusa a pagar.

– Não tenho dinheiro! – repetiu o ruivo.

A um sinal de Maigret, o agente se contentou em murmurar:

– Bom, o senhor se explicará no comissariado. Siga-nos.

– Não querem tomar nada, senhores? – ofereceu o gerente.

– Obrigado.

Bondes, carros, uma multidão de gente passavam pelo bulevar a que o crepúsculo trazia um nevoeiro denso. O detido, antes de sair, acendeu um cigarro, dirigiu um cumprimento amistoso ao *barman*.

E ao passar em frente a Maigret, pousou seu olhar nele por alguns segundos.

– Andando! Mais depressa. E nada de escândalo, hein?

Os três saíram. O gerente se aproximou do balcão.

– Não é o tcheco que tivemos de pôr na rua outro dia?

– Ele mesmo! – afirmou o *barman*. – Fica aqui das oito da manhã às oito da noite. Consome no máximo dois cafés o dia todo.

Maigret tinha ido até a porta. Pôde ver assim Joseph Heurtin se levantar de seu banco, ficar de pé, imóvel, virado para os dois guardas que levavam o apreciador de caviar.

Mas já não estava claro o bastante para distinguir seus traços.

Os três homens não haviam percorrido cem metros quando o vagabundo se afastou, seguido de longe pelo inspetor Lucas.

– Polícia Judiciária! – disse então o comissário, voltando para o bar. – Quem é ele?

– Acho que se chama Radek. Dá como endereço para a correspondência o daqui. O senhor viu as cartas que pusemos na vitrine. Um tcheco...

– O que ele faz?

– Nada! Passa os dias no bar. Sonha... Escreve...

– Sabe onde mora?

– Não.

– Tem amigos?

– Acho que nunca o vi dirigir a palavra a alguém.

Maigret pagou, saiu, pulou num táxi e ordenou:

– Para o comissariado do bairro.

Quando chegou, Radek estava sentado num banco, esperando o comissário se desocupar.

Havia quatro ou cinco estrangeiros que foram ali para obter atestados de residência.

Maigret entrou direto na sala do comissário, a quem uma mulher jovem se queixava de um roubo de joias, misturando três ou quatro línguas da Europa central.

– O senhor atua por aqui? – espantou-se o policial.

– Termine de atender esta senhora...

– Não entendo patavina do que ela conta. Faz meia hora que ela repete a mesma explicação.

Maigret nem sorriu, enquanto a estrangeira se zangava, retomava ponto por ponto seu relato, mostrando os dedos sem anéis.

Por fim, quando ela saiu ele disse:

– O senhor vai receber um certo Radek ou algo assim. Vou estar presente. Dê um jeito de fazê-lo passar uma noite aqui e depois soltá-lo.

– O que foi que ele fez?

– Comeu caviar sem pagar.

– No Le Dôme?

– No La Coupole.

Uma campainha soou.

– Traga o Radek.

Este entrou na sala sem o menor embaraço, mãos no bolso, parou diante dos dois homens e, fitando-os nos olhos, esperou, com um sorriso de contentamento pairando nos lábios.

– O senhor é acusado de calote.

Ele assentiu, quis acender um cigarro, que o comissário de polícia, furibundo, arrancou de suas mãos.

– O que tem a dizer?

– Absolutamente nada.

– Você tem domicílio fixo, meios de subsistência?

O homem tirou do bolso um passaporte ensebado, que pôs em cima da mesa.

– Sabe que se arrisca a ser condenado a quinze dias de prisão?

– Sem cumpri-los! – retificou Radek sem se perturbar. – Posso lhe garantir que sou primário.

– Estou lendo que é estudante de medicina. É isso mesmo?

– O professor Grollet, que o senhor deve conhecer de nome, sem dúvida lhe dirá que eu era seu melhor aluno.

E, virando-se para Maigret, com uma ponta de zombaria na voz:

– Suponho que o senhor também seja da polícia...

6

O albergue de Nandy

A SRA. MAIGRET SUSPIROU, mas não disse nada quando, às sete da manhã, o marido saiu depois de engolir o café sem sequer perceber que estava pelando.

Havia voltado à uma, taciturno. Saía agora com um ar obstinado.

Quando atravessou os corredores da Chefatura de Polícia, o comissário percebeu nitidamente, nos colegas que encontrava, nos inspetores e até nos contínuos, uma curiosidade somada a certa admiração, talvez a um pouco de comiseração.

Mas, com a mesma naturalidade com que beijara sua mulher na testa, cumprimentou a todos, pôs-se a atiçar o fogo da estufa mal entrou em sua sala e estendeu o sobretudo, mais pesado por haver tomado chuva.

– O comissariado de Montparnasse! – pediu depois por telefone, sem pressa, dando pequenas cachimbadas.

E maquinalmente arrumava os papéis empilhados em sua mesa.

– Alô! Quem fala?... O inspetor de guarda?... Aqui é o comissário Maigret, da PJ. Soltaram o Radek?... Como?... Faz uma hora?... Confirmaram que o inspetor Janvier estava pronto para segui-lo?... Alô, o quê?... Ele não dormiu?... Fumou o maço todo?... Obrigado... Não!... Não é necessário... Se eu precisar de informações complementares, passo por aí.

Tirou do bolso o passaporte do tcheco, que ficara com ele: um caderninho acinzentado, com as armas da Tchecoslováquia, com quase todas as páginas cobertas de carimbos e vistos. Jean Radek, vinte e cinco anos, nascido em Brno de pai desconhecido, estivera, conforme esses vistos, em Berlim, Mainz, Bonn, Turim e Hamburgo.

Seus documentos o designavam como estudante de medicina. Quanto à mãe, Elisabeth Radek, falecida dois anos antes, era empregada doméstica.

– Você tem meios de subsistência? – Maigret havia perguntado na véspera, à noite, na sala do comissário de polícia de Montparnasse.

E o detido replicara com seu sorriso irritante:

– É para eu tratar o senhor de você, também?

– Responda!

– Enquanto minha mãe vivia, ela me mandava o necessário para continuar meus estudos.

– Com seu salário de doméstica?

– É. Sou filho único. Ela venderia as duas mãos por mim. Isso o espanta?

– Ela morreu faz dois anos. E desde então?

– Uns parentes distantes me mandam de vez em quando pequenas somas. Em Paris, alguns compatriotas me ajudam ocasionalmente. Às vezes faço umas traduções...

– E colabora para *Le Sifflet*?

– Não entendi.

Ele dizia isso com uma ironia que podia ser traduzida como: "Pode tentar, que não vai me pegar...".

Maigret preferiu ir embora. Nos arredores do La Coupole não havia mais vestígio de Joseph Heurtin nem do inspetor Lucas. Tinham se metido de novo em Paris, um atrás do outro.

– Hôtel George V! – o comissário ordenou ao taxista.

Entrou no hotel no exato momento em que William Crosby, de *smoking*, trocava uma nota de cem dólares na recepção.

– É comigo? – perguntou ao ver o comissário.

– Não! A não ser que o senhor conheça um tal de Radek.

As pessoas circulavam no saguão estilo Luís XVI. O empregado contava notas de cem francos presas de dez em dez com um alfinete.

– Radek?

O olhar de Maigret estava cravado nos olhos do americano, que não se perturbou.

– Não... Mas pergunte à sra. Crosby. Ela já vai descer. Vamos jantar com uns amigos. Uma noite de gala beneficente, no Ritz.

De fato, a sra. Crosby saía do elevador, friorentamente envolta num casaco de arminho, olhava para o policial com certo espanto.

– O que foi?

– Não se preocupe. Estou procurando um certo Radek.

– Radek? Ele mora aqui?

Crosby enfiou as notas no bolso, estendeu a mão a Maigret.

– Queira me desculpar. Já estamos atrasados.

O carro de praça que os esperava deslizou no asfalto.

O telefone tocou.

– Alô! O juiz Coméliau chama o comissário Maigret no aparelho...

– Responda que ainda não cheguei. Entendeu?

Numa hora daquelas, o magistrado devia telefonar de casa. Sem dúvida estava tomando o café da manhã, de robe, folheando febrilmente os jornais, lábios agitados como de costume por um tremor nervoso.

– Alô, Jean! Ninguém mais me ligou?... O que o juiz disse?

– Para o senhor ligar assim que chegasse. Vai estar em casa até as nove. Depois, no Ministério Público... Alô!... Espere! Estão telefonando, justamente... Alô! Alô!... O comissário Maigret? Passo-o já, sr. Janvier.

No instante seguinte Maigret recebia a comunicação.

– É o senhor, comissário?

– Sumiu, não é?

– É, sumiu. Não entendo! Eu estava a menos de vinte metros atrás dele...

– Que mais? Rápido...

– Ainda me pergunto como pode ter acontecido. Tanto mais que tenho certeza de que ele não havia notado minha presença.

– Prossiga.

– Primeiro, ele bateu pernas pelo bairro. Depois entrou na estação Montparnasse. Era hora da chegada dos trens de subúrbio e eu me aproximei, temendo perdê-lo na multidão.

– E ele sumiu mesmo assim...

– Não na multidão. Entrou num trem que chegava, sem ter comprado passagem. Foi o tempo de eu perguntar a um funcionário para onde ia o trem, sem tirar os olhos do vagão, e ele sumiu do compartimento. Deve ter descido nos trilhos...

– Não me diga!

– O que devo fazer?

– Vá me esperar no bar do La Coupole... Não se espante com nada. E, principalmente, não fique nervoso.

– Garanto, comissário...

Na outra ponta da linha, a voz do inspetor Janvier, que tinha apenas vinte e cinco anos, parecia a de um garoto prestes a irromper em soluços.

– Bom, até já!

Maigret pôs o fone no gancho, pegou-o de novo.

– Hôtel George V... Alô!... Sim... O sr. William Crosby voltou?... Não. Não o incomode... A que horas, por favor? Às três? Com a sra. Crosby?... Obrigado... Alô!... Como?... Deu ordem para não acordá-lo antes das onze?... Obrigado... Não! Nenhum recado. Irei vê-lo pessoalmente.

Foi só o tempo de o comissário encher o cachimbo e certificar-se de que havia carvão o bastante na estufa.

A alguém que não o conhecesse na intimidade, teria dado nesse instante a impressão de um homem seguro de si, caminhando sem hesitar rumo a uma meta inevitável. Enchia o peito, lançava a fumaça do cachimbo para o teto. Quando o contínuo lhe trouxe os jornais, brincou alegremente com ele.

Mas de repente, assim que ficou a sós, pegou o fone.

– Alô! Lucas não ligou?

– Ainda não, comissário.

E os dentes de Maigret se apertaram contra a boquilha do cachimbo. Eram nove da manhã. Desde as cinco da tarde, na véspera, Joseph Heurtin havia desaparecido do Boulevard Raspail, seguido pelo inspetor Lucas.

Era plausível que este último não houvesse arranjado um jeito de telefonar ou de passar um bilhete a algum guarda?

Maigret traiu seu pensamento ao pedir que ligassem para o apartamento do inspetor Dufour, que atendeu ele mesmo a chamada.

– Melhorou?

– Já estou andando em casa. Amanhã espero passar aí. Mas o senhor verá a cicatriz que vai ficar! O doutor tirou ontem à noite o curativo, e pude ver... Eu me pergunto como é que não abriu minha cabeça. Encontrou o homem, pelo menos?

– Não se preocupe... Alô!... Vou desligar, está tocando na central telefônica e aguardo uma comunicação...

Fazia um calor sufocante na sala, cuja estufa estava funcionando ao máximo. Maigret não se enganara. Mal desligou, seu telefone tocou. Era a voz de Lucas.

– Alô! É o senhor, chefe?... Não corte, senhorita! Polícia!... Alô! Alô!

– Estou ouvindo. Onde você está?

– Em Morsang.

– Hã?

– Um vilarejo a trinta e cinco quilômetros de Paris, à beira do Sena.

– E *o outro*?

– Em segurança. Na casa dele!

– Morsang fica perto de Nandy?

– A quatro quilômetros. Vim telefonar daqui para não despertar suspeitas. Que noite, chefe!

– Conte.

– Primeiro achei que iríamos vagar o resto da vida por Paris. Ele parecia não saber aonde ir. Às oito, estávamos os dois parados em frente ao dispensário da Rue Réaumur, e ele esperou seu rango por quase duas horas.

– Não tem mais dinheiro, portanto.

– Depois, saiu andando de novo. Incrível a atração que o Sena exerce sobre ele! Ora seguia o rio num sentido, ora noutro... Alô!... Não interrompa!... O senhor continua na linha?

– Sim, prossiga.

– Ele acabou rumando para Charenton, seguindo o rio. Eu imaginava que ia se deitar debaixo de uma ponte... Não parava mais em pé! Mas não. Depois de Charenton, foi a vez de Alfortville, onde pegou a estrada de Villeneuve-Saint-Georges. Estava escuro. A estrada estava encharcada. Passavam carros a cada trinta segundos. Se tivesse de começar tudo outra vez...

– Você começaria. Continue.

– Só isso. Trinta e cinco quilômetros assim. Já pensou? Começou a chover a cântaros. Ele não percebia nada. Em Corbeil, quase peguei um táxi para segui-lo mais facilmente. Às seis da manhã, continuávamos andando, um atrás do outro, nos bosques que vão de Morsang a Nandy.

– Ele entrou pela porta da frente?

– O senhor conhece o albergue?... Não tem luxo nenhum. Um troço para caminhoneiros, ao mesmo tempo albergue, banca de jornal, boteco e tabacaria. Acho até que vendem miudezas. Mas ele deu a volta por uma viela de um metro de largura, onde pulou um muro. Percebi que entrava numa pequena construção onde deviam recolher os animais.

– Só isso?

– Pouco depois, uma meia hora mais tarde, o velho Heurtin veio abrir as venezianas e a porta da loja. Parecia calmo. Fui tomar alguma coisa e ele não se mostrou nem um pouco aflito. Tive a sorte, na estrada, de encontrar um gendarme de bicicleta. Pedi que furasse o pneu e fosse se instalar no albergue com esse pretexto, até eu voltar.

– Ótimo!

– Acha ótimo? É porque o senhor não está todo sujo até a cintura. Meus calçados estão tão moles que parecem compressas. Minha camisa deve estar encharcada. O que devo fazer?

– Você não tem uma mala, naturalmente.

– Se ainda por cima tivesse de carregar uma mala...

– Volte pra lá. Conte qualquer coisa, que espera um amigo que marcou um encontro...

– O senhor vem?

– Não sei. Mas se Heurtin nos escapar mais uma vez, são grandes as possibilidades de eu perder o cargo...

Maigret desligou, olhou ao redor de si com um ar de quem não tem o que fazer. Pela porta entreaberta chamou o contínuo.

– Escute, Jean! Assim que eu sair, telefone ao juiz Coméliau para lhe dizer... hã... para lhe dizer que vai tudo bem e que vou mantê-lo informado. Entendeu?... Amavelmente... Com muita cortesia.

Às onze ele descia do táxi em frente ao La Coupole. A primeira pessoa que viu ao empurrar a porta foi o inspetor Janvier, que, como todos os novatos, achava que assumia um ar desligado escondendo três quartos do corpo detrás de um jornal aberto cujas páginas não virava.

No canto oposto, Jean Radek, que agitava negligentemente uma colher em seu café.

Fizera a barba, usava uma camisa limpa, e seus cabelos encaracolados talvez tivessem sido tocados por um pente.

Mas a impressão dominante era de um intenso júbilo interior.

O *barman* havia reconhecido Maigret, apressou-se a lhe dirigir um gesto de cumplicidade. Janvier, detrás do seu jornal, também se entregava a toda uma mímica.

Radek tornou aquilo tudo inútil interpelando diretamente Maigret.

– Toma alguma coisa?

Erguera-se ligeiramente. Mal sorria, mas não havia um traço do seu rosto que não traísse uma inteligência aguda.

Maigret adiantou-se, grandão e pesado, pegou uma cadeira pelo encosto, com sua mão capaz de esmagá-la, deixou-se cair nela.

– Já de volta? – fez ele, olhando para outro lado.

– Aqueles senhores foram muito amáveis. Parece que não serei chamado a comparecer diante do juiz de paz antes de uns quinze dias, a tal ponto estão repletos de trabalho. O que diria de uma vodca com sanduíche de caviar? *Barman*!

Este ficou vermelho até as orelhas. Hesitava visivelmente em servir seu estranho freguês.

– Espero que não vá me fazer pagar adiantado, estando eu acompanhado... – prosseguiu Radek.

E explicou a Maigret:

– Essa gente não entende das coisas. Imagine o senhor que, quando cheguei, há pouco, ele não queria me servir. Foi chamar o gerente sem dizer nada. O gerente me pediu para sair. Tive de botar o dinheiro em cima da mesa. Não acha engraçado?

Dizia aquilo gravemente, com um ar quase delirante.

– Note que, se eu fosse um palhaço qualquer, um gigolô como o senhor pôde ver ontem aqui, me dariam todo o crédito imaginável. Mas sou um homem de valor! Então, não é?... Comissário, precisamos falar sobre isso um dia desses, nós dois. O senhor talvez não entenda tudo. Mesmo assim o senhor já se classifica entre os seres inteligentes.

O *barman* punha na mesa os sanduíches de caviar, e declarava, não sem lançar um olhar para Maigret:

– Sessenta francos...

Radek sorriu. No seu canto, o inspetor Janvier continuava à paisana atrás de um jornal.

– Um maço de Abdullah – pediu o tcheco ruivo.

E, quando o trouxeram, puxou uma nota de mil francos amarrotada de um bolso externo do paletó, jogando-a sem rodeios em cima da mesa.

– O que dizíamos mesmo, comissário? O senhor me dá licença? Me lembrei de que preciso telefonar ao meu alfaiate.

O telefone se encontrava no fundo da *brasserie*, que tinha várias saídas.

Maigret não se mexeu. Só Janvier, automaticamente, seguiu o homem à distância. Voltaram um atrás do outro, como haviam saído. Os olhos do inspetor confirmavam que o tcheco havia de fato telefonado ao seu alfaiate.

7

O garoto

– QUER UMA OPINIÃO PRECIOSA, COMISSÁRIO?

Radek havia baixado a voz, inclinando-se para Maigret.

– Note que sei de antemão o que o senhor vai pensar! Mas para mim pouco importa. Em todo caso, eis a minha opinião, o meu conselho, se preferir. Deixe pra lá! O senhor está metendo os pés pelas mãos...

Maigret estava imóvel, o olhar fixo à sua frente.

– E vai continuar se atrapalhando porque não está entendendo nada.

O tcheco se animava pouco a pouco, mas de uma maneira furtiva, bem característica.

Maigret observou suas mãos, que eram compridas, de uma brancura surpreendente, salpicadas de sardas. Pareciam se esticar, participar a seu modo da conversa.

– Note que não é seu mérito profissional que ponho em dúvida! Se o senhor não está entendendo nada, mas nada de nada mesmo, é que, desde o início, o senhor partiu de dados adulterados. Logo, tudo é falso, não é? E tudo o que o senhor descobrir será falso até o fim.

“Em compensação, os poucos pontos que poderiam ter lhe servido de base escaparam ao senhor...

“Por exemplo! Confesse que não percebeu o papel que o Sena tem nessa história. A cidade de Saint-Cloud fica à margem do Sena! A Rue Monsieur-le-Prince fica a quinhentos metros do Sena! O La Citanguette, onde, segundo os jornais, o condenado se refugiou depois de escapar, fica à margem do Sena! Heurtin nasceu em Melun, à margem do Sena. Os pais dele moram em Nandy, à margem do Sena..."

Os olhos do tcheco riam, enquanto o resto da fisionomia permanecia grave.

– Ficou confuso, não é? Pareço estar me comprometendo. O senhor não me pergunta nada e venho lhe falar de um caso do qual está louco para me culpar... Mas como, por quê? Não tenho nada a ver com Heurtin. Nada a ver com Crosby. Nada a ver também com a sra. Henderson, nem com sua acompanhante. Tudo o que o senhor poderia levantar contra mim é que ontem esse Joseph Heurtin veio rondar por aqui e parecia me espiar.

"Pode ser que sim, pode ser que não... Mas o fato é que saí deste estabelecimento sob a proteção de dois agentes.

"O que isso prova?

"Se lhe digo que o senhor não está entendendo nada, que nunca entenderá nada...

"O que é que eu faço nessa história? Absolutamente nada! Ou tudo!

"Imagine um homem inteligente, mais que inteligente, que não tem o que fazer, que passa os dias pensando e que tem a oportunidade de estudar um problema que tem a ver com a sua especialidade. Porque a criminologia e a medicina têm pontos em comum."

A impassibilidade de Maigret, que nem parecia ouvi-lo, o irritou. Ergueu a voz.

– E então? O que o senhor diz, comissário? Começa a admitir que está se atrapalhando? Não? Ainda não? Permita-me ainda lhe dizer que o senhor está errado quando solta um culpado depois de tê-lo na mão. Porque não só o senhor talvez não encontre um substituto para ele, mas ele poderia muito bem lhe escapar.

"Falei há pouco de bases adulteradas. Quer mais uma prova? Quer que eu lhe dê ao mesmo tempo o pretexto de que o senhor necessita para me deter?"

Tomou sua vodca de um só gole, inclinou-se para trás no banco e enfiou a mão num bolso externo do paletó.

Quando a retirou, estava cheia de notas de cem francos presas com alfinete em maços de dez. Havia dez maços.

– Note que são notas novas! Em outras palavras, notas cuja proveniência é fácil determinar. Procure! Divirta-se! A não ser que prefira ir dormir, o que lhe aconselho.

Levantou-se. Maigret continuou sentado e olhou para Radek da cabeça aos pés, soltando uma espessa nuvem de fumaça do cachimbo.

Os clientes começavam a chegar.

– Vai me prender?

O comissário não se apressou a responder. Pegou as notas, que contemplou antes de metê-las no bolso.

Enfim, levantou-se por sua vez, tão devagar que a fisionomia do tcheco se crispou. Pousou suavemente dois dedos no ombro dele.

Era o Maigret dos grandes dias, o Maigret forte, seguro de si, plácido.

– Escute aqui, meu garoto!

Aquilo contrastava saborosamente com o tom de Radek, com sua silhueta nervosa, seu olhar agudo e fervilhando de uma inteligência bem especial.

Maigret tinha vinte anos a mais que seu interlocutor, dava para perceber.

– *Escute aqui, meu garoto...*

Janvier, que tinha ouvido, fazia força para não rir, para conter a alegria de afinal seu chefe voltar a ser o que era.

E este se contentava em acrescentar com a mesma desenvoltura bonachona:

– Um dia ou outro a gente volta a se encontrar.

Dito isso, cumprimentou o *barman*, enfiou as mãos no bolso e saiu.

– Tenho a impressão de que são estas, mas vou me certificar – disse o empregado do Hôtel George V examinando as notas que Maigret acabava de lhe passar.

Logo depois contatava o banco por telefone.

– Alô! O senhor anotou os números das cem notas de cem francos que mandei pegar ontem de manhã?

Registrou-os a lápis, desligou, virou-se para o comissário.

– É isso mesmo. Espero que não seja uma história encrencada...

– Nem um pouco... O sr. e a sra. Crosby estão?

– Saíram faz meia hora.

– O senhor os viu pessoalmente sair?

– Como estou vendo o senhor.

– O hotel tem várias saídas?

– Duas, mas a segunda é reservada ao serviço.

– O senhor me disse que o sr. e a sra. Crosby voltaram esta noite por volta das três. Desde então não receberam visitas?

Interrogaram o encarregado do andar, a camareira, o porteiro.

Maigret comprovou assim que os Crosby não haviam saído do seu apartamento das três da manhã às onze e que ninguém havia entrado em seus aposentos.

– Também não enviaram uma carta pelo mensageiro?

Nada! Por outro lado, desde a véspera, às quatro da tarde, até de manhã, às sete, Jean Radek estivera detido no posto de polícia de Montparnasse, de onde não pôde se comunicar com o exterior.

Ora, às sete da manhã ele estava na calçada sem dinheiro. Por volta das oito, ele despistava o inspetor Janvier na estação Montparnasse.

Às dez, era encontrado no La Coupole, munido de uma soma de pelo menos onze mil francos, dez mil tendo saído na véspera, com toda a certeza, do bolso de William Crosby.

– Me permite dar uma olhada lá em cima?

O gerente, constrangido, acabou dando autorização, e o elevador conduziu Maigret ao terceiro andar.

Era um apartamento comum de um grande hotel, composto de dois quartos, dois banheiros, uma sala e um *boudoir*.

As camas ainda estavam desarrumadas, o almoço ainda não fora tirado. O camareiro escovava o *smoking* do americano, no outro cômodo havia um vestido de noite jogado numa cadeira.

Objetos largados aqui e ali, cigarreiras, uma bolsa feminina, uma bengala, um romance que ainda não havia sido folheado.

Maigret voltou à avenida, mandou um táxi levá-lo ao Ritz, onde um *maître* confirmou que os Crosby, em companhia de Miss Edna Reichberg, haviam ocupado na véspera a mesa 18. Tinham chegado por volta das nove e não haviam saído antes das duas e meia. O *maître* não notara nada de anormal.

– E no entanto as notas... – resmungou Maigret, atravessando a Place Vendôme.

Estancou de repente, quase foi pego pelo para-lama de uma limusine.

– Por que cargas-d'água Radek as mostrou? Tem mais: agora elas estão em meu poder e eu ficaria em maus lençóis se tivesse de dar uma explicação legal... E aquela história do Sena...

Parou um carro de praça bruscamente, sem se dar ao trabalho de refletir.

– Quanto tempo precisa para ir a Nandy? É um pouco depois de Corbeil.

– Uma hora. As estradas estão como um sabão.

– Pegue a estrada! Primeiro me leve a uma tabacaria.

E Maigret, bem recostado num canto do carro, cujos vidros se embaçavam por dentro enquanto por fora estava coberto de gotas de chuva, passou uma hora como gostava.

Fumava sem parar, envolvido no calor do enorme sobretudo preto que era célebre no Quai des Orfèvres.

Paisagens de subúrbio desfilavam diante de seus olhos, depois os campos de outubro, às vezes com uma apagada faixa do Sena percebida entre dois telhados ou entre árvores calvas.

– Radek só pode ter tido uma razão para falar e me mostrar as notas: o desejo de desviar momentaneamente a investigação me jogando um novo mistério no colo...

"Mas por quê? Para dar tempo de Heurtin fugir? Comprometer Crosby?

"Ao mesmo tempo compromete a si mesmo!"

O comissário se lembrava das palavras do tcheco:

– *Desde o início todos os dados estavam adulterados...*

Ora essa! Não é por ter compreendido isso que Maigret havia obtido aquela investigação complementar, num momento em que o tribunal já tinha se pronunciado?

Mas adulterados em que proporção e como? Havia indícios materiais que era impossível adulterar!

A rigor, o assassino da sra. Henderson e de sua criada podia ter pegado emprestados os sapatos de Heurtin para deixar na casa as pegadas das solas.

O mesmo não podia se dar com as impressões digitais. E estas tinham sido encontradas em objetos que não haviam saído do local do crime, como as cortinas e a roupa de cama.

Então, o que estava adulterado? Heurtin fora visto à meia-noite no Pavillon Bleu. Tinha voltado para casa na Rue Monsieur-le-Prince às quatro da manhã.

– *O senhor não está entendendo nada e vai entender cada vez menos!* – afirmava Radek, que surgia bem no centro do caso quando meses a fio o ignoraram.

Na véspera, no La Coupole, William Crosby não olhou uma só vez para o tcheco.

E quando Maigret pronunciara o nome dele, Crosby nem estremecera.

E no entanto as notas de cem francos haviam passado do bolso de um para o bolso do outro!

E Radek fez questão de fazer a polícia conhecer esse detalhe! Mais ainda! Agora era ele que parecia assumir o primeiro plano, reclamar o papel principal!

– Ele teve exatamente duas horas de liberdade entre o momento em que saiu do posto de polícia e o momento em que tornei a encontrá-lo no La Coupole. Durante essas duas horas, ele se barbeou, trocou de camisa... Foi nesse meio-tempo que se apossou das notas...

Maigret, que queria se tranquilizar, conseguiu fazê-lo ao concluir:

– No mínimo levou uma meia hora para isso. Logo, não teve tempo suficiente para ir a Nandy.

O vilarejo se encontra no platô que domina o Sena. Lá em cima, o vento oeste soprava em rajadas, vergando as árvores, enquanto campos amarronzados, por onde errava um caçador que parecia minúsculo, se estendiam até o horizonte.

– Aonde devo levá-lo? – perguntou o motorista, abrindo o vidro interno.

– À entrada do vilarejo. Me espere.

Havia apenas uma rua comprida e, no meio, um letreiro anunciando: ÉVARISTE HEURTIN, ALBERGUEIRO.

Quando Maigret empurrou a porta, uma sineta tilintou, mas não havia ninguém na sala adornada de fotos coloridas. O comissário chamou:

– Olá! Tem alguém?

Ouviu passos acima da cabeça, mas passaram pelo menos cinco minutos antes que decidissem descer a escada que se iniciava no fundo de um corredor.

Maigret viu então à sua frente um homem de uns sessenta anos, grandão, cujo olhar tinha uma fixidez inesperada.

– O que deseja? – indagou do corredor.

Mas quase imediatamente:

– O senhor também é da polícia?

A voz era neutra, as sílabas, apenas articuladas, e o albergueiro não se deu ao trabalho de acrescentar nada. Com um gesto designou a escada ao pé da qual estava e cujos degraus subiu devagar.

Ruídos confusos provinham do andar de cima. A escada era estreita, as paredes, caiadas. Quando uma porta se abriu, Maigret percebeu antes de tudo o inspetor Lucas, o qual se mantinha, cabeça baixa, perto da janela, e que por um instante não o viu.

Ao mesmo tempo, uma cama, uma forma debruçada e uma senhora idosa arriada numa velha poltrona Voltaire.

O quarto era grande, com vigas aparentes no teto, e o papel de parede mostrava falhas aqui e ali. O assoalho de pinho estalava sob os passos.

– Fechem a porta! – pronunciou com impaciência o homem debruçado sobre a cama.

Era o médico. Sua maleta estava aberta em cima da mesa redonda de acaju. E Lucas, a fisionomia decomposta, aproximou-se enfim de Maigret.

– Já? Como é que o senhor...? Não faz nem uma hora que lhe telefonei...

O peito nu, a pele lívida, as costelas salientes, era Joseph Heurtin que estava estendido na cama, como um objeto quebrado.

A senhora idosa continuava gemendo. O pai, de pé à cabeceira do condenado, tinha um olhar aterrador, de tão vazio.

– Venha! – disse Lucas. – Vou pô-lo a par.

Saíram. No patamar, o inspetor hesitou, empurrou a porta de outro quarto ainda não arrumado. Roupas de mulheres jogadas por ali. A janela dava para o pátio interno, onde umas galinhas patinhavam no esterco encharcado.

– E então?

– Que manhã mais terrível, minha nossa! Logo depois de lhe telefonar, voltei e disse ao gendarme que podia ir embora. O que aconteceu então tive de adivinhar pouco a pouco...

"O velho Heurtin estava na sala comigo. Tinha me perguntado se eu queria comer alguma coisa. Eu sentia que ele me olhava com um ar desconfiado, principalmente quando lhe disse que talvez fosse dormir no albergue e que esperava alguém.

"A certa altura, ouvi uns cochichos na cozinha, que fica no fundo do corredor, e vi o albergueiro apurar os ouvidos, espantado.

"– Você está aí, Victorine? – gritou.

"Fizeram-se dois ou três minutos de silêncio. Depois a velha chegou, com uma cara esquisita.

"A cara de alguém que está transtornado e quer parecer natural.

"– Vou buscar leite – anunciou.

"– Mas não está na hora...

"Ela saiu mesmo assim, de tamanco, um lenço na cabeça, enquanto o marido ia à cozinha, onde só encontrou a filha.

"Ouvi vozes se elevarem, soluços, uma só frase que pude entender:

"– Eu devia ter desconfiado... só pela cara da sua mãe...

"E saiu para o pátio com passos apressados. Abriu uma porta, na certa a do galpão em que Joseph Heurtin tinha se escondido.

"Só voltou uma hora depois, quando a moça servia bebida a dois carroceiros.

"Ela estava com os olhos vermelhos. Não ousava nos fitar. A velha voltou. Houve um novo conciliábulo nos fundos da casa.

"Quando o velho reapareceu, estava com o olhar que o senhor viu.

"Foi só depois que entendi todas aquelas idas e vindas. As duas mulheres descobriram Joseph Heurtin no galpão e decidiram não dizer nada ao velho.

"Ele pressentiu algo anormal. Quando a mulher saiu, interrogou a filha, que não soube ficar calada. Então foi ver nosso rapaz e disse que não o queria mais em casa.

"Está aí o resumo. É um homem de bem, que deve ter princípios severos. Então adivinhou quem era eu.

"Não creio que teria me entregado o garoto. Talvez tenha até decidido ajudá-lo a escapar.

"Mas o fato é que, por volta das dez, eu estava postado junto da janela do pátio quando vi a velha, que apesar da chuva andava de meias e, roçando as paredes, se dirigia para o galpão.

"Alguns segundos depois ela soltava grandes gritos. Um espetáculo horroroso, chefe! Cheguei ao mesmo tempo que o velho Heurtin e garanto que vi o suor jorrar das suas têmporas.

"O rapaz estava estranhamente colado contra a parede, e era preciso olhar de perto para perceber que estava pendurado numa viga.

"O velho teve mais presença de espírito do que eu. Foi ele que cortou a corda. Deitou o filho na palha e começou a puxar sua língua, gritando à filha que fosse buscar um médico.

"Depois foi uma confusão danada. O senhor viu... Ainda estou com um nó na garganta.

"Ninguém em Nandy sabe da verdade. Acham que a velha é que está doente.

"Nós dois levamos o corpo lá para cima e faz quase uma hora que o doutor cuida dele.

"Parece que Joseph Heurtin pode escapar. Seu pai não abriu a boca. A moça teve uma crise de nervos e eles a trancaram na cozinha para impedi-la de gritar."

Uma porta se abriu. Maigret saiu ao patamar, viu o médico indo embora. Desceu ao mesmo tempo que ele, deteve-o na sala do café.

– Polícia Judiciária, doutor. Em que pé estão as coisas?

Era um médico da roça, que não ocultou sua pouca simpatia pela polícia.

– Vai levá-lo? – perguntou de mau humor.

– Não sei. O estado dele?...

– Foi despendurado a tempo. Mas vai levar alguns dias para se recuperar. Foi a Santé que o debilitou assim? Até parece que não tem mais sangue nas veias.

– Vou lhe pedir para não falar disso a ninguém, sim?

– Sua recomendação é desnecessária. Há uma coisa chamada sigilo profissional.

O pai, por sua vez, havia descido. Seu olhar espreitava o comissário. Mas não fez nenhuma pergunta. Maquinalmente, pegou dois copos vazios que estavam no balcão e mergulhou-os na pia.

Um instante pesado de angústia contida. Os soluços da moça chegavam aos três homens. Enfim Maigret suspirou.

– O senhor gostaria que ele ficasse um tempo aqui? – articulou, observando o velhote.

Sem resposta.

– Sou obrigado a deixar um dos meus homens na casa.

O olhar do albergueiro se fixou em Lucas, depois baixou de novo para o balcão. Uma lágrima escorria em sua face.

– Ele jurou para a mãe... – começou.

Mas virou a cabeça. Não conseguia mais falar. Para disfarçar, serviu-se uma dose de rum e teve um movimento de repulsa ao molhar os lábios na bebida.

Maigret virou-se para Lucas e se contentou em murmurar:

– Fique.

Não saiu logo. Passou pelo corredor, encontrou uma porta que dava para o pátio. Através dos vidros da cozinha, percebeu uma forma feminina colada à parede, a cabeça nos braços dobrados.

Do outro lado do monte de esterco, a porta do galpão estava escancarada e uma corda ainda pendia de uma viga.

O comissário encolheu os ombros, refez o caminho, só encontrou Lucas no café.

– Onde ele está?

– Lá em cima.

– Não disse nada?... Vou mandar alguém revezar com você. Telefone para mim duas vezes por dia.

– Foi você, foi você que o matou! – soluçava a velha no andar de cima. – Vá embora! Você o matou! Meu menino! Meu menininho!

A sineta tilintou. Era Maigret que abria a porta e se dirigia ao táxi na entrada do vilarejo.

8

Um homem na casa

QUANDO MAIGRET DESCEU DO TÁXI em frente à casa dos Henderson, em Saint-Cloud, eram pouco mais de três horas da tarde. Na volta de Nandy, lembrou que se esquecera de devolver aos herdeiros da americana a chave a ele confiada em julho para as necessidades da investigação.

Ia até lá sem objetivo preciso, ou antes, com a esperança de que o acaso o fizesse descobrir um detalhe que lhe houvesse escapado, ou que a atmosfera provocasse uma inspiração.

A estrutura da casa, rodeada por uma área verde que não merecia o nome de jardim, era vasta, sem estilo, com uma torre de mau gosto.

Todas as venezianas estavam fechadas. As alamedas estavam cobertas de folhas secas.

O portão da rua cedeu e o comissário sentiu-se pouco à vontade naquele cenário tão desolado, que evocava muito mais um cemitério do que uma residência.

Subiu sem ânimo os quatro degraus da escada de entrada, ladeada por ornamentos pretensiosos de gesso, abriu a porta da casa e teve de acostumar seus olhos à penumbra que reinava no interior.

Era sinistro, ao mesmo tempo faustoso e miserável. O térreo já não era usado havia quatro anos, isto é, desde a morte do sr. Henderson.

Mas a maior parte dos móveis e dos objetos continuava lá. Quando, por exemplo, Maigret penetrou no grande salão, o lustre de cristal pôs-se a tilintar suavemente, enquanto as tábuas do assoalho estalavam sob seus pés.

Teve a curiosidade de girar o interruptor. Uma dezena de lâmpadas, das vinte que lá havia, se acendeu. E, de tão cobertas de poeira, sua luz estava fraca.

Num canto, tapetes caros enrolados. As poltronas tinham sido empurradas para o fundo do cômodo e umas arcas, empilhadas sem ordem. Uma estava vazia. Outra ainda continha, salpicadas de bolas de naftalina, roupas do falecido.

Fazia quatro anos que ele não era mais deste mundo. Tivera um nível de vida suntuoso. Naquele salão oferecera recepções que os jornais comentavam.

Na imensa lareira, ainda se via uma caixa de havanas iniciada.

Não era ali que melhor se sentia o que a casa possuía de opressivo?

A sra. Henderson tinha quase setenta anos quando enviuvou. Cansada, não se dera ao trabalho de construir uma nova vida. Contentava-se em enclausurar-se em seus aposentos, deixando o resto ao abandono.

Um casal que sem dúvida havia sido feliz, que havia sido brilhante, em todo caso, ligado à vida da maioria das capitais.

Sobrara apenas uma velha senhora encerrada com sua dama de companhia!

E essa mesma velha senhora, certa noite...

Maigret atravessou dois outros salões, uma sala de jantar de cerimônia, encontrou-se ao pé da grande escada cujos degraus, até o primeiro andar, eram de mármore. Os menores ruídos ecoavam no vazio absoluto da casa.

Os Crosby não haviam tocado em nada. Talvez nem tivessem voltado lá depois do enterro da tia.

Era o abandono completo, a tal ponto que o comissário encontrou na passadeira da escada uma vela que ele próprio tinha usado durante a investigação.

Quando chegou ao primeiro andar, parou de repente, presa de um mal-estar que levou alguns instantes para analisar. E então apurou os ouvidos, conteve a respiração.

Teria ouvido alguma coisa? Não tinha certeza. Mas, por uma razão ou por outra, teve a nítida sensação de que não estava sozinho na casa. Parecia perceber como que um frêmito de vida. Primeiro deu de ombros. Mas, ao empurrar a porta que estava à sua frente, suas sobrancelhas se franziram, enquanto ele respirava avidamente.

Um cheiro de fumo havia alcançado suas narinas. E não era o cheiro de tabaco frio. Haviam fumado no aposento alguns momentos antes. Quem sabe ainda estavam fumando.

Deu alguns passos apressados, se viu no *boudoir* da falecida. A porta do quarto de dormir estava aberta mas, quando entrou por ela, Maigret não viu nada. No entanto, o cheiro ficou mais nítido. Além disso, no chão havia cinzas finas de cigarro.

– Quem está aí?

Queria estar menos ansioso, mas era em vão que tentava reagir.

Afinal, tudo não concorria para perturbá-lo? No quarto, mal tinham removido as marcas da carnificina. Um vestido da sra. Henderson ainda se encontrava na *bergère*. As persianas deixavam passar apenas estrias regulares de luz.

E, nessa penumbra fantástica, alguém se mexia.

Porque houve um barulho no banheiro, um barulho metálico. Maigret avançou depressa, não viu ninguém, ouviu distintamente, dessa vez, passos do outro lado de uma porta que se abria para um quarto de despejo.

Num movimento automático, sua mão apalpou o bolso do revólver. Precipitou-se rumo à porta, atravessou correndo o quarto de despejo e avistou uma escada de serviço.

Ali era mais claro, porque as janelas que davam para o Sena estavam sem persianas.

Alguém subia a escada, procurando abafar o ruído de seus passos. O comissário repetiu:

– Quem está aí?

Sua agitação aumentava. Será que no momento em que menos esperava ia enfim entender tudo?

Saiu correndo. Uma porta bateu violentamente no andar de cima. O desconhecido fugia, atravessava um quarto, abria e fechava outra porta.

E Maigret ganhou terreno. Como no térreo, os cômodos que haviam servido de quarto de hóspedes estavam ao abandono, entulhados de móveis e objetos de toda sorte.

Um vaso caiu com estrépito. O comissário só temia uma coisa: dar com uma porta que o fujão teria tido tempo de trancar.

– Em nome da lei... – gritou por via das dúvidas.

Mas o outro continuava a correr. A metade do andar foi atravessada. A certa altura a mão de Maigret tocou a maçaneta de uma porta enquanto a mão do desconhecido procurava girar a chave do outro lado.

– Abra ou...

A chave girou. O trinco foi passado e, sem sequer se dar tempo para pensar, o comissário recuou alguns passos, arremeteu com o ombro contra a almofada.

A porta estremeceu, mas não cedeu. No quarto vizinho, uma janela se abria.

– Em nome da lei...

Nem refletia que sua presença naquele lugar, naquela casa que pertencia agora a William Crosby, era ilegal, porque não trazia um mandado.

Duas vezes, três vezes, ele arremeteu contra a porta, da qual uma das almofadas começou a ceder.

Ao tomar o último impulso, um tiro soou, seguido de um silêncio tão absoluto que Maigret ficou ali parado, boca entreaberta.

– Quem está aí? Abra!

Nada! Nem mesmo um arquejo. Tampouco aquele barulho característico de um revólver que se arma de novo.

Então, furioso, o comissário machucou o ombro e todo o flanco direito investindo contra aquela porta, que cedeu bruscamente, tão bruscamente que ele foi precipitado para o quarto, quase se estatelando no chão.

Um ar frio, úmido, penetrava pela janela aberta, pela qual se percebiam as vidraças iluminadas de um restaurante e a massa amarela de um bonde.

No chão, um homem sentado contra a parede, ligeiramente tombado para a esquerda. A mancha cinzenta de sua roupa, a silhueta bastaram para Maigret reconhecer William Crosby, mas teria sido bem difícil identificar o rosto.

Porque o americano havia disparado uma bala de revólver na boca, à queima-roupa, e estourado metade da cabeça.

Em todos os cômodos que atravessou de novo, lentamente, cara fechada, Maigret girou os interruptores. Certas luminárias não tinham mais lâmpadas. Porém a maioria, contra todas as expectativas, ainda funcionava.

De maneira que a casa se iluminava de alto a baixo, com algumas zonas de sombra.

No quarto da sra. Henderson o comissário avistou, na mesa de cabeceira, um telefone. Pegou o fone, por via das dúvidas, e um clique anunciou que a linha não fora cortada.

Nunca tivera uma impressão tão forte de estar na casa de um morto.

Não estava sentado na beira da cama em que a velha americana havia sido assassinada? À sua frente, via a porta além da qual o corpo da criada fora encontrado.

E lá em cima, num quarto decrépito, havia um novo cadáver, perto de uma janela que deixava o ar chuvoso da noite penetrar.

– Alô!... A Chefatura, por favor.

Falava baixinho, sem querer.

– Alô!... Chame o diretor da PJ... Aqui é Maigret... Alô! É o senhor, chefe?... William Crosby acaba de se suicidar, na casa de Saint-Cloud... Alô! Alô!... Estou no local... Pode tomar as providências necessárias, por favor?... Eu estava aqui. A menos de quatro metros dele. Uma porta fechada nos separava... Eu sei... Não! Não sei explicar... Mais tarde, talvez.

Quando desligou, ficou vários minutos imóvel olhando para a frente.

Depois, sem se dar conta, encheu lentamente o cachimbo, que se esqueceu de acender.

A mansão lhe causava o efeito de uma grande caixa vazia e fria dentro da qual ele não passava de um ser ínfimo.

– Os dados adulterados... – conseguiu articular à meia-voz.

Quase subiu de volta. Mas para quê? O americano estava morto. Sua mão direita ainda empunhava o revólver com o qual se matara.

Maigret riu à ideia de que o juiz Coméliau, naquele exato instante, devia estar sendo informado do acontecido. Sem dúvida era ele que viria, com os agentes e os peritos do Serviço de Identificação.

Na parede, havia um grande retrato a óleo da sra. Henderson, solene, vestida de gala, com o cordão da Legião de Honra e umas condecorações estrangeiras.

O comissário se pôs a caminhar, entrou no quarto ao lado, que era o de Élise Chatrier. Abriu um armário, viu uns vestidos pretos, de seda e de pano, cuidadosamente pendurados.

Atentava aos ruídos externos. Deu um suspiro de alívio quando ouviu dois carros pararem quase ao mesmo tempo diante do portão. Depois, vozes no jardim. O sr. Coméliau dizia, com seu nervosismo costumeiro, que tornava aguda sua voz:

– Incrível... Inadmissível...

Maigret se dirigiu para o patamar da escada, como um anfitrião que vai receber os convidados, e disse assim que a porta de baixo se abriu:

– Por aqui...

Mais tarde ele se lembraria da atitude do juiz, que surgiu bruscamente diante dele, olhou-o nos olhos com ar feroz, lábios trêmulos de indignação, e enfim articulou:

– Aguardo suas explicações, comissário.

Maigret se contentou em conduzi-lo através das saídas de serviço e dos quartos do segundo andar.

– Ali está...

– Foi o senhor que o chamou aqui?

– Não sabia que ele estava aqui. Vim para ver se, por acaso, algum indício não havia sido desprezado.

– Onde ele estava?

– Sem dúvida no quarto da tia. Saiu fugindo. Eu o persegui. Ao chegar aqui, quando eu arrombava a porta, ele se suicidou.

Quem analisasse seu olhar poderia pensar que o juiz desconfiava que Maigret havia inventado essa história. Mas, na realidade, não passava de um reflexo do horror do magistrado ante as complicações.

O médico examinava o cadáver. As máquinas fotográficas eram apontadas para a cena dos fatos.

– E Heurtin? – indagou secamente o sr. Coméliau.

– Voltará para a Santé quando o senhor quiser.

– O senhor o encontrou?

Maigret deu de ombros.

– Então já, não é?

– Às suas ordens, senhor juiz.

– É tudo o que tem a me dizer?

– Por ora...

– Continua achando que...?

– Que Heurtin não é um assassino? Sei lá! Eu lhe pedi dez dias. Só se passaram quatro.

– Vai fazer o quê?

– Não sei.

Maigret enfiou as mãos bem no fundo dos bolsos, acompanhou com os olhos as idas e vindas dos membros do Ministério Público, desceu de repente ao quarto da sra. Henderson e pegou o telefone.

– Alô! Hôtel George V?... Alô! Pode me dizer se a sra. Crosby está?... Como?... No salão de chá? Muito obrigado... Não, não lhe dê nenhum recado...

O sr. Coméliau, que o seguira e se mantinha perto da porta, o fitava sem nenhuma brandura.

– Está vendo que complicações...

Maigret não respondeu, pôs o chapéu na cabeça e foi embora, depois de um cumprimento seco. Não tinha mandado o táxi que o trouxera esperar e teve de andar até a Pont de Saint-Cloud para encontrar um.

***

Uma música em surdina. Casais que dançavam de maneira lânguida. Grupos de mulheres bonitas, principalmente estrangeiras, em volta das mesas, na moldura discreta do salão de chá do Hôtel George V.

Maigret, que com muito mau humor havia deixado o sobretudo no vestiário, aproximou-se de um grupo em que havia reconhecido Edna Reichberg e a sra. Crosby.

Elas estavam em companhia de um rapaz de tipo escandinavo que devia lhes contar histórias engraçadíssimas, porque não paravam de rir.

– Sra. Crosby... – disse o comissário, inclinando-se.

Ela o fitou, curiosa, depois se virou para os acompanhantes, com o ar espantado de quem não esperava ser incomodada.

– Pois não?

– Pode me conceder um instante?

– Já?... O que foi que...?

Mas ele estava tão sisudo que ela se levantou, procurou um lugar tranquilo por perto.

– Venha até o bar. Nesta hora não tem ninguém.

De fato, o bar estava deserto. Os dois personagens ficaram de pé.

– A senhora sabia que seu marido ia esta tarde a Saint-Cloud?

– Não entendo. Ele tem o direito de...

– Estou perguntando se ele lhe falou de uma visita que tencionava fazer à casa.

– Não...

– Vocês dois já foram lá depois da morte da...

Ela agitou a cabeça negativamente.

– Nunca! É triste demais...

– Seu marido foi sozinho hoje.

Ela começava a ficar inquieta, olhava o comissário nos olhos com impaciência.

– E daí?

– Aconteceu um acidente.

– De carro, não é? Eu aposto...

Edna veio dar uma olhada, curiosa, a pretexto de procurar a bolsa esquecida em algum lugar.

– Não, minha senhora. Seu marido tentou pôr fim a seus dias...

Os olhos da mulher se encheram de espanto, de dúvida. Por um instante ela talvez tenha estado a ponto de dar uma gargalhada.

– William?...

– Ele deu um tiro em si mesmo na...

Duas mãos febris agarraram bruscamente os punhos de Maigret, enquanto a sra. Crosby se punha a interrogá-lo com veemência em inglês.

De repente, ela teve um forte arrepio, soltou o comissário, recuou um passo.

– Sou obrigado, senhora, a lhe anunciar que seu marido morreu há duas horas, na casa de Saint-Cloud.

Nem prestou atenção nele. Atravessou o salão de chá a passos largos, sem dirigir sequer um olhar para Edna e seu acompanhante, precipitou-se para o saguão e, cabeça descoberta, sem nada nas mãos, saiu à rua.

O porteiro perguntou:

– Quer que chame um carro?

Mas ela já entrara num táxi e gritava ao motorista:

– Para Saint-Cloud. Depressa!

Maigret não se deu ao trabalho de segui-la, pegou o sobretudo no vestiário e pulou na plataforma de um ônibus que passava em direção à Île de la Cité.

– Alguém ligou para mim? – perguntou, parando diante do contínuo.

– Por volta das duas. Tem um bilhete na sua mesa.

O bilhete dizia:

Ligação do inspetor Janvier para o comissário Maigret.
Prova no alfaiate. Jantar restaurante Boulevard Montparnasse. Às duas, Radek toma café no La Coupole. Telefonou duas vezes.

– E depois das duas da tarde?

Maigret afundou na poltrona, depois de fechar à chave a porta de sua sala. Ficou espantado ao acordar de repente quando o relógio marcava dez e meia.

– Ligaram para mim?

– O senhor estava aí? Achei que tinha saído. O juiz Coméliau ligou duas vezes para o senhor.

– E Janvier?

– Não.

Meia hora depois, Maigret entrava no bar do La Coupole, onde procurou em vão Radek e o inspetor. Chamou o *barman* num canto.

– O tcheco voltou?

– Passou a tarde aqui, em companhia do seu amigo. Sabe, o moço de impermeável.

– Na mesma mesa?

– Neste canto mesmo. Tomaram pelo menos quatro uísques cada um.

– Quando saíram?

– Primeiro, jantaram na *brasserie*.

– Juntos?

– Juntos. Devem ter saído por volta das dez.

– Sabe aonde foram?

– Pergunte ao mensageiro. Foi ele que chamou o táxi.

O mensageiro se lembrava.

– Foi o táxi azul que costuma parar aqui. Não deve ter ido longe, porque olhe ele ali, de volta.

E o taxista anunciava um instante depois:

– Os dois clientes? Levei-os ao Pélican, na Rue des Écoles.

– Vamos pra lá!

Maigret entrou no Pélican com seu ar mais furioso, mandou o mensageiro passear e, depois dele, o garçom que queria levá-lo para a sala principal.

No bar, entre um fervilhar de mulheres disponíveis e farristas, encontrou os dois homens que procurava, empoleirados num canto nos bancos altos.

Não precisou mais que uma olhadela para perceber que Janvier estava com os olhos brilhando, o rosto bem corado.

Já Radek estava meio sombrio, contemplando seu copo.

Maigret se aproximou sem hesitar, enquanto o inspetor, manifestamente ébrio, lhe fazia sinais que queriam dizer: "Tudo em ordem! Deixe comigo! Não se deixe ver...".

O comissário se plantou junto dos dois homens. O tcheco, com a língua pastosa, murmurou:

– Ah! Cá está o senhor de novo!

Janvier continuava a gesticular, de uma maneira que acreditava ser ao mesmo tempo bastante discreta e eloquente.

– Toma alguma coisa, comissário?

– Escute aqui, Radek...

– *Barman*, a mesma coisa para este senhor.

E o tcheco engoliu a bebida que tinha à sua frente, suspirou:

– Estou escutando! Você também, não é, Janvier?

E deu uma cotovelada no inspetor.

– Faz tempo que não vai a Saint-Cloud? – perguntou lentamente Maigret.

– Eu? Haha! Essa é boa!

– Sabe que tem mais um cadáver?

– Bom negócio para os coveiros. Saúde, comissário.

Ele não representava. Estava bêbado, menos do que Janvier, claro, mas o bastante para estar com os olhos esbugalhados e ter de se agarrar na beira do balcão.

– Quem é o sortudo?

– William Crosby.

Por alguns segundos Radek pareceu lutar contra a embriaguez, como se percebesse de repente a gravidade daquele instante.

Depois debochou, inclinando-se para trás e fazendo ao *barman* sinal para encher os copos.

– Azar o seu...

– O que quer dizer?

– Que não está entendendo nada, meu velho. Menos do que nunca! Eu tinha lhe anunciado desde o início. E agora me permita propor-lhe uma boa coisa. Janvier e eu já estamos de acordo. Sua ordem é ele me seguir. Estou pouco me lixando. Mas, em vez de andarmos bobamente um atrás do outro, nos pregando peças, acho mais inteligente nos divertirmos juntos. Já jantou? Bom, como a gente nunca sabe o que nos reserva o dia de amanhã, proponho nos distrairmos uma vez na vida. Está cheio de mulher bonita aqui. Vamos escolher, cada um, uma. Janvier já fez uma proposta àquela moreninha ali... Eu ainda hesito. Está claro que sou eu que pago.

"O que é que o senhor acha?"

Ele olhou para o comissário, erguendo os olhos para ele. E Maigret não encontrou mais sinal de embriaguez em seu rosto.

Eram de novo as pupilas brilhantes de inteligência aguda que o fitavam com uma ironia transcendente, como se de fato Radek estivesse tomado pelo mais intenso júbilo.

9

Dia seguinte

ERAM OITO DA MANHÃ. Maigret, que havia deixado Radek e Janvier quatro horas antes, tomava café preto enquanto, lentamente, com pausas entre cada frase, escrevia com sua letra de hastes grossas e curtas:

7 de julho – À meia-noite Joseph Heurtin toma quatro grogues no Pavillon Bleu, em Saint-Cloud, e deixa cair no chão uma passagem de trem de terceira classe.

Às duas e meia a sra. Henderson e sua criada são assassinadas a facadas; os vestígios deixados pelo assassino são de Heurtin.

Às quatro ele volta para casa na Rue Monsieur-le-Prince.

8 de julho – Heurtin vai ao trabalho como sempre.

9 de julho – Graças às marcas do seu sapato, é preso no trabalho, na Rue de Sèvres. Não nega ter ido a Saint-Cloud. Declara que não matou as duas mulheres.

2 de outubro – Joseph Heurtin, sempre negando culpa, é condenado à morte.

15 de outubro – Ele escapa da Santé, conforme o plano armado pela polícia, erra a noite inteira por Paris, vai parar no La Citanguette, onde dorme.

16 de outubro – Os matutinos anunciam a fuga, sem comentários.

Às dez, um desconhecido escreve, no bar do La Coupole, uma carta dirigida ao *Le Sifflet*, revelando a cumplicidade da polícia no fato. Esse homem é estrangeiro, escreve de propósito com a mão esquerda, e ao que parece sofre de uma doença incurável.

Às seis da tarde, Heurtin acorda. O inspetor Dufour, querendo lhe tirar o jornal das mãos, é atingido por uma garrafa de sifão. Heurtin aproveita a confusão, apaga a luz e foge, enquanto o inspetor, transtornado, dá um tiro, sem resultado.

17 de outubro – Ao meio-dia William Crosby, sua mulher e Edna Reichberg tomam um aperitivo no bar do La Coupole, de que são fregueses. O tcheco Radek toma um café e um iogurte numa mesa. Os Crosby e Radek não parecem se conhecer.

Do lado de fora, Heurtin, extenuado, faminto, espera alguém.

Os Crosby saem e ele não esboça nenhuma reação.

Heurtin continua a esperar *apesar de Radek estar sozinho no bar.*

Às cinco, o tcheco pede caviar, se recusa a pagar e sai escoltado por dois guardas.

Assim que ele sai, Heurtin abandona sua vigilância e se dirige para a casa dos pais, em Nandy.

No mesmo dia, por volta das nove da noite, Crosby troca no Hôtel George V uma nota de cem dólares e enfia os maços de notas francesas no bolso.

Vai com a mulher a uma noitada beneficente no Ritz, volta às três da manhã, não sai mais do seu apartamento.

18 de outubro – Em Nandy, Heurtin se escondeu num galpão, onde a mãe o encontra e acoberta.

Às nove da manhã o pai desconfia da sua presença, vai ter com ele e ordena que se vá à noite.

Às dez, Heurtin tenta se suicidar enforcando-se no galpão.

Em Paris, Radek é solto pelo comissário de polícia de Montparnasse por volta das sete da manhã. Livra-se com uma artimanha do inspetor Janvier, que o segue, barbeia-se e troca a camisa em algum lugar, embora não tenha um centavo no bolso.

Às dez, entra ostensivamente no La Coupole, exibe uma nota de mil francos, se instala.

Pouco depois, ao ver Maigret, chama-o, convida-o a comer caviar e, sem ser solicitado, fala do caso Henderson, afirma que a polícia nunca entenderá o crime.

Ora, nunca a polícia pronunciou o nome de Henderson na frente dele.

Espontaneamente, joga na mesa dez maços de notas de cem francos, frisando que, novas, são fáceis de identificar.

William Crosby, que voltou para casa às três da manhã, *ainda não saiu do seu quarto.* E no entanto as notas são as que lhe foram entregues na véspera, à noite, pelo empregado do Hôtel George V, em troca da nota de cem dólares.

O inspetor Janvier ficou no La Coupole vigiando Radek. Depois do almoço, o tcheco o convida para uns drinques *e dá dois* telefonemas.

Às quatro horas há uma pessoa na casa de Saint-Cloud, que está abandonada desde o enterro da sra. Henderson e sua criada. É William Crosby. Está no primeiro andar. Ouve ruído de passos no jardim. Pela janela, *deve ter* reconhecido Maigret.

Ele se esconde. Foge à medida que Maigret se aproxima. Sobe ao segundo andar. É impelido de um cômodo para outro e, acuado num quarto sem saída, abre a janela, verifica que não tem como fugir, dispara uma bala na boca.

A sra. Crosby e Edna Reichberg dançam no salão de chá do Hôtel George V.

Radek convidou o inspetor Janvier para jantar e, depois, beber numa casa do Quartier Latin.

Estão bêbados quando Maigret os encontra, por volta das onze da noite, e até as quatro Radek se distrai levando seu companheiro de bar em bar, fazendo-o beber e bebendo também, mostrando-se ora embriagado, ora lúcido, soltando frases voluntariamente ambíguas e repetindo que a polícia não resolverá o caso Henderson.

Às quatro convida duas mulheres à sua mesa. Insistiu para que os companheiros o imitassem e, como eles se recusassem, entra com elas num hotel do Boulevard Saint-Germain.

19 de outubro – Às oito da manhã, a recepção do hotel responde:

– As duas senhoras ainda estão dormindo. O amigo delas acaba de sair. Ele pagou.

Maigret estava tomado por uma lassidão que raramente havia sentido durante uma investigação. Olhou vagamente para as linhas que acabava de escrever e, sem dizer palavra, apertou a mão de um colega que vinha cumprimentá-lo, lhe fez sinal de que o deixasse sozinho.

À margem anotou: "Estabelecer o que fez William Crosby das onze da manhã às quatro da tarde no dia 19 de outubro".

Depois, bruscamente, com uma cara obstinada, pegou o telefone, pediu que ligassem para o La Coupole.

– Gostaria de saber há quanto tempo não chega mais correspondência em nome de Radek.

Cinco minutos depois, tinha a resposta.

– Pelo menos dez dias.

Pediu em seguida uma ligação para a pensão em que o tcheco morava.

– Mais ou menos uma semana! – responderam à mesma pergunta.

Pegou o catálogo telefônico, procurou a lista das agências de correio e ligou para a do Boulevard Raspail.

– Vocês têm um assinante de nome Radek?... Não?... Ele deve ter pedido para endereçarem a correspondência a umas iniciais... Sou da polícia... Escute, senhorita, é um estrangeiro, malvestido, de cabelos ruivos compridos e crespos... Como?... As iniciais M. V.?... Quando recebeu uma carta pela última vez?... Sim, informe-se... Espere, não desligue, por favor...

Bateram na porta. Ele gritou sem se virar:

– Entre!

– Alô?... Como?... Ontem de manhã, por volta das nove?... A carta chegou pelo correio?... Obrigado... Desculpe! Um instante: era bastante volumosa, não é? Como se contivesse um maço de notas...

– Nada mau! – grunhiu uma voz atrás de Maigret.

Ele se virou. O tcheco estava ali, ar taciturno, mas com uma centelha apenas perceptível nas pupilas. Prosseguiu, sentando-se:

– Realmente, foi um pouco infantil. Agora o senhor sabe que recebi dinheiro ontem de manhã na agência do Boulevard Raspail. Na véspera, esse dinheiro estava no bolso do coitado do Crosby. Mas será que foi o próprio Crosby que o remeteu? Eis a questão...

– O contínuo o deixou passar?

– Ele estava ocupado com uma senhora. Fiz como se fosse da casa e vi a placa com seu nome na porta... Muito apropriado! E dizer que estamos nas altas esferas da polícia!

Maigret notou que ele estava com a fisionomia cansada, não como um homem que passou uma noite em claro, mas como um doente que acaba de ter uma crise. Tinha olheiras. Os lábios estavam esbranquiçados.

– Tem alguma coisa a me dizer?

– Não sei... Queria principalmente saber notícias suas. Chegou em casa bem esta noite?

– Sim, obrigado!

Percebeu, de onde estava, o resumo que o comissário havia feito para clarear as ideias, e o esboço de um sorriso pairou em seus lábios.

– Conhece o caso Taylor? – perguntou à queima-roupa. – É verdade que o senhor provavelmente não lê os jornais americanos... Desmond Taylor, um dos diretores mais conhecidos de Hollywood, foi assassinado em 1922. As suspeitas recaíram sobre uma boa quantidade de artistas de cinema, entre eles várias mulheres bonitas. Todo mundo foi solto. Ora, sabe o que escreveram hoje, tantos anos depois? Cito de memória, mas tenho uma memória excelente: "Desde o começo da investigação, a polícia soube quem matou Taylor. Mas as provas de que dispõe são insuficientes e tão fracas que, mesmo que o culpado viesse a se entregar espontaneamente, seria obrigado a fornecer provas materiais e apresentar testemunhas para corroborar sua confissão...".

Maigret olhou para seu interlocutor com espanto e este, cruzando as pernas e acendendo um cigarro, prosseguiu:

– Note que essas palavras foram pronunciadas pelo chefe de polícia em pessoa, há um ano. Nem uma só sílaba saiu da minha cabeça. E, claro, *nunca prenderam o assassino de Taylor*.

O comissário, fingindo indiferença, recostou-se em sua poltrona, pôs os pés em cima da mesa e esperou com o ar descontraído de quem tem tempo mas não tem muito interesse na conversa.

– Falando nisso, o senhor resolveu se informar sobre William Crosby? Na ocasião do crime, a polícia não pensou nisso, ou não ousou...

– Tem alguma informação para mim? – disse Maigret, aparentando desinteresse.

– Se quiser... Todo mundo em Montparnasse poderia informá-lo. Primeiro, quando da morte da tia, ele tinha mais de seiscentos mil francos de dívidas, e o próprio Bob, do La Coupole, lhe emprestava dinheiro. Muitas vezes é assim nas grandes famílias. Por mais que ele seja sobrinho de Henderson, nunca foi rico. Outro tio dele é bilionário. Um primo é administrador do maior banco americano. Mas o pai dele se arruinou faz uns dez anos. Entendeu? Em outras palavras, ele era o parente pobre.

"Ainda por cima, todos os tios e tias têm filhos, com exceção dos Henderson.

"Então ele passou a vida esperando a morte do velho, depois da sra. Henderson, ambos septuagenários.

"O que me diz?"

– Nada!

Era evidente que o silêncio de Maigret incomodava o tcheco.

– O senhor sabe, como eu, que, em Paris, quando se tem um nome de certo valor, pode-se perfeitamente viver sem dinheiro. Além do mais, Crosby era um rapaz delicioso. Ele nunca trabalhou, não é? Tinha um bom humor transbordante. Era como um garotão feliz de viver e experimentar de tudo.

"Em especial as mulheres. Sem maldade. O senhor viu a sra. Crosby. Ele a amava muito.

"Apesar disso... Felizmente existe entre as testemunhas desse gênero de coisas uma verdadeira franco-maçonaria. Eu vi os dois tomarem o aperitivo juntos no La Coupole. Uma mocinha esperava, fazia sinal a William. Ele anunciava:

"– Pode me dar licença? Tenho o que fazer no bairro.

"E todo mundo sabia que ele ia passar uma meia hora no primeiro hotel da Rue Delambre.

"Não foi uma vez! Foram centenas! E, naturalmente, Edna Reichberg também era sua amante, passava os dias com a sra. Crosby, lhe fazendo gentilezas. E muitas outras!

"Ele não recusava nada a elas. Acho que amava todas."

Maigret bocejou, se estirou.

– Outras vezes, não sabendo nem como pagaria o táxi, oferecia rodadas de quinze coquetéis a gente que mal conhecia. E ria! Nunca o vi preocupado. Imagine um ser que recebeu desde o berço o dom do bom humor, um ser de que todo mundo gosta, que gosta de todo mundo, a quem se perdoa tudo, mesmo coisas que não se perdoaria a ninguém! Um ser, ao mesmo tempo, para quem tudo dá certo! O senhor não é jogador? Não sabe o que é ver seu adversário tirar sete, o senhor virar suas cartas e mostrar oito? Da vez seguinte, ele tira oito e o senhor tira nove. Regularmente! Como se isso acontecesse, não no domínio das pobres realidades, mas no domínio do sonho.

"Pois bem, Crosby era assim.

"Quando herdou quinze ou dezesseis milhões, escapou de boa, porque parece que tinha imitado a assinatura de alguns membros ilustres da sua família para pagar as dívidas..."

– Ele se matou! – disse secamente Maigret.

Então o tcheco deu uma risada silenciosa, impossível de analisar. Levantou-se para jogar o cigarro na vasilha de carvão, voltou ao seu lugar.

– Ele só se matou *ontem*! – disse então de maneira enigmática.

– Não diga!

A voz de Maigret de repente soava ríspida. E o comissário, que tinha se levantado, olhava Radek nos olhos, de alto a baixo.

Fez-se um silêncio quase angustiante. Enfim Maigret prosseguiu:

– Que p... você veio fazer aqui?

– Conversar. Ou, se preferir, lhe oferecer uma ajuda. Confesse que teria levado algum tempo para recolher sobre Crosby as informações que acabo de lhe dar. Quer outras, igualmente autênticas?

"O senhor viu a jovem Reichberg. Ela tem vinte anos. Pois bem, faz cerca de um ano que ela é amante de William, passa seus dias com a sra. Crosby e a mima.

"Apesar disso, faz tempo que ficou decidido entre ela e seu amante que Crosby se divorciaria para casar com ela.

"Só que, para casar com a filha do rico industrial Reichberg, William necessitava de dinheiro, de muito dinheiro...

"Que mais quer saber? Informações sobre Bob, o *barman* do La Coupole? O senhor o conheceu de paletó branco, pano de prato na mão... Pois saiba que ganha de quatrocentos a quinhentos mil francos por ano e que tem uma mansão magnífica em Versalhes, um carro de luxo... Que tal? Tudo isso com gorjetas."

Radek começava a se irritar. Sua voz tinha algo de anormal, de estridente.

– Enquanto isso, Joseph Heurtin ganhava seiscentos francos por mês pedalando, dez a doze horas por dia, um triciclo por Paris.

– E você?

Aquilo caiu cruelmente, enquanto o olhar de Maigret se detinha nos olhos do tcheco.

– Oh, eu...

E os dois homens se calaram. Maigret pôs-se a ir e vir a passos largos pela sala. Só parou para recarregar a estufa, enquanto Radek acendia mais um cigarro.

A situação era estranha. Era difícil adivinhar o que o visitante tinha vindo fazer. Ele não parecia disposto a ir embora. Parecia, ao contrário, aguardar alguma coisa.

E Maigret evitava satisfazer sua curiosidade interrogando-o. Além do mais, o que teria perguntado?

Foi Radek que falou primeiro, que, mais propriamente, murmurou:

– Um belo crime! Falo do diretor Desmond Taylor. Ele estava sozinho em seu quarto de hotel. Uma jovem estrela vem visitá-lo. Depois disso, ninguém o viu com vida. Entende? Mas veem a estrela em questão sair do quarto dele sem que ele a acompanhasse. Pois bem, não foi ela que o matou...

Ele estava sentado na cadeira que Maigret costumava reservar para os que vinham vê-lo e que ficava situada em plena luz. Era uma luz dura, quase uma luz de consultório médico.

Nunca o rosto do tcheco havia sido tão interessante. A testa era alta, saliente, com numerosas rugas, que no entanto não o envelheciam.

O corte dos cabelos ruivos acrescentava um toque de boemia internacional, ressaltada pela camisa de colarinho baixo, de uma só peça, sem gravata e de cor escura.

Radek não era magro, no entanto era doentio, talvez porque desse para sentir que sua carne não era firme. O encorpado dos lábios também tinha algo de malsão.

Ele se irritava de uma maneira bem particular, curiosa para um psicólogo; nenhum traço do seu rosto se movia, mas suas pupilas pareciam de repente receber uma amperagem mais forte, que dava ao olhar uma intensidade incômoda.

– O que vão fazer com Heurtin? – indagou depois de cinco minutos de silêncio.

– Decapitá-lo! – rosnou Maigret, as mãos nos bolsos da calça.

E foi a amperagem máxima. Radek emitiu um risinho estridente.

– Naturalmente! Um homem a seiscentos francos por mês... Falando nisso, vamos fazer uma aposta. Afirmo que no enterro de Crosby as duas mulheres estarão de luto fechado e chorarão abraçadas. Estou falando da sra. Crosby e de Edna. Escute, comissário! O senhor pelo menos tem certeza de que ele se matou?

Ele riu. Era inesperado. Tudo nele era inesperado, a começar por sua visita.

– É tão fácil maquiar um crime como suicídio! Tanto que, se na mesma hora eu não estivesse com aquele amável inspetorzinho, Janvier, eu teria me acusado pelo crime, só para ver. O senhor é casado?

– O que importa?

– Nada. O senhor tem sorte. Uma mulher. Uma vida medíocre. A satisfação do dever cumprido. Domingo, o senhor deve ir pescar. A não ser que seja jogador de bilhar. Acho isso admirável! Mas tem de começar cedo! É preciso nascer de um pai que tenha princípios e que também jogue bilhar.

– Onde você encontrou Joseph Heurtin?

Maigret soltou aquilo acreditando fazer uma coisa sutilíssima. Nem terminara a frase e já tinha se arrependido.

– Onde o encontrei? Nos jornais. Como todo mundo! A não ser que... meu Deus! Como a vida é complicada. Quando penso que o senhor está aqui me ouvindo, incomodado, me observando sem conseguir sequer formar uma opinião, e que seu emprego, suas pescarias ou seu bilhar estão em jogo... Na sua idade! Vinte anos de leais serviços. Mas o senhor teve o azar, uma vez na vida, de ter uma ideia e se agarrar a ela. O que poderíamos chamar de uma veleidade de gênio. Como se o gênio não o pegasse no berço. Não dá para começar aos quarenta e cinco anos. Deve ser essa a sua idade, não é?

"Devia ter deixado executarem Heurtin. O senhor seria promovido... Aliás, quanto ganha um comissário da Polícia Judiciária? Dois mil? Três? A metade do que um Crosby gastava em bebidas. E quando digo a metade... Aliás, como vai ser explicado o suicídio desse rapaz? História de amor? As más-línguas vão relacionar o tiro à fuga de Heurtin. E todos os Crosby, os Henderson, os primos próximos e distantes que são alguma coisa nos Estados Unidos vão enviar cabogramas exigindo discrição.

"Eu, no seu lugar..."

Levantou-se, por sua vez, e apagou o cigarro esmagando-o na sola do sapato.

– No seu lugar, comissário, eu buscaria uma manobra diversionista. Por exemplo: eu prenderia um sujeito pelo qual ninguém empreenderá ações diplomáticas. Um indivíduo como Radek, cuja mãe era empregada doméstica numa cidadezinha da Tchecoslováquia. Será que os parisienses têm noção de onde fica a Tchecoslováquia?

Sua voz vibrava, sem querer. Raramente seu sotaque estrangeiro fora percebido a tal ponto.

– Isso vai terminar como o caso Taylor. Se eu tivesse tempo... No caso Taylor, por exemplo, não havia impressões digitais nem nada desse gênero. Já neste... Heurtin, que deixou vestígios por toda parte e que se deixou ver em Saint-Cloud. Crosby, que precisava de dinheiro custasse o que custasse e que se mata no momento em que se reinicia a investigação. E eu! Mas o que é que eu fiz? Nunca dirigi a palavra a Crosby. Ele nem sabia meu nome. Pergunte em Saint-Cloud se algum dia viram uma pessoa como eu. E cá estou eu na sede da Polícia Judiciária. Um inspetor me espera lá embaixo para seguir todos os meus movimentos. A propósito, continua sendo o Janvier? Eu gostaria. Ele é jovem, amável, não resiste ao álcool... Três coquetéis, e paira numa espécie de nirvana.

"Me diga uma coisa, comissário, a quem devo me dirigir para fazer uma doação de alguns milhares de francos para o asilo da polícia?"

Com um gesto negligente, tirou um maço de notas do bolso, entregou a ele, tirou mais um de outro bolso, voltou a fazer o mesmo com o bolso do colete.

Mostrava, assim, pelo menos cem mil francos.

– É tudo o que tem a me dizer?

Era Radek que se dirigia a Maigret, com um desprezo que não conseguia ocultar.

– É tudo.

– Quer que lhe diga uma coisa, comissário?

Silêncio.

– Pois bem. O senhor nunca entenderá nada.

Procurou seu chapéu preto, chegou desajeitadamente à porta, presa de um mau humor evidente, enquanto o comissário grunhia entre os dentes:

– Canta, canarinho, canta!

10

Surpresa no armário

– QUANTO VOCÊ GANHA VENDENDO JORNAL?

Era num terraço de Montparnasse. Radek, um pouco recostado na sua cadeira, tendo nos lábios um sorriso mais terrível do que nunca, fumava um havana.

Uma pobre velha se metia entre as mesas, oferecia os vespertinos aos fregueses murmurando uma súplica indistinta. Ela era ridícula e lamentável, da cabeça aos pés.

– Quanto eu...

Ela não entendia, e seu olhar apagado provava que não tinha mais que um tênue lampejo de inteligência.

– Sente-se aqui, para tomar alguma coisa comigo. Garçom! Um licor *chartreuse* para esta senhora.

Os olhos de Radek buscaram Maigret, que ele sabia estar sentado a alguns metros.

– Bom, vou começar comprando todos os seus jornais. Mas você vai contá-los.

A velha, estupefata, não sabia se devia obedecer ou ir embora. Mas o tcheco lhe mostrou uma nota de cem francos, e ela se pôs a contar febrilmente os exemplares.

– Beba!... Disse que são quarenta?... A vinte e cinco centavos cada... Espere. Quer ganhar mais cem francos?

Maigret, que via e ouvia, não se alterava, nem parecia notar o que estava acontecendo.

– Duzentos francos... Trezentos... Tome, aqui estão. Quer quinhentos?... Só que, para ganhá-los, tem de cantar alguma coisa para nós... Tire a mão! Primeiro cante.

– É para cantar o quê?

A idiota estava desnorteada. Uma gota do licor escorria, grudenta, por seu queixo plantado de pelos grisalhos. Os fregueses próximos se cutucavam.

– Cante o que quiser. Uma coisa alegre. E se dançar ganhará mais cem francos.

Foi atroz. A infeliz não tirava os olhos das notas. E enquanto começava a cantarolar uma melodia impossível de reconhecer, com uma voz rouca, sua mão se estendia para o dinheiro.

– Basta! – disseram os fregueses.

– Cante! – ordenou Radek.

Ele continuava espiando Maigret. Protestos se elevaram. Um garçom se aproximou da mulher, quis expulsá-la. Ela insistia, agarrava-se à esperança de ganhar uma quantia fabulosa.

– Estou cantando para este jovem senhor. Ele me prometeu...

O fim foi mais odioso ainda. Um policial interveio, levou a velha, que não tinha recebido um centavo, enquanto um mensageiro corria atrás dela para lhe devolver os jornais.

Cenas desse gênero houve dez em três dias. Há três dias o comissário Maigret, com uma expressão obstinada, a boca crispada, seguia Radek passo a passo, da manhã à noite e da noite até a manhã.

Primeiro, o tcheco tentara puxar conversa. Havia repetido:

– Já que o senhor faz questão de não me largar, caminhemos juntos. Será mais divertido.

Maigret se recusou. No La Coupole ou em outros lugares, ele se instalava numa mesa próxima à de Radek. Na rua, caminhava ostensivamente no seu encalço.

O outro se impacientava. Era uma guerra de nervos.

Veio o enterro de William Crosby, misturando mundos diferentes, o mais faustoso da colônia americana de Paris, e a gente heteróclita de Montparnasse.

As duas mulheres, como Radek previra, estavam de luto fechado. E o próprio tcheco havia seguido o cortejo até o cemitério, sem se alterar, sem dirigir a palavra a quem quer que fosse.

Três dias de uma vida tão inverossímil que adquiria o aspecto de um pesadelo.

– O senhor continua sem entender nada! – repetia às vezes Radek, virando-se para Maigret.

Ele fingia não ouvir, permanecia tão impassível quanto um muro. No máximo uma vez ou duas o outro conseguiu cruzar com o seu olhar.

Ele o seguia, e ponto final! Não parecia procurar alguma coisa. Era uma presença alucinante, insistente, de todos os minutos.

Radek passava as manhãs nos cafés, sem fazer nada. De repente, pedia ao garçom:

– Chame o gerente.

E quando este se apresentava:

– O garçom que me serviu está com as mãos sujas.

Só pagava com notas de cem ou mil francos, enfiava o troco em qualquer bolso.

No restaurante, devolvia os pratos que não estavam a seu gosto. Certa vez, comeu um almoço de cento e cinquenta francos, depois anunciou ao *maître*:

– Não vou dar gorjeta! Não me trataram com a devida atenção.

E de noite circulava pelos cabarés, pelas boates, convidava as mulheres para beber, deixava-as na expectativa até o derradeiro instante, depois atirava de repente uma nota de mil francos no meio da sala, anunciando:

– Para quem pegar...

Houve uma verdadeira batalha, e uma mulher foi expulsa do estabelecimento, enquanto Radek, como sempre, tentava perceber a impressão que produzia em Maigret.

Não procurava escapar da vigilância de que era objeto. Ao contrário! Se pegava um táxi, esperava que o comissário, por sua vez, parasse outro.

O enterro foi no dia 22 de outubro. No dia 23, às onze da noite, Radek acabava de jantar num restaurante do Champs-Élysées.

Às onze e meia, saía, seguido por Maigret, escolhia com cuidado um táxi confortável e dava um endereço em voz baixa.

Dois carros logo rodavam um atrás do outro em direção a Auteuil. Seria inútil procurar na face larga do policial um sinal de emoção, impaciência ou cansaço, embora não tivesse dormido nos últimos quatro dias.

Seus olhos simplesmente estavam um pouco mais fixos que de costume.

O primeiro táxi foi pela beira-rio, atravessou o Sena na Pont Mirabeau e sacolejando tomou o caminho que leva ao La Citanguette.

A cem metros do boteco, Radek parou o carro, disse algumas palavras ao motorista e caminhou, as mãos nos bolsos, até o cais de descarga situado em frente ao albergue.

Ali, sentado num cabeço de amarração, acendeu um cigarro, certificou-se de que Maigret o seguira e ficou imóvel.

À meia-noite, nada havia acontecido. No boteco, três árabes jogavam dados e um homem cochilava num canto, quem sabe entorpecido pela embriaguez. O albergueiro lavava os copos. No andar de cima, não havia luz alguma.

À meia-noite e cinco, um táxi avançava ao longo do caminho, parava em frente da vidraça do boteco, e uma silhueta feminina, após breve hesitação, nele adentrava rapidamente.

Os olhos sarcásticos de Radek buscavam Maigret mais do que nunca. A mulher estava iluminada por uma lâmpada sem quebra-luz. Usava um casaco preto e uma larga gola de pele escura. Mesmo assim, era impossível não reconhecer Ellen Crosby.

Ela falava baixinho com o albergueiro, debruçando-se sobre o balcão de zinco. Os árabes haviam parado de jogar para observar.

Do lado de fora, não se ouviam as vozes. Mas adivinhava-se o espanto do albergueiro, o incômodo da americana.

Alguns instantes depois, o homem se dirigia para a escada que desembocava atrás do balcão. Ela o seguiu. Depois uma janela se acendeu, no primeiro andar, a janela do quarto que Joseph Heurtin havia ocupado quando da sua fuga.

Quando o albergueiro desceu, estava sozinho. Os árabes o interpelaram e, ao responder-lhes, fez um movimento de ombros que devia se traduzir por: "Também não estou entendendo nada. Bom, não é da nossa conta".

No andar de cima, não havia venezianas. As cortinas eram finas. Dava para seguir quase sem lacunas as idas e vindas da americana pelo quarto.

– Um cigarro, comissário?

Maigret não respondeu. A jovem mulher, lá em cima, tinha se aproximado da cama, da qual tirava as cobertas e os lençóis.

Viram-na levantar algo disforme e pesado. Depois, dedicou-se a um trabalho estranho, agitou-se, aproximou-se de repente da janela, como se tomada de inquietação.

– Parece que está às voltas com o colchão, não é? Ou muito me engano ou está a descosturá-lo. Ocupação esquisita para uma pessoa que sempre teve uma criada.

Os dois homens estavam a menos de cinco metros um do outro. Quinze minutos se passaram.

– Cada vez mais complicado, caramba!

A voz do tcheco traía sua impaciência. E Maigret evitava responder, reagir.

Era pouco mais de meia-noite quando Ellen Crosby apareceu de novo na sala do café, jogou uma nota em cima do balcão, saiu erguendo a gola de pele e precipitou-se para o táxi, que a esperara.

– Vamos segui-la, comissário?

Os três táxis se puseram em marcha, um atrás do outro. Mas a sra. Crosby não se dirigia a Paris. Meia hora depois, estavam em Saint-Cloud e ela deixava o carro nas proximidades da mansão.

Ela se fazia pequenina, ia de um lado para outro da calçada em frente, como alguém que hesita.

De repente atravessou, procurou uma chave na bolsa e no instante seguinte estava lá dentro, enquanto o portão se fechava com um ruído abafado.

As luzes não se acenderam. O único vestígio de vida foi uma luzinha intermitente, nos quartos do primeiro andar, como se alguém, de vez em quando, acendesse um fósforo.

A noite estava fresca, as lâmpadas elétricas da estrada estavam envoltas num halo de umidade. Os táxis de Maigret e de Radek tinham parado a duzentos metros da casa, enquanto o da sra. Crosby estacionara sozinho quase na altura do portão.

O comissário havia saído do seu, andava para lá e para cá, as mãos enfiadas nos bolsos, fumando seu cachimbo com baforadas nervosas.

– Ué, não vai ver o que está acontecendo?

Não respondeu, continuou seu passeio monótono.

– O senhor faz mal, comissário. Suponha que daqui a pouco, ou amanhã, encontrem lá um novo cadáver.

Maigret não pestanejou, e Radek atirou no chão seu cigarro, fumado apenas pela metade, depois de rasgar o papel com a ponta das unhas.

– Já repeti mil vezes que o senhor não entenderia nada. Repito agora que...

O comissário lhe deu as costas. Quase uma hora se passou. Tudo estava em silêncio. Já nem dava para ver, detrás das janelas da mansão, a chama trêmula do fósforo.

O motorista da sra. Crosby, inquieto, tinha descido do seu carro e atravessado até o portão.

– Suponha, comissário, que haja outra pessoa na casa...

Então Maigret olhou Radek nos olhos de tal modo que ele decidiu se calar.

Quando, instantes depois, Ellen Crosby saiu correndo e entrou no carro, trazia algo na mão, um objeto de uns trinta centímetros de comprimento, envolto num papel ou num pano branco.

– Não está curioso para saber o que...?

– Me diga uma coisa, Radek.

– O quê?

O táxi da americana se afastava em direção a Paris. Maigret nem fez menção de segui-lo.

O tcheco se mostrava nervoso. Seus lábios estavam agitados por um leve tremor.

– Vamos entrar?

– Mas...

Ele hesitou, com o ar de um homem que arquitetou um projeto e depara de repente com um imprevisto.

Maigret pousou pesadamente a mão em seu ombro.

– Nós dois juntos vamos entender tudo, não é?

Radek riu, mas meio a contragosto.

– Está indeciso? Teme, como dizia há pouco, topar com um novo cadáver? Bah, quem poderia ser? A sra. Henderson está morta e enterrada. Sua criada está morta e enterrada. Crosby está morto e enterrado. A mulher dele acaba de sair, vivinha. E Joseph Heurtin está em segurança na enfermaria especial da Santé. Sobra quem? Edna? Mas o que ela viria fazer aqui?

– Eu o acompanho! – resmungou Radek entre os dentes.

– Então, vamos começar pelo começo. Para entrar na casa, é preciso ter uma chave.

Mas não foi uma chave que o comissário tirou do bolso. Foi uma caixinha de papelão, amarrada, que levou um bom tempo para abrir e da qual tirou por fim a chave do portão.

– Pronto. Agora é só entrar, como se fosse em nossa casa, pois não há ninguém. Não há ninguém na casa, verdade?

Como essa reviravolta se produziu? E por quê? Radek não olhava mais para seu companheiro com ironia, mas com uma inquietude que era incapaz de ocultar.

– Pode pôr esta caixinha no bolso? Ela poderá nos servir daqui a pouco.

Maigret girou o interruptor, bateu o cachimbo no salto do sapato para fazer o tabaco cair e encheu-o novamente.

– Subamos. Note que para o assassino da sra. Henderson foi tão fácil entrar como para nós. Duas mulheres dormindo. Sem cachorro... Sem porteiro... Além do mais, a casa é toda atapetada. Vamos!

O comissário não se dava ao trabalho de observar o tcheco.

– Você tinha razão há pouco, Radek. Seria uma péssima surpresa se encontrássemos um cadáver. Você conhece a reputação do juiz Coméliau. Ele já está bravo comigo por eu não ter impedido o suicídio de Crosby, que de certo modo ocorreu na minha presença. Está bravo comigo por eu não conseguir explicar esse drama.

"Imagine agora um novo assassinato! O que dizer? O que fazer? Deixei a sra. Crosby escapar. Quanto a você, é impossível acusá-lo, já que não desgrudou de mim... Aliás, seria difícil dizer qual dos dois, nestes três dias, está no encalço do outro. É você que me segue? Sou eu que o sigo?"

Parecia falar consigo mesmo. Tinham chegado ao primeiro andar, e Maigret atravessava o *boudoir*, penetrava no quarto em que a sra. Henderson havia sido assassinada.

– Entre, Radek. Imagino que não o impressiona pensar que duas mulheres foram mortas aqui. Um detalhe que você talvez ignore é que a faca nunca foi encontrada. Supôs-se que Heurtin, ao fugir, a tivesse atirado no Sena.

Maigret sentou na beira da cama, bem no lugar em que haviam encontrado o corpo da americana.

– Quer saber o que acho? Pois bem, essa faca o assassino simplesmente escondeu aqui. Mas escondeu tão bem que não a vimos... Ora, ora, ora! Você percebeu a forma do embrulho que a sra. Crosby levou? Trinta centímetros de comprimento. Alguns centímetros de largura. Ou seja, as dimensões de um sólido punhal. Tem razão, Radek, é uma história tremendamente complicada... Mas... Ué!

Ele se inclinava sobre o assoalho encerado em que se distinguiam nitidamente os vestígios de passos. Dava para reconhecer um salto minúsculo, o salto de um calçado de mulher.

– Tem olhos bons? Então me ajude e tente seguir estas marcas. Quem sabe vamos descobrir assim o que a sra. Crosby veio fazer aqui esta noite...

Radek hesitou, olhou para Maigret com atenção, como alguém que se pergunta que papel deve representar. Mas não se podia ler nada no rosto do comissário.

– As pegadas nos levam para o quarto da dama de companhia, não é? E depois? Trate de se debruçar, meu velho. Você ainda não pesa cem quilos... Ah! Os passos param na frente deste armário. Será um guarda-roupa? Estará trancado à chave? Não! Espere antes de abrir... Você falava de cadáver... Como? E se houvesse um aí dentro?

Radek acendeu um cigarro. Seus dedos tremiam.

– Bom, temos de nos decidir a abrir. Vá, meu velho!

Enquanto falava, Maigret ajustava a gravata diante de um espelho, sem no entanto perder de vista o companheiro.

– E então?

A porta do armário foi aberta.

– Um cadáver?... O quê?

Radek havia recuado três passos. E olhava estupefato para uma mulher jovem, de cabelos louros, que saía do seu esconderijo, um pouco sem jeito, mas nem um pouco assustada.

Era Edna Reichberg. Ela olhava sucessivamente para Maigret e para o tcheco, como se esperasse uma explicação. Não se mostrava perturbada. Apenas o mal-estar de alguém que representa um papel a que não está acostumado.

Maigret, de seu lado, sem sequer dar atenção a ela, tinha se virado para Radek, que se esforçava para recuperar a autoconfiança.

– Essa é boa, não é? Esperávamos um cadáver, ou antes, você me preparou para a ideia de que eu ia encontrar um cadáver, e eis que encontramos uma moça encantadora, cheia de vida...

Edna também tinha se voltado para o tcheco.

– E então, Radek? – retomou Maigret com bom humor.

Silêncio.

– Ainda acha que eu não vou entender nada?... Não responde?

A jovem sueca, que não tirava os olhos do homem, abriu a boca para soltar um grito de pavor que morreu em sua garganta.

O comissário tinha se virado de novo para o espelho, alisava o cabelo com a palma da mão. O tcheco havia sacado um revólver do bolso e, rapidamente, mirava no policial e apertava o gatilho, no momento preciso em que a moça tentava em vão gritar.

Foi uma coisa inacreditável e ao mesmo tempo engraçada. Ouviu-se um leve ruído metálico, como o de um brinquedo de criança. Nenhuma bala saiu. Radek apertou o gatilho pela segunda vez.

O gesto foi tão rápido que Edna nem entendeu. Maigret parecia estar firmemente plantado em seu lugar. E no entanto, num segundo, pulou e caiu com todo o seu peso sobre o tcheco, que rolou no chão.

– Cem quilos! – ele tinha anunciado.

E, de fato, esmagava seu adversário, que, depois de dois ou três sobressaltos, ficou imóvel, as mãos presas nas algemas.

– Desculpe, senhorita – murmurou o comissário, se levantando. – Acabou. Tem um táxi na porta para você. Radek e eu ainda temos uma porção de coisas a nos dizer.

O tcheco tinha se levantado, irado, furioso. A manzorra pesada do comissário caiu sobre seu ombro, enquanto Maigret dizia:

– Não é mesmo, meu garoto?

11

Pôquer de dados

DAS TRÊS DA MANHÃ ATÉ O RAIAR DO DIA, a luz brilhou na sala de Maigret, no Quai des Orfèvres, e os raros policiais que trabalhavam na casa ouviram um murmúrio monótono de vozes.

Às oito, o comissário mandou o contínuo subir dois cafés da manhã. Telefonou em seguida para o domicílio do juiz Coméliau.

Eram nove horas quando a porta se abriu. Maigret fez passar à sua frente Radek, que não estava algemado.

Os dois tinham um ar visivelmente cansado. Mas nem no assassino, nem no interrogador havia o menor sinal de animosidade.

– Por aqui? – perguntou o tcheco, ao chegarem ao fim do corredor.

– Sim! Vamos atravessar o Palácio da Justiça. É mais curto.

E levou-o para a carceragem, pela passagem reservada à Chefatura de Polícia. As formalidades foram cumpridas rapidamente. No instante em que um guarda levava Radek para uma cela, Maigret olhou para ele como se fosse dizer alguma coisa, quem sabe até logo, depois deu de ombros e voltou lentamente para o gabinete do sr. Coméliau.

***

Foi em vão que o juiz se pôs na defensiva, que adotou, assim que bateram na porta, uma atitude afetada.

Maigret não se pavoneava, não se mostrava nem triunfante nem irônico. Tinha simplesmente os traços marcados de um homem que acaba de realizar uma tarefa longa e penosa.

– Posso fumar?... Obrigado... Faz frio em seu gabinete...

E lançou um olhar raivoso ao aquecimento central, que havia mandado suprimir na sala dele, trocando-o por uma velha estufa de ferro.

– Acabou-se! Como eu lhe disse ao telefone, ele confessou. E não creio que o senhor vá ter problemas com ele, porque é um bom jogador e admite ter perdido a partida.

O comissário havia preparado em uns pedaços de papel as notas que deveriam servir para escrever seu relatório, mas tinha misturado tudo e enfiou-os de volta no bolso, suspirando.

– A característica deste caso... – começou.

A frase era pomposa demais para ele. Emendou-se, levantando-se e começando a andar, as mãos atrás das costas:

– Um caso adulterado desde o início. Eis o que é! A frase não é minha. É do próprio assassino. E olhe que o assassino não entendia, ao dizê-la, todo o alcance das suas palavras.

"Quando Joseph Heurtin foi detido, o que me chamou a atenção é que era impossível classificar seu crime numa categoria qualquer. Ele não conhecia a vítima. Não havia roubado nada. Não é nem sádico nem desequilibrado...

"Quis recomeçar a investigação e descobri que todos os dados mostravam-se cada vez mais falsos.

"Adulterados, insisto nisso não por insistir, mas conscientemente, cientificamente mesmo! Adulterados de forma a despistar a polícia, a lançar a polícia numa aventura pavorosa!

"E que dizer do verdadeiro assassino? Mais falso, ele mesmo, que toda a sua encenação!

"O senhor conhece, como eu, a psicologia dos diferentes tipos de criminoso.

"Pois bem, não conhecemos, nem o senhor nem eu, a de um Radek.

"Faz oito dias que convivo com ele, que o observo, que procuro me embrenhar em seu pensamento. Oito dias que vou de estupor em estupor e que ele me desconcerta!

"Uma mentalidade que escapa a todas as nossas classificações. E é por isso que ele nunca teria sido incomodado *se não houvesse sentido a obscura necessidade de ser pego*!

"Porque foi ele que me forneceu os indícios de que eu necessitava! Ele o fez sentindo confusamente que se perdia. Mas fez mesmo assim.

"E se eu lhe dissesse que a esta hora está mais aliviado do que outra coisa?"

Maigret não elevava a voz. Mas havia nele uma veemência contida que dava uma força singular às suas palavras. Ouviam-se idas e vindas nos corredores do Ministério Público e às vezes um oficial de justiça gritava um nome ou uns gendarmes faziam ressoar suas botas.

– Um homem que matou, não com uma finalidade qualquer, mas pura e simplesmente por matar! Eu ia dizendo para se distrair... Não proteste, o senhor vai ver. Duvido que ele fale muito e até que responda às suas perguntas, porque me anunciou que só desejava uma coisa: a paz.

"As informações sobre ele que lhe fornecerei bastarão.

"Sua mãe era empregada doméstica numa cidadezinha da Tchecoslováquia. Ele foi criado numa casa de subúrbio que parecia um quartel. E se estudou, foi graças a bolsas e obras de caridade.

"Quando garoto, tenho certeza de que sofreu com isso e que começou a odiar este mundo que ele enxergava de baixo.

"Quando garoto, também, persuadiu-se de que tinha um grão de genialidade. Tornar-se ilustre e rico graças à sua inteligência! Um sonho que o trouxe a Paris, que o fez aceitar que, aos sessenta e cinco anos, carcomida por uma doença da medula, sua mãe ainda trabalhasse como criada para lhe mandar dinheiro!

"Um orgulho insensato, devorador! Um orgulho a que se soma a impaciência, porque, estudante de medicina, Radek se sabia afetado do mesmo mal da mãe e não ignorava que dispunha de um tempo restrito de vida.

"No início, estuda ferozmente, e os professores ficam pasmos com sua capacidade.

"Não convive com ninguém, não fala com ninguém. É pobre, mas está acostumado à pobreza.

"Muitas vezes vai às aulas sem meias. Outras vezes descarrega legumes no Mercado de Paris, para ganhar uns trocados.

"Mas a catástrofe sobrevém. A mãe morre. Não recebe mais um centavo.

"E de repente, sem transição, abandona todos os seus sonhos. Poderia tentar trabalhar, como fazem numerosos estudantes.

"O trabalho não o tenta! Será que desconfia que nunca será o gênio que esperava? Duvidará de si mesmo?

"Não faz mais nada! *Rigorosamente nada!* Vive nas *brasseries*. Escreve cartas a parentes distantes para obter subsídios. Recebe alguns de obras filantrópicas. 'Arranca uma grana' de seus compatriotas, cinicamente, até exagerando a falta de reconhecimento.

"O mundo não o entendeu! Ele odeia o mundo!

"E passa todas as suas horas a alimentar esse ódio. Em Montparnasse, senta-se ao lado de pessoas felizes, ricas, saudáveis. Toma um café, enquanto os coquetéis desfilam nas mesas vizinhas.

"Será que já pensa num crime? Pode ser! Há vinte anos, teria sido anarquista militante e pego jogando uma bomba em alguma capital. Mas isso saiu de moda.

"Está só! Quer continuar só! Ele corrói a si mesmo! Extrai uma volúpia perversa de sua solidão, do seu sentimento de superioridade e da injustiça do destino com ele.

"Sua inteligência é notável, mas sobretudo o é o sentido agudo que possui das fraquezas humanas.

"Um dos seus professores me falou de uma mania que ele tinha, já na escola de medicina, e que o tornava assustador. Bastava-lhe observar um homem por alguns minutos para *sentir* literalmente seus males.

"E anunciava com uma alegria malvada a um rapaz, que não esperava por essa:

"– Daqui a três anos você vai estar num sanatório.

"Ou:

"– Seu pai morreu de câncer, não é? Tome cuidado!

"Uma segurança incrível de diagnóstico. E isso, tanto para os males físicos como para os males morais.

"Em seu canto no La Coupole, era essa sua única distração. Doente, espreitava nos outros os menores sinais de doença.

"Crosby estava em seu campo de observação, frequentava o mesmo bar. Radek me pintou um retrato dele de uma veracidade impressionante.

"Em quem, confesso, eu via apenas um filhinho de papai, e nada mais, um boa-vida de envergadura média, ele enxergava o transtorno mental...

"Ele me falou de um Crosby saudável, amado pelas mulheres, saboreando a vida, mas também de um Crosby disposto a todas as covardias para satisfazer seus desejos.

"Um Crosby que, durante um ano, deixou a esposa viver na maior intimidade com sua amante, Edna Reichberg, sabendo que na primeira oportunidade se divorciaria para casar com ela.

"Enfim, um Crosby que, certa noite, quando as duas mulheres acabavam de se despedir dele para ir ao teatro, deixou a angústia aparecer em seu rosto.

"Foi no La Coupole, numa mesa de fundo. O americano estava acompanhado de dois amigos, entre os tantos que tinha. E suspirou:

"*– Quando penso que, ontem mesmo, um imbecil assassinou uma velha, dona de uma mercearia, por causa de vinte e dois francos! Eu daria cem mil para me livrarem da minha tia!*

"Fanfarronice? Exagero? Devaneio?

"Radek estava presente, e detestava Crosby mais que aos outros porque era o mais brilhante dos seres com quem convivia.

"O tcheco conhecia Crosby melhor do que o próprio Crosby, e este nem sequer o havia notado uma só vez!

"Levantou-se. No lavabo, rabiscou num pedaço de papel:

"*Fechado por cem mil francos. Envie a chave às iniciais M. V., na agência dos correios do Boulevard Raspail.*

"Voltou a seu lugar. Um mensageiro entregou o bilhete a Crosby, que riu e continuou a conversa, não sem correr os olhos pelos fregueses à sua volta.

"Quinze minutos depois, o sobrinho da sra. Henderson pedia os dados de pôquer.

"– Vai jogar sozinho? – gracejou um de seus companheiros.

"– Uma ideia que tive... Quero saber se tirarei dois ases na primeira mão.

"– E daí?

"– Será *sim*.

"– *Sim* o quê?

"– Uma ideia... Não se preocupem.

"Agitou demoradamente os dados no copo, lançou-os com a mão trêmula.

"– Quadra de ases!

"Passou o lenço no rosto, saiu depois de fazer uma piada que soou falsa. Ao anoitecer do dia seguinte, Radek recebia a chave."

Maigret havia acabado por se arriar numa cadeira, a cavalo, como de costume.

– Essa história da quadra de ases foi Radek que me contou. Tenho certeza de que é verdadeira e que Janvier, que enviei em missão, me confirmará imediatamente. Todo o resto, o que vou lhe dizer como o que já lhe disse, reconstituí pouco a pouco, fragmento por fragmento, à medida que o tcheco, que eu seguia, me fornecia sem saber novas bases de raciocínio.

"Imagine Radek de posse da chave. Ele deseja menos os cem mil francos do que satisfazer a seu ódio do mundo.

"Crosby, que todo mundo inveja ou admira, está nas suas mãos. Ele o domina. Ele é forte!

"Não se esqueça de que Radek não tem nada a esperar da vida. Não tem sequer certeza de que poderá aguentar até a doença levá-lo. Pode ser que se veja reduzido a pular no Sena uma noite em que não tiver os trocados necessários para o seu café.

"Ele não é nada! Nada o prende ao mundo!

"Falei há pouco que vinte anos atrás ele teria virado anarquista. Na nossa época, imerso na multidão nervosa, um tanto desequilibrada, de Montparnasse, acha mais divertido cometer *um belo crime*!

"Um belo crime! Ele não passa de um indigente, de um doente! E os jornais estarão destacando um só dos seus gestos! A máquina judiciária se porá em movimento, a um sinal dele! Haverá uma morta! Um Crosby tremerá...

"E ele será o único a saber, sentado diante do seu café costumeiro, o único a se deleitar com seu poder!

"A condição essencial é não ser pego. E, para tanto, o mais seguro é atirar um falso culpado para que a justiça sacie sua fome...

"Encontrou Heurtin certa noite, no terraço de um café. Estudou-o, como estuda todo mundo. Dirigiu-lhe a palavra.

"Heurtin, como Radek, é um marginal. Poderia ter uma vida sossegada no albergue dos pais. Em Paris, entregador por seiscentos francos mensais, sofre e se refugia no sonho, devora romances baratos, corre os cinemas, imagina aventuras maravilhosas.

"Nenhuma energia! Nada que o defenda contra o poder do tcheco.

"– Quer ganhar, numa noite, sem correr risco, o bastante para viver como bem entender?

"O coração do outro dispara! Radek o tem nas mãos! Radek desfruta a sua força, fala, leva seu parceiro a aceitar a ideia de assaltar uma casa!

"Apenas um assalto a uma mansão desocupada!

"Faz um plano, prevê os mais ínfimos gestos do cúmplice. É ele que o aconselha a comprar sapatos de sola de borracha, com o pretexto de não fazer barulho. Na realidade, é para ter certeza de que Heurtin deixará vestígios nítidos da sua passagem.

"Um período que, para Radek, deve ter sido o mais inebriante. Não se sentia onipotente, ele que não tinha com que pagar um aperitivo?

"E convivia todos os dias com Crosby, que não o conhecia e que, na espera, começava a se amedrontar.

"O que me levou a descobrir a verdade sobre os acontecimentos da mansão de Saint-Cloud, veja o senhor, foi uma frase do relatório médico.

Sempre vale a pena reler com o maior cuidado o relatório dos peritos. Faz apenas quatro dias que um detalhe me chamou a atenção.

"O médico-legista escreveu:

"*Minutos depois da morte, o corpo da sra. Henderson, que devia estar na beira da cama, rolou no chão.*

"Admita que o assassino não tinha nenhuma razão de, minutos depois do crime, tocar no cadáver que não estava com joias nem com nada além de uma camisola de dormir.

"Mas volto à sequência dos fatos. Esta noite, Radek os confirmou.

"Ele convence Heurtin a entrar na mansão às duas e meia *em ponto*, a subir ao primeiro andar, a entrar no quarto, tudo isso sem acender nenhuma luz. Jurou para ele que não havia ninguém na casa. E o lugar em que lhe disse que se encontra o dinheiro é onde fica a cama!

"Às duas e vinte, Radek sozinho mata as duas mulheres, esconde a faca no armário e sai. Espreita depois a chegada de Joseph Heurtin, que segue as instruções dadas.

"E de repente Heurtin, que tateia no escuro, derruba o corpo, se apavora, acende a luz, vê os corpos, assegura-se de que estavam mortos, deixa por toda parte marcas de seus dedos ensanguentados.

"Quando enfim foge, apavorado, topa, do lado de fora, com um Radek que mudou de atitude, que debocha, se mostra cruel.

"A cena entre os dois homens deve ter sido inacreditável. Mas o que podia um simplório como Heurtin contra um Radek?

"Nem sabe o nome dele! Não sabe onde mora!

"O tcheco lhe mostra suas luvas de borracha e as pantufas, graças às quais não deixou o menor vestígio na casa.

"– Você vai ser condenado! Não vão acreditar em você! *Ninguém vai acreditar!* Vai ser executado!

"Um táxi os espera do outro lado do Sena, em Boulogne. E Radek continua a falar.

"– Se você ficar calado, eu te salvo! Entendeu? Farei você sair da prisão, talvez um mês depois, talvez três! *Mas você vai sair...*

"Dois dias depois, Heurtin, detido, se limita a repetir que não matou ninguém. Está aparvalhado. À sua mãe, e somente a ela, fala de Radek.

"*E a mãe não acredita nele!* Não é a melhor prova de que o outro teve razão, de que é melhor se calar e esperar a ajuda prometida?

"Passam-se os meses. Heurtin, em sua masmorra, vive atormentado pelos dois cadáveres cujo sangue pegajoso sentiu nas mãos. Só fraqueja de noite, quando ouve os passos dos que vêm buscar seu vizinho de cela para ser executado.

"Ele perde então suas derradeiras veleidades de revolta. O pai não respondeu às suas cartas, proibiu que a mãe e a irmã o visitassem. Está sozinho, cara a cara com um pesadelo.

"De repente recebe um bilhete anunciando sua fuga. Obedece às instruções mas, desconfiado, de forma mecânica, uma vez em Paris, erra sem destino, acaba deixando-se cair numa cama e dormindo, afinal fora da ala de segurança máxima, onde dormem as pessoas que aguardam a guilhotina.

"Na manhã seguinte, o inspetor Dufour aparece à sua frente. Heurtin sente o cheiro da polícia, do perigo e, instintivamente, ataca, foge, põe-se de novo a vagar.

"A liberdade não lhe proporciona nenhum entusiasmo. Não sabe o que fazer. Não tem dinheiro. Ninguém o espera.

"Por causa de Radek! Ele o procura nos cafés, onde o havia encontrado antes.

"Para matá-lo? Não tem arma. Mas está excitado o bastante para estrangulá-lo. Talvez também para lhe pedir dinheiro, ou simplesmente porque é a única pessoa a quem ainda pode dirigir a palavra.

"Avista-o no La Coupole. Não o deixam entrar. Ele espera. Fica zanzando por ali, como um maluco, às vezes cola o rosto pálido na vidraça.

"Radek sai entre dois agentes, e Heurtin vai maquinalmente embora, para seu vilarejo, para a casa de Nandy, onde não tem mais o direito de aparecer. Atira-se na palha, num galpão.

"E quando o pai lhe dá até a noite para ir embora, prefere se enforcar."

* * *

Maigret deu de ombros, grunhiu:

– Esse aí nunca mais vai se recuperar. Vai viver. Mas conservará uma espécie de distúrbio. Das vítimas de Radek, é a mais lamentável.

"Há outras. E haveria mais ainda, se...

"Falarei disso daqui a pouco. Cometido o crime, Heurtin na prisão, o tcheco retoma sua vida errante de café em café. Não reclama os cem mil francos a Crosby, primeiro porque não seria prudente, depois, talvez, porque sua miséria acabou se tornando necessária a ele, pois estimula seu ódio aos homens.

"No La Coupole, pode ver o americano, cujo bom humor já não é tão nítido. Crosby espera. Nunca viu o homem do bilhete. Está persuadido de que Heurtin é o culpado. Teme ser denunciado.

"Mas não! O acusado se deixa condenar. Fala-se da sua execução próxima, e o herdeiro da sra. Henderson poderá enfim respirar.

"O que se passa na alma de Radek? Seu belo crime, ele cometeu! Os menores detalhes foram perfeitamente pensados! Ninguém desconfia dele.

"Como quis, é o único no mundo a saber da verdade! E quando vê os Crosby numa mesa do bar, pensa que com uma só palavra poderia fazê-los estremecer.

"Mas não está satisfeito. Sua vida continua tão monótona quanto antes. Nada mudou, salvo que morreram duas mulheres e um pobre coitado vai ser decapitado.

"Não posso garantir, mas apostaria que o que mais lhe pesa é não ter ninguém para admirá-lo! Ninguém que diga, quando ele passa:

"– Parece um sujeito qualquer, e no entanto cometeu um dos mais belos crimes possíveis! Venceu a polícia, enganou a justiça, mudou o curso de várias existências.

"Aconteceu com outros assassinos. A maioria deles sentiu necessidade de fazer confidências, nem que fosse a uma perdida...

"Mas Radek é mais forte do que isso. Aliás, ele nunca se interessou pelas mulheres.

"A imprensa anuncia certa manhã que Heurtin fugiu. Não é a hora? Vai embaralhar as pistas, retomar um papel ativo.

"Escreve ao *Le Sifflet*. Tomado pelo medo ao ver seu cúmplice a espreitá-lo, se entrega às mãos da polícia. Mas quer ser admirado! Quer ser um bom jogador!

"E anuncia:

"– O senhor nunca entenderá nada!

"Daí em diante, a voragem! Ele sente que acabará sendo pego. Melhor! Adianta por si mesmo essa hora. Comete imprudências voluntárias, como se uma força interior o impelisse a desejar o castigo.

"Não tem o que fazer na vida! Está condenado! Tudo o enoja ou indigna. Leva uma existência miserável.

"Entende que não vou desgrudar dele, que chegarei ao fim.

"E então é como uma neurose. Ele é um canastrão. Se diverte me intrigando.

"Não levou a melhor sobre Heurtin e Crosby? Não levará a melhor sobre mim?

"Para me confundir, inventa histórias. Me leva a observar, entre outras coisas, que todos os acontecimentos ligados ao drama se desenrolaram nas proximidades do Sena...

"Será que vou me deixar confundir, seguir uma pista falsa?

"As pistas falsas, ele é que vai acumular. Vive na febre. Está perdido, mas continua a lutar, a brincar com a vida.

"Dá a si mesmo a impressão de ser um demiurgo onipotente. Telefona ao americano para lhe reclamar os cem mil francos.

"Mostra o dinheiro a mim. Sente uma alegria doentia fazendo esses malabarismos com a liberdade.

"Ele é que obriga Crosby a ir à mansão de Saint-Cloud a uma hora determinada. E isso é um traço de alta psicologia. Tinha me visto pouco antes. Compreendeu que eu estava decidido a refazer a investigação desde o início.

"Logo, irei a Saint-Cloud. E lá encontrarei Crosby, que terá dificuldade para explicar sua presença.

"Terá previsto até o suicídio do homem ao se acreditar descoberto? É possível. É provável.

"Mas para ele não basta! Ele se inebria cada vez mais com seu poder.

"E é porque o sinto frenético que, desde então, não desgrudo dele, silencioso e apagado. Estou sempre presente, noite e dia, dia e noite.

"Seus nervos irão aguentar? Pequenos fatos me provam que toma um caminho perigoso. Precisa satisfazer sem cessar seu ódio ao mundo. Humilha os pequenos, debocha de uma mendiga, leva mulheres a brigar...

"E tenta se dar conta do efeito produzido em mim. Canastrice!

"Está à beira do abismo. Desse jeito, não vai conservar por muito tempo seu sangue-frio. Fatalmente cometerá um erro.

"E comete! Todos os grandes criminosos chegaram a isso, mais cedo ou mais tarde.

"Ele matou duas mulheres. Matou Crosby. Fez de Heurtin uma ruína humana.

"Antes do fim, quer continuar a hecatombe.

"Mas tomei algumas precauções. Postei Janvier no Hôtel George V com a missão de se apossar de todas as cartas destinadas à sra. Crosby ou a Edna, de interceptar todos os seus telefonemas.

"Duas vezes, Radek, de quem não desgrudo, me escapa por alguns minutos. Adivinhei que enviou cartas.

"Algumas horas depois, Janvier as entrega a mim. Aqui estão. Uma anuncia à sra. Crosby que seu marido encomendou o assassinato da sra. Henderson e, como prova, a caixa contendo a chave é anexada à carta, que também traz o endereço escrito pelo americano.

"Radek conhece as leis. Seu bilhete esclarece que um assassino não pode receber herança da sua vítima e que, por conseguinte, a fortuna da sra. Crosby lhe vai ser tomada.

"Manda que esteja à meia-noite no La Citanguette, procure o punhal que serviu para o assassinato e o coloque em lugar seguro.

"Se a arma não estiver ali, deve ir a Saint-Cloud e procurar num armário.

"Note essa necessidade de humilhar, ao mesmo tempo de complicar as coisas. A sra. Crosby não tem o que fazer no La Citanguette. A faca nunca esteve ali.

"Mas é um deleite para Radek enviar a rica americana a um boteco de vagabundos.

"Não é tudo! Sua mania de complicação vai mais longe, e ele revela à mulher que Edna Reichberg era amante do seu marido e que este ia se casar com ela.

"*Ela conhece a verdade!*, diz ele. *Ela odeia você e, se puder, dirá para reduzi-la à pobreza.*"

Maigret enxugou o suor, suspirou.

– Idiota, não é? É o que o senhor está pensando. Parece um pesadelo. Mas pense que Radek, há vários anos, passa a vida sonhando com vinganças refinadas.

"Além do mais, não se engana muito. Uma outra carta declara a Edna Reichberg que Crosby as matou, que a prova do seu crime se encontra no armário e que ela poderá evitar um escândalo indo pegar a arma a certa hora.

"Acrescenta que a sra. Crosby sempre esteve a par do crime do marido.

"Repito que ele causava em si mesmo o efeito de um demiurgo.

"As duas cartas nunca chegaram ao destino, pela simples razão de que Janvier as trouxe para mim.

"Mas como provar que eram da mão de Radek? Do mesmo modo que o bilhete enviado ao *Le Sifflet*, são escritas com a mão esquerda.

"Pedi então às duas mulheres que se submetessem a uma experiência, explicando-lhes que se tratava de encontrar o assassino da sra. Henderson.

"Pedi-lhes para fazer os mesmos movimentos que as cartas mandavam.

"Foi o próprio Radek que me levou ao La Citanguette e depois a Saint-Cloud.

"Será que pressentia que era o fim? Um fim magnífico, para o seu gosto, se as cartas não houvessem sido interceptadas.

"A sra. Crosby, perturbada pelas revelações do assassino, arrasada com aquela odiosa passagem pelo boteco, chegava à casa de Saint-Cloud, entrava no quarto em que o duplo crime havia sido cometido.

"Imagine seu estado de nervos. E ela se encontrava então frente a frente com Edna Reichberg de posse do punhal!

"Não garanto que isso teria acabado num crime. Mas não estou longe de pensar que a psicologia de Radek é bastante correta.

"A coisa, por mim encenada, se desenrolou de outro modo. A sra. Crosby saiu sozinha.

"E Radek ficou atormentado pela necessidade de saber o que ela havia feito com Edna.

"Acompanhou-me ao andar de cima. Foi ele que abriu o armário. Não encontrou um cadáver, mas a sueca vivíssima.

"Olhou para mim. Entendeu.

"Fez enfim o gesto que eu esperava... *Atirou.*"

O juiz Coméliau arregalou os olhos.

– Não se assuste! Naquela mesma tarde, num empurra-empurra, eu havia substituído seu revólver carregado por uma arma vazia. Só isso. Ele jogou. E perdeu.

Maigret acendeu de novo seu cachimbo apagado, se levantou, a testa franzida.

– Devo acrescentar que ele sabe perder. Passamos o resto da noite juntos, no Quai des Orfèvres. Eu disse honestamente o que sabia, e ele não levou nem uma hora se divertindo em sofismar.

"Depois, preencheu as lacunas, com umas pitadas de fanfarronice.

"Agora, está numa calma surpreendente. Ele me perguntou se eu acreditava que seria executado. E, como eu hesitasse em responder, acrescentou, zombeteiro:

"– Faça o impossível para que isso aconteça, comissário! O senhor me deve um pequeno favor. Pois bem, tive uma ideia. Assisti a uma execução na Alemanha. No momento derradeiro, o condenado, que não tinha se alterado, pôs-se a chorar e a gemer: 'Mamãe!'. Estou curioso para ver se também chamarei por minha mãe. O que acha?"

Os dois homens se calaram. Ouviam-se mais nitidamente os barulhos do Palácio, tendo como fundo sonoro o murmúrio confuso de Paris.

Por fim o juiz Coméliau empurrou o dossiê, que, por polidez, havia aberto no início do encontro.

– Muito bem, comissário – começou. – Eu...

Olhava para outro lado, um rosado nas bochechas.

– Pediria que esquecesse o... a...

Mas o comissário, vestindo o sobretudo, estendeu-lhe a mão da maneira mais natural do mundo.

– Amanhã eu lhe entrego o relatório. Agora preciso ir ver Moers, a quem prometi as duas cartas. Ele se propõe a fazer um estudo grafológico completo.

Saiu após um momento de hesitação, virou-se, percebeu a fisionomia contrita do juiz e se foi, enfim, com um sorriso apenas esboçado que constituía sua única vingança.

12

A queda

ERA JANEIRO. GELAVA. Os dez homens presentes estavam com a gola do sobretudo erguida, as mãos enfiadas nos bolsos.

A maioria trocava frases desconexas, batendo o pé no chão a fim de se esquentar e lançando olhares furtivos para o mesmo lado.

Somente Maigret se mantinha apartado, o pescoço enfiado nos ombros, tão carrancudo que ninguém tinha ousado lhe dirigir a palavra.

Percebiam-se, nos prédios vizinhos, algumas janelas que se iluminavam, porque o dia apenas raiava. Em algum lugar, a barulheira tilintante dos bondes.

Enfim, o ruído de um veículo, a batida da sua porta, o ruído de sapatos pesados e algumas ordens ditas à meia-voz.

Um jornalista tomava notas, incomodado. Um homem virava a cabeça.

Radek saiu prontamente da viatura policial e olhou ao redor com suas pupilas claras, que, no alvorecer cinzento, tinham reflexos infinitos de oceano.

Seguravam-no dos dois lados. Mas ele não se incomodava com isso e pôs-se a caminhar a passos largos em direção ao cadafalso.

Foi então que escorregou de repente no chão gelado. Caiu. E os guardas, acreditando numa tentativa de revolta, precipitaram-se para agarrá-lo.

Durou apenas alguns segundos, mas talvez o tombo tenha sido mais penoso do que todo o resto, penoso principalmente no rosto envergonhado do condenado quando se levantou, tendo perdido todo o prestígio, toda a autoconfiança que vinha ostentando.

Seu olhar deu com Maigret, a quem havia pedido que assistisse à execução.

O comissário quis desviar os olhos.

– O senhor veio.

Algumas pessoas se impacientavam. Os nervos estavam tensos na mesma pressa dolorosa de abreviar a cena.

Então Radek se virou para a placa de gelo, com um sorriso sarcástico, depois designou o cadafalso e brincou:

– Pela culatra!

Houve uma hesitação de parte dos que tinham como missão pôr fim à vida de um homem.

Alguém falou. A buzina de um carro soou numa rua próxima.

Foi Radek o primeiro a se pôr em movimento, sem olhar para ninguém.

– Comissário...

Mais um minuto, talvez, e pronto. A voz tinha um som esquisito.

– O senhor vai para casa, não é? Sua mulher lhe preparou um café.

Maigret não viu mais nada, não ouviu mais nada! Era verdade! Sua mulher o esperava, na sala de jantar quentinha onde o café da manhã estava servido.

Sem saber por quê, não ousou passar em casa. Foi diretamente para o Quai des Orfèvres, carregou a estufa da sala até o topo, atiçou tanto o fogo que quebrou a grade.

SOBRE O LIVRO

FORMATO
13,5 x 20 cm

MANCHA
24,3 x 37,1 paicas

TIPOLOGIA
Baskerville 10/14

PAPEL
Off-white Bold 80 g/m² (miolo)
Cartão Triplex 250 g/m² (capa)

1ª EDIÇÃO EDITORA UNESP
2025

EQUIPE DE REALIZAÇÃO

EDIÇÃO DE TEXTO
Tulio Kawata (Revisão)

PROJETO GRÁFICO E CAPA
Marcos Keith Takahashi (Quadratim)

IMAGEM DE CAPA
Brassaï, *Colonne Morris*, Paris, Centre Pompidou, 1933
Musée national d'art moderne, Centre de création industrielle

PESQUISA ICONOGRÁFICA
Marcos Keith Takahashi
Augusto Lins Soares

EDITORAÇÃO ELETRÔNICA
Arte Final

ASSISTENTE DE PRODUÇÃO
Erick Abreu

ASSISTÊNCIA EDITORIAL
Alberto Bononi
Gabriel Joppert

Rettec artes gráficas e editora

Rua Xavier Curado, 388 • Ipiranga - SP • 04210 100
Tel.: (11) 2063 7000
rettec@rettec.com.br • www.rettec.com.br